« BEST
Collection dirigée par

DU MÊME AUTEUR

chez le même éditeur

PRÊTE-MOI TA VIE (1983)
L'AMOUR ENTRE LES LIGNES (1987)
UNE HÉRITIÈRE DE HAUT VOL (1989)

JUDITH MICHAEL

UNE FEMME EN COLÈRE

roman

traduit de l'américain par Agnès Laure

ROBERT LAFFONT

Titre original : A RULING PASSION
© J.M. Productions, Ltd, 1990
Traduction française : Éditions Robert Laffont, S.A., Paris, 1991

ISBN 2-221-06758-4
(édition originale :
ISBN 0-671-64891-8 Poseidon Press/Simon & Schuster Inc., New York)

Pour
Rebecca, Isabel, Daniel et Levi,
la nouvelle génération.

Première partie

1

Valérie entendit toussoter le moteur de l'avion. Abandonnant le spectacle de la forêt qui se déployait neuf cents mètres plus bas, elle se tourna vers Carlton qui était assis au poste de pilotage à côté d'elle. Il semblait maussade.
- Tu as entendu ?
- Quoi ? Il jeta un coup d'œil vers elle, la mine encore plus renfrognée. Entendu quoi ?
- Le moteur a toussé.
- Non, je n'ai pas remarqué. Il y a peut-être de l'eau dans le carburant.

Il mit les pompes en marche, puis se replongea dans ses pensées.
- Tu es sûr ? J'avais l'impression que c'était autre chose.
- Depuis quand es-tu pilote ? lança-t-il d'un ton impatient. Tout va bien. On a vérifié l'appareil avant de partir il y a quatre jours à peine.
- Alors que se passe-t-il ? Qu'est-ce qui ne va pas, Carl ? Tu n'as pour ainsi dire pas ouvert la bouche depuis ce matin. Tu nous as forcés à rentrer précipitamment, trois jours plus tôt que prévu, et tu ne veux pas me donner d'explication.
- J'avais dit que vous pouviez rester, toi et les autres. Tu n'étais pas obligée de m'accompagner. J'aurais même préféré que tu ne viennes pas.
- Je sais, répliqua-t-elle avec une ironie désabusée. Pourquoi ai-je insisté, selon toi ? Peut-être cours-tu rejoindre une femme mystérieuse, je me méfie.

Il marmonna quelque chose qu'elle ne comprit pas, le bruit du moteur couvrant sa voix.
- Entre amis, on peut bien rester un instant sans parler ! murmura-t-elle, puis elle se détourna.

Derrière elle, Alex et Betsy bavardaient, s'efforçant de temps à autre de faire participer à leur conversation le troisième passager, une jeune femme, Lilith Grace, qui semblait perdue dans son monde. Elle regardait le paysage par le hublot ou restait sans bouger, les yeux clos. Valérie contempla son visage qui se reflétait sur la vitre du cockpit, se découpant sur le ciel gris. On aurait dit que ses épais cheveux fauve et ses yeux noisette sous ses sourcils bruns formaient une image transparente à travers laquelle elle distinguait les collines et les vallées de la forêt des Adirondacks dont les grands pins vert foncé étaient couronnés de neige. Elle s'observa d'un œil critique. Pas mal pour trente-trois ans, songea-t-elle. Trop bien pour rester les bras croisés en faisant un beau sourire pendant que son mari contait fleurette à... Le moteur toussa de nouveau. Puis il s'arrêta. L'une des ailes pointa vers le sol.

Ils furent tous projetés sur le côté, maintenus par leur ceinture de sécurité. Betsy Tarrant hurlait.

Carlton était penché vers le tableau de bord.

– Allez, tiens bon... lança-t-il.

Mais, à ce moment-là, l'autre moteur se bloqua. Le bruit cessa comme tranché d'un coup de couteau. Dans le terrible silence, l'appareil commença à perdre de l'altitude.

– Mon Dieu... les deux...

– Carl! hurla Alex Tarrant.

Betsy poussait des cris d'orfraie.

– ... Ça ne peut pas être le carburant... j'ai fait le plein...

Les yeux rivés sur lui, Valérie se tordait les mains.

Il se pencha, tourna le robinet pour sélectionner l'un des réservoirs, puis se redressa et essaya de faire repartir les moteurs. Il ne se passa rien : la surprise se peignit sur son visage.

– Merde, qu'est-ce que...?

– Au secours! hurlait Betsy. Fais quelque chose!

Les mains tremblantes, Carlton se pencha de nouveau et prit la pente de descente. On n'entendait que le souffle du vent sur les ailes tandis que l'avion survolait la forêt, perdant cinq cents pieds à la minute. Il essaya une fois de plus de faire repartir les moteurs.

– Allez, merde... allez, allez... Saloperie... Démarre. Il refit une tentative, le corps tendu en avant comme s'il pouvait faire redémarrer l'engin. Merde! explosa-t-il au bout de quelques minutes. Je dois avoir noyé ces saletés. Ils ne vont jamais vouloir repartir maintenant...

Valérie vit la panique dans son regard. Betsy hurlait toujours. Alex jurait dans sa barbe d'une voix chevrotante. Lilith Grace n'avait pas soufflé mot.

– La radio, marmonna Carlton. Non, on n'a pas le temps. Plus tard... au sol...

– Ecoutez, beugla-t-il d'une voix tremblante, on va atterrir. Il y a un lac là-bas... Penchez-vous, les mains sur la tête... Tout le monde en position!

Il coupa le carburant et délesta tout le réseau électrique, à l'exception des batteries afin de pouvoir sortir les volets avant l'atterrissage.

— Il y a une route! s'exclama Valérie, mais elle disparut aussitôt sous eux.

Ils continuèrent à descendre, la cime des arbres défilant à une vitesse vertigineuse. Trente secondes plus tard, le paysage changea; ils se trouvaient au-dessus d'un lac gelé couvert de neige.

— Ça y est! hurla Carlton. Accrochez-vous!

Valérie se recroquevilla tandis que l'avion creusait un sillon dans la neige profonde. Redoutant l'accident, elle avait rassemblé son courage. En fait régnait un calme inquiétant. Le petit appareil effleura la neige poudreuse en sifflant. A bord, tout le monde resta muet, paralysé par la peur. On aurait dit que cela allait durer toujours, un épouvantable dérapage dans l'éternité de cette tempête blanche. C'est alors que l'avion atteignit l'autre rive. Il s'enfonça dans la forêt de pins; l'aile et la partie du fuselage côté pilote se détachèrent, puis l'appareil s'arrêta enfin en vibrant. Le fracas résonna dans la quiétude de la forêt, puis l'écho se perdit peu à peu. Un voile de silence les enveloppait.

— Alex? gémit Betsy. Valérie? Carl? J'ai mal. J'ai mal à la tête...
— Attends, répliqua Alex. Je ne peux rien faire...

Valérie plia les bras et les jambes. Elle avait le cou endolori et les muscles contractés mais elle arrivait à bouger. Tout va bien, se dit-elle, débordant soudain de joie. Je suis en vie, j'ai réussi, tout va bien.

— Hé, le pilote, lança-t-elle, se tournant vers Carlton. Formidable l'atter... Sa phrase se termina en un cri: Carl!

Effondré, il gisait le corps à moitié en dehors de l'appareil, maintenu par sa ceinture de sécurité à l'endroit où le métal s'était déchiré.

— Oh non, ce n'est pas vrai, murmura-t-elle. Elle arracha sa ceinture et se pencha vers lui. Il avait la tête en sang; un filet coulait sur ses yeux clos. Carl! Carl!

Elle sentit l'odeur de fumée.

— Il y a le feu! cria Alex. Merde, je suis coincé... Val, aide-moi!
— Valérie! gueulaient Alex et Betsy.

Leurs voix résonnèrent dans l'immensité blanche. Sur l'aile qui restait, de la fumée s'échappait du moteur.

Dehors. Sortir. Faire sortir tout le monde. Elle frissonna dans le froid glacial qui s'infiltrait dans la carlingue.

— Une seconde, Alex.

Elle se fraya un passage dans l'allée exiguë. L'avion était incliné vers la gauche, le côté où ils avaient perdu une aile. Elle passa avec peine entre les sièges défoncés et par-dessus les jambes de Betsy, glissant sur des pages du journal du dimanche et des débris qui s'étaient répandus dans la cabine. Elle jeta un coup d'œil vers Lilith Grace qui gisait à sa place, blanche et comme morte, les yeux clos. Dans une seconde, pas tout de suite. Tendant la main vers les vêtements qu'ils avaient empilés derrière Lilith avant le décollage, elle récupéra son manteau de zibeline et les gants de cuir doublés de fourrure qu'elle trouva dans la poche. Il faut qu'on m'aide pour Carl.

Je crois que je ne parviendrai pas à le sortir toute seule. Alex. Il faut que je m'occupe d'Alex d'abord, puis...

Se faufilant jusqu'à Alex qui était assis derrière Carl, elle s'escrima sur le métal tordu qui l'empêchait de bouger. Ses gants se déchirèrent ; du sang perla dans les trous, elle serra les dents mais ne lâcha pas prise. Alex l'aidait de sa main valide. Un instant plus tard, il hurla : « Ça va ! » et libéra ses jambes.

— Et moi ! cria Betsy installée de l'autre côté de l'allée. Et moi ?
— Carl d'abord, répliqua Valérie. Alex, j'ai besoin de ton aide.
— Si je peux... j'ai le bras paralysé...
— Descends. Je vais pousser Carl vers toi.
— D'accord. Il gagna la porte du fond. Impossible d'y arriver, elle me bloque le chemin, lança-t-il. Fais-la sortir...

Valérie rejoignit Alex qui écartait le corps avachi de Lilith pour ouvrir la porte. L'avion étant incliné, il sauta sur le sol tandis que Valérie défaisait la ceinture de sécurité de la jeune fille.

— Je vais la pousser, annonça-t-elle.

Ils glissèrent Lilith dehors. Alex tendit son bras valide pour la maintenir. Elle déboula les derniers centimètres et atterrit la tête dans la neige.

— Elle va bien, affirma Alex en la retournant. Il essuya son visage. Vas-y, va chercher Carl.

D'une main, il traîna Lilith quelques mètres plus loin, puis longea l'appareil alors que Valérie s'approchait de Carlton. Elle défit sa ceinture. Quand Alex arriva de l'autre côté du trou béant, elle jeta son manteau de zibeline sur le bord déchiqueté du cockpit et balança les jambes de Carlton par-dessus. Lentement, elle roula le corps vers Alex. Mais ce dernier ne pouvait le tenir d'une main et tous deux s'effondrèrent. Poussant un cri, Valérie s'élança à leur secours. Dans la neige piétinée, ses pieds glissaient sur les aiguilles de pin balayées et, tandis qu'elle aidait Alex à se redresser, elle vacilla.

— Je ne peux pas le porter, déclara Alex. Tire-le...
— Allez.

Prenant Carlton par les mains, ils le traînèrent dans la neige qui leur arrivait aux hanches, trébuchant sous son poids, dérapant et se relevant, jusqu'à un arbre qui se trouvait à bonne distance de l'avion. Valérie le maintint alors qu'Alex tassait la neige pour aménager un grand cercle puis ils l'adossèrent, à moitié assis, contre le tronc.

— Aidez-moi ! hurla Betsy.

A l'autre bout de l'appareil, le moteur était en feu. Des flammes s'engouffraient dans l'aile et dévoraient le sol là où le carburant s'était répandu. Alex à ses trousses, Valérie revint à toutes jambes, évitant les arbres déchiquetés aux formes étranges et les débris de bagages qui, arrachés à la soute, s'étaient déchirés sous la force du choc. Leurs vêtements étaient éparpillés partout. Glissant dans la neige, son pantalon en laine trempé lui collant aux jambes, Valérie arriva à l'appareil et s'apprêta à monter à bord.

Elle baissa les yeux et découvrit le sol piétiné : Lilith Grace avait disparu.

— Où est-elle allée ? demanda-t-elle à Alex. Tu l'as vue ?
— Dépêchez-vous ! hurla Betsy. L'aile est en feu !

Lançant un dernier regard incrédule vers l'endroit déserté, Valérie monta à bord, suivie d'Alex. Ils s'escrimèrent sur un siège arrière tordu qui bloquait Betsy.

— Vite ! cria Betsy d'une voix perçante. On va sauter ! Valérie, fais quelque chose ! Je ne peux pas bouger ma jambe !

Valérie et Alex se penchèrent vers elle. En quelques instants, ils la libérèrent. Valérie avait les mains gelées, les doigts poisseux de sang dans ses gants et elle parvenait à peine à les remuer.

— Sortez sans moi, leur dit-elle, si lasse qu'elle paraissait indifférente. J'arrive tout de suite.

Au fond de l'avion, elle attrapa valises et manteaux qu'elle jeta dehors, puis ramassa les pages du journal et, dans le poste de pilotage, une trousse de premiers secours qu'elle emporta jusqu'au petit groupe qui se tenait sous les arbres. Allongés ou assis sur la neige tassée et souillée de sang, ils étaient silencieux. Valérie s'agenouilla à côté de Carlton.

— Il est vivant ! dit Alex. Mais inconscient.
— Vivant, murmura Valérie.

Sa blessure à la tête saignait toujours. Elle posa son écharpe dessus pour endiguer le flot. A cet instant, l'avion explosa. Une terrible détonation, tel le bord d'attaque d'une tornade, jaillit vers le ciel et ils sentirent un souffle de vent chaud.

La déflagration ébranla la forêt, l'écho résonnant parmi les arbres. Des débris en flammes tombèrent autour d'eux, ils les piétinèrent avec rage.

— Ton manteau ! hurla Betsy, retirant un morceau de braise de la zibeline de Valérie qui en arracha un autre dans ses cheveux.

Le bruit s'estompa. Terrorisés, ils contemplèrent le bûcher.

— On y a échappé de justesse, déclara Alex. C'était moins une...

A ce moment-là, la panique s'empara de Valérie. On va mourir ici. Carlton poussa un gémissement. Betsy pleurait.

Je ne dois pas penser à cela. Je n'ai pas le temps. Prenant une compresse imbibée de désinfectant dans la trousse de premiers secours, elle la passa sur le visage de Carlton et nettoya sa vilaine blessure à la tête. La plaie saignait toujours. Elle l'enveloppa soigneusement de gaze. Le bandage était mal fait. Elle se tourna vers Betsy.

— Je n'y connais rien. Et toi ?
— Non. Betsy était docile soudain ; sa voix tremblait. On a toujours eu des infirmières ou...

Voilà toute l'histoire de ma vie, songea Valérie. Quand j'avais besoin de quelque chose, je l'achetais. Ayant toujours vécu dans le luxe, elle n'avait jamais appris le secourisme. Cherchant désespérément à endiguer le flot, elle continua à enrouler la gaze. La tache cramoisie qui filtrait à travers les premières bandes ne tarda pas à disparaître. Quelle épaisseur doit avoir un pansement ? Une épaisseur telle que je me sente rassérénée, se dit-elle, et un petit rire nerveux agita ses lèvres. Elle les serra.

— Alex, il faut qu'on parte à la recherche de Lily Grace.

— J'aurais dû me casser la jambe, répliqua-t-il d'un air lugubre.

— J'ai apporté du papier pour faire du feu. Betsy, va nous chercher du bois.

— Non, je n'irai pas. Je ne peux pas marcher et j'ai mal à la tête. Je ne peux rien faire.

— Tu peux ramper. Arrache des branches et des brindilles mortes sur les arbres, il y en a partout. On prendra ce que tu trouveras.

— Le papier ne suffit pas, intervint Alex. Il nous faut du petit bois. Tout ce que trouvera Betsy sera mouillé.

— Des branches mortes, répéta Valérie. Et s'il n'y en a pas assez... on brûlera des chemises et des corsages. Gardez les pulls, les chaussettes et les vestes. On se mettra les choses les unes sur les autres pour se tenir chaud.

— On ne va pas rester ici si longtemps ! hurla Betsy. Quelqu'un va venir !

La peur saisit à nouveau Valérie, la laissant le souffle coupé.

— Il faut qu'on aille... chercher Lily... ajouta-t-elle, retrouvant ses mots malgré sa terreur.

Alex s'engagea dans la forêt.

— Regarde s'il y a des traces de pas. On ne va pas rester ici longtemps. Le premier avion qui passera verra l'appareil en flammes.

— J'espère. Combien de gens survolent les Adirondacks par un lundi de janvier ?

— Dieu seul le sait. Carl a-t-il fait un plan de vol ?

— Je l'ignore. Quand on rentre de jour, il n'en fait généralement pas. Il faut à peine trois heures pour atteindre Middleburg...

Sa phrase se perdit. D'habitude, il fallait à peine trois heures. Désormais, c'est un voyage sans fin.

— Val ?

Alex la regardait d'un air inquiet.

— Excuse-moi.

Ils marchèrent dans la lumière grisâtre qui filtrait à travers les pins.

— Lily ! appela Alex. Lily ! Lily !

Au bout d'une demi-heure, épuisés, ils rebroussèrent chemin, se repérant sur l'avion en flammes et la flambée qui brûlait au pied de l'arbre. Lorsqu'ils rejoignirent le groupe assis autour du feu, Lily Grace était là, auprès de Carlton, la main sur son front.

— Je suis désolée de vous avoir causé tous ces problèmes, déclara-t-elle.

La voix aiguë et claire, un ruisseau d'eau fraîche, le visage lumineux, elle avait quelque chose d'irrésistible. Les autres semblaient fascinés. Betsy était installée si près qu'elle s'appuyait presque sur elle. C'est son regard, songea Valérie : extatique mais un peu triste. Quelle idée ridicule, se dit-elle aussitôt. Ce doit être le froid. Personne n'est ainsi. Pourtant, Valérie savait que ce n'était pas une illusion. Pâle, des cheveux blond très clair et des yeux bleu foncé, jeune – elle aurait aussi bien pu avoir quatorze ans que vingt-quatre –, assise au milieu de ce morne paysage d'hiver, elle y paraissait insensible. Comme si elle était indifférente à l'accident. Rien ne marquait Lily Grace.

Valérie se rappela qu'on la lui avait présentée comme étant pasteur lorsqu'elle était arrivée à leur villa tout juste deux jours plus tôt.

— Mon amie, le révérend Lilith Grace, avait dit Sybille. Elle a une émission religieuse à la télévision.

Ils avaient tous trouvé cela drôle. Après tout, pourquoi pas ? songea Valérie. Peut-être sait-elle quelque chose que j'ignore.

— Val ! Carlton tentait de lever la tête. Val !

— Oui, répondit Valérie. Elle s'assit auprès de lui et baisa ses lèvres froides. Je suis là, Carl.

On aurait cru que Lily se volatilisait.

— Ecoute. Il ouvrit les yeux, cherchant à fixer son regard sur elle. J'y suis pas arrivé. Il parlait d'un ton pressant mais articulait mal. Valérie se pencha vers lui. Je regrette, Val. Sincèrement, je regrette ! Je n'ai jamais voulu te faire de mal. J'ai essayé de le garder. Maintenant, tu vas apprendre que je... Merde, j'ai perdu le contrôle, je l'ai perdu... perdu !

— Carl, ne te fais pas de reproches, répliqua-t-elle. Tu as fait de ton mieux, tu as été merveilleux. Tu nous a ramenés à terre et on est vivants. Tu ne devrais pas parler, il faut que tu te reposes jusqu'à ce qu'on puisse te sortir d'ici.

Il poursuivit comme si elle n'avait rien dit.

— Je n'ai jamais voulu t'entraîner là-dedans. J'avais promis de... m'occuper de toi. Tu te souviens ? Mon Dieu... je croyais l'avoir réglé... avoir redémarré. C'était trop tard. Excuse-moi, Val, je regrette, je regrette...

Sa voix s'estompa, ses yeux se fermèrent et il se mit à rouler la tête, lentement, de côté et d'autre.

— Je n'arrive pas à comprendre... c'est comme s'il y avait de l'eau dans les réservoirs... Mais... les deux ? Ça m'est jamais arrivé. Un long gémissement lui échappa. J'ai pas vérifié. J'étais trop pressé de partir. Cette saloperie de mécanique aurait dû me rappeler à l'ordre. On peut pas faire confiance...

Brusquement, son visage se crispa. Il ouvrit grands les yeux et leva la tête, regardant comme un fou autour de lui.

— C'est pas de ma faute ! C'est pas un accident ! Ecoute ! C'est impossible... les deux réservoirs ! Je suis arrivé jusqu'ici... sans problème ! Tu comprends, Val ? Tu comprends ? De l'eau dans les deux réservoirs ! Merde, j'aurais dû me douter qu'elle en était capable... Sa tête retomba contre l'arbre. J'aurais dû y penser... excuse-moi.

Ses yeux se refermèrent. Il respirait lentement et avec difficulté. Valérie effleura son visage.

– Il a si froid. Vous savez de quoi il parlait ? demanda-t-elle aux autres.

Ils secouèrent la tête.

– Je l'entendais à peine, affirma Alex. Un spasme de douleur déforma ses traits. Tu as des calmants dans ta petite trousse ?

– Oui, bien sûr. Et on va te faire une écharpe.

Elle ouvrit la mallette et ils s'entraidèrent, nettoyant coupures et égratignures, mettant le bras d'Alex en écharpe, posant des bandes Velpeau sur la jambe terriblement gonflée de Betsy. Valérie regardait ses mains s'activer, maladroites bien que de plus en plus habiles à chaque tour, se demandant comment elle pouvait bien faire une chose pareille. Depuis que l'avion s'était écrasé, elle n'y avait pas réfléchi une seconde. Elle agissait et organisait une chose à la fois, sans s'étonner de deviner l'étape suivante ni de ses soudaines capacités. Une nouvelle Valérie. Quel dommage ce serait de mourir avant d'avoir l'occasion de la connaître.

Elle s'installa auprès de Carlton, veillant sur son sommeil agité, tandis qu'Alex et Lily Grace s'occupaient du feu, projetant des étincelles vers la cime des arbres à chaque fois qu'ils remettaient du bois. Ils s'aidèrent à enfiler d'autres vêtements. Attendirent qu'un avion passe au-dessus d'eux. Les heures s'écoulèrent.

Dans l'après-midi, le soleil étant plus bas, l'air fraîchit. La respiration de Carlton était rauque et si lente que Valérie se surprenait à retenir son souffle jusqu'à ce qu'il prenne une nouvelle inspiration. Elle regarda les autres : ils étaient tous dans un état d'hébétude, en dehors de Lily Grace qui semblait plongée dans une espèce de méditation.

– Je vais aller chercher du secours, annonça Valérie. Elle s'entendit prononcer ces mots sans surprise alors qu'ils lui avaient échappé. Carl va mourir si on ne le transporte pas à l'hôpital. Il y a une route non loin d'ici ; je l'ai vue quand on s'apprêtait à atterrir. Je devrais pouvoir trouver quelqu'un sans tarder.

Betsy Tarrant la dévisagea.

– Tu vas te perdre ! Ou mourir de froid !

Valérie regarda Alex.

– Tu as une autre idée ?

– Il n'est que trois heures et demie. Un avion peut encore passer. Et les équipes de secours ? Ils doivent nous rechercher, on devrait être arrivés à Middleburg depuis longtemps.

– Si Carl n'a pas fait de plan de vol, ils ne sauront pas où orienter les recherches. Ils seraient déjà là si la RBDA marchait et ils ne sont pas venus, donc...

– La RBDA ? s'enquit Lily, levant les yeux.

– La radiobalise de détresse automatique. Elle se trouve dans l'avion – enfin, elle s'y trouvait –, dans la queue, je crois. Elle envoie des signaux que peuvent suivre les équipes de secours. Si elle marchait, on nous aurait trouvés.

Valérie caressa le visage de Carlton. A la lueur du feu, son teint semblait terreux.

— Je pense que personne ne va venir nous chercher et je n'ai pas l'intention de rester ici à regarder Carl mourir.

Piochant dans la pile de vêtements qu'elle avait ramassés, elle découvrit d'autres moufles et des bottes imperméables doublées de fourrure. Elle enfila trois paires de chaussettes, puis les bottes. Elle récupéra son chapeau de zibeline et s'enroula dans une écharpe en cachemire, ne laissant que ses yeux à découvert.

— Le dernier cri de la mode, lança-t-elle d'un ton léger. Aujourd'hui ici, demain dans *Vogue*.

Elle se tut un instant pour poser sa voix. Elle n'avait pas envie de partir. Le petit groupe réuni autour du feu qui crépitait lui donnait un sentiment de confort et de sécurité. Derrière eux, la forêt était sombre et menaçante. Elle prit une profonde inspiration.

— Je vais revenir avec du secours le plus vite possible. Restez ensemble et attendez-moi.

Alors qu'elle s'apprêtait à partir, Lily Grace dit d'un ton calme :
— Que Dieu soit avec toi.
— Merci, répondit Valérie, songeant qu'elle aurait préféré l'aide du service des Eaux et Forêts.
— Bonne chance ! lança Alex.
— Ne te perds pas ! hurla Betsy. Ne finis pas en glaçon ! Reviens vite !

Incrédule, Valérie secoua la tête. Betsy ne changerait jamais. En un sens, c'était rassurant de savoir qu'il y avait quelque chose de prévisible en ces lieux.

Au bout de quelques minutes, le feu et la carcasse fumante de l'appareil ne furent plus que des points incandescents tandis qu'elle s'éloignait, suivant le chemin qu'avait tracé l'avion. De petits nuages couraient dans le ciel qui perdait de son éclat ; une demi-lune se levait au-dessus des collines voisines. J'y verrai à peu près, se dit Valérie.

Alors qu'elle traversait le lac gelé, balançant les bras pour se réchauffer dans le vent glacial qui soufflait sur cette banquise, des images surgissaient dans son esprit, aussi vivantes que des peintures se découpant sur la forêt sombre. Les camps de vacances quand elle était petite et qu'elle apprenait à nager, jouer au tennis et monter à cheval. Les ranchs de l'Ouest lorsqu'elle était adolescente et qu'elle apprenait à tirer, participait à des rodéos et des compétitions, faisait le mur pour aller retrouver des garçons après l'extinction des feux. Au camp, les moniteurs lui avaient appris comment se guider d'après le soleil, la lune et les étoiles. J'aurais dû m'intéresser moins aux garçons et plus à la lune et aux étoiles, se dit-elle.

De l'autre côté du lac, elle se retrouva dans la forêt, à l'abri du vent. Sous l'épaisse couche de neige se cachaient des racines, des branches et des buissons qui s'enroulaient autour de ses jambes tels des tentacules et s'accrochaient à elle. Par moments, elle tombait sur une plaque de glace et marchait dessus, avançant alors à grandes enjambées, mais la glace cédait et elle s'enfonçait, de la neige jusqu'aux genoux ou à la taille, tentant de se dégager comme si elle nageait.

Elle était frigorifiée et épuisée. Ses jambes étaient si lourdes qu'elle avait du mal à les soulever pour faire un pas de plus. Brusquement, elle eut trop chaud. Elle s'arrêta et voulut enlever son manteau. Non, qu'est-ce que je fais ? Mon Dieu, je suis devenue folle. Je vais mourir de froid. Elle s'emmitoufla dans sa zibeline et poursuivit sa route. Elle se demandait ce que dirait Betsy si elle se transformait en glaçon ; serait-elle contente d'avoir eu raison ou furieuse que Valérie soit morte en l'abandonnant à son triste sort ? Elle se mit à rire. Dans le silence de la forêt, le bruit sonnait étrangement et elle se tut. Marche. Ne réfléchis pas. Va vers le nord. La route était par là. Marche. Marche.

Elle continua son chemin. Elle trébuchait et tombait dans des talus de neige, se dégageait péniblement, gémissant sous le poids de sa fourrure mouillée. Puis elle reprenait sa route, trop fatiguée pour repousser les images qui lui traversaient inopinément l'esprit : la chaleur de son lit douillet à l'ancienne dans leur immense propriété si confortable de Middleburg, le chaud pelage lustré des chevaux qu'elle montait, les coussins moelleux et chauds du sofa en chintz de son vestiaire, la douce chaleur de son tapis finnois sous ses pieds nus lorsqu'elle s'habillait devant sa cheminée, les chaudes salles de bal où elle dansait, tourbillonnant devant ses amis dans un envol de soie et de dentelle.

Je devrais être arrivée à la route. Ça ne peut pas être si loin. A moins que je ne l'aie manquée.

Elle était affamée. Puis, curieusement, elle n'avait plus faim du tout. Et de nouveau la faim la prenait. Elle dévora de la neige par poignées : cela lui fit penser à de la meringue sur une omelette norvégienne. Elle entendit un oiseau et songea à un faisan rôti. Des pommes de pin éparpillées lui rappelèrent des truffes, des cèpes, des montagnes de caviar, du foie gras sur des toasts... Arrête. Marche, c'est tout. Un pied, puis l'autre. Marche.

Il faisait nuit, la forêt était plongée dans l'obscurité. Les mains devant elle, naviguant d'un arbre à l'autre, elle avançait. Elle avait les pieds et les mains engourdis, son souffle gelé formait une couche de glace sur son écharpe en cachemire. Elle s'appuya contre un pin. Il faut que je me repose, juste un instant. Ensuite, je continuerai. Elle glissa le long du tronc, endormie. Lorsqu'elle tomba dans la neige, elle se réveilla en sursaut. Non ! Debout ! Lève-toi !

Mais il était si agréable de rester là, enfouie dans le tapis de neige. Juste quelques minutes. J'en ai besoin, j'ai besoin de me reposer. Puis je trouverai la route... Elle se redressa brusquement.

— La route ! Sa voix semblait fragile et haut perchée dans le silence de la forêt. Il faut que je découvre la route... je ne peux pas dormir. Si je m'endors, je vais mourir. Et Carl aussi. Je ne peux pas dormir.

Elle se força à se relever, poussant un gémissement. Elle avait toujours les yeux clos.

— Je ne peux pas, dit-elle à voix haute. Je ne peux pas faire un pas de plus. Je ne trouverai jamais la route. C'est trop loin. Je suis si fatiguée. Je ne peux pas.

Que Dieu soit avec toi... Bonne chance... Reviens vite... Ne te perds pas!...

C'était trop tard. Excuse-moi, Val, je regrette...

Elle entendait leurs voix aussi distinctement que s'ils étaient auprès d'elle dans la sombre forêt. Soudain, elle fut prise d'un formidable regain d'énergie comme dans l'avion lorsqu'elle avait compris qu'elle était en vie. Ils ont tous besoin de moi. Ils dépendent de moi. Personne n'avait jamais dépendu d'elle : c'était un sentiment nouveau et galvanisant. Ils ont besoin de moi. Sa vigueur se dissipa mais l'idée était ancrée : ils comptaient sur elle, ils l'attendaient. Ils n'avaient personne d'autre. Et elle reprit son chemin.

La lune s'éleva dans le ciel. Bientôt, elle filtra entre les arbres, la neige virant à un ton argenté comme éclairée de l'intérieur. Valérie marchait, la respiration haletante, les muscles endoloris, les yeux la brûlant alors qu'elle tentait de voir dans la lumière miroitante sous laquelle les pins noirs semblaient danser, se ratatiner puis grossir jusqu'à ce que, par instants, elle ne sache plus si elle avançait ou reculait. Le terrain était plus difficile, et il lui fallut un moment avant de s'apercevoir qu'elle montait une côte. La route était près d'une colline. L'image lui traversa l'esprit : la route se trouvait entre deux petites hauteurs. J'y suis presque. Elle leva un pied, le posa, leva l'autre, le posa, se débattant dans la neige, luttant pour gravir l'éminence malgré son poids qui la tirait en arrière.

Elle songea à un soir où Carlton et elle étaient allés danser le quadrille avec des amis. En cercle, quatre couples se donnaient la main, s'entraînant les uns les autres tandis qu'ils évoluaient vers la gauche ou la droite. Elle entendait le violon qui s'élevait vers les poutres, menant leur groupe dans une ronde de plus en plus effrénée, d'un côté et de l'autre. Elle chanta l'air qu'il avait joué, sa voix semblant un fil dans l'air glacé, et elle eut l'impression que ses pieds se faisaient plus légers, sautillant et frappant le parquet alors que sa jupe tourbillonnait. Il faisait chaud; les lumières éclairaient les couples vêtus de couleurs vives, les hommes en jean et chemise écossaise, les femmes en vichy et jabot.

— Quelle danse merveilleuse! s'écria Valérie, les mains tendues pour tenir celles de ses amis.

Sa fourrure était ouverte; elle se recroquevilla sous le froid.

— Où suis-je? Où suis-je? Mon Dieu, que m'arrive-t-il? Elle se mit à pleurer. Mon manteau, se dit-elle. Fermer mon manteau. Elle s'emmitoufla dedans. Maintenant marchons. C'est tout.

Elle fit un pas, puis un autre, et se retrouva soudain dans le vide. Son pied tomba dans un trou, son corps à sa suite, et elle se mit à rouler, déboulant l'autre face de la colline. Elle avait la tête dans la neige, elle en avait plein les yeux et la bouche, son manteau était grand ouvert, des branches la griffaient, arrachant son écharpe en cachemire enroulée autour de son visage. Au pied de la colline se trouvait la route.

Elle atterrit sur la neige tassée et se pelotonna, petit tas mouillé sous une zibeline trempée et dépenaillée. Elle se leva, très lentement, s'essuyant le visage et le corps. La route. La route. La route. Elle tangua au milieu de la chaussée. Elle avait réussi. Elle y était.

La route était déserte. Elle dut continuer à marcher, prenant une direction au hasard cette fois-ci. C'était plus facile, sans neige profonde, mais elle n'arrivait toujours pas à soulever les pieds et vacillait à chaque pas. Elle poursuivit son chemin jusqu'à ce que le ciel vire au gris et que la lune disparaisse. C'est alors qu'un homme jeune, Harvey Gaines, qui avait roulé toute la nuit pour arriver à la ville où il devait prendre son poste au service des Eaux et Forêts, la trouva titubant sur la voie, les lèvres si crispées qu'elle ne pouvait prononcer un mot.

— Ne parlez pas, dit-il, et il la fourra dans sa jeep, fonçant vers une ferme où il vit de la lumière.

Le couple qui vint ouvrir jeta un coup d'œil vers Valérie, puis l'emmena devant la cheminée.

— Ne parlez pas, dirent-ils. Réchauffez-vous.

— Quatre autres personnes, susurra Valérie dans un faible murmure. Un lac, au sud de l'endroit où vous m'avez trouvée. On a eu un accident. Il y a du feu...

— J'ai compris, répliqua aussitôt Harvey Gaines.

Il se dirigea vers le téléphone tandis que Valérie s'asseyait, enveloppée dans des couvertures, buvait du chocolat et laissait la chaleur s'insinuer en elle jusqu'à commencer, peu à peu, à la réchauffer. Cependant, elle avait toujours les pieds engourdis et, lorsque la police envoya un hélicoptère pour la transporter à l'hôpital de Glens Falls, elle ne parvint pas à marcher.

Plus tard dans la matinée, on amena par avion les Tarrant et Lilith Grace à l'hôpital où Valérie les attendait.

Le corps de Carlton était là aussi. Il était mort trois heures après qu'elle se fut mise en route.

La police de l'Etat se présenta. Valérie la reçut au solarium où elle était installée dans une causeuse en osier à côté d'une immense baie vitrée, s'imbibant de soleil. Recouverts d'une légère couverture, ses pieds endoloris qui la picotaient reposaient sur un coussin. Elle avait les mains bandées, une terrible et lancinante douleur déchirait ses muscles, sans compter les contusions dont elle souffrait à la suite de l'accident ; elle arrivait à peine à bouger. Elle raconta à la police leur vol à partir du moment où Carlton les avait fait précipitamment quitter leur villa pour se rendre en Virginie jusqu'à celui où elle avait abandonné ses compagnons afin de chercher du secours.

— Il a assuré que ce n'était pas un accident, déclara-t-elle. On n'est

restés là-bas que quatre jours et l'avion marchait bien à l'aller. Il a prétendu...
— Pourquoi était-il si pressé de partir ? s'enquirent les policiers.
— Aucune idée. Des affaires à régler sans doute. Il était conseiller en investissements. Il a dit... c'était très bizarre... il a dit qu'on l'avait fait exprès. Il parlait de l'eau dans les deux réservoirs de carburant. Il a affirmé que ce n'était jamais arrivé. Puis il a fait allusion à une femme.
— Comment ?
— Il a dit : « J'aurais dû me douter qu'elle en était capable. »
— Capable de quoi ?
— Je l'ignore.
— Il parlait probablement de son appareil. Il y a des gens qui disent « elle » en parlant de leur avion. Ou de leur bateau.
— Peut-être.

Sa mère arriva le lendemain matin. Elles s'assirent ensemble, main dans la main.
— Je n'aurais jamais pensé pouvoir te perdre, déclara Rosemary Ashbrook. Tes pauvres pieds... que va-t-il se passer ?
— On n'en sait encore rien.

La peur saisit Valérie comme à chaque fois qu'elle pensait à ses pieds gelés. Elle essayait de se convaincre que Carlton n'était plus. Et devait alors affronter la vérité quant au sort qui risquait de la frapper. Je ne vais pas devenir impotente, songea-t-elle. Mieux vaut mourir.
— Pauvre Carl, reprit Rosemary. Je l'aimais tant. Et je me reposais sur lui. Que va-t-on devenir maintenant ? Je ne connais rien à mes affaires, c'était lui qui s'occupait de tout.
— Dan va s'en charger, le temps de trouver quelqu'un d'autre. Carl gérait aussi mon argent. Je me sens si bête, je n'y connais rien.
— Je te laisse le soin de régler cela. Je suis incapable de penser aux questions d'argent ; il en a toujours été ainsi. Pauvre Valérie, quelle épreuve pour toi. Et la police est venue ! Que cherchait-elle ?
— Des réponses à des tas de questions que je ne pouvais apporter.

Valérie ferma les yeux un instant, essayant de comprendre ce que représentait la disparition de Carl. Elle se sentait désarmée. Amputée, en équilibre précaire...
— En réalité, je ne savais pas grand-chose de Carl. Pourquoi d'ailleurs ? Trois années de mariage et on allait divorcer.
— Valérie !
— Enfin, on voulait que la situation s'arrange... c'est pour cela qu'on est venus ici. Carl se disait que quelques jours loin de tout nous rendraient romantiques et nous feraient oublier. Je pense qu'il n'y croyait pas vraiment. Il était si préoccupé par un problème qu'il avait laissé derrière lui qu'il était incapable de recoller les morceaux. Entre nous, ça n'a jamais été la grande passion. Et il avait quelqu'un dans sa vie.
— C'est impossible ! Il t'adorait !

– Non. Je ne sais pas au juste quels étaient ses sentiments à mon égard. Ni à l'égard de quoi que ce soit. On était amis... on a toujours été amis plus qu'amants... Mais ces derniers temps, c'est tout juste si on se parlait. Il était si absorbé par quelque chose et naturellement par quelqu'un...

Le lendemain matin, très tôt, Lily Grace vint rendre visite à Valérie.

– J'aimerais t'aider si tu as besoin de réconfort.

Valérie fit un petit sourire.

– Tu peux prier pour que je ne perde pas l'usage de mes pieds ni de mes orteils; une petite prière ne me ferait pas de mal en l'occurrence. Quant à Carl, je préfère y penser moi-même. J'ai des tas de questions à régler. Tu comprends?

– Bien sûr. Lily la regarda d'un air songeur. Je n'ai jamais été mariée. Mais j'imagine que perdre son conjoint ce doit être comme perdre une partie de soi, même si ton mariage est semé de doutes et de silences.

Valérie l'observa à son tour.

– Quel âge as-tu, Lily?

– Vingt et un ans. Vingt-deux la semaine prochaine.

– Et tu as remarqué qu'il y avait des doutes et des silences entre nous.

– Cela me semblait évident. Elle eut un sourire radieux qui réchauffa Valérie. Je comprends beaucoup de choses; c'est un don de Dieu. Toi aussi, tu as un don. Je m'en suis rendu compte dans la forêt. Tu as une forte volonté, tu sais ce que tu veux et tu nous as sauvé la vie. Je ne sais comment te remercier mais je prierai pour toi. Je vais prier pour que tu règles tes difficultés, que tu t'accordes autant de vie que tu nous en a offert et pour que tes engelures ne soient pas trop graves.

Elle embrassa Valérie sur les deux joues, puis sortit. Et personne ne la revit plus. Dans la nuit, elle quitta l'hôpital, seule. On ne savait où elle était allée. J'aimerais la revoir, se disait Valérie, même si Lily s'était trompée sur un point : jamais Valérie Sterling n'avait eu une forte volonté et jamais elle n'avait su ce qu'elle voulait. Pendant trente-trois ans, elle s'était simplement laissé entraîner là où le plaisir la menait.

J'ai pourtant aidé tout le monde après l'accident; c'est grâce à moi qu'ils s'en sont sortis. Voilà que s'est révélée une nouvelle Valérie. Mais je ne sais pas ce que je dois faire maintenant. Ni ce que je veux.

Le lendemain matin, on transporta Valérie et ses compagnons au Lenox Hill Hospital de New York. Deux jours plus tard, le médecin de Valérie autorisa un jeune journaliste, qui l'avait suivie depuis Glens Falls, à l'interviewer. Il vint accompagné d'un photographe.

– Qu'avez-vous ressenti? s'enquit-il. Vous aviez peur des bêtes sauvages? Comment saviez-vous dans quelle direction aller? Vous vous êtes perdue? Vous aviez déjà fait des expériences de survie? Vous avez beaucoup prié? A quoi pensiez-vous?

– A mettre un pied devant l'autre, répondit Valérie.

– Elle pensait à sauver les gens qu'elle avait laissés derrière elle, affirma sa mère d'un ton ferme. C'est ce qui la faisait avancer : l'idée qu'ils mourraient sans elle. Elle était gelée, épuisée et sur le point de s'effondrer lorsque cet homme l'a trouvée. Mais elle serait allée jusqu'au bout. C'est une véritable héroïne.

Des rédacteurs en chef de New York et de Long Island, qui découvrirent ces mots à la une du *Glens Falls Times* avec le portrait de Valérie, envoyèrent à leur tour des journalistes et des photographes. Cette fois-ci, Valérie répondit elle-même. Elle les trouvait idiots de faire du roman de cette horrible nuit. Cependant, ils prenaient cela tellement au sérieux qu'elle raconta patiemment son histoire à nouveau, répondant à toutes les questions hormis celles qui concernaient Carlton.

Arrivèrent des reporters de la télévision et des cameramen qui s'entassèrent dans le solarium de l'hôpital. Les trois chaînes étaient présentes ainsi que CNN et l'Enderby Broadcasting Network, car non seulement Valérie représentait le genre de sujet à caractère humain qu'ils recherchaient toujours, mais en plus elle passait très bien à l'écran. Elle avait une beauté fascinante, malgré ses égratignures et ses contusions qui commençaient tout juste à cicatriser, une voix grave, chaude et raffinée, et son visage éclatant exprimait toute la gamme des émotions lorsqu'elle décrivait pour la énième fois toute cette aventure depuis l'atterrissage forcé sur le lac jusqu'au moment où Harvey Gaines l'avait secourue.

Et, avec l'Enderby Broadcasting Network, vint Sybille Enderby.

— Tu es une vraie vedette ! lança-t-elle à Valérie, puis elle l'embrassa et lui prit la main. Jamais on ne se serait imaginé que tu deviendrais une star sur ma chaîne de télévision, dis-moi ?

Sybille approcha une chaise de Valérie. Ses cheveux noirs étaient tressés en un chignon sophistiqué et ses yeux bleu clair semblaient de la nacre tranchant sur son teint olivâtre. Elle portait un manteau de cachemire garni de fourrure.

— Parle-moi de Carl.

Valérie secoua la tête.

— Je ne peux pas.

— Je n'arrive pas à y croire. Quand je pense que j'étais avec lui, avec vous deux, il y a encore quelques jours à Lake Placid. J'étais si heureuse que Lily veuille rester quand j'ai dû rentrer, j'étais sûre que ça collerait entre vous. Carl la trouvait si spéciale. Et maintenant, il a disparu. Pouvait-il parler après l'accident ? Qu'a-t-il dit ?

Valérie soupira. Sybille ne lâchait jamais prise. Au lycée déjà, lorsqu'elle s'était fixé un but, elle n'en déviait jamais.

— Je ne dirai rien de Carl, déclara-t-elle d'un ton ferme. Un jour peut-être, pas maintenant.

— Bon... mais tu m'appelleras, si tu as envie de discuter, non ? Après tout, je connaissais Carl. Pas bien, mais c'était un ami.

— Je sais. Tu as des nouvelles de Lily Grace ? Elle s'est volatilisée à Glens Falls. Elle va bien ?

— Très bien. Elle est rentrée chez elle et chante tes louanges. Quand je pense que c'est moi qui lui ai donné du boulot et que c'est toi qui lui as fait le plus d'effet.

Valérie parut surprise.

— Ce n'était pas mon intention. Je voulais simplement survivre.

Après cette visite, Sybille l'appela souvent de Washington où elle habitait, la pressant de lui faire des confidences qu'elle n'avait pas envie de livrer. Ses autres amis s'intéressaient plus au drame de l'accident et à son épreuve dans la forêt. Ils vinrent tous la voir au cours de la deuxième semaine qu'elle passa à l'hôpital, lui donnant des nouvelles de la vie mondaine à New York, à Washington et en Virginie, lui affirmant que sans elle les soirées n'étaient plus les mêmes.

Plus tard, quand la gloire éphémère de Valérie déclina et qu'elle retrouva une vie plus tranquille, elle reçut des fleurs et un mot de Nicholas Fielding. Plus de douze ans avaient passé depuis l'époque où ils étaient à l'université ensemble, et ils ne s'étaient rencontrés qu'une fois depuis lors. Pourtant, comme elle lisait son billet rédigé de son écriture qui partait dans tous les sens, elle se rappela avec une parfaite précision leurs corps enlacés dans le lit qui grinçait de son appartement de Palo Alto et la façon dont il lui avait effleuré la joue, une unique caresse, lorsqu'elle lui avait annoncé qu'elle ne voulait plus le revoir.

Enfin, bon dernier, arriva Daniel Lithigate, l'avocat de Valérie. Elle était dans le solarium avec Rosemary.

— Quelle tragédie, déclara Lithigate, embrassant Valérie à coups de petits baisers nerveux. Je le connaissais depuis toujours. Je n'arrive pas à croire que je ne le verrai plus sur le terrain de polo ni au club, à boire du bourbon en nous expliquant comment on aurait dû jouer. Quand on était enfants, il faisait la même chose sur le terrain de base-ball. Je ne t'ai jamais raconté le jour — on devait avoir, oh, peut-être onze ou douze ans — où j'étais si en colère contre lui que j'ai pris ma batte et...

— Dan, l'interrompit Valérie en levant les yeux vers lui. Tu cherches des faux-fuyants. Assieds-toi que je te regarde. Ce ne sont pas des histoires sur Carl que je veux, je veux savoir où en sont nos finances. Épargne-moi les détails, j'aimerais simplement avoir une idée d'ensemble.

— Bien. Il s'installa dans un fauteuil en osier. Tu ne connais pas grand-chose des affaires de Carl.

— Je ne sais rien, ce n'est pas un secret. Il était l'exécuteur testamentaire de mon père et depuis lors il gérait nos portefeuilles, celui de ma mère et le mien. Sinon pourquoi te le demanderais-je ?

— Bien. Lithigate observa une pause. Valérie...

Il passa son pouce sur son nez, remontant ses lunettes à monture dorée qui retombèrent aussitôt.

— Nous avons un problème. Une chose que je n'aurais jamais imaginée de la part de Carl. Il a eu une attitude d'une incroyable imprudence...

— Qu'est-ce que cela signifie ?

Valérie se rappela l'anxiété de Carlton, la façon dont ils étaient rentrés précipitamment, sa distraction au cours des dernières semaines.
— Que se passe-t-il ?
Il se frotta le front et le nez.
— Il a beaucoup perdu en Bourse. Vraiment beaucoup, me semble-t-il.
— Comment cela beaucoup ? Dan, comment cela ?
— Environ quinze millions de dollars. Mais...
— Quinze millions de dollars ?
Lithigate s'éclaircit la gorge.
— Bien. Ça, c'est la Bourse. Mais ce n'est pas tout... il y autre chose. On suppose qu'il a voulu récupérer ses pertes. On ne sait absolument pas comment et, bien entendu, on ne peut pas poser la question...
— Dan.
— Bien. Il a emprunté, sur tout : tes maisons, ton appartement à New York, tes chevaux, tes toiles, tes meubles... il a emprunté sur tout et il a vendu tes titres. Cela lui a apporté encore treize millions de dollars à peu près.

Valérie tenta de fixer son attention sur son regard sérieux derrière ses lunettes à monture dorée.
— Tout ce qu'on avait, dit-elle dans un murmure. Et où est cet argent ?
— Eh bien, vois-tu, c'est là le problème. On n'en sait rien.

Une fois de plus, ses lunettes glissèrent sur son nez qui transpirait. Il les enleva, observant Valérie de ses yeux de myope.
— Il n'y en a pas trace, Valérie. Pas la moindre trace. Il n'y a plus rien.

2

Valérie Ashbrook et Sybille Morgen étaient en troisième année de fac lorsqu'elles rencontrèrent Nicholas Fielding. Ce fut Valérie qui fit sa connaissance un jour qu'elle attendait son tour dans une librairie du campus de Stanford University peu après les fêtes. Il était en doctorat. A vingt-cinq ans, plus âgé que la majeure partie de ses amis, grand, mince, sans artifice, il portait une veste froissée, des chaussettes désassorties et avait des cheveux châtains hirsutes. On voyait que sa coupe ne relevait pas des talents d'un grand coiffeur mais d'un copain. Cependant, ses traits anguleux, très dessinés, et sa voix grave lui donnaient l'air plus énergique que les autres hommes qu'elle fréquentait. Il y avait dans sa démarche une détermination et une souplesse comme s'il était avide de découvrir l'avenir, comme s'il trouvait le monde entier passionnant et qu'il était ouvert à tout ce qui se présentait. Dans ce magasin bondé, Valérie entra dans sa vie. Aussitôt leurs livres achetés, ils traversèrent le campus d'un pas nonchalant pour s'asseoir dans l'herbe sous le soleil brumeux de la Californie et se mirent à bavarder.

— Je ne sais pas ce que j'ai envie de faire, répondit Valérie avec impatience quand il lui posa la question pour la troisième fois. Je vais avoir un zéro pointé si je ne décide pas sur-le-champ ?

Il sourit.

— Non, simplement, il me semble impossible de ne pas savoir où je vais ni comment je vais y arriver.

— Oh, je le découvrirai bien un jour, répliqua-t-elle. Je vais avoir une révélation, tomber amoureuse, ou bien on me proposera quelque chose que je ne pourrai pas refuser et j'aurai les idées parfaitement claires. Mais pourquoi devrais-je me précipiter alors que je m'amuse tant en attendant ?

Nick sourit de nouveau, la contemplant d'un regard songeur. Elle était si jolie qu'il ne voulait pas détourner les yeux. Le soleil donnait des reflets cuivrés à ses cheveux fauve, épais et désordonnés comme s'ils n'avaient jamais vu un peigne. Sous ses sombres sourcils réguliers se dessinaient ses yeux en amande bruns ou noisette – il aurait fallu qu'il les observe de plus près pour en être sûr – et sa belle bouche sensuelle dont les commissures retombaient légèrement lorsqu'elle se taisait : une bouche superbe mais têtue. Vêtue d'un jean et d'un col roulé blanc, presque aussi grande que lui, elle avait une démarche aérienne de danseuse. Richesse et privilèges se lisaient dans son port de tête dégagé, sa démarche décontractée, comme si elle savait que les voitures s'arrêtaient pour la laisser passer, et cette tranquille assurance de quelqu'un qui sent que les gens la remarquent, trouvant en elle beaucoup à admirer et peu à critiquer. Elle faisait des gestes en parlant et remuait sur l'herbe. Tout en elle était éblouissant et vivant, plein d'énergie et porteur d'émotion. Nick avait envie de rester ainsi auprès d'elle, sous le soleil éclatant et dans ce monde serein, à jamais.

– Ce n'est pas un problème si j'ai un truc de travers, je peux m'en offrir un autre! lança-t-elle malicieusement.

Il sursauta.

– Un autre quoi?

– Ce qu'il me faut, d'après toi, après cette inspection détaillée.

Il baissa aussitôt les yeux, puis la regarda à nouveau.

– Excuse-moi. Je me disais que tu étais très belle; tu n'as besoin de rien. Tu dois être lasse d'entendre cela, j'imagine.

– Oh, ça fait toujours plaisir à entendre de temps en temps. Elle eut un sourire espiègle et voulut se lever. Il me manque quelque chose cependant. Je meurs de faim et il est presque l'heure de déjeuner. Il y a un merveilleux italien pas loin d'ici. On y va?

Il hésita un instant.

– Je ne déjeune jamais. Mais je prendrai un café avec toi.

– Tout le monde déjeune. Ta mère ne t'a pas appris à faire trois bons repas par jour?

– Je ne vais pas au restaurant, répliqua-t-il d'un ton égal. En revanche, je serai ravi de prendre un café avec toi.

– Ah. Très bien, mais c'est moi qui invite, poursuivit Valérie avec naturel. Après tout, c'est moi qui te l'ai proposé.

Il refusa d'un signe.

– Pas question.

– Pourquoi? Souriante, elle le considéra, le défiant du regard. C'est trop anticonformiste? Trop difficile à supporter pour ta virilité?

Surpris, il marqua un moment d'hésitation, puis lui fit un large sourire.

– Exactement. Je crois que je ne pourrais pas survivre au choc de voir une femme s'emparer de la note. Et je pense que mon père n'y survivrait pas non plus si je le lui disais.

Les yeux de Valérie brillaient.

– Et ta mère?

– Elle aurait sans doute souhaité faire partie de ta génération pour être plus indépendante.

Valérie éclata de rire.

— J'aimerais bien la connaître. Cela me ferait plaisir de l'inviter à déjeuner. Allez, la prochaine fois, on trouvera une autre idée. Aujourd'hui, c'est moi qui régale.

Alors qu'elle se détournait, Nick posa la main sur son bras pour l'arrêter et la regarda dans les yeux. Noisette, se dit-il, mouchetés de brun ; aussi changeants qu'un ciel d'été. Ils s'observèrent un long moment, puis il se força à se détacher.

— Moi aussi, j'ai faim, annonça-t-il, et ils allèrent déjeuner.

La fois suivante, il prépara le repas chez lui, un appartement situé au deuxième étage d'une maison privée non loin du campus. Tandis que Nick s'affairait à la cuisine, Valérie parcourut les pièces très peu meublées garnies çà et là de tapis en coton, d'affiches collées au mur et de dizaines de coussins par terre.

— C'est incroyablement bien rangé. Trois hommes seuls et pas une chaussette qui traîne. C'est inimaginable.

— Oui, effectivement. On a fait le ménage ce matin.

— Avec quoi les as-tu soudoyés ?

Il pouffa de rire.

— Ils l'ont fait de leur plein gré. Ils étaient tellement stupéfaits que j'aie enfin invité une fille qu'ils voulaient être sûrs que tout aille bien.

Postée dans l'embrasure de la porte, elle le regarda faire revenir de l'huile d'olive dans une poêle avec des oignons et du basilic, rajouter en tournant des champignons, des tomates et des épices, puis verser les pâtes sur le mélange. Il officiait d'une main experte et pondérée, trouvait ce qu'il lui fallait sans chercher, allant du réfrigérateur à la paillasse et à la gazinière sans pas inutiles. Il semblait garder l'œil sur tout ce qu'il faisait, songea Valérie. Elle n'avait jamais vu un homme aussi soigneux.

Ils s'installèrent à une table en pin éraflée qui donnait sur la cour du fond, et Nick servit le chianti dans deux pots à confiture.

— Bienvenue, dit-il, levant son verre pour trinquer avec Valérie. Je suis content que tu sois là.

Elle but une gorgée de vin, il était râpeux. Elle reposa son verre puis le reprit, espérant qu'il ne s'en était pas aperçu. S'il ne pouvait s'offrir autre chose, elle le boirait. Mais la prochaine fois elle apporterait le vin.

— Pourquoi tes camarades étaient-ils étonnés ? demanda-t-elle pendant le repas. Un chef de cette trempe ne doit jamais rester seul bien longtemps, j'imagine que tu connais des tas de filles.

Il sourit.

— Quelques-unes. Je suis plus à l'aise avec les ordinateurs qu'avec les gens. Et je ne fais pas de publicité pour ma cuisine.

— Tant mieux. Sinon, j'aurais dû faire la queue et je n'attends jamais. C'est ça que tu étudies ? L'informatique ?

— La conception et les programmes d'ordinateurs.

— Les ordinateurs, répéta-t-elle. On trouvera plein d'autres sujets de conversation. J'en ai déjà vu mais je n'y comprends rien.

— Un jour, tu y arriveras.

— N'y compte pas trop. Je ne m'intéresse guère à ce genre de trucs.

— Ce genre de trucs va te changer la vie. Dans dix ans, en 1984, peut-être plus tôt, on en trouvera partout; ils toucheront à tous les domaines de ton existence.

— Et les rapports sexuels, répliqua-t-elle à brûle-pourpoint. Il n'y a pas de risque de ce côté-là?

Il sourit.

— Pas que je sache. Toutefois, c'est sans doute la seule chose, et si tu ne comprends pas comment marchent les ordinateurs ni comment on s'en sert...

— Tu es d'un sérieux! s'exclama-t-elle, puis elle haussa les épaules. Je prends l'avion, je conduis ma voiture, je vis dans une maison avec l'air conditionné et je ne sais pas comment tout cela fonctionne. A bien y réfléchir, je sais comment marche l'électricité et je n'y comprends quand même rien. Alors, tu penses, lorsque je vois un écran d'ordinateur avec tous ces mots qui apparaissent et disparaissent, venant de nulle part pour aller nulle part, c'est vraiment trop. Je préférerais appeler cela de la magie.

— Quelle idée épouvantable! riposta Nick. Je connais les réactions d'un ordinateur, je peux le manipuler et le contrôler. Je ne pourrais pas si c'était de la magie.

— Bien sûr que non; sinon, ça n'en serait pas. Et que fais-tu quand il t'arrive quelque chose de merveilleux? Tu refuses d'y croire? Ou tu t'y fies?

— Je ne saisis même pas le sens de ces paroles. On dirait de la mythologie. Je ne miserais pas là-dessus.

— Et sur quoi miserais-tu? La science?

— A tous les coups.

Valérie soupira.

— Ça n'a pas l'air très drôle.

— Drôle, répéta-t-il, songeur.

Leurs regards se croisèrent.

— Tu vas bien y arriver, lança-t-elle. Je vais t'aider.

Il lui fit un grand sourire.

— Tous les gens qui font des études d'ingénieur rêvent d'un moment pareil.

— Je peux leur en fournir à la douzaine, répliqua-t-elle. C'est un tour de magie. Et si on commençait demain? Je vais faire du cheval dans le ranch d'un ami à Los Verdes. Tu veux venir avec moi?

— Je ne suis pas très bon cavalier, je te ralentirais.

— Impossible, tu aimes être en tête.

Il parut surpris.

— Toi aussi.

— Alors, on restera ensemble, c'est mieux.

Il pouffa de rire et remplit leurs verres. Elle avait à peine touché le sien.

– Où as-tu appris à monter ?
– Dans notre ferme. Ma mère voulait une écurie pour l'ambiance. Elle pense qu'il faut des chevaux dans une ferme comme il faut des fauteuils en chintz dans une maison de campagne et des rideaux en velours dans un appartement. Mais elle n'a jamais appris à monter. Elle a eu l'ambiance et moi les chevaux.

Nick la regardait avec curiosité.
– Je n'aurais jamais imaginé que tu venais de la campagne.

Elle se mit à rire.
– Je suis de New York. C'est là que sont les rideaux en velours. A la ferme, on y va le week-end. C'est un endroit merveilleux. Tu connais l'Eastern Shore ?
– Non.

Elle l'observa.
– Ou d'autres endroits du Maryland ?
– Non. Ni la Côte Est. Ni le Midwest. Ni le Sud. J'aime l'Ouest et j'avais envie de le découvrir, le découvrir à fond. Alors, je passais mes étés à me balader en stop en faisant des petits boulots et en apprenant à connaître les gens.

Valérie repensa à la façon dont il cuisinait : avec mesure et maîtrise.
– Et pas l'Europe non plus ? s'enquit-elle.
– Non. L'Europe, ce sera pour quand je commencerai à gagner de l'argent. Parle-moi de votre propriété. Elle est grande ?
– Dans les six cents hectares. Je ne parviens pas à suivre le compte des parcelles que mon père achète et revend. Un régisseur s'occupe du domaine : on fait pousser du maïs, du soja et on a un énorme potager. Je crois qu'on nourrit la moitié de la ville d'Oxford avec ces légumes. Il y a des bois ravissants avec des chemins que mon père a fait tracer voilà des années, si bien qu'ils ont l'air naturels et très sauvages parfois, une piscine aussi, naturellement, et ma mère a aménagé un terrain de croquet depuis peu. Quand elle joue avec ses amis, on dirait une aquarelle dans un roman du XIXe siècle. La maison se trouve sur une colline dominant Chesapeake Bay ; lorsqu'on ne participe pas à l'une des régates, on peut les suivre de la terrasse. C'est l'antidote idéal contre New York. Et Paris ou Rome en l'occurrence. Parfois, on y va en rentrant d'Europe pour se détendre avant d'aller à New York. Tu viendras un de ces jours. Ça te plaira beaucoup. Elle le vit se rembrunir. Il y a quelque chose qui ne va pas ?
– Non. Je suis en train de subir un choc culturel, c'est tout.

Un bref silence s'ensuivit.
– Non, affirma-t-elle d'un ton égal. Tu as voyagé, tu sais que l'argent regorge de par le monde et comment les gens le dépensent. Simplement, tu es surpris parce que je suis plus fortunée que tu n'imaginais et il faut que tu me réévalues. Elle se leva et commença à débarrasser la table. Prends ton temps.

Il la regarda empiler les assiettes dans l'évier.

— Quand as-tu fait la vaisselle pour la dernière fois ?
— Il y a dix ans, répondit-elle posément. Au camp. Mais je suis toujours disposée à m'adapter à une culture étrangère.

Nick éclata de rire. Tout va bien, se dit-il. On a tant à apprendre l'un de l'autre, on surmontera nos différences et on s'entendra bien. On sera ensemble. Il était étonné de voir à quel point il se sentait bien à cette idée. Il se leva pour préparer le café.

— Quand vas-tu faire du cheval exactement ? s'enquit-il.

Valérie Ashbrook, de Park Avenue à New York et Oxford dans le Maryland, avait toujours connu la soie et la zibeline, les écoles privées, les domestiques à son service, les séjours oisifs chez des amis dans des haciendas en Amérique du Sud, des châteaux en France, des castels en Espagne, des villas en Italie et les derniers palais qui demeuraient privés en Angleterre. Elle avait tout fait très jeune : dès l'âge de huit ans, elle gagna des matches de tennis, remporta des compétitions de ski et des concours d'orthographe ; à dix ans, elle était experte en voltige à cheval et, à peine entrée au lycée, elle décrocha le rôle principal dans les pièces qu'on montait. Remarquable danseuse, elle transforma l'une des granges de l'Ashbrook Farm en salle de bal ; si une semaine s'écoulait sans qu'elle reçût une invitation à un bal ou un quadrille, elle en donnait un. Elle aurait pu être brillante en mathématiques mais elle était trop paresseuse ; les sciences l'ennuyaient car il fallait confirmer toutes les expériences. Collectionneuse, elle s'essaya à la peinture ; cependant, elle s'aperçut vite que ses talents relevaient du simple violon d'Ingres. Elle adorait lire mais n'avait pas de bibliothèque, car elle offrait ses livres pour que d'autres en profitent. Elle n'apprit jamais à cuisiner, estimant que c'était une perte de temps puisqu'elle pouvait engager des gens qui excellaient en la matière. Elle détestait les vins bon marché. Et il y avait toujours un jeune homme qui rêvait de faire l'amour avec elle.

Lorsqu'elle était au lycée, sa mère insistait pour qu'elle partage son temps entre les soirées, les divertissements et le bénévolat au profit de fondations de New York et du Maryland. Ainsi, en compagnie de ses amis poussés eux aussi par leur mère, elle consacrait quelques heures par semaine à organiser des bals, des ventes aux enchères et autres dîners de charité destinés à recueillir des fonds pour tout, depuis la bibliothèque municipale de New York jusqu'à la recherche pour le cancer. Toutes ces activités baptisées « bonnes œuvres » représentaient aussi des réceptions sans fin, et il en sortit quelque chose d'encore plus intéressant : quand elle fut en terminale, on lui proposa de passer deux minutes dans le journal télévisé d'une chaîne du Maryland dans l'espoir de récolter des fonds affectés à la création d'un musée de la Marine. Elle était jeune, jolie, très sûre d'elle pour son âge et tout le monde la trouvait formidable. Par la suite, lorsqu'elle entra à Stanford, des grandes familles de San Francisco et Palo Alto, qui connaissaient ses parents, lui demandèrent de parler en leur nom quand le réalisateur des actualités, à l'heure du déjeuner ou en début de soirée, leur proposait une ou deux minutes d'antenne afin de soutenir une bonne cause.

— C'est très occasionnel, confia Valérie à Nick alors qu'ils arrivaient à la station de télévision de Palo Alto une semaine après le déjeuner chez lui.

Finalement, ils n'étaient pas allés faire du cheval ; à la dernière minute, on l'avait prié de remplacer quelqu'un au poste à mi-temps qu'il occupait au département d'ingénierie.

— J'aimerais bien que ce soit plus fréquent parce que je trouve ça très amusant, mais on ne consacre guère de temps aux bonnes causes à la télévision. De toute façon, je suis débordée ; je suis très prise par mes études.

— Tu pourrais bien trouver le temps si on te le proposait plus souvent, répliqua-t-il.

Elle rit.

— C'est vrai. Franchement, j'adore cela, mais je ne vais pas camper sur leur paillasson pour les supplier de m'en donner d'autres. Je ne suis même pas professionnelle et je n'ai aucune intention d'en faire mon métier.

— Pourquoi ?

Elle le regarda.

— Je ne sais pas. Je rends service à des amis ou à des amis de mes parents, voilà tout. C'est très divertissant et ça ne peut pas faire de tort.

Ils entrèrent dans le studio. Elle l'entraîna vers une chaise pliante dans le coin d'une grande pièce nue.

— Tu peux t'asseoir là pour regarder. On va juste enregistrer un petit baratin, ce ne sera pas long.

Il la vit saluer le cameraman et une jeune femme à proximité qui avait un casque et un bloc. Valérie monta sur un plateau recouvert d'une moquette minable où elle s'assit dans un fauteuil tourné de façon à masquer un long accroc dans le tissu. A côté d'elle se trouvait une table avec un vase rempli de fleurs qui tournaient de l'œil.

— Il n'y aurait pas des fleurs fraîches ? demanda-t-elle, puis elle passa sous son pull-over le fil d'un tout petit micro noir qu'elle accrocha à son col. Celles-ci sont bonnes à jeter.

— On va mettre autre chose, assura la femme au casque.

Quelques instants plus tard, elle les remplaça par une sculpture en bronze tordue, vaguement moderne, qui se dressait avec agressivité.

— Deux chiens dans un moment de passion ? lança Valérie. Deux chevaux se battant devant une mangeoire. Ou un cheval et un chien, mal accouplés.

Le cadreur riait.

— C'est un étudiant qui l'a faite. On l'a déposée ce matin pour que vous puissiez la montrer en parlant de l'exposition au centre culturel. Moi, ça me plaît ; elle a quelque chose.

— Du bronze à revendre ! répliqua Valérie. Mais c'est mieux que des fleurs fanées. On peut y aller quand vous voulez.

Les projecteurs s'allumèrent, inondant le plateau d'une lumière blanche qui écrasait tout. Nick comprit pourquoi Valérie était maquillée – surtout les yeux et les joues, éclat souligné d'un rouge vif sur ses lèvres – et portait une robe éblouissante de soie corail : sous cet éclairage, ce qui était outrancier semblait naturel. Tandis qu'un cadreur dirigeait vers elle l'unique caméra, elle lut à deux reprises le texte qui défilait sur le nègre, la première fois pour répéter et la seconde pour qu'un technicien en régie vérifie le niveau de sa voix dans le micro. Puis la femme au casque lui donna le signal et ils commencèrent l'enregistrement.

Ce coup-ci, alors qu'elle lisait le texte, Nick regarda tour à tour Valérie devant lui et un poste installé sur sa droite, fasciné par l'effet des projecteurs et de la caméra : à l'écran, elle paraissait plus lourde, une légère différence entre ses deux paupières se remarquait soudain, ses épaules semblaient rondes sous les ombres de l'éclairage en plongée. Tout cela était nouveau pour Nick. Prenant le bloc dans la poche de sa veste, il griffonna quelques notes qu'il comptait garder avec des tas d'autres rédigées à différents moments sur des sujets qui l'intéressaient. Un jour, il aurait le temps de les parcourir et de réfléchir sur tous les détails piquants qu'il avait rassemblés.

Les projecteurs s'éteignirent. Valérie défit le micro et retira le fil sous son pull-over. Elle s'approcha de Nick.

– Qu'en as-tu pensé ?

– C'est irréel. Son regard passa de Valérie à la caméra. Tu es assise là et tu parles à un objectif ressemblant à un trou noir qui engloutit tout, mais sur l'écran j'avais l'impression que tu t'adressais à moi et que j'étais ton meilleur ami. Mais comment fais-tu ?

– Je ne sais pas. Certains y parviennent mieux que d'autres. Je suis de ceux-là.

– Tu dois bien avoir un truc, insista-t-il. Imaginer que tu as quelqu'un en face de toi, une personne en chair et en os dans l'objectif... Sinon, comment pourrais-tu être aussi sincère ?

Elle rit.

– On peut feindre la sincérité, Nick. Cela s'appelle « faire l'amour à la caméra » et c'est très facile, pour moi en tout cas. Si tu domines ton sujet et si tu sais ce que les gens attendent de toi, tu peux leur faire avaler n'importe quoi. Tiens, voilà Sybille. Vous vous connaissez ?

– Non.

Il tendit la main.

– Sybille Morgen, Nicholas Fielding. Sybille aussi est à Stanford, elle travaille ici à mi-temps.

– Pas mal comme emploi, observa Nick, remarquant la ferme poignée de main de Sybille.

– Le meilleur qui soit, tant que je suis étudiante.

Elle leva vers lui les yeux bleu clair les plus étonnants qu'il eût jamais vus ; on aurait dit qu'elle mémorisait chacun de ses traits.

– L'endroit idéal pour apprendre. Ce n'est pas ici que je me ferai un nom mais je ne risque pas non plus de le perdre.

— J'espère que vous trouverez le chemin de la réussite, répliqua-t-il.
— C'est bien mon intention. J'ai enregistré ton texte, ça va, dit-elle à Valérie.
— Parfait, on peut aller dîner, conclut-elle en prenant Nick par le bras. On se revoit dans un mois. C'est bien dans un mois que vous présentez l'exposition de voitures anciennes ?
— Non, deux. Je t'enverrai un mot. Revenez quand vous voulez. On adore en mettre plein la vue, proposa-t-elle à Nick.
— J'en serai ravi.

Il regarda le cadreur rouler la caméra vers un autre plateau où se trouvait un long bureau arrondi devant une carte de la planète et une autre, plus petite, de Palo Alto piquée de flèches indiquant le temps.
— Je n'y connais rien et je suis curieux de découvrir ce monde.
— Appelez-moi, on fera le tour des studios. Tous les deux, si vous voulez, ajouta-t-elle à l'intention de Valérie. Quoique ça risque de t'ennuyer.
— Je ne m'ennuie jamais quand je suis dans une station de télévision, répondit Valérie d'un ton léger. En tout cas, pas jusqu'à présent. Et j'aime te voir travailler, Sybille, tu es si douée.
— Alors, je vous attends, déclara Sybille à Nick.

Il remarqua que, pour la deuxième fois, elle s'était directement adressée à lui.
— Si vous souhaitez voir quelque chose de particulier, prévenez-moi.

Sybille s'éloigna. Nick l'observa, admirant son pas décidé : elle marchait comme si elle cherchait à compenser par son assurance les centimètres qui lui manquaient. Saisissante, elle avait de ces visages qu'on n'oublie pas : le même âge que Valérie, lui semblait-il, d'épais cheveux noirs retenus par un élastique, une bouche ferme et des joues rondes. Toutefois, c'étaient ses yeux que se rappelait Nick : d'un bleu étonnamment clair contrastant avec son teint olivâtre, très rapprochés, les paupières lourdes, francs mais vifs, mélange qui empêchait de deviner ses pensées.
— Tu la connais depuis longtemps ? demanda-t-il à Valérie alors qu'ils regagnaient le campus dans sa voiture.
— Depuis toujours, pour ainsi dire. Elle est de Baltimore. A la ferme, sa mère fait les robes de maman, c'est sa couturière. Elle vient de Baltimore un jour par semaine, tôt le matin jusqu'à minuit ou plus, pour les essayages car c'est là qu'habitent les clients fortunés. Toute petite déjà, Sybille l'accompagnait. Je t'invite à dîner ou on partage ?
— J'ai tout préparé à la maison. Si ça ne t'ennuie pas. Comment se fait-il qu'elle soit à l'université ici ?
— Elle a dit à ma mère qu'elle voulait aller à Stanford et nulle part ailleurs car, si j'avais choisi cette université, ce devait être la meilleure. Tu m'imagines jouant les exemples à suivre ? Enfin, elle voulait tant venir ici que mes parents lui ont avancé l'argent de ses quatre ans d'études. Je pense qu'elle y arrive tout juste en travaillant à la télé.
— Et son père ?

— Il est mort, je crois. Elle se gara brusquement. Je veux m'arrêter une minute pour acheter du vin.
— J'en ai.
— Je sais, mais je veux apporter quelque chose et apparemment c'est ton point faible. Le seul que j'ai découvert... jusqu'à présent.
Il rit.
— Prends du blanc alors, on mange du veau.
Elle acheta quatre bouteilles de chablis. Nick garda le silence dans le magasin.
— Comment va-t-on boire quatre bouteilles à nous deux ? demanda-t-il en sortant.
— Il nous en restera pour la prochaine fois.
Il sourit lorsqu'il mit le paquet dans la voiture.
— Tu peux préparer une salade ?
— Je n'ai jamais essayé. Pourquoi ?
— J'ai envie qu'on fasse le dîner tous les deux.
— Je crois que tu ne souhaites pas vraiment ma présence dans ta cuisine mais je vais me lancer.
— Parfait.
Une fois arrivés, il servit deux verres de vin, posa la bouteille sur le réfrigérateur et sortit les différents ingrédients. A côté de lui, Valérie commença à couper les légumes.
— C'est ta mère qui t'a appris à faire la cuisine ?
— Non, mon père.
Il mesurait une dose de riz sauvage. Lui jetant un coup d'œil, il surprit son air étonné.
— Ma mère est secrétaire dans une agence immobilière. C'était elle qui s'occupait du repas jusqu'au jour où mon père l'a remplacée aux fourneaux. Ça lui arrive encore le week-end.
— Ainsi, ton père fait la cuisine en rentrant de son travail ?
— Non, plutôt pendant. Il a un atelier dans le garage et il est plus ou moins à la maison toute la journée. Il posa une casserole d'eau sur la cuisinière et alluma le gaz. Il est inventeur.
— Inventeur ! De quoi ? D'une chose que je connais ?
— Sans doute pas. Il a fait breveter des outils employés dans l'industrie automobile et une nouvelle méthode pour émulsionner la peinture... Il croisa son regard. Rien qui te soit familier, je suppose.
— Non, répliqua-t-elle d'un ton joyeux. Mais je suis quand même impressionnée.
— Il est impressionnant. Nick fixait sans la voir la casserole en attendant que l'eau bouille. Il ne renonce jamais, il encaisse les innombrables moments de découragement et continue, il aime partager ses succès mais garde ses échecs pour lui. Il est très intelligent, d'un optimisme sans bornes, et c'est un réaliste qui a le sens de l'humour. Je me suis toujours demandé comment il pouvait être tout cela à la fois.

— Tu l'aimes beaucoup.

Percevant une certaine mélancolie dans sa voix, Nick se retourna : les yeux fixés sur le poivron rouge, elle le coupait minutieusement en dés. Il voulut lui dire d'arrêter, que les morceaux étaient déjà trop petits. Il s'en abstint cependant, éprouvant soudain un sentiment de protection à son égard. Complètement fou, songea-t-il. Fabuleusement riche, pleine de beauté et de charme, débordante d'esprit et d'énergie, elle avait des amis dans le monde entier, sans doute autant d'hommes qu'elle en voulait – comment lui résister ? – et des goûts de luxe qu'elle pouvait satisfaire. Et voilà qu'il avait envie de la protéger. Cette petite note de mélancolie dans sa voix...

Elle leva les yeux.

— C'est vrai, non ? lança-t-elle.

— Oui, acquiesça-t-il, s'apercevant qu'il avait gardé le silence un long moment. Je l'aime beaucoup. Il a toujours été un exemple pour moi. Même quand je ne supportais pas l'idée qu'il échoue si souvent ou quand il me mettait dans l'embarras, je n'ai jamais pu imaginer avoir un autre père ou vouloir suivre un autre exemple.

Valérie le regardait, sans bouger.

— Dans l'embarras ?

— Oui, tu ne t'es jamais sentie gênée à cause de tes parents ? Mon père et ma mère venaient au lycée pour la réunion des parents d'élèves ou autre chose du même genre. Tout le monde, y compris ma mère, écoutait les professeurs s'expliquer sur les cours et mon père allait parler à qui voulait l'entendre de ses inventions... celles qui avaient raté et celles qui allaient révolutionner la vie moderne et faire sa fortune même s'il affirmait que l'argent ne l'intéressait pas. Ce qu'il voulait, c'était améliorer la vie de chacun. J'avais envie qu'il se taise mais je ne pouvais pas le lui dire, naturellement. Je me mettais dans un coin et je mourais de honte en silence, comme souvent les jeunes quand ils sont avec leur famille.

Valérie se mit à rire.

— Mais pourquoi insistait-il s'il échouait si souvent ?

Nick la regarda d'un air étrange.

— Parce que c'était son travail, l'invention, c'était sa vie. Ça l'est toujours. Et parce qu'il est toujours convaincu de réussir la fois suivante. Tu laisserais tomber si tu ne parvenais pas à faire quelque chose ?

— Tout dépend des efforts que j'y aurais consacrés. Peut-être que je n'abandonnerais pas aussitôt mais, au bout d'un moment, j'y repenserais sérieusement. Ton père est heureux ?

— Oui, répondit-il sans hésiter. Il rêve toujours d'une découverte qui aurait vraiment un effet sur le cours de l'histoire. Maintenant, il s'est presque mis en tête que ce serait moi qui y arriverais. Et pendant ce temps-là il continuera ses expériences de son mieux.

— Ça a l'air très organisé, remarqua Valérie. Comme une course de relais.

— On fait tous les deux ce qui nous plaît, répliqua Nick d'un ton sec.

Elle jeta un coup d'œil vers lui, puis reprit son travail. Quelques minutes plus tard, elle lui montra le saladier en bois.

— Tu es très soigneuse, observa-t-il, regardant les poivrons rouges et jaunes et les cœurs de palmier, tous coupés en petits dés égaux.

— Pas tellement. En réalité, je suis très désordonnée. Il faut toujours que quelqu'un passe derrière moi pour ranger mon fouillis. Mais je ne voulais pas que tu aies honte de m'avoir dans ta cuisine. Elle regarda sa préparation. A vrai dire, ça a l'air bizarre ; je n'ai jamais vu une salade pareille. Peut-être que je me suis trop concentrée. J'espérais y gagner au moins deux, trois bons points.

Nick lui ôta des mains le plat qu'il posa sur la paillasse et la prit dans ses bras.

— Je n'ai jamais eu honte de t'avoir auprès de moi, ni ici ni ailleurs. Comme Valérie l'enlaçait, ses lèvres effleurèrent les siennes. Et je ne marque pas les points. Toi, si ?

Elle fit signe que non. Ses lèvres s'entrouvrirent sous les siennes, elle en oublia la salade, elle en oublia cet accent sec dans sa voix, elle en oublia son sérieux qui la faisait frémir de doute lorsqu'ils étaient ensemble. Sa bouche se posa sur la sienne, elle sentit la douceur du vin sur sa langue et elle s'abandonna à lui, à sa force qui l'avait attirée lors de leur première rencontre, à sa franchise qui le différenciait tant de tous les gens qu'elle connaissait.

Il s'écarta pour la regarder mais elle le garda dans ses bras.

— Tu as peur de faire brûler notre dîner ? s'enquit-elle.

Un léger sourire éclaira son visage.

— Il peut bien attendre des heures.

— Alors, laisse-le.

Il se pencha vers elle, ses lèvres trouvant les siennes tandis que ses mains se posaient sur elle. Sous ses doigts, la soie de sa robe lui semblait électrisée. Son corps, le petit frisson qui la parcourut lorsqu'il déboutonna sa robe, son parfum, son souffle, sa peau l'enivrèrent.

Ils se dirigèrent vers le sofa. Mais Valérie s'arrêta à la vue de l'étroit canapé scandinave : un mince matelas de mousse sur une carcasse des plus rustiques avec un dossier et des accoudoirs en bois.

— On pourrait peut-être aller dans ta chambre ?

Nick pouffa.

— C'est un peu mieux mais pas beaucoup.

— Il y a un lit. C'est nettement mieux.

Il lui tendit la main. Elle s'en empara et ils suivirent le couloir.

— Oh, attends. Valérie l'arrêta de nouveau. Et tes camarades ?

— Ils ne rentreront pas. Bill est en voyage et Ted chez sa petite amie.

— Ils ne tiennent pas en place ! s'exclama-t-elle en riant, et elle l'entraîna vers sa chambre.

Dans la lumière crue d'une lampe high-tech réglée à l'angle voulu, elle paraissait surchargée alors qu'on n'y trouvait qu'un lit guère plus grand que le divan du salon, une vaste commode à l'ancienne et un bureau à cylindre avec un fauteuil pivotant. Un mince tapis mexicain masquait presque entièrement le sol et il y avait des livres partout, par terre, sur les meubles, le rebord des fenêtres. Nick débarrassa son lit, tourna la lampe vers le mur pour que l'éclairage soit plus doux et attira Valérie contre lui.

— Si tu fermes les yeux, tu peux faire comme si on était au Ritz.
— Je n'ai pas envie d'être au Ritz. Tu n'y serais pas.
— Pas encore, acquiesça-t-il.

Puis il l'embrassa, faisant glisser sa robe sur ses épaules. Il la dévêtit avec douceur et sans peine. Valérie fut soulagée qu'il ne soit pas novice en la matière, finalement. Par moments, il aurait pu me duper, se dit-elle avec une ironie désabusée, mais elle oublia aussitôt cette idée. Il s'était déshabillé et ils étaient enlacés, leurs corps se collant l'un contre l'autre, les battements de son cœur lui semblant les siens. Elle croisa son regard et ils s'allongèrent sur le lit.

— Valérie, murmura Nick.

Il avait la voix grave, prononçant son nom avec lenteur, avec sensualité, comme s'il le goûtait, comme s'il le respirait.

— Tu es si incroyablement belle.

Ses lèvres suivirent la courbe de son cou jusqu'à ses seins, les baisant, leur pointe se dressant sous sa langue, puis, ensemble, ils partirent à la découverte de l'autre, leurs mains, leurs bouches, leurs jambes enlacées se cherchant, chaque geste et chaque caresse prolongeant leur exploration. Nick plongeait ses yeux dans ceux de Valérie, celle-ci le contemplait, riant des manœuvres que leur imposait l'exiguïté de son lit de moine .

— Faire l'amour avec toi relève du suspense, lança-t-elle d'un ton espiègle au moment où elle faillit tomber. Je me demande où je vais me retrouver perchée dans une seconde.

Soudain déconcerté, ses mains s'immobilisèrent et il la regarda les yeux mi-clos. C'était lui qui manquait d'assurance. Aucune des femmes qu'il avait connues ne plaisantait au lit, et il s'était toujours montré aussi sérieux et silencieux qu'elles. On aurait dit qu'eux tous suivaient une règle selon laquelle la légèreté ne pouvait entrer dans l'amour et la passion.

— Il est interdit de penser, dit Valérie en se penchant vers lui. Peut-être plus tard mais pas maintenant. L'instant présent est consacré à ceci.

Elle lui donna un long baiser, sa langue se mêlant à la sienne en une danse nonchalante.

Se frottant contre lui tout en le butinant, elle sentait sa chaleur sous ses caresses, sur ses lèvres, ses seins. Elle adorait son corps ; il était plus musclé qu'elle ne l'aurait imaginé et il avait la peau presque aussi douce que celle d'un enfant. Un corps d'athlète, se dit-elle, et un cerveau qui pense trop.

Elle eut un petit rire qui résonna aux oreilles de Nick telle une chaude brise de printemps.

— Comment ?

Elle leva les yeux vers lui.

— C'est tellement merveilleux.

Il rit, aussi stupéfait que content. Bien sûr qu'elle ne s'ennuyait pas, il n'y avait jamais vraiment cru. Mais, nom d'un chien, il voulait qu'elle ne pense qu'à lui, qu'à eux. Il la souleva brutalement et l'allongea sur le dos. Il l'empoigna d'une main ferme, ses lèvres butinant son corps comme elle l'avait fait, sa langue l'explorant à longs coups qui l'amenèrent tout entière, sens et sentiments mêlés, vers un unique point où ils se rencontrèrent : seuls existaient sa langue, sa chair, leur plaisir. On n'entendait que leur souffle et leur nom qu'ils se murmuraient.

Quand il fut en elle, on aurait dit qu'ils savaient depuis toujours qu'ils seraient ainsi ensemble. Croisant son regard, Valérie eut un rire de gorge alors qu'elle approchait ses lèvres des siennes. Nick sentit que tout allait bien, parfaitement bien. Il allait apprendre à rire avec elle, se dit-il, et n'espérerait plus jamais son silence.

— Je savais qu'on n'avait pas besoin du Ritz, chuchota-t-elle.

Il se redressa à ses côtés et parcourut la minuscule pièce des yeux, puis son regard se posa sur la silhouette mince de Valérie, recourbée telle une fleur d'ivoire sur le lit froissé, ses cheveux fauve déployés autour de son visage fin. Il était fou de joie, car il avait trouvé exactement ce qu'il voulait et désormais tout était possible.

— On ira aussi au Ritz un de ces jours, affirma-t-il, juste pour voir si ça change quelque chose. Il embrassa ses seins. Je vais à la cuisine préparer notre dîner. Mieux qu'un dîner : c'est un festin, corrigea-t-il avec un sourire radieux.

Du tiroir d'une commode, il sortit un haut de pyjama à rayures qu'il lui tendit.

— La nouvelle mode extra-large. Tu vas être superbe là-dedans, tu es toujours superbe. Ensuite, on passera à table et on parlera de ce qu'on va faire demain.

Il enfila son peignoir et s'arrêta dans l'embrasure de la porte.

— Et tous les jours qui suivront, ajouta-t-il avant de disparaître.

3

Sybille quitta tard la station et rentra au campus, se faufilant dans la circulation avec l'insouciance d'une vraie Californienne. En réalité, elle ne se sentait pas plus chez elle ici que nulle part, même à Baltimore où elle avait passé son enfance. Elle rêvait depuis toujours d'habiter ailleurs, sur l'Eastern Shore où résidaient les riches clients de sa mère, à New York ou en Californie. Pourtant, une fois à Palo Alto, elle ne s'était pas plu davantage ; elle ambitionnait de vivre dans les collines là où demeuraient les nantis. Jamais elle n'avait trouvé un endroit où elle s'était sentie à sa place.

Elle rangea sa voiture près de chez elle à une place inderdite mais pas gênante, entrant en marche avant pour qu'on voie son autocollant de la KNEX-TV sur la vitre arrière qui lui donnait un côté officiel. Elle se garait toujours dans ce petit trou depuis qu'elle s'était installée, en deuxième année de fac, dans un grenier aménagé en appartement tout près du campus qu'on lui louait contre des heures de ménage. La place, qui se trouvait dans la ruelle, était tout juste assez grande pour sa Fiat minuscule et elle n'avait jamais eu de contravention. Question de chance ou de savoir-faire, se dit Sybille en fermant les portes. Peu importait : elle avait besoin des deux.

Sa tenue était préparée sur le lit ; elle l'avait repassée ce matin avant d'aller au cours. Ses chaussures attendaient au pied de la robe moulante et fendue, ses dessous posés à côté, et le parfum du gardénia envahissait la pièce. Elle s'était offert un chemisier.

Valérie lui avait annoncé que la plupart des femmes n'auraient pas de fleur car ce n'était pas une soirée habillée. Cependant, Sybille se rendait pour la première fois à une réception en dehors du campus : elle était si excitée qu'il lui fallait faire une folie. Elle acheta un gardénia qu'elle épingla sur la veste courte vert émeraude qui allait avec sa toilette vert et or. Sa mère l'avait faite pour une grande occasion ; ce soir, elle l'étrennait. Debout devant la petite glace au-dessus de la commode, elle se tourna et se contorsionna pour se voir sur toutes les coutures. Elle avait toujours regretté de ne pas être grande et élancée. Tiens-toi bien droite, s'intima-t-elle. La tête haute. Je suis l'invitée de Valérie Ashbrook, je vais dîner chez Thos Carlyle, le propriétaire de la KNEX-TV, qui ne sait sûrement pas que je travaille pour lui, et je vais rencontrer des gens qui comptent vraiment. Et si je me débrouille bien, un jour on m'y conviera en personne, non pas parce que Valérie me prend pour une pauvre malheureuse. Je serai invitée car je serai aussi importante que les autres.

A sept heures précises, elle était en bas. Valérie avait dit qu'elle passerait la prendre. Elle resta là, au bord du trottoir, les pieds serrés, la tête haute, pendant vingt minutes, jusqu'à ce qu'une limousine noire s'arrête en douceur devant elle. Valérie ouvrit la portière.

– Quelle ponctualité !
– J'ai mal compris l'heure ?

Sybille jeta un rapide coup d'œil sur l'intérieur en velours bleu foncé qu'elle grava aussitôt dans sa mémoire. D'un côté se trouvaient un minibar et un téléphone, de l'autre un poste de télévision. Valérie, s'aperçut-elle, était en noir ; elle portait une robe plus simple que la sienne, plus chic.

– Je croyais que tu avais dit sept heures.
– Effectivement, je suis en retard. Je n'arrivais pas à m'en sortir.
– Ah.

Pas un mot d'excuse, remarqua Sybille qui se demanda si Valérie agissait toujours ainsi. Elle la voyait si rarement sur le campus et elle ne fréquentait aucun de ses amis ; peut-être prenaient-ils tous ce genre de choses à la légère. Même l'invitation n'avait rien eu de formel : elles s'étaient rencontrées par hasard à la bibliothèque quelques jours plus tôt et, lorsque Sybille avait parlé de KNEX, Valérie lui avait confié qu'elle connaissait le propriétaire.

– Lui et sa femme donnent une soirée et ils m'ont dit de venir avec quelqu'un. Ça te plairait de faire sa connaissance ?

Sans autre cérémonie, Sybille s'était retrouvée sur la liste des invités au dîner de Thos Carlyle.

Le chauffeur se dirigeait vers les hauteurs.

– Je croyais que tu avais un coupé Mercedes, observa Sybille. C'est ta limousine ?

– Grands dieux, non ! Qui voudrait d'un paquebot pareil ? C'est celle de Thos. Il n'aime pas que de jeunes femmes conduisent seules dans les collines le soir, surtout moi, car mes parents et lui sont très liés. Il leur a sans doute promis qu'il garderait un œil sur moi et il est si gentleman que je ne discute pas.

– Pourquoi discuter ? On est merveilleusement bien.

– Pour une bonne raison : le chauffeur décide de la vitesse à ma place. Raconte-moi ce qui passe à la station. J'ai appris que quelqu'un s'était fait renvoyer.

– On ne l'a pas congédié, il va à la chaîne. Il ne pouvait rien lui arriver de mieux. Comment les bruits courent-ils aussi vite ? Cela ne date que d'avant-hier.

— Oh, c'est un village ici, et les gens adorent avoir des nouvelles à colporter, qu'elles soient bonnes ou mauvaises. Ça te tenterait... d'aller travailler à la chaîne ?

— Bien sûr, que souhaiter de mieux ? Tout se joue là-bas. Mes efforts ont pour but d'y arriver le plus vite possible.

Valérie remua sur son siège, très mal à l'aise, comme toujours lorsqu'on abordait ce genre de sujet.

— Comment peux-tu avoir les idées aussi claires ? Tout est dessiné, on dirait une carte routière. Nick aussi est comme ça : tout est prévu, il sait où il va, comment y parvenir, ce qu'il fera une fois là. Il n'est pas aussi acharné que toi mais on croirait entendre un adjudant quand vous parlez : prenez la colline d'assaut, ne regardez ni à gauche ni à droite avant d'atteindre le sommet. Tu n'as jamais envie de t'amuser simplement ?

— Tu es jalouse, répliqua Sybille avec perspicacité.

Il y eut un très bref silence, puis Valérie se mit à rire.

— Tu es tombée à côté de la plaque. Je ne suis pas du genre arriviste qui fonce tête baissée.

Sybille regarda par la fenêtre. Elles étaient dans les coteaux qui donnaient sur Palo Alto, serpentant dans les hauteurs aux jardins verdoyants et éclatants de mars. Il semblait difficile de croire qu'à la fin de l'été ce paysage aurait viré à un brun-jaune pâle après des semaines sans pluie. Elle contemplait les maisons, d'immenses demeures de pierre et de cèdre nichées dans les collines, se demandant ce qu'en pensait Valérie. Ces magnifiques résidences lui paraissaient-elles normales ? Rêvait-elle de vivre ici, imaginait-elle le sentiment de liberté qu'on devait éprouver quand on avait une maison sur l'une de ces éminences avec la vue sur la ville, la péninsule et jusqu'à la baie ? Ou trouvait-elle que ce n'était qu'un quartier agréable comme un autre, vraiment pas aussi attrayant que certains parmi lesquels elle pouvait choisir n'importe où dans le monde ?

Tout ce qu'elle veut, elle l'a, songea Sybille.

— Je croyais que vous viendriez faire un tour à la station, Nick et toi, lança-t-elle, se retournant vers Valérie.

— On en a parlé mais on n'a pas eu le temps. Peut-être le jour où j'enregistrerai le baratin pour l'exposition de voitures anciennes.

— C'est la semaine prochaine.

— Je vais lui en toucher un mot. On est presque arrivées. Je voudrais te dire deux, trois choses des gens qu'on va voir.

Elle cita quelques noms, traçant un tableau rapide des personnages. Sybille nota ces renseignements.

— Ce n'est pas très gentil de t'annoncer tout cela d'un coup, mais tu te débrouilleras bien quand tu y seras.

— Je m'en souviendrai, assura Sybille. Merci.

Elle chercha d'autres termes, d'autres façons de remercier Valérie pour cette soirée. Pourquoi avait-elle tant de mal à se sentir reconnaissante envers Valérie ? Il en avait toujours été ainsi, depuis l'époque où elles s'étaient connues à l'âge de cinq ans et que Valérie lui avait demandé si elle voulait nager dans la piscine.

— Nick sera là ce soir ? s'enquit-elle pour briser le silence.

— Non, il a du travail. Tant mieux, il n'apprécie guère ce genre de dîner. C'est la troisième fois en deux semaines qu'il décline mes invitations.

— Ça marche bien entre vous ? Je veux dire, c'est plus qu'une simple aventure. Vous êtes vraiment... proches ?

Valérie leva les sourcils et, la mort dans l'âme, Sybille sentit qu'elle avait commis un impair : elle n'avait pas le droit de poser une question pareille. Il coulerait beaucoup d'eau sous les ponts avant que Valérie ne lui fasse à nouveau ses confidences, ne serait-ce que pour lui livrer un vague secret.

— On y est, annonça Valérie alors que la limousine s'engageait dans une allée. Elle jeta un coup d'œil vers Sybille. On dirait que tu vas chez le dentiste ! Ecoute, ce ne sont que des gens charmants qui n'ont rien d'exceptionnel. Ils ne te font pas peur, tout de même ?

— Non, bien sûr que non. Ça ne m'arrive pas si souvent, voilà tout.

— Tu vas être formidable, assura Valérie d'un ton si naturel que Sybille comprit que ce n'était pas un compliment de pure forme pour la mettre à l'aise. Tu es très jolie, tu as beaucoup de conversation et il y a quelque chose en toi... Nick s'en est rendu compte. Il a affirmé que tu étais forte et que tu savais parfaitement ce que tu voulais. Les gens aiment ça, surtout les hommes. Tu te débrouilleras très bien, j'en suis sûre. Tu n'as aucune raison de t'inquiéter.

Sybille se sentit pleine de gratitude.

— Merci.

— Bon, allons-y, poursuivit Valérie.

Sybille descendit derrière elle. Crois-la, s'intima-t-elle. Pourquoi mentirait-elle ? Cependant, Sybille n'avait jamais su accepter un compliment avec élégance. Elle se demandait toujours si cela cachait quelque chose.

Elle suivit Valérie de son pas énergique.

— Amuse-toi bien, lança Valérie à la porte.

Sybille acquiesça. Pourtant, quand elle entra dans la vaste pièce, la peur la saisit, surtout lorsque Valérie disparut aussitôt après l'avoir présentée à leur hôtesse. Sybille la regarda évoluer parmi les invités, aussi à l'aise que sur le campus. Elle songea avec colère qu'elle n'avait pas le droit de l'abandonner de la sorte ; Valérie aurait dû rester auprès d'elle. Valérie agissait toujours ainsi : passant brutalement de la générosité et des louanges à une indifférence totale. Elle faisait strictement ce qui lui plaisait sur le moment sans se soucier du passé ni de l'avenir.

Alors que Valérie était le point de mire, Sybille se tenait en retrait, écoutant les conversations, souriant quand d'autres riaient, dévorant toujours des yeux la personne qui parlait comme si celle-ci s'adressait à elle. Sybille passa la soirée ainsi, ne disant pratiquement pas un mot, tandis que les convives prenaient un verre au salon avant de s'installer autour de trois tables rondes en granit pour le dîner. Elle regarda, elle écouta, elle prit note des toilettes, des gestes et des tics, des anecdotes sur la télévision et la politique nationale ou régionale qui peuplaient la conversation, lui donnant l'occasion de voir pour la première fois les choses de l'intérieur. Elle n'avait jamais assisté à une réunion aussi passionnante, et cela lui montra exactement ce qui manquait dans ses plans d'avenir. Désormais, non seulement elle espérait devenir riche et influente dans l'univers des médias, mais aussi participer à la vie des puissants de ce monde.

— Merci, dit-elle à Valérie quand la limousine s'arrêta à onze heures très précisément là où elle l'avait prise à peine quelques heures plus tôt.

— Je suis contente que tu aies pu venir, répondit Valérie. J'espère que tu t'es amusée ; tu étais affreusement silencieuse.

— Je regardais et j'apprenais des tas de choses. Ne t'inquiète pas pour moi, Valérie. Je ne me suis jamais autant amusée.

Nick dépassa Valérie, son cheval s'emballant alors qu'ils atteignaient le sommet d'une éminence et commençaient à redescendre. Il n'était pas monté depuis des années et redécouvrait la joie de ce sport, le sentiment de liberté et d'énergie débridée qui l'envahissait avec le vent. Il se ramassa sur l'encolure et, lorsque Valérie le rattrapa, lui hurlant quelque chose qu'il n'entendit pas, il vit tout d'abord les sabots martelants de sa monture. Elle se retourna vers lui et rit tandis qu'elle se dirigeait vers les collines, creusant la distance entre eux. Cependant, poussant son cheval, Nick regagna du terrain et ils chevauchèrent côte à côte. Quand ils s'arrêtèrent enfin, Valérie se rapprocha de lui.

— C'est comme de faire l'amour, tu ne trouves pas ? Comme d'être l'un dans l'autre.

— Pas exactement, répliqua-t-il avec un grand sourire. Si je me souviens bien, il y a une certaine différence.

— Pas dans l'essence même. On se chevauchait, non ? Dans un sens mystique en tout cas : j'ai tellement l'impression d'être partie intégrante de toi.

Elle l'étonnait toujours. Apparemment, elle ne prenait rien au sérieux, comme lui en toute circonstance pour ainsi dire. Pourtant, elle proposait ensuite des idées intéressantes et originales prouvant qu'elle avait réfléchi aux problèmes d'une façon presque analytique. Valérie n'avait pas un esprit analytique ; tout le monde le savait. Elle était gâtée, entêtée et agitée. Fascinante aussi, ce qui n'avait rien à voir avec son sérieux ; en revanche, cela expliquait pourquoi il pensait tant à elle. Ce matin, il avait séché un cours pour l'accompagner ; comme Valérie, mais elle s'en moquait. De plus, il avait deux études à terminer et un projet sur lequel il devrait travailler une grande partie de la nuit. Il n'y songeait pas ; il s'abandonnait à cette belle journée voilée de brouillard, à la joie de monter, au charme de Valérie.

— Tu n'as aucun sens mystique ? lança-t-elle d'un ton moqueur

devant son silence prolongé. J'aurais dû m'en douter; ce doit être aussi prohibé que la magie dans tes règles.
— Je n'ai rien contre, répliqua-t-il. Un scientifique est toujours prêt à écouter.
— Ah, tu veux des preuves. Quelle barbe! Tu sais ce que je préfère dans ce sport? On se coupe de tout. Le monde défile dans un halo, tout est pâle et brumeux, et la seule chose réelle c'est moi, mais je suis complètement différente. Je suis mon propre univers : pur espace, pur mouvement. Comme si le temps n'existait plus, qu'il n'y ait plus que la vitesse et l'éternité. Alors, qu'en pense monsieur le scientifique?
— Il pense qu'il aurait dû être poète, répondit Nick avec calme. J'aurais pu éprouver ce genre de choses pendant qu'on chevauchait; pourtant, ce ne sont pas les idées qui me sont venues.
— Elles sont tiennes désormais, déclara Valérie avec insouciance. Tu peux en faire ce que tu veux. Il faut qu'on rentre; j'ai une copie à rendre demain et on répète le premier acte de *Mésalliance* ce soir.
— Avant ou après le dîner?
— Pendant, je crois. On a rendez-vous à six heures et demie. On va se battre entre le dialogue de Shaw et nos sandwiches au corned-beef. Tu as envie d'y assister?
— Le public n'est sans doute pas le bienvenu?
— La vedette se doit de modifier les règles. Si tu as envie de venir, il n'y a pas de problème.
— Un autre soir, volontiers. Je vais travailler une bonne partie de la nuit.

Elle soupira.
— Toujours à travailler, murmura-t-elle, puis, l'abandonnant, elle s'éloigna.

Cependant, elle allait au pas et Nick ne tarda pas à la rejoindre. Ils n'étaient qu'à un kilomètre et demi du ranch où ils devaient rendre les chevaux quand ils entendirent un harmonica et un accordéon jouer un air plein d'entrain parmi les cris et les rires des enfants.
— Allons voir, proposa Valérie.

Suivant la musique, ils arrivèrent à une fête foraine dans les environs de Los Verdes. On avait l'impression que grouillaient des centaines de gamins tandis que quelques adultes se tenaient à l'écart comme des mauvaises herbes dans un champ ondulant sous le vent.
— Que c'est beau! s'exclama Valérie.

Mettant pied à terre, elle attacha sa monture à une barrière.
— Viens, Nick. Tu n'aimes pas les kermesses?
— Je n'y suis pas allé depuis bien longtemps.

Il avait dit la même phrase lorsqu'elle l'avait invité à faire du cheval. Je redécouvre tant de choses, songea-t-il en attachant sa monture. Et j'en découvre tant aussi. Oubliée la copie à remettre le lendemain, oubliée la répétition du soir, oublié le travail de Nick. Main dans la main, ils se pro-

47

menèrent parmi les stands, lancèrent des fers à cheval, tirèrent sur des canards qui s'agitaient, pêchèrent des lots dans des tonneaux, jouèrent au golf miniature et aux quilles. Ils firent deux tours de grande roue, admirèrent la joie des enfants sur le manège et le petit train puis, au bout de la foire, tombèrent sur un spectacle de marionnettes.

Valérie prit Nick par la main.

— C'est incroyable. On dirait la réplique exacte de celui que j'avais quand j'étais petite.

Ils se tenaient derrière une marée de gosses assis en tailleur dans l'herbe et Valérie dévorait le théâtre des yeux.

— Il scintillait comme celui-ci mais il avait des paillettes dorées, pas argentées. Lorsque j'allumais les projecteurs, on aurait dit des étoiles et tout était féerique. Perdue dans ses souvenirs, elle eut un petit rire. Avec mes cousins, on inventait des pièces qu'on présentait devant la famille jusqu'au moment où les intrigues devenaient si épouvantables que personne ne voulait plus regarder. Parfois, on n'y arrivait pas non plus; on avait si peur qu'on n'y touchait plus pendant des semaines. Mais on finissait toujours par recommencer et on préparait un spectacle encore plus atroce. Tu ne trouves pas ça extraordinaire à quel point les enfants aiment se faire peur avec les pires choses qui soient? Je ne sais pas pourquoi; aujourd'hui, je refuse d'y penser. C'est beaucoup mieux de croire que tout sera toujours des paillettes dorées qui ressemblent à des étoiles. Je me demande s'il est encore au sous-sol de la ferme. Si jamais j'ai des enfants, je voudrais voir ce qu'ils en feront. Il doit y avoir une trentaine de marionnettes qui attendent d'être ramenées à la vie.

Sur la petite scène, deux personnages jouaient au ping-pong.

— Si tu as des enfants? répéta Nick.

— Oh, j'en aurai sans doute un jour. Je n'y ai guère réfléchi. Pas avant longtemps, en tout cas. Je n'en aurai pas si c'est pour confier leur éducation à quelqu'un et, dans l'immédiat, je n'ai pas l'intention de me laisser dévorer par une famille. Elle surprit son expression étrange qui s'effaça aussitôt. Je n'ai que vingt ans! s'exclama-t-elle. Pourquoi veux-tu toujours que je prenne toutes ces décisions? Je ne me sens pas prête. Pour avoir des enfants, il faut être organisé, raisonnable, et ce n'est pas mon cas. Pas encore. Oh, regarde, quelle merveilleuse idée!

L'une des marionnettes avait frappé à toute volée la balle de ping-pong qui vint échouer parmi le public. Poussant des cris de joie, les gamins l'attrapèrent; une petite fille s'en empara et la garda pour elle. Lorsque les gosses se retournèrent vers la scène, les personnages se disputaient.

— Tu as gagné! Tu as perdu la balle!

— Non! C'est toi qui as tapé trop fort et elle a rebondi sur ma raquette!

— Je te l'ai bien lancée! C'est toi qui n'as pas su la renvoyer!

— Non, moi, je l'ai bien envoyée! C'est toi qui l'as mal rattrapée!

— Non, c'est toi!

— Ecoute, imbécile, il y a deux façons de s'y prendre : ma façon et la mauvaise. Un point, c'est tout!

Le jeune public riait et sautait. Nick et Valérie se regardèrent.

— Voilà pourquoi les nations se font la guerre, murmura-t-elle, puis elle rit. C'est une leçon de politique de la force armée.

Cependant, les marionnettes se réconcilièrent aussitôt.

— Peut-être y a-t-il une autre méthode qui soit bonne en dehors de la mienne, admit celui qui avait traité son ami d'imbécile. Mais c'est très embêtant de devoir apprendre deux tactiques.

— Ce n'est pas si grave, répliqua l'autre. Ça vaut bien un petit tracas si on peut arriver à jouer ensemble sans se bagarrer tout le temps.

— Voici la morale du jour, observa Nick tandis qu'ils rebroussaient chemin. Mais ce n'est pas la politique de la force armée telle qu'on la connaît.

— Non, ce n'est même pas le mariage tel qu'on le connaît.

Il jeta un coup d'œil vers elle.

— Alors, quel était le sujet de ce spectacle?

— C'était une histoire d'amour, répondit-elle en riant. Tu n'as pas remarqué? C'est le seul moment où deux personnes essaient vraiment d'apparaître sous leur meilleur jour. Voilà les chevaux. Mon Dieu, qu'il est tard! On va voir combien de temps on va mettre pour rentrer.

— Un instant.

La prenant dans ses bras, Nick la serra contre lui pour l'embrasser. Ils restèrent un long moment sous l'arbre.

— C'était très beau, dit Valérie lorsqu'ils s'écartèrent et se sourirent. Qu'est-ce qui a inspiré ce geste?

— Une merveilleuse journée. Et je voulais apparaître sous mon meilleur jour.

Elle éclata de rire.

— Je n'en espère pas moins de toi. Sinon, cette histoire n'aurait aucun intérêt. Viens, on va rentrer au galop.

Lorsqu'ils arrivèrent au ranch, chevauchant côte à côte, Valérie pensait à la pièce qu'elle devait répéter le soir même; elle avait oublié les marionnettes. Alors que Nick ne les oublierait jamais. Car cet après-midi-là, pour la première fois, il avait compris qu'il voulait l'épouser... et qu'il ne pouvait lui demander sa main car elle la lui refuserait. Cet après-midi serait suivi de nombreux autres et de nombreuses soirées au cours desquels il se dirait qu'elle n'était pas encore prête. Il fallait qu'il attende le bon moment.

Un campus est un monde en soi, presque aussi à l'écart du reste de la planète que s'il était refermé sur lui-même derrière un haut mur. Même sans mur, à peine franchit-on l'enceinte de Stanford qu'on remarque le changement. La lumière, plus douce, filtre sur les étudiants qui se promènent d'un pas nonchalant, se vautrent sur les pelouses, s'embrassent; elle resplendit sur les courbes harmonieuses des bâtiments en grès avec leur toit en tuile et leurs arcades entourant des cours tranquilles ou bordant de longues allées.

Nick avait aimé cet endroit dès le jour où ses parents l'avaient accompagné ici sept ans plus tôt. Après l'avoir aidé à installer ses quelques biens dans la chambre de sa résidence, ils lui avaient donné des conseils d'un ton pressant comme si c'était là leur dernière chance. Dès qu'ils furent partis, Nick alla faire un tour. Il regarda une carte pour se repérer, apprit les noms des différents édifices, assista à un match d'entraînement de football, envia les couples qui marchaient main dans la main sur les pelouses, erra entre les rayonnages de la bibliothèque, passant la main sur les livres. Il voulait les lire tous.

Il ne retourna jamais vivre chez lui par la suite. La majeure partie de l'année, il étudiait tout en travaillant ici ou là, occupant parfois deux postes en même temps. L'été, il se baladait pendant un mois dans l'Ouest, de l'Oregon au Washington et de l'Arizona au Nouveau-Mexique. Il faisait des photos, prenait des notes, apprenait les coutumes indiennes et régionales. Généralement, il s'embarquait seul. Une fois, il partit avec une fille qu'il croyait aimer, mais ils ne purent surmonter l'épreuve de cette intimité. Une autre année, deux amis de son équipe de football l'accompagnèrent, l'un d'eux ayant une voiture, et ils explorèrent ensemble les vallées et les montagnes du Wyoming. L'un de ses plus beaux voyages. Cependant, ses camarades passèrent leur licence le printemps suivant et, une fois de plus, il s'aventura seul, parcourant à bicyclette les extraordinaires formations rocheuses qui se dressent le long de Baja California. Et ce fut aussi un très beau voyage, la solitude ayant ses avantages. Il n'avait jamais redouté la solitude.

Lorsqu'il revenait à Stanford, après une équipée dans l'Ouest ou une visite chez ses parents, il lui semblait toujours qu'il rentrait chez lui. Il était chez lui ici.

Quand il dit cela à Sybille, elle le dévisagea d'un air surpris. Elle lui avait fait faire le tour de KNEX en compagnie de Valérie puis, dans sa voiture de sport, ils étaient allés dîner dans un restaurant chinois de Palo Alto.

— On ne peut pas considérer l'université comme un lieu où on se sent chez soi ; c'est plutôt un endroit de transition sur le chemin qui mène vers l'avenir.

— Nick bâtit toujours des nids, confia Valérie, même s'il est en route vers une autre destination. Il est incroyablement doué pour cela. Moi, je ne pourrais jamais.

— Quelques leçons de femme au foyer te suffiraient, répliqua Nick avec un large sourire. Et je serais ravi de te les donner.

— Trop tard, je suis beaucoup trop âgée pour apprendre. Tu ne veux pas que je t'enseigne l'art d'engager des domestiques ?

— C'est au-dessus de mes moyens. De plus, tous mes talents de cuisinier et d'homme d'intérieur s'atrophieraient.

Il aperçut le regard mélancolique de Sybille et se sentit coupable de la laisser à l'écart.

— On parlait de Stanford, lança-t-il en se tournant vers elle. Qu'est-ce qui te déplaît ici ?

— Je ne parlais pas de Stanford en particulier, c'est la même chose n'importe où. Il faut une éternité pour y être admis et cela ne m'apporte pas ce que je recherche. Qu'y a-t-il de si agréable ici ?

Nick regarda le serveur étaler de la confiture de prunes, des lamelles de viande et des légumes sur des galettes qu'il roula ensuite.

— Qu'est-ce que tu recherches ? s'enquit-il.

— Des tas de choses, répondit-elle après une légère hésitation.

Elle aurait aimé que Valérie ne soit pas là, elle aurait voulu bavarder seule avec Nick.

— Qu'on me remarque. Qu'on remarque ma présence. La plupart des gens que je connais sont si contents de leur sort ; ils n'éprouvent pas ce terrible besoin d'être aussi importants et aussi puissants que...

Elle s'interrompit et baissa les yeux, rouge comme une tomate.

Valérie, qui ne supportait pas la tristesse, intervint aussitôt.

— Dans le monde des médias ? Comme quoi ? Réalisatrice ?

— Peut-être, pour commencer. Levant les yeux, Sybille s'aperçut qu'ils ne se moquaient pas d'elle. Mais ce n'est qu'un début. Je vais passer à l'antenne... je vais présenter un journal télévisé, puis j'aurai ma propre émission, une émission composée d'interviews ou quelque chose comme ça, je ne sais pas encore. Et je m'occuperai de tout : l'écrire, la réaliser et la présenter.

Elle se cala sur sa chaise au moment où le serveur posa devant elle une assiette où était disposée une grande galette roulée.

— En tout cas, je n'ai pas l'intention de devenir un grand manitou dans une petite station de rien du tout comme KNEX.

— Pourquoi ? demanda Valérie d'un ton étonné.

Sybille la regarda comme si elle était une mauvaise élève.

— Parce que je veux obtenir ce qui me manque aujourd'hui, ce que tout le monde souhaite : l'argent, le pouvoir et la gloire.

— Pas moi, répliqua Valérie. Je ne rêve ni de pouvoir ni de gloire. On travaille trop et on ne s'amuse pas assez. De plus, il faut se bagarrer sans arrêt contre ceux qui veulent te les prendre. Je ne me vois vraiment pas dans une galère pareille.

— Parce que tu as toujours eu de l'argent et que tu es habituée à avoir ce que tu veux. C'est drôlement facile de dire qu'on ne veut pas de quelque chose quand on l'a déjà et qu'on sait qu'on en aura toujours plus sans même lever le petit doigt.

— Eh ! lança Valérie sans agressivité. Ça ne vaut pas la peine de se disputer.

— Excuse-moi, répliqua Sybille qui baissa la tête en rougissant de plus belle. Je prends cela trop à cœur. Mais c'est si important pour moi.

— D'obtenir ce qui te manque ?
— D'obtenir tout ce que je veux.
— C'est demander un peu trop, remarqua Nick.

Il les observait, sentant que les autres clients les regardaient aussi, l'enviant sans doute. Elles formaient un spectacle si saisissant ensemble : Valérie toute de blondeur et d'une beauté à couper le souffle, Sybille sombre et fascinante avec ces yeux étonnamment clairs, presque exotiques. Valérie en jean et chemisier de soie vert émeraude, Sybille soignée et très comme il faut en jupe noire et pull-over blanc. Valérie détendue, désinvolte, sûre d'elle, Sybille oscillant entre la gêne et une énergie débordante, forcée.

Elles paraissaient si différentes qu'il se demandait comment elles pouvaient bien être amies même si elles ne se voyaient que de temps en temps et ne semblaient pas très proches. Il avait surpris le coup d'œil de Sybille qui avait inspecté Valérie de la tête aux pieds à leur arrivée et il était certain que cette dernière, qui avait sans doute remarqué ce que portait Sybille, s'y intéressait nettement moins. Sybille écoutait Valérie avec plus d'attention que ne lui accordait celle-ci ; par moments, elle imitait ses gestes et elle ne perdait jamais le fil de la conversation pour laisser vagabonder ses pensées comme le faisait Valérie. Elle donnait l'impression d'un étudiant qui enregistrait tout en vue d'un prochain examen.

— Je n'ai pas peur de demander un peu trop tant que j'ai quelque chose à y gagner, dit-elle à Nick.

Elle l'observa, le jaugeant. Ses yeux bleus ressemblaient à des bijoux pleins de promesses, sans révéler leur secret toutefois, songea-t-il. Une femme intéressante dévorée d'une ambition qu'il comprenait car elle était égale à la sienne. Il prit la main de Valérie sous la table. Il était heureux d'avoir trouvé son point de repère, beaucoup plus heureux aujourd'hui qu'à l'époque où il avait tenté des expériences avec différentes femmes dont certaines excitaient autant sa curiosité que Sybille Morgen.

— Et toi ? s'enquit-elle.

Elle se débattait avec ses baguettes, cherchant à attraper un morceau de poulet ; elle les posa comme si elle ne voulait plus manger et regarda Nick.

— Tu fais des études afin d'obtenir ce que tu veux, non ? Te donner des moyens pour plus tard. Sinon, pourquoi consacrer toutes ces années à attendre qu'il se passe vraiment quelque chose ?

Nick eut pitié d'elle soudain, se demandant comment une femme qui ne considérait pas le monde qui l'entourait comme une réalité et qui mourait d'envie d'être différente de ce qu'elle était pouvait être satisfaite.

— Je suis venu ici pour étudier, répondit-il, puis il fit un grand sourire. Ça a l'air affreusement ennuyeux de prime abord, non ?

— Pas pour un scientifique, assura Valérie d'un ton léger.

— Et les scientifiques qui aiment les spectacles de marionnettes ? lança-il.

— Ils sont sauvés. Pas ennuyeux du tout. Mais tout de même, ajouta-t-elle avec ironie, aller en fac pour étudier... quelle idée bizarre.

Sybille, qui les observait, retint son souffle en voyant Nick contempler Valérie. Nick jeta un coup d'œil vers elle. Gênée, elle reprit ses baguettes. Elle essaya de les coincer entre ses doigts. Merde, se dit-elle ! Apparemment, Nick et Valérie y arrivaient sans aucun problème. Apprendre des bêtises comme de manger avec deux bâtons en bois est de ces choses qui paraissent naturelles quand on a de l'argent et le temps de traîner au restaurant. Elle s'abstint cependant de demander une fourchette. Après bien des efforts, elle finit par comprendre comment ça marchait. Pendant ce temps, une partie de la conversation lui échappa et, lorsque Nick la regarda, elle déclara aussitôt :

— Ça ne peut pas être la seule raison pour laquelle tu es ici.

— C'est vrai, avoua-t-il. Je suis aussi venu afin de rencontrer Valérie, même si je ne connaissais pas son nom et que je ne savais pas à quoi elle ressemblait voici encore trois mois.

— Non, sérieusement, pour quelle autre raison ? insista Sybille avec agacement.

— Aucune, je crois, affirma-t-il simplement, se demandant ce qu'il faudrait pour la faire rire. Je suis le plus heureux des hommes lorsque je découvre des choses dont j'ignorais l'existence la veille. J'ai des tas de projets et je suis impatient d'y parvenir quand je finirai mes études dans deux mois et que je commencerai à travailler, mais je n'ai pas consacré les sept dernières années uniquement à m'y préparer.

— Quel genre d'emploi envisages-tu ?

— Le même qu'en ce moment : concevoir des ordinateurs, écrire des programmes...

— C'est bien ce que je dis : tu forges tes armes à l'instar de nous tous. Comme si on courait une course d'obstacles avant de prendre le vrai départ. Ici, les gens s'imaginent que c'est important alors que ça n'a aucun rapport avec la réalité.

— Ce n'est pas si compliqué.

Nick sourit. Il admirait toujours sa détermination ; il aurait toutefois préféré qu'elle soit moins agressive. *Elle est comme moi avant que Valérie ne m'apprenne à me détendre.*

— J'avais simplement envie d'être étudiant quelques années. Il y a des hommes de mon âge, avec ou sans diplôme, qui gagnent des fortunes dans le coin, de San Francisco à Monterey, et j'aurais pu tenter le coup mais je souhaitais d'abord vivre cette expérience. C'est sans doute la dernière fois de ma vie que je pourrai apprendre à me connaître et savoir ce que je veux. J'ai toujours pensé que c'était là le but d'une université. Je gagnerai de l'argent le moment venu, je ne m'inquiète pas pour cela.

Sybille le dévisagea.

— Tu ne t'inquiètes pas pour cela, répéta-t-elle. Tu es si sûr de toi.

— Je ferai en sorte que ça marche. Je ferai ce qu'il faudra et ça marchera.

On croirait m'entendre, se dit Sybille. Que fait-il avec Valérie alors qu'il me ressemble tant ? Puis, comme si elle se rappelait qu'elle n'avait pas eu le dernier mot, elle revint à l'attaque.

– Tu feras en sorte que ça marche parce que tu auras forgé tes armes. Et parce que tu as connu ici des gens qui pourront t'aider. Même si tu dois avant tout t'aider toi-même, car tu ne peux pas espérer que les autres s'intéressent à toi. J'ai raison, Valérie, non ? Tu veux faire carrière au théâtre et, pour toi, c'est le moyen de te mettre le pied à l'étrier.

– Pas vraiment, corrigea Valérie.

S'ennuyant apparemment, elle jouait avec ses baguettes, remarqua Nick.

– Je n'envisage pas de devenir une actrice professionnelle, c'est trop limité. Je participerai peut-être à des spectacles amateurs de temps à autre, mais cela s'arrêtera là, je pense.

Sybille l'observait.

– Pourquoi as-tu décidé d'aller en fac ?

A son tour, Valérie la regarda comme si elle était une mauvaise élève.

– Pourquoi pas ? C'est quelque chose de nouveau comme d'aller en Afrique ou en Inde, et ça, je connaissais déjà. De plus, tout le monde fait des études, c'est l'étape suivante après le lycée.

Nick pouffa de rire et leva son verre de bière chinoise pour trinquer avec elles deux.

– A la vie universitaire !

– Tu peux bien plaisanter, déclara Valérie avec calme. J'aime étudier autant que n'importe qui. Simplement, moi, au lieu d'en parler, je le fais. Et je m'amuse bien.

– Moi aussi, j'aime cela naturellement, affirma Sybille. Mais ce n'est pas...

Elle se tut. Elle ne pourrait les convaincre : ils avaient des idées trop arrêtées.

Valérie effleura le verre de Nick.

– Aux divertissements et à tous les chemins qui y mènent.

– Ensemble, ajouta-t-il, soutenant son regard.

– Qui sait ? Elle se tourna vers Sybille. Et que dis-tu de cela ? Dans dix ans, on portera un toast à Sybille Morgen, célèbre présentatrice de sa propre émission de télévision connue dans tous les Etats-Unis.

– Je vais boire à cela, déclara Sybille.

Chacun portant un toast différent, ils trinquèrent tous les trois.

Assise à côté de la fenêtre, Valérie rêvassait pendant que le professeur brandissait sa craie vers le tableau et résolvait les mystères d'une formule de chimie compliquée. Depuis sa rencontre avec Nick, elle appréciait plus les sciences. En réalité, elle se surprenait parfois à y prendre du plaisir. Et, dans les moments ennuyeux, elle gardait son attention en éveil en s'imaginant qu'elle écoutait la voix de Nick, ce qui n'était pas si difficile car il prenait un ton un peu docte lorsqu'il l'aidait dans son travail.

Elle pensait beaucoup à lui ces temps-ci, plus que jamais avec aucun autre. Et se demandait pourquoi. Il n'était pas l'homme le plus sexy qu'elle connaissait, ni le plus beau ou le plus téméraire; il n'avait pas voyagé et ne semblait pas pressé de rattraper le temps perdu; il ne pouvait faute de moyens sortir avec ses amis lorsqu'ils faisaient du bateau, du ski nautique, se rendaient à des soirées ou dans des boîtes de nuit, parcouraient les environs en se cherchant des occupations. Il n'avait pu se libérer pour l'accompagner les deux fois où elle était partie passer le week-end à New York alors qu'elle voulait lui présenter ses parents. Et il affichait un tel sérieux en toute circonstance!

Le pire de tout vraiment! Sa main courait sur son cahier, copiant la formule et la solution. Pourtant, ses pensées allaient à Nick. A la vérité, il n'était peut-être pas le plus sexy, le plus beau ni rien d'autre, mais l'homme le plus dévorant qu'elle ait jamais connu : quand ils étaient ensemble, elle se donnait entièrement à lui, ne se perdant jamais dans ses rêveries comme avec les autres, et quand ils étaient séparés son souvenir l'envahissait et l'enveloppait comme dans leurs moments d'intimité au lit.

Cependant demeuraient son énergie farouche, son besoin de mettre toujours ses projets à exécution même s'il ne s'agissait que d'une balade en voiture dans la campagne un après-midi, un emploi à mi-temps au campus ou le travail qu'il envisageait pour l'avenir. Toujours, profondément en lui, subsistaient ce sérieux et cette maîtrise de soi, cette concentration qu'elle n'avait aucun espoir de briser.

Elle n'arrivait ni à comprendre ce sentiment ni à le partager; pourtant, elle ne parvenait pas à chasser Nick de son esprit. Comment pouvait-elle éprouver ce genre de choses envers une personne qu'elle ne comprenait pas? Cela commençait à la rendre nerveuse. Ils étaient si souvent ensemble : ils étudiaient ensemble, prenaient leurs repas ensemble, passaient la nuit ensemble lorsque ses camarades s'absentaient, au point que cette aventure ressemblait fort à une relation de couple. Elle n'avait rencontré personne d'autre depuis quatre mois et elle consacrait moins de temps à ses amies. Apparemment, Nick n'était pas contrarié de ne pas faire de nouvelles connaissances et, même s'il voyait toujours ses copains, Valérie passait avant tout le monde. Il semblait installé. L'idée la faisait frémir d'inquiétude.

Je suis trop jeune pour cela, se disait-elle. Je ne dois pas me lier à quelqu'un pour des années.

Mais je ne suis pas si liée à lui, absolument pas. C'est comme une histoire d'amour à bord d'un paquebot, elle se terminera à la fin de nos études. Sans doute plus tôt.

Le professeur acheva son cours et Valérie regarda son cahier. Il était couvert de chiffres, de notes et de diagrammes rédigés de son écriture assez irrégulière. Elle avait même inscrit le titre d'un article qu'ils devaient lire pour la fois suivante. Visiblement, elle avait pris tout le cours sans en entendre un traître mot. Je me demande si Nick y verra un exploit ou un défaut typique de mon caractère.

Nom d'un chien, voilà que je pense aussitôt en parler à Nick. C'est devenu une habitude ces temps derniers. Elle quitta le bâtiment, s'arrêtant un instant à l'ombre des arcades pour s'accoutumer à l'éclatant soleil d'avril. A chaque fois qu'il m'arrive quelque chose de drôle, d'étonnant ou simplement d'intéressant, je meurs d'envie de le lui confier. Eh bien, aujourd'hui, je ne lui dirai rien. Je n'ai aucune raison de raconter tout ce qui m'arrive à Nick Fielding. J'ai ma propre vie et je refuse de me livrer entièrement à qui que ce soit.

— Et j'ai écrit pendant une heure, annonça-t-elle au dîner ce soir-là chez Nick. J'ai pris des notes impeccables sans entendre un mot du cours. Je pensais à autre chose.

Nick pouffa.

— Tu devrais envisager de te lancer dans la politique. Si tu es capable de penser à une chose et d'en écrire une autre — mieux encore d'en exprimer une autre —, tu es le candidat idéal.

— Ça ne me plairait pas. Je préfère cantonner mes tricheries à moi, c'est plus honnête.

Ils se mirent à rire. Nick servit le café, puis coupa le gâteau qu'avait acheté Valérie. Elle le regarda faire, adorant voir ses mains : douces, bronzées aux longs doigts fins. Elle se rappela ses doigts en elle et le désir s'empara d'elle. Apparemment, elle ne se rassasiait jamais de lui au lit. C'est à cela que je songeais au cours aujourd'hui, se rappela-t-elle.

J'étais aussi décidée à ne pas lui raconter que j'avais pris des notes sans m'en rendre compte. J'étais si sûre de ne rien lui dire. S'emparant de sa fourchette, elle se mit à jouer avec sa part de gâteau. Cela ne paraissait plus important. Elle se sentait si bien ici, à le regarder évoluer dans sa cuisine, à l'idée de coucher avec lui, de retrouver sa tendresse et son énergie qui lui semblaient toujours une découverte, qu'elle en oubliait ses arguments irréfutables lui dictant de ne pas trop s'engager.

Il y avait apparemment une grande différence entre ce qu'elle pensait quand ils étaient séparés et quand ils étaient ensemble. Il faudra que je résolve cette question un de ces jours, se dit-elle. Mais ce n'est pas pressé. Après tout, cette histoire se terminera quand on quittera Stanford. Donc pourquoi agir alors que je vis des moments merveilleux et qu'il est si extraordinaire de lui raconter des choses ?

Sauf que c'est bien là le problème. Il est en train de devenir une habitude qui risque d'être affreusement difficile à perdre.

4

Sybille observa les yeux clos et la bouche ouverte de Terence Beauregard, troisième du nom, réalisateur du journal à KNEX-TV, dont le corps grassouillet se gonflait entre ses jambes.
– C'est bien, dit-il, le souffle un peu court. Très, très bien...
Sybille ferma les yeux afin de le chasser de son esprit. Elle ne supportait pas de regarder les hommes avec qui elle couchait. Elle se concentra sur son propre rythme, s'enfonçant en lui, se redressant et se coulant lentement, écoutant sa respiration pour savoir quand accélérer le mouvement et quand ralentir.
Elle s'appuyait sur ses mains posées de chaque côté de son gros visage et, lorsqu'elle se baissait, frottait ses seins contre sa poitrine car cela l'excitait toujours. Il la laissait prendre l'initiative. A l'écoute des bruits qu'il émettait, elle remua plus rapidement, souhaitant qu'il fasse ce qu'elle voulait jusqu'à ce qu'il se mette à hurler, saisisse ses fesses à deux mains, frémisse sous elle et enfin repose, immobile.
Il respirait encore vite lorsqu'elle s'écarta de lui et s'assit en tailleur sur son lit.
– C'était bien, déclara-t-il, les yeux toujours clos. Vraiment bien, mon chou.
Sybille attendit sa réaction suivante qui ne manqua pas de se produire : tout d'abord, elle se sentit vide, plus seule que jamais et, au bout du compte, folle de rage.
Il se foutait de savoir qui le chevauchait. Il n'avait même pas pris la peine de la regarder, il n'avait pas prononcé son nom une seule fois. Peut-être ne s'en souvenait-il plus. Le lendemain, il la croiserait au bureau et se conduirait comme si de rien n'était. Elle ne représentait rien pour lui.
Elle en avait autant à son service. Mais la question n'était pas là. Elle ne supportait pas de passer inaperçue.
Il eut alors une attitude étonnante. Elle s'apprêtait à le renvoyer chez

lui, comme elle le faisait toujours, pour passer le reste de la soirée tel qu'elle l'entendait, lorsqu'il tendit la main.

— Il faut que je te parle du journal que tu as préparé aujourd'hui. Il y avait plein de choses qui n'allaient pas.

Sybille se figea.

— Plein de choses qui n'allaient pas ?

— C'était ennuyeux. Il ouvrit les yeux et, propulsant son corps lourd, se redressa. Ce journal passe à l'heure du déjeuner. Les gens mangent, vont et viennent, ils sont pressés... il faut du nerf sinon tu perds ton public. Ce que tu recherches, ce sont des trucs personnels. Des petites histoires. Quelqu'un appelle ça des « tranches de vie ». Tu sais, des petites histoires qui s'enchaînent. Franchement, personne n'a envie de voir une inondation, point à la ligne : de l'eau dans les champs et une voix off qui parle des dommages subis par les récoltes... Meeerde... Les gens ont envie d'en voir d'autres. Surtout des gens qui souffrent. Une famille sur un bateau qui a tout perdu sauf les vêtements qu'elle portait, une rivière qu'on drague à la recherche de cadavres, un gosse sur un toit qui hurle en attendant qu'un hélicoptère vienne le sauver, un chien noyé... n'importe quoi. Des tranches de vie. Donne-leur ce qu'ils demandent.

— Mais la grande nouvelle, c'était la perte des récoltes...

— On s'en fout des récoltes. On s'en fout des infos. Personne n'en a rien à foutre. Ils veulent des histoires, mon chou. Des tranches de vie. Combien de fois faut-il que je te le répète ? Il se leva et passa un doigt sur sa poitrine. Tu es douée et tu es dure ; tu finiras par comprendre. J'ai des projets pour toi, tu sais. On a de la bière ici ?

On ? Sybille prit une longue inspiration. Il avait des projets pour elle. Il pouvait l'aider.

— Bien sûr. Elle se drapa dans son peignoir en crépon de coton qu'elle noua bien serré. Je t'attends à la cuisine.

La cuisine se trouvait dans un coin, cachée derrière une couverture qu'elle avait accrochée pour la séparer du côté lit et commode. Elle l'entendait s'habiller alors qu'elle prenait la bière au réfrigérateur. Elle hésita à sortir du fromage et des biscuits, puis y renonça. Il était inutile de le dorloter.

Il la rejoignit aussitôt, glissant sa chemise dans son pantalon.

— A propos de tranches de vie, dit-il en ouvrant une bouteille, je vais t'en raconter une formidable. On ne peut pas s'en servir mais c'est génial. Il s'assit sur une chaise en bois à dos droit et étira les jambes. Il s'agit de cette folle de Sunnyvale qui doit peser dans les deux cents millions de dollars : son papa était dans le pétrole et son petit mari dans le gaz... Un jour, elle appelle le président de Stanford et lui annonce qu'elle a l'intention de lui filer trois cents briques pour construire un nouveau bâtiment d'ingénierie parce que son papa et son cher petit mari étaient tous les deux ingénieurs. Mais, car il faut toujours un mais si tu veux avoir une histoire formidable, on devait aussi bâtir une maison pour les gorilles.

— Une quoi ?
— Ne m'interromps pas, mon chou ; enregistre, c'est tout. Je suis en train de t'offrir une tranche de vie. Elle a toute une bande de gorilles – elle en élève, je crois bien – et son préféré s'appelle Ethelred-le mal préparé... Tu sais qui c'est ? Ou plutôt qui c'était ? Sybille fit signe que non. Un roi d'Angleterre du fin fond du Moyen Age. Le nom lui plaît, va savoir pourquoi. Enfin, toujours est-il qu'elle fait don de ses millions à l'université pour édifier le Bâtiment d'ingénierie et la Maison des gorilles Ethelred... Ne ris pas, mon chou, c'est une affaire très sérieuse. On ne rigole jamais quand on parle de trois cents briques. Et tout ça pour que ses petites bêtes aient un foyer après sa mort. Elle ne doit pas être jeune, dans les quatre-vingt-dix ans au moins. Génial, non ? Evidemment, on ne peut rien en faire.

Il finit sa bière et ouvrit une autre bouteille.

— Quelqu'un d'autre pourrait peut-être en profiter, ajouta-t-il d'un ton désinvolte en considérant le décapsuleur. Moi pas, parce que je l'ai promis.

Sybille s'assit en face de lui.

— Promis ?
— A la personne qui me l'a raconté. Elle me l'a dit en confidence.
— Qui est-ce ? Comment l'as-tu connue ?
— Je ne la connais pas. J'ai couché avec elle.

Sybille se mordit la lèvre.

— Qui est-ce ?
— La femme de quelqu'un. Son mari travaille à Stanford, il a assisté aux réunions.

Elle l'observa attentivement.

— Je n'en crois pas un mot. C'est fou.

Il haussa les épaules.

— Le monde est bourré de fous. Heureusement, sinon il n'y aurait plus de journal télévisé.
— Pas fou à ce point, affirma-t-elle d'un air têtu. Stanford ne ferait pas une chose pareille.
— Ecoute, mon chou. Elle te plaît cette histoire ?
— Evidemment, c'est formidable. Mais sûrement pas vrai.
— Bon. Il contempla sa bière. C'est à moitié vrai. Elle ne l'a pas annoncé. Avec un sourire. Apparemment, ils étaient en négociation sur ses trois cents briques ; ils ne sont pas tombés d'accord sur un problème concernant la construction du bâtiment et elle a déclaré que, s'ils n'arrivaient pas rapidement à un terrain d'entente, elle ne donnerait son argent que s'ils édifiaient une maison pour Ethelred et ses autres gorilles. Quelque chose dans ce genre-là. Elle en a même dessiné un croquis qu'elle a remis au vice-président de l'université à titre de souvenir. Il soupira. Jolie petite histoire. Un bon rédacteur en tirerait quelque chose. De quoi égayer les actualités. De quoi retenir l'attention d'un type de la chaîne qui risquerait de regarder.

Sybille l'observa soudain avec intérêt.
– Et alors ?
– Qui sait ? On m'a dit, toujours en confidence – la vache, je te raconte plein de secrets savoureux ce soir, ce doit être à cause d'un truc que tu m'as fait tout à l'heure –, on m'a dit qu'on allait peut-être me confier le journal national. Ils surveillent de près ce qui se passe à la station. Et ensuite... va savoir ! Ça m'étonnerait que je laisse ma meilleure réalisatrice ici si je vais à New York.
Un long silence s'ensuivit.
– De toute façon, ça ne marchera pas. Il poussa un profond soupir très théâtral. J'ai donné ma parole. Je crois que je devrais plutôt te faire jurer le secret à toi aussi. Ils échangèrent un regard. C'est promis ?
– Bien sûr, répondit Sybille avec calme.
Il lui décocha un grand sourire, termina sa bière et en chercha une autre des yeux.
– Il n'y en a plus, annonça Sybille. Et j'ai une tonne de travail à finir.
– Ah bon ? Il pianota des doigts sur la table. Jeudi, on ne m'attend pas à la maison avant dix heures.
– Très bien, dit-elle.
– Achète d'autres bières, ajouta-t-il ; puis il s'apprêta à partir.
– Terry, lança Sybille alors qu'il ouvrait la porte. Elle s'appelle comment la dame aux gorilles ?
Il se rembrunit.
– C'est un secret naturellement ?
– Naturellement.
– Ramona Jackson, déclara-t-il. De Sunnyvale.
– Et le vice-président ? Celui qui a eu droit au croquis à titre de souvenir ?
– Oldfield.
– Merci.
Il posa un doigt sur sa bouche, fit un clin d'œil et sortit en laissant la porte ouverte. Sybille la ferma et tira le verrou. Puis elle se mit à son bureau et consigna l'histoire de Ramona Jackson pour être sûre de n'oublier aucun détail.

– « Papa », dit Valérie au milieu du plateau, dévorant des yeux le pilote musclé. « Achète-moi la brute. »
– Eh bien, madame, on a l'impression que vous allez m'avaler tout cru, remarqua Rob Segal qui jouait le rôle du pilote.
Il eut un mouvement de recul et les autres acteurs éclatèrent de rire.
– C'est bien, assura le metteur en scène. Hypatia dévore tous les hommes qu'elle rencontre, ceux qu'elle désire en tout cas. Ça y est, tu as trouvé, Val, formidable.
Elle fit une révérence.
– Ce n'est pas compliqué une fois qu'on a compris que les héroïnes de Shaw ne sont jamais très sympathiques.

— Shaw ne l'était pas non plus, affirma Rob Segal qui lui décocha un grand sourire.

Elle le lui rendit et soutint son regard jusqu'à ce que le metteur en scène la rejoigne. Il discuta une fois de plus de la dernière scène. Valérie acquiesça, les yeux ailleurs : elle contemplait le plateau où était aménagée une partie du décor qui serait dressé le soir de la première, dans une petite semaine. Heureuse d'être là. Elle adorait ces jeux de faux-semblants, surtout quand elle les vivait avec des gens qui partageaient la même passion. C'est pourquoi elle aimait le théâtre. Bien sûr, *Mésalliance* semblait plus tirée par les cheveux que beaucoup de pièces, idiote même par moments, mais la comédie était amusante et le rôle d'Hypatia Tarleton délicieux.

De plus, Rob Segal, qui avait tout d'un dieu grec, ne l'avait pas quittée un instant des yeux durant toute la répétition.

— Et si on allait manger quelque chose ? proposa-t-il alors que la troupe s'apprêtait à partir. On va à plusieurs dans un restaurant mexicain.

A regret, Valérie secoua la tête et fit un geste vers les fauteuils plongés dans la pénombre.

— On m'attend.

— Ouais, je vous ai vus tous les deux dans les parages. Je me disais simplement, histoire de changer un peu, pourquoi pas ? Il effleura son bras au moment où elle se retourna. On répète depuis des lustres et j'avais envie de t'inviter à dîner... enfin, ce n'est pas grave. Une autre fois peut-être, si tu peux te libérer.

— Je peux me libérer quand je veux, rétorqua froidement Valérie.

— Très bien, répliqua-t-il aussitôt. Je veux dire... naturellement. Je pensais juste que tu te sentais peut-être obligée parce que vous sortez ensemble depuis longtemps. Je comprendrais. Je comprendrais, je t'assure, si c'était ça. Ecoute. Il griffonna un numéro sur son manuscrit. Téléphone-moi, on ira dîner ou au cinéma. On fera quelque chose, quoi. Val, tu es tellement extraordinaire, tu es tellement douce. Enfin, je me disais simplement qu'on pourrait peut-être se voir ? Sans les autres acteurs et tout le reste. Si tu veux m'appeler, on pourrait passer un bon moment tous les deux. D'accord ?

— D'accord, acquiesça Valérie, amusée de ce flot de paroles. A demain. A la répétition.

Elle quitta le plateau et s'approcha du huitième rang où l'attendait Nick, bras croisés, qui la regardait.

— Voilà, j'ai fini, annonça-t-elle. C'est une belle journée pour pique-niquer, non ? J'ai l'impression de ne pas avoir vu le soleil depuis une éternité.

— Une journée admirable. Comme toi.

Déroulant sa grande carcasse coincée dans l'étroit fauteuil, il se dressa à côté d'elle.

— Tu étais formidable sur scène.

— Merci, monsieur. C'était mieux qu'hier. Je me sens presque prête à affronter le public.

— Tu en avais un aujourd'hui. Je voulais t'applaudir mais j'ai pensé qu'il valait mieux ne pas me faire remarquer.

Il voulut lui dire qu'on ne voyait qu'elle sur le plateau, puis changea d'avis. Elle avait souvent l'air agitée quand il lui faisait des compliments, surtout lorsqu'ils paraissaient exagérés.

— Tu étais bien avec le pilote, celui qui se figurait que tu allais l'avaler tout cru. Vous formez un couple parfait tous les deux.

— Merci.

Elle sourit, pensant à Rick alors qu'ils quittaient le théâtre pour retrouver le bel après-midi de mai sans un nuage. Le soleil qui filtrait à travers les palmiers éclairait les bâtiments bruns de l'université qui viraient sous les rayons à un doré délicat.

— Quelle merveilleuse journée! Je n'arrive pas à croire que je suis restée enfermée tous les jours à cause de cette pièce. Je n'ai pratiquement pas vu le printemps. On court?

Ils traversèrent la pelouse au galop comme des enfants, évitant les massifs de fleurs, les sculptures et les bouquets d'arbres, esquivant d'autres étudiants, jusqu'à arriver au parking où Valérie avait laissé sa voiture.

— Ça va mieux, lança-t-elle à bout de souffle en riant.

Pleine d'allégresse, elle prit Nick dans ses bras et l'embrassa.

— Je ne supporte pas de traîner toute la journée en faisant les choses par petits bouts. J'ai toujours l'impression qu'il ne se passe rien.

Il baisa ses yeux, sa bouche, son nez.

— Tu es sûre que tu veux aller aux Baylands?

— Oui! Je n'y suis jamais allée et tu m'as promis qu'on verrait des tas d'oiseaux. Tu m'as aussi promis un pique-nique. On a de quoi manger dans ton sac à dos?

— Oui. Un vrai festin. C'est toi qui conduis ou c'est moi?

— Toi. Tu connais le chemin.

Dans l'auto, elle se cala sur le siège et poussa un profond soupir.

— Enfin, la liberté. La répétition était trop longue. Tu ne t'es pas ennuyé aujourd'hui?

— Je ne m'ennuie jamais quand je te regarde. Et j'ai appris quelque chose. Vous êtes de la même race, Hypatia et toi.

— Pas du tout. Elle jeta un coup d'œil vers lui. Comment cela?

— Hypatia veut de l'animation dans sa vie.

Un léger silence s'ensuivit.

— Tu fais allusion à la scène où elle déclare vouloir se marier, sauf que ce n'est pas par amour mais pour qu'il lui arrive quelque chose. Je ne suis pas comme ça. Je ne me suis jamais mariée uniquement pour mettre un peu de piment dans mon existence et tu le sais. Si c'est notre seul point commun, selon toi, pour un scientifique tu manques de précision, mon ami le savant.

— Et le fait d'acheter tout ce que tu veux? C'est le portrait craché d'Hypatia. Ou bien elle demande à son papa de s'en charger.

— Moi, je n'achète pas les hommes et jamais je ne demanderais à mon père de m'en offrir un. Allons, Nick, tu sais bien que non.
— Tu as raison. Effectivement. Attends, il faut que je voie où on tourne... ce doit être quelque part par là...

Il tente de dévier la conversation, songea-t-elle. Il s'est engagé trop avant et ne veut plus en parler. Je n'y vois pas d'inconvénient. Cependant, il trouve toujours que je dépense trop et que je m'efforce sans arrêt de provoquer l'événement. Un jour, il a dit que le plaisir était ma principale passion. Et alors, quel mal y a-t-il à cela ? Pourquoi ne peut-il m'accepter telle que je suis au lieu de penser tout le temps ? Elle l'observa, il semblait concentré et d'humeur sévère alors qu'il cherchait les indications. Elle aimait que ce soit lui qui conduise, elle aimait qu'il s'occupe de tout. Il avait vraiment une attitude plus mûre que les autres hommes qu'elle connaissait, y compris Rick Segal qui, lui, était très jeune, devait-elle admettre. En dépit de tout, Rick était charmant, malgré sa jeunesse ou peut-être précisément à cause de cela, et elle n'avait jamais vu un type aussi sublime.

Ils roulèrent en silence jusqu'à atteindre le port de plaisance au bout d'Embarcadero Road. Nick gara la voiture et laissa son sac à dos sur le siège.

— On reviendra, annonça-t-il. On ne pique-nique pas par ici.
— Et qu'y a-t-il par ici ? s'enquit Valérie qui, s'abritant les yeux de la main, contempla les alentours qui ressemblaient à un sombre marécage.
— Je te l'ai dit : des oiseaux. Viens, ça ferme dans une heure.

Main dans la main, ils longèrent la mare aux canards et traversèrent le Centre de la nature pour arriver à une passerelle qui surplombait les marais. Alors qu'elle avançait, Valérie commença à voir ce qui l'entourait. Tout d'abord, elle dut faire un effort puis, tandis que son regard s'aiguisait, elle découvrit d'autres choses jusqu'à ce que tout prenne vie brusquement.

Nick identifiait les oiseaux mais Valérie l'écoutait à peine. Ce n'étaient pas les noms qui comptaient. L'enchantement de ce spectacle l'avait conquise : des oiseaux aux plumes éclatantes volant en formation ou en groupes distincts, les reflets irisés des insectes sous le soleil, les teintes voilées des poissons dans l'eau trouble, les bourdonnements, les murmures et les cris des marais. Elle garda le silence jusqu'au moment où, après avoir rebroussé chemin, ils furent presque arrivés à la voiture.

— Je n'ai jamais rien vu de pareil, déclara-t-elle. Dire que je ne savais même pas que ça existait. C'est si beau, si différent...
— Et encore, répliqua-t-il d'un ton léger pour cacher son émotion. Jamais il n'avait imaginé qu'elle serait aussi enthousiaste et que son exaltation le rendrait plus amoureux que jamais. Tu n'as pas tout vu.

Elle ne répondit pas. Nick remarqua qu'elle regardait par la fenêtre, admirant une dernière fois les marécages alors qu'ils s'éloignaient. Non, pas maintenant, se sermonna-t-il. Ce n'est pas le moment d'en parler. Mais il avait l'impression que ce n'était jamais le bon moment. Là, elle est enflammée et heureuse. Merde, pourquoi ne faut-il pas que je... ?

Il jeta de nouveau un coup d'œil vers Valérie. Attends, lui conseilla une voix intérieure. Attends au moins le pique-nique pour discuter tranquillement.

Il ne pouvait pas attendre. Les mots lui échappèrent.

— Je crois qu'on devrait se marier.

Son ton n'allait pas; il avait une voix étranglée qui semblait brusque, presque dure. Il s'éclaircit la gorge pour refaire sa demande d'un ton plus doux avec tout son amour quand soudain apparut une camionnette qui, dépassant une voiture, fonçait droit vers eux. Le cœur battant, maudissant le chauffeur, il fit une embardée, ses mains blanches crispées sur le volant. Le cabriolet dérapa, projetant des jets de gravier, une branche toucha le toit et griffa la vitre du côté de Valérie dans un crissement métallique.

— Salaud, murmura Nick entre ses dents alors que la fourgonnette reprenait sa file.

Il redressa la voiture qui revint sur la chaussée, regimbant au moment où les roues heurtèrent le macadam. La camionnette avait disparu derrière eux, l'auto qu'elle avait dépassée tranquillement poursuivit son chemin. Valérie était restée muette.

L'air sinistre, la respiration haletante, Nick vira au premier carrefour et s'arrêta dans l'herbe au bord de la route.

— Ça va? demanda-t-il.

— Très bien, répondit Valérie. Tu as été formidable. Quel coup de maître.

Il la regarda d'un air perplexe.

— Tu n'as pas eu peur?

— Si, bien sûr, mais ça faisait partie du jeu, non? Tout paraît plus important quand on a peur. Franchement inimaginable, j'avoue.

Il refusait d'y croire.

— Du moment qu'il se passe quelque chose.

— Parfois, c'est bien, répliqua froidement Valérie. Elle se redressa. C'est là qu'on pique-nique?

— J'avais prévu un autre endroit. Valérie, je suis désolé. Quelle effroyable façon de déclarer son amour à une dame. Si j'en avais eu l'expérience, je m'y serais sûrement mieux pris mais c'est la première...

— Je pense que ce ne sera pas la dernière, rétorqua-t-elle.

— Pourquoi? Si c'est une réponse, c'est assez moche.

— J'imaginais que c'était gentil et, si tu veux le savoir, oui, c'est une réponse. Valérie posa la main sur la sienne. Nick, je ne tiens pas à en parler. On s'est tellement bien amusés – quatre, presque cinq mois merveilleux – ne gâche pas tout.

— Je n'avais pas l'impression de gâcher quoi que ce soit.

— Oh, je t'en prie, on croirait entendre un petit garçon qui boude.

— Je regrette, dit-il d'un ton crispé et il remit le moteur en marche.

— Ce n'était pas gentil, je m'excuse. Mais sincèrement, Nick, on croirait avoir affaire à un gamin quand tu es comme ça.

— Quand je suis comment ?

— Très solennel et arrogant. Je n'ai pas envie de t'épouser, Nick. Je n'ai pas envie de me marier pour l'instant. Je te l'ai dit et répété des milliers de fois. Tu ne m'écoutes pas. Tu n'en fais qu'à ta tête.

— Toi aussi.

— Ça, c'est vrai. Elle se mit à rire et l'embrassa. On est tous les deux horriblement têtus. Mais on s'amuse bien. Tu ne veux pas qu'on oublie tout et qu'on continue comme avant. Ce n'est pas si affreux, dis-moi ?

Elle se cala sur son siège et contempla son visage impassible.

— Qu'est-ce qu'il y a dans ton sac à dos pour le pique-nique ? Tu nous as préparé quelque chose de spécial ?

— Je n'ai pas eu le temps. J'ai simplement acheté du pain, du fromage et des fruits.

Il passa en première et regagna la grand-route. Ce n'était pas le bon moment, songea-t-il. La prochaine fois, je ne me précipiterai pas. Tout notre avenir est en jeu ; ça vaut bien un peu de patience. Valérie a raison : on est merveilleusement bien ensemble, inutile d'y changer quoi que ce soit pour l'instant. J'attendrai une meilleure occasion.

Il s'interdit de penser qu'elle risquait de ne jamais se présenter.

Etudiante en première année à Stanford, Sybille avait commencé comme réceptionniste à KNEX-TV avant d'être promue secrétaire. Trois ans plus tard, on la nommait assistante-réalisatrice. Elle se transforma aussi en rédactrice un jour de panique où le préposé du journal de midi tomba malade et qu'elle le remplaça habilement, donnant un texte à l'équipe du présentateur qui le lut à l'antenne avant même qu'on s'aperçoive qu'elle en était l'auteur. Elle avait un don certain : elle écrivait vite et ses phrases étaient percutantes. Par la suite, elle rédigea des textes pour les actualités et les programmes régionaux, en plus de son travail d'assistante-réalisatrice. Chaque expérience lui apprenait quelque chose de neuf et, bien qu'elle eût apparemment une mémoire infaillible, elle prenait soin de consigner un aperçu des informations dans une série de carnets qu'elle lisait au lit.

Pour son appartement meublé, elle acheta uniquement un poste de télévision grand écran qu'elle regardait pendant des heures, notant des critiques, des idées pour de nouvelles émissions, des spots, des lancements et même des pages de publicité. Elle le regardait généralement après être allée dîner avec des gens qu'elle avait connus au cours ou au bureau ou après avoir couché avec un type. Elle sortait ou invitait quelqu'un chez elle tous les soirs car elle ne supportait pas la solitude. Quand elle s'organisait bien, elle parvenait à remplir pratiquement tout son temps et, lorsque arrivait le moment d'affronter sa solitude — une fois que tout le monde était parti ou qu'elle ne souffrait pas une minute de plus la présence de celui qu'elle avait amené dans son lit —, elle allumait le poste et cela lui était presque aussi agréable que la compagnie de quelqu'un. Au moins, elle n'était pas obligée d'écouter le silence.

Son travail occupait ses pensées et accaparait presque toute son énergie. A chaque fois qu'elle arrivait à KNEX-TV – où elle allait cinq jours par semaine, quatre heures par jour – elle se sentait dans son univers. La station exerçait fortement sur elle son pouvoir de fascination, faisant de Sybille une initiée qui transmettait des mots et des images à des centaines de milliers de gens qui ne savaient absolument pas ce qui se passait derrière l'écran. Elle n'y avait pas vraiment sa place car elle était encore une étudiante et non une professionnelle à temps complet. Cependant, personne ne la prenait à la légère et beaucoup l'aidaient même à apprendre le métier. De toute façon, leur mauvaise volonté n'aurait eu aucune importance. Elle souhaitait être là.

Elle avait un bureau parmi d'autres dans une grande salle de presse bondée de télétypes, classeurs, machines à écrire sur des meubles roulants, machines à café et distributeurs d'eau réfrigérée. Le long d'un mur se trouvaient une table réservée aux équipes du journal et, derrière, un panneau mural de la région. La plupart du temps, la pièce était vide : on collectait les informations aux bureaux des rédacteurs et des réalisateurs.

– Chérie, j'ai un blanc au milieu de mon texte, annonça Dawn Danvers, l'un des deux présentateurs du premier journal de la soirée.

Blonde et éblouissante, les sourcils en accent circonflexe et un large sourire, elle portait de la soie et du daim à l'image.

– Si tu ne me donnes pas quelque chose à dire, ça va être affreusement calme quand on va passer.

– J'attends un sujet, répliqua Sybille d'un ton distant.

Elle détestait Dawn Danvers qui n'était qu'un grand sourire et une tête vide.

– Un sujet et un film, une minute avec un gros titre de dix secondes. Ça devrait arriver dans l'heure qui suit.

– Une heure ! Chérie, je n'aurais que trente minutes pour l'étudier. Tu ne me ferais pas un coup pareil, j'en suis sûre. Trouve-moi un autre reportage en vitesse.

Sybille jeta un coup d'œil vers elle.

– On m'a demandé de m'occuper de celui-ci.

– D'accord, mais si tu ne l'as pas, tu ne l'as pas. De toute façon, c'est ton émission et ils se débrouilleront avec ce que tu auras. Ils t'admirent beaucoup, tu sais. Déniche-moi un bouche-trou, prépare un truc, juste au cas où. Allez, chérie, ne me laisse pas tomber.

Sybille serra les dents. « Ne m'appelle pas chérie », fulmina-t-elle.

– Allez, chérie, trouve une idée, je t'en prie ! Fais ce que tu veux mais ne me refile jamais un texte avec un blanc dedans ! Sinon, j'ai des crampes à l'estomac et c'est épouvantable ; je ne supporte pas d'être malade. D'accord ? D'accord ? Je veux une réponse !

Ne me donne pas d'ordres, songea Sybille, furieuse. Ses mains tremblaient et elle agrippa le bord de son bureau.

– Je peux écrire un autre sujet que tu auras le temps d'étudier mais on ne le passera pas.

— Si je le veux, on le passera. Tu peux compter sur moi. Merci, chérie, tu es un ange. Oh, et débrouille-toi pour que ce soit de la dynamite. J'adore lire les trucs croustillants.

Sybille la regarda quitter la salle de presse. Salope, ragea-t-elle en silence. Riche et jolie — enfin, pas mal quand on aimait les blondes évaporées — et elle s'attend à ce que tout le monde se mette en quatre pour lui faciliter la vie. Comme Valérie. Elles sont bien du même acabit : on doit satisfaire leurs désirs et les autres peuvent aller se faire foutre.

Elle s'installa à sa machine. Dawn Danvers veut un sujet sur-le-champ. Elle en veut un croustillant. Et elle fera en sorte qu'il passe.

Eh bien, j'ai exactement ce qu'il lui faut.

Elle plongea la main dans le dernier tiroir de son bureau d'où elle sortit une pile de notes rédigées à la main ainsi qu'un croquis. Elle aurait aimé avoir le temps de rassembler des détails et elle n'avait pas le film qu'elle voulait pour accompagner le texte, mais elle ne pouvait laisser échapper cette chance extraordinaire. Elle commença à taper et se mit à sourire. Je vais lui donner quelque chose qui va établir sa réputation. Et mon avenir.

Durant un quart d'heure, elle écrivit sans relâche. Elle disposait d'une énorme somme d'informations, se dit-elle, surtout maintenant qu'elle possédait le dessin. Ça avait été l'épisode le plus angoissant : se glisser dans le bureau de Laurence Oldfield pendant que les femmes de ménage s'activaient dans la pièce voisine, fouiller dans le dossier intitulé « Jackson », prendre l'esquisse et ficher le camp. Elle aurait voulu rester pour lire toutes les pièces : toutes ces lettres et ces notes, là sous ses yeux, bourrées de renseignements secrets ! C'était impossible. Il fallait qu'elle parte avant que le personnel ne vienne éteindre les lumières et fermer la porte à clé. De toute façon, ça allait, songea-t-elle en tapant rapidement. Elle avait ce qu'il fallait. Elle tenait son sujet.

Quand elle eut fini, elle parcourut le texte et fit quelques corrections. Puis, rassemblant les pages, elle se rendit à la cinémathèque où elle découvrit des bobines de réserve. Une heure et demie plus tard, Dawn Danvers lisait l'article à l'antenne de sa voix agréablement modulée tandis que Sybille la regardait de la régie.

— L'université de Stanford a une nouvelle fiancée, a-t-on appris aujourd'hui : la Belle de Sunnyvale, pourrait-on l'appeler, ou l'Ange des ingénieurs ou, mieux encore, la Bienfaitrice « On ira tous à la planète des singes ».

Des vues de Sunnyvale apparurent sur l'écran, l'objectif se resserrant sur une zone résidentielle aux immenses demeures.

— L'héritière Ramona Jackson, âgée de quatre-vingt-onze ans, est de Sunnyvale. Fille d'un magnat du pétrole et veuve d'un ingénieur spécialisé dans le pétrole et l'essence, elle rêve depuis des années d'offrir un bâtiment d'ingénierie à Stanford en souvenir de ses défunts père et mari. Cependant, Mrs. Jackson a aussi un autre rêve et elle a décidé de les réunir à l'université de Stanford.

Les images de Sunnyvale laissèrent place à des vues du rocher des singes au zoo de San Francisco. Sybille aurait préféré un film sur les bêtes de Ramona Jackson mais elle n'avait pas le temps. Dawn poursuivit de son ton doucereux :

– Depuis quinze ans, Mrs. Jackson a offert un foyer et de la compagnie à un certain nombre de gorilles à qui elle a appris le langage par signes et les bonnes manières dans un décor confortable qui leur donne l'air d'être des membres de la famille. Ces temps derniers, apparemment, elle s'est inquiétée du sort qui leur serait réservé le jour où elle ne serait plus là, surtout du sort de son animal préféré, Ethelred, baptisé du nom d'un ancien roi d'Angleterre.

Le campus de Stanford apparut à l'image, la caméra passant des salles de classe à l'édifice d'ingénierie.

– D'après un haut responsable de Stanford, Mrs. Jackson aurait promis une somme de trois cents millions de dollars à l'université pour la construction du Bâtiment d'ingénierie et de la Maison des gorilles Ethelred.

Un léger gloussement agita la commissure de ses lèvres au goût d'ambroisie ; elle le réprima aussitôt. Sur l'écran, l'édifice fut remplacé par le dessin que Sybille avait soutiré du dossier d'Oldfield, une esquisse audacieuse représentant un singe pétulant perché en haut de la tour d'une structure sur la porte de laquelle était griffonné « Ingénierie ».

– Mrs. Jackson a ébauché l'ouvrage de ses rêves à l'intention des dignitaires de l'université, peut-être pour donner une idée de départ aux architectes. Nous n'avons pas eu d'autres précisions. Par le passé cependant, on a cité les paroles de Lyle Wilson, président du département d'ingénierie, qui aurait dit que les travaux dans les secteurs de l'électronique, l'optique et l'informatique seraient développés si les fonds étaient disponibles. Et naturellement, il y aura une maison pour les gorilles.

Une fois de plus, les ravissantes blondeurs de Dawn Danvers envahirent l'écran.

– C'est un grand jour pour Stanford mais aussi une bonne nouvelle pour Palo Alto et toute la région. La seule question qui se pose est de savoir si l'administration nous permettra de visiter à titre non officiel le Bâtiment d'ingénierie et la Maison des gorilles Ethelred. L'université est tellement plus facile d'accès que le zoo de San Francisco. Elle observa une pause et sourit. Le journal est terminé, la prochaine édition sera le journal national, à demain. Merci de votre attention.

Elle garda le sourire tandis que son coprésentateur disait bonsoir, puis la lumière rouge de la caméra qui le cadrait s'éteignit : les publicités passaient.

– Quelle histoire! La plus impossible qu'on puisse imaginer! confia Dawn à son collègue.

Ils en parlèrent une minute et l'oublièrent aussitôt. Ce n'était qu'un sujet parmi les nombreux autres qu'ils lisaient sans y prêter grande attention, même au moment où ils les annonçaient. Amusant certes, mais il n'y avait aucune raison de s'en souvenir.

Cependant, d'autres se les rappelaient. Ils prêtaient attention, ils en discutaient et ils s'en souvenaient.

— Ce n'est pas vrai, affirma Nick en entendant Dawn Danvers raconter l'histoire de Ramona Jackson.

Il préparait le dîner et Valérie le regardait.

— Enfin, c'était une plaisanterie!

— Quoi donc? demanda-t-elle avec nonchalance.

Ils avaient passé l'après-midi au lit. Pour la première fois depuis un mois, ils disposaient de son appartement pendant plus d'une heure ou deux et, tandis qu'elle sirotait son vin, elle se sentait d'humeur paresseuse. Elle avait à peine jeté un coup d'œil aux actualités.

— Ecoute, dit Nick, et elle entendit Dawn déclarer :

« ... nous permettra de visiter à titre non officiel le Bâtiment d'ingénierie et la Maison des gorilles Ethelred. L'université est tellement plus facile d'accès que le zoo de San Francisco. »

— La Maison des gorilles? Qu'est-ce que c'est que ça?

— C'était cela la plaisanterie, répondit-il. Mais le crétin qui a rédigé ce journal ne le sait pas. Comment ont-ils bien pu mettre la main là-dessus? Et où ont-ils déniché ce dessin? Ça aussi, c'était une plaisanterie.

— Je me demande si Sybille a joué un rôle dans cette affaire, observa Valérie. Elle écrit l'un de leurs bulletins d'informations, je ne me rappelle plus lequel. Qu'entends-tu par : C'était une plaisanterie?

Nick s'appuya sur la paillasse, bras croisés.

— Il y a à Sunnyvale une dame extraordinaire qui s'appelle Ramona Jackson. Elle a plus de quatre-vingt-dix ans, elle déborde d'énergie et d'humour et elle offre à Stanford un sacré paquet d'argent pour construire un nouveau bâtiment d'ingénierie. Elle a mis un moment à se décider. En réalité, ses préférences allaient à Cal Tech mais Lyle Wilson, le président du département, lui a fait la cour pendant six mois et l'a convaincue de nous accorder cette somme. Je l'ai appris le soir où il nous a emmenés dîner avec elle. On était trois, il voulait parader avec ses étudiants en doctorat et qu'on parle de nos projets. Lyle s'est démené comme un fou pour y arriver et certains de nous l'ont aidé. On a réalisé un film sur les travaux du service, on a rassemblé des livres de photos et des rapports... cependant, le mérite en revient à Lyle. Il s'est acharné pendant six bons mois et ses efforts ont été récompensés.

— Mais qu'est-ce que c'est que cette histoire de gorilles?

— Des petits singes. Je ne sais pas qui a parlé le premier de gorilles. Elle avait quatre animaux de compagnie dans sa serre et, dans sa famille, personne ne voulait s'engager à les prendre en charge. Elle les donnera sans doute au zoo, j'ignore ce qu'elle en fera. Toujours est-il qu'à une réunion à laquelle assistaient son avocat, ceux de l'université et des gens de Stanford, dont un vice-président, Lyle m'a confié qu'ils n'étaient pas d'accord sur des questions de détail. Elle a alors dit que, si cela s'éternisait, elle risquait de leur offrir une donation qui serait consacrée à la construction d'une maison pour ses singes et qui porterait le nom du plus vieux. Celui-ci, Dieu sait pourquoi, s'appelle Ethelred-le mal préparé. Elle a ensuite ébauché un croquis qu'elle a remis au vice-président. Tout le monde a ri et la discussion s'est poursuivie.

– Et c'est ce qu'on racontait aux informations ?

– Exactement. Comme si c'était la pure vérité.

– Et alors ? C'est leur problème, non ? Quand la vraie version paraîtra, ils passeront pour des imbéciles et ils seront bien obligés de s'excuser, voilà tout.

– Peut-être. Il se mit à arpenter la pièce. Elle est très orgueilleuse. Sa famille vit ici depuis quatre générations et elle s'inquiète fort de sa réputation, la sienne et celle de ses parents, qu'ils soient défunts ou encore de ce monde. Elle a beaucoup d'humour mais je me demande comment elle va réagir. Elle risque d'être couverte de ridicule et si, brusquement, elle estimait que Cal Tech valait mieux que Stanford... Nom d'un chien!

Il s'empara d'une orange qu'il balança dans l'évier où elle s'ouvrit en deux.

– Lyle était aussi excité qu'un gosse sur ce projet; nous tous d'ailleurs. On avait l'impression d'en faire partie, presque comme si on laissait un héritage en partant. Il recommença à faire les cent pas. Il faut que je l'appelle; sans doute voudra-t-il qu'on la revoie. Pour essayer de calmer les esprits.

Surprise, Valérie contemplait l'orange fendue.

– Tu te mets dans tous tes états, Nick. Peut-être qu'il ne se passera rien du tout. Ce n'était qu'un journal télévisé; personne n'a dû le regarder et, si jamais des gens l'ont vu, ils ne s'en souviendront pas...

– Si. Quand il s'agit d'argent, on n'oublie jamais, et il s'agit d'une énorme somme. Espèce de salopard...

– Oh, arrête, l'exhorta Valérie. Je ne supporte pas que tu t'énerves. Ça fait une éternité qu'on n'a pas été tranquilles tous les deux et voilà que tu vas ressasser une affaire qui ne nous concerne en rien et nous gâcher la soirée. J'espérais autre chose comme programme.

Nick s'arrêta de marcher et l'observa.

– Moi aussi, j'espérais autre chose, je crois. Je ne m'attendais pas à ce que tu dises que cette affaire ne nous concerne en rien alors que je viens de t'expliquer ce que cela représentait pour moi. Je ne m'attendais pas à ce que tu me dises de ne pas m'énerver à cause d'une affaire qui me met hors de moi, une affaire qui risque de blesser un homme que j'admire et qui a travaillé drôlement dur pour ce bâtiment. Apparemment, cela ne compte pas pour toi. Mais qu'est-ce qui compte, à la fin ? De s'amuser, c'est ça ? Stanford, ça ne compte pas; moi, je ne compte pas...

– Tu compterais si tu étais plus calme et que tu voyais la vie en rose ! Comment pourrais-je prétendre que tu comptes pour moi alors que tu fais toujours des tas d'histoires sur un sujet ou un autre, sur des choses qui ne m'intéressent en rien ? L'autre jour, tu devais aller à une réunion sur la politique du campus ou je ne sais quoi et tu es inscrit à une douzaine de comités...

— Deux, mais quelle importance ? Il s'arrêta un instant et respira à fond. Allons, Valérie, on peut faire la paix ? J'ai l'impression qu'on n'arrête pas de se disputer ces temps derniers et ça se déclenche toujours à l'improviste. Tout va très bien et brusquement on est en plein champ de bataille. Je ne devine jamais ce qui va mettre le feu aux poudres et j'aimerais qu'on en finisse.

Valérie hocha lentement la tête.

— Oui, peut-être devrait-on en finir.

Inquiet, il la dévisagea.

— Ce n'est pas ce que j'entendais par là.

— Bien sûr. Mais sais-tu depuis quand on se dispute ? Depuis le jour où tu as parlé de mariage. A partir de ce moment-là, tu t'es montré impatient, tu t'es mis à me critiquer et tu n'étais plus du tout gentil comme avant.

— Je pourrais dire la même chose de toi. Je regrette d'avoir brusqué les choses en te demandant ta main, mais je ne vois pas pourquoi cela amènerait entre nous des reproches et des conflits. Et toi ?

Elle fit signe que non.

— Pardonne-moi mes erreurs. Pour rien au monde, je ne voudrais te faire de mal. Et je n'ai aucune intention de te critiquer...

— Je t'en prie.

Il y avait une telle tendresse dans son regard qu'elle en fut bouleversée. Mais qu'est-ce que je raconte ? Je ne le mérite pas. Puis elle songea : Merde, j'en ai marre de penser ça ! J'en ai marre de penser qu'il est plus extraordinaire, plus magnanime et plus intelligent que moi. J'adorerais être avec un type qui soit un peu idiot, histoire de changer un peu. Rob, ou quelqu'un du même genre, quelqu'un qui n'exige rien.

Elle était malheureuse. Elle n'avait plus qu'une idée en tête : fuir cet endroit, fuir Nick, être seule quelque temps.

Elle se leva. Nick posa la main sur son bras.

— Tu ne vas pas partir, ce n'est pas possible. Que se passe-t-il à la fin ?

— Des tas de choses, je crois. Je m'en vais, Nick. Je t'appellerai mais je n'ai plus envie de discuter.

— Moi si. Ecoute, chérie, tu ne peux pas partir en laissant tout en plan. Ce serait absurde... quelques petites disputes, ce n'est pas une raison pour se quitter. Tu sais combien je t'aime, tout ce dont je rêve pour nous deux... Pour moi, il est inconcevable d'être sans toi et tu ne le souhaites pas non plus, j'en suis sûr...

— Si. Elle s'écarta, impatiente de s'en aller. Tu ne comprends donc pas ? C'est ce que je veux. Il règne une atmosphère tellement enfiévrée ici que j'ai l'impression de vivre sur des charbons ardents! On s'amusait tant, Nick. Je te l'ai dit et répété mais tu n'as rien voulu entendre. Cela ne te suffit pas. Il faut toujours que tu tournes tout au tragique et ce genre de climat ne me convient que sur une scène, là où je sais qu'on joue.

— Non, ce n'est pas...

— Tais-toi, écoute-moi une seconde! Tu es si éloquent que tu as toujours le dernier mot. Ecoute-moi pour une fois, tu veux bien?

Il acquiesça et Valérie eut envie de pleurer. Elle aurait souhaité le serrer dans ses bras, effacer d'un baiser la peine qui se lisait dans ses yeux, chasser la tristesse qui ourlait sa merveilleuse bouche, cette bouche qui lui avait donné tant de plaisir. Cependant, elle se fit violence et se dirigea vers la porte.

— Tu te rappelles le jour où on est allés aux Baylands et que j'étais si excitée? Il y a tant de choses que je ne connais pas... je croyais avoir tout vu, j'ai parcouru l'Europe, l'Inde et l'Extrême-Orient, j'ai parcouru ce pays, et je m'imaginais avoir pratiquement tout vu. Mais je n'ai pas toujours regardé aux bons endroits. Tu m'as appris cela et j'ai des tas de projets. Je n'ai pas l'intention de tout gâcher en aliénant ma liberté à cause d'une famille ou d'une situation classique et sans imprévu. Je ne veux pas savoir ce que me réserve le lendemain! Tu ne saisis donc pas? Tu me comprends si bien, c'est l'une des choses que je préfère chez toi. Essaie de comprendre, je t'en prie. Je veux agir à ma guise, aller où bon me semble, rencontrer des gens, sortir avec eux sans me préoccuper de savoir si je fais de la peine... à toi ou à quelqu'un d'autre. Je veux m'amuser sans me sentir coupable pour autant. Je ne pense pas que ce soit beaucoup demander. Et je te l'ai déjà dit, je ne m'en suis jamais cachée.

— Non, effectivement, mais tu aimais bien...

— Tu m'avais promis de m'écouter sans m'interrompre!

— Je t'ai écoutée. Maintenant, c'est à moi de parler. Tu appréciais chez moi tout ce que tu tentes de dénigrer. Tu aimais avoir quelqu'un qui s'occupe de toi, qui conduise ta voiture, qui t'aide dans ton travail, qui t'écoute quand tu avais envie de bavarder... Tu aimais que je sois plus âgé que tes amis. Tu aimais cette atmosphère enfiévrée parce que tu avais l'impression qu'il se passait des événements importants. Tu aimais penser que je n'étais pas retourné lorsque tu battais des cils devant cet imbécile qui interprétait le rôle du pilote dans la...

— Je n'ai jamais fait cela!

— Tu parles! Tu joues avec les gens, Valérie, et tu le sais parfaitement. Tu es gâtée, égocentrique, tu ne tiens pas en place...

— Pourquoi je te plais alors? lui lança-t-elle en lui jetant un regard incendiaire. Quel mal y a-t-il à ne pas tenir en place lorsqu'on a vingt ans? Quand est-ce que je m'amuserai si ce n'est maintenant? Tu as raison, j'aime bien qu'on s'occupe de moi et j'aimais bien que tu sois plus âgé parce que tu n'étais pas une girouette comme...

— Comme toi!

— Ce n'est pas vrai! Ça fait cinq mois que je suis là, avec toi, tu l'as oublié? Je ne supporte pas que tu me surveilles sans arrêt, que tu me pousses à prendre des décisions. Je ne veux pas prendre de décisions en dehors de celles qui sont indispensables, pas avant longtemps, et je voudrais que tu me laisses être telle que je suis sans chercher à me faire changer à tout prix!

Elle était arrivée à la porte qu'elle ouvrit. Nick la rejoignit aussitôt.

— Je n'essaie pas de te faire changer. Je t'aime telle que tu es. Et ce depuis le premier jour.

— Ce n'est pas vrai. Elle l'observa longuement. Tu t'étais fait une idée de nos relations, ou plus exactement de ce qu'elles devraient être, comme s'il s'agissait de l'un de tes programmes sur ordinateur. Tu croyais savoir ce qu'il nous fallait et tu ne voulais pas en démordre. Surtout en ce qui me concerne. Tu trouves que je dépense trop pour m'habiller, que je sors trop, que je ne pense pas assez à mes études et...

— Mais ce sont des détails sans importance. Ce que j'aime en toi, c'est ton caractère et ton...

— Mon caractère! Ça revient à dire qu'il est plus facile de discuter avec moi et qu'au lit je vaux mieux que tes ordinateurs. Tu as cette image de moi, Nick, et je ne peux pas être à la hauteur de cette image. Je n'y aspire même pas. Je veux mener ma vie à ma guise et cela m'est impossible quand je suis avec toi. Enfin, je crois... je n'en suis pas toujours convaincue.

— Laisse-nous le temps alors. Pourquoi détruire ce qu'on a construit depuis cinq mois?

— Parce que j'ai l'impression de ne pas être à la hauteur, parce que je me sens coupable et parce que... j'étouffe! Elle secoua brusquement la tête. Je regrette, Nick, mais je n'ai plus envie de te voir.

— Ne dis pas cela!

— Il le faut. Je ne veux plus te voir. J'y ai réfléchi...

— Ce n'est pas vrai! Pas jusqu'à aujourd'hui!

— J'y pense depuis longtemps. Simplement, je ne t'en ai pas parlé.

— Tu y pensais pendant que tu faisais l'amour avec moi?

— Cela n'a rien à voir avec nous. J'adorais faire l'amour avec toi.

— Tu peux feindre la sincérité. Tu l'as prétendu ce jour-là à la télévision. C'est cela, n'est-ce pas? Tu as appelé ça « faire l'amour à la caméra ». C'est comme de faire l'amour avec moi? Tu as affirmé que ce n'était pas difficile, pas pour toi en tout cas, que tu pouvais faire avaler n'importe quoi aux gens quand tu savais ce qu'ils attendaient.

— Oh, je t'en prie, Nick. Je déteste qu'on me rappelle mes propos après des lustres. Je ne m'en souviens même pas.

De nouveau, elle luttait contre ses sentiments. Elle ne supportait pas son air stupéfait. Ses mains tremblaient tant elle désirait le serrer dans ses bras pour l'embrasser et effacer toutes leurs paroles. Cependant, elle repoussa cette idée.

— Au revoir, Nick. J'espère...

Elle eut un geste maladroit, voulant finir sur le mot juste.
— ... Que tu trouveras quelqu'un de mieux.
Elle franchit le seuil de son appartement qu'elle quitta à tout jamais.
— Valérie, dit Nick.
Elle se retourna. Il lui effleura la joue, laissant un instant sa main sur son visage.
— Au revoir, mon amour, murmura-t-il d'une voix très douce, puis ce fut lui qui ferma la porte.

5

Tout le monde l'entourait, aux anges, la félicitant et lui tapotant le bras. Au lendemain de l'émission sur Ramona Jackson, Sybille se prenait pour une héroïne. Elle était la vedette du jour. Son scoop avait damé le pion à tous les journaux, toutes les stations de radio et de télévision de la région.

— Un sacré coup de chance, dit l'un des réalisateurs, la tenant par l'épaule sans cérémonie. Mais comment se fait-il que ça n'ait pas filtré ? Une tonne de fric, une vieille bique complètement cinglée dans le genre de Ramona Jackson, des gorilles cachés dans le grenier... comment a-t-on gardé un truc pareil sous le sceau du secret ?

Les autres haussèrent les épaules ; ils n'en savaient rien. Lorsque Terence Beauregard, troisième du nom, entendit la question, il l'éluda d'un geste.

— On ne sait jamais ni quand ni comment une affaire va voir le jour. Il faut simplement se tenir prêt. Comme notre petite Sybille. Toujours prêt.

Sans se presser, ils retournèrent travailler. Cependant, le sujet ressortit de terre lorsque Laurence B. Oldfield, vice-président de l'université, fit une déclaration : « Le projet d'un bâtiment destiné à abriter le département d'ingénierie et des singes à Stanford est ridicule, absolument faux et diffamatoire. Nous avons pris contact avec nos avocats pour voir quelle action entreprendre. »

— Qu'est-ce que vous voulez qu'ils disent ? rétorqua-t-on dans la salle de presse de KNEX-TV sans s'inquiéter.

Le rédacteur du *Palo Alto Times Crier* appela, on le passa à Sybille.

— Je voudrais des détails, la supplia-t-il. Je n'en ai pas. Génial si c'est vrai mais Jackson a fermé sa porte, l'université se refuse à tout commentaire et je suis coincé. Que pouvez-vous me confier ?

— Rien, répondit fraîchement Sybille.

Elle se demandait ce qu'elle allait faire de cette histoire. Toutefois, il était hors de question de la donner à qui que ce soit et encore moins à quelqu'un qui doutait de la véracité de ses affirmations.

— On travaille sur le sujet pour obtenir d'autres éléments, je ne sais rien de plus que ce que vous avez entendu hier soir.

Elle raccrocha mais le téléphone se remit à sonner et n'arrêta pas de toute la matinée : des appels des journaux et télévisions de San Jose, San Francisco, Oakland, Los Angeles et des agences de presse. Sybille les éconduit, l'émotion la gagnant au fur et à mesure. Elle tenait son scoop et tout le monde était au courant. On la trouvait formidable et personne ne lui reprochait rien.

En milieu de matinée, Beauregard fit venir Sybille dans son bureau.

— Quelle affaire ! Bravo.

— Merci. C'est à toi que je la dois.

— Oui, effectivement. Enfin, en partie.

Le regard de Sybille se durcit.

— Non, entièrement.

— Entièrement ? Et le dessin ? D'où sort-il ?

— Je l'ai trouvé. Mais je n'en aurais rien su si tu ne m'en avais pas parlé. C'est grâce à toi, Terry...

— Tu l'as trouvé où ?

— Je ne peux pas te le dire.

— Oh que si.

Sybille secoua la tête.

— Tu ne peux pas me demander de citer mes sources.

Les yeux plissés, il la dévisagea.

— Et les trucs qu'elle leur apprend ? Le langage par signes et les bonnes manières ? Où as-tu déniché ça ?

Il y eut un léger silence.

— Par l'une de mes sources.

— Qui ?

— Je ne peux pas répondre, Terry. Je ne peux pas révéler...

— A moi, si.

— Même pas à toi.

Il lui lança un regard furieux.

— D'où tiens-tu les paroles de Lyle Wilson à propos des projets qu'ils se proposent de poursuivre ?

— Du *Los Angeles Times*. Ils ont rédigé un article sur l'ingénierie en Californie.

— Tu as donc fait des recherches.

— Naturellement.

— Et tu disposes de sources fiables.

— Aussi fiables que les tiennes.

Il bondit de son siège.

— Putain, qu'est-ce que tu me chantes là ? Comment sais-tu à qui je m'adresse, bordel de Dieu ?

— Je n'en sais rien ! Je voulais juste dire que... non, rien, rien du tout, Terry, je ne voulais pas te vexer.
— Qui est vexé ? Je tiens simplement à être au courant de ce qui se passe. Pas de jeux, pas d'arnaques. Compris ?
— Oui.
— Alors qui t'a parlé du langage par signes et des bonnes manières ? Où as-tu déniché le croquis ?

Sybille refusa de répondre.

— Très bien, ma petite dame, mais n'oublie pas que tu en portes la responsabilité.
— Pas toute seule ! Terry, tout le monde me soutient !
— Dans la mesure du possible.
— Tu m'as dit que KNEX soutenait toujours son personnel !

Elle était figée sur sa chaise.

— Terry, c'est toi qui m'as donné ce filon.

Il poussa un soupir théâtral.

— On en revient au point de départ apparemment, mon chou. Je t'ai raconté une charmante histoire en t'expliquant qu'on ne pouvait rien en faire.

Le téléphone sonna, il répondit :

— Bon. Faites-le attendre une seconde, je m'en occupe tout de suite. Il reposa le combiné. Oldfield, annonça-t-il à Sybille. Le vice-président de l'université, il se prend pour un putain de tigre. Ne t'inquiète pas, je vais te couvrir.

Il secoua la tête, feignant la surprise.

— Tu es un sacré numéro d'ébranler Stanford comme ça. Et la chaîne a aussi les yeux posés sur nous, d'après ce qu'on m'a dit. Il fit le tour de son bureau. Tiens-moi au courant avant d'écrire autre chose sur les gorilles, d'accord.

Il lui pinça les fesses et la flanqua à la porte.

— Passez-le-moi, ordonna-t-il à sa secrétaire et il décrocha.
— D'où cela sort-il ? s'enquit Oldfield. Qui est ce « haut responsable de l'université » ? Il n'existe pas, vous le savez bien. Vous avez tout inventé. C'est faux et cela nuit à la réputation de Stanford. Nous voulons savoir d'où vous tenez cela et ce que vous comptez en faire.
— On le tient d'une source au-dessus de tout soupçon, répliqua Beauregard avec calme.

Il se cala sur sa chaise, se réjouissant à l'avance. Fermant les yeux, il imagina Marjorie, la femme de Laurence B. Oldfield, allongée sous lui qui émettait des petits cris d'excitation puis qui bavardait sans réserve alors qu'ils étaient au lit ensemble et qu'il lui posait des questions sur l'université, s'intéressant plus spécialement à cette délicieuse petite affaire sur Ramona Jackson et ses singes qu'elle tenait de son mari.

— Au-dessus de tout soupçon, répéta-t-il. On n'est pas des irresponsables, Larry. On est les meilleurs sur la place. Il toussa d'un air modeste.

77

Quant à savoir ce qu'on compte en faire, je vous répondrai : Rien dans l'immédiat. On fouinera peut-être un peu en vue de développements supplémentaires mais rien n'est moins sûr pour l'instant. On étudie la question naturellement, c'est aussi notre boulot.

— Vous étudiez la question, répéta Oldfield, furieux. Merde, vous auriez mieux fait d'étudier la question avant d'en parler à l'antenne.

Mon Dieu, mon Dieu, quel langage pour un ponte de l'université, se dit Beauregard.

— ... Le service juridique, poursuivait Oldfield. Ils examinent les différentes solutions à envisager. Vous êtes tous menacés, tous les fichus membres de ce journal — sans parler de celui qui est entré par effraction dans mon bureau pour voler des documents personnels dans mes dossiers —, mais je n'ai pas l'intention d'attendre les avocats. Je vous annonce dès maintenant que nous exigeons un démenti officiel et des excuses. Dans le même bulletin, présenté par la même personne — comment s'appelle-t-elle, cette blonde ? — expliquant que rien de tout cela n'était vrai...

— Rien de tout cela ? s'exclama Beauregard d'un ton sournois. Larry, a-t-elle parlé de trois cents millions de dollars ?

— Ce n'est pas le problème !

— A-t-elle émis le vœu que l'université s'occupe de ses gorilles ?

— Des petits singes. Et c'était une plaisanterie.

— Des petits singes ? Cela demande un rectificatif en effet. On n'aurait pas dû parler de gorilles si ce sont des petits singes. Mais de là à dire qu'il s'agit d'une plaisanterie ? Vous voulez qu'on annonce à nos téléspectateurs que Mrs. Jackson plaisante sur ce genre de sujet lorsqu'elle fait une donation à l'université ? Jusqu'à dessiner un charmant petit croquis ?

— Nous exigeons que vous déclariez à vos téléspectateurs que cette histoire a été déformée, en partie inventée, et que vos sources se sont trompées... débrouillez-vous pour présenter ça comme vous voulez. Vous devez en avoir l'habitude si ceci illustre vos méthodes de travail.

— Franchement, on trouve qu'on fait du beau boulot ici, répliqua Beauregard, très à l'aise. On va rectifier le tir sur les gorilles, Larry, mais, à part ça, je pense qu'on ne bougera pas tant que vous ne me donnerez pas la preuve qu'on a commis des erreurs par ailleurs.

— De plus, poursuivit Oldfield comme si Beauregard n'avait rien dit, nous voulons savoir quelles sont vos sources, si tant est qu'il y en ait. J'en doute fort mais, si vous ne nous fournissez pas de noms, on considérera que vous avez tout inventé. Vous, cette Morgen, la réalisatrice, et l'auteur de ce texte. Nous sommes en droit de connaître ces noms et je les veux tout de suite. L'un d'eux s'est introduit dans mon bureau par effraction et je veux savoir de qui il s'agit !

— Du calme, Larry. Vous lancez un tas d'accusations qui ne me plaisent pas. Comment savez-vous qu'on s'est introduit par effraction dans votre bureau ? Il est ouvert le plus clair du temps, non ? Vous ne souhaitez sans doute pas accuser sans preuves mes collaborateurs d'avoir commis des actes illégaux. Quant à ce que vous êtes en droit d'exiger, avec tout le respect que je vous dois, vous n'avez droit à aucun nom, pas l'ombre d'un nom. On ne peut pas réaliser un journal sérieux...

— Il n'y a rien de sérieux dans ce journal!

— ... si on n'est pas en mesure de promettre l'anonymat à nos sources pour les protéger contre des poursuites lancées à la légère uniquement parce qu'elles ont le courage de dire la vérité...

— C'était un mensonge!

— ... vous comprendrez donc qu'en tant que journaliste consciencieux, il m'est absolument impossible d'envisager...

— Des conneries, tout ça!

— Bon.

Il y eut un silence.

— Je ne vous donnerai pas ces noms, Larry. Ne me dites pas que vous y comptiez pour de bon. D'ailleurs, qu'est-ce que vous en feriez? Cette affaire est close.

— Les obliger à présenter un démenti. Et vous le savez pertinemment!

— Peut-être accepteraient-ils, peut-être pas. Allons, Larry, pourquoi faire un chambard pareil? Ce n'est qu'une affaire mineure, une babiole qui ne vous nuit en rien. Ça risque éventuellement d'ébranler vos intellos collet monté mais...

— Elle parle de retirer son argent! Oldfield avala sa salive. Merde, je vous l'annonce à titre confidentiel. Si vous en faites usage, je vous chope là-dessus.

— Je n'y crois pas. Pourquoi d'ailleurs? Qu'est-ce qu'elle va foutre de tout ce fric?

— Le donner à Cal Tech ou à Berkeley. Ils étaient sur sa liste depuis le début, jusqu'à ce que Lyle Wilson la convainque de n'en rien faire.

— Pourquoi?

— Parce qu'il existe des gens qui ne sont pas indifférents à tout comme vous, espèce de salaud! Elle n'a pas apprécié qu'on la tourne en ridicule!

— Où est le problème? Elle était flattée, ça peut revenir. Touchez-en un mot à votre Wilson. Peut-être qu'il la saute, il peut régler la question au lit.

Un silence s'ensuivit.

— Je veux un démenti, déclara Oldfield d'un ton tendu. Ce soir. Dans le même journal.

— Désolé, Larry, vous ne l'aurez pas.

— Eh bien, vous allez avoir des nouvelles de nos avocats, rétorqua Oldfield qui raccrocha.

Mon Dieu, mon Dieu, se dit Beauregard, il y a de l'animation dans l'air pour une fois. Songeur, il pivota sur son fauteuil et regarda à travers le panneau vitré de la salle de presse Sybille installée à son bureau. Elle avait eu l'air sûre d'elle. Elle devait avoir ses sources. C'était une chose de mettre du piquant dans une affaire mais une autre histoire que

79

d'inventer un truc de toutes pièces ou de voler des documents. Elle avait fait du beau boulot, réalisé une charmante petite anecdote; il valait mieux la couvrir. Elle était drôlement douée, il aurait beaucoup regretté de devoir se séparer d'elle.

Valérie et Rob Segal quittèrent le théâtre et traversèrent la cour. Il lui prit la main, la serrant avec ferveur, elle se dégagea brutalement.

— Hé! s'exclama-t-il alors qu'elle accélérait le pas. J'ai dit quelque chose qui n'allait pas?

— Je ne veux pas être en retard au cours.

— Moi non plus mais on peut être câlin en marchant, non?

— Je ne suis pas d'humeur à cela, répliqua Valérie qui poursuivit son chemin.

— Comment veux-tu que je devine ce qui te passe par la tête...

Ils se dirigèrent en silence vers un long bâtiment bas précédé d'un grand escalier où étaient affalés des étudiants qui lisaient, mangeaient et discutaient par petits groupes. Valérie se fraya un passage parmi eux. L'œil noir, Rob la suivit.

— C'est toujours d'accord pour ce soir?

— Je crois, répondit-elle, et elle s'engouffra dans la pénombre où régnait une douce fraîcheur.

Elle fila sans lui laisser le temps d'en dire plus.

— Sybille! cria-t-elle. Ça fait une éternité qu'on ne s'est vues! Comment vas-tu?

Le regard de Sybille s'éclaira tandis que Valérie s'élançait à sa rencontre.

— Valérie, que je suis contente de te voir. Il s'est passé tellement de choses... hier, j'ai vécu la journée la plus incroyable de ma vie...

— Tant mieux, j'ai besoin de me distraire.

Sybille observa d'un air surpris Rob qui rôdait non loin de là.

— Si tu es occupée, je te le dirai une autre fois.

— Mais non, pas du tout. A six heures et demie? lança-t-elle à Rob.

— Très bien.

— A plus tard. Tu n'as pas envie d'une limonade ou autre chose? proposa-t-elle à Sybille en la prenant par le bras.

— Tu as cours, laissa échapper Rob.

— Non, en fait, pas avant une heure, répondit Valérie avec calme. Et toi? demanda-t-elle à Sybille.

— Non, répliqua Sybille, oubliant aussitôt son professeur d'histoire.

Ignorant Rob avec la même désinvolture que Valérie, Sybille se retourna. Elles retraversèrent la cour et se dirigèrent vers le club d'étudiants.

— Il fait trop beau pour s'enfermer, déclara Valérie, et elles s'installèrent à la terrasse.

— Je ne savais pas que tu sortais avec d'autres garçons, remarqua Sybille.

— Eh bien, voilà, tu le sais...
— Mais tu vois toujours Nick.
— Non.
Valérie cherchait son portefeuille dans son sac, Sybille ne distinguait donc pas son visage.
— J'ai décidé que le mariage n'était pas fait pour moi.
Sybille en eut le souffle coupé.
— Tu étais mariée ? Je l'ignorais... quand t'es-tu... ?
— Non, bien sûr que non.
Elle se tut un instant. Oh, quelle importance, se dit-elle. Elle est dévorée de curiosité et inoffensive.
— Mais quand on sort avec Nick, c'est comme d'être marié pratiquement. Lui, il ne sort pas, ce mot n'entre pas dans son vocabulaire. Lui, il a des rapports de couple. C'était devenu insupportable et j'ai rompu. Une limonade, annonça-t-elle à la serveuse, puis elle contempla sa cuillère d'un air morose. J'aimerais que les gens ne soient pas si occupés. Ils n'arrêtent pas de s'activer, de concevoir des projets et de travailler, puis ils parlent de leurs activités, leurs projets et leurs travaux. Ça me rend nerveuse. Et il faut toujours que je les écoute en acquiesçant et en prenant un air enthousiaste comme si je jouais le rôle du supporter, de la groupie... ou de l'épouse.
— Bon, lança Sybille après un léger silence. Mieux vaut sans doute que je ne te raconte pas ce qui m'est arrivé.
— Oh.
Valérie la regarda et sourit de ce sourire chaleureux qui faisait toujours oublier combien elle s'était montrée égoïste une seconde plus tôt.
— Ce n'était pas gentil de ma part. Je n'ai parlé que de moi alors que tu semblais si enthousiaste de ta journée. Dis-moi que tu me pardonnes et raconte-moi tout.
— C'est un événement qui s'est produit à la station... pas plus tard qu'hier. Enfin, la veille en réalité, mais disons que les choses ont pris tournure hier. Tout le monde a été formidable...
Dès que Sybille prononça le nom de Ramona Jackson, Valérie voulut l'arrêter au milieu de sa phrase. Elle ne tenait pas à en entendre parler. Cela lui rappela cette affreuse soirée avec Nick ; leur dispute résonnait encore à ses oreilles. Mais elle ne pouvait blesser Sybille en l'interrompant.
— Je l'ai vu, annonça-t-elle quand Sybille eut fini son récit. Je me demandais si tu avais joué un rôle là-dedans. Quelle histoire incroyable !
Elle se tut un instant. Peut-être parviendrait-elle à l'engager sur un autre sujet.
— Comment reconstitue-t-on une affaire comme celle-ci ? On interviewe toutes les personnes concernées ?
— Ça arrive. Je ne l'ai pas fait cette fois-ci. Je me suis fiée à celui qui m'en avait parlé.
— Ah bon ? C'est tellement bizarre. Tu n'as pas vérifié auprès d'autres gens ?

— Complètement inutile! On finit par savoir quand il le faut et quand c'est superflu. Le type qui me l'a raconté couchait avec la femme d'un mec de l'université. Un vice-président, ajouta-t-elle sans se soucier de savoir si elle disait vrai ou pas. Terry a trouvé que j'étais géniale d'avoir découvert cette affaire et qu'il m'emmènerait avec lui s'il allait à la chaîne.

— Tu l'as découverte toi-même?

— Bien sûr. J'ai aussi déniché le croquis, personne ne m'a aidée. Je l'ai montré à Terry qui a adoré toute cette histoire et qui m'a donné le feu vert pour continuer. C'était l'une de ces fameuses tranches de vie dont il parle sans arrêt.

— Des tranches de vie?

— Des moments intéressants sur le plan humain. Des tranches de vie auxquelles le public peut s'identifier. Des trucs plus passionnants que les données et les chiffres sur les dommages subis par les récoltes, la pollution ou même la construction d'un bâtiment. Grâce à cette histoire, le nouvel édifice a pris un sens aux yeux des gens et elle était si bonne qu'il ne fallait pas grand-chose pour qu'elle soit parfaite. Une anecdote amusante mais tout de même liée à une affaire sérieuse. Une fois que j'en ai eu fini, il y avait un peu de tout dans le mélange.

Sybille avait piqué la curiosité de Valérie.

— Qu'entends-tu par : il ne fallait pas grand-chose pour qu'elle soit parfaite? Tu devais te servir des éléments dont tu disposais.

— On fait de notre mieux avec ce qu'on a, rectifia Sybille comme si elle jouait le rôle du professeur. La plupart du temps, les nouvelles sont si ennuyeuses qu'on doit travailler dessus pour accrocher le téléspectateur.

— Tu veux dire les inventer.

— Non, bien sûr que non.

Elle observa Valérie pour voir si elle ne prêchait pas le faux pour savoir le vrai et estima que non.

— Non, pas inventer. Mais l'écrire de manière que les gens y prêtent attention. Quand on connaît son métier, on peut placer une citation dans un contexte différent, lui donner un nouvel éclairage, une certaine importance, ajouter de la couleur, quelques détails éventuellement, et on a alors un produit qui empêche ton public d'aller voir ailleurs. De toute façon, ils s'en fichent, ils ne s'en souviennent même pas cinq minutes plus tard. Mais toi, si. Toi, tu sais que pendant une minute et demie tu as concocté un petit chef-d'œuvre. De plus, quand on l'écrit et qu'on le réalise, on s'en souvient. Et les professionnels aussi. C'est comme ça qu'on se fait un nom.

Valérie acquiesça. De nouveau, elle s'ennuyait : la véhémence un peu pontifiante et l'énergie de Sybille la fatiguaient. Elle repoussa sa limonade qui était épouvantable et n'avait aucun goût. Rien n'avait aucun goût ces temps-ci; tout était plat, morne et monotone. J'ai envie de voir Nick, songea-t-elle. J'ai envie de parler avec lui, de l'entendre rire. J'ai envie de rire avec lui. J'ai envie de voir son regard s'éclairer lorsque je dis quelque chose qui lui plaît. J'ai envie d'être contre lui. J'ai envie qu'il me prenne dans ses bras.

Elle n'arrivait pas à y croire. Jamais elle ne s'était mise dans un état pareil. Et elle commençait à penser qu'elle ne parviendrait pas à s'amuser, s'intéresser à quelqu'un ou même à apprécier un verre de limonade tant qu'elle ne s'en sortirait pas. Dans l'immédiat toutefois, elle en avait vraiment assez de parler de télévision. Elle ferma son sac et se leva.

— Félicitations. Je suis ravie que tu te sois fait ta place là-bas. C'est bien de voir les gens réussir.

— Attends, je viens avec toi, répliqua Sybille. Tu vas au cours ?

— Je crois.

— Moi aussi.

Elles reprirent le même chemin.

— Rob a l'air charmant, dit Sybille. Il est d'une beauté extraordinaire.

Valérie soupira.

— Rob est un petit garçon déguisé en étudiant, lui-même déguisé en un remarquable vendeur, ce qu'il sera un jour.

— Je n'avais pas l'impression qu'il t'emballait spécialement.

— Je ne me laisse pas convaincre comme ça. Et ce Terry dont tu parlais ?

— Comment cela, ce Terry ?

— Je ne sais pas. Un accent dans ta voix. C'est quelqu'un de particulier ?

— Je le déteste. Je suis obligée de travailler pour lui. Elle s'arrêta. Je vais par là, je vais à la bibliothèque. A un de ces jours.

— Je croyais que tu avais cours.

— Oui, mais j'ai besoin d'un livre. A bientôt.

Elle s'éloigna, se sauvant presque à toutes jambes.

Je lui ai simplement parlé de ce Terry et elle s'est refermée comme une huître, songea Valérie. Elle doit coucher avec lui. Comment pouvais-je savoir qu'il s'agissait d'un sujet tabou et que je ne devais pas poser de question sur lui ?

Elle poursuivit son chemin, seule, traînant les pieds. Ça fait deux jours que je n'ai pas vu Nick. On n'a jamais été séparés pendant si longtemps depuis le mois de janvier. Cinq mois.

Ce n'était pas tant cela qui la contrariait que l'idée de ne plus jamais le revoir. Voilà : elle ne supportait pas l'idée de ne plus le revoir. Donnant un coup de pied dans un caillou sur l'allée en brique, elle l'envoya bouler contre un arbre. Pourquoi tout est-il si compliqué ?

La cloche annonçant le début de son cours sonna. Elle s'apprêta à entrer dans le bâtiment, puis s'arrêta dans la galerie. Non, c'est impossible. Je ne peux pas prendre place et écouter les vers des poètes anglais sur l'amour et le désir. Je préférerais entendre les propos de Nick là-dessus. Je préférerais qu'il me montre ce que cela lui inspire. Je ne supporte plus qu'il me manque. Je n'ai qu'à lui passer un coup de fil, il m'invitera à dîner et tout ira bien.

Elle fit demi-tour et traversa le campus en courant, saluant d'un signe des amis qui l'appelaient au passage. Elle ne s'arrêta pas avant d'atteindre sa résidence. Elle partageait un appartement avec trois autres filles, chacune disposant d'une chambre en plus du living. Il n'y avait personne. Elle alla tout de même dans sa chambre. Elle ferma la porte, s'assit au bord du lit et voulut s'emparer du combiné. Elle n'arriva pas à le décrocher.

Il ne sera pas chez lui, il travaille toute la journée aujourd'hui. Je pourrais le joindre au bureau. Il n'aime pas qu'on le dérange là-bas. Mais il sera content d'avoir de mes nouvelles. Il sera content de m'entendre dire...

Quoi ? Que vais-je lui dire ?

Elle s'allongea sur son lit et, plongée dans ses pensées, regarda par la fenêtre. Je vais lui dire que j'ai envie de le voir, que je voudrais qu'on soit comme avant. Rien de plus. Rien de moins. Il répétera les mêmes choses qu'avant. Moi aussi. On se retrouvera au même point. Je me mettrai en colère contre lui, j'oublierai combien il m'a manqué. Et on commencera à se disputer.

Je ne veux rien de tout cela. Mais je le veux, lui.

Mon Dieu, je ne sais plus où j'en suis avec ce type.

Elle se leva d'un bond et arpenta la pièce. Elle finit par se rendre au salon et s'approcha de la fenêtre à l'ombre d'un immense palmier qui ondulait sous la brise. Il ne me reste qu'à l'oublier. Je ne dois pas l'appeler, je ne dois pas lui écrire. Sinon, ce sera encore plus difficile. Il ne croirait pas que je suis revenue pour m'amuser, il s'imaginerait que j'ai cédé. Il penserait qu'on est en route vers l'autel.

Et il serait d'un sérieux !

Merde, pourquoi fallait-il que je tombe amoureuse d'un type qui ne sait pas jouer ?

Oh non, je ne suis pas amoureuse de lui, se dit-elle aussitôt d'un ton décidé. Je me suis simplement trop impliquée dans cette histoire, je l'ai laissé prendre trop de place dans ma vie.

Il coulera beaucoup d'eau sous les ponts avant que cela ne se reproduise avec qui que ce soit.

Récupérant ses livres, elle retraversa le campus pour se rendre au cours. Elle allait être en retard mais ce n'était pas bien grave. Dans l'immédiat, mieux valait songer aux vers des poètes anglais sur l'amour et le désir plutôt qu'à Nick. Peut-être la poésie la calmerait-elle.

Rien n'y fit, ni la poésie ni rien d'autre, durant cette longue journée. Quand elle regagna sa chambre, elle était tendue, en colère contre elle-même, et elle avait envie de changement. Dans sa boîte aux lettres l'attendait un mot de Rob qui lui rappelait leur rendez-vous à six heures et demie. Elle le froissa dans sa main. Il était si jeune. Si naïf. Et mortellement ennuyeux. Elle voulait vivre quelque chose de passionnant et Rob ne pouvait le lui offrir.

Elle trouva aussi dans son courrier un message d'Andy Barlow, un avocat de Palo Alto, ami de son père, qui la conviait à un dîner le soir même. Elle le rappela.

— C'est une soirée impromptue, annonça-t-il. Très simple, il y aura surtout des gens de Stanford. J'ai vu tes parents à New York l'autre jour et je leur ai promis de m'occuper de toi. Je t'en prie, accepte.

— D'accord, acquiesça Valérie.

C'était mieux que de voir Rob. Lorsqu'elle arriva chez les Barlow, elle avait presque réussi à oublier la colère de Rob et à chasser Nick de son esprit. Elle ne pensait plus qu'à s'amuser.

— Valérie, je voudrais te présenter Laurence Oldfield, dit Andy Barlow alors qu'il lui faisait faire le tour des invités.

Elle sourit et tendit la main.

— Cela ne m'arrive pas souvent de croiser des étudiants à des réceptions, remarqua Oldfield en lui serrant la main.

Il était frappé par sa beauté et une assurance qu'on rencontrait rarement chez les élèves. C'est l'argent, songea Oldfield, l'argent et ces soirées dans le monde, les amis de sa famille, les relations, l'influence. Cependant, elle savait aussi écouter, découvrit-il alors qu'ils prenaient l'apéritif sur la terrasse avant le dîner. Répondant à ses questions, il se mit à parler de ses grands enfants, son bateau, son travail à l'université et sa femme, beaucoup plus jeune que lui, insatisfaite de son sort, qui ne tenait pas en place et voulait voyager de par le monde.

— Je lui ai promis qu'on voyagerait quand je serai à la retraite, expliqua-t-il.

Ils étaient à table et Oldfield délaissait son potage pour bavarder avec Valérie. Son épouse, Marjorie, se trouvait à l'autre bout.

— Il ne me reste que trois ans et je fais de mon mieux pour que tout se passe bien. J'évite les scandales, les conflits, les problèmes pour mon successeur.

— Il doit bien y avoir quelques scandales à Stanford, répliqua Valérie d'un ton provocant. Même s'ils sont mineurs.

Oldfield sourit et secoua la tête.

— On ne les tolère pas. Il est assez difficile de diriger une université aujourd'hui sans que des gens viennent troubler l'atmosphère.

— Pourtant, il y a cette femme, Ramona Jackson, poursuivit Valérie d'un air innocent.

Elle prit une goulée de soupe aux palourdes et, levant les yeux, découvrit l'expression stupéfaite d'Oldfield. Elle s'ennuyait tant, elle pensait pouvoir l'ébranler un peu.

— Cette affaire est tellement bizarre, s'exclama-t-elle avec entrain. Et plutôt charmante.

— Charmante ?

— La pauvre, elle s'inquiète du sort de ses petits. La plupart des gens sont si égoïstes qu'ils ne se préoccupent de personne alors qu'elle, elle est prête à offrir un cadeau mirifique qui fera l'admiration de tous, qui la rendra même immortelle en un sens, et en plus elle donne un abri à ses singes, pour toujours. Je trouve cela charmant.

Oldfield s'était rembruni.
— Que savez-vous au juste de cette histoire ?
— Oh, deux, trois choses. J'en ai un peu entendu parler à la télévision et l'une mes amies a réalisé l'émission ; en fait, c'est elle qui l'a écrite. J'ai cru comprendre que des tas de gens trouvaient ce travail formidable.
— Formidable, répéta Oldfield.
— Sûrement, vu le but recherché. Piquer la curiosité des spectateurs, leur montrer l'aspect humain dans le contexte d'une affaire plus sérieuse...
— Bêtises que tout cela ! Je ne devrais pas parler ainsi en si agréable compagnie. Mais ce jargon de métier ne me plaît pas. Cette femme, la réalisatrice, Sybille Morgen, c'est bien cela, non ? — j'ai vu son nom au générique, mais je ne savais pas qu'elle était aussi l'auteur du texte — cette femme a terriblement nui à Stanford et cela me paraît nettement plus important que l'aspect humain.
— Comment a-t-elle nui à Stanford ? Vous n'aurez pas les fonds pour la construction du bâtiment ?
— On n'en est pas encore sûrs.
— Alors, ce n'est pas irréparable.
— Oui, enfin, pas encore. Mais cela risque de l'être. Il faut imaginer le pire.

Valérie finit son potage.
— Ce n'était pas de la malveillance. Je suis convaincue qu'à KNEX-TV personne ne cherche à nuire à Stanford.
— Bien sûr que si. L'histoire était fausse ; on l'a inventée parce que quelqu'un nous en voulait et nous a attaqués en ridiculisant une vieille dame qui se soucie du qu'en-dira-t-on lorsque son corsage est mal boutonné.
— Oh, c'est absurde.

Valérie aurait aimé être ailleurs. Tout cela semblait si dérisoire. Nick trouvait cela important. Mais il n'était pas là.
— Sybille s'inquiétait de son public, voilà tout. Ce n'est pas Stanford qui l'intéresse, ce sont les taux d'écoute. Et elle m'a affirmé qu'elle ne l'avait pas inventée ; elle la tient d'un type qui a paraît-il couché avec la femme d'un vice-président de l'université... Quelle sale petite affaire, déclara-t-elle devant la réaction d'Oldfield : il était bouche bée et suffoquait. De toute façon, même si Sybille lui a donné un nouvel éclairage, y a ajouté de la couleur ou je ne sais quoi, ce n'était pas pour nuire à Stanford mais pour soutenir l'intérêt de ses téléspectateurs. Et je suis sûre qu'elle n'a commis aucun acte condamnable, jamais elle ne ferait une chose pareille. Elle prend son travail très au sérieux. Et elle s'y donne plus que personne. Elle m'a confié qu'elle était allée dénicher ce dessin elle-même ; personne ne l'a aidée. Si vous voulez mon avis, il faut être consciencieux pour cela. Excusez-moi.

Son voisin de droite s'adressait à elle. Soulagée, Valérie se tourna vers lui, oubliant aussitôt Sybille et Ramona Jackson.

Oldfield ne bougea pas. Sidéré d'avoir appris que la fameuse source dont il avait exigé le nom auprès de Beauregard n'était autre que lui probablement, il contempla sa salade de cresson. Puis l'émotion le saisit. Car il tenait une autre révélation : Sybille Morgen savait dès le début qu'elle déformait l'histoire, c'était elle qui était entrée par effraction dans son bureau et avait volé le croquis. Et il disposait d'un témoin au-dessus de tout soupçon pour attester de tout cela.

Une semaine plus tard, Sybille Morgen fut convoquée devant le conseil de discipline pour s'expliquer sur le vol commis dans le bureau de Laurence Oldfield. Assise sur son lit dans son modeste appartement, elle lut et relut la convocation en attendant que Beauregard l'appelle pour lui dire qu'il la soutiendrait, lui fournirait un avocat, prouverait qu'elle avait agi sur ses ordres, ferait tout ce qu'il fallait afin de la sauver. Cependant, les heures s'écoulaient et le téléphone ne sonnait pas. Je suis toute seule, songea-t-elle avec amertume. C'est toujours pareil. Personne ne se soucie de moi, personne ne m'aidera. Qu'ils aillent tous se faire foutre. Ils n'ont aucun droit de me demander quoi que ce soit. Ils veulent uniquement m'obliger à ramper parce que j'ai démontré leur bêtise. Ils n'ont qu'à se passer de moi pour leur audition. Ils n'ont qu'à jouer leurs petits jeux sans moi. Je n'aurai rien à voir avec eux. Je n'ai pas besoin d'eux. Aucun d'entre eux.

Le conseil de discipline se réunit en l'absence de Sybille et estima que son refus d'accepter son autorité et, par conséquent, l'autorité de l'université montrait qu'elle ne souhaitait pas faire partie de leur communauté. Pour cette raison, il recommanda qu'elle soit renvoyée.

Deux jours plus tard, on notifia la nouvelle à Sybille. Et le lendemain, dès qu'il l'apprit par Laurence B. Oldfield, Terence Beauregard, troisième du nom, la renvoya de KNEX-TV pour avoir violé la confiance publique en déformant des faits et les avoir ensuite délibérément diffusés dans un journal dont elle était la réalisatrice.

6

Debout à côté de sa chaise, Sybille avait les yeux baissés.
— D'un coup, tout a changé. Tout s'est... effondré.
Une casserole fumante à la main, elle servit Nick.
— Je sortais avec un type de la station et c'est fini. Finis aussi les cours et mon boulot... Elle leva aussitôt les yeux et sourit, un petit sourire courageux. J'en ai trouvé un autre, presque tout de suite... ce n'est qu'un emploi de vendeuse, mais cela me permet de payer le loyer... et je suis sûre que tout ira bien. Le poulet est bon ? Je ne t'ai même pas demandé si tu aimais le poulet ou si tu préférais autre chose.
— Non, non, j'aime ça. C'est parfait, répondit-il.
Il l'observait, perplexe : avec sa robe blanche bain de soleil et ses cheveux noués d'un ruban assorti, elle avait l'air jeune et sans défense, virginale et plus jolie que dans son souvenir.
— En fait, c'est délicieux. Tu es une bonne cuisinière.
— J'adore faire la cuisine. Pas quand je suis seule, j'ai l'impression d'être encore plus seule. C'est toujours mieux de le faire pour quelqu'un.
— Comme beaucoup de choses, affirma-t-il avec calme, puis il leva son verre. A une grande cuisinière !
Elle rougit.
— Tu ne peux pas juger en un dîner...
— Plus l'exemple que j'ai eu la semaine dernière le jour où tu as déposé la boîte de petits gâteaux devant le Bâtiment d'ingénierie, répliqua-t-il avec un grand sourire. Les miettes étaient exquises. Quelle chance incroyable.
— D'avoir déposé les gâteaux ?
— Non, de se croiser ainsi. En dehors des ingénieurs, il n'y a pas beaucoup de gens qui vont dans ce coin-là.
— Oui, c'était de la chance.
— Surtout que tu avais quitté Stanford quelques semaines plus tôt. Tu me cherchais ? lança-t-il en remplissant leurs verres.

Elle eut une légère hésitation puis lui adressa un sourire mélancolique.
- Tu comprends trop vite. Et moi qui me croyais si maligne.
- Pourquoi toutes ces complications ? Si tu voulais me voir, pourquoi ne m'as-tu pas appelé pour me le dire ?
- C'était impossible.
Il attendit une explication mais elle n'ajouta rien.
- Pourquoi ?
- Parce que tu risquais de refuser. Tu pouvais répondre que tu ne voulais pas. Ou bien mentir en prétendant que tu étais débordé pour ne pas être désagréable. Ou encore accepter sans en avoir envie parce que tu avais pitié de moi...
- Je pouvais aussi accepter, me sentant intrigué et flatté que tu m'appelles. Tu échafaudes toujours des scénarios dans lesquels tu joues le rôle de l'indésirable ?
Elle rougit de nouveau.
- Ce n'est pas délibéré.
- Excuse-moi, dit-il. Ce n'était pas gentil de ma part. J'espère qu'un jour tu auras suffisamment confiance en toi...
Il s'arrêta au milieu de sa phrase. Il n'avait aucune raison de lui parler ainsi.
- Quoi qu'il en soit, ajouta-t-il d'un ton léger, je croyais que les femmes d'aujourd'hui ne se souciaient plus de ce genre de choses. De toute façon, je préfère la franchise.
- Moi aussi, répliqua-t-elle aussitôt, le visage lumineux soudain. Peut-être te ferai-je une surprise la prochaine fois en t'appelant pour t'inviter à dîner.
- A moins que je n'y pense le premier.
Elle prit sur le bar le saladier qu'elle posa sur la table. Son appartement était si petit que tout se trouvait à portée de la main. Ils étaient installés autour d'une table ronde à côté d'une couverture qui masquait son lit et une commode. Elle n'avait rien fait pour rendre ce lieu plus accueillant. Un logement propre mais spartiate : quelques affiches au mur, pas un tapis sur le parquet, pas de rideaux devant les deux lucarnes, juste des stores. Un grand poste de télévision envahissait la pièce. Le grenier ressemblait beaucoup à l'appartement qu'il partageait avec ses amis, songea Nick : un endroit de transition en attendant d'avoir une vraie maison.
- Parle-moi de ta famille, proposa-t-il.
- Oh. Elle se cala sur sa chaise et haussa les épaules. Il n'y a pas grand-chose à dire. Mon père est mort avant ma naissance... Il était pilote d'essai dans l'armée de l'air et son avion s'est écrasé. Le matin même, il avait envoyé à ma mère dix-huit roses pour son anniversaire, une pour chaque année, et elle ne l'a jamais revu. Ils s'étaient mariés le jour de ses dix-sept ans dans une petite église de campagne en Virginie. Ma mère s'était enfuie de chez elle parce que ses parents voulaient qu'elle en épouse

un autre et ils ne se sont plus jamais adressé la parole depuis lors. Elle ne les a même pas appelés lorsque mon père s'est tué. Elle a fait comme s'ils étaient morts, eux aussi, et quand je suis née, on s'est retrouvées toutes les deux. Sans un sou. A cause d'un problème avec l'assurance de mon père. On n'avait rien.

Nick l'écoutait, fasciné. Elle commençait par affirmer qu'il n'y avait pas grand-chose à dire, puis elle se lançait dans un conte de fées qui aurait été le rêve de n'importe quelle jeune fille. Il était convaincu qu'elle n'y croyait pas non plus. Quelle importance, après tout ? Si la vérité lui pesait trop, elle pouvait bien s'inventer des histoires. On a tous besoin d'une jolie histoire de temps en temps pour remplacer des souvenirs qu'il vaut mieux oublier.

– Et qu'a fait ta mère quand tu es née ? demanda-t-il.

– Elle est devenue styliste. On vivait à Baltimore et elle ne voulait pas travailler dans un bureau, car elle n'avait personne à qui me confier. Elle est donc devenue styliste, à Baltimore d'abord puis sur l'Eastern Shore, l'endroit chic. L'une de ses clientes m'a prêté de l'argent pour que je puisse entrer à Stanford.

Valérie lui avait dit que la mère de Sybille était couturière et non styliste, se rappela Nick, que c'était son père qui lui avait avancé l'argent de ses études. Mais Sybille ne comptait pas parler de Valérie. Et Nick non plus. C'est beaucoup mieux ainsi, songea-t-il, combattant le sentiment de vide qu'il ressentait à chaque fois qu'il pensait à elle. Ne fais pas allusion à elle, ne pense pas à elle. Il n'y a aucune raison.

– Pourquoi Stanford ? s'enquit-il. Ce n'est pas une université réputée dans le domaine de l'audiovisuel.

– Oh, pour rien. J'en avais beaucoup entendu parler, ça semblait mieux qu'ailleurs.

Elle l'a choisie parce que Valérie voulait venir ici. Valérie m'a aussi confié cela. Et il était sûr que ça avait un rapport direct.

– Pourquoi es-tu partie avant de passer ta licence ? Avant même la fin de ta troisième année ?

Sybille contempla ses mains.

– Je ne suis pas partie. On m'a renvoyée.

– Comment ?

Elle garda les yeux baissés.

– Dans l'un de mes journaux à KNEX, on a présenté un reportage sur l'université qui n'était pas le strict reflet de la vérité. Moi, je croyais dire vrai... Sinon, jamais, jamais je ne l'aurais passé... c'est une plaisanterie qu'on m'a faite et...

– Tu parles des singes et du Bâtiment d'ingénierie.

Elle croisa son regard. Il fut ébranlé par l'intensité de ses yeux bleu clair.

– Tout le monde doit bien rigoler, j'imagine.

– Non, personne ne rigole, répliqua-t-il. Il n'y a pas de quoi rire.

Cela aurait pu considérablement nuire à l'université. J'ignorais que c'était ton œuvre.

Elle se mordit la lèvre.

– Si. Tout était de ma faute. J'aurais dû vérifier. Ce genre d'histoire, on doit la vérifier deux ou trois fois et je le savais. Mais je la tenais de quelqu'un qui m'avait assuré l'avoir entendue de ses propres oreilles et on recherchait toujours des sujets originaux...

Elle se tordit les mains, attendant une réaction de Nick. Le silence se prolongea. Sa lèvre se mit à trembler.

– Et j'ai été virée.

– Virée, répéta Nick, abasourdi.

Même s'il était furieux qu'elle se soit montrée aussi irresponsable et aussi négligente, ce n'était pas une raison pour la renvoyer de Stanford ni pour la virer de KNEX. A moins qu'on n'ait eu besoin d'un bouc émissaire et que Sybille n'ait joué ce rôle : une femme, jeune de surplus.

Malgré tout, il n'arrivait pas à y croire.

– Comment a-t-on pu te renvoyer ? Cela n'arrive presque jamais. On inflige des sanctions ou on prononce une exclusion temporaire, on fait toujours tout pour éviter...

– Je t'en prie, n'en parle pas ! Des larmes coulaient sur ses joues. Je ne peux pas en parler, je ne souffre même pas d'y penser. Cela m'est insupportable, cela me fait trop mal, je ne peux pas, je ne peux pas...

– Excuse-moi, déclara Nick. On n'en parlera pas si tu ne veux pas.

Il y eut un long silence. Sybille ne pleurait plus. Elle respira à fond.

– J'étais fière de ce journal. C'était le mien, quand on me le laissait réaliser en tout cas. Et je faisais du bon boulot, tout le monde le disait. Pour moi, cela représentait plus que ce qu'on peut imaginer. La seule chose qui me donnait des satisfactions en réalité. Elle aperçut le coup d'œil de Nick. Je m'épanouis plus dans mon travail lorsque j'ai le sentiment d'atteindre mon but. J'ai tant d'ambition ; parfois, j'ai l'impression que je vais exploser de désir... Tu trouves sans doute cela idiot, mais je ne supporte pas de devoir patienter parce que je sais ce que je veux et que je suis prête à tout pour y arriver, mais tout va si lentement, les gens sont si lents. Et soudain, ça bouge. Quand j'ai décroché cet emploi à la station, il m'a semblé que ma vie démarrait pour de bon, je faisais enfin quelque chose au lieu d'attendre que ça se passe. Et j'ai tout perdu. J'ai commis une petite erreur, une seule, et on m'a tout pris. Au moment où je commençais à croire que je devenais quelqu'un de particulier – j'allais à Stanford et j'étais réalisatrice à la télévision –, on m'a tout pris. Ils n'en ont rien à foutre de déchirer les gens, de les virer ou de les fiche à la porte de l'université, ils se prennent tellement au sérieux...

Elle semblait presque laide sous l'effet de la colère. Brusquement, elle s'approcha de l'évier et ouvrit le robinet.

– J'ai oublié de préparer le café, dit-elle d'une voix étranglée. Excuse-moi, je suis beaucoup plus efficace d'habitude...

Nick la suivit et l'enlaça, saisissant ses mains et la serrant contre lui. Elle lui arrivait à peine au menton. Il posa sa joue sur ses cheveux noirs.

— Tu es quelqu'un de très particulier, assura-t-il avec calme. Rien de tout cela ne t'arrêtera. Je suis sûr que tu obtiendras ce que tu veux. Tu vas tirer les conséquences de cette expérience, mais cela ne t'empêchera pas d'y arriver.

Prisonnière de ses bras, Sybille se retourna et leva les yeux vers lui.
— Comment peux-tu le savoir ? Tu ne me connais pas.
— Pas encore. Pourtant, j'en suis convaincu.

Il sourit. Elle changea d'expression. Elle avait tellement soif d'approbation, soif d'un sourire, d'une remarque amicale, d'un compliment. Soif d'amour. Il en était bouleversé. Cela l'affectait même davantage après l'assurance totale de Valérie, l'optimisme avec lequel elle affrontait le monde...

Une fois de plus, il repoussa l'image de Valérie. Il s'en voulait de cette faiblesse. Il croyait être maître de ses sentiments, être capable de se concentrer, cela faisait sa force. Cependant, il n'avait pas trouvé moyen de chasser Valérie de ses pensées, même s'il se disait tous les matins et tous les soirs qu'elle n'était pas la femme qu'il lui fallait et que, manifestement, il n'était pas l'homme qu'il lui fallait.

— Et je te connaîtrai beaucoup mieux une fois qu'on se sera appelés deux, trois soirs pour s'inviter à dîner, déclara-t-il à Sybille. Chacun son tour, si tu veux. Il sourit. On va apprendre à se connaître tous les deux.

Sybille approcha son visage du sien. L'espace d'un instant, son audace le surprit, mais la douceur de ses lèvres abandonnées le lui fit oublier sur-le-champ. Elles s'ouvrirent sous les siennes, sa langue effleura la sienne avec une certaine timidité avant de se livrer à son désir. Son corps semblait se couler, se fondre avec le sien, ses bras l'enlacèrent comme pour s'accrocher à lui.

Malgré son abandon, il y avait quelque chose de violent en elle. Instinctivement, Nick s'écarta. Le visage de Sybille se voila aussitôt.

— Je voudrais apprendre à te connaître, expliqua-t-il gentiment, songeant avec amusement que ce genre de réplique venait généralement de la femme.

Si Sybille se sentait protégée, elle apprendrait à rire. Il ne pouvait être indifférent au déchirement qu'il sentait en elle. Autre chose l'attirait fortement vers Sybille : elle avait la même détermination que lui quant à son travail. Cette envie de réussir qui ennuyait Valérie, Sybille, elle, la comprendrait.

Elle était intéressante, intelligente et séduisante, elle avait les mêmes ambitions que lui et des besoins impérieux. Un mélange irrésistible, se dit-il, et il se promit de ne pas brusquer les choses. Il la prit dans ses bras et la serra contre lui.

— Et ce café ? lança-t-il.

Début juin, l'université s'était vidée. Avec l'année scolaire achevée, la session d'été pas encore commencé, le campus semblait endormi. En dehors de sa brève visite au département d'ingénierie le jour où elle rencontra Nick et l'invita à dîner, c'était la première fois que Sybille y revenait, se sentant plus étrangère que jamais. Elle avait l'impression de pouvoir fouler ce sol sacré uniquement quand tout le monde était parti.

— Qu'ils aillent se faire foutre, dit-elle à haute voix. Qu'ils aillent tous se faire foutre.

Elle s'assit en tailleur à l'ombre d'un cyprès non loin du bâtiment administratif. Enfin, pas tout le monde. Pas Nick Fielding qui était chaleureux, intelligent, sexy et qui s'intéressait à elle, même s'il n'avait pas encore couché avec elle alors qu'ils avaient passé trois soirées ensemble depuis leur premier dîner. Elle ne comptait pas le brusquer. Cela paraissait fort étrange, mais elle préférait lui laisser mener la danse. Le temps ne pressait pas du moment qu'il se montrait compatissant et protecteur. Elle savait que son air d'enfant perdu l'attirait pour l'instant plus que ses charmes ou sa cervelle, plus encore que ses talents de cuisinière, même s'il avait déclaré plus d'une fois qu'il aimait beaucoup qu'on lui fasse des petits plats.

Certes, ce n'était pas son ambition, très loin de là. Malgré tout, elle goûtait le plaisir d'avoir un homme à sa table et avait découvert qu'elle pouvait préparer un repas entier tout en laissant vagabonder ses pensées : trouver un autre emploi à la télévision, rêver à Nick et à leur avenir, songer à Nick et Valérie, à la raison de leur rupture.

Et si c'était Valérie qui l'avait laissé tomber ? Je ne veux pas des restes de Valérie. J'ai déjà donné ! Du temps où sa mère me refilait les vêtements dont Valérie ne voulait plus et que je devais sourire et dire merci. Des habits superbes qui me seyaient à merveille une fois que ma mère les avait arrangés – pour passer de la grande et mince Valérie à la petite boulotte de Sybille qui essayait toujours de maigrir –, mais pas les miens. C'étaient toujours ceux de Valérie et je les détestais.

Si Valérie a plaqué Nick, je ne veux pas de lui.

— Sybille ?

Une ombre se profila sur ses genoux. S'abritant les yeux de la main, elle regarda l'intrus.

— Lenore, dit-elle, et elle croisa les bras comme pour se protéger.

Elle espérait bien rencontrer quelqu'un de connaissance ; en même temps, elle avait peur. Elle désirait savoir ce qu'on racontait sur elle sans avoir vraiment envie de l'entendre. Et elle allait devoir affronter la vérité, car Lenore était secrétaire à mi-temps au bureau du personnel et spécialiste ès potins.

— J'ai appris tes ennuis, déclara Lenore en s'affalant à côté d'elle.

Grande et maigre, éternelle étudiante toujours sur le point de finir ses études, elle avait un long visage mélancolique qui la portait à colporter les mauvaises nouvelles.

— Mauvaises nouvelles, annonça Lenore. Tout le monde est bien contrarié.

— A cause de moi ?
— Bien sûr, mais pas seulement. Il se passe des tas de choses.
— Je ne suis au courant de rien. Je suis tellement à l'écart de tout...

Mots magiques s'il en était. Lenore ne pouvait résister à un auditoire laissé dans l'ignorance. Elle étira ses longues jambes et s'appuya contre le cyprès.

— Pour commencer, Jackson a retiré son argent. Elle a décrété qu'elle le donnerait ailleurs, là où on la prendrait au sérieux. Il a fallu s'arracher les cheveux, avaler des tonnes de tranquillisants et dire un paquet de prières avant qu'elle ne se calme. On lui a assuré que tu étais partie et qu'on ne te permettrait jamais, au grand jamais, de remettre les pieds ici... que le type de KNEX, celui pour qui tu travaillais, était aussi parti, qu'on l'avait flanqué à la porte...

— Oh! s'exclama Sybille.

Il existait quand même une justice en ce monde.

— ... Etant le réalisateur en chef, il assumait en dernier recours la responsabilité de ce qu'on présentait à l'antenne, je t'en passe et des meilleures. Donc les méchants étaient punis, Jackson serrait son fric dans son petit poing et les grands manitous tentaient de la convaincre qu'il valait mieux le consacrer à Stanford et s'offrir le plaisir de le donner. Un truc dans ce genre-là. Aussitôt dit, aussitôt fait.

Il y eut un léger silence.

— C'est tout ? s'enquit Sybille.

— Pas tout à fait, il y a encore des vagues. Le président met tout ça sur le dos de Larry Oldfield, Larry sur le dos de ton patron, enfin ton ancien patron, et lui est fou de rage contre cette superbe créature qui passe à la télévision de temps en temps — tu l'as déjà vue dans les parages, Valérie Ashbrook — parce qu'il a appris par Larry qu'elle avait tout déballé sur toi à une soirée et qu'on s'en était servi pour se débarrasser de lui. A propos, tu l'as vraiment inventé ? J'ai eu droit à tellement de versions, tu ne le croirais pas...

La voix mélancolique de Lenore continuait son ronron, mais Sybille ne l'écoutait plus. Valérie. La fureur l'envahit. On a un témoin, lui avait affirmé Oldfield quand il l'avait convoquée dans son bureau. Quelqu'un qui sait que vous connaissiez parfaitement l'histoire et que vous l'avez déformée, que vous en avez inventé certaines parties pour parvenir à vos fins. C'était une supercherie éhontée, on a les moyens de le prouver et vous avez perdu tout droit à faire partie de notre communauté.

Valérie. Ce nom résonnait en elle et une image jaillit de ses souvenirs : Valérie et elle attablées à la terrasse du club des étudiants et Valérie qui l'écoutait — si douce et si sympathique, cette ordure —, la poussant à s'expliquer sur la façon dont elle avait écrit son papier. J'étais si excitée, elle paraissait si passionnée et je lui ai tout dit. Cette salope. Elle trouvait sans doute tout cela très drôle, un truc à raconter pour être le point de mire de l'assistance.

Sa main se referma sur un caillou, elle serra les doigts. Cette salope, cette salope.

... « Elle a tout déballé sur toi à une soirée. » Encore pire ! L'un de ces dîners en ville. Le genre de réceptions où Valérie avait condescendu à l'emmener. Une fois. Une seule fois.

Valérie. Valérie à l'image, détendue, souriante, éblouissante, comme Sybille ne le serait jamais. Valérie traversant le campus comme si c'était sa propriété. Valérie et Nick main dans la main. Valérie et Nick ensemble au lit.

C'est fini.

A partir d'aujourd'hui, il sera dans mon lit. Je la lui ferai oublier, je lui ferai oublier toutes les autres. Peut-être qu'elle l'a laissé tomber, mais ça n'a aucune importance parce qu'elle cherchera à le retrouver un de ces jours et elle n'aura pas l'ombre d'une chance car il ne voudra plus d'elle. Plus jamais.

Et ça ne s'arrêterait pas là. Elle allait lui faire payer ces sales tours, à cette salope. A une époque, elle l'admirait, elle l'enviait, elle rêvait de lui ressembler et, durant quelque temps, elle avait été si heureuse d'être son égale : étudiante sur le même campus. Ça, c'était le passé. Elle n'admirait pas Valérie Sterling et n'aspirait pas à lui ressembler. Elle n'a rien d'admirable, rien, strictement rien, fulmina-t-elle en silence. Elle est bête et irréfléchie. Elle ne pense qu'à elle et à son plaisir. Les dîners, les réceptions, les cancans. Papoter, rapporter les histoires qu'on lui raconte en confidence et si jamais cela blesse quelqu'un au passage, quelle importance ? Elle faisait comme si elle avait des hordes de domestiques à ses trousses, prêts à nettoyer ses cochonneries.

— Pas cette fois-ci, nom d'un chien, marmonna Sybille, qui avait oublié Lenore.

Le caillou toujours serré dans son poing, elle leva le bras et, d'un coup sec, le lança. Jamais elle n'effacera cette saloperie car je ne l'oublierai jamais. Et je vais la détruire.

Je vais trouver le moyen de lui faire perdre tout ce qu'elle a, lui faire comprendre ce que c'est que d'être pauvre et en dehors du coup. Peu importe le temps qu'il faudra, j'y arriverai.

Elle se redressa d'un bond.

— Je dois partir. Merci de m'avoir tout expliqué... je suis en retard, je suis si débordée. A un de ces jours...

Sybille s'éloigna à grands pas, courant presque. Elle était si débordée. Elle devait trouver un autre emploi. Chercher des personnes capables de l'aider. Lire, étudier, observer les gens et découvrir leurs points faibles. Apprendre sans relâche afin de trouver le plus court chemin pour parvenir au sommet de l'échelle.

Trouver le moyen de rendre à Valérie la monnaie de sa pièce.

Et appeler Nick.

— J'espérais que vous seriez resté après votre doctorat, confia Lyle Wilson à Nick, puis il posa la main sur son épaule. Avec votre ambition, dans quelques années, vous auriez pu me remplacer. J'aurais alors pris ma retraite pour jouer les gentlemen.

Nick rit.

— Ce n'est pas pour demain! De toute façon, vous connaissez mes projets, Lyle, et cela m'est impossible si je travaille dans un cadre universitaire.

Lyle soupira.

— Quelle énergie! Et la notion de sécurité? Ne me dites pas qu'il n'y a pas une jolie fille dans le coin qui n'ait envie de se marier et de s'installer. Croyez-moi, elle serait ravie si vous restiez. Ce n'est pas si courant d'avoir un bon poste et son avenir assuré.

Nick sourit.

— Personne n'a envie de m'épouser et dans l'immédiat un avenir un peu incertain me paraît idéal.

Il saisit une boîte où étaient rangées les affaires qui occupaient son bureau depuis trois ans.

— J'ai été heureux ici, ajouta-t-il simplement en jetant un dernier regard alentour.

La panique le prit par surprise. Il quittait tout ce qui lui était familier, un endroit où il était respecté, dont il connaissait les règles, où il avait acquis une certaine autorité. Et il s'engageait vers un monde inconnu sans aucune garantie, pouvoir, ni argent.

Cependant, ce sentiment disparut aussi brusquement qu'il était venu. C'était son choix : se lancer dans une aventure dont son père et lui avaient parlé, dont ils avaient rêvé ensemble pour que Nicholas Fielding devienne le meilleur dans son domaine, le plus puissant, le plus influent... et le plus riche.

Il allait aussi abandonner Stanford et les souvenirs qui le poursuivaient. Et il partirait seul, il ne pouvait envisager son avenir en compagnie de quelqu'un. Il avait fait une tentative, s'était brûlé les ailes et il ne recommencerait pas avant longtemps. Il nourrissait trop de projets et il ne savait pas combien de temps il lui faudrait. En revanche, il savait qu'il réussirait mieux et plus vite seul.

Il s'apprêtait à partir lorsque le téléphone sonna. D'un geste automatique, il décrocha le combiné.

— Salut, dit Sybille, d'une voix rauque et câline, différente de la dernière fois qu'il l'avait vue, la semaine précédente. Je ne me souviens plus si c'est à moi d'appeler mais j'espère que tu es libre pour dîner ce soir.

— J'en serais enchanté, répliqua-t-il, souriant.

Quand ils eurent décidé de l'heure, il raccrocha, toujours le sourire aux lèvres. Il admirait la simplicité avec laquelle elle l'avait invité même si cela lui était encore difficile. Il y avait tant de choses extraordinaires chez Sybille. Beaucoup à regretter aussi, surtout sa solitude et son manque d'humour, mais la balance penchait du bon côté.

Il n'avait parlé qu'à ses parents de la société que Ted McIlvain, l'un des camarades avec qui il partageait son appartement, et lui comptaient lancer le mois suivant à San Jose. Il pensait qu'il devait s'en ouvrir à Sybille : elle comptait tant sur lui. Et, ce soir-là, au moment du café, il le lui dit.

— San Jose ! s'écria-t-elle comme s'il partait sur une autre planète et non à quelques dizaines de kilomètres. Pourquoi ? Tout ce que vous voulez faire, vous pouvez aussi bien le faire ici !

— Effectivement, mais la tante de Ted a une maison qui est vide et qu'elle nous laisse pour un an. On va donc pouvoir investir dans la société ce qu'on épargnera sur le loyer. De plus, les clients sont là-bas. Ce n'est pas loin en voiture, ajouta-t-il avec gentillesse.

— Ce n'est pas une question de kilomètres. C'est une question de changement. Tu regarderas par la fenêtre et tu verras d'autres endroits. Tu rencontreras d'autres gens. Tu penseras à d'autres choses sur le plan professionnel et personnel. Palo Alto n'aura plus aucune réalité pour toi et moi non plus.

Une fois de plus, il fut frappé par la froideur de son raisonnement. « Palo Alto n'aura plus aucune réalité... » Il ne pouvait le nier. Quand il était venu ici, il s'était senti loin de son cadre, sa ville natale et même sa famille. Cela ne faisait plus partie de la vie qu'il se construisait. Il avait compris que cela appartenait définitivement au passé.

Nick jeta un coup d'œil sur l'appartement de Sybille : petit et triste mais un endroit familier. Il posa la main sur la sienne.

— On se retrouvera. Si on le souhaite, on y arrivera.

— Si on le souhaite ? Sa voix, toujours avec ce nouvel accent voilé, s'était faite mélancolique. Tu sais exactement où tu vas, comment tu vas t'y prendre et tu y parviendras, j'en suis sûre. Alors que moi, j'essaie encore de trouver le moyen de m'en sortir.

Sa lèvre tremblait. Elle la mordit et serra la main de Nick.

— Ce n'est pas de ta faute si je suis dans cette situation. Tu as été merveilleux avec moi. Tu as plein de projets que tu veux réaliser vite. Tu n'as pas envie d'être coincé avec quelqu'un qui... ne sait plus... où il en est...

Elle se tenait la tête baissée. La courbe délicate de son cou frémissait, comme attendant un coup. Nick en eut le cœur serré. Il posa la main sur sa nuque qu'il caressa, ses doigts se glissant sous le col lâche de son chemisier jusqu'à son épaule.

Un trémolo échappa à Sybille.

— J'aimerais... chuchota-t-elle d'une voix presque inaudible.

— Quoi donc ? demanda Nick.

Il resserra son étreinte et elle se tourna vers lui.

— ... être plus forte et plus courageuse. On pourrait être ensemble... et s'entraider... j'aimerais t'aider...

Nick approcha son visage du sien et l'embrassa, sa bouche se faisant pressante, sa main plus entreprenante.

Repoussant sa chaise si brusquement qu'elle tomba, Sybille s'écarta.

— C'est impossible, je ne te laisserai pas faire !... Ton chemin est tout tracé, tu as tout de ton côté et je n'ai pas l'intention de te freiner. Tu m'en voudrais si je m'accrochais...
— Je ne t'en voudrai jamais.
S'approchant d'elle, Nick la prit par l'épaule et, d'un pas décidé, la conduisit vers sa chambre.
— Tu es une femme forte, tu es quelqu'un de bien. Si tu as l'impression de ne plus savoir où tu en es, peut-être puis-je t'aider à y voir clair.
Les yeux écarquillés, elle le regarda.
— Si tu le penses sincèrement...
Il l'embrassa.
— Un jour, tu ne douteras plus de toi.
— Peut-être... avec ton aide... murmura Sybille.
Elle l'observa attentivement et fit un sourire plus radieux que jamais.
— Je suis si heureuse... dit-elle, le mot se finissant en un soupir puis, les yeux toujours posés sur lui, elle déboutonna son chemisier.
Ils se déshabillèrent rapidement et s'allongèrent sur le lit. Petite et ferme, elle avait des seins de jeune fille et la peau douce. Les yeux clos, elle ne souffla mot, ne sourit même pas. Son visage était tendu comme si elle se concentrait. Quelqu'un devrait lui apprendre à sourire, songea Nick, à rire et à plaisanter...
— Regarde-moi, ordonna-t-il.
Surprise, elle ouvrit grands les yeux et les referma aussitôt. Cela lui était impossible, elle lui en voulait de le lui avoir demandé. Il aurait dû être content comme ça : coucher avec elle et qu'elle fasse en sorte de le satisfaire.
Elle sentait son poids et la chaleur de sa peau. Ses mains couraient sur son corps et elle se cambra puis, au moment opportun, écarta les jambes.
— Tu es à moi, murmura-t-il si bas que ce n'était peut-être qu'un soupir.
Elle serra ses hanches étroites entre ses cuisses comme pour lui montrer combien elle pouvait être forte et le guida en elle. Et ce fut agréable, mieux que d'habitude, car elle l'aimait bien et que, jusqu'à présent, il l'avait mieux traitée que n'importe qui. Ça pourrait même me plaire, se dit-elle.
Longtemps, elle s'était évertuée à avoir du plaisir au lit, elle avait fait tant d'efforts pour éprouver les vagues de plaisir dont on parlait et qu'elle provoquait parfois. De vains efforts. Elle avait beau se démener, évoquer des fantasmes, il ne se passait rien. Peut-être avec Nick, songea-t-elle. C'était presque une prière. Puis elle cessa de penser et laissa parler son corps d'une sensualité habile, dénué d'émotion mais suffisamment ouvert pour assurer son travail jusqu'au dernier trémolo, travail qu'il exécutait si bien que personne ne devinait jamais qu'elle ne participait absolument pas.
Lorsqu'ils reposèrent tranquillement, Nick la prit dans ses bras. Elle cacha son visage au creux de son épaule, ses lèvres effleurant sa peau. Un instant plus tard, des larmes coulèrent de ses yeux. Nick les sentit.

— Que se passe-t-il ? Il redressa son visage et l'examina. Qu'y a-t-il ? demanda-t-il, son ton trahissant une légère impatience.
— Rien. Excuse-moi. Tout va bien. Tu es merveilleux. J'aime être avec toi, je t'aime...
Elle retint son souffle et voulut détourner les yeux. Nick la maintint fermement. Elle croisa son regard, le voyant flou à travers ses larmes.
— Allons, dit-il.
— Je t'aime, répéta-t-elle à voix basse. Mais ça ne marchera pas entre nous, le moment est mal choisi. Si on s'était rencontrés dans un an, ta société aurait démarré... hélas... Tu as raison d'aller à San Jose, tu as raison de mettre tout en œuvre pour réussir, tu ne dois pas penser à moi. Ça ira, tu verras. Je sais ce que je veux et je tenterai d'y arriver comme toi. Je ne peux pas rester ici non plus, il faut que j'aille à Los Angeles ou à New York. Elle sécha sa dernière larme. Simplement, je me sentais seule parce c'était si extraordinaire d'être avec toi ce soir. Comme toujours. Mais jamais je n'essaierai de t'empêcher de partir parce que, pour l'instant, je te gênerais.
Nick la contempla un long moment. Quelques minutes plus tôt, sa passion l'avait surpris et comblé, car il avait compris qu'il pouvait éprouver pour elle autre chose que de la pitié ou de l'admiration.
— Tu vas venir avec moi, déclara-t-il.
Sybille avala sa salive puis, fronçant légèrement les sourcils, secoua la tête.
— Ne dis pas ça. Au lit, les hommes disent des choses qu'ils ne pensent pas.
— Sybille.
Il la retourna vers lui et, avec tendresse, répéta son nom.
— Sybille, je veux que tu viennes avec moi. Je ne peux pas te laisser. Tu l'as dit toi-même : on sera ensemble, on s'entraidera.
Elle retint son souffle, ferma les yeux et poussa un long soupir. Petit à petit, elle se détendit jusqu'à être complètement sereine entre ses bras, la main sur sa poitrine, les lèvres au creux de son cou. Dans un autre soupir, elle se donna à lui.
— D'accord, murmura-t-elle.
Lorsque l'énormité de la situation le frappa, Nick eut soudain un choc. Il prit sur lui pour refouler ses craintes et embrassa Sybille sur le front.
— Je t'aime, Sybille.
Une semaine plus tard, au cours d'une simple cérémonie chez le juge de paix de Palo Alto, Nicholas Fielding et Sybille Morgen se marièrent.

Ils s'installèrent à San Jose dans un petit pavillon au sud de la ville. La maison appartenant à la tante de Ted McIlvain et les deux hommes comptant établir leur société dans le salon, Ted s'y installa aussi. Il prit le premier étage qui comprenait deux modestes chambres et une salle de bains, tandis que Sybille et Nick emménageaient au rez-de-chaussée dans une chambre plus grande avec bain. Ils partageaient le salon, la salle à manger et la cuisine.

— Je suis désolé qu'on soit obligés de démarrer ainsi, dit Nick. Bientôt, on sera vraiment chez nous. Je te le promets.

Sybille passa les doigts sur la table en formica écaillée. Après un vague coup d'œil, Valérie aurait fait ses valises sur-le-champ. Avec ou sans mari, jamais Valérie n'aurait accepté qu'un étranger la cloître entre une chambre et une salle de bains.

Et Nick ne le lui aurait pas proposé, ne lui aurait pas imposé une chose pareille pour commencer. S'il avait eu Valérie pour femme, il aurait trouvé une autre solution.

Mais Valérie n'était pas sa femme. Valérie était partie, Sybille était Mrs. Nicholas Fielding. Et c'était à Sybille que Nick faisait des promesses.

— Il n'y a pas de problème, affirma-t-elle en se glissant contre lui.

Jubilant dans ses bras, elle leva la tête pour l'embrasser. C'était elle qu'il voulait. Et il oublierait Valérie.

Il l'oubliera bien avant moi.

— Tant qu'on est ensemble, on n'a pas besoin d'une somptueuse demeure, chuchota-t-elle contre ses lèvres.

— Tu en auras une un jour, assura-t-il. Tu auras tout ce que tu souhaites.

— J'en suis sûre.

Et, dans le vacarme des meubles que Ted déplaçait au premier, ils se rendirent dans leur chambre où Nick ferma le verrou qui retomba lourdement.

Plus tard, le serrant contre elle dans le lit défait, Sybille commença à se dire que cette situation avait ses avantages. Ayant tout à la fois son travail et son associé sur place, Nick ne serait pas un mari exigeant. Il la laisserait tranquille et elle ne serait pas seule dans la maison. *Et moi aussi je travaillerai. Demain, il faut que je trouve un poste à la station de télévision de San Jose.* Tout irait bien. Cette cohabitation ne serait pas un problème, leur vie de couple ne serait pas un problème. Et ils seraient heureux.

Le pavillon, construit sur un terrain étroit, était exigu. Il y avait une pelouse brune devant et derrière, un palmier courbé et rachitique près de l'avenue et, dans le salon, une grande fenêtre qui donnait sur la même fenêtre de la maison d'en face en tout point identique. Les pièces, peintes d'un curieux ton moutarde, brillaient d'un éclat inquiétant à la lueur du réverbère devant leur porte. Sybille et Nick achetèrent des draps blancs qui leur servirent de rideaux. Cela donnait un éclairage diffus. Malgré tout, ils se trouvaient toujours quelque chose de surnaturel, et cela leur faisait un drôle d'effet quand ils se regardaient et se demandaient, l'espace d'un instant, qui était cet étranger d'une couleur si bizarre.

Tous trois disposèrent leurs quelques meubles, rangèrent leurs assiettes et leurs ustensiles de cuisine désassortis et entassèrent les cartons de livres qu'ils avaient apportés de Palo Alto, avec leur mobilier, dans une camionnette de location. La première semaine, alors qu'ils préparaient leurs repas dans la grande cuisine, ils butaient sur le linoléum déchiré et se cognaient l'un dans l'autre mais ils finirent par s'y faire. Tous les soirs après dîner, Nick et Ted retournaient travailler. Beaucoup plus tard, Sybille et Nick regagnaient leur chambre et Ted la sienne.

— Tu es sûre que ça te convient de vivre ici ? demanda Nick en la prenant dans ses bras.

— Parfaitement, répondit-elle. Je suis heureuse.

Il la crut. Passé le premier jour, elle ne s'était pas plainte de son sort. Et elle ne disait plus qu'elle ne comptait pas dans sa vie. Ils plaisantaient même entre eux des murs moutarde désormais. Pourtant, Nick savait que sous ce calme apparent couvait autre chose et, deux semaines après leur installation, une fois qu'ils eurent éteint la lumière dans leur chambre, il la sentit tendue à côté de lui : elle se tournait, se retournait et finit par se glisser hors du lit.

— Tu as besoin de quelque chose ? s'enquit-il.

— Non, je n'ai pas sommeil, c'est tout. Je crois que je vais aller lire mes carnets de notes. Je fais souvent ça le soir. Rendors-toi, je vais me mettre au salon.

Se redressant, il la regarda dans la lumière qui filtrait de la rue.

— Tu te demandes si tu vas trouver du travail.

— Oui. Mais ce n'est pas grave, je vais m'en sortir. Elle prit l'un de ses carnets sur la commode. Il faut simplement que j'arrête de me faire du mauvais sang. Je vais trouver une solution. Bonne nuit, Nick.

Il se rallongea. « Qu'elle arrête de se faire du mauvais sang. » Elle y arriverait, il n'en doutait pas. Elle trouverait un emploi et réussirait comme elle se l'était toujours promis.

Le lendemain matin, Nick et Ted partirent de bonne heure acheter du matériel pour leur atelier. Sybille était sortie encore plus tôt. Ce jour-là, elle se fit engager dans la plus importante station de télévision de San Jose.

Ça y est, se dit-elle. Enfin, en cet instant, ma vie commence pour de bon.

7

Ils étaient si occupés qu'ils ne se voyaient pour ainsi dire jamais. Nick et Ted avaient créé une société de conseil baptisée Omega Computing Services. Dans la journée, ils aidaient des entreprises à installer et mettre en place des systèmes d'ordinateurs. Le reste du temps, ils travaillaient dans le bureau aménagé au salon. Le soir, le week-end, à l'heure du déjeuner et souvent du dîner, ils faisaient des plans pour attirer d'autres clients, écrivaient des programmes destinés à leur marché actuel, amélioraient ceux qu'ils avaient déjà posés et lançaient des idées qu'ils discutaient pour trouver de nouveaux moyens d'exploitation. Quand leur mini-ordinateur ne pouvait gérer les programmes complexes qu'ils créaient, ils louaient les services d'un processeur central en ville et, le tarif étant plus économique de nuit, ils se mettaient au travail le soir, restant souvent jusqu'à l'aube, pour aller aussitôt installer le nouveau programme chez un client et en apprendre le maniement aux employés. Lorsqu'ils rentraient à la maison, en fin de journée, ils étaient trop fatigués pour dîner et disparaissaient dans leur chambre pour dormir exceptionnellement une nuit entière.

Pendant ce temps, Sybille gravissait les échelons à KTOV. Avant son départ, elle avait écrit au président de KNEX à Palo Alto, laissant entendre qu'elle dévoilerait les activités sexuelles de Terence Beauregard s'il ne lui faisait pas de lettre de référence. Après une semaine de silence, il lui envoya un mot assez tiède mais tout de même mieux qu'elle n'espérait. Malgré tout, le matin où elle prit son poste, elle était sur ses gardes. La peur la tarauda jusqu'au jour où elle comprit enfin que personne n'établissait le lien entre l'affaire Ramona Jackson et elle. A partir de ce moment-là, on aurait dit que rien ne s'était jamais passé. Employée à KTOV, elle partait de zéro.

Sybille travaillait du matin au soir, douze à quatorze heures par jour : elle écoutait, observait, enregistrait les informations, cherchait à se servir de ses connaissances afin d'impressionner ses employeurs. Elle ne tentait pas de se faire des amis. Elle voulait qu'on la respecte et qu'on l'admire, elle voulait qu'on la remarque, elle voulait passer à l'antenne. Ce n'était pas ce qu'on attendait d'elle.

— Tu es trop douée pour cela, disaient-ils. Il est difficile de trouver de bons réalisateurs et tu comptes parmi les meilleurs. On ne tient pas à te perdre.

On l'augmenta et on lui donna un plus grand bureau dans la salle de presse. Il était hors de question qu'elle passe de l'autre côté de la caméra.

Sybille pensa à remettre sa démission. Cependant, dans le coin, aucune station n'avait l'envergure de KTOV. Je les ferai changer d'avis, se jura-t-elle. Je réaliserai tout ce qui leur plaira et, quand j'aurai assez d'influence, ils céderont à ma requête. Ils seront bien obligés.

Au bout d'un an, elle écrivait et réalisait le journal de midi cinq jours par semaine et réalisait celui de dix heures le week-end. De plus, elle concevait une nouvelle émission qu'elle comptait produire et réaliser si elle obtenait l'approbation de la chaîne.

Elle travaillait à un tel rythme que, pour la première fois depuis des années, elle n'avait pas besoin de suivre un régime pour garder la ligne. Tous les matins avant l'aube, elle faisait une heure de gymnastique. Avant de partir au bureau, elle prenait un café avec Nick et Ted, puis ne songeait plus à manger jusqu'au soir. Elle dînait à neuf heures, ou plus tard, à la station ou à la maison. L'un d'eux achetait un repas tout prêt ou Nick s'en occupait. Peu importait ce qu'ils avaient dans leur assiette : ils étaient trop occupés pour s'y intéresser.

De l'instant où elle franchissait la porte en verre de KTOV, Sybille ne pensait plus qu'à son travail. La station se trouvait sur une petite colline à l'est de San Jose. Affiliée à un réseau, elle touchait les petits prodiges de l'électronique qui créaient ce qu'on appelait déjà Silicon Valley, les Mexicano-Américains dont les parents étaient venus une ou deux générations plus tôt s'établir sur des terres fertiles et les Californiens dont les familles installées depuis la ruée vers l'or parlaient du bon vieux temps à l'époque où, de San Francisco à Monterey, on n'apercevait pas un seul centre commercial ni un seul drive-in proposant du fast food. KTOV touchait tous ces publics. Avec son ton accrocheur, innovateur et parfaitement ciblé sur chacune de ces catégories, c'était la station la plus dynamique et la plus riche de la vallée. L'endroit idéal pour une personne dévorée d'ambition.

Quand Sybille débarquait à l'aube, la réceptionniste n'occupait pas encore son poste, les secrétaires n'arrivaient que beaucoup plus tard et aucun visiteur ou invité ne s'était présenté. Tremblant presque d'émotion, elle traversait le hall et suivait les couloirs où régnait le silence. Il lui semblait que tout lui appartenait, du foyer aux salles de maquillage, de la régie au studio principal. Elle avait le droit d'être ici. C'était sa place.

La plupart du temps, plongée dans son travail à la station ou à son bureau installé dans un coin de leur chambre, elle remarquait à peine l'absence de Nick. Elle aimait penser que Nick et Ted se trouvaient dans les parages, mais ils ne se voyaient que lorsqu'ils faisaient une pause ou que l'un d'eux estimait qu'il était l'heure de se mettre à table.

Parfois, Sybille émergeait la première. Elle proposait de dîner ou traînait dans le salon encombré qui servait de bureau, d'atelier et de centre de recherche à Omega Computing Services. A côté des graphiques, des rames de papier imprimé, de l'énorme ordinateur et de la machine à écrire trônait une table de ping-pong, avec deux raquettes défraîchies et un filet en piteux état, où se déroulaient des combats acharnés. On apercevait une cafetière avec deux tasses à l'effigie de Mickey Mouse, des boîtes de beignets bourrées de notes et de croquis et, dans un coin sous des toiles d'araignées, un crayon abandonné.

Toujours absorbée par ses projets, Sybille regardait les deux hommes d'un air absent. Parfois, elle observait ce qui sortait de l'imprimante, tentant de déchiffrer le langage informatique, ou contemplait d'un œil perplexe les rangées d'équations sur l'écran. Elle avait une vague idée du travail de conseil que faisait Nick toute la journée et savait qu'ils comptaient devenir quatre, cinq ou six fois plus importants le plus vite possible, engager du personnel, s'installer dans d'autres locaux et se développer encore davantage. Elle savait tout cela mais ne comprenait rien à leurs écrits.

– C'est une langue étrangère, disait-elle.

Elle ne demandait pas à Nick de la lui expliquer et, lorsqu'il s'y essayait, les chiffres et les symboles grossissaient et dansaient devant ses yeux. A la vérité, cela ne l'intéressait pas au point de faire un effort. Elle se contentait de jeter un coup d'œil sur le travail de Nick, perplexe devant ces mystères, et leur proposait de dîner. La plupart du temps, ils mangeaient là, repoussant les papiers afin de dégager l'une des deux tables, puis Sybille retournait dans son antre se plonger dans le programme du lendemain ou la nouvelle émission qu'elle devait bientôt présenter au directeur de la station et au réalisateur du journal pour la soumettre à leur approbation.

Les soirs où il était à la maison, Nick la rejoignait après minuit et l'entraînait au lit. Dans leur état d'extrême fatigue, seule les soutenait une énergie qu'entretenaient leurs activités de la journée et leurs projets du lendemain. Le désir de Nick se manifestait aussitôt et Sybille n'avait jamais connu d'émotion plus forte à l'image de celles dont elle rêvait autrefois. Cette ardeur était le reflet de l'épuisement et de l'exaltation liée à leur vie professionnelle autant que de la passion, mais ils ne s'en rendaient pas compte. Le temps que ça durait, ils prenaient cela pour de l'amour.

Valérie ne connaît rien de tout cela.

L'idée traversait Sybille aux moments les plus curieux, tels des éclairs si éblouissants qu'ils obscurcissaient tout le reste. Puis elle s'effaçait. D'autres images de Valérie apparaissaient à l'improviste, la rage de Sybille qui n'avait rien perdu de sa violence rendant l'image plus floue mais toujours présente, dérangeante. Où est-elle ? Que fait-elle ?

Elle avait eu quelques nouvelles par sa mère qui faisait toujours de la couture pour les parents de Valérie. A la fin de ses études, après un an en Europe, elle avait parcouru le monde et, en chemin, épousé Kent Shoreham, un type de Boston dont la famille était liée à celle de Valérie. Les jeunes mariés partageaient leur temps entre l'Eastern Shore et New York où ils avaient acheté un appartement sur la Cinquième Avenue. La mère de Sybille n'en savait pas plus.

Dans l'immédiat, Sybille s'en contentait. Elle pouvait uniquement se tenir au courant de l'évolution de Valérie jusqu'au jour où elle trouverait le moyen de la revoir. Ensuite... mystère. Mais elle saurait comment agir quand elle aurait le temps d'y réfléchir et de s'organiser.

Elle voulait apprendre à monter à cheval parce que Nick avait partagé cette joie avec Valérie. Un luxe trop cher et, provisoirement, elle dut y renoncer. Par contre, elle se mit au ball-trap, autre sport favori de Valérie, et elle était si douée que son score battait tous les résultats de Valérie, qui n'avait pas la patience nécessaire pour devenir experte dans quelque domaine que ce soit, pensait Sybille.

Moi, j'ai Nick, se disait Sybille, j'ai mon boulot, j'ai le ball-trap. Elle se répétait cela le soir avant de s'endormir. En tout, elle surpassait Valérie.

Lorsqu'elle apprit qu'elle était enceinte, elle fit deux, trois achats et réussit à coincer dans son emploi du temps un rendez-vous par mois chez le médecin. En dehors de cela, sa vie ne changea en rien. En février, elle engagea une nounou. En mars, Chad vint au monde.

Sybille s'accorda quelques jours de détente, se remettant du rythme effréné qu'elle s'était imposé pendant près de deux ans : assise devant la fenêtre, elle contemplait les lourds nuages qui s'amoncelaient au-dessus des maisons d'en face et se demandait en quoi cet événement risquait d'affecter ses projets.

— Quel gosse étonnant! s'exclama Nick, installé auprès d'elle une semaine après la naissance de Chad. Tu as vu comment il sourit?

Bien que plongée dans ses pensées, Sybille perçut la fierté et la joie que trahissait son ton.

— Il est très beau, affirma-t-elle. Il te ressemble.

Nick fit un large sourire.

— C'est bien ce que je me disais. Mais il a ta bouche. Quelle chance il a : on a très envie d'embrasser une bouche pareille!

— Je ne me retrouve pas du tout en lui, il ressemble beaucoup plus à toi. Il saura sûrement se servir d'un ordinateur avant de savoir parler.

Elle ne s'occupait pas de Chad, elle n'avait pas le temps.

— Je vais être au bureau toute la journée et, si je n'ai pas mon compte de sommeil, je ne serai bonne à rien à la télé.

— N'y retourne pas tout de suite, proposa Nick. On t'a donné deux mois de congé, pourquoi ne les prends-tu pas?

— Des congés sans solde.

— On n'a pas besoin de cet argent. N'y pense pas.

— Ne t'inquiète pas, Nick. C'est mon choix.

Quand Chad eut deux semaines, elle le confia à la nurse puis reprit son travail et son rythme habituel de quatorze heures par jour. Au bout d'un mois, elle n'avait même plus la force d'aller dîner dehors.

— On n'était pas prêts, déclara Nick. Offre-toi quelques mois de repos à compter d'aujourd'hui.

Ils paressaient au lit un dimanche matin. La radio jouait en sourdine et Chad dormait dans son berceau. De temps à autre, un rayon de soleil perçait les nuages et éclairait leur lit. Sensible à la beauté du moment, Nick serra Sybille dans ses bras.

— Je te l'ai dit quand Chad est né : il n'y a pas de problème. On a plus de clients qu'on ne peut en satisfaire, Ted et moi.

— Non.

Il garda le silence. Il n'arriverait sans doute pas à la convaincre. Néanmoins, son état de fatigue l'inquiétait ; c'est pourquoi il avait refait une tentative.

— Tu n'en pâtirais pas si tu arrêtais quelque temps, ça ne te freinerait même pas. Profite un peu de Chad. Tu n'es pas obligée d'avoir tout tout de suite.

— Pourquoi ? riposta-t-elle d'un ton cinglant. Toi, tu veux tout, pourquoi pas moi ? Tu sais que ça bouge beaucoup en ce moment, pourquoi devrais-je y renoncer ? Pour quelle raison ? Pour un bébé qui se fiche de savoir qui lui donne à manger tant qu'il y a quelqu'un ?

— C'est toi qui voulais un enfant, remarqua Nick, perplexe. Je pensais attendre encore deux ans mais tu n'étais pas d'accord. Pourquoi, si tu ne n'intéresses qu'à ton boulot ?

— Je voulais les deux, répliqua Sybille.

— Pourquoi ? insista-t-il. Tu t'épanouis plus dans ton travail qu'avec Chad.

Elle lui lança un regard aigre.

— Tu es en train de dire que je n'aime pas mon fils ?

— Je n'ai jamais dit cela. Mais tu n'as pas l'air à l'aise avec lui. Tu te renfermes, tu n'es pas ouverte...

— Pas tendre, ajouta-t-elle tout net.

— Bien sûr que tu l'aimes. Je n'en doute pas.

— Ah bon ? Tu penses que je ne l'aime pas, que je l'exclus. Ce sont tes propres paroles.

— Pas tout à fait. Il s'écarta pour l'observer. Tu tiens à lui ? Tu as envie d'être proche de lui ? Tu ne t'es jamais cachée de tes ambitions et ça n'a fichtrement rien à voir avec un enfant !

Elle ne soufflait mot, cependant son corps tendu exprimait sa colère.

— Sybille, regarde-moi ! Tu n'es pas assez souvent à la maison pour prétendre être une mère. Quand tu es là, tu ne t'occupes pratiquement pas de lui, il t'est même difficile de le garder très longtemps dans tes bras. Ça te fatigue, ça t'ennuie ou tu te mets à penser à tout ce que tu pourrais faire d'autre. Tu...

— Tu recommences ! s'exclama-t-elle, furieuse. A dire que je ne l'aime pas !

— Affirme-moi le contraire !

— Toutes les mères aiment leur enfant! A t'entendre, je suis un monstre!

Le mot frappa Nick.

— Ce n'était pas mon intention. Je voudrais simplement t'entendre dire que tu aimes Chad.

— Imbécile, tu le sais!

— J'aimerais bien. Je ne sais que penser. Je te regarde quand tu es avec lui et je ne vois pas la moindre trace de... Il s'arrêta au milieu de sa phrase et haussa les épaules. Même lorsqu'il est dans tes bras, on a l'impression que tu le tiens à distance. Cela me contrarie. Il a besoin d'une mère.

— Il a une nurse!

— Il a aussi une mère et il a besoin d'elle!

— Tu veux que je me sente coupable!

— Non, Sybille, pas coupable, tendre! Mais on ne peut pas te forcer, n'est-ce pas? Il fait partie de toi et tu n'as aucun élan vers lui.

Devant son visage sombre, il aurait dû se taire, mais il était trop en colère.

— Sans doute pourrais-je comprendre qu'à tes yeux ton travail compte plus que n'importe quoi; même si j'ai du mal, je pourrais essayer. Mais pourquoi as-tu insisté pour avoir ce gosse? Tu es trop égocentrique pour t'occuper de lui, tu n'es qu'une enfant, tu ne penses qu'à toi, tu n'as pas la moindre compassion ni le moindre intérêt pour personne... qu'est-ce qui t'a mis dans la tête d'avoir un bébé alors que tu ne...

— C'est parce que Valérie n'en a pas! laissa-t-elle échapper.

Un rayon de soleil effleura le lit puis disparut derrière les nuages. Le nouveau-né poussa un soupir. Le silence régnait.

Nick retira son bras et se redressa. Il avait l'impression que la pièce se resserrait autour de lui, telle une prison.

— Ce n'est pas ce que je voulais dire! Elle était assise à côté de lui, l'air inquiet. Elle n'en veut pas, voilà ce que je voulais dire. Enfin, elle... Oh, je n'en sais rien. On parlait souvent de ça, on en parlait très souvent et elle affirmait qu'elle n'en voulait pas... qu'elle ne les aimait pas...

Son ton baissa. Jamais elles n'avaient abordé le sujet. Elles n'avaient jamais eu de discussions personnelles.

— De toute façon, ça n'a aucune importance... On a Chad, c'est ce qui compte, non? Ses yeux se remplirent de larmes. Tu as raison, je ne m'y prends pas très bien avec lui mais je ne sais pas quoi faire... Je suis sûre que je vais apprendre, j'en ai envie, mais j'avais si peur... Quand je pense qu'il y a des gens, à peine ont-ils un bébé dans les bras qu'ils savent comment s'y prendre! Ils ne craignent donc pas de l'étouffer, de l'écraser, ni rien...

L'amertume monta en Nick. Jamais il n'avait soupçonné qu'elle entretenait une telle jalousie. Qui était-elle, cette femme qu'il avait épousée, pour être obsédée au point de laisser ce sentiment lui dicter une décision aussi fondamentale que la naissance d'un enfant? L'amertume céda à la colère. Il était furieux contre lui de ne pas avoir vu ce qui devait exister depuis le début. Soudain, il eut une envie irrésistible de s'enfuir avant de découvrir tout ce qu'il ignorait d'elle. Mais Chad dormait à côté et Nick ne bougea pas.

— Nick, écoute-moi. Sybille posa la main sur son bras. Tu m'écoutes ? Je ne sais pas quoi faire !

Il perçut son ton suppliant et sentit qu'elle était sincère. Des larmes perlaient dans sa voix. Elle n'a jamais peur, se dit-il, elle affronte toujours les problèmes de face.

— Je vais apprendre, je te le promets, affirma-t-elle d'un ton chaleureux, câlin cette fois bien qu'encore mal assuré. Je veux que tu sois fier de moi et je peux apprendre n'importe quoi si je le décide. Tu te rappelles que tu as dit ça un jour ?...

Nick hocha la tête. Il lui prit la main et s'efforça de faire comme si rien n'avait changé entre eux. Et c'était vrai, sauf que maintenant il y voyait plus clair.

— Je suis sûr que tu vas apprendre, répondit-il avec calme. Vous allez vous entendre à merveille tous les deux.

Et il n'y eut personne pour observer que cette façon de parler des rapports entre une mère et son fils semblait bien étrange.

La nurse s'appelait Elena Garcia. Trente et un ans, ronde, les joues roses. Après avoir élevé neuf jeunes frères et sœurs, elle ne rêvait que d'une chose : un lit rien que pour elle. Soudain, grâce à son nouvel emploi, non seulement elle disposait d'un lit mais d'une pièce entière, l'une des chambres du deuxième étage qui s'étaient libérées après le départ de Ted McIlvain parti s'installer ailleurs une fois qu'Omega Computing avait commencé à rapporter de l'argent. Folle de joie, Elena partit à la découverte de son nouveau domaine : sa chambre, celle de Chad de l'autre côté du couloir et la salle de bains qui lui était réservée. Dès le premier jour, elle adora Chad qui lui avait permis de réaliser son rêve et il devint tout pour elle.

— Amusez-vous bien tous les deux, dit Sybille en rendant Chad à Elena.

Elle n'avait toujours pas attrapé le coup pour le porter dans ses bras. C'était plus facile car, à sept mois, il parvenait à se tenir droit mais il semblait aussi nettement plus lourd, un véritable poids maintenant qu'elle était redescendue à quarante-trois kilos grâce à la gymnastique. Il se tortillait beaucoup aussi. Parfois, il faisait la grimace et se mettait à hurler pour une raison qui lui échappait totalement. D'une seconde à l'autre, le charmant bébé devenait une créature inhumaine qui souffrait tant qu'elle n'avait plus qu'une idée en tête : le confier à quelqu'un qui serait en mesure de résoudre ses problèmes. Et, apparemment, Elena y parvenait toujours.

— Je ne sais pas à quelle heure je rentrerai, annonça Sybille.

Prenant ses clés de voiture et sa serviette, elle s'apprêta à partir.

— J'ai laissé de l'argent dans la cuisine pour les courses. N'oublie pas de demander à Mr. Fielding s'il a une envie particulière avant d'y aller.

Elle ouvrit la porte. Cependant, quelque chose – le silence d'Elena, peut-être – la poussa à se retourner. Rose et superbe, Chad dormait, son petit poing coincé sous le menton. Sybille croisa le regard d'Elena, puis traversa la pièce et posa un instant sa joue sur celle de son fils. Elle était veloutée et sentait bon, on aurait dit une fleur en pleine floraison. La douceur de sa peau la surprenait toujours.

– Ne le laisse pas au soleil, conseilla-t-elle, collant encore une fois sa joue contre la sienne avant de sortir rapidement.

A partir de cette seconde, elle oublia Chad et Elena, elle oublia Nick, elle oublia combien elle détestait leur petite maison minable et encombrée dans cet infect quartier pauvre peuplé de familles nombreuses où traînaient des chats et des chiens errants et même la chèvre des voisins du bas de la rue attachée à une longe. Elle oublia tout car ce jour-là, pour la première fois, son émission passait à la télévision.

Elle l'avait conçue et réalisée. Convaincu les directeurs de la station de lui laisser faire deux pilotes qui leur avaient permis d'obtenir l'accord de sponsors sur treize semaines. Puis en avait enregistré quatre autres et, ce soir, « La Chaise électrique », l'un des nouveaux programmes de ce mois de septembre, passerait à six heures et demie après le journal régional.

Son rôle était terminé. Il ne lui restait plus qu'à attendre que ces heures interminables s'écoulent. Elle s'assit en régie pendant le journal de midi et tenta de faire son travail alors qu'elle bouillait d'émotion, la gorge sèche. Car ce n'était pas seulement de l'exaltation, c'était aussi de la peur. Bien que le pilote ait eu de bons papiers, elle craignait que cela ne plaise à personne, que les critiques la mettent en pièces, que les téléspectateurs passent sur une autre chaîne. D'autres angoisses la harcelaient : elle redoutait qu'un terrible tremblement de terre se déclenche juste avant l'heure et qu'on consacre son temps d'antenne à couvrir la catastrophe. Ou autre chose : un accident d'avion, un groupe de terroristes à Miami, la mort du Président, une guerre atomique. Il suffisait de n'importe quoi pour supprimer son émission qui avait obtenu son créneau à l'arraché et il lui faudrait alors subir une nouvelle semaine d'attente insupportable.

Naturellement, rien de tout cela n'arriverait. « La Chaise électrique » débuterait à l'heure et ce serait aussitôt un succès. Elle se ferait un nom et aurait quelque chose à montrer lorsqu'elle se présenterait à des stations plus importantes dans de plus grandes villes. Elle décrocherait un poste plus haut placé. Et elle aurait une carte en main le jour où elle voudrait avoir sa propre émission, celle qu'elle réaliserait et présenterait. Ce soir, c'était le grand soir.

Ce soir, songea-t-elle, ma vie commence pour de bon.

Et, pour la première fois depuis des mois, elle partit de bonne heure et rentra chez elle.

– Viens regarder un truc avec moi, proposa-t-elle à Nick, lui ôtant son crayon.

Installé à l'une des longues tables, il écrivait des notes sur une feuille étalée, tenant d'une main une balle de ping-pong qu'il glissait nerveusement sur sa paume. Il était tendu, concentré et, lorsqu'il se tourna vers elle, il la considéra d'un air distant.

— Regarder un truc? répéta-t-il. Il l'observa plus attentivement. Quelle heure est-il?

— Six heures passées. J'aimerais que tu regardes un nouveau magazine à la télévision. Elle tira sur sa manche tel un enfant avec une mère récalcitrante. C'est mon émission, c'est moi qui l'ai écrite et réalisée. Et ce soir, c'est la première. Je voudrais qu'on la voie ensemble. Nick, tu m'écoutes?

Il se rembrunit.

— Ton émission? Il faut des mois pour concevoir une nouvelle émission. Tu ne m'en as jamais parlé.

— Je ne voulais pas tant que je n'étais pas sûre que ça marcherait. Je déteste parler de choses qui risquent de rater, tu le sais bien. Oh, Nick, ne commence pas. Tu vois, je te le dis, non? J'ai envie qu'on la découvre ensemble. Elle leva les yeux vers lui. Nick, je ne peux pas rester seule.

Il vit la tension se peindre sur son visage.

— Bien sûr. Ce ne serait pas bien.

Il se rappela que la réussite de leur couple tenait à eux deux. Sybille avait fait des efforts. Elle s'y prenait mieux avec Chad, elle tentait de se montrer tendre, même s'il sentait bien que cela ne lui venait pas naturellement et qu'elle ne changerait sans doute jamais.

Malgré tout, elle avait essayé d'être plus proche d'eux depuis ce terrible dimanche matin. A la suite de cette scène, ils ne s'étaient pratiquement pas adressé la parole pendant des jours et des jours. Presque une séparation. Puis, petit à petit, cela fut relégué à l'arrière-plan. Vivant dans la même maison, il semblait difficile de ne rien se dire. Ils se mirent à parler de Chad, du quotidien, de leur travail, et on aurait pu croire que tout cela était oublié, que tout avait repris son cours.

Il l'enlaça.

— Si tu as une nouvelle émission, ce doit être une affaire de famille. Viens, on va aller chercher Chad. Grande première! Ce soir, les Fielding vont regarder la télévision ensemble. On pourrait faire du pop-corn.

Elle le dévisagea pour voir s'il se moquait d'elle : son regard et son sourire étaient chaleureux.

— Merci, répliqua-t-elle, la gorge sèche tant elle avait peur.

Nick alla prendre Chad dans sa chambre au premier et, tenant Sybille d'un bras, le serra contre lui. Ils virent la fin du journal régional suivi des publicités qui passaient à la demie. Puis, en lettres dentelées d'une grande audace, « La Chaise électrique » apparut à l'écran. Sybille était tendue à se rompre.

A l'image, deux hommes et une femme dans des fauteuils en cuir marron autour d'une table ronde. Devant eux, des blocs et des crayons. Dans un fauteuil rouge, un homme jeune et dégarni avec des lunettes à monture d'écaille et une cravate sombre sur un haut col amidonné. Un cercle de lumière blanche éclairait sa place.

— « La Chaise électrique », murmura Nick.

Sybille sourit.

— « La Chaise électrique », annonça une voix grave tandis que la caméra passait sur le groupe installé à la table, panotait autour d'eux, s'arrêtant sur chacun des trois personnages puis sur le type dans le fauteuil rouge.

— L'endroit le plus terrible de San Jose. Là où on ne cache rien. Impossible de faire semblant. Impossible de se défiler. La caméra recula, montrant l'ensemble du plateau. « La Chaise électrique ». Une discussion d'égal à égal où éclatera la vérité, car nos interviewers posent toutes les questions que vous, public, poseriez à leur place. Tout est permis.

Il présenta les trois interrogateurs et l'invité de « La Chaise électrique ».

— Wilfred Broome, candidat républicain au Sénat. On va commencer avec Morton Case.

Petit et grassouillet, Case avait un regard enjoué, le teint rose et une voix sirupeuse.

— Mr. Broome, voilà treize ans, vous avez mené plusieurs manifestations à l'université de Berkeley. Aujourd'hui, vous n'êtes pas tendre avec ceux qui manifestent...

— Cela remonte bien loin. Le sourire de Broome n'éclaira pas son regard. Ça n'a rien à voir avec cette élection.

— Ni avec vous ? s'enquit l'autre type à la table.

— Rien à voir avec ce que je suis aujourd'hui, répliqua Broome, son sourire se faisant complice, un sourire d'homme à homme. Il faut bien que jeunesse se passe, vous savez ce que c'est. Moi aussi, j'ai connu cela : les quatre cents coups et tout ce qui s'ensuit. Mais ça n'a pas duré. J'ai repris mes esprits, affirma-t-il, dégageant les épaules, relevant le menton et débitant son boniment, quand j'ai compris que je ne pouvais pas risquer de détruire la structure même de notre société, les croyances, l'éthique et la morale que je vénérais, que je jurais de chérir et de protéger...

— Le genre de morale qui vous a poussé à être poursuivi pour abandon de famille par une femme qui a eu un enfant de vous ?

Celle qui avait interrompu Broome au milieu de sa phrase le regarda d'un air inquisiteur.

— Mais qu'est-ce que... ?

Broome darda son regard vers la caméra, puis détourna les yeux. Il paraissait tendu.

— Vous n'avez pas le droit d'évoquer...

Il se passa la main sur la joue et se pinça les lèvres.

— Cela remonte à des années. C'est le passé. Ça n'a aucun rapport avec moi.

— Vous étiez le père, cependant, remarqua l'un d'eux.

— Je n'étais qu'un gamin!... s'exclama Broome.
— Vous aviez trente et un ans. Le rythme s'accéléra soudain. Cela fait huit ans...
— Vous dirigiez une entreprise...
— Et faisiez des discours sur la moralité dans ce pays...
— Non au travail pour les femmes, disiez-vous, pour protéger la famille...
— Non à l'avortement, disiez-vous, pour protéger la famille...
— Alors que vous mettiez enceinte une institutrice de Santa Cruz.
— Je n'ai jamais... Enfin, écoutez, je n'ai pas...
— Vous ne subvenez pas aux besoins de cet enfant aujourd'hui?
— Si! Non! J'aide une jeune femme en difficulté!

Le silence s'abattit sur la table. Les trois interviewers le laissèrent se prolonger. Broome cherchait la tactique à adopter.

— C'est ridicule. Je n'ai pas l'intention de vous laisser déterrer le passé...

— La porte est derrière vous, Mr. Broome, annonça Case avec un signe de la main. Vous n'êtes pas obligé de parler de quoi que ce soit. Vous n'êtes pas obligé d'être sur « la chaise électrique ». On regretterait votre départ et nos téléspectateurs aussi sûrement. Toutefois, on ne cherche pas à retenir contre leur gré des invités qui se sentent gênés.

Comme attiré par l'écran, Nick se pencha vers le poste. Broome ne lui était pas sympathique, il détestait tout ce qu'il représentait, mais il y avait façon et façon d'interroger un candidat. Il ressentait si profondément la rage impuissante de Broome qu'on aurait dit que lui aussi se débattait sous les projecteurs.

— C'est incroyable, non? lança Sybille. Ça marche, ça fonctionne parfaitement. Oh, Nick, tu ne trouves pas ça extraordinaire?

Il la regarda. Elle était aussi excitée qu'un enfant, les yeux brillants, les lèvres humides. Elle haletait comme au paroxysme de l'amour. Il s'écarta et se leva. Les yeux écarquillés, Chad se pencha et tourna la tête pour regarder l'écran.

— Où vas-tu? s'écria Sybille. Ce n'est pas fini!

— La suite est du même acabit, non? Il mit Chad sur son épaule. Enfoncer le couteau dans la plaie. Ils ne s'intéressent ni aux idées ni aux connaissances, ils ne cherchent qu'à le coincer. Je ne trouve pas cela amusant. Et je ne pense pas que ce soit du goût de beaucoup de gens.

— Tu as tort, répliqua-t-elle. Les gens adorent voir les autres au supplice. Qui a vraiment soif d'idées et de connaissances? Ils préfèrent voir un type glisser sur une peau de banane, prendre une déculottée ou être ridiculisé. A ton avis, « La Caméra invisible », c'était basé sur quoi? Un jour, quelqu'un m'a dit que personne n'en avait rien à foutre des informations. Ils ne demandent qu'une chose : de la vérité sur le plan humain. Dans le genre, on ne fait pas mieux. Comme ça, les spectateurs se sentent supérieurs à l'imbécile qui est à l'écran.

Elle regarda Case bombarder Broome de trois questions d'affilée.

— Quand on a montré le pilote à Wooster Insurance afin de les convaincre de nous sponsoriser, le président de la société a déclaré qu'au Colisée j'aurais été au premier rang pour voir les chrétiens qu'on jetait aux lions.

Nick eut un pincement au cœur.

— Tu as pris cela pour un compliment ?

Elle croisa son regard.

— C'en était un. Il m'a expliqué qu'il aimait les gens durs. Il a mis de l'argent dans cette émission parce qu'il savait que je tiendrais mes promesses.

— Autrement dit que tu ne serais pas plus tendre.

— Exactement. Quand tu affirmais admirer ma fermeté de caractère, c'est bien à cela que tu faisais allusion ?

— Pas tout à fait.

Chad commença à se mâchonner les doigts. Soulagé, Nick annonça : « Je vais donner à manger à ce jeune homme. »

— Qu'entendais-tu par là ? insista Sybille.

— Que j'aimais que tu ne t'avoues pas vaincue, que tu n'aies pas peur de réessayer, que tu te relèves toujours pour repartir à l'attaque. Ça n'a rien à voir avec le fait de se pousser en avant en flattant le goût des gens attirés par le spectacle des chrétiens qu'on jette aux lions. Je ne connaissais pas ce côté de toi.

Il voulut sortir puis s'arrêta en chemin.

— Je devrais te féliciter. Ce n'est pas facile de lancer une nouvelle émission. Quel miracle en un temps record ! J'espère que tu es contente.

— Bien sûr, répondit Sybille sans réfléchir.

Elle eut froid soudain. Le ton dur de Nick lui gâchait sa joie, elle lui en voulait. Elle l'observa dans l'embrasure de la porte, tenant son fils avec le même naturel qu'un crayon à son bureau. Il réussissait tout ce qu'il entreprenait, songea-t-elle, tout lui arrivait sur un plateau. Cela lui restait sur le cœur, surtout avec Chad. Père pour la première fois, sans l'expérience de jeunes frères et sœurs, Nick avait pourtant participé à l'accouchement avec un calme d'expert et, dès qu'il avait pris ce petit bout de chou à l'hôpital, il s'était occupé de lui avec une autorité naturelle contre laquelle Sybille ne pouvait espérer lutter et un plaisir qu'elle ne comprenait pas.

Chad sentait son père plus à l'aise que sa mère auprès de lui et il ne lui faisait pas de cadeau. Tout juste sept mois et déjà vicieux : il gigotait, lui donnait des coups de pied et hurlait quand elle le tenait, alors que dans les bras de Nick il gazouillait aussitôt. On les aurait crus tombés amoureux l'un de l'autre, ces deux-là. Elle, elle était l'étrangère.

— Bien sûr que je suis contente, assura-t-elle. On va me remarquer. C'était le seul but recherché. Leur tournant le dos, elle fixa l'écran. Je regrette que tu ne le regardes pas avec moi. Tu me l'avais promis. On n'a pas si souvent l'occasion de faire quelque chose ensemble.

— Quoi qu'on fasse, répliqua Nick en partant, ce ne sera pas ça.

Le jour de printemps où Nick et Ted quittèrent le salon pour installer Omega Computing Services dans le garage fut à marquer d'une pierre blanche. Sur le moment, ils en plaisantèrent.

— Pour moi, ce n'est pas un plus d'être relégué au garage, dit Nick.

Pourtant, ce pas de géant allait, en moins de cinq ans, les conduire vers des sommets plus spectaculaires que dans leurs rêves les plus fous.

On était à l'aube d'une révolution. Rares étaient ceux, au début des années soixante-dix, qui sentaient que les ordinateurs modifieraient l'avenir. Nick comptait parmi eux. Lorsqu'ils rebaptisèrent leur société Omega Computing, il savait que ce domaine ne pouvait que se développer.

Les ordinateurs existaient depuis les années quarante, mais ils étaient sommaires : grands et lents, employés principalement dans les universités pour résoudre des calculs de mathématiques et dans les grosses entreprises pour gérer d'énormes sommes de données. En 1974, année où Nick et Sybille s'installèrent à San Jose, le premier microprocesseur était apparu sur le marché : un circuit intégré gravé sur une minuscule plaquette de silicone. Celle-ci, qui mesurait à peine un centimètre carré et demi, faisait le même travail que cinq mille transistors jusqu'alors. Et cette puce allait transformer non seulement l'industrie électronique, mais aussi une partie de la Californie : la languette de terre qui s'étendait de San Francisco à Monterey, déjà baptisée Silicon Valley.

C'est là, dans de petites villes au milieu des vignobles et des champs d'artichauts, qui deviendraient bientôt des zones industrielles et des agglomérations se fondant les unes dans les autres le long d'autoroutes surchargées, que de jeunes inventeurs de plus en plus nombreux se plongèrent dans le monde de l'informatique. Dans des maisons et des bureaux, des sous-sols et des salons, ils griffonnaient des idées, assemblaient des circuits et contemplaient des heures durant des écrans de terminaux ; ils restaient tard le soir dans des bars à discuter d'hypothèses, dessinant des diagrammes et gribouillant des programmes sur des coins de nappes en papier ; enfermés en silence, ils concevaient de nouveaux langages.

Leur but était clair : résoudre tous les problèmes pour que ce monde en désordre retrouve une apparence d'ordre.

La plupart auraient présenté la chose différemment : ils auraient prétendu que les ordinateurs les fascinaient et qu'ils voulaient mettre leurs compétences à l'épreuve, qu'ils aimaient l'idée de participer à une révolution, qu'ils voulaient une partie du gâteau qui serait sûrement énorme ou encore qu'ils souhaitaient aider l'humanité grâce à une nouvelle technologie.

Parmi eux, Nick était un cas à part : trop simple pour être accepté par ces fous qui passaient leur vie entre un clavier et un terminal, et trop ambitieux pour s'assimiler à ceux qui n'avaient qu'une motivation : le divertissement, l'émotion, le sentiment de se réaliser ou d'agir pour le bien de l'humanité.

Sybille ne comprenait pas ce qu'il recherchait bien qu'il eût tenté de le lui expliquer.

— J'adore le côté amusant. C'est un jeu : comme des gosses qui s'écrivent des lettres codées ou qui résolvent des énigmes qu'ils ont inventées.

— Ça a l'air très puéril, observa-t-elle.

— Effectivement, acquiesça-t-il avec un grand sourire. On est tous des gamins avec un nouveau jouet et on essaie sans cesse de l'améliorer.

— Tu plaisantes.

— Pourquoi ? Si on peut s'amuser en travaillant, pourquoi pas ?

— Parce que c'est sérieux.

— Le travail ?

— Tout. Travailler, obtenir ce qu'on veut, manœuvrer les gens, être marié... Et tu t'échines là-dessus, je l'ai bien vu. De temps en temps, tu t'offres une partie de ping-pong mais généralement tu ne t'amuses pas, tu bosses comme un fou.

— Pour jouer, il faut parfois se concentrer autant que pour travailler. Pourquoi ne pas en tirer un maximum de plaisir ?

— Parce que en ce cas tu n'arriveras nulle part.

Elle ne peut pas se permettre de plaisanter, songea-t-il. Un souvenir lui revint un instant en mémoire : l'image de quelqu'un qui badinait, même en faisant l'amour.

— J'ai envie d'essayer, déclara-t-il. Si je m'amuse bien et que je deviens quand même le meilleur dans mon domaine, tu seras convaincue ?

— Peu importe, répliqua-t-elle en haussant les épaules. De toute façon, je dois suivre mon chemin, pas le tien.

Aussi suivirent-ils des chemins différents.

Cependant, en dehors du divertissement, du plaisir de la découverte, de la joie de travailler, c'était l'ambition qui le motivait : le besoin d'aller plus loin, quitter le garage pour avoir leur propre bâtiment, se faire un nom, devenir riche, lancer une deuxième société, une troisième... son ambition était sans bornes.

Et il franchissait les étapes plus vite que la plupart. Ted et Nick avaient déjà la réputation d'être les meilleurs conseils de la région. On les appelait les premiers et on les rappelait lorsque les entreprises souhaitaient se développer.

Puis, deux ans plus tard, tout changea soudain. Jusqu'alors ils suivaient la technologie normale, montrant aux autres comment s'en servir ; désormais, ils inventaient leurs propres produits. Ils arrivèrent en première ligne et y restèrent.

Ils n'étaient pas nombreux à ce poste d'avant-garde. Parmi eux se trouvaient deux jeunes types, Wozniak et Jobs, qui travaillaient aussi dans un garage non loin de San Jose. Ils avaient créé une société baptisée Apple. Avec Omega Computer et quelques autres, ils participèrent à la révolution qui engendra l'ère de l'informatique d'aujourd'hui.

Ce fut à l'époque où ils se lancèrent dans leurs propres innovations qu'ils quittèrent le salon pour s'installer dans le garage. Tout commença avec un nouveau client : une chaîne de vingt-six boutiques de luxe de vêtements sport pour femmes, Pari de Pebble Beach, qui s'étendait sur toute la Côte Ouest, de San Diego à Vancouver en passant par Carmel. A quarante-neuf ans, astucieuse, petite et d'un teint cuivré délicat, Pari Shandar avait bâti cet empire toute seule depuis quinze ans que son mari l'avait quittée pour une jeune femme. Energique et curieuse, Pari accueillait toutes les idées nouvelles qui retenaient son attention. Deux ans plus tôt, Nick l'avait aidée à installer un système électronique pour sa comptabilité, son personnel et sa liste d'adresses, clé de son succès car, bien gardée, elle répertoriait les noms de femmes fortunées dans le monde entier, y compris l'Inde, son pays natal.

— Je crois que vous pourriez à nouveau faire quelque chose pour moi, dit-elle à Nick dans son petit salon tendu de soie et de velours.

Elle vivait seule dans un château en pierre perché au-dessus du Pacifique sur le Seventeen Mile Drive à Pebble Beach. Un haut mur la protégeait des touristes qui suivaient la route en lacet pour découvrir l'océan et les cyprès, les célèbres terrains de golf et les immenses demeures. On entendait le ressac par les fenêtres ouvertes et les cris des mouettes qui volaient dans le ciel d'un bleu argenté. En dehors de cela, tout était calme, les pièces bourrées d'œuvres d'art indiennes et américaines, l'ambiance chaleureuse, un peu lourde, envoûtante.

Pari servit le thé dans des tasses en porcelaine et approcha de Nick une assiette de petits gâteaux.

— Voilà ce que je veux : connaître au jour le jour l'inventaire de mes magasins. Aujourd'hui, on fait le compte des pull-overs, des jupes, des vestes et de tout le reste trois fois par an... et on est obligés de fermer plus tôt pour y arriver. Ce serait tellement mieux de suivre les ventes au jour le jour pour gérer le stock. C'est clair ?

Nick acquiesça.

— Vous voulez un rapport quotidien des ventes dans chacun de vos magasins à l'heure de la fermeture et vous souhaitez que ce soit automatique. Vous désirez sans doute que ce soit retiré automatiquement de votre stock en même temps.

Elle le regarda d'un air stupéfait.

— C'est possible ? Vraiment ? Quand j'en ai parlé à quelqu'un, on m'a répondu que c'était irréalisable.

— Non, c'est faisable, mais cela présente un certain nombre de problèmes. Voilà ce qu'on peut faire dans l'immédiat.

Il ébaucha un croquis sur un bloc qu'il retourna pour que Pari puisse le déchiffrer avec lui. Il dessinait d'une main ferme, alerte. Il était cependant un peu distrait : il sentait son parfum, le bruissement de sa robe en soie, l'éclat de ses cheveux d'ébène retenus par un chignon sur la nuque. Sa coiffure très convenable démentait la fragrance séduisante et ce frémissement de la soie qui évoquent chez un homme les images de la peau douce, des bras nus, des courbes et des muscles tendus d'une étreinte...

— Que signifient ces flèches? s'enquit Pari.

Elle contemplait l'esquisse. Toutefois, un léger sourire ourlait ses lèvres et Nick comprit qu'elle avait deviné ses pensées.

— Voici comment le système pourrait marcher pour vous, poursuivit-il d'une voix égale. Votre employé enregistre une vente, disons un pull-over en cachemire à cent dollars...

— Disons deux ou trois cents, rectifia Pari avec un rire charmant.

Il parut surpris. Il n'avait jamais offert de pull-over en cachemire à Sybille. Ces temps derniers, il ne lui avait rien offert du tout.

— Bien. L'employé tape le code de cet article sur la caisse. Une fois qu'il est tapé, il est enregistré automatiquement avec la taille du pull-over, le modèle, le prix et toutes les indications que vous voulez sur une bande magnétique...

— Une dans chaque magasin?

— Oui.

Il croisa son regard. Elle lui accordait plus d'attention qu'à son stylo. Elle avait un petit grain de beauté sous l'œil gauche, une tache sombre qui donnait à sa peau un éclat encore plus satiné. Il ne s'en était jamais aperçu. Il sentait que, s'il faisait le moindre geste, son bras effleurerait le sien.

Il baissa aussitôt les yeux sur son diagramme.

— Après la fermeture, la bande retransmet l'information par téléphone à votre ordinateur principal à Monterey. Le pull-over en cachemire, ainsi que tous les articles vendus dans la boutique, est supprimé de l'inventaire qui y est répertorié. Il est également imprimé sur une liste d'articles vendus ce jour-là dans chacune de vos succursales. Vous avez donc un inventaire à jour et le récapitulatif des ventes dans vos vingt-six magasins.

Elle aussi contemplait le diagramme en hochant la tête.

— Parfait, parfait. Je peux l'avoir quand? Ça va coûter combien? De toute façon, cela me fera faire de telles économies que je peux me permettre de dépenser... enfin, on verra combien. Elle posa la main sur son bras. Nicholas, il faut que je sache ce que ça coûtera et quand vous pourrez l'installer. Enfin, si vous me proposez un prix acceptable.

Sa main le brûlait, ses doigts semblaient une petite flamme enroulée autour de sa manche.

— Je ne peux rien vous promettre, je dois d'abord étudier la question. Il y a des problèmes pour relier les bandes au système téléphonique. Personne n'a encore trouvé moyen d'enregistrer et de transmettre toute cette somme d'informations. Vous ne souhaitez pas qu'on vous mette un autre mini-ordinateur pour ce faire : c'est trop cher, ça prend trop de place et ce n'est pas assez rapide. Il nous faut quelque chose de compact, rapide, simple, bon marché et parfaitement fiable...

— Comme des ouvriers à Bombay, répliqua Pari en riant. Peut-être est-ce la solution : ma famille pourrait m'envoyer une équipe, je leur donnerais à chacun un stylo et un téléphone. A moins que vous n'ayez une machine qui puisse accomplir le travail de dix personnes ou de cent.

Nick la regarda.
- Ou de cinq cents.
- Oh non, je n'ai pas besoin de tant de gens. On est une petite chaîne... Ce n'était pas votre propos toutefois.
- Non.

Tapotant son crayon sur la table, il grignota un gâteau, puis en prit un autre.

- Je pourrais vous fabriquer un ordinateur, il suffirait d'un circuit imprimé... associant des microprocesseurs en un système fait sur mesure... qui soit assez compact pour tenir dans un tiroir... enfin, disons, un petit meuble de rangement. Il faut qu'il soit alimenté... puis on le programmerait... Il nous faudrait un clavier mais ça, ce n'est pas un problème. Et éventuellement un écran vidéo pour voir défiler les commandes pendant qu'on les introduit dedans...

Il regarda Pari et eut un sourire éclatant. Le sourire d'un enfant qui vient de faire une découverte qui va changer la face du monde.

- On pourrait le programmer de façon qu'il se charge de tout le travail, annonça-t-il en reprenant un gâteau. Passer les informations de la caisse aux codes enregistrés sur une bande magnétique qui les retransmettrait par téléphone. Simple comme bonjour, en réalité. Votre propre micro-ordinateur adapté à vos besoins. Plus petit et moins cher que tout ce qu'on trouve sur le marché. Et sans doute plus rapide aussi.

Pari l'observait. Elle ne savait absolument pas ce qu'était un microprocesseur ni un micro-ordinateur, encore moins un circuit sur mesure. Par contre, elle comprenait parfaitement les mots : plus petit, moins cher, plus rapide, et elle savait à quoi s'en tenir quand un homme avait cette expression concentrée, intense de celui qui vient de faire une découverte. Elle s'y fiait, elle se fiait à Nick. Dans la région, Nick Fielding avait la réputation d'être le plus rapide à trouver des solutions, le plus brillant à concevoir des programmes et le seul à avoir un associé, Ted McIlvain, qui était un génie de l'électronique.

- Parfait, affirma Pari. Dites-moi ce qu'il vous faut pour construire ces micro je ne sais quoi. Ça m'intéresse.

Nick l'entendit à peine.

- Il pourrait sans doute avoir d'autres capacités, poursuivit-il en reprenant un gâteau. S'il peut déjà transformer et transmettre les informations... pourquoi n'aurait-il pas quatre fonctions ? Ou dix ? Quelle serait la limite ? Pourquoi devrait-il y avoir une limite ?

- Nicholas, proposa Pari, voulez-vous encore un gâteau ?

Il contempla l'assiette.

- C'est moi qui ai tout mangé ?
- Oui. Vous en voulez d'autres ? Ou autre chose. Dîner peut-être ?
- Non. Merci, Pari, on a un projet à finir ce soir.

Attiré par le diagramme, son regard se reposa dessus.

- C'est une idée, personne n'a encore essayé. Il faudra bien qu'il y ait une limite, naturellement. Mais je ne sais pas laquelle ni ce qui la déterminera. Il faudrait qu'on fabrique...

— Plus tard, d'accord? Dans l'immédiat, avant de vous plonger dans d'autres projets, vous allez construire ce circuit sur mesure et tout le reste pour moi. Je peux compter sur vous, Nick? Il me le faut rapidement.

— Il y a une heure, vous n'y pensiez même pas! s'exclama-t-il en riant.

— Mais je comprends que cela m'est absolument indispensable, maintenant. Alors que je n'ai pas besoin du truc dont vous parliez à l'instant.

— Je parlais d'un ordinateur qui soit suffisamment petit pour tenir sur votre bureau et qui fasse tout ce vous voulez.

— Du moment que vous me donnez mon circuit sur mesure, que pourrais-je souhaiter de plus?

— Je ne sais pas.

Il regarda par la fenêtre. Le ciel était encore d'un bleu éclatant. On était en avril et les cyprès ondulaient sous la douce brise qui venait du large.

— Tant qu'on ne l'a pas fabriqué, on ignore toutes les possibilités d'un système. Cependant les possibilités... l'ensemble des possibilités...

Il contemplait toujours le ciel. Il s'écoula un moment avant qu'il ne se tourne vers elle et se lève.

— Je vais d'abord m'attaquer au vôtre, Pari, c'est promis.

— Merci, dit-elle d'un air grave.

Elle se leva à son tour, elle lui arrivait à peine à l'épaule.

— Ce n'est pas bien d'empiéter sur le travail d'autrui et, si vous insistiez, je saurais me montrer conciliante. Mais j'ai mes magasins et je n'ai rien d'autre.

Nick songea brusquement à Sybille qui ne se montrait jamais conciliante. Prétendrait-elle aussi qu'elle n'avait que son travail dans sa vie?

Oui, sûrement. Car, même si elle avait tenté d'être plus tendre, même s'il avait essayé de l'aider, la première de « La Chaise électrique » avait modifié leurs rapports à tout jamais. A partir de ce jour, sans jouer la comédie, ils avaient renoncé à toute intimité. Sybille était la même qu'à l'époque de leur rencontre : elle ne pensait qu'à son travail.

— Excusez-moi, déclara Pari en le dévisageant. Qu'est-ce que j'ai dit?

— Ce n'est pas vous, répondit Nick. Je songeais à des choses personnelles. Je suis sensible à votre geste mais ce ne sera pas nécessaire, on s'y mettra dès demain.

Il lui prit la main. Elle eut un mouvement vers lui et il lui baisa le front, humant son parfum capiteux. Elle était si proche que la chaleur de son corps sembla l'envelopper; le désir l'envahit avec une force qui lui donna le vertige. Quand elle approcha son visage du sien, ses lèvres s'entrouvrirent, Nick la prit dans ses bras, sa bouche se faisant plus insistante, son désir étant si violent qu'il en devint agressif.

Gentiment mais très fermement, Pari se dégagea.

— On ne devrait pas brusquer les choses.

Son regard était tendre. Pourtant, ses paroles sonnèrent tels des reproches le poignardant.

— Je regrette, marmonna-t-il.

Malgré son ardeur, il fut pris de regret, un regret si profond et si amer qu'il eut envie de pleurer.

— Cela ne m'arrive jamais... Bredouillant, il ne fit que s'enliser davantage. Je suis vraiment désolé.

— Oh, Nicholas.

Il vit son hochement de tête, son expression à la fois amusée et affectueuse, et il se sentit très jeune. J'ai vingt-huit ans, songea-t-il, et Pari quarante-neuf. Cela n'aurait strictement rien changé ; tout entier à son désir, il n'y avait même pas pensé. Cependant, il se demandait ce qui l'amusait : sa maladresse de gamin ou l'inexpérience d'un homme qui ne s'était jamais écarté du droit chemin.

Peu importait. Sur le moment, une seule chose le frappait : il était prêt à tromper Sybille et n'en souffrait pas. Il n'éprouvait rien. Ce choc aurait pu suffire à le faire bredouiller de plus belle, car cela en disait beaucoup plus sur son couple que sur la jeunesse, l'inexpérience ou la maladresse.

Il prit la main de Pari dans la sienne.

— J'ai été idiot, vous méritez mieux. J'ai envie de vous, Pari. J'attendrai que vous fassiez le premier pas, mais vous devez savoir combien j'ai envie... combien j'ai besoin... Il s'éclaircit la gorge. Ça doit vous paraître bien puéril.

— Pourquoi ? On a tous des envies et des besoins et, quand on ne peut les satisfaire, on les garde en réserve pour... une autre occasion.

Il sourit, appréciant son tact.

— Je l'espère. J'espère être le bienvenu si je reviens.

— Mon cher Nicholas, vous êtes toujours le bienvenu.

Il respira à fond. Il pouvait rester. Ils bavarderaient, dîneraient en tête à tête et passeraient sans doute la nuit ensemble. Toutefois, Pari s'était montrée claire et il ne voulait pas essayer de la faire changer d'avis. Car elle avait raison : mieux valait ne pas brusquer les choses. J'ai déjà payé pour le savoir, se dit-il. Je me suis jeté dans les bras de Sybille avant de savoir si j'avais encore une chance avec Valérie. Avant d'avoir eu le temps de réfléchir. Je m'apitoyais tant sur mon sort que je n'ai pas eu la patience d'attendre, il fallait que je...

Il se prit sur le fait. Jamais, jusqu'alors, il n'avait pensé que leur mariage était une erreur depuis le début. Ils avaient eu de bons moments, il avait cru l'aimer. Après tout, Pari ne l'attirait pas un an plus tôt quand il travaillait pour elle. A l'époque, Sybille et lui étaient proches. Ou si occupés qu'ils ne se souciaient guère de savoir s'ils étaient proches. Ou à des kilomètres l'un de l'autre.

— Nicholas, vous aviez dit que vous vouliez rentrer tôt.

Il sourit avec une ironie désabusée.
— Vous avez raison. Il l'embrassa sur la joue. Merci de votre présence. Je vous appellerai pour l'ordinateur dès que j'aurai une ventilation du coût de revient. Laissez-moi quelques jours.

Puis il abandonna la pièce toute de velours et de soie et repartit vers San Jose, deux heures de route le long de l'océan tandis que l'après-midi cédait à la nuit, les dunes de sable, les vergers et les champs d'artichauts se fondant dans le noir. Pendant tout le trajet, il ne pensa qu'en termes d'ordinateurs, d'inventaire, de relais temporaire entre les bandes magnétiques et le système téléphonique. C'était plus simple que de songer à Sybille.

Mais elle était là quand il arriva. Faisant les cent pas, elle bavardait avec Ted dans la cuisine brillamment éclairée.

— Le problème, c'est que rien ne bouge, l'entendit-il déclarer en refermant derrière lui la porte du salon où il resta dans le noir. L'émission est un énorme succès... personne n'ose refuser d'y participer. De deux choses l'une : ou ils n'ont pas le courage de reconnaître qu'ils ont peur, ou ils s'imaginent qu'ils vont être les premiers à ridiculiser les interviewers... et on reçoit des tonnes de courrier...

— Pas toujours flatteur, la coupa Ted.

— Peu importe. Le courrier, ça veut dire des téléspectateurs. Même s'ils nous envoie des lettres d'insulte, on leur en sera reconnaissants tant qu'ils continueront à regarder. On a détrôné les autres chaînes durant cette demi-heure ; quoi qu'ils passent, on les bat. Et l'émission spécial cuisine est bonne. Rien à voir avec « La Chaise électrique, » mais le taux d'écoute monte tous les mois.

— Quelle émission spécial cuisine ?

— Oh, un truc que j'ai concocté sur la cuisine régionale, histoire de montrer à tout le monde que j'avais des talents variés, une babiole.

— Tu reçois aussi beaucoup de courrier là-dessus ? lança Nick en entrant dans la cuisine.

Il posa un instant la joue sur son front.

Elle lui tapota vaguement le bras. Et parut stupéfaite.

— Seigneur !

Elle le suivit vers le réfrigérateur et colla son nez sur sa veste, reniflant bruyamment.

— Absolument délicieux, non ? Un peu fort mais très chic. Ça doit coûter une fortune, je suppose. Les ordinateurs forment de drôles de couples. C'est ainsi que tu présenterais les choses ? Si tu te sers un verre, prépare-m'en un.

— Qu'est-ce que tu veux ? s'enquit Nick d'un ton égal.

— Un scotch avec de l'eau gazeuse. Pas trop d'eau. Tu as passé toute la journée au lit avec elle ou tu as travaillé un peu entre deux ?

— On se retrouve au garage, annonça Ted en repoussant sa chaise.

— Ne pars pas, lui lança Sybille. S'il baise tes clientes, tu te dois de le savoir ; après tout, c'est ton associé.

— C'est aussi mon ami et, si je dois être au courant de quelque chose, il me le dira.

Après son départ, le silence régnait en dehors du cliquetis des glaçons tandis que Nick leur servait à boire.

— Tu t'inquiètes du sort de Ted ou du tien ? demanda-t-il en tendant un verre à Sybille.

— Qu'est-ce que ça change ? répliqua-t-elle en haussant les épaules. Tu feras ce que tu veux de toute façon. Comme d'habitude.

— Qu'entends-tu par là ?

— Qu'on est venus dans cette fichue ville parce que tu le voulais, qu'on s'est installés dans cette baraque pourrie parce que tu le voulais et qu'on est restés dans ce quartier infect parce que tu le voulais. Tu sais que j'ai envie d'aller à New York, tu le sais depuis le début mais tu n'as jamais, au grand jamais, songé à partir d'ici. Toi, tu veux être ici. Et c'est tout ce qui compte.

Nick la regarda.

— Tu n'en as jamais parlé depuis que tu travailles ici. Tu affirmais que c'était l'endroit idéal pour toi, que tu apprenais des tas de choses dont tu aurais besoin dans l'avenir.

— A New York. L'« avenir » signifiait New York et tu le savais.

— Sans doute.

— Eh bien, voilà, j'ai fait mes classes. Je n'ai plus aucune raison de rester ici.

— Sauf que tu as un mari et un fils qui vivent ici et qu'il m'est impossible de partir pour l'instant. Tout ce qu'on construit, Ted et moi, est basé sur notre réputation dans la région. Ce serait idiot d'aller ailleurs pour recommencer à zéro.

— Qui a dit que j'avais un mari ? J'ai un type qui se balade d'un bout à l'autre de la Californie en baisant dans tous les coins... merde, comment as-tu osé ? Notre ménage n'a-t-il donc aucun sens à tes yeux ? Je n'ai même jamais pensé à quelqu'un d'autre depuis que je te connais ! Je rencontre des tas d'hommes au bureau et je n'ai pas envie de coucher avec eux, pas un seul ! Alors que toi tu rentres en empestant la cocotte, et tu t'attends à ce que je veuille rester à tout prix uniquement parce que tu le souhaites. C'est bien ce que tu veux, non ? Quelqu'un qui te soit fidèle et qui ne pose pas de questions.

Nick finit son verre.

— Mais toi, tu n'as aucune intention d'être fidèle à qui que ce soit, hein ?

Sybille était devant le réfrigérateur où elle prenait l'eau gazeuse pour se resservir.

— Tu veux un autre verre ?

— Merci.

— Tu es resté au lit avec elle toute la journée ?

— Ça changerait quelque chose ?

— Peut-être. Elle lui tendit son verre. Aucune femme n'apprécie que son mari joue les don Juan. C'est sans doute la raison pour laquelle on avait des problèmes. Tu ne crois pas ? Tu étais trop occupé à penser à d'autres pour t'occuper de moi. Ça expliquerait tout, non ? De toute façon, j'ai le droit de savoir.

Malgré lui, Nick eut un léger sourire.

— On n'a pas revendiqué beaucoup de droits dans ce couple. Tu as vraiment envie de commencer ?

— Ne joue pas au plus malin, ça m'exaspère. Je veux savoir ce que tu as fait aujourd'hui.

— J'ai parlé d'un système électronique pour une chaîne de magasins de vêtements.

— Je ne te crois pas.

— Bien sûr. Sybille, si je te disais qu'on part pour New York demain, tu serais contente ?

Elle se rembrunit, cherchant le piège.

— Je ne rêve que de ça. Je ne peux pas rester ici. C'est trop petit, trop éloigné de tout et on ne m'offrira pas ce que je recherche. Toi non plus, tu n'es pas obligé de rester ici. Quelles que soient tes activités, tu peux aussi bien travailler à New York. Ce ne sont pas les chaînes de vêtements qui manquent là-bas. Et on pourrait sortir le soir, faire des tas de choses... tout serait différent à New York ! Si on arrivait à quitter cet endroit atroce, tout irait mieux... on s'amuserait bien... ce serait comme une lune de miel. On n'a même pas eu de lune de miel.

— Et quand verrait-on Chad ?

— Oh, lança-t-elle avec un geste dans le vague. Autant que maintenant. Elena nous accompagnerait, naturellement. Ils s'adorent tous les deux.

Nick se servit un verre.

— Chad et moi, nous restons ici, déclara-t-il. Tu as raison en ce qui concerne cette maison. Il nous faut une maison plus grande avec un jardin où il puisse jouer, et une école où il puisse aller à pied le moment venu quand Omega sera installé dans de nouveaux locaux. Mais on ne quittera pas San Jose. Pas avant quelques années en tout cas. Je ne sais pas ce qui se passera par la suite ; dans l'immédiat, tout ce que j'ai est ici et je n'ai pas l'intention de le balancer.

— Tout ce que tu as ? Pas si je vais à New York. A ce moment-là, tu n'auras plus de femme ici.

Nick l'observa.

— Effectivement.

Sybille vira au pourpre.

— Tu n'y penses pas. Nous sommes mariés. C'est moi que tu as choisie et non... une autre. Tu ne briseras pas notre couple. Je t'en empêcherai. Nick, écoute. On est bien ensemble, on a besoin l'un de l'autre. Simplement, on n'était pas assez souvent ensemble, voilà pourquoi j'ai envie d'aller à New York. Tout ira bien là-bas. On va repartir à zéro. On peut faire semblant d'être étudiants et de commencer dans la vie. Nick ? Tu m'écoutes ?

Il regardait la fenêtre plongée dans l'obscurité.

– On n'est pas bien ensemble, répliqua-t-il d'un ton dur. Tu n'as aucun plaisir au lit, peut-être même n'en as-tu jamais eu. Et on n'a pas besoin l'un de l'autre. Tu ne t'intéresses pas à mon travail et je n'apprécie pas le tien. Il ne reste rien entre nous, Sybille, et je ne vois vraiment pas pourquoi on prétendrait le contraire.

– C'est à cause de cette femme ! hurla-t-elle. Tu passes la journée au lit avec elle et tu reviens en m'annonçant que tu veux divorcer ! Tu n'en as jamais parlé jusqu'à présent !

– Je n'y ai jamais pensé jusqu'à présent. Franchement, Sybille, tu es heureuse avec moi ?

– Je suis heureuse quand ça va bien. Lorsqu'on est vraiment ensemble. On est bien ensemble, c'est sûr, et j'ai du plaisir au lit ! Beaucoup de plaisir ! Je ne comprends pas de quoi tu parles, je ne sais pas ce qui te pousse à dire ça. Nick, écoute-moi !

Elle s'approcha de lui et, posant les mains sur ses épaules, se colla contre lui.

– Tu ne peux pas affirmer qu'on n'est pas bien ensemble. Ça nous est arrivé, très souvent. Tu ne peux pas effacer tout cela.

– C'est tout ? lança-t-il avec mépris. Je devrais m'accrocher à une bonne partie de jambes en l'air ?

Elle se dégagea.

– Ce n'est absolument pas ce que j'ai dit. J'ai dit...

– J'ai bien entendu.

Elle se mit à taper du pied.

– Je garde Chad. Tu peux partir si tu veux – et si tu crois que ça me touche, tu te trompes –, mais tu n'emmèneras pas...

– Chad restera avec moi. Ne te trompe pas là-dessus : Chad me suit. Tu ne tiens pas à lui, il n'a jamais compté pour toi et tu ne te serviras pas de lui comme de moyen de pression. Si tu veux, je partirai dès ce soir et Chad viendra avec moi.

– Il restera ici ! Aucun juge au monde ne te permettrait d'arracher un enfant à sa mère !

Nick l'observa sans un mot. Furieuse, elle soutint son regard. Elle finit par céder et baissa les yeux.

– Je t'en prie, dit-elle.

Elle le fixa à nouveau : il vit la panique dans son regard.

– Nick, ne me quitte pas. J'ai besoin de toi. J'ai toujours eu besoin de toi. J'aime penser que tu es mon mari, j'aime être ta femme. Je ne supporte pas l'idée de recommencer, toute seule, alors que les autres sont en couple, qu'ils ont quelqu'un qui les attend le soir... Reste avec moi, Nick, je vais faire un effort. Dis-moi ce qui ne te plaît pas et je changerai. Il suffit que je le décide, tu le sais. Tu admires cette faculté chez moi. Ne me chasse pas, Nick. Cela m'est déjà arrivé, c'est horrible. Ne me quitte pas.

— Je regrette, répliqua Nick.

Il n'avait plus son ton dur; une profonde tristesse, une grande lassitude l'avaient remplacé. Lorsqu'elle l'entendit, Sybille comprit que c'était fini.

— Salaud. Elle haletait. Je t'ai dévoilé mes sentiments... je me suis pratiquement mise à genoux devant toi! Tu n'en as rien à fiche de moi, pas plus que ta dulcinée! Vous avez couché ensemble, vous m'avez trompée, vous avez bousillé ma vie... Allez vous faire foutre, tous les deux!

Nick voulut réaffirmer qu'il n'avait pas couché avec Pari quand il comprit soudain que Sybille ne parlait pas d'elle. Sybille ne parlait pas du présent mais du passé. Et il garda le silence.

Elle se pinça les lèvres.

— Tu vas me payer mon voyage pour New York. Tu vas m'entretenir jusqu'à ce que je trouve du travail. Et une fois que je serai installée, j'enverrai chercher Chad.

Nick savait que c'était sa seule façon de s'en sortir. Elle ne pouvait reconnaître, ni à ses yeux ni aux yeux de Nick, qu'elle ne voulait pas de Chad, surtout à New York. Il ne le releva pas. Si elle avait besoin d'y croire, il ne chercherait pas à la contredire.

— Tiens-moi au courant, répondit-il. Il prit un stylo et un chéquier dans sa poche intérieure. Je peux te donner mille dollars tout de suite et cinq mille demain après-midi. Ensuite, on discutera de ce qu'il te faudra pour vivre.

— Beaucoup, répliqua-t-elle. Il me faudra beaucoup.

— Je ferai ce que je pourrai.

Tout en prononçant ces mots, Nick se demanda s'il faisait allusion à l'argent ou à l'existence qu'il mènerait avec son fils. Les deux, songea-t-il. A compter de cette seconde.

— Ce soir, on ira chez Ted, annonça-t-il à brûle-pourpoint et, sans rien ajouter, il monta au premier réveiller Chad et Elena, abandonnant sa maison et son ménage.

8

Aux studios d'Enderby Broadcasting Network donnant sur Trinity Church dans le bas de Manhattan, on avait eu vent de Sybille Fielding.

— Dure et intelligente, annonça Quentin Enderby à ses cadres lorsqu'il leur montra les bandes de « La Chaise électrique ». Elle sait ce qu'elle veut et elle n'a pas peur de se salir les mains pour y arriver. Ça change de tous ces blancs-becs amateurs de balivernes, broutilles et autres bagatelles.

Les cadres sourirent. Ils étaient censés sourire des allitérations d'Enderby et n'y manquaient jamais, même si ses piques étaient tournées contre eux. Ils sourirent nettement moins quelques mois plus tard lorsqu'il engagea Sybille Fielding et la nomma réalisatrice en chef de « Regard sur le Monde », le tour d'horizon hebdomadaire des actualités de WEBN qui n'avait jamais eu un bon taux d'écoute. Et les visages étaient fermés quand Enderby lui fit faire le tour des bureaux et des studios au quinzième étage de l'Enderby Building pour la présenter à ses collaborateurs.

— Ils s'y feront, déclara-t-il en l'entraînant vers un cube en verre après la dernière poignée de main glaciale. C'est fou ce que les gens se font à tout quand ils sont bien payés.

— Cela faciliterait les choses, observa Sybille.

Il parut surpris.

— Vous y arriverez de toute façon! Ce n'est pas la popularité que vous recherchez.

Elle secoua la tête, puis le regarda.

— Je tiens à ce qu'ils sachent que je suis là. Et je tiens à avoir votre assentiment.

L'éclat de ses yeux d'un bleu glacé mis en valeur par son doux teint olivâtre et ses épais cheveux noirs le fascinait. Il avait déjà remarqué son charme, sa silhouette, menue mais avec des rondeurs là où il fallait, impeccable dans un sévère tailleur gris ajusté. Il nota de nouveau, comme lors des entretiens préliminaires, que son regard était aussi pénétrant qu'une lame et se demanda si derrière sa maîtrise et sa bouche pincée se cachait un caractère impitoyable ou une nature passionnée. « Je tiens à ce qu'ils sachent que je suis là. » Ce serait amusant de voir comment elle allait s'y prendre. Enderby cherchait à découvrir en lui une once d'émoi. Ces temps-ci, il lui en fallait beaucoup pour l'exciter.

— Il est trop tôt pour parler d'assentiment, affirma-t-il. Mais vous m'intéressez.

Sybille était sur le qui-vive. Elle soutint un long moment son regard, puis se força à détourner les yeux comme si elle prenait sur elle.

— Quel superbe bureau !

Il jeta un coup d'œil alentour.

— Fonctionnel au même titre que les autres. La gravure sur linoléum derrière la table est un Picasso. Ça impressionne à peu près deux personnes sur mille.

— Moi, ça m'impressionne.

Debout à côté du fauteuil, elle avait envie de s'asseoir, mais elle attendait qu'Enderby sorte.

— Je ne pensais pas avoir un bureau tout de suite, je croyais que vous voudriez d'abord juger mes compétences.

— En travaillant dans un placard ? Ne soyez pas stupide. Je refuse d'avoir affaire aux gens qui trompent leur monde ou qui jouent les malins à coups de fausse modestie. Ou vous êtes brillante et vous le savez, ou vous ne l'êtes pas et vous ne ferez pas de vieux os ici. Vous avez la réputation d'être dure et douée. Quand c'est vrai, on se débrouille pour qu'on le sente dès la première seconde. Ne donnez jamais à personne l'occasion d'arriver à une autre conclusion à votre sujet que celle qui vous convient. Rappelez-vous ce que je vous dis.

Sybille avait les sourcils froncés. L'observant sous ses paupières baissées, elle essayait de le percer à jour. Grand, carré, les épaules voûtées, le visage très marqué, ses cheveux encadraient sa tête d'une auréole blanc-jaune frisottée comme de la laine emmêlée qui frémissait lorsqu'il parlait. Il avait une voix forte et des doigts noueux. Marchait avec une canne à pommeau d'or et portait du tweed et des nœuds papillons tel un châtelain anglais.

Sybille s'était renseignée sur lui avant de venir à New York se présenter. Agé de soixante-dix-sept ans, originaire d'une riche famille du Canada, aujourd'hui disparue. Divorcé quatre fois et veuf une fois, sans enfants. Il avait lancé l'Enderby Broadcasting Network pour investir dans les médias à l'époque où c'était nouveau, mais n'avait jamais édifié un empire : il ne possédait que WEBN, station indépendante et autrefois florissante dont les taux d'écoute étaient tombés si bas que personne ne la prenait plus au sérieux. Et il hésitait à dépenser une fortune pour la relancer.

C'est pourquoi il souhaitait engager une jeune réalisatrice de vingt-trois ans qui venait d'une petite station de Californie. Une femme, de plus. Ce qui lui faisait économiser tout de suite vingt-cinq pour cent sur son salaire.

Elle n'avait pas discuté, elle n'avait pas le choix. Elle pensait que ça ne durerait pas. Il était hors de question qu'elle accepte bien longtemps un salaire inférieur à celui d'un homme.

« Ne donnez jamais à personne l'occasion d'arriver à une autre conclusion à votre sujet que celle qui vous convient. » La première conclusion s'imposait : plus jamais personne ne la regarderait en se disant qu'elle ne valait pas cher.

— Je m'en souviendrai, déclara-t-elle à Enderby. C'est un bon conseil. Merci.

Il y eut un léger silence. A regret, il se dirigea vers la porte.

— Faites-vous à votre nouveau domaine. Si vous avez des questions, vous pouvez appeler qui vous voulez. Plus vous leur en demanderez, meilleure sera l'opinion qu'ils auront de vous. Soyez catégorique et exigeante.

Il la regarda dans l'espoir d'un sourire qui ne vint pas. Elle semblait perplexe.

— Réunion de la rédaction de « Regard sur le Monde » demain à huit heures, grommela-t-il. J'attends vos idées pour lui redonner une santé.

Sur le seuil, il se retourna.

— Vous avez trouvé un appartement?

Sybille acquiesça d'un petit signe. Elle mourait d'envie de s'installer à son bureau.

— Où est-ce?
— Dans la 34ᵉ Rue.
— Où cela dans la 34ᵉ Rue?
— Les Webster Apartments.
— Jamais entendu parler.
— On me les a recommandés.
— Pas de problème?
— Non. C'est très bien.

Il hocha la tête et avança d'un pas.

— Merci encore, lança Sybille d'une voix plus chaleureuse maintenant qu'il partait pour de bon. Vous ne serez pas déçu.

— Cela faciliterait les choses, répliqua-t-il, reprenant ses propres paroles.

Sur ce, il ferma la porte.

Elle souffla. Quel salaud! Vieux, vicieux et méchant. Le pire comme patron, le genre imprévisible.

Au moins, il était parti. Elle pouvait enfin s'asseoir dans son fauteuil et inspecter son bureau. Même si elle ne pouvait prétendre qu'il soit grand ou beau, c'était la première fois qu'elle en avait un, et la table, éraflée et pleines de trous de cigarettes, avait malgré tout un aspect viril qui lui plaisait. En face d'elle se trouvaient deux chaises coincées dans l'exiguïté des lieux.

Dans son dos, à côté du Picasso, une petite fenêtre donnait sur Trinity Church derrière Broadway. Sybille fit pivoter son siège pour la contempler. Ce spectacle la mit mal à l'aise. L'église ne semblait pas à sa place ici :

petite, gracieuse, presque délicate. Sybille voulait que tout soit le plus grand, le plus gros, le plus audacieux, le plus rapide, le plus bruyant. New York, la ville la plus importante du monde. Celle qui vous apportait le plus. L'endroit où la réussite comptait plus que n'importe où ailleurs. L'endroit où vivait Valérie.

La veille, elle avait pris un bus jusqu'à Madison Avenue, puis marché jusqu'à l'immeuble de la Cinquième Avenue où Valérie et Kent Shoreham avaient acheté un appartement d'après les renseignements qu'elle tenait de sa mère. Postée de l'autre côté de la rue, elle l'observa sous le soleil froid de novembre. Derrière elle se trouvait le Metropolitan Museum of Art, avec son imposant escalier sur toute la largeur de la façade et ses colonnes majestueuses auprès desquelles même les arbres de Central Park paraissaient petits et accueillants. Et devant elle se dressait le majestueux immeuble de Valérie en pierre grise aux hautes fenêtres. Un auvent allait des portes en bois sculpté à la rue et deux portiers en uniforme, chapeautés et gantés de blanc, sifflaient avec autorité des taxis qui s'arrêtaient aussitôt.

La jalousie et la colère couvaient en elle. Cela devait irradier jusqu'en face, se disait-elle, et brûler tout sur son passage. Pourtant, personne ne la remarquait : elle était invisible.

Pas pour longtemps. Très bientôt, ils sauront que j'existe. J'habiterai dans cet immeuble ou un autre exactement pareil. Je serai la voisine de cette salope.

Elle longea le musée, inspectant le domicile de Valérie sur toutes les coutures. Les badauds du samedi et les vendeurs ambulants la bousculaient. Parmi le flot de la foule, Sybille regarda tous les spectacles de rue. Ça ferait une bonne émission, songea-t-elle, ça plairait au public. Elle voyait tout en termes de petit écran.

Elle s'arrêta devant un homme en tablier à la moustache tombante et acheta un bretzel avec de la moutarde. Elle mordit dedans en marchant, mais le jeta aussitôt dans une poubelle qui débordait. Jamais tu ne surprendrais Valérie Shoreham en train de manger un bretzel dans la rue.

Soudain, Valérie et son appartement lui semblèrent appartenir à un autre monde. Sa rage décupla. Pourquoi fallait-il que tout soit si difficile ? Sybille tourna au coin et s'éloigna sans s'arrêter à l'arrêt d'autobus où des gens faisaient la queue. Elle ne voulait pas attendre, elle voulait partir d'ici.

Alors qu'elle descendait la rue d'un bon pas, sa colère s'apaisa. Les trottoirs étaient bondés, la circulation intense et le dynamisme de la ville l'entoura, l'envahit, jusqu'à commencer à sentir que tout était possible. New York répondait à toutes ses aspirations : rapide et déchaînée, l'endroit idéal pour elle, l'endroit idéal pour être sans sujétion et sans attache.

Une femme jeune, ambitieuse et divorcée. Cela s'était avéré très facile, beaucoup plus simple et plus expéditif qu'elle ne l'aurait imaginé, car ils n'avaient aucune raison de se disputer. Nick n'avait rien et aucun espoir de s'enrichir apparemment. Elle était sûre qu'il serait toujours un raté comme son père. Chad ne posa aucun problème non plus. Nick en avait la garde et elle pouvait le voir quand elle voulait. Pour l'instant, se disait-elle. Je peux convaincre un juge de me donner mon fils quand je voudrai. Jamais on ne me le refusera si j'affirme que mon mari m'a persuadée d'abandonner mon enfant et que je veux le récupérer. Je peux faire ça quand je veux. Mais dans l'immédiat, je suis libre.

Les premiers jours, elle se répétait cela sans arrêt : chez elle, au bureau, dans la rue. Personne ne l'asticotait pour qu'elle s'occupe de lui, qu'elle l'écoute, qu'elle l'entoure de tendresse. Elle se réveillait tous les matins avec le sentiment d'être dégagée de toute contrainte. Nick ne lui manquait pas. Au début, elle l'avait cru, mais en réalité c'était l'idée d'être une femme mariée qui lui manquait. Et elle s'imaginait que Chad lui manquait, mais en réalité c'était l'idée d'être mère. A la vérité, elle se trouvait très bien ainsi.

Elle se sentait plus libre lorsqu'elle rentrait chez elle. Les premiers jours, elle resta tard pour éviter d'affronter l'ambiance hostile qui l'avait accueillie au moment des présentations. Tous les soirs, elle descendait donc seule et marchait seule, l'air glacial qui lui cinglait le visage la rendant combative et enflammée. Traversant Greenwich Village puis Chelsea, elle accélérait le pas pour que les gens empressés qu'elle croisait sachent qu'elle était des leurs et non une touriste. Elle jetait un coup d'œil sur des immeubles en ruine ou rénovés comme si elle les connaissait depuis toujours, évitait avec naturel les tas de chiffons avec leurs cabas bourrés qui n'étaient autre que des clochards assoupis dans les embrasures ou sur les bouches d'aération. Elle avait une pensée pour Nick et Chad, se disant bien sûr qu'elle les verrait souvent, puis songeait à autre chose. Elle travaillait pour Quentin Enderby depuis trois jours et elle avait un conseil de rédaction le lendemain matin : voilà ce à quoi elle pensait.

Elle y avait consacré une bonne partie de la nuit, convaincue que ce serait d'un niveau nettement supérieur aux réunions de Palo Alto et San Jose et, lorsqu'elle prit place un peu avant huit heures, elle était sur le qui-vive. Elle se disait que personne ne s'attendait à ce qu'elle sache tout dès la première fois ; pourtant, ses mains tremblaient. Elle devait faire ses preuves et Enderby serait présent. Vu son titre, il n'assistait jamais au conseil de rédaction. Ce matin, toutefois, il présiderait la séance pour juger de ses compétences. Et il lui avait donné son avis sur la toute première impression.

Six hommes et deux femmes étaient installés à une longue table jonchée de journaux et de télex : ils discutaient de la une, décidaient des prochains sujets de « Regard sur le Monde ». Quelques minutes plus tard, Sybille commença à se détendre. Au bout d'une demi-heure, elle comprit qu'elle n'avait pas lieu de s'inquiéter. Ils s'intéressaient plus aux événements internationaux et moins aux nouvelles régionales qu'elle n'en avait l'habitude. Rien de neuf en dehors de cela. Elle était plus intelligente que les autres, comme en Californie. Elle allait briller ici comme là-bas. Tout se passerait bien.

Enderby prit un verre d'eau glacée qu'il but d'un trait.

— Sybille va nous faire profiter de son expérience du monde pour augmenter le taux d'écoute de « Regard sur le Monde ».

Chacun y alla de son petit rire, hormis Sybille qui le regarda avec mépris.

— On attend, ajouta Enderby d'un ton cinglant.

Elle avait ses notes dans sa serviette et les y laissa. Cela ferait plus d'effet de parler sans les consulter.

— J'ai visionné six semaines de bandes. Toutes les émissions se ressemblent : elles sont trop lentes, trop pontifiantes, insipides. J'espérais toujours qu'il se passerait quelque chose que j'adorerais, que je détesterais ou auquel je voudrais répondre. En vain. Tout défilait comme dans le brouillard, des parlotes à n'en plus finir, des images qu'on voit dans tous les journaux télévisés et un décor que je ne me rappelle même pas.

Elle soutint les regards hostiles braqués sur elle, puis observa Enderby. Calé dans son fauteuil, les yeux clos, il avait les mains croisées sur la poitrine, ses taches de son tranchant sur sa chemise blanche. Un vrai cadavre, se dit Sybille. Sauf qu'il souriait. Glacée, elle parcourut la salle des yeux. Quentin Enderby n'en attendait pas moins d'elle.

— J'ai quelques idées. Bien entendu, il en faudra beaucoup d'autres pour atteindre le niveau voulu ; ce n'est qu'un début. En toile de fond, une immense carte du monde comparable à celle des jardins d'enfants avec des couleurs éclatantes, des noms écrits en gros, des lignes sombres pour marquer les frontières, etc. A chaque fois qu'on abordera un sujet, on éclairera l'endroit où s'est produit l'événement. La plupart des gens ne savent absolument pas où se situent le Sri Lanka, Katmandou ou le Transvaal... ils n'en ont sans doute rien à fiche non plus, mais cela leur fera plaisir de voir où ça se trouve. C'est comme d'avoir droit à une récompense pour rien.

— Le Transvaal ? répéta un jeune homme à l'autre bout de la table.

— Oui, en Afrique du Sud, rétorqua Sybille d'un ton cassant. Ensuite, il y a le problème du présentateur. Quelqu'un devrait lui apprendre à ne pas baisser la voix à la fin de chaque phrase. Il lui faut des épaulettes plus conséquentes, une raie sur la gauche et non sur la droite, et qu'il se débarrasse de ces lunettes... les verres de contact, vous ne connaissez pas ? Mieux encore, il faut se débarrasser de lui.

Les regards se tournèrent vers le bout de la table. Sybille songea soudain qu'il avait dû être engagé par Enderby.

— Peut-être était-il très bien à une époque, ajouta-t-elle. Il est joli garçon, le genre passe-partout, mais c'est l'un des problèmes. Elle se fit plus opiniâtre. Il est rassis et terne, l'espèce de mari qu'on a envie de quitter, alors que ce devrait être un jeune type superbe dont toutes les femmes rêvent, même si elles savent aussi bien que leurs maris tristes à mourir que ça n'arrivera jamais.

— Un salaud ! s'exclama une grande rousse d'un ton admiratif.

Assise à la gauche d'Enderby, elle contemplait Sybille d'un air songeur à travers ses grandes lunettes à monture d'écaille.

— Un salaud qui présente bien.

Sybille ne releva pas sa remarque.

— Quelques autres problèmes se posent...

— Le texte, lança Enderby, acerbe. Les yeux toujours clos, il n'avait pas bougé. Le décor et les épaulettes, ce sont des broutilles. Venez-en au texte.

— Il n'est pas vivant, répondit Sybille. Il manque le personnage du méchant. Dans toute histoire qui se respecte, il y a un méchant et, à chaque fois, il faut dire au public qui est le méchant pour qu'il puisse le détester sans se sentir coupable ni s'inquiéter d'avoir tort ou raison. Tout le monde croit que le monde est divisé en deux catégories : les bons et les méchants. C'est notre boulot de les aider à les reconnaître.

— Notre boulot ? répéta un rondelet aux cheveux clairsemés.

— Naturellement. C'est à nos présentateurs, nos reporters de le faire, voilà pourquoi on nous regarde. Les spectateurs veulent qu'on les aide à se mettre du côté des bons. On s'y perd dans tous ces problèmes, et nous on est là pour les simplifier.

— Non, absolument pas. La femme à la gauche de Sybille l'observa à travers ses lunettes. Notre boulot est d'apprendre aux gens ce qui s'est passé cette semaine-là. Peut-être n'ont-ils pas le temps de lire les journaux ou de regarder les actualités tous les jours et ils souhaitent se tenir au courant. Ils ne demandent rien de plus et ce n'est pas à nous de leur dicter leur opinion.

— Vous vous trompez, remarqua Sybille. Et c'est pourquoi personne ne regarde votre émission. Vous n'avez pas un bon présentateur, vous n'avez pas de graphiques tape-à-l'œil, vous n'avez pas de héros ni de méchants. Vous n'avez que les actualités et, si vous n'avez rien d'autre à proposer, vous êtes cuits. On doit dicter leur opinion aux gens, car la plupart sont trop paresseux ou trop bêtes pour avoir leur propre jugement. Une fois qu'on leur a dit à qui se fier et à qui ne pas se fier, et uniquement en ce cas, ils doivent s'y retrouver dans le méli-mélo des politiciens et des journaux. Ils sont débordés, ces gens-là, comment peuvent-ils en savoir assez pour se faire une idée par eux-mêmes ? On peut agir avec subtilité – inutile de donner dans le bourrage de crâne –, mais le message doit être celui-là : tant qu'ils ne nous regarderont pas, ils seront insatisfaits et incapables de s'en sortir dans ce monde déroutant.

— Bon Dieu ! Enderby riait tant que la table en tremblait. C'est de l'or en barre, ça ! Expliquer au public ce qu'il lui faut, puis lui dire qu'on est les seuls à le lui offrir !

— Elle a une bien piètre opinion d'autrui, observa le grassouillet aux cheveux clairsemés.

Enderby avait un sourire béat.

— Bien sûr. C'est pourquoi je l'ai engagée.

Un silence s'abattit sur la table, tandis que les cadres de WEBN changeaient d'idée à l'égard de Sybille Fielding et donc d'attitude. Cela étant, tout sourire et tout miel, ils s'attaquèrent à transformer l'image de « Regard sur le Monde ».

Enderby remua dans l'étroit fauteuil et accepta le verre que Sybille lui tendait.

— Il n'y a pas un siège convenable ici, observa-t-il, se calant autrement. Il contempla d'un œil torve l'encadrement sans porte depuis la nuit des temps. Pas même un peu d'intimité. Et les hommes n'ont pas le droit de monter. Vous ne m'aviez pas dit que vous viviez dans un couvent. Coincée et confinée dans un convent à vous donner la claustrophobie.

Assise sur un tabouret bas à ses pieds, Sybille buvait du sherry.

— Appelez ça comme vous voudrez. C'est un endroit bien protégé, réservé aux femmes qui travaillent, et je paie cent cinquante dollars par semaine pour une chambre correcte, ménage compris.

— Et les hommes ne sont pas admis dans votre chambre correcte.

Elle haussa les épaules.

— Et il n'y a pas le téléphone dans votre chambre correcte.

— Il est dans le couloir. On m'appelle par l'interphone quand on me demande.

— Et il n'y a pas de salle de bains dans votre...

— C'est provisoire, affirma-t-elle d'un ton égal.

Elle le détestait. Elle voulait avoir un appartement et un portier. Elle voulait habiter la Cinquième Avenue en face de Central Park.

— Je déménagerai quand je serai sûre de mon emploi et que j'aurai été augmentée.

Il eut un large sourire.

— Ce sera quand, d'après vous ?

Le trouble se peignit sur son visage : il comprit qu'elle attendait une autre réponse.

— Je ne sais pas. J'espère... bientôt.

Enderby but une lampée de bourbon — du bon, remarqua-t-il, avec juste ce qu'il fallait comme eau — puis l'observa de la tête aux pieds.

— Vous ne vous habillez jamais ? Je vous ai invitée à un vernissage et à un dîner, pas à une réunion de cadres.

Elle se rembrunit.

— C'est tout ce que j'ai.

— Des tenues de bureau, constata-t-il. Vous devriez avoir des franfreluches.

Sybille fit un signe de désapprobation.

— J'aurais l'air idiot.

— Ça dépend desquelles. Falbalas, froufrous et fanfreluches. On ira faire les magasins, je vous achèterai ce qu'il faut.

Elle pencha la tête et le regarda.

— Bonne idée.

— J'espère bien, rétorqua-t-il en grognant. Bon, allons-y, j'en ai soupé de ce fauteuil. La prochaine fois, dites-leur d'en dénicher un plus grand.

— La prochaine fois, vous choisirez l'endroit vous-même, répliqua Sybille avec audace.

Il leva les sourcils. Se servant de sa canne, il réussit à s'extraire de son siège et lui tendit la main.

— Chez moi. On ira ce soir. Après le dîner.

Quel grossier personnage, vraiment pas raffiné, songea Sybille alors qu'ils se rendaient dans sa limousine à la galerie Laffont dans la 80ᵉ Rue. Nick paraissait doux à côté de Quentin Enderby. Il avait cependant d'autres arguments de choc : même lorsqu'il se montrait vulgaire, on l'écoutait ; l'allure négligée, il portait des cravates tachées et des vestes auxquelles il manquait des boutons mais des vêtements de grand prix ; un regard glacial mais qui voyait tout. Selon les moments, depuis un mois qu'elle travaillait pour lui, elle l'avait trouvé cruel, sarcastique, solitaire, égocentrique, intelligent, stupide, intéressé, ennuyé et méprisant.

Toujours tendue et mal à l'aise avec lui, elle ne savait comment se conduire. Et il l'épiait sans arrêt pour voir quelle attitude elle allait adopter. Je le déteste, se dit-elle.

La galerie Laffont était brillamment éclairée : une véritable cohue tassée d'un mur à l'autre qui hurlait pour se faire entendre, serrait des verres en plastique remplis de vin contre soi et regardait du coin de l'œil des sculptures de trois mètres de haut éclairées au néon et des peintures phosphorescentes couvrant des panneaux entiers. Enderby se renferma dans sa coquille.

— Quelle chambre de torture, marmonna-t-il. Je me demande pourquoi ma secrétaire m'entraîne dans des galères pareilles.

— Vous m'aviez dit que vous comptiez acheter quelque chose.

— Moi, j'ai dit ça ? Peu importe, je le dis toujours et je n'en fais jamais rien.

— Vous n'achetez jamais rien ?

— Bien sûr que non. Je ne suis pas amateur d'art, je ne l'ai jamais été.

— Alors, je ne vois pas pourquoi vous venez ici.

— Moi non plus. C'est ce que je viens de dire.

Sybille l'observa pour voir s'il se moquait d'elle. Il parcourait la salle des yeux.

— Vous voulez du vin ? s'enquit-elle.

— Non. On va faire un tour et s'en aller.

Il perçut son trouble à son expression et émit un petit rire.

— Bon, d'accord, c'est une chambre de torture, mais autant s'amuser un peu tant qu'on est là. J'adore regarder les imbéciles qui se précipitent sur le dernier truc à la mode, chuchotant, se trémoussant, s'inquiétant et louchant du coin de l'œil afin de s'assurer que personne ne l'aura avant eux. A la recherche d'indices pour savoir dans quoi investir leur argent. Mourant d'envie d'avoir toujours plus. Il s'attarda sur ces mots avec mépris. Les vernissages me réussissent, on dirait un cirque romain.

Sybille se demandait quelle réponse il attendait d'elle.

– C'est comme une première à la télévision. Si on a un plan en plongé...

– Quentin! s'exclama quelqu'un dans le brouhaha, et une jeune femme mince aux cheveux ras et à la veste en perle s'approcha. Superbe, non? Et si truculent.

Enderby jeta un regard à la masse de marbre qui se dressait sur deux mètres cinquante à côté de lui.

– Quand on aime les entrailles.

– On dirait la fureur incarnée, répliqua-t-elle avec une moue. Il s'élève vers des sommets.

– Sexuellement ou artistiquement?

Il éclata d'un rire gras et un barbu râblé portant monocle se tourna vers lui.

– Si vous ne le comprenez pas, vous feriez mieux de vous taire. Certains d'entre nous aiment goûter l'art dans un climat de plaisir recueilli, presque de béatitude.

– Essayez les chiottes, répliqua Enderby en s'étranglant de rire.

– Vous devriez avoir honte, lança un maigrichon, les narines tremblant de rage. Ce n'est pas un endroit pour les plaisanteries scatologiques, c'est un endroit où on révère l'art.

Enderby le dévisagea. Lentement, il s'agenouilla et fit le signe de croix.

Sybille se mit à rire.

Quelqu'un grogna.

Enderby s'appuya sur sa canne pour se relever puis, se frayant un chemin à coups d'épaule, s'éloigna d'un pas pesant.

Des voix le suivirent.

– Faudrait le virer, ce salaud.

– Et s'il avait raison?

– Ne sois pas stupide. Ce truc atteint des prix exorbitants. Quel vieux con...

Enderby se retourna.

– J'en aurais dit autant, répliqua-t-il en jubilant, puis il s'enfonça dans la foule et le vacarme.

Sybille ne le quittait pas. Elle voulait qu'on la voie avec lui. Elle comprenait que sa grossièreté faisait sa force.

– L'imbécile écrit dans un magazine d'art minable qui attire les idiots, lança Enderby par-dessus son épaule. Il ne sait pas de quoi il parle mais ses lecteurs non plus. Et ça, qu'en pensez-vous?

Il s'était arrêté devant une énorme toile dont les rouges phosphorescents sautaient et miroitaient sous ses yeux.

– L'esprit de la vie, déclara d'un ton respectueux quelqu'un à côté de Sybille.

– On dirait plutôt une tempête en enfer, vous ne trouvez pas? riposta une voix amusée.

Sybille se retourna. Elle connaissait cette voix.

– Valérie, lança-t-elle au milieu de la foule.

S'abritant les yeux des néons, Valérie la regarda.
— Sybille! Ça alors!

Elle se fraya un passage en se faisant remarquer. Elle était plus belle que dans son souvenir, sa chevelure fauve ondulant en un désordre habile et ses yeux noisette brillant de surprise. Elle portait une robe de soie bordeaux et un long collier de perles.

— C'est étonnant! Je pensais justement à toi l'autre jour! Que fais-tu à New York?

— Je vis ici. Et toi?

— Moi aussi. On va se voir, j'espère? Nous ne sommes pas dans l'annuaire, je vais te donner notre numéro...

— J'ai celui de tes parents...

— Non, celui de Kent et moi. Je suis mariée, Sybille. Et toi?

— Je l'étais.

Une main se faufila vers Valérie sous le nez de Sybille.

— Quentin Enderby.

— Excusez-moi, dit Sybille, rouge comme une tomate. Valérie Ashbrook... non, ce n'est pas cela. Je ne connais que ton nom de jeune fille. Ça remonte si loin et je n'ai eu aucune nouvelle de toi.

Valérie serra la main d'Enderby.

— Valérie Shoreham. Je vous ai déjà croisé à des vernissages.

— Et vous avez sûrement entendu mes déclarations.

Il avait les yeux rivés sur elle. New York regorgeait de beautés, Valérie Shoreham était à mettre en tête de liste. Etrange de la voir débarquer dans la vie de Sybille.

— Viens me voir, proposa Valérie à Sybille. J'y tiens. Je souhaite te parler depuis très longtemps. Voici ma carte, passe cette semaine. Viens prendre un verre demain.

Sybille avait du mal à respirer. La salope. « J'y tiens. » Pour qui se prend-elle?

— D'accord, répondit-elle.

Sa voix semblait celle d'une autre. Elle regarda la carte gravée et lut l'adresse à voix haute.

— Ce n'est pas du côté du Metropolitan Museum?

— En face. Tu ne peux pas te tromper. Disons à cinq heures et demie?

— Très bien.

— Formidable! Tu ne peux savoir comme je suis contente. C'est tellement étonnant. Qui aurait pu imaginer?... Remarque, tu as toujours eu l'intention de venir à New York. Tu es dans les médias? Sybille acquiesça. Je veux que tu me racontes tout. J'ai été ravie de faire votre connaissance, dit-elle à Enderby. J'ai hâte d'être à demain, déclara-t-elle à Sybille.

Et elle se fondit dans la foule. Les lumières semblèrent baisser lorsqu'elle se retira, l'atmosphère avait perdu de son éclat. Sybille poussa un soupir.

— Vous ne l'aimez pas, remarqua Enderby.
— Bien sûr que si. On est amies. On est amies depuis toujours.

Elle le dévisagea de ce regard pénétrant qui l'empêchait de savoir quand elle mentait et quand elle disait la vérité. Il trouvait cela très excitant.

— On y va, annonça-t-il.

La prenant par le bras, il l'entraîna vers la sortie. Sybille chancela légèrement sous le froid après la chaleur de la galerie. Cependant, Enderby la tenait d'une main ferme et, une seconde plus tard, elle retrouva le confort de l'acajou et du cuir de sa limousine. Les haut-parleurs diffusaient de la musique douce et le chauffeur avait préparé des amuse-gueule et deux apéritifs – sherry pour Sybille, bourbon pour Enderby – sur la table en ébène et argent devant eux.

— Alors, lança Enderby en levant son verre. A l'art ! Ou ce qui en est soi-disant. Qu'avez-vous pensé de cette exposition ?
— Rien, répondit-elle, songeant toujours à Valérie. Je ne comprends pas l'art.
— Ce n'est pas utile. Ça vous plaît ?
— Je ne sais pas. Certaines choses sans doute.
— Cette toile que votre amie a appelée une tempête en enfer ?
— Je ne sais pas. Non, je ne crois pas.
— A votre amie non plus. Vous avez faim ?
— Non.
— Moi non plus. Oublions le dîner.

Il parla dans un petit combiné accroché à côté de lui et le chauffeur tourna au coin de la rue.

— Ce sont tous des imposteurs débiles. Des imbéciles et des charlatans fossilisés qui encouragent servilement des engouements grotesques. Mon père était antiquaire et marchand de tableaux, on ne s'est jamais entendus tous les deux. Il vendait tout ce qu'on avait : les peintures, les meubles, les sculptures. Notre maison servait de salle d'exposition. Tout était à vendre. J'ai appris à ne pas m'attacher, car je savais que rien ne resterait bien longtemps. Il trouvait cela malin. Quel grossier personnage ! Ce qu'il a fait de mieux, c'est de mourir jeune et de me laisser sa fortune qui m'a permis d'acheter une station de télévision. Comment êtes-vous devenues amies, Valérie Shoreham et vous ?

Elle ne souffla mot.

— Sybille ?

Elle le regarda.

— Nos mères se connaissaient. Quentin, je ne vous l'ai pas dit... j'ai envie de passer à l'antenne.
— Vous êtes réalisatrice.
— Oui, mais ce n'est pas mon but.
— Une réalisatrice de grand talent. C'est pourquoi je vous ai engagée.
— Je m'acquitterai de ma tâche jusqu'à ce que « Regard sur le

Monde » obtienne le taux d'écoute que vous souhaitez. Ensuite, j'aimerais devenir présentatrice ou animatrice... quelque chose comme ça.

— Vous êtes là depuis un mois. Seul un imbécile parle d'un nouvel emploi au bout d'un mois. Attendez quatre ans et peut-être alors vous écouterai-je.

— Quatre ans ? Vous plaisantez.

— Essayez pour voir.

Elle respira un grand coup, brûlant de haine.

— Excusez-moi. Je sais qu'il est trop tôt pour en parler. Simplement, l'idée m'est venue de vous en toucher un mot. On n'envisagera rien avant un moment, un long moment sans doute, mais je pensais que... que j'allais vous le dire.

— Eh bien, voilà. Quel rapport avec Valérie Shoreham ?

— Aucun ! Pourquoi croyiez-vous... ! Peu importe, je n'ai absolument pas envie d'en parler. Vous avez raison, il est trop tôt pour aborder la question.

— C'est fait. Et je suis curieux. Surtout au sujet de la superbe Valérie.

— Il n'y a rien à en dire, répliqua Sybille. On se connaît depuis toujours et on a fait nos études ensemble. On a été très liées pendant quelques années... elle est de ces gens qui ont besoin d'une confidente et elle aimait me livrer ses secrets, puis chacune a suivi sa route. Elle est partie en Europe. Moi, j'étais mariée et je travaillais. Je ne l'avais pas vue depuis plus de trois ans et, jusqu'à ce soir, je l'avais complètement oubliée. Voilà, c'est tout. Pourquoi m'avez-vous parlé de votre père ?

— Je parle toujours de mon père aux jeunes femmes avec qui je compte coucher.

Sybille le dévisagea, furieuse. Elle s'était sentie petite et quelconque à côté de Valérie et n'appréciait pas du tout la manière dont Enderby l'avait regardée. Elle ne supportait pas d'être mal à l'aise auprès de lui. Et le méprisait d'avoir repoussé l'idée qu'elle passe à l'antenne. Elle redressa les épaules.

— Personne ne couche avec moi. C'est moi qui décide quand et comment. Et je n'ai pas encore décidé en ce qui vous concerne.

Il éclata de rire, s'esclaffant d'une façon qui l'exaspéra.

— Vous avez décidé voilà bien longtemps et vous le savez.

— Et votre mère ? s'enquit Sybille, la fureur la rendant téméraire. Vous ne parlez d'elle qu'aux femmes que vous comptez épouser ?

Enderby l'attira contre lui à l'autre bout de la banquette, la cognant contre la table en ébène et argent. Un verre roula sur la moquette. Sybille était à moitié allongée sur ses genoux, il avait la main sous sa tête, l'agrippant fermement, et ses lèvres sur les siennes.

Instinctivement, elle tenta de se dégager. Ses lèvres semblaient molles, presque spongieuses, et elle se rétracta sous leur contact. Mais il la maintenait avec une force qui l'étonna puis, lorsque sa langue se fit plus pressante, elle rendit les armes. Il glissa la main sous sa veste, saisit son sein et, se rappelant qu'elle voulait en arriver là depuis le début, Sybille l'enlaça.

L'appartement d'Enderby se trouvait un peu plus au nord de celui de Valérie, les baies du huitième étage donnant sur le Réservoir, le grand lac scintillant de Central Park. Lorsqu'ils entrèrent, Sybille se dirigea aussitôt vers les fenêtres. Valérie devait avoir presque la même vue. Contemplant le paysage, elle sentit Enderby s'approcher d'elle.

— Très joli, lança-t-il avec désinvolture.
— Plus que ça, répliqua-t-elle.

Le spectacle était d'une splendeur à couper le souffle. On domine tout, se dit Sybille. C'est beaucoup mieux que très joli, c'est parfait.

Enderby la retourna, l'attirant contre lui, et l'embrassa avec brutalité. Quand il la libéra, elle avait mal aux lèvres.

— Vous avez envie de quelque chose ? demanda-t-il.

Partir d'ici, songea-t-elle.

— Non, répondit-elle.

Il lui montra le chemin. Elle le suivit, observant au passage le mobilier : sombre, lourd, teuton. Des têtes d'ours et d'élan accrochées aux murs ; sur un panneau de la chambre, un guépard tapi sur un énorme galet ; les tentures reproduisaient des scènes de chasse.

— Je chassais autrefois, déclara Enderby.
— Pourquoi vous êtes-vous arrêté ?
— Quelqu'un m'en a convaincu.

Muette, Sybille contemplait l'immense lit, deux fois plus grand que d'habitude. On aurait cru qu'Enderby voulait pouvoir demeurer à l'écart de l'inconnue qu'il y avait conviée si jamais il changeait d'avis au cours de la nuit.

— Un pasteur, poursuivit-il. Je ne peux pas résister aux pasteurs. C'est mon point faible. Heureusement que je n'en rencontre pas souvent ; sinon, il ne me resterait guère de plaisirs dans l'existence. Déshabillez-vous pour moi.

Lentement, se tenant à quelques centimètres de lui, Sybille retira sa veste qu'elle laissa tomber par terre. Les bras le long du corps, Enderby la regarda enlever ses chaussures et ôter le reste.

— Vous êtes une jolie fille, dit-il. Bien faite. Ce serait gentil si vous m'aidiez...

Avec habileté, Sybille l'aida à se dévêtir, puis ils s'allongèrent sur l'édredon en velours.

— Je ne suis plus aussi rapide qu'autrefois, déclara-t-il. Il faut un peu de patience.

Un lustre en merrain éclairait son corps. Sybille se pelotonna à ses côtés et se pencha vers lui. Elle passa la langue sur sa peau aussi douce que celle d'un bébé. Il était silencieux. Elle commençait à désespérer et leva la tête.

— Continue, ordonna-t-il.

Glissant les mains sous lui, elle le reprit dans sa bouche. Sa respiration se fit plus violente, Sybille le sentit durcir sous ses efforts. Il avait les mains sur sa poitrine, elle le prit tout entier dans sa bouche jusqu'à ce que, brusquement, il se dégage et se retourne sur elle. Elle n'était pas prête. Instinctivement, elle voulut le repousser mais il la maintint de tout son poids et la pénétra. Il lui fit mal. Cependant, jamais elle ne lui aurait avoué une chose pareille. Elle ferma les yeux, s'abandonnant à ces gestes qu'elle faisait si bien sans y penser. Elle remua sous lui avec sensualité, enserrant ses hanches entre ses jambes, mordillant la peau flasque de son cou. Elle se contracta et, quelques minutes plus tard, Enderby haleta et gémit dans le silence de la chambre, le corps tendu, puis s'immobilisa.

Sybille ne bougea pas. Elle avait envie de le repousser.

— Tu es une jolie fille, répéta-t-il.

Elle ouvrit les yeux. Il affichait un demi-sourire. Il lui sembla soudain qu'il ressemblait à Chad aussitôt après un biberon. L'idée la rasséréna.

— Et tu es une affaire, ajouta-t-il. Je le savais, je ne me trompe jamais.

— J'en suis convaincue.

Allongée à côté de lui, Sybille contemplait le plafond. Elle n'avait éprouvé du plaisir, enfin presque, qu'avec Nick. Il n'aurait pas dû la chasser, ils s'entendaient bien tous les deux. Penser à cela ne servait à rien ; c'était fini. Il fallait regarder l'avenir. Elle devait trouver le moyen d'épouser Quentin Enderby.

Et ce coup-ci, quand je me marierai, j'en tirerai quelque chose.

9

L'appartement de Valérie occupait tout le dernier étage, se déployant dans toutes les directions. A côté d'un immense salon aux fauteuils en soie de couleur vive doté d'une cheminée en marbre à chaque bout se trouvait un solarium décoré de chintz et d'osier où se dressaient des ficus et des orangers. De l'autre côté, il y avait une bibliothèque avec une cheminée et des rayonnages du sol au plafond garnis de livres assortis reliés en cuir. Dans la salle à manger, un lustre en cristal projetait des milliers d'étoiles qui dansaient sur les murs tendus de moire ivoire où étaient accrochées des appliques en forme de bougeoir et un groupe de clowns du Douanier Rousseau. On dénombrait quinze pièces en tout et on découvrait l'ensemble du parc par-delà le toit du musée. La vue, plus spectaculaire que celle d'Enderby car l'étage était plus élevé, semblait encore plus à l'écart de la vie quotidienne. A la suite de Valérie, Sybille parcourut l'appartement, s'imprégnant de l'ambiance, notant la décoration et les meubles, songeant aux transformations qu'elle envisageait chez Enderby.

— C'est très joli, dit-elle alors qu'elles regagnaient la bibliothèque où les attendaient devant le feu un carafon, des fruits et du fromage.

Valérie acquiesça avec désinvolture. Elle observait les flammes.

— La première flambée de l'année, murmura-t-elle. Cela me rend toujours mélancolique. La fin de l'été, les choses qui se replient sur elles-mêmes, les portes qui se referment...

Sybille parut surprise.

— Je ne t'ai jamais entendue parler ainsi.

— Oh... Valérie leva les yeux. Secouant légèrement la tête, elle eut un sourire éclatant. Cela ne m'arrive qu'une ou deux fois par an.

Elle servit du sherry dans des verres en ambre et, retirant ses chaussures, se pelotonna dans une bergère en velours. Elle portait un pull-over de cachemire et une jupe évasée en laine assortie confortable et élégante. S'installant en face d'elle, Sybille s'assit droite comme un piquet, empruntée et sévère dans son tailleur ajusté. De toute façon, elle ne se serait pas laissée aller : elle était en territoire ennemi.

— Avant tout, je voudrais te dire quelque chose, commença Valérie. Je suis si contente qu'on se soit rencontrées l'autre jour; sinon, j'aurais gardé ça sur le cœur pendant des années sans pouvoir t'en parler... Nerveuse, elle se leva et s'approcha du feu. J'ai été horrifiée quand j'ai appris ce qui s'était passé à Stanford. Jamais je n'aurais imaginé qu'ils prennent une décision aussi draconienne — encore aujourd'hui, je n'arrive pas à y croire — et je te dois des excuses. D'après Larry Oldfield, j'aurais affirmé que tu avais en partie inventé cette histoire de gorilles. Cela m'étonne mais je ne me rappelle pas mes paroles. Ça devait être une soirée mortellement ennuyeuse et je devais bavarder, histoire de passer le temps. Si Larry prétend que je l'ai dit, il a sûrement raison. C'était donc de ma faute et j'aurais réparé les dégâts si j'avais pu... je voulais t'aider... hélas, tu étais déjà partie.

— Comment l'as-tu appris? s'enquit froidement Sybille.

— J'ai essayé de t'appeler. Je suis tombée sur un de ces messages stupides disant que ta ligne était coupée. Sans donner un autre numéro, rien du tout. Je me suis renseignée auprès de la station de télévision à Palo Alto, personne ne savait où te joindre. Et j'ai fini par renoncer. Mais j'étais malade, je te le jure.

— Tu aurais pu appeler ma mère.

— Ta mère?

— Votre couturière.

— Oh, naturellement! Maman l'emploie toujours; moi, je n'ai pas fait appel à elle depuis des années. Comment n'y ai-je pas pensé? Ça aurait été si simple.

Sybille resta coite.

— Je regrette sincèrement, déclara Valérie. Elle regagna sa place et s'assit en tailleur. Toute cette affaire. Quel gâchis... et quelle terrible épreuve pour toi. Où es-tu allée?

— A San Jose.

— Tu avais du boulot?

— J'en ai trouvé une fois là-bas. J'y suis allée car mon mari voulait s'installer là.

— Oui, tu as dit hier soir que tu avais été mariée. Avec quelqu'un de Stanford?

— Nick Fielding.

— Nick? Valérie semblait abasourdie. Nick et toi?

— Pourquoi pas?

— Oh... pour rien. J'étais surprise, c'est tout. Je n'ai pas pensé à lui depuis si longtemps, ça m'a étonnée d'entendre son nom. Je l'avais complètement oublié...

Menteuse, songea Sybille, et un élan de triomphe l'envahit. Valérie Shoreham, qui portait du cachemire dans son quinze pièces donnant sur

Central Park, avec son majordome, ses bonnes, son cuisinier et même sa secrétaire particulière, tous étant dans l'ombre, pensait toujours à Nick Fielding. Et Sybille, sans rien de tout cela, l'avait épousé. Et quitté.

— Et toi ? s'enquit-elle. Tu es mariée depuis longtemps ?

— Un peu plus d'un an. Je n'arrive pas à y croire : Nick et toi mariés... Et vous êtes divorcés ? Que s'est-il passé ?

— Chacun a décidé de reprendre son chemin. Nos ambitions divergeaient.

— Vraiment ? Je pensais que vous aviez le même but tous les deux et vous ne plaisantiez pas là-dessus : arriver très haut et très vite... C'était le vœu de Nick, non ?

— En gros, oui. Et que fait ton mari ?

— Pas grand-chose. Valérie eut un léger sourire. Il est vice-président de la banque de son père. Il va donc au bureau tous les jours où il lit le *Wall Street Journal* un certain nombre de fois pour être sûr d'être au courant de tout. Qu'entendais-tu par : en gros, oui... Elle s'interrompit. Tu ne m'as pas parlé de toi. Où as-tu fini tes études ?

— J'ai laissé tomber. Je travaillais dans une station de San Jose et je suis à WEBN. Réalisatrice en chef de « Regard sur le Monde ».

— Formidable ! Tu as commencé en haut de l'échelle. Ça ne m'étonne pas d'ailleurs, tu as toujours été si brillante.

Tu es en territoire ennemi, se rappela Sybille. Ne l'oublie pas. Il était cependant difficile de rester de marbre face aux compliments chaleureux de Valérie. Enveloppée par l'ambiance et l'intérêt que lui témoignait Valérie, Sybille se détendit un peu.

— Je suis en haut de l'échelle : c'est le poste le plus important dans ce domaine et tout le monde le sait. J'ai d'autres projets mais, dans l'immédiat, je ne peux pas rêver mieux. Cette promotion représente l'événement le plus capital de ma vie depuis que j'ai quitté Stanford.

— Le plus capital ?... Valérie se tut. Sybille prenait quelques raisins noirs et ne réagit pas. C'est merveilleux que tu aies toujours autant d'enthousiasme pour ton travail à la télévision. Ce doit être très amusant. Moi, ça ne me passionne toujours pas.

— Tu n'y connais rien. Tu as juste fait ces deux, trois enregistrements du temps où tu étais étudiante.

— Oh, j'en fais toujours. Pas souvent, de temps en temps, pour des amis.

Les doigts de Sybille se crispèrent sur son verre.

— Je ne t'ai pas vue.

— Ça ne m'étonne pas ! s'exclama Valérie en riant. Ce sont surtout des annonces officielles qui passent entre deux spots publicitaires pendant que les gens se ruent sur leur réfrigérateur. J'en ai fait une il y a quelques mois pour collecter des fonds en faveur de la recherche sur la sclérose en plaques ; l'événement a été assez remarqué mais peut-être n'étais-tu pas encore là. J'ai lancé des appels pour venir en aide aux enfants qui meurent de faim dans le monde et j'ai participé à un programme visant à rassembler des capitaux pour une station de télévision indépendante... Rien de spécial, c'est juste pour donner un coup de main. Ça occupe et j'aime faire des choses différentes. Tu parlais de passer à l'antenne, si je me souviens bien. Qu'est-ce que c'est devenu, ce projet ?

— Je n'y ai plus pensé depuis des années, répliqua Sybille.

« Rien de spécial... ça occupe. » Qu'elle est bête, se dit-elle. Et creuse. Toujours aussi frivole. Elle n'a vraiment pas changé ; elle a toujours été insipide et elle le sera toujours. Ce qui n'empêche qu'elle obtient ce qu'elle veut, sans même lever le petit doigt. Mais comment y arrive-t-elle ?

— C'est nettement moins important que la réalisation. Mieux vaut être le maître du jeu derrière la caméra plutôt que d'être assise à un bureau en attendant qu'on me dise ce que je dois faire, ce que je dois raconter et quand...

— Seigneur ! s'exclama Valérie en riant de nouveau. Je devrais arrêter tout de suite. A t'entendre, je suis un singe dressé.

— Pas vraiment, mais...

Valérie se leva d'un bond, sa jupe tourbillonnant, et parcourut la pièce. Elle se figea devant une table près de la porte et se mit à tripoter les petits vases posés dessus.

— Tu as des opinions si définitives sur tout, murmura-t-elle. Et tu es si occupée.

Qu'est-ce que ça signifie ? se demanda Sybille. M'admire-t-elle pour cela ou me prend-elle pour une imbécile ?

— Il t'arrive encore de parler avec Nick ? lança Valérie.

— Tous les quinze jours.

— Vraiment ? Vous êtes amis alors ?

— On discute des questions d'argent et de Chad. Elle observa Valérie attentivement avant d'ajouter : Notre fils.

— Votre fils ? Vous avez un enfant ? Se retournant brusquement, Valérie revint s'asseoir au bord de son fauteuil. Et tu ne me disais rien ! Comment as-tu pu te taire ? Il s'appelle Chad ? Chad Fielding. C'est joli. Quel âge a-t-il ?

— Presque deux ans.

— Je n'arrive pas à y croire. Nick affirmait toujours qu'il voulait avoir des enfants ; pourtant, ça semble inimaginable...

— Quoi donc ? Qu'est-ce qui semble inimaginable ?

— Oh..., lança-t-elle dans un petit rire. J'imagine toujours qu'on est si jeunes, j'ai l'impression qu'on vient juste de finir nos études et qu'on en est encore à se chercher, se demandant que faire de nous.

— Je ne me suis jamais demandé une chose pareille, répliqua froidement Sybille.

— Non, toi, tu étais différente. Tu l'as toujours été. Et Nick aussi. Il a lancé sa société d'informatique ?

— Oui.

— Alors ? Ça marche très bien ?
— Non. C'est une toute petite entreprise – ils ne sont que deux – et ils travaillent dans un garage.
— Mais ils viennent de commencer, il faut un certain temps.
— Ça fait des années.
— Mais il faut des années, non ? Il va sûrement faire une découverte capitale un jour et arriver où il veut.
— J'en doute. Ils ne sont pas concepteurs, juste consultants.
— Ce n'est pas ce qu'il espérait. Pauvre Nick. Il nourrissait de si grands rêves. Et il était si sûr de lui...

Dans l'embrasure de la porte, le majordome jeta un coup d'œil sur le carafon d'alcool pour vérifier qu'il en restait encore assez puis sur le plateau de fruits et de fromages qu'elles n'avaient pour ainsi dire pas touché.
— Mr. Shoreham a appelé, madame. Il va finir tard et vous demande de le rejoindre chez les Walmsley à huit heures et demie.

Valérie acquiesça.
— Merci, Morton.

Quelle classe, songea Sybille alors que le maître d'hôtel se retirait avec la même discrétion. Elle but une gorgée de liqueur tandis que Valérie remuait sur son siège en grignotant un morceau de gruyère d'un air absent. Du sherry dans la bibliothèque, un bon feu, un majordome qui s'assure que rien ne nous manque et de vieilles amies qui se retrouvent après une longue séparation. De vieilles amies, de grandes amies. De si grandes amies.
— J'ai été ravie, dit-elle en posant son verre. Je n'ai personne avec qui parler à New York et c'était... très agréable.
— Tu ne pars pas tout de suite, répliqua aussitôt Valérie. Reste encore un peu. Bien sûr que tu as avec qui parler : moi. Et je vais te présenter des gens. New York est un endroit atroce où être seul. Et Quentin Enderby ? Tu le vois souvent ?

Sybille hésita un instant, puis se dit qu'elle devait lui confier quelque chose si elle voulait que Valérie la considère comme une amie.
— Pas encore.
— Tu n'en as pas vraiment envie ? Il a l'âge d'être ton grand-père.
— Il peut s'occuper de moi.
— Si c'est ce que tu cherches, il y a des hommes qui ont presque ton âge et qui peuvent s'en charger.

Sybille haussa les épaules.
— Je ne connais personne d'autre. Et il est amusant.
— Ah bon ? Je n'ai pas eu l'impression qu'il était du genre amusant. Je dirais plutôt dominateur. Je connais des tas de types de ce genre, Sybille, et il faut faire attention à ne pas prendre cela pour de la force. Quand on est seul dans un endroit comme New York, il est très facile de se tromper et de s'accrocher à quelqu'un. Tu es si jeune et si indépendante, je crois que tu deviendrais folle avec... enfin, je ne le connais pas. Je vais te

présenter des hommes qui sont vraiment forts et amusants aussi. Tu n'as pas à accepter de compromis.

— Merci, répliqua Sybille qui baissa les yeux pour cacher son mépris.

Elle n'avait pas besoin de conseils condescendants sur Enderby : elle l'observait depuis des semaines. Bien sûr qu'elle devait accepter les compromis ; c'était la seule solution pour y arriver. D'après la riche Valérie Shoreham, la pourrie gâtée Valérie Shoreham, comment se débrouillaient la plupart des gens en ce monde ?

— Que faisais-tu avant de te marier ? s'enquit-elle.

— Je voyageais.

Valérie finit son verre ; le troisième, remarqua Sybille, peut-être même le quatrième.

— En Europe, naturellement, plusieurs fois par an. Il y avait toujours quelqu'un qui organisait une réception. Ensuite, j'ai fait deux safaris en Afrique, l'Extrême-Orient pendant près de six mois et le tour de l'Alaska dans l'avion d'un ami... la seule façon de le découvrir. D'ailleurs, ça te plairait follement. Et Rio aussi. J'ai des amis là-bas qui donnaient une fête non-stop pendant toute la durée du carnaval.

— Puis tu t'es mariée ?

— Au milieu du carnaval. Quelqu'un a lancé l'idée qu'il fallait remettre un peu de piment pour continuer et on s'est proposés, Kent et moi.

Sybille parut perplexe.

— Tu t'es mariée pour cette raison ?

Valérie eut un petit sourire.

— Non, je n'aurais pas dû dire cela. On s'entendait bien, Kent voulait se marier et je ne voyais rien qui s'y opposait. Je pensais que cela ne nuirait à personne.

— Et tu t'étais trompée ?

— Non, bien sûr que non. Kent est absolument charmant et il ne m'ennuie pas.

Sybille se demanda si ces mots vaudraient pour Enderby une fois qu'ils seraient mariés.

— Le problème, c'est qu'il ne fait pas grand-chose pour moi non plus, poursuivit Valérie. Je ne vois donc rien qui nous retienne.

Elle prononça ces mots avec légèreté. Pourtant, Sybille perçut autre chose derrière, une note plus sombre évoquant l'idée de la séparation et de la solitude. Voilà ce que valent tout cet argent et son physique ! Ça ne l'a pas mise à l'abri de ce genre de choses.

— Que feras-tu si tu divorces ? reprit-elle.

Valérie contempla le feu, tournant et retournant son verre entre ses doigts effilés.

— Je n'en sais strictement rien. Je pourrais continuer comme avant : il y a encore quelques pays que je ne connais pas. L'Inde, l'Australie, le Groenland... et je n'ai pas essayé la randonnée au Népal. Sinon, je pourrais rester dans le coin et me lancer dans d'autres expériences à la télévision. Qu'en penses-tu ? Peut-être un jour viendrai-je te voir pour te demander du travail. Elle rit. Tu m'engagerais, dis ? Si je te le demande gentiment ?

— Bien sûr, affirma Sybille sans sourciller. Tu sais taper à la machine ?

Valérie sourit.

— Non. Peut-être devrais-je apprendre.

Le majordome réapparut dans l'embrasure de la porte. Sybille comprit qu'il était temps qu'elle s'en aille. Elle se leva aussitôt.

— Je devrais être partie depuis longtemps, dit-elle, presque d'un ton de reproche.

— C'est de ma faute, répliqua Valérie. J'ai insisté pour que tu restes. Se levant à son tour, elle prit la main de Sybille dans les siennes. Tu reviendras ? Souvent ? Prenons date. Je vais avoir quelques personnes à dîner. Je t'ai promis de te présenter des gens. Morton, où est mon agenda ?

Le maître d'hôtel s'approcha du bureau et lui apporta un agenda relié en cuir.

— Flûte ! s'écria-t-elle en le lisant attentivement. Bon, je vais annuler quelque chose. La soirée de bienfaisance du zoo. Je ne leur manquerai pas... avec tous ces animaux. Et je leur ai déjà envoyé mon chèque. Elle regarda Sybille. Dans quinze jours. Mais il faut qu'on déjeune ensemble avant cela. Un jour de la semaine prochaine.

— Je ne déjeune pas dehors, répondit Sybille.

— Oh, c'est vrai. Le travail. Alors, on prendra un verre comme aujourd'hui. Ou un thé, si tu préfères. Mon cuisinier fait divinement le thé et les petits fours secs. Jeudi prochain ? Dans huit jours. Mais viens un peu plus tôt. A cinq heures. Elle vit Sybille hésiter. Je t'en prie, dit-elle pour la première fois, remarqua Sybille qui retira sa main. Laisse-moi t'aider dans la mesure de mes moyens.

— D'accord, acquiesça Sybille au bout d'un moment. La semaine prochaine.

— Et amène Chad, poursuivit Valérie. J'adorerais le rencontrer, on lui trouvera des jeux pour qu'il s'occupe pendant qu'on bavardera.

— Il n'est pas ici, il est avec Nick.

Elle vit l'air surpris de Valérie. La colère la prit. Valérie ne s'était même pas donné la peine d'avoir un fils, de quel droit la jugeait-elle ?

— Je le ferai venir une fois que je serai installée. Nick est d'accord.

— Vraiment ? Valérie sourit, le regard perdu au loin. Je suis sûre qu'il est un père merveilleux.

— Ce rôle lui plaît.

— Puisque tu ne peux pas venir avec Chad, montre-moi des photos.

— Je n'en ai pas. Enfin, pas sur moi. Nick m'en a envoyé mais elles sont à la maison.

— Apporte-les la prochaine fois. Ça me ferait très plaisir de les voir.

Sybille acquiesça puis, suivant le majordome qui se retira d'un pas

147

digne, quitta la pièce. Elle était déchirée entre deux sentiments : partir d'ici et y rester à jamais. Il y avait quelque chose de très séduisant chez Valérie, son appartement chaleureux et son maître d'hôtel qui avait eu l'art d'écarter les intrus pour préserver leur intimité pendant une heure et demie mais aussi l'art de raccompagner Sybille à sept heures précises afin que sa patronne puisse prendre son bain et se parer de falbalas, froufrous et fanfreluches pour aller à une réception chez des amis.

Sybille sourit tandis que les portes en acajou de l'ascenseur se refermaient pour l'emmener au rez-de-chaussée. Quentin serait fier de moi, se dit-elle. J'apprends vite!

Nick amena Chad à New York pour Noël. Ils prirent une suite à l'Algonquin. Sybille en fut médusée.

— Tu ne m'avais pas dit que tu avais gagné à la loterie.
— J'ai fait beaucoup mieux, répondit-il. On a été les vedettes du salon.
— Les vedettes, répéta-t-elle. Au point de quitter le garage ?
— On a déménagé le mois dernier, précisa-t-il, la laissant passer devant.

Ils suivaient le maître d'hôtel qui les conduisait vers l'un des sofas en velours du salon. Il était surpris de la voir tellement changée. Elle avait les cheveux tirés sur la nuque, cette coiffure à l'ancienne lui allait bien. Elle était habillée avec plus d'assurance que dans son souvenir, aussi bien dans son tailleur cet après-midi que dans la robe en soie noire qu'elle portait ce soir avec des petits boutons en faux diamant sur le devant, ceux du haut étant ouverts, et d'autres à ses oreilles. Elle avait l'air délibérément provocant et attirant. Une chasseresse, songea-t-il malgré lui.

Il contourna le canapé où s'assit Sybille et prit un fauteuil sur sa gauche. Une table en marbre les séparait.

— On a quitté le garage et on a loué un local, un demi-étage dans un entrepôt rénové, poursuivit-il bien qu'elle n'eût pas posé de question.

Regardant alentour, il se cala sur son siège. Il n'était jamais venu à l'Algonquin; Pari Shandar le lui avait recommandé.

Le salon, séparé de la réception par un grand paravent, encombré de meubles victoriens et célèbre depuis plus de cinquante ans, était le rendez-vous du monde des lettres et du théâtre. Nick avait réservé une table à dix heures et demie, comme convenu. Malgré tout, ils avaient dû l'attendre. Dans un coin, un pianiste jouait des airs de comédies musicales et des chants de Noël. Les conversations et les rires s'élevaient puis retombaient, ponctués par le délicat cliquetis de l'argenterie et de la porcelaine, et une cacophonie de klaxons et de coups de sifflet filtrait dans le salon à chaque fois que les portes de l'hôtel s'ouvraient. Sybille ne semblait pas entendre le bruit; pourtant, elle haussa le ton.

— Un entrepôt? Ce qui veut dire?
— Qu'on se lance dans la fabrication d'ici quelques mois.

Nick regarda le serveur qui se tenait à côté de lui; le léger froncement de sourcils de Sybille ne lui échappa pas cependant.

— Un cognac, dit-il.
— La même chose.
Nick parut étonné.
— Tu n'as jamais aimé le cognac.
— J'ai appris à l'aimer. La tête ailleurs, elle détourna les yeux un instant, puis revint à la conversation. La fabrication de quoi ?
— D'ordinateurs, répondit Nick. C'est ma spécialité.
Ne relevant pas l'ironie de sa remarque, elle acquiesça d'un air distrait.
— Qui vous finance ?
— On est en discussion avec quelques personnes.
— Des capitalistes qui ont le goût du risque, répliqua-t-elle, appréciant ces mots. Ce sont eux qui vous ont fait des offres ?
— Oui.

Leur commande arriva et, tandis que le serveur posait leurs verres, Nick détourna la tête. Il n'était pas franchement surpris qu'elle s'intéresse plus à sa nouvelle entreprise qu'à leur fils. Si elle avait été un tant soit peu différente, peut-être seraient-ils encore mariés à cette heure. Chad, qui dormait dans leur suite sous la surveillance d'une baby-sitter de l'hôtel, avait accueilli sa mère cet après-midi les bras grands ouverts en poussant un cri de joie qui lui fendit le cœur. Il a tant besoin d'elle, s'était dit Nick. Même s'ils faisaient des tas de choses ensemble, même s'ils s'aimaient beaucoup, même si Chad venait naturellement chercher auprès de Nick réconfort et approbation, il voulait avoir sa mère.

Devant cet enthousiasme, Sybille réagit presque. Dans le salon silencieux des Webster Apartments où elle avait reçu Quentin Enderby, elle s'agenouilla, prit Chad dans ses bras et lui dit qu'il était un grand et beau garçon de vingt et un mois. Chad se jeta alors en avant, l'étranglant, écrasant son visage contre le sien et, sous la violence de ses quatorze kilos de muscles, elle faillit tomber à la renverse. Le visage empourpré, elle le repoussa et il atterrit sur les fesses.

Chad écarquilla ses yeux qui se remplirent de larmes, puis ses cris retentirent dans la pièce.

— Excuse-moi, Chad, je ne l'ai pas fait exprès... affirmait Sybille, les bras tendus vers Chad, mais Nick le ramassa aussitôt.

— Tout va bien, Chad, tout va bien, assura-t-il.

Il le tenait contre son épaule ; le nez enfoui dans les cheveux de son père, Chad l'agrippait par le cou. Ses sanglots résonnaient dans le silence du salon.

Ajustant sa veste de tailleur, Sybille se leva.

— Je suis désolée, je ne voulais pas faire ça. Je tombais et j'ai simplement... J'ai dit que j'étais désolée ! Nick s'était détourné. Je ne fais jamais rien de bien, hein ! Chad me manque tant, je pense à lui sans arrêt, je voudrais le voir grandir et il suffit que je commette une erreur, une seule, pour que tu me le reprennes. Tu es toujours tellement mieux que moi, n'est-ce pas ? Tu sais toujours comment t'y prendre...

Fou de rage, Nick préféra ne pas lui répondre.

— Chad, murmura-t-il, ta maman est désolée. Elle s'en veut beaucoup. Je crois qu'elle ne se sent pas bien, elle a un rhume, la grippe ou je ne sais quoi. On le lui demandera au dîner. Pour l'instant, on devrait peut-être lui laisser le temps de s'habituer à notre présence ici. Elle se sentira mieux ce soir et on parlera de tout notre programme pendant notre séjour à New York, tous les endroits où on ira et tout le temps qu'on passera ensemble. D'accord?

Il attendit. Au bout d'un moment, à travers ses larmes, Chad hocha la tête une fois, puis une seconde plus énergiquement. Nick resserra son étreinte, si débordant d'amour pour son fils qu'il ne pensait à rien d'autre.

Cependant, sentant un grand frisson secouer Chad, sa colère revint.

— C'est la dernière fois que tu fais du mal à mon fils, lança-t-il à Sybille entre ses dents. Jamais plus tu ne t'en approcheras au point de... Il vit un éclair de haine dans son regard et ravala la fin de sa phrase. On en parlera plus tard.

— Tu n'as pas à me dire jusqu'où je peux m'approcher...

— On en discutera plus tard!

Il hurlait, couvrant les sanglots de Chad. Puis il quitta la pièce d'un pas décidé. Il tremblait de rage.

— J'ai dit que j'étais désolée! criait Sybille en le poursuivant. Je ne comprends pas ce que tu veux de moi. Ce n'est pas parce que je ne suis pas aussi forte que toi... tu n'as pas le droit d'arracher un enfant à sa mère sous prétexte qu'elle n'est pas aussi forte que certaines personnes...

Dos à elle, Nick se figea sur place. Malgré son agitation, il avait entendu ses paroles: « Tu n'as pas le droit d'arracher un enfant à sa mère... »

C'est la mère de Chad. Chad l'aime et a besoin de son affection. Peut-être que si elle le voyait plus souvent et qu'elle se sentait plus à l'aise avec lui... Mais elle le voyait souvent à San Jose. Depuis le premier jour, elle n'a jamais été bien avec lui.

Néanmoins, elle était différente. New York l'avait changée. Plus mûre, plus raffinée, fière de son travail; sans doute faisait-elle des connaissances, connaissait-elle de nouveaux amis. Si elle était plus en accord avec elle-même, ne le serait-elle pas aussi avec son fils? Et ne devait-il pas cela à Chad? L'aider à avoir une mère?

Il se retourna vers Sybille. Chad ne pleurait plus mais, le visage toujours caché dans son giron, il haletait.

— Si on était plus proches de toi, cela changerait-il quelque chose?

Elle parut troublée.

— Ici? A New York? Je n'y ai pas réfléchi. Comment pourrais-tu vivre ici?

— Je ne sais pas. Cependant, si c'est important pour Chad, je m'efforcerai de trouver une solution.

Elle secoua la tête.

— Je ne sais pas. Je n'y ai pas réfléchi...

Une horloge sonna l'heure, Sybille sursauta.

— Je ne pensais pas qu'il était si tard. Il faut que je m'en aille. J'ai un dîner...

— Un dîner? Je croyais qu'on dînait ensemble. Je viens de dire à Chad... Tu n'en as pas parlé au téléphone...

— J'avais dit que j'essaierais. Nick, tu ne peux pas débarquer en me prévenant deux jours à l'avance et t'imaginer que je vais annuler tous mes rendez-vous. C'est un rendez-vous que je ne peux pas annuler. On dînera ensemble le soir de Noël, je te le promets. Et on peut se voir ce soir. Si tu veux qu'on se retrouve quelque part, je serai libre vers dix heures et demie.

A dix heures et demie, Chad dormait tandis que Sybille et Nick buvaient un cognac dans le salon de l'Algonquin.

— Tu ne travailles plus comme conseil? s'enquit Sybille.

— Non, c'est terminé, on ne fait plus le même genre de choses. On a même changé de nom.

Elle était tout ouïe et il se mit à parler, avec indifférence au début puis avec plus d'enthousiasme.

— Tu te rappelles le jour où on s'est installés dans le garage et qu'on a organisé une grande fête parce qu'on pensait être sur la bonne route ? On a commencé à fabriquer des micro-ordinateurs à ce moment-là. Tu nous regardais faire, les monter un par un à la main, tous les circuits, tous les...

Il vit son regard se troubler et abandonna les termes techniques. Une fois qu'on en a eu une douzaine, on a engagé deux techniciens et une secrétaire. Avant c'était nous qui...

— Des techniciens? Une secrétaire? Je ne les ai jamais vus. Je n'ai jamais vu que vous deux. Comment payez-vous tous ces gens?

— Tu ne les as jamais vus parce que tu étais déjà partie. On les payait comme nous : on se servait de notre argent et on empruntait le reste. Il sourit. On avait une trouille bleue. Mais on progressait, pas à pas, sans penser qu'on risquait de tomber de haut. Puis on a présenté un de nos micro-ordinateurs au salon.

— Et tu as été la vedette du salon, même si je ne sais pas ce que ça veut dire.

Il sourit de nouveau.

— Ça veut dire qu'on nous en a commandé soixante-quinze sur cent. On espérait en vendre vingt-cinq.

— Et ensuite? lança Sybille, de plus en plus intéressée.

— On a reçu des propositions d'investisseurs. Il posa son verre et le repoussa comme s'il lui fallait plus de place pour parler. Tu ne t'imagines pas ce que c'était, Sybille; il fallait le vivre pour sentir ce que cela représentait aux yeux de ces gens et quelle réussite cela représentait pour nous. On avait quelque chose de nouveau. Le premier ordinateur qui soit assez petit pour comprendre tout en un – l'ordinateur, le clavier et le moniteur – plus un mode de fonctionnement et un langage de programmation qui va avec et qui n'est pas difficile à apprendre. On lui a donné une ligne moderne comme s'il venait d'une autre planète – quelqu'un a même dit qu'on vendait de la science-fiction – et on l'a baptisé Omega 1000 parce qu'un autre type nous a dit que quatre chiffres, ça faisait plus sexy que trois. De toute façon, on en a bien fabriqué neuf cent quatre-vingt-dix-neuf qui ne marchaient pas avant d'en avoir un bon, donc mille, c'est peut-être juste.

Sybille hocha la tête sans percevoir l'humour de Nick. Elle n'entendit que les mots clés : investisseurs, réussite, vendre, et l'enthousiasme de sa voix qui se reflétait dans l'éclat de son visage. Elle fut étonnée de voir à quel point il était séduisant. Avait-il toujours été aussi beau ? Avait-il toujours paru si fort et sûr de lui, son corps si vigoureux, ses épaules si carrées ?

Peu importait, elle nourrissait d'autres projets désormais. Elle ne voulait pas de son univers ennuyeux de micro-ordinateurs et de fabrication à raison de dix-huit heures par jour mais l'argent, la gloire, le prestige et le pouvoir. Et elle avait trouvé le plus court chemin pour y arriver.

— ... Omega Computer Inc., annonça Nick.

— Pardon, je ne t'ai pas suivi. Je me disais que tu avais changé. Tu es beaucoup plus sûr de toi.

— Je me disais la même chose de toi. Nick fit signe au serveur de leur apporter deux autres cognacs. Tu es plus... habile. Le mot est-il bien choisi ? Même ta démarche a changé. Comme si tu étais drôlement sûre d'aller où tu veux.

— Drôlement sûre ?

Il l'observa.

— Tu as probablement encore des doutes sur toi, tes activités, tes buts et ton passé.

— Non, répliqua-t-elle d'un ton catégorique. Peut-être aimerais-tu le croire mais ce n'est pas vrai. Je n'ai strictement aucun doute. Tu ne m'as pas expliqué en quoi consistait Omega Computer. Tu ne m'as pas parlé non plus de tes investisseurs qui ont le goût du risque.

— Il n'y a rien à en dire ; pour l'instant, en tout cas. Ils ont déclaré qu'ils voulaient prendre une participation dans l'entreprise, mais on n'a pas encore étudié les détails.

— Tu espères avoir combien ?

Il se demanda une seconde s'il allait citer le chiffre, puis s'entendit répondre :

— Quatre cent mille dollars. Plus, ce serait formidable. Toutefois, ça nous suffirait pour acheter le matériel, augmenter les effectifs et tout le reste.

Elle plissa les yeux. A une époque, une telle somme l'aurait laissée sans voix. Plus aujourd'hui ; plus depuis qu'elle avait pénétré dans deux appartements de la Cinquième Avenue. Malgré tout, le chiffre était assez gros pour qu'elle comprenne qu'on prenait Nick au sérieux.

— Et tu garderas quelle part sur la société ?

— Vingt pour cent chacun, Ted et moi. C'est le projet.

Il la vit digérer la nouvelle et se demanda pourquoi il la lui avait livrée. Peut-être souhaitait-il encore l'impressionner pour qu'elle regrette de les avoir quittés. Pourtant, elle ne lui manquait pas, et ce depuis son départ. Assis auprès d'elle, il ne retrouvait rien de la compassion ni de l'admiration qu'il avait prise pour de l'amour.

Il n'avait pas été très brillant, ni avec Valérie ni avec Sybille. Peut-être était-ce pour cela qu'il lui avait cité ces chiffres. Pour la convaincre, et se convaincre, qu'il n'était sans doute pas très fort auprès des femmes mais qu'il allait réussir sur le plan professionnel comme il en avait toujours rêvé.

– Parle-moi de toi, reprit-il. Ton boulot, ce que tu penses de New York. Tu t'es fait des amis ici ?

– Non, je ne connais personne. J'ai été trop occupée. La plupart du temps, je suis au bureau, je travaille sur « Regard sur le Monde » et d'autres projets. Nos taux d'écoute sont en hausse sur cette émission. Dans l'ensemble cependant, ça ne marche pas très bien. Quentin veut que je trouve une idée qui monopolise l'attention, surtout celle de la presse.

– Quentin ?

– Enderby. Le président et le propriétaire de la station. A propos, « Regard » passe demain soir. Ça te ferait plaisir de le voir en régie ? Avec Chad. Il faudra qu'il soit bien sage mais, du moment qu'il ne dérange personne, on serait ravis de l'accueillir.

– On viendra, assura Nick. Merci, je m'en réjouis.

La regardant boire son cognac, il se dit que ce serait bien pour Chad de voir sa mère au bureau et, pour Sybille, d'avoir Chad auprès d'elle alors qu'elle brillait dans son domaine. D'une façon ou d'une autre, songea-t-il, il faudra qu'ils finissent par s'entendre tous les deux pour le bien de Chad. Il ferait ce qu'il pourrait durant ces quelques jours ; cependant, il ne resterait pas longtemps, ni cette fois-ci ni à l'avenir. Car, d'après le peu de temps qu'ils avaient passé à New York, il n'y avait rien ni personne pour lui ici.

Même assise, Sybille semblait plus grande en régie. Elle portait un tailleur à fines rayures marron sur un chemisier blanc avec un petit nœud. Nick la trouva superbe. Souvent, elle se levait en parlant au téléphone ou se penchait pour prendre des notes sur la longue table étroite envahie d'appareils, de blocs et de boutons partout qui la reliaient à tous les gens du studio et aux autres parties du bâtiment. Lorsqu'elle s'assit dans son imposant fauteuil rembourré au second niveau de l'immense pièce, elle avait l'air d'un souverain surveillant son royaume, se dit Nick. Au-dessous étaient installés le réalisateur et son assistant et, à côté d'eux, dans un endroit séparé, le directeur technique devant son énorme console qui semblait sortir du cockpit d'un jumbo-jet. Devant eux, Sybille pouvait examiner les rangées d'écrans dont certains montraient le cadrage de chacune des caméras en studio en cet instant précis, d'autres des envoyés spéciaux sur le terrain ou encore des montages, des titres ou des graphiques.

Nick et Chad s'installèrent sur un banc derrière elle, leurs yeux passant de Sybille et son assistante aux écrans sur le mur d'en face. A un moment, Sybille décrocha l'un de ses trois combinés et appuya sur un bouton de la console.

— Warren, réponds au téléphone, dit-elle.

Ils virent le présentateur, qui l'avait entendue grâce à son écouteur, tendre la main en dehors du cadre et porter un combiné rouge vif à son oreille.

— On a un nouvel expert sur l'installation nucléaire d'Exeter, annonça-t-elle, on va donc repousser le sujet. On le passera dès qu'il arrivera. Je suis en train de réécrire le chapeau. Je te préviendrai quand il sera là.

Nick vit le type protester sur l'écran. Le récepteur coincé sous le menton, Sybille griffonnait sur le script; cependant, devant la réaction de son interlocuteur, ses doigts s'immobilisèrent.

— C'était la une, ça ne l'est plus. Ton gros titre était bon mais il en faut un autre pour ce mec et je m'en suis occupée. C'est fait.

Il répliqua quelque chose. Nick l'entendit hausser le ton. Sybille le coupa d'une repartie glaciale.

— Warren, je ne le répéterai pas, alors essaie de piger. Personne n'a eu ce type, il a toujours refusé d'apparaître en public. Moi, je lui ai mis la main dessus, je me sers de lui et tu lui parleras quand je te le dirai. Si tu n'en es pas capable, tu peux venir m'expliquer pourquoi dans mon bureau à la fin de l'émission. Et redresse ta pochette, elle est de travers.

Elle raccrocha brutalement et se replongea dans les changements du programme qui durait une heure. Sur l'un des écrans en face d'elle, on aurait cru que le visage empourpré de Warren gonflait, puis se ratatinait. Il tourna la tête comme si son col était trop serré. Lentement, il leva une main et redressa sa pochette.

Au niveau inférieur, le réalisateur n'eut pas l'air d'apprécier.

— C'est un tueur, murmura-t-il à son assistant.

Apparemment, personne ne se souciait que Sybille l'eût entendu.

Nick prit Chad sur ses genoux et se rappela la jeune fille en larmes qui lui avait confié qu'on l'avait renvoyée de l'université et virée de son travail. Aujourd'hui, dans cette salle de régie, c'était un souverain surveillant son royaume. Un tueur.

Le réalisateur, le directeur technique et l'assistante de Sybille poursuivirent leur travail sous son regard attentif tandis que l'énorme horloge au milieu du mur d'écrans marquait les secondes. Tout le monde était sérieux; seul le réalisateur faisait des blagues, se prélassant dans son fauteuil en buvant de la limonade.

— Une minute, annonça-t-il. Il plaisantait toujours mais rapprocha son siège de son bureau. Trente secondes.

Debout, Sybille regardait les écrans.

— Dix secondes, déclara-t-il. Il jeta son verre en carton dans la corbeille et se redressa. Mesdames et messieurs, attachez vos ceintures, vérifiez que votre siège et votre tablette sont bien relevés... Cinq, quatre, trois...

Nick sentit Chad se crisper au rythme du compte à rebours. Lui aussi, comme toutes les personnes présentes dans la pièce silencieuse, était tendu.
— Deux, un.
Le directeur technique poussa sur un bouton et un graphique audacieux apparut à l'image, passant devant des planètes et des nébuleuses pour venir s'enrouler autour de la Terre avec ces mots : « Regard sur le Monde » de WEBN.
— La cinq, lança le réalisateur.
Le directeur technique appuya sur une commande et la caméra cinq montra à l'image Warren Barr, le nouvel animateur de l'émission, visage souriant, cravate marron, pochette blanche et costume gris foncé.
— Bonsoir, dit Barr.
Tandis qu'il présentait le programme, le cameraman recula pour découvrir le décor où étaient assis cinq hommes et deux femmes autour d'une table basse sur un praticable recouvert de moquette. Derrière eux se trouvait une énorme carte du monde aux couleurs vives ; à chaque fois qu'on mentionnait un reportage, un faisceau de lumière soulignait l'endroit en question. Chaque invité avait droit à une tasse de café, mais personne ne buvait. Pourquoi prendre le risque, en direct, de recevoir un coup de coude et d'envoyer valser du café chaud sur un complet impeccable ?
— La trois, annonça le réalisateur.
La caméra trois cadra le premier expert que Barr présentait. Sur un autre ordre de l'assistante, le directeur technique fit apparaître le nom de l'invité en bas de l'écran. Présentant tour à tour les différentes personnes, on passait rapidement d'une caméra à l'autre, des noms apparaissant et disparaissant au fur et à mesure. Barr revint à l'image dire quelques mots, suivis d'un clip sur une émeute en Inde qui démarrait l'émission désormais, sujet commenté par l'un des spécialistes. On enchaîna sur les deux autres sujets coupés par six spots publicitaires. Au milieu du cinquième reportage, l'un des téléphones de Sybille sonna. Elle écouta un moment, puis décrocha un autre combiné pour annoncer au réalisateur sur le plateau que le physicien nucléaire était arrivé. Une minute plus tard, il s'installait à une place qu'avait libérée un autre commentateur. Lorsque la caméra le cadra, Barr présenta leur invité avec enthousiasme, un scientifique qui s'opposait à la politique gouvernementale sur les installations nucléaires. On passa un petit film retraçant les événements, puis Barr commença à mettre le feu aux poudres en posant des questions cinglantes à toute volée aux deux spécialistes qui avaient des opinions divergentes sur la question.
Nick observa Sybille, les mains serrées, le visage figé. Quand le ton tourna à l'aigre sur le plateau, elle approuva d'un signe de tête. Nick jeta un coup d'œil sur l'écran où l'expert du gouvernement agitait un doigt vers le physicien. Barr les avait provoqués. Dans son hostilité à l'égard des deux personnages, il semblait curieusement neutre. Nick comprenait le procédé de Sybille : pour les spectateurs, Warren Barr était leur alter ego,

155

quelqu'un qui n'aimait personne, n'admirait personne, ne se fiait à personne et ne croyait personne. L'auditoire le plus sceptique aurait encouragé Barr, se dit Nick : il symbolisait le vilain qui les représentait, montrait du doigt, émettait des doutes et ricanait à leur place. Puis, à un moment, il prenait parti. Levant le sourcil, marquant une pause bien étudiée ou gloussant, Barr abandonnait sa position d'arbitre : il avait montré à l'assistance de quel côté il se situait. Nick se demanda si c'était prévu d'avance. Sans doute pas, songea-t-il; Sybille ne connaissait pas la politique, elle ne connaissait que les taux d'écoute. Si son but consistait à donner au public un bon et un méchant, peu lui importait qui jouait quel rôle; il suffisait que les spectateurs s'y retrouvent. Il pensa au Colisée, aux chrétiens jetés aux lions et à Sybille, au premier rang, qui faisait le signe de la mise à mort.

Pas étonnant que l'Audimat soit en hausse. Les gens regardaient par curiosité, si ce n'est par conviction.

En régie régnait une animation incessante. Sybille ou son assistante parlait au téléphone; le réalisateur donnait des ordres; le directeur technique fredonnait une marche tandis que ses doigts s'agitaient sur la console; les voix des invités venant du studio étaient très fortes; des envoyés spéciaux dans des contrées lointaines, qui apparaissaient à l'image en attendant leur tour, se levaient, s'asseyaient, se peignaient, se grattaient le nez, répétaient leur texte... et « Regard sur le Monde » défilait à toute allure. Aucune intervention n'avait droit à plus de trois minutes, la plupart duraient deux minutes ou même moins. On ne marquait pas de pause entre les films retraçant le sujet et les reportages en direct. Des cartes apparaissaient et disparaissaient comme sorties du cosmos. Nick avait l'impression que les publicités étaient plus fortes et plus rapides que d'habitude. Tout marchait à toute vitesse pour en arriver à la conclusion. Nick n'en revenait pas de voir défiler les images. Même pas le temps d'aller aux toilettes, se dit-il.

Quelques minutes avant la fin de l'émission, la porte s'ouvrit et Nick vit un homme carré aux cheveux gris s'approcher de Sybille. Il lui effleura la nuque, un geste fugitif, très possessif. C'est Enderby, se dit Nick, président, propriétaire de la station et sans doute autre chose pour Sybille. Il eut un sentiment d'admiration perverse à son égard. Elle a trouvé la chance de sa vie. Une fois de plus. Elle s'est sortie de Palo Alto en m'épousant, elle est partie à New York en me quittant et, apparemment, elle risque de se tailler une place dans le monde des médias en mettant le grappin sur Quentin Enderby. Il est trop vieux pour elle mais, moi, j'étais trop jeune : je n'avais pas assez d'expérience ni de cruauté pour aller droit au but sans consacrer un peu de temps à l'amitié. Ou à l'amour.

Il se demanda soudain ce que savait vraiment Sybille sur l'affaire Ramona Jackson. Là aussi, peut-être avait-elle pensé que c'était la chance de sa vie jusqu'au moment où ça lui avait sauté à la figure.

Enderby le salua, son regard se posant sans curiosité sur Chad.

– Vous vous amusez bien ? lança-t-il.

Chad dans ses bras, Nick se leva.

– Beaucoup. Je n'ai jamais assisté à une émission de ce côté de la barrière. C'était aimable à vous...

– C'est Sybille que vous devez remercier. Quand on est à l'antenne, elle est sur son territoire. J'ai cru comprendre que vous venez de Californie.

– Oui, pour quelques jours, précisa Nick, répondant au sous-entendu.

Il vit Sybille jeter un coup d'œil vers eux avant de se replonger dans ses écrans, ses doigts s'agitant sur les boutons qui la reliaient au monde extérieur.

– On est en plein changement, poursuivit Enderby. On est en train de réorganiser la station. L'enjeu est de taille, pour Sybille comme pour nous. Au cas où elle ne vous l'aurait pas dit.

En d'autres termes, songea Nick, ne la dérangez pas. N'empiétez pas sur mon terrain.

– Elle m'en a parlé, répliqua-t-il. J'espère que ça va marcher. Je sais qu'elle a le don de faire monter les taux d'écoute.

Enderby se retourna vers Sybille. Nick fut sidéré par son expression à la fois avide et possessive.

– Elle connaît des tas de choses, affirma Enderby. Il lui faut une forte poigne pour la maintenir dans le droit chemin mais elle apprend vite. Bon voyage de retour.

Il s'installa, dos à Nick qui resta debout, Chad commençant à peser lourd sur son bras.

Sybille était concentrée sur la fin du programme. Malgré cela, Nick sentit qu'elle avait conscience de la présence d'Enderby qui l'observait à quelques mètres. Elle ne lui accorda pas un regard; pourtant, chacun de ses gestes, chacun de ses mots lui était destiné. Devant l'opération de charme de Sybille et Enderby qui la dévorait des yeux, Nick eut l'impression d'être de trop et il fut content de s'éclipser aussitôt la fin de l'émission après avoir remercié Sybille en lui rappelant qu'ils se voyaient le lendemain pour le réveillon de Noël.

Cependant, le lendemain matin, elle l'appela à l'Algonquin pour lui dire que, finalement, elle ne pourrait pas dîner avec eux. Elle partait avec Enderby dans sa maison de campagne du Connecticut où ils allaient se marier.

10

– Félicitations, dit Valérie en levant son verre de champagne. Tu dois être très heureuse.
Sybille trinqua avec Valérie.
– Mais tu trouvais que j'avais tort.
– Je pensais qu'un type plus jeune... Peu importe ; tu as eu ce que tu souhaitais. Où es-tu installée, dis-moi, je ne sais pas où te joindre.
Sybille sortit une petite boîte de son sac et lui tendit une carte au nom de Sybille Enderby avec son adresse et son numéro de téléphone gravés en lettres d'or.
– On est voisines ! s'exclama Valérie. C'est merveilleux ici, non ? L'endroit le plus tranquille qui soit à New York.
– Le quartier est trop tranquille, on n'a pas l'impression d'être à New York. J'ai envie d'aller dans le centre, mais Quentin ne voudra jamais.
Valérie sourit.
– Ce n'est pas mal de temps en temps de se sentir à l'écart, on peut se remettre de ses émotions. Où êtes-vous allés après la cérémonie ?
– Nulle part. On a passé la nuit dans une auberge du Connecticut et on est rentrés. Quentin n'aime pas la campagne et j'avais mon émission qui m'attendait.
– Vous n'avez pas pris ne serait-ce que quelques jours ? Et la lune de miel alors ?
– On ira sûrement quelque part un jour ; je ne voulais pas quitter le bureau... Elle vit un mélange de curiosité et d'amusement dans le regard de Valérie. Qu'est-ce que ça change ? Je voyagerai plus tard. Pour l'instant, ce qui compte, c'est « Regard sur le Monde » et les autres programmes que je suis en train de préparer. Le mariage ne suffit pas, il me faut bien d'autres choses et, tant que je n'aurai pas formé des gens pour me remplacer, je ne pourrai pas m'absenter. Mais ça viendra. Tous ces endroits où tu es allée après tes études, j'ai tout noté. J'irai partout.

— Sûrement, acquiesça valérie.
Il y eut un bref silence.
Sybille regarda le garçon la resservir, des bulles de champagne se brisant à la surface de son verre. Levant les yeux, elle aperçut son reflet dans une glace au cadre doré de l'autre côté du petit salon et Valérie à ses côtés. Deux femmes élégantes vêtues de robe d'un beau lainage, Valérie arborant une chaîne en or et Sybille cinq rangs de perles et d'or de différentes tailles, cadeau de Quentin au soir de leurs noces. Elles étaient assises sur une banquette de velours, l'éclat de Valérie légèrement voilé sous l'éclairage tamisé, la sombre beauté de Sybille plus saisissante, et celle-ci haïssait sa compagne avec une force qui lui coupait le souffle.

Elles se trouvaient au club de Valérie. New York était le domaine de Valérie. La richesse, la liberté et le pouvoir qui menaient la ville appartenaient à Valérie et ses amis. Sybille s'était installée dans le quartier de Valérie et elle n'y était pas venue toute seule, ou grâce à sa famille, mais à cause de Quentin Enderby.

— Et Chad ? s'enquit Valérie. Il a assisté à ton mariage ? Il est venu pour Noël ?

— Non. Il a eu la grippe et ils ont annulé leur voyage à la dernière minute.

— Quel dommage ! J'espérais avoir l'occasion de le voir.

— Qui ? lança Sybille, la défiant du regard.

— Chad, répondit Valérie avec un léger sourire. Je t'avais dit que j'espérais le voir.

— Il ne viendra pas à New York. Quentin n'aime pas les enfants. C'est moi qui irai en Californie.

— Alors, je n'aurai pas la chance de le connaître. Je le regrette. Il a l'air charmant sur les photos, intelligent, drôle, adorable...

Le silence retomba.

— Tu vas continuer à travailler à plein temps ? reprit Valérie.

— Bien sûr. Qu'est-ce que je ferais sinon ?

— Tu pourrais te distraire. Tu as toujours été si sérieuse, Sybille, toujours à bûcher, étudier, rédiger ces carnets dont tu m'as parlé... pourquoi ne pas décrocher et t'amuser un peu parfois ?

— Mais je m'amuse.

— D'accord, tu adores ton boulot mais tu dois t'occuper de toi aussi : penser à toi, rien qu'à toi. Personne ne peut travailler sans arrêt...

— Comme toi, par exemple ?

— Tu penses que je ne fais rien, Sybille, alors que je suis très prise. Et je me distrais énormément parce que j'y excelle et que j'aime vivre ainsi. Ecoute, je vais te donner une liste d'endroits où aller. Tu devrais en profiter maintenant que tu peux te le permettre ; de plus, c'est une bonne façon de découvrir New York... Elle sortit de son sac un petit agenda en cuir et commença à écrire avec un stylo en or. Sandra, murmura-t-elle, il faut que tu connaisses Sandra. Elle a tes mensurations, ses propres tissus dans sa boutique et, quand elle crée un modèle pour toi, tu es sûre de ne le voir sur personne d'autre. Et Bruno... un homme charmant... sur Madison vers la 81e, je crois. Il fabrique une forme à tes mesures ; personne ne fait des chaussures ni des bottes comme lui. Et Nellie chez *Les Dames,* elle tricote des pull-overs extraordinaires. Voyons. Salvatore est le meilleur masseur de New York. Il vient à domicile et il te trouvera une petite place au dernier moment si tu l'appelles de ma part. Ormolu aussi, un institut de beauté qui prépare des crèmes incroyables. Elles ne sont sans doute pas très efficaces pour la peau mais elles te mettent du baume au cœur. Tu as l'impression d'être purifiée et aimée, chose très importante. Elle griffonna encore quelques noms. Alma s'occupe de mes courses ; comme ça, tu n'as pas à passer ta vie dans les magasins, ce qui est mortel. Elle regarda Sybille et lui sourit. Le mieux ici, c'est qu'il y a un tas de gens dont le travail consiste à te rendre heureuse. Et ils y arrivent parfaitement. Tu vas être très bien avec eux. Elle rajouta quelques noms. La plupart ne te recevront pas si tu n'es pas présentée. Lorsque tu appelleras pour prendre rendez-vous, dis-leur que c'est de ma part.

Jamais de la vie ! se dit Sybille. J'existe, moi. Si elle s'imagine que je vais faire le tour de la ville comme une mendiante... je vous en prie, monsieur, je vous en prie, madame, laissez-moi entrer, je suis quelqu'un de très bien, Valérie Shoreham se porte garante de moi... Si elle croit que je vais me servir de son fichu nom...

— Sybille, lança Valérie qui l'observait. Tu te sens bien ? Tu es si rouge, peut-être as-tu la fièvre.

— Non, je vais bien. Sybille prit une gorgée d'eau. Il fait un peu chaud ici. Ou bien c'est le champagne.

— Tu veux aller prendre l'air ?

— Non. Ça va, je t'assure.

Elle croisa les mains sur ses genoux. Ne sois pas idiote, s'intima-t-elle. Sers-toi d'elle.

Valérie fit signe au serveur à qui elle commanda du thé et d'autres canapés.

— Je te remercie, dit Sybille, posant la main sur le bras de Valérie. C'est si important que tu te préoccupes de mon sort, ça m'aide tellement...

— Tu n'as pas l'air très convaincu, remarqua Valérie.

— Si, si. Mais je me demande par quel bout prendre la situation. Je ne me sens pas à l'aise quand je vais seule dans des endroits que je ne connais pas, poursuivit-elle d'une voix hésitante. J'ai toujours peur qu'on ne se moque de moi parce que je ne sais jamais comment choisir le bon modèle, la bonne crème, les chaussures qu'il faut...

— Qu'on se moque de toi ? Pourquoi ? Ils ont envie que tu dépenses ton argent, pas que tu t'enfuies bouleversée. De toute façon, qu'en as-tu à faire de ce qu'ils pensent ? Sybille, je n'arrive pas à croire que tu t'inquiètes pour ça ; tu es si sûre de toi lorsque tu parles de ton travail.

— Ce n'est pas pareil. Je me sens perdue uniquement quand je ne suis plus au bureau. Elle haussa un peu les épaules. C'est idiot de parler de ça ; c'est mon problème, pas le tien. Il faudra que je prenne sur moi. Tu as raison : je suis arrivée là où je suis en me débrouillant toute seule, j'y parviendrai bien aussi.

— Mais tu n'es pas obligée d'assumer ça toute seule. Pourquoi ne pas réclamer un peu d'aide ? Si tu as peur de te lancer, je t'accompagnerai. D'accord ?

— Non. Je ne peux pas te demander de me tenir la main, je vais me débrouiller.

— Je n'aurais qu'à te montrer quelques endroits, rien de plus. En quatre ou cinq matinées, ce serait réglé. Tu peux t'arranger pour te libérer, non ? Ne discute pas, Sybille, je suis ravie de me rendre utile. Il n'y a guère de piment dans ma vie depuis quelque temps, ça m'amusera.

— Bon, si tu es vraiment sûre... j'en serais enchantée, ce sera presque une chasse au trésor. Elle regarda Valérie avec une espèce d'impatience enfantine. J'ai l'impression qu'une grande partie de New York est cachée, à mes yeux en tout cas. Parfois, je fais un bout de chemin à pied pour rentrer du bureau et je me rends compte qu'il y a des tas d'endroits secrets au sommet des gratte-ciel ou dans des petites rues que je ne connais absolument pas et je ne sais pas comment les découvrir...

— Eh bien, voilà, tu as résolu le problème.

Sybille lui jeta un coup d'œil. Elle n'aperçut que son sourire ouvert et son regard chaleureux. Pourtant, elle sentait que Valérie avait parfaitement compris comment Sybille l'avait poussée à offrir ses services. Je ne la prends pas systématiquement pour une imbécile, songea-t-elle.

Le serveur disposait le thé et les canapés sur la table. Valérie se cala dans son fauteuil.

— Je pensais sincèrement ce que j'ai dit : n'attends pas que je te le propose. Si tu veux quoi que ce soit, demande-le-moi. Je sais que tu travailles d'arrache-pied et que ça n'a pas toujours été rose, il est difficile de se sentir à l'aise à New York quand on n'a pas quelqu'un pour découvrir la ville ; il y a trop de choses en même temps et tu reçois tout d'un bloc. Quentin ne peut se charger de tout, il ne sait pas ce qui te manque. A propos, je connais quelques bons antiquaires aussi... tu comptes redécorer son appartement, je suppose ?

— Pas s'il en fait à sa tête. Je me suis attaquée à la question. Elles échangèrent un sourire. Il est absolument adorable et je suis folle de lui bien sûr, mais il est têtu comme une mule... Il vit seul depuis trop longtemps, trois ans depuis son dernier divorce. De toute façon, d'après moi, il n'a jamais dû accepter facilement les conseils d'autrui. C'est toi qui t'es occupée de ton appartement ?

— Avec la Sœur, répondit Valérie. Elle vit que Sybille ne la suivait pas. Sœur Parish. Elle est formidable ; elle emploie des tas d'imprimés que tu ne songerais jamais à coordonner et l'effet est toujours réussi. Tu as bien vu, tu sais ce qu'elle fait. Je vais l'appeler pour toi. Quentin ne trouvera rien à y redire.

– Non, répliqua Sybille d'un ton catégorique.

Elle était de nouveau rouge comme une tomate et folle de rage. Quelle salope! La désarçonner ainsi pour qu'elle avoue son ignorance. Comment pourrait-elle bien connaître quelqu'un qu'on appelait la Sœur? Comment pourrait-elle bien connaître un quelconque décorateur? Elle se mordit la lèvre. Cependant, comment apprendre sans Valérie ou quelqu'un d'autre?

– Excuse-moi, reprit Valérie. Bien sûr que tu ne connais pas la Sœur, comment pourrais-tu la connaître? Tu vivais en Californie. Penses-y tout de même, je serais ravie de te la présenter. Et on aura droit à notre chasse au trésor; dis-moi quand tu es libre pour arranger ça. Comme ça, j'aurai de quoi m'occuper, ajouta-t-elle avec un sourire ironique. Puis elle récupéra les paquets posés sur le fauteuil voisin. Je dois y aller. C'est l'anniversaire de Kent aujourd'hui, il a invité deux cents amis intimes pour fêter l'événement. Il faut que vous veniez à la maison un soir, Quentin et toi; un dîner à quatre afin qu'on fasse connaissance. Je t'appellerai, on prendra date. Je ne t'ai pas encore acheté de cadeau de mariage; tu as envie de quelque chose ou tu me laisses le soin de choisir?

– Choisis toi-même.

Sybille se leva et ajusta son nouveau manteau de zibeline. Le temps était clément en ce mois de février, pas même assez froid pour porter une fourrure. D'ailleurs, Valérie n'en avait pas. Cependant, Sybille venait de l'acheter et elle comptait la mettre jusqu'au jour où elle s'en lasserait ou jusqu'à l'arrivée de l'été.

La limousine de Valérie l'attendait devant l'entrée.

– Je peux te déposer quelque part? s'enquit-elle.

Sybille refusa d'un signe.

– J'ai rendez-vous avec Quentin.

Elles s'effleurèrent la joue avant de se quitter et Sybille attendit un moment avant de héler un taxi. Il me faut une limousine, se dit-elle. Ainsi, quand Valérie passera ses matinées à me faire faire le tour de ses boutiques, c'est elle qui suivra mon chauffeur.

Pourtant, même en taxi, elle sentit l'émotion de rentrer dans les quartiers chics, la circulation étant moins dense alors qu'elle se rapprochait, les passants moins nombreux, les magasins plus petits, les prix plus astronomiques. Il faut que je m'habitue à ces chiffres, songea Sybille. Tant que je trouverai ces prix ridicules absurdes et non parfaitement normaux, je n'aurai pas l'impression d'être riche et heureuse.

Et je vais m'y mettre, s'intima-t-elle alors que la voiture s'arrêtait devant chez Quentin – non, chez elle, se corrigea-t-elle – et que son portier venait l'accueillir. Il lui donna du Mrs. Enderby comme si elle portait ce nom depuis des générations, l'emmena dans son ascenseur jusqu'à son hall personnel et attendit qu'elle eût trouvé sa clé pour voir si elle désirait autre chose. Ce n'est qu'une question d'habitude. Et je vais m'appliquer à l'obtenir en cas de besoin.

Quentin n'était pas là, elle goûta le plaisir d'être seule dans le vaste appartement. Se dirigeant vers les fenêtres, elle contempla le sombre réservoir comme s'il s'agissait de son lac privé, puis regagna le salon brillamment éclairé avec sa cheminée en marbre et ses meubles lourds disposés sans fantaisie sur un tapis d'Orient, se demandant comment la Sœur le décorerait. Elle échoua dans la bibliothèque, alluma la lumière, s'assit au bureau de Quentin. Et pensa à Nick. Elle pensait toujours à lui quand elle passait un moment avec Valérie. Elle n'avait pas bavardé avec lui depuis quelque temps. Sur un coup de tête, elle décrocha le combiné et composa son numéro.

Il était occupé et semblait impatient. Pourtant, une certaine inquiétude perçait dans sa voix.

— Il y a quelque chose qui ne va pas ?

— J'avais simplement envie de t'appeler, répliqua-t-elle. J'ai oublié le...

— C'est tout ? Tu avais simplement envie d'appeler ?

— Je viens de te le dire, pourquoi me parles-tu sur ce ton ? J'ai oublié le décalage horaire. Il est six heures à New York.

— Et trois heures ici. Tu voulais savoir autre chose ?

— Tu n'as jamais été un chameau, Nick. Tu pourrais me donner des nouvelles de Chad.

— Tu pourrais les lui demander directement. Il sera ravi de t'entendre. Il est à la maison si tu veux le joindre.

— J'ai essayé, ça ne répondait pas.

— Ça ne répondait pas ? Il a un rhume, Elena m'a affirmé qu'ils resteraient là tout l'après-midi. A moins que son état n'ait empiré et qu'elle ne l'ait emmené chez le médecin...

— Il est très malade ? s'enquit Sybille.

— Je croyais que ce n'était qu'un rhume. Je vais passer un coup de fil à la maison, ça doit être plus grave. On discutera un autre jour.

— J'ai peut-être fait un faux numéro, répliqua-t-elle aussitôt, puis elle lut le numéro, changeant l'un des chiffres.

— Non, quatre, pas cinq, corrigea-t-il, soulagé. Essaie de nouveau, tu le trouveras sûrement. Dis-lui que je vais lui apporter un livre, je n'ai pas eu le temps de lui téléphoner aujourd'hui.

— Tu dois être très pris. Ça a l'air animé dans les parages.

— Sybille, je suis débordé. Qu'est-ce que tu veux à la fin ?

— Parler, c'est tout ! Te dire bonjour ! Pourquoi ne bavarderions-nous pas de temps en temps ?

— Bien sûr. C'est sans doute une bonne idée. Mais pas au beau milieu de la journée. Le soir, tu nous trouveras tous les deux.

— Mais tu sors tous les soirs avec toutes tes petites amies, non ?

Nick se rembrunit. Elle paraissait jalouse. Qu'est-ce qu'elle avait ? Et où était son mari ?

— Je t'appellerai ce soir en rentrant, assura-t-il. Ou plus tard, quand je retournerai au bureau. Téléphone à Chad, Sybille, ça lui fera très plaisir.

Il raccrocha sans lui laisser le temps d'ajouter un mot et, pris dans le flot de travail qui l'attendait, l'oublia ausssitôt. Omega se développait si rapidement que l'entreprise semblait évoluer tous les jours. Parfois, Nick ne savait au juste combien d'ingénieurs, de techniciens et d'assembleurs travaillaient ici.

— Tu as l'impression que cela t'échappe ? lui demanda Pari un soir à table.

Il acquiesça.

— Si seulement, on pouvait aller un peu plus lentement...

— Si tu étais du genre à aller ton petit bonhomme de chemin, je n'aurais pas investi sur toi, répliqua-t-elle, la main sur la sienne. Et les autres non plus.

A l'évidence. Ted et lui avaient rassemblé un demi-million de dollars versé par trois investisseurs, dont Pari, parce que leur ordinateur dépassait tous les autres hormis l'Apple et que leur société semblait la plus rapide à décrocher le plus de clients. Après avoir démarché un an auprès de petites entreprises et d'écoles, Nick leur avait vendu l'Omega parce qu'il était rapide, adapté à des besoins variés, présenté sous un design high-tech, assez petit pour leur espace restreint et assez compétitif pour leur budget limité.

Ils avaient donc les débouchés, un produit et désormais les moyens financiers. La société était divisée en cinq parts, Ted, Nick et chacun des investisseurs détenant vingt pour cent du capital. Puis, avec l'argent qui rentrait, Omega sembla exploser, passant le premier mois de vingt-cinq à cent employés et comptant s'installer dans un bâtiment en rez-de-chaussée situé dans une zone industrielle à quelques kilomètres de San Jose.

La notion de quotidien n'existait plus, la notion de calme n'existait plus. Ils avaient réussi avant d'avoir le temps de s'organiser au niveau du secrétariat. La panique semblait régner partout en permanence. Tous les jours, toutes les heures se produisait un drame. Nick se mit à rêver de virus dans les logiciels. Un jour, des années auparavant, cela s'était vraiment produit et depuis, pour Omega et ses concurrents, cela représentait un combat de tous les instants.

En règle générale, les ingénieurs qui créaient tous les jours de nouveaux plans et structuraient des territoires inconnus s'en donnaient à cœur joie. Il y avait de l'électricité dans l'air, rien n'était lent ni ennuyeux. Et, lorsque les commandes arrivèrent, au compte-gouttes tout d'abord puis en avalanche, la fabrication démarra et tout s'accéléra. Ils n'avaient jamais le temps de réfléchir, ils n'avaient que le temps de prendre des décisions promptes et de donner des ordres aux employés qui s'empressaient de les exécuter avant de passer aussitôt à autre chose. Au fil des semaines et des mois, ils engagèrent d'autres personnes, ceux qui faisaient preuve de talent bénéficièrent de promotions rapides et les cadres de parts dans la société. On sentait le goût du succès et de l'argent.

Nick, en tant que président, commença à voyager. Il signa des contrats, visita des locaux où installer des ordinateurs aussi bien aux Etats-

Unis qu'en Europe et participa à des réunions d'utilisateurs qui apprenaient le plus rapidement possible à se servir de ces engins qui allaient complètement modifier les méthodes de travail. La majeure partie du temps, il était à San Jose où il élaborait l'Omega 2000, un système de hardware et software sophistiqué qui allait devenir le point de référence de l'industrie. Il en avait déjà parlé aux investisseurs, employant des mots et exposant des idées à la limite de l'imaginable pour les micro-ordinateurs. Cependant, pour le concevoir, le fabriquer et en écrire les programmes, il lui fallait plus de capitaux, plus d'ingénieurs afin d'aider Ted, plus de programmeurs, plus d'espace... et tout cela aux dépens de l'Omega 1000, qui était en fabrication et qui exigeait toute leur énergie et tous leurs moyens s'il devait effectivement recueillir l'énorme succès prévu.

Il travaillait sur le 2000 surtout le soir, après avoir mis Chad au lit. Des ingénieurs passaient, restant quelques heures avant d'être remplacés par d'autres qui n'avaient pu dormir à cause d'un problème laissé en suspens à leur bureau et qui revenaient à deux, trois ou quatre heures du matin, pour s'y remettre.

L'entreprise, qui comptait maintenant deux cents personnes, s'installa ensuite dans le bâtiment en rez-de-chaussée qui, deux ans et demi plus tard, quand ils auraient plus de mille employés répartis dans douze édifices, serait considéré comme le premier local officiel d'Omega Computer.

Ils achetèrent des meubles à une usine qui fermait et, d'un côté, aménagèrent une série de petits bureaux spartiates; de l'autre se trouvaient une salle d'études, une salle de programmation, des salles d'essai, un atelier et une cantine. Au centre se dressait l'énorme atelier de fabrication au haut plafond laissé en l'état d'où pendait une rangée de néons sur de longs bancs. Dans les allées, il y avait des chariots bourrés de matériel qu'on déplaçait sans arrêt pour les charger, les décharger et les pousser plus loin.

— Un jour, on aura des tapis roulants, promettait Nick à chaque fois que quelqu'un se cognait dedans. Dès qu'on en aura les moyens.

Partout on découvrait des circuits, des moniteurs, des imprimantes, des claviers et des boîtiers en cours de montage au milieu des techniciens et des ouvriers debout, assis, allant et venant, qui soudaient, mettaient des boulons, ajustaient, tout en mangeant du chewing-gum et en parlant de surf, de voile, de base-ball et de filles.

En juillet, alors que l'air conditionné au plafond luttait contre la chaleur torride de l'été qui dépassait les quarante-cinq degrés, une nouvelle série de commandes arriva. Plus que jamais, Nick et Ted se mirent à bosser comme des fous. Ils devaient livrer quinze cents ordinateurs pour le 1er septembre.

— On y arrivera, affirma Nick à Chad ce soir-là.

Elena était allée au cinéma avec un ami et ils dînaient tous les deux.

— J'aimerais bien que tu mettes la main à la pâte, mais la loi interdit de faire travailler les enfants.

— Chad peut travailler, déclara-t-il d'un ton solennel. Chad a donné des coups de marteau, il a frappé, frappé, et il a fait sonner la table.

– Sonner la table ? C'est bien ça que tu veux dire ?

S'emparant d'une cuillère à café, Chad tambourina sur le replat de sa chaise haute.

– J'aime bien le rythme mais je n'entends pas de sonnerie, observa Nick. De quelle table parles-tu ? Ta table de travail ?

– Celle de papa, répliqua Chad en éclatant de rire. Chad a donné des coups de marteau sur la table de papa et l'a réparée comme papa le jour où elle s'est cassée, qu'elle tintait comme une cloche et qu'elle branlait !

Nick songea aux pieds en acier de sa table à dessin dans son bureau à côté de sa chambre.

– Ecoute, mon pote, tu n'es pas censé traîner par là.

Les yeux de Chad s'arrondirent et ses lèvres tremblèrent.

– Pas les papiers de papa, assura-t-il en secouant vigoureusement la tête. Chad ne touche pas aux papiers de papa, papa l'a interdit.

– Ça, c'est sûr, approuva Nick. Il poussa un soupir. Je crois que j'ai perdu un pari ; il te faut un xylophone ou, mieux encore, un tambour. Laisse-moi un jour ou deux et je t'en apporterai un. Tu vas finir ton poulet ?

– Oui.

– Il est bon, tu ne trouves pas ?

Chad acquiesça d'un signe.

– Elena a dit un gros mot.

– Comment ?

– Elle a dit un gros mot. Merde de merde... oh, pardon, Chad.

Nick fit la grimace.

– Pourquoi a-t-elle dit cela ?

Chad pointa le doigt vers le sol.

– Le poulet est tombé par terre. Il a rebondi.

Nick contempla son assiette.

– Et c'est ce qu'on a mangé ?

– Non, on est allés au magasin. Elena m'a offert du pop-corn et elle a acheté un autre poulet. On a eu une rude journée aujourd'hui.

Nick se mit à rire.

– Oui, tous les deux, mon pote.

Après le repas, ils lurent ensemble. Niché dans son giron, Chad répétait les mots à la suite de son père et montrait les images qu'il reconnaissait.

– Bon, annonça enfin Nick. Il est l'heure d'aller se coucher.

– Non, rétorqua Chad d'un ton catégorique.

Nick rit et le hissa sur son épaule.

– Chad peut aller travailler avec papa pour donner des coups de marteau et arranger les choses ? S'il te plaît.

– Un de ces jours, sûrement. Mais pas à huit heures du soir quand il est temps d'aller au lit.

– Chad va travailler avec papa. Chad va travailler...

— J'ai dit non. Nick le déposa dans son lit et s'assit à côté de lui. On a quinze cents modèles à expédier ; quand ils seront prêts, je t'emmènerai là-bas. C'est promis, Chad. D'accord ?

— D'accord. Il lui fit un câlin comme à son bébé terrier. Gentil papa. Gentil garçon.

Nick éclata de rire et, le prenant dans ses bras, colla la joue contre les boucles brunes de son fils.

— Je t'aime, Chad.

Chad le tenait par le cou. Ils restèrent ainsi en silence, l'un contre l'autre, dans la pièce plongée dans la pénombre où étaient entassés pêle-mêle des jouets, des animaux en peluche et des livres.

— Tu es un type formidable, murmura Nick. Je ne sais pas ce que je ferais sans toi. Chad se dégagea en douceur et Nick tira le drap sur lui. Je ne serais qu'une moitié d'homme, poursuivit-il, s'adressant plus à lui qu'à Chad. Je n'aurais une vie remplie qu'à moitié.

Il éteignit la lumière et demeura là un moment, contemplant le visage empourpré de Chad qui s'efforçait de garder les yeux ouverts.

— Je t'aime, papa, chuchota Chad.

Nick se pencha de nouveau vers lui et l'embrassa.

— Plein de baisers pour la nuit. Dors bien, mon pote.

Il sortit sans faire de bruit. Sybille avait rappelé ce matin et, comme d'habitude, il s'était inquiété, craignant qu'elle ne lui annonce qu'elle avait changé d'avis et voulait entamer une procédure pour obtenir la garde de Chad. Elle n'en souffla pas mot... en réalité, elle alla jusqu'à dire qu'Enderby ne supportait pas les enfants, mais elle le laissait sur la corde raide, insinuant par de vagues allusions qu'un jour elle tenterait peut-être de le récupérer quand même. Elle ne l'aura pas, songea Nick ; jamais, elle ne convaincra un juge de le lui confier. Ça fait presque un an qu'on est séparés. Elle est venue nous voir deux fois, jamais pour plus de quarante-huit heures, et on est allés une fois à New York. Personne n'enlèverait Chad à son foyer pour le donner à une mère qui ne veut pas de lui.

Il se répétait ces mots tous les soirs, avec plus de ferveur encore lorsque Sybille se manifestait. Pourtant, il ne pouvait y croire totalement.

Il laissa la porte de Chad entrouverte et lut au salon en attendant le retour d'Elena. Puis, comme tous les soirs, il retourna travailler.

— Quelle vie d'enfer ! lança Ted en entrant dans le bureau de Nick. Il est dix heures. Qu'est-ce que tu fous ici au lieu d'être au restaurant ou au théâtre avec une ravissante créature ? Ou, mieux encore, dans son lit.

— Je pensais que tu avais besoin de compagnie, répondit Nick avec un sourire. J'ai raté quelque chose ?

— Tout est assez calme ; la panique commencera quand on aura reçu l'imprimante IC de chez Sawyer. Que s'est-il passé entre Pari et toi ?

Nick approcha de lui une pile de dossiers.

— On ne s'est pas vus depuis quelque temps. Depuis le mois de mai.

— D'un commun accord ? Ça avait l'air de bien marcher entre vous.

— On était sans doute trop pris tous les deux. Tu es aussi occupé que moi ; combien de rendez-vous galants as-tu eus depuis six mois ?

— Plus que toi. Tu te rends compte que, ces temps-ci, tu ne fais pour ainsi dire que travailler ?

— Tu te rends compte que j'ai un enfant ? Lorsque j'ai du temps, je le lui consacre. Ou est-ce trop compliqué à comprendre pour toi ?

— Eh, qu'est-ce qui te prend ? Je ne suis pas en train de te dire comment mener ta vie. Simplement, je vois que tu deviens grincheux et morose et, si tu continues, un de ces jours, tu vas te réveiller les cheveux grisonnants, le visage creux et le corps tout mou... qu'est-ce qu'il te restera alors ?

Nick éclata de rire.

— Je serai dans le pétrin. Merci, Ted, c'est gentil de t'inquiéter pour moi. Je vais finir par mettre la gomme. Dès qu'on aura bouclé cette livraison et expédié le travail courant, je prendrai quelques jours de congé. Tu devrais en faire autant. S'emparant de l'un des dossiers, il y jeta un coup d'œil.

— Peut-être bien. Ted tripota les crayons sur la table à dessin de Nick. Il y a un autre problème en dehors de ton emploi du temps.

Nick leva les yeux.

— Lequel ?

— Tu marches sur les pieds des autres.

— Comment ?

Ted s'assit au bord du bureau.

— Je vais te répéter les bruits qui courent, tu veux bien ? Et toi, écoute. Ne dis rien ; écoute, c'est tout. Tout le monde trouve que tu es formidable, ils aiment travailler pour toi, ils pensent que tu es le meilleur mais ils en ont marre que tu ne les laisses pas faire leur boulot tranquilles. Tu mets ton grain de sel et tu reprends les choses à ton compte, y compris certaines dont tu ne devrais pas t'occuper. Ecoute, on sait tous que tu es très fort : tu es capable de recevoir correctement un futur employé, prévoir notre campagne publicitaire, discuter avec les avocats, commander du matériel mais pourquoi te charger de tout ça ? Tu es le meilleur programmeur qui soit ; pourquoi ne consacres-tu pas plus de temps au 2000 au lieu de te mêler de trucs pour lesquels on a engagé du personnel ? Enfin, tu t'immisces même dans le boulot des secrétaires ! Je t'ai vu donner des coups de fil qu'elles auraient dû passer elles-mêmes...

Nick referma brutalement le dossier.

— Très souvent, on va beaucoup plus vite en faisant les choses soi-même plutôt que de les expliquer à quelqu'un. On est partout à la fois en ce moment. Je m'excuse de ne pas diriger un bureau parfaitement organisé...

— Ce n'est pas des excuses que je te demande ; j'essaie de t'expliquer ce qui se passe ici !

— Je sais ce qui passe ici ; c'est moi qui dirige cette boîte !

— On la dirige tous les deux !

— Pardon, on la dirige tous les deux. Bon, tu m'as tenu au courant des bruits qui courent. Merci. Maintenant, je vais travailler.

Ted lui lança un regard noir et sortit en trombe en laissant la porte ouverte. Nick la referma et retourna à sa table où il étala les dossiers devant lui.

Il les consulta jusqu'à deux heures du matin, puis rentra dormir jusqu'à six heures, heure à laquelle Chad entra dans sa chambre car il avait envie de parler. A huit heures, il arpentait les allées de l'atelier de fabrication où il vérifiait les assemblages, discutait avec les responsables de projets, répondait aux questions des ingénieurs et étudiait avec eux les problèmes de virus qui s'étaient manifestés dans la nuit. A neuf heures, il se prépara une deuxième cafetière et ouvrit la boîte de beignets qu'il avait achetée en chemin. Dix minutes plus tard, son directeur de fabrication pénétra dans son bureau, la mine renfrognée. Nick posa sa tasse.

— Qu'est-ce qui ne va pas ?

— Sawyer s'est planté ; ils n'ont pas envoyé le bon modèle de puce interface pour les imprimantes. Je les ai appelés, ils n'ont rien d'autre.

— Merde. D'un geste, Nick balaya des papiers répandus sur sa table. Je les ai eus au téléphone il y a quinze jours, ils avaient des IC à revendre.

— Le connard du dépôt s'est trompé dans ses comptes. Nick, ils n'en ont pas. Un point, c'est tout. Il faut en trouver ailleurs.

— Merde de merde... Repoussant son fauteuil, Nick le cogna contre le mur de la pièce étriquée. Qui y a-t-il d'autre dans les parages qui puisse nous les livrer aujourd'hui ou demain ?

— Personne. Belster en a qui sont presque identiques ; d'après eux, on ne voit pas la différence.

— Je connais ce refrain, je l'ai déjà servi. Et le prix est le même ?

— Quelques cents de moins mais...

— Ils en ont combien ?

— Assez pour nous. Le problème, c'est que le temps de faire les essais, on aura pris tant de retard qu'on ne pourra jamais respecter la date de livraison.

— Eh bien, on ne les fera pas, on va...

— Nick, il est hors de question que je laisse passer un putain d'IC sans le vérifier.

— ... on les vérifiera tout en les assemblant. Je pense qu'ils marcheront. J'ai déjà essayé. Nick griffonnait des dates. Deux jours de retard, ce n'est pas mal. Il approcha le combiné, feuilleta son agenda et passa un coup de fil. On les aura demain matin si on peut envoyer un camion les prendre. Je vais régler ça. Toi, arrange-toi pour que ton équipe soit prête à les assembler et je me chargerai des tests.

— Je peux m'occuper de tout, je suis payé pour ça. Malgré tout, je tiens à te dire que ça ne me plaît pas.

— A moi non plus, mais on n'a pas le choix. Ne t'inquiète pas des essais, je vais en parler à Ted.

Le directeur de fabrication voulut ajouter quelque chose, puis il haussa les épaules.

— Après tout, c'est votre enfant.

Ces paroles le travaillèrent. Au début, à l'époque où la société commençait à se développer et qu'ils avaient engagé quelques ingénieurs, ils avaient tous l'impression de partager l'ensemble des projets. Au fur et à mesure, cela devint de plus en plus difficile et peut-être, songeait Nick, était-ce impossible maintenant qu'Omega comptait plus de deux cents personnes et continuait à prendre de l'ampleur. Pourtant, il aimait à croire que les cadres, au moins, voyaient toujours les choses ainsi. Ces mots le contrariaient. Il les oublia cependant pour y repenser plus tard car, dans l'immédiat, il était trop débordé.

Les deux semaines suivantes, Nick vit moins Chad et personne d'autre en dehors de son travail. Il mangeait à n'importe quelle heure et dormait à peine. Tout le monde faisait des heures supplémentaires, poussé à l'idée de la mission à accomplir : on aurait dit que toute la société était comme envoûtée. Puis on expédia les ordinateurs, avec trois jours de retard seulement, et chacun s'abandonna au plaisir du triomphe malgré l'épuisement.

Ils eurent tout juste le temps d'en profiter.

— Nick, il y a un appel pour vous de l'école Emerson, lui annonça sa secrétaire lorsqu'il rentra après un week-end avec Chad au lac Tahoe. Ils ont un problème avec leur nouvel ordinateur.

C'est alors que leur réussite s'évanouit.

— On a sans arrêt des perturbations sur l'écran, expliqua Darrel Browne, le directeur de l'établissement. Ça marche parfaitement mais, dès qu'on essaie d'imprimer, tout s'efface et on voit plein de gribouillis : des lettres, des chiffres, des astérisques, des virgules, des points d'interrogation... comme si des éléments étrangers envahissaient le système. Des cochonneries, quoi.

— Vous avez fait combien de tentatives ? s'enquit Nick.

— Cinq en tout. On a eu le même résultat à chaque fois. Nick, on doit les présenter aux membres du conseil d'administration dans quinze jours. J'ai pris des risques pour les avoir... les frais que ça a entraînés, vous vous rendez compte. On est toujours très juste ici... et ils ne fonctionnent pas !

— Ne quittez pas, Darrel.

Nick observa au mur le diagramme d'un circuit en grand format. Son cœur se mit à battre. La commande de l'imprimante était partiellement contrôlée par la puce de remplacement. Et il avait oublié de dire à Ted de la tester pendant qu'on assemblait les pièces.

Espèce d'imbécile, tu as oublié de le tenir au courant. Il y avait eu des tas de problèmes à résoudre, sans parler de l'air conditionné qui ne marchait plus. Il se rappela avoir appelé la société de dépannage. « Enfin, tu t'immisces même dans le boulot des secrétaires. Je t'ai vu donner des coups de fil qu'elles auraient dû passer elles-mêmes. »

— Nick ? Que se passe-t-il ? reprit Darrel Browne. On a dépensé une fortune pour ces trucs. Vous nous avez convaincus qu'ils étaient excellents et qu'on pouvait se fier à vous... Alors, que comptez-vous faire ?

— On va les arranger, répondit Nick d'un ton sec. On respecte notre parole, Darrel, vous le savez. Quoi qu'il arrive, on vous donnera des ordinateurs en état de marche. On va envoyer quelqu'un les chercher et on vous les rendra dans une semaine. Je m'en porte garant.

— Une semaine. Bon, dans ce cas...

— C'est garanti. On enverra quelqu'un cet après-midi. Qu'ils soient prêts à charger, voulez-vous ?

Il raccrocha et, crispé, resta immobile. Il entendait les téléphones sonner dans les autres bureaux.

« Ne t'inquiète pas des essais, je vais en parler à Ed.

Je peux m'occuper de tout, je suis payé pour ça.

... tu mets ton grain de sel et tu reprends les choses à ton compte, y compris celles dont tu ne devrais pas t'occuper.

Après tout, c'est votre enfant. »

Il avait la nausée. Qu'est-ce que j'ai fait ?

Le teint terreux, Ted se tenait dans l'embrasure de la porte. Dans son dos, l'atelier de fabrication était en effervescence. Les téléphones n'arrêtaient pas de sonner.

— Il y a eu combien d'appels ? interrogea Nick.

— Cinquante-trois. Je n'arrive pas à croire qu'ils vont tous se manifester mais...

Le directeur de fabrication se trouvait derrière Ted.

— J'ai vérifié ceux qu'on a gardés en stock. Ça vient de l'imprimante IC.

— C'est ce que je pensais, répliqua Nick. Qu'est-ce que tu leur as dit ? demanda-t-il à Ted.

— Qu'on allait les récupérer et les régler.

— J'ai promis la même chose à Darrel. L'école Emerson. Il nous faut des camions. Je vais appeler... Il s'interrompit et croisa le regard de Ted. Mary doit prévoir des camions pour se rendre chez les clients de la région. Si d'autres personnes appellent, qu'on leur dise de nous retourner le matériel à nos frais.

— Très bien. Et les IC ?

— On va trouver les bons. Qu'on les expédie dans la nuit. Voici les fournisseurs qui risquent d'en avoir... Il griffonna quelques noms et tendit le papier à Ted. Quel que soit le prix. J'ai raté l'occasion de gagner de l'argent. Et du temps aussi. Tu peux les joindre ?

Après un large sourire et un petit salut, Ted se retira. Et, tandis que le niveau sonore augmentait dans l'atelier de fabrication et que tous les téléphones sonnaient, l'ingénieur en chef, le responsable des essais, le directeur technique et les contremaîtres envahirent son bureau.

— Mais qu'est-ce qui se passe à la fin ?

Nick le leur expliqua sans s'épargner.

— Dure semaine en perspective, lança l'ingénieur en chef qui ne dit pas un mot de plus.

Tout le monde savait qu'il fallait attendre le dénouement de cette affaire avant d'en venir aux récriminations. Nick, dans un état second, parla d'une voix égale alors qu'ils échafaudaient un plan pour réparer et retourner la marchandise. Et les téléphones sonnaient toujours.

Le principal distributeur d'Omega appela pendant qu'ils discutaient.

— J'ai appris que vous aviez un petit problème, Nick. Ils ne marchent pas? On en a mille qui attendent au dépôt et ils ne marchent pas? Qu'est-ce que je dois en faire, Nick? Les vendre aux gosses pour Noël?

— On étudie la question. Je vous rappelle cet après-midi ou demain. On s'en occupe.

— Je vous le conseille, Nick. Votre marchandise me prend une place folle ici; ça me coûte de l'argent si je ne peux pas l'expédier à mes clients et je n'ai pas le temps de vous la renvoyer pour la récupérer et l'emmagasiner une fois de plus en espérant qu'elle fonctionne. Réglez le problème, sinon je vous renvoie le tout et j'annule la commande. C'est compris?

— Ecoutez, attendez une seconde.

Tirant le fil du combiné derrière lui, Nick arpenta la pièce. Il posa la main sur le récepteur et dit au directeur technique de prendre la communication chez sa secrétaire.

— J'ai notre directeur technique en ligne, annonça-t-il au distributeur. Je tiens à ce qu'il vérifie lui-même. S'il ne s'agit que d'un simple réglage – ce que j'ignore pour l'instant – mais si c'est le cas, on va vous envoyer une équipe au dépôt pour arranger ça sur place.

Il lança un regard interrogateur à son collaborateur qui lui fit signe que c'était d'accord.

— Il vous suffira de nous laisser entrer et de ne pas nous déranger, ajouta Nick. Ça vous irait?

— Les réparer ici?

— Exactement.

— C'est possible? On n'a aucun matériel.

— Je ne sais pas ce qu'il faudra. Si on peut s'en occuper avec ce qu'on apportera, ce sera fait.

— Bon. Je n'y vois pas d'inconvénient. Vous le saurez... quand?

— Cet après-midi, j'espère. Je vous rappelle. Vous ne bougerez pas d'ici là, d'accord?

— D'accord. J'attends votre coup de fil.

Au moment où Nick raccrocha, Ted passa la tête à la porte.

— Deux jours pour les puces, on les envoie par avion de Boston. Ne me demande pas le prix, on ne peut pas avoir une attaque tous les deux en même temps.

— Je poserai la question plus tard. Tu t'arranges avec Wilt pour installer un centre d'essais en plus? Et prévois des gens qui travailleront là-dessus toute la nuit.

– Très bien. Il se retira, puis repointa le museau dans l'embrasure. Nick, on s'en sortira. Ça aurait pu être pire. Ils auraient pu se détruire dès qu'un type en aurait branché un. Ça, ç'aurait été grave.

Un gloussement échappa à Nick.

– Merci, Ted. Il se retourna vers le groupe attroupé autour de son bureau. Bon, où en étions-nous ?

– A désamorcer le distributeur, répliqua le directeur technique. Beau boulot, patron.

– Merci, dit Nick qui appréciait leur générosité. Qu'est-ce qui nous reste à régler ?

– La question de savoir qui va s'occuper de quoi à l'assemblage, répondit le contremaître. S'il s'agit d'un simple échange de pièces, on peut le faire dans la journée. Sur le plan logistique, c'est un cauchemar mais le reste sera sans doute du gâteau.

Les autres rirent. Ils parcoururent la pièce, chacun s'assignant une tâche, puis revirent le programme une fois de plus jusqu'à se sentir prêts à démarrer dès l'arrivée de la marchandise. Lorsqu'ils sortirent, prenant un moment de repos, Nick s'assit et contempla le mur. Qu'est-ce que j'ai fait à cette entreprise ?

Je l'ai pour ainsi dire anéantie.

Je l'ai bâtie – Ted et moi l'avons mise sur pied –, on a bossé comme des fous et j'ai failli gâcher la plus grande chance qu'on ait jamais eue.

Il savait qu'ils allaient réparer les dégâts, tous les dégâts, en travaillant en équipe, en se donnant à fond. Ils vérifieraient quinze cents ordinateurs qu'ils renverraient aux clients et, en dehors de la maison, personne ne percevrait l'ampleur du drame. Cependant, cela coûterait une fortune de procéder à tous ces réglages sans faire de vagues et de redresser la barre sans ternir leur réputation. Il n'y aurait par conséquent pas de capitaux disponibles pour développer le 2000 aussi vite qu'il l'espérait et cela risquait de leur nuire dans l'avenir, peut-être plus que tout.

Le plus cruel dans cette histoire, pour lui en tout cas, c'est qu'il apprenait des choses sur son compte qui ne lui plaisaient guère. Après tous ses discours sur l'esprit d'équipe qui les avait animés au début, il n'avait fait pleinement confiance à personne. « Tu marches sur les pieds des autres. » C'était peu dire. Il cherchait toujours à tout contrôler.

Par peur de l'échec, songea-t-il. Par peur de perdre, comme j'ai perdu Valérie. Comme je risque de perdre Chad. J'ai tellement la trouille que je me suis laissé emporter et que j'ai mis l'ensemble de la société en péril. Sans parler du reste. J'ai laissé Pari disparaître dans la nature au cours de cet été de dingues, je n'ai pas pris de nouvelles de mes amis depuis des mois, je n'ai pas consacré autant de temps à Chad que j'aurais dû. Que j'aurais voulu.

On va se sortir de ce pétrin, se promit-il, puis je décrocherai quelque temps. Je vais partir en vacances avec Chad pendant au moins un mois. Enfin, disons quinze jours. Il se moqua de lui : il avait encore peur de lâcher les rênes. Il faudrait qu'il fasse un effort. De toute façon, il pourrait travailler sur le 2000 durant ses congés, une fois que Chad serait au lit.

— Nick, annonça sa secrétaire, Sybille au téléphone. Je lui ai dit que vous étiez occupé, mais elle insiste.

Pris de panique, il décrocha le combiné.

— Salut, lança-t-il d'un ton désinvolte.

— Je vais avoir une émission, Nick; je vais passer à l'antenne.

Il tenta de comprendre ses paroles qui n'avaient apparemment aucun sens, surtout au beau milieu de la catastrophe qui s'était produite ce matin.

— C'est pour ça que tu m'appelles?

— Comment cela? Ce projet est important pour moi, Nick. Je te préviens parce que je tiens à ce que tu sois là le jour de la première.

— Pourquoi?

— Parce que je veux que tu me regardes! Pourquoi es-tu si dur? C'est le rêve de ma vie, tu le sais bien. Et je pensais que Chad serait fou de joie de voir sa mère à la télévision.

Nick reposa son crayon.

— Bon. On essaiera de venir. L'émission est prévue pour quand?

— Je ne sais pas exactement, je te tiendrai au courant. Dans deux mois sans doute.

— Deux...

— Je viens juste de l'apprendre.

Sybille s'aperçut qu'elle était soudain sur la défensive; elle fut furieuse. Pourquoi devait-elle se justifier devant lui?

— Je voulais t'annoncer la nouvelle. Je t'appellerai dès que j'aurai la date. Comment ça va?

— Très bien. Il faut que je te quitte, Sybille, je te rappellerai...

— Je déteste te déranger au bureau, Nick, mais j'étais si surexcitée... Tu es très pris?

— On l'est toujours. Et on a eu un petit problème ce matin.

— Oh, je regrette. Un problème grave?

— Non, simplement catastrophique. Je te rappelle bientôt.

— Nick!...

Il avait coupé. Sybille contempla le récepteur puis, écœurée, raccrocha brutalement. Elle n'aurait pas dû se manifester. Mais elle était allée avec Quentin la veille chez Valérie et Kent à l'une de leurs grandes réceptions et aujourd'hui Quentin lui avait annoncé qu'elle serait la présentatrice de « Regard sur la Finance, » sa dernière création. Elle brûlait d'en parler à quelqu'un et, naturellement, ce ne pouvait être que Nick. Elle n'avait pas d'autre ami, en dehors de Valérie à qui elle ne faisait pas ses confidences. De toute façon, il fallait qu'elle le dise à Nick. Il fallait absolument qu'il apprenne son bonheur et sa réussite, qu'il lui avait suffi de s'éloigner de lui pour arriver là où elle voulait. Il devait comprendre qu'elle menait une vie merveilleuse à New York tandis que la sienne à San Jose était morne et étriquée.

Enfin, c'était fait. Elle put donc l'oublier et se replonger dans son programme surchargé. Elle réalisait « Regard sur le Monde », travaillait sur deux nouvelles émissions entièrement conçues par elle et allait tous les jours chez ses professeurs de diction et de maintien pour se préparer à ses débuts à l'écran. En août, elle avait accompagné Quentin dans le Maine. Il voulut rester tout le mois pour jouer au golf, elle décida donc de rentrer seule afin de reprendre ses cours. Elle pensait commencer à la mi-septembre, époque à laquelle démarraient les nouvelles émissions. Cependant, lorsque Quentin revint fin août, il estima qu'ils n'étaient pas prêts.

— Pourquoi ? lança-t-elle.

Ils se trouvaient dans la chambre de Sybille, autrefois réservée aux invités, redécorée en or et argent et communiquant avec celle de Quentin par un dressing-room. Sybille mettait ses bracelets.

— Je travaille là-dessus depuis le mois de juin. On est prêts et tu le sais.

— Le reste peut-être mais toi pas, répliqua-t-il.

— D'où tiens-tu cela ? Tu ignores tout de mes compétences.

— J'ai visionné ta bande hier ; ton répétiteur me l'a envoyée une fois terminée. Tu ne t'imagines pas que je vais te lancer à l'écran sans savoir comment ça se passe ? Il observa d'un air un peu narquois la colère et l'inquiétude qui brûlaient dans son regard. Rien ne presse. D'après nos sondages, ce sera un triomphe et ce le sera quelle que soit la date de la première. Pas si tu es incapable de mener le débat évidemment. Et tu as encore des progrès à faire.

— Walter a dit...

— Walter est un coach, un petit prof lèche-bottes, pas un magnat des médias. Il fit un large sourire, content de lui. Ça va venir, ça va venir, ne t'énerve pas. J'ai raison et tu en es sans doute consciente. Sinon, garde-le pour toi. Il l'enlaça et la serra contre lui. On va rentrer de bonne heure ce soir.

— D'accord, acquiesça-t-elle.

— Où va-t-on dîner ?

— Je te l'ai déjà dit trois fois : à la Côte Basque avec les Gifford.

— Tu me l'as dit ? Je ne m'en souviens pas. Il se pencha et Sybille leva son visage vers lui. Tu es ravissante ce soir, poursuivit-il et il l'embrassa avec la même ardeur qu'au premier jour, un an plus tôt, lorsqu'il l'avait plaquée sur ses genoux dans sa limousine. Je suis fou de toi, murmura-t-il, ses lèvres contre sa joue. Une salope sexy et ambitieuse. Digne d'un show à tout casser. Je me doutais que tu serais comme ça. On va rentrer tôt ce soir.

— D'accord, répéta-t-elle. On peut prévoir l'émission pour quelle date ?

Il pouffa de rire.

— Tu n'abandonnes jamais, hein ? Je te l'ai dit : quand tu seras prête.

— Ce n'est pas une réponse, Quentin. Toujours dans ses bras, elle le regarda. On a fait de la publicité là-dessus, je dois savoir comment m'y prendre pour la suite. Il me faut une date.

— En janvier, répondit-il après un léger silence.
— En janvier! Je n'ai pas besoin de quatre mois de plus!
— Sans doute davantage, grommela-t-il, de mauvaise humeur soudain. Je n'ai plus envie d'en parler. On ne devait pas sortir ce soir ? Où va-t-on, à propos ?

Sybille voulut le rembarrer, puis décida de se taire. Il a soixante-dix-huit ans, songea-t-elle. Il mourra bientôt. Il faut que je trouve d'autres moyens de le circonvenir, mais ça ne durera pas longtemps. Ensuite, la station sera à moi, l'argent sera à moi, je pourrai monter n'importe quelle émission.

Alors, Valérie, Nick et tous les autres verront de quoi je suis capable. Alors, ma vie commencera pour de bon.

11

La première de « Regard sur la Finance » eut lieu la deuxième semaine de janvier. Bien qu'elle fût plus que préparée, au moment où elle s'assit au bureau quelques minutes avant de passer à l'antenne, Sybille se momifia. Son cœur battait la chamade et elle sentait qu'il allait exploser. Je vais avoir une attaque, se dit-elle, je vais mourir avant Quentin. C'est impossible, ce n'est pas ce que j'avais prévu.

Un type arriva avec son micro. Le lui prenant des mains, elle glissa le fil sous sa veste de tailleur et l'accrocha à son revers. Elle ne supportait pas qu'on la touche. Un autre lui donna un écouteur qu'elle se mit dans l'oreille ; il scotcha le fil dans son dos pour qu'on ne le voie pas.

– Trois minutes, annonça son assistante-réalisatrice dans le haut-parleur.

Sybille acquiesça, serrant ses mains moites. Elle avait l'impression d'avoir les dents collées et la gorge sèche.

Retentit alors la musique et elle aperçut sur le moniteur le logo qu'elle avait conçu : un gros stylo Montblanc noir et très viril qu'une main tenait, griffonnant sur l'écran « Regard sur la Finance ». Le directeur de plateau leva ses cinq doigts afin qu'elle les voie tandis qu'il procédait au compte à rebours des dernières secondes. La speakerine présenta l'émission. Sur sa caméra, la lumière passa au rouge : Sybille Enderby était à l'antenne.

Elle pétrit ses mains sur ses genoux à l'abri de la table puis, regardant droit dans l'objectif, lut le texte qui se déroulait sur le prompteur et, souriante, s'efforça de penser qu'elle s'adressait à un ami. Valérie disait qu'il fallait faire l'amour avec la caméra. Après plus de six mois de cours, Sybille ne comprenait toujours pas le sens de ces paroles.

Ce fut la demi-heure la plus longue de son existence. Par la suite, elle ne se rappela strictement rien. Elle savait qu'elle avait interviewé, par satellite, un financier accusé de détournement de fonds qui avait fui le pays pour s'installer dans un somptueux chalet en Yougoslavie. Elle savait que son groupe d'experts avait donné son avis sur les actions et les titres à vendre ou à acheter. Elle savait que les images des actualités du monde international de la finance étaient apparues pour disparaître au bon moment alors qu'elle lisait le texte qui les accompagnait. Toutefois, à la seconde où le programme prit fin, tout s'effaça de son esprit.

— Formidable! Sybille! s'exclama le directeur de plateau alors que l'écran passait au noir pour céder la place aux publicités. Une vague de joie envahit Sybille. Elle l'avait fait, elle s'était prouvée qu'elle en était capable.

— Formidable, répéta le directeur de plateau. Retirant le fil scotché dans son dos, il s'affaira autour d'elle. Je n'ai jamais vu autant d'infos condensées en une seule émission. Le rythme n'a jamais baissé, l'attention ne s'est jamais relâchée. Génial, l'idée d'inviter machin truc, ce type de Yougoslavie. Comment as-tu réussi ce coup...?

L'émotion de Sybille commençait à se calmer.

— Excellente émission, dit l'un des cadreurs tandis qu'elle enlevait son micro.

— Quel rythme d'enfer! lança l'autre quand elle passa devant lui, se sentant parfaitement froide maintenant.

— Du grand art, observa le monteur qu'elle croisa dans le couloir.

— Pas un seul temps mort, assura son assistante qui l'attendait devant la salle de presse.

— Pas trop mal pour un début, déclara Enderby lorsqu'elle entra dans son bureau.

— Qu'est-ce qui n'allait pas? s'enquit-elle.

— C'est à toi de me le dire.

— Je n'en sais rien, je suis dans le brouillard le plus total. Mais tout le monde m'a dit que c'était une émission formidable et personne n'a prononcé un mot sur moi.

— Vraiment? Il croisa les jambes. Ils ont sans doute tous remarqué que quelque chose clochait.

— Quoi donc? Qu'est-ce qu'ils ont remarqué?

— Que tu as encore des progrès à faire.

— Merde! Qu'est-ce que tu entends par là à la fin?

— C'est très clair. A d'autres, chérie! Tu sais de quoi je parle. Tu n'as pas le truc, pas encore, et tu serais la première à le reconnaître, sauf que tu le gueulerais, si un candidat à ce poste lisait un texte comme toi.

— Comment? Lisait comment?

— Comme un type déclamant devant une assemblée de cadavres en train de refroidir. Comme un prof qui se retrouve avec une bande de crétins et d'inadaptés sur le dos. Tu as un ton explicatif, tu n'as pas un ton badin. Tu veux des points sur les i? D'accord. Tu n'établis pas le contact avec les téléspectateurs. Tu fais comme s'ils n'existaient pas. Tu souris, mais ça ne passe pas dans ton regard. Tu as l'air dur et froid, pas sexy. Merde, Syb, après tous ces cours que tu as suivis...

— Ne m'appelle pas Syb. Je te l'ai déjà dit.

Il haussa les épaules.

— Parfois, tu te réchauffes un tout petit peu et ça va mieux. C'est là-dessus que tu vas travailler, dès demain. Tu as encore des chances d'y arriver. Sinon, on trouvera quelqu'un d'autre.

— Quand ?

Il haussa à nouveau les épaules.

— Tu n'as pas de date limite, chérie. Travaille encore un peu et on verra où on en est.

— Quand ? répéta-t-elle.

— Dans six mois. C'est plus que tu n'accorderais à quelqu'un que tu aurais engagé. Je n'ai pas besoin d'avoir une vedette dans mon lit, tu sais. Que tu passes ou non à l'antenne, tu me plais. De toute façon, ça semble complètement idiot qu'une réalisatrice aussi brillante que toi perde son temps à jouer les présentatrices. Oui, complètement idiot.

— Pas à mes yeux. Elle baissa le ton. Je vais m'y mettre, j'y arriverai.

Enderby se leva et la serra dans ses bras.

— Par moments, tu m'épuises avec cette ambition dévorante, mais à d'autres, je me sens formidablement bien. Jeune et sexy, comme toi. Comme si j'étais éternel. Tu as eu de la chance de me rencontrer, ça ne court pas les rues les hommes qui savent s'y prendre avec toi.

— Pas de la chance, du savoir-faire, répliqua Sybille du tac au tac, soi-disant pour plaisanter. Je cherchais un homme fort et je l'ai trouvé.

S'évertuant à la douceur, elle se dégagea. C'est de la faute de Nick, songea-t-elle. Bien qu'elle l'eût pratiquement supplié de venir à New York assister à la première de l'émission, il avait répondu qu'il était trop occupé. S'il avait été là pour la soutenir, elle aurait peut-être été meilleure ; elle éprouvait le besoin d'être entourée. Il l'avait laissée tomber. Lui et Valérie, tous les deux l'avaient laissée tomber.

— Alors ? lança Enderby d'un air impatient. Tu as ce regard distant. Quand tu es comme ça, je ne sais pas ce que tu penses mais généralement ce n'est pas bon signe.

— Je pensais qu'on devrait rentrer se changer. On a rendez-vous avec les Durham au Plaza à neuf heures.

— Les Durham ? D'où ils sortent, ceux-là ?

— Aucune idée. C'est toi qui as arrangé ça ; tu as dit qu'on serait à leur table. Il s'agit du bal donné en faveur de la recherche sur le cancer.

— Ah, ce truc-là. Elle fait partie du comité qui organise la soirée et lui a une petite chaîne par câble à Washington. D'un ennui mortel mais elle est drôlement bien roulée. On rentrera de bonne heure.

— D'accord, acquiesça Sybille comme d'habitude. Du moment qu'on a les premières éditions des journaux pour voir s'il y a des critiques sur l'émission.

— Ce sera trop tôt, on n'aura rien avant les dernières. Oublie l'émission. Il sera grand temps de lire les critiques demain.

Sybille ne répondit pas. Mieux valait qu'il ait le dernier mot plutôt que de discuter avec lui quand il se montrait stupide et incompréhensif. Malgré tout, ils parlaient plus que la majorité des couples. Ils discutaient de la station, de ses réalisations, de ses projets, de l'appartement qu'ils avaient entièrement redécoré en dehors de la chambre d'Enderby qu'il avait tenu à garder telle quelle. Et des gens.

Enderby adorait les potins. Sa langue de vipère aussi acérée que lors de leur première soirée dans la galerie d'art, il disséquait tout le monde. Il mêlait histoires du passé, querelles et alliances de famille, faillites, divorces, assassinats, suicides, procès et même des mariages réussis. Cependant, il ne s'attardait jamais sur ceux-là : le terrain n'était pas fertile à la malveillance.

Seul ce mauvais esprit rendait à Sybille leurs rapports supportables. Elle se délectait de son regard impitoyable et de ses épithètes plus que mordantes. Au fil du temps, alors qu'elle découvrait son cercle de connaissances et rencontrait d'autres gens, elle ne tarda pas à l'égaler. Au bout d'un an de mariage, ils consacraient leur début de soirée, lorsqu'ils passaient se changer, à échanger des racontars sur les personnes qu'ils avaient vues dans la journée. Quelques heures plus tard, au retour d'un dîner, un bal en faveur des déshérités ou un vernissage, ils avaient autre chose à se mettre sous la dent. Quand Sybille se montrait maligne, elle le poussait à parler jusqu'à ce qu'il soit si fatigué qu'il n'ait plus qu'une idée : aller se coucher. Telle Schéhérazade mais dans l'autre sens, elle se disait avec cynisme : que mon mari continue à débiter des histoires ; ainsi, il me laissera tranquille.

Si les ragots constituaient le piment de leur relation, la vie mondaine en était le plat de résistance. Sybille adorait les mondanités de New York et tout ce qui les entourait. Rien que pour cela, elle serait restée avec Enderby. Elle ne se rassasiait pas d'acheter des vêtements ; ayant appris à ne plus regarder les étiquettes et étant connue dans toutes les boutiques, elle les collectionnait à loisir. Elle avait engagé un conseiller pour lui indiquer quels tons porter, quels modèles choisir, quel maquillage, quelle coiffure, quels bijoux adopter. Elle s'était inscrite dans un gymnase où elle se rendait le matin de bonne heure et mise au tennis. Elle trouva un club à Flushing Meadow où elle put reprendre le ball-trap, aimant le contact du fusil entre ses mains qui prolongeait son corps habilement maîtrisé. Elle commençait à se sentir plus grande et plus mince dans sa nouvelle garde-robe. Pour la première fois, elle sortait tous les jours sans avoir l'horrible impression que sa tenue, qui lui avait semblé bien dans sa chambre, n'allait pas du tout. Et, aux regards que les autres femmes posaient sur elle, Sybille savait qu'elle était parfaite.

Tous les soirs, ils rentraient trop tôt au goût de Sybille car Enderby était fatigué et voulait s'attarder dans sa chambre avant de regagner la sienne de l'autre côté du couloir. Malgré tout, Sybille avait droit à ses divertissements. Ils faisaient des dîners exotiques qu'elle se plaisait à commander elle-même, ils frayaient à des défilés de mode ou des premières avec les grands de ce monde, ils dansaient à des bals de charité avec des couples qui recueillaient tous les ans des centaines de millions de dollars au profit des déshérités du moment.

Enderby dansait avec enthousiasme, agitant le bras de sa cavalière, la renversant, la faisant tournoyer à l'improviste ou s'emparant de ses deux mains pour tourner avec elle, les bras levés. Ses pas étaient grands et désordonnés ; personne, pas même lui souvent, ne devinait ce que réservait l'instant suivant. Il se frayait un chemin sur la piste à une vitesse vertigineuse et les autres apprenaient vite à s'écarter lorsque Enderby et sa partenaire stupéfaite voltigeaient dans leur direction.

Sybille détestait sa façon de danser. Elle savait qu'on les regardait, elle se sentait ridicule et en butte aux réflexions, victime des singeries de son mari, victime de son exhibitionnisme, et elle acceptait donc les autres invitations avec empressement, quelles qu'elles soient.

Pour une raison inexplicable, Valérie aimait apparemment danser avec Enderby. Plusieurs fois par mois, en pleine saison, ils se retrouvaient tous les quatre à une soirée quelconque où, entre l'entrée et le consommé ou le potage et le sorbet, abandonnant Sybille et Kent Shoreham, Valérie se rendait sur la piste au bras d'Enderby. Cela aurait pu lui être égal car Kent était un agréable compagnon et un bon danseur, mais Sybille n'appréciait pas de voir que Valérie avait l'air de mieux s'amuser qu'elle avec son mari. Elle les observait : Valérie renversait la tête en riant, Enderby lui décochait de grands sourires et la basculait comme s'il lui faisait l'amour. Quand il la faisait tournoyer, maintenant sa main en l'air, on aurait dit une ballerine, ses pieds effleurant à peine le sol, ses cheveux fauve tourbillonnant et, quand ils traversaient la piste à vive allure, Valérie ne semblait jamais surprise. Elle ne donnait jamais l'impression d'être désorientée. Lorsqu'il avait Valérie pour partenaire, Enderby ne paraissait absolument pas ridicule.

– Quel défi ! s'exclama Valérie en riant alors qu'elle revenait à leur table et répondait à Sybille qui lui demandait si elle s'était bien amusée.

On était en juin, l'un des derniers bals de la saison, Valérie arborait un fourreau de soie blanche qui soulignait sa silhouette mince et se terminait sous les genoux en une couronne de dentelle noire. Elle portait du jais et des diamants au cou et aux oreilles et, d'après ce que voyait Sybille, n'avait pas un pouce de maquillage. Sybille, en soie noire, était sûre d'être aussi élégante ; pourtant, elle aurait préféré être en blanc. Des garçons servaient du sorbet au fruit de la passion dans de grandes flûtes en cristal. Reprenant son souffle, Valérie buvait son vin à petites gorgées.

– Il est épuisant et imprévisible, c'est vraiment un numéro. Apparemment, ça t'est égal qu'on le monopolise toutes sur la piste.

– Egal ? J'en suis ravie, répliqua Sybille. Je n'apprécie pas ce genre de danse.

– Toi ni personne, Dieu merci, s'esclaffa Valérie. Mais il est irrésistible : on dirait un petit garçon qui s'en donne à cœur joie et qui ne craint pas de le montrer.

— Irrésistible, répéta Sybille sans préciser si elle était d'accord ou repoussait le qualificatif.

— Il doit pouvoir se le permettre parce qu'il se fiche de l'opinion d'autrui, poursuivit Valérie avec perspicacité. Quoi qu'il en soit, j'aime bien danser avec lui. De plus, il est agréable de voir un homme qui vous laisse deviner son côté enfantin. La plupart ne se rappellent pas leur enfance ou bien ce sont des gamins qui n'ont jamais grandi.

Suivant son regard, Sybille découvrit au milieu de la piste bondée Kent qui baisait la main d'une sombre beauté élancée. Valérie se retourna brusquement.

— Non, il ne faut pas se fier aux apparences. Il est d'une fidélité irréprochable. Pauvre Kent, il n'a même pas la maturité d'avoir une aventure.

Sybille la dévisagea.

— C'est ce que tu souhaiterais ?

— A une époque, oui, j'en avais envie. Maintenant, ça n'a plus d'importance.

— Pourquoi en avais-tu envie ?

— Pour qu'il se passe quelque chose.

Délaissant l'assiette qu'un serveur posa devant elle, elle se cala sur sa chaise et contempla Sybille. La musique s'était arrêtée afin que les invités puissent déguster le plat suivant et, dans le silence troublé uniquement par les conversations à mi-voix alentour, Sybille eut moins de mal à entendre les propos feutrés de Valérie.

— Tu ne comprends pas, n'est-ce pas ? Tu es toujours occupée avec tes émissions, Quentin avec la direction de la station, et tu as les visites de Chad... Je t'admire, Sybille. Tu es sans arrêt sur la brèche et tu provoques les occasions. Tu as beaucoup de chance.

A quel jeu joue-t-elle ? se demanda Sybille. Valérie Shoreham n'envie pas les autres, ce sont les autres qui l'envient.

— Mais tu es toujours débordée, rétorqua-t-elle. Avec tes réunions de conseil d'administration, tes chevaux, tes courses et tes interventions à la télévision...

— Tu sais très bien ce que j'y fais, remarqua Valérie, et Sybille fut furieuse de voir qu'elle le prenait sur le ton de la plaisanterie.

— Tu as raison. Je suis si débordée que je n'ai jamais le temps de rien. Je me suis même mise à la chasse, je te l'avais dit ? Je ne sais pas si ça me plaît, mais au moins ça change. Elle eut un air songeur. Seulement, à la fin de la journée, je n'arrive pas toujours à comprendre ce que j'ai fait de mon temps. J'ai l'impression qu'il s'est envolé et qu'il n'en reste rien. Elle perdit aussitôt son expression mélancolique et sourit gaiement. C'est ennuyeux d'écouter les gens se plaindre, non ? Enfin, je n'y pense pas trop souvent, cela ne mène nulle part.

— Et que fait Kent ? s'enquit Sybille. En dehors de la banque.

— Il est en train de devenir un expert en mots croisés. Le pauvre chéri, il s'ennuie à mourir. Il a l'impression que le monde est si écrasant qu'il a peur de s'attaquer à quoi que ce soit.

— Il t'a épousée, observa Sybille sans autre ménagement.

— Oh, c'est son père et moi qui avons arrangé cette affaire. Valérie sourit. Tu as l'air scandalisé! Cela arrive plus souvent que tu ne crois. Son père se disait que, si Kent avait une famille, il aurait suffisamment confiance en lui pour prendre les choses en main à la banque. Moi, je ne savais pas quoi faire de ma peau après tous ces voyages, on était amis et je voulais créer un foyer. Nous avons donc proposé ce projet à Kent qui en a été très soulagé et très heureux. Cela ne risquait pas de nuire à qui que ce soit et l'idée semblait bonne.

— Et finalement ?

— L'idée n'était pas si bonne et tout est fini pour ainsi dire. Quant à ce pauvre Kent, il pense qu'il a échoué une fois de plus alors que je lui répète sans arrêt que c'est de ma faute.

— C'est vrai ?

— Qui sait ? Je le lui dis parce qu'il est malheureux de ne jamais rien réussir et qu'on ne peut laisser quelqu'un éprouver ce genre de sentiment si on a le pouvoir d'y remédier. Il voudrait croire que j'ai raison et, dans ces moments-là, il se sent mieux. De toute façon, qu'est-ce que ça peut me faire ? Il y a des tas de choses qui ne vont pas dans la vie. On ne peut pas s'y complaire. Donc, on se secoue et on passe à un autre chapitre. On a décidé de finir la saison, de montrer nos visages enjoués aux bals, aux réceptions et aux petits dîners qu'on accepterait, puis de reprendre chacun son chemin. Tu n'as pas remarqué que Kent traquait les jolies femmes ces derniers temps ? Il ne veut pas rester seul et il est de plus en plus nerveux car on est en juin, nous avons notre dernière soirée la semaine prochaine et il n'a trouvé personne à son goût.

— Il devrait charger son père de s'en occuper à sa place, rétorqua Sybille.

— C'est très méchant de dire cela.

— Excuse-moi, ce n'était pas voulu. Jamais je ne pourrais être méchante avec toi, tu t'es montrée si gentille. Néanmoins, cette situation paraît curieuse...

— Peut-être. A l'époque, tout semblait parfaitement normal.

— Et tu as dansé, l'air radieux, comme si tu nageais dans le bonheur... tu es contente de te débarrasser de lui ?

Valérie lui jeta un coup d'œil.

— Tu étais contente de te débarrasser de Nick ?

— Je ne me suis pas débarrassée de lui ; ça a été terrible de se quitter. On ne supportait pas d'être séparés, mais on n'arrivait pas à envisager d'autre solution. Il fallait qu'on soit à deux endroits différents pour faire ce qu'on voulait. Nick s'est obstiné à trouver une autre idée, il voulait venir à New York. Hélas, on savait tous les deux qu'il devait être en Californie pour son travail.

Valérie lui jeta un regard pénétrant. Puis elle eut un sourire, presque pour elle.

— On croirait entendre Nick. Il est très persévérant.

Sybille resta coite.

Les musiciens commencèrent à jouer et la piste se remplit de silhouettes évoluant au rythme du tempo. Au plafond, une boule tournante jetait des éclats de lumière rouge et blanc qui tourbillonnaient autour de la salle.

— Quand comptes-tu retourner en Californie ? demanda Valérie.

— Je ne sais pas. En juillet peut-être. J'y étais en mars pour l'anniversaire de Chad. On est allés à San Francisco.

— Tous les deux ?

— Non, Nick nous a accompagnés. A trois ans, les enfants sont totalement imprévisibles et complètement épuisants. Ils ont envie de se sauver sans arrêt, de ramasser tout ce qui traîne, de parler à tout le monde... seul, c'est vraiment impossible. Le week-end a été très agréable mais, dans l'immédiat, je ne peux pas y retourner. Je ne peux pas quitter New York. On doit prendre des décisions concernant mon émission et il est hors de question que je ne sois pas là. Elle marqua une pause. Qu'en penses-tu ?

— De quoi ? De tes visites en Californie ?

— Non, bien sûr que non. De « Regard sur la Finance ». Tu m'as dit que tu l'avais vu.

— J'ai vu « Regard sur le Monde » et cela m'a plu. Je ne regarde pas les histoires d'argent, la finance ne m'intéresse pas.

— Ne t'intéresse pas ?

— Pourquoi devrais-je me pencher sur la question ? Des hommes en costume gris tentent toujours de rendre le problème plus compliqué qu'il n'est pour qu'on se sente sans doute encore plus ignorants et qu'ils aient l'air d'être experts en la matière et le sujet ne me passionne en rien. J'ai des conseillers qui s'occupent de mes affaires, on en discute deux fois par an et cela me suffit. Pourquoi y consacrer plus de temps ?

— Parce c'est que ce qui t'évite de courir à la catastrophe, répondit Sybille.

Et si je pouvais tout te prendre, espèce de salope prétentieuse, je ne me gênerais pas. Tu as besoin de recevoir quelques leçons sur ce qui est vraiment important.

— Excuse-moi, dit gentiment Valérie. Tout dépend de tes origines, bien sûr. J'ai eu de la chance, je n'ai jamais eu besoin de penser à l'argent. Ce n'est pas le cas de certains et je le comprends. Simplement, ma vie est différente. Parle-moi de « Regard sur la Finance, » tu vas reprendre l'émission l'automne prochain, je crois ? Les taux d'écoute doivent être bons. La plupart des gens ne me ressemblent pas : ils sont fascinés par l'argent.

Enderby fit son apparition, évitant à Sybille d'aborder le sujet. Il s'excusa d'un ton brusque auprès de Valérie qu'un cavalier invitait à danser et prit sa place.

— Tu te rappelles Stan Durham ? Tu l'as rencontré il y a quelque temps...

— En janvier, précisa Sybille. Au dîner de charité en faveur de la recherche sur le cancer. Il a un petit réseau de télévision par câble de rien du tout à Washington, une femme effacée et des mains baladeuses.

Enderby éclata d'un rire gras.

— Tu ne me l'avais jamais dit.

— Pourquoi te l'aurais-je raconté ? Je me suis débrouillée toute seule.

— J'en suis sûr. Il est là ce soir, quelque part par là, ajouta-t-il en faisant un geste vague vers la salle. Et je compte les ramener tous les deux boire un verre dès qu'on pourra lever le camp.

— A la maison ? La dernière fois, on n'arrivait pas à s'en dépêtrer et on était dans un bar.

— Ah bon ? Je ne m'en souviens pas. Enfin, c'est ton travail ; tu es très douée pour ça. Décoche-leur l'un de tes sourires éblouissants et fous-les dehors au bout d'une heure. Je vais peut-être faire quelques affaires avec lui, je dois donc être gentleman mais il n'est pas question de forcer la note.

— Quel genre d'affaires ? On n'a rien à voir avec le câble.

— Ça va changer si je me porte acquéreur de sa boîte.

Elle le dévisagea.

— Il n'y a rien à gagner là-dedans. Il nous en a parlé, il rassemble des séries d'émissions que personne n'achète pour ainsi dire.

— Quelqu'un a donc une chance de développer le marché. Il s'empara du verre de Sybille qu'il vida puis chercha des yeux un serveur. Le personnel était plus à la hauteur ici autrefois. Qu'est-ce qui t'étonne ? Tu n'as pas arrêté de me répéter qu'il fallait faire quelque chose... devenir plus important, plus percutant, plus intrépide, plus audacieux... que WEBN ne te suffisait pas. Je pensais que tu allais sauter de joie. Ton petit cœur ne palpite pas à l'idée d'avoir un réseau ? Peut-être te nommerai-je à la tête de la maison. Directeur général d'Enderby Broadcasting Network, qu'en dis-tu ?

Sybille l'observa de ses yeux plissés.

— Je ne connais rien au câble.

— Ne t'inquiète pas, moi si. Il lança un regard noir au garçon qui venait le resservir. C'est pas trop tôt, lui lança-t-il, puis il se retourna vers Sybille et ajouta : Je t'apprendrai tout ce dont tu as besoin.

Elle secoua la tête. Elle était saisie de panique. La musique douce avait cédé le pas à un rythme plus soutenu et le martèlement de la contrebasse lui cassait les oreilles. Les danseurs, qui bondissaient telles des marionnettes déchaînées, lui donnaient le tournis.

— Il s'est passé quelque chose. Tu m'offres un os à ronger pour que je reste tranquille. Qu'est-ce que tu as trafiqué ? Devant son silence, elle haussa le ton. Qu'est-ce que tu mijotes à la fin ?

— Moins fort ! Tu veux qu'on fasse les potins des journaux du matin ? Je t'en parlerai demain en temps et heure au bureau.

— Non, pas demain ! Tout de suite ! C'est mon émission, hein ? Tu as mis ton nez dans mon émission. Une fois de plus, elle attendit sa réaction. Quentin ? Tu ne m'as pas enlevé mon émission ?

Il gonfla les joues.

— Il en a été question.

— Il en a été question, répéta-t-elle en le singeant. Avec qui ?

— Sur tous les plans, rétorqua-t-il, puis il repoussa brutalement sa chaise et se leva. Tu connais les taux d'écoute — ils sont si bas que, si on trébuchait dessus dans le noir, on ne se casserait pas la figure — et tu sais très bien qu'il faut prendre des décisions. Ce n'est ni un secret, ni une surprise, ni une trahison. On en parlera demain à la réunion. Personne n'essaie de t'avoir, Syb, tu sais.

— Un tas de gens en seraient ravis.

Il haussa les épaules.

— Tu as semé le vent. Tu te rappelles : un jour tu m'as dit que tu ne participais pas à un concours de popularité ? Tu voulais uniquement qu'ils soient conscients de ta présence. Eh bien, voilà. Tu nous as fait changer d'avis avec « Regard sur le Monde » et les autres trucs que tu réalises, tu nous as fait atteindre des taux d'écoute fabuleux et tout New York sait que c'est grâce à toi. Tu as envie de danser ?

— Non.

— Bon... Regardant la piste en marquant le rythme du pied, il avait l'air indécis. Alors, allons-y. Les Durham nous attendent. Tu sauras t'y prendre avec eux ?

La bouche serrée pour ne pas l'insulter, Sybille l'observa. Il va mourir d'un jour à l'autre. Demain peut-être. Et j'aurai tout.

— Bien sûr. Ils ne sont pas difficiles. Dis-moi quand tu veux qu'ils partent et je m'en occuperai.

— Bonne petite, déclara-t-il, satisfait, et quand elle se leva, il lui donna une tape sur les fesses alors qu'ils s'éloignaient.

Cet été-là, le nouveau présentateur de « Regard sur la Finance » se prépara pour la rentrée. Walt Goddard avait présenté les actualités à Saint Louis, Phoenix et Seattle. Les épaules carrées, le regard perspicace, il avait un beau visage rude qui, d'après les sondages, inspirait autant confiance aux femmes qu'aux hommes. Sybille ne lui adressa pour ainsi dire pas la parole. Elle le mit entre les mains de son assistante, quitta la station et loua une maison dans les Hampton pour deux mois.

— Tu peux m'accompagner si tu veux, dit-elle à Enderby. Moi, j'y vais de toute façon.

— On ira dans le Maine, déclara-t-il, comme d'habitude.

— J'ai laissé mon adresse et mon numéro de téléphone sur ton bureau. Si tu as envie de venir, inutile de me prévenir à l'avance, ton lit t'attendra. Et je serai seule. Je te souhaite un agréable été.

Elle l'abandonna à sa fureur puis, la rage et la honte au cœur, se rendit dans l'île. Elle avait fait tant d'efforts, plus que jamais. Souhaité cela plus que tout au monde. A chaque fois qu'elle affrontait la caméra, même si une boule lui nouait l'estomac à l'idée qu'elle apparaissait dans des milliers de foyers, elle était folle de joie et, durant sa demi-heure à l'antenne, plus rien ne comptait.

Mais on le lui avait pris. On l'avait flanquée à la porte. Qu'ils aillent se faire foutre, qu'ils aillent tous se faire foutre, ceux qui lui arrachaient ce qu'elle voulait. Il n'y avait eu personne pour la défendre. Personne pour objecter qu'on aurait dû lui accorder six mois de plus afin d'apprendre à parler devant la caméra comme on s'adresse à un ami ou un amant. Personne n'était de son côté.

La circulation étant moins dense, elle accéléra. Plus elle approchait, plus le paysage se dégageait. De temps en temps, elle apercevait l'océan éclaboussé de soleil, un bateau tirant un skieur, un bout de plage. A la station, personne ne la soutenait. Elle travaillait avec eux depuis plus de deux ans et personne n'avait tenté de la défendre. Ce n'était pas une question d'amitié – elle n'en avait jamais rien eu à fiche – mais une question de respect professionnel, de faire front quand on attaquait un membre du groupe. Ils agissaient ainsi entre eux, mais pas avec elle. Ils sont tous contre moi, se dit-elle. Personne ne veut que je réussisse. Ils sont tous jaloux et hostiles.

Elle arriva à Amagansett et ralentit, cherchant l'adresse communiquée par l'agence. On l'avait virée de sa propre émission. Et laissée sans rien. Hormis un mari qui dansait comme s'il comptait vivre encore soixante-dix-huit ans et un boulot de réalisatrice. Il faut que j'aie plus. Plus, encore plus, toujours plus. Je vais trouver une idée. C'est pour ça que je suis venue ici : afin d'être seule et de réfléchir à ce que je vais faire.

Sa bonne et son régisseur étaient partis à l'avance et, à son arrivée, la villa donnant sur la mer l'attendait. Elle se trouvait au cœur des mondanités qui agitent les Hampton tous les étés. On donnait des déjeuners tous les jours et trois ou quatre réceptions tous les soirs où, étant la femme de Quentin et la présentatrice de son émission de télévision – car personne ne savait encore qu'on la lui avait retirée –, elle était invitée. Dans son lit agréablement frais, personne ne l'importunait, elle apprenait à monter à cheval et passait des heures à se perfectionner au ball-trap.

— En réalité, mon objectif, c'est de chasser, expliqua-t-elle à son professeur. Je compte me lancer cet automne.

— Vous visez quelqu'un en particulier ? répliqua-t-il en riant.

— Je ne sais pas encore.

— C'était une plaisanterie ! Une plaisanterie, vous me suivez ? Vous pensiez aux renards, non ? Dans le Dutchess County, non ?

— Naturellement, acquiesça-t-elle.

Puis elle recommença à tirer sur les pigeons d'argile projetés tels des missiles en un arc au-dessus du bras de mer. Elle manquait rarement sa cible.

En septembre, elle reprit son poste : elle réalisait « Regard sur le Monde » et deux autres émissions.

— Ma consœur froide et concentrée qui a l'intelligence de conquérir sa réputation de rouspéteuse, disait Enderby, content de l'avoir laissée seule tout l'été pour surmonter sa morosité.

Apparemment, rien n'avait changé. Comme toujours, distante, efficace, brillante, intime avec personne, Sybille était l'une des meilleures réalisatrices de New York.

Elle ne s'occupa plus jamais de « Regard sur la Finance ».

En octobre, Enderby acheta le réseau câblé de Durham et Sybille se rendit avec lui à Washington afin de signer les derniers papiers. C'était la première fois qu'elle quittait New York depuis que Walt Goddard présentait son émission, depuis le début de son humiliation. Il avait été impossible de garder le secret : comment garder le secret sur une chose qui passe à la télévision ? Partout le bruit courait qu'elle était responsable de cet échec, qu'on l'avait larguée à cause des taux d'écoute catastrophiques. Tout le monde lui posait des questions à ce sujet, généralement en haussant légèrement les sourcils ou en feignant la compassion, et cela devint tel qu'elle ne voulait plus aller nulle part. Elle ne menait plus aucune vie mondaine.

A Washington, on n'en parlait pas. Sybille disait à qui voulait l'entendre qu'elle avait quitté le plateau parce que son mari et elle étaient débordés pour tenter de mettre sur pied leur nouveau réseau câblé. Elle le répétait si souvent qu'elle commençait à y croire. Au bout de deux jours, Washington lui semblait beaucoup plus raffinée que New York, les gens plus intelligents, le climat plus intéressant, la haute société plus recherchée. Au bout d'une semaine, il ne restait presque plus rien de ce sentiment de honte et de colère qui la nouait. Elle se sentait libre.

— Pourquoi ne pas nous installer ici ? proposa-t-elle à Enderby alors qu'ils quittaient le bureau de l'avocat en fin d'après-midi après avoir signé les derniers accords de la vente.

— Nous installer ici ? répéta-t-il d'un ton vague.

Il était fatigué et il avait mal au dos ; il se sentait vieux.

— Oui, ici, à Washington. Elle l'aida à enfiler son manteau. Ça ne te plairait pas ?

— Non. Mais où est la limousine, nom d'un chien ? Elle devait nous attendre.

— Elle va arriver. On a dit cinq heures, c'est une question de minutes. Tu es fatigué ?

— Ne me traite pas comme si j'étais infirme. Le chauffeur n'a pas à attendre qu'il soit cinq heures pile, il devrait être là plus tôt.

— On ne refera plus appel à lui. Si on s'installe ici, on aura le nôtre.

— Qui a parlé de s'installer ici ?

— J'aimerais que tu y réfléchisses. J'en ai assez de New York et tu disais que c'était trop bruyant, la circulation impossible. Je crois qu'on a besoin de changer d'air. Tu sais, on ne peut pas faire grand-chose de plus avec la station ; on devrait se lancer dans une autre aventure. C'est pour ça que tu as acheté ce réseau, non ? Pourquoi ne pas s'installer ici et se concentrer sur ce nouvel objectif ? On pourrait jeter un coup d'œil sur les appartements tant qu'on est là. Tu veux bien ?

Il semblait renfrogné.

— Tu as perdu la tête ?

— Je ne crois pas. Je pense que c'est une excellente idée.
— Je n'ai jamais dit que New York était bruyant.
— Tu as dit que tu aimerais vivre dans un endroit plus calme.
— Jamais de la vie! La tombe, c'est calme; en attendant, je n'ai pas besoin de tranquillité.
— Ce n'est pas une question de tranquillité. J'en ai assez de New York. J'aimerais changer d'horizon. Quentin, j'ai envie de vivre ici. On n'est pas obligés de rester si ça ne nous plaît pas, mais je voudrais tenter l'expérience quelque temps. Un an. Essayons pendant un an.

Il fit un signe désapprobateur.

— Je ne peux pas y réfléchir dans l'immédiat. Cet avocat m'a épuisé, je n'en peux plus.

— Tu vas te reposer à l'hôtel, on en parlera au dîner. La limousine s'arrêta au bord du trottoir. Elle s'y glissa la première. On ne sera que tous les deux ce soir, on pourra bavarder. Elle l'enveloppa dans le plaid. Penses-y, Quentin. J'en ai envie.

Il l'observa d'un regard pénétrant.

— Tu veux quitter New York, c'est ça?

Ahurie, elle détourna les yeux. Il la surprenait toujours quand il passait de cet état comateux à une perspicacité qui avait fait de lui un millionnaire. Elle voulut le contredire mais se tut. C'était de sa faute si elle voulait quitter New York. Eh bien, qu'il le sache.

— Naturellement. Pour l'instant en tout cas. C'est affreusement difficile d'affronter tout le monde. Les gens savent que vous m'avez obligée à partir.

Il grommela dans sa barbe, puis sombra dans le silence. Et il y a autre chose qu'il n'apprendra jamais, songea Sybille. On va quitter New York parce qu'il aime vivre là-bas, parce qu'il y est à l'aise et dans son univers, parce qu'il n'apprécie pas le changement. On va quitter New York parce qu'il va payer ce qu'il m'a fait subir. Ils roulèrent en douceur le long des larges avenues jusqu'au Willard où un portier se précipita pour les accueillir.

— Je vais y réfléchir, annonça Enderby. Ce n'est pas pressé.

— Si, insista-t-elle. Je ne veux plus rester à New York. Je parle sérieusement.

Il l'observa alors qu'ils entraient dans le hall.

— Tu n'en as jamais rien eu à fiche de l'opinion d'autrui jusqu'à présent.

— Détrompe-toi, répliqua-t-elle froidement. Je ne m'en plains pas, c'est tout. Quentin, je te demande un an pour voir si ça nous plaît; sinon, on retournera à New York. On ne vendra pas l'appartement, on aura toujours un endroit où aller.

Silencieux, il ruminait en passant devant le promenoir Peacock Alley pour se rendre vers les ascenseurs.

— Ce n'est pas un caprice, assura Sybille d'un ton dur.

— Bon. Il haussa les épaules et poussa un profond soupir. Peut-être n'est-ce pas une mauvaise idée. Je ne sais pas ce que je fous avec ce réseau qui ne compte que deux émissions de cuisine, quelques flashes d'infos et du sport... On devrait peut-être y songer. On en parlera au dîner. Tu as réservé ?

— Oui.

— Très bien. Tu es formidable, Syb. Dans la cabine, il la prit dans ses bras et l'attira contre lui. Tu réchauffes le cœur d'un homme et son foyer. Tu es têtue cependant et même une emmerdeuse parfois. Mais excitante... quand tu ne m'épuises pas. Tu as sans doute déjà choisi un endroit où t'installer.

— Non. Mais je vais en trouver un si tu me donnes une heure.

— Je vais faire un somme. Profites-en. Il redressa son dos endolori, esquissa un sourire et ajouta : Certains prétendent que je suis trop vieux pour repartir à zéro. Ils ont tort, hein, chérie ?

— Bien sûr qu'ils ont tort.

Sybille le tenant par le coude, ils regagnèrent leur suite. Il pouvait bien penser ce qu'il voulait. Elle se garderait de le détromper. La vérité, c'est qu'il n'en avait plus pour longtemps. Alors que sa vie ne faisait que commencer.

12

Elle avait tiré les rideaux quand ils étaient entrés dans sa chambre et, lorsque Nick se réveilla en sursaut, il crut qu'il faisait nuit et qu'il avait dormi comme une souche.
— Merde! lança-t-il, furieux. Il repoussa aussitôt le drap et bondit hors du lit.
— Nick! Où vas-tu? Elle tendit le bras vers lui, une tache claire se découpant dans la pénombre. Qu'y a-t-il?
Il ouvrit les tentures. Le soleil inonda la pièce.
— Il est encore tôt!
— Bien sûr. Tu as dit que tu devais partir à cinq heures. Je ne t'aurais pas laissé dormir. Tu es fâché contre moi?
— Non, pas du tout.
Il regarda sa montre : il était quatre heures et demie. Il aurait le temps de s'arrêter au bureau en rentrant. Il s'approcha de ses vêtements qui traînaient par terre et s'apprêta à les ramasser.
— Nick! Se glissant hors du lit, elle l'enlaça et se serra contre lui. Tu avais promis qu'on aurait tout l'après-midi. Reviens te coucher, on n'est pas pressés.
Il voulut l'écarter mais la pressa contre lui. Chaude, d'une douceur extraordinaire, aussi rose et potelée qu'un bébé, ses cheveux blonds étaient ébouriffés à la suite de leurs ébats et son corps s'abandonnait avant même qu'il ne le lui demande rien. Renversant la tête, elle le regarda avec un petit sourire et tenta de l'entraîner sur la moquette. Il la coucha à terre sans ménagement et s'allongea à son tour, sa main entre ses jambes.
— C'est si bon, chuchota-t-elle contre sa bouche. Si bon, si bon...
Ses ongles pointus laissaient des traces sur sa peau, le soleil tombait sur eux, ses murmures l'envahissaient. Elle écarta les jambes et se cambra vers lui, Nick se dressant au-dessus d'elle. Puis il la pénétra, s'enfonça en elle, perçut ses mouvements en harmonie avec les siens, entendit ses petits

cris jusqu'à ne plus penser qu'à sa docilité, sa douceur et au soleil sur son dos.

Pourtant, alors qu'il rentrait chez lui, il se sentit écœuré : il ne parvenait pas à se rappeler son nom.

Il avait dormi seul pendant des mois : à l'époque où il travaillait comme un forcené et consacrait le reste de son temps à Chad. Lorsque le climat se calma au bureau et que les choses prirent un cours normal, il trouva autant de femmes qu'il en voulut et il y en eut beaucoup après Pari : des femmes d'un après-midi, d'un soir ou, plus rarement, l'espace de quelques semaines ou de quelques mois. Des femmes qui, comme lui, cherchaient à s'installer, à construire leur vie. Il ne les amenait jamais chez lui et Chad ne les rencontra pas pour la plupart. Une ou deux fois, ayant des espoirs avec l'une d'elles, il avait organisé un dîner à trois avec Chad, mais cela ne donna rien. Jamais rien. Aucune n'avait la magie de Valérie et jamais plus il ne confondrait la pitié et l'amour comme avec Sybille.

Christie, se rappela-t-il au moment où il s'engagea dans l'allée et appuya sur la télécommande qui ouvrait la porte du garage. Oui, elle s'appelait Christie ; bien sûr qu'il ne l'avait pas oublié. Christie Littell, elle était infirmière, une jolie femme, la plus docile qu'il ait jamais connue. Pas une femme avec qui il voulait faire sa vie.

Comme tous les soirs, Chad l'attendait. Il surveillait le bruit de la porte du garage, puis se ruait sur le perron où il s'asseyait, l'air de s'ennuyer.

— J'attends depuis des heures, lança-t-il.

Dans un éclat de rire, Nick le balança sur son épaule.

— Je suis rentré dans un petit dragon au coin de la rue.

— Faux. Les dragons sont énormes.

— Celui-là était petit et très puissant. Il a fait beaucoup de poids et altères pour se fortifier.

Chad pouffa.

— Pourquoi ? Pour tuer les vilains ?

— Non, il pense qu'on ne doit pas imposer sa propre loi. Son muscle le plus vigoureux, c'est sa langue, il a mangé des brocolis et des asperges pendant des années pour la renforcer. Les vilains, il les lèche et les emmène en prison.

— Ce n'est pas vrai !

— Ah non ? Il a léché ma voiture. Il m'a pris pour un voleur et m'a embarqué d'un coup de langue. Puis il s'est aperçu que j'étais un chic type avec un fils formidable qui m'attendait et il m'a relâché. Mais l'auto est rutilante ; va voir si tu ne me crois pas.

Gloussant, Chad courut vérifier l'état de la voiture que Nick avait fait laver ce jour-là. Soulagé, Nick alla dans la cuisine. Ses jeux quotidiens avec Chad à son retour devenaient de plus en plus difficiles ; tous les soirs, il devait trouver une histoire différente et il était parfois à cours d'imagination. Les ordinateurs sont plus simples, se dit-il. Ce serait horrible si je devais inventer des histoires pour vivre.

Il ouvrit la porte de la cuisine et sourit à Elena. Elle s'était mariée deux mois plus tôt et Nick lui avait permis de partir un mois avec son mari, Manuel, en voyage de noces à Mexico voir leur famille tandis que sa sœur s'occupait de Chad. Ils vivaient maintenant dans l'appartement aménagé au-dessus du garage de la nouvelle maison de Nick à Portola Valley. Il l'avait achetée en janvier durant leur absence, à l'époque où Sybille l'appela pour lui annoncer qu'elle s'installait à Washington avec Quentin et qu'elle n'aurait pas le temps de venir en Californie avant un moment. A peine arrivé dans son nouveau domaine, Chad parcourut les douze pièces au triple galop, hurlant qu'il était perdu, qu'il ne reverrait jamais son père et qu'Elena ne les trouverait jamais quand elle rentrerait. Puis il se mit à décorer sa chambre, dessinant sur les murs que Nick avait fait préparer avec un enduit spécial, choisissant des rideaux, des draps et un dessus-de-lit assorti et disséminant ses jouets partout.

— Ils se sentiront seuls dans une maison inconnue s'ils ne me voient pas, déclara-t-il d'un ton solennel.

Avec un éclat de rire, Nick renonça à toute discussion sur l'organisation de Chad qui disposait ses jouets, ses jeux et ses animaux en peluche sur ses nouvelles étagères et dans son nouveau coffre au pied de son nouveau lit.

Fraîche et spacieuse, la villa avait été décorée avec goût par une jeune femme qui vivait avec Ted dans une belle maison voisine. Souvent, lorsqu'ils travaillaient ensemble le soir dans le bureau de Nick, une fois Chad couché, ils regardaient alentour et, se rappelant un certain salon et un garage à San Jose, se souriaient.

Depuis trois ans qu'ils avaient fêté leur installation dans ce garage, ils s'étaient développés au point d'occuper six bâtiments regroupant huit cents employés. Ils expédiaient mille ordinateurs par semaine, leur chiffre d'affaires atteignait presque cent millions de dollars par an et ils donnaient des interviews à des journaux et des magazines californiens. Grâce au don de Nick dans le domaine du software et le génie de Ted dans le domaine du hardware, Omega Computer n'avait jamais perdu sa première place sur le marché malgré l'afflux des nouveaux concurrents.

Nick ne s'occupait plus des opérations au jour le jour. Il s'était résigné à confier cela à un directeur général et à des chefs de département pour se consacrer à ce qu'il appelait, avec ironie, le travail du président : être un meneur et un conciliateur au sein de son entreprise et la promouvoir dans le monde entier. Parallèlement, il dirigeait le développement technique de l'Omega 2000 qui, à sa façon, serait aussi révolutionnaire que le 1000 en son temps.

Nick et Ted avaient décidé de lancer le 2000 cette année, au moment où la société serait cotée en Bourse.

Durant l'automne et l'hiver précédents, Nick avait vu des avocats et des assureurs pour préparer l'émission des actions. Sans cesse en déplacement pendant six mois aux Etats-Unis et en Europe, il revenait auprès de

Chad avant de repartir vers une autre destination. Les assureurs, qui l'accompagnaient, étaient ses professeurs, ses conseillers et, ajoutait-il avec humour, ses chaperons car ils l'accaparaient tant qu'il ne pouvait rien faire d'autre. Dans chaque ville, il s'adressait aux grandes sociétés de placement, aux directeurs des caisses d'assurance vieillesse et autres institutions : il voulait les convaincre de s'intéresser à Omega Computer et de s'engager à acheter d'importantes parts de la société quand on les lancerait au printemps sur le marché. Etant le président, il se devait d'y aller en personne.

Au début, il se sentait raide et gauche; il avait l'impression d'être le dresseur d'un spectacle de chiens et de poneys. Il répugnait à parler de lui et n'appréciait pas les projecteurs braqués sur lui, ni les chevalets présentant diagrammes et graphiques colorés, photocopies de l'historique de la société et rapports financiers.

Soudain, alors qu'il affrontait le public pour la cinquième fois, il s'aperçut qu'il y prenait plaisir et qu'il était brillant. Il aimait deviser sur l'entreprise. Nick et Ted l'avaient conçue et développée jusqu'à ce qu'elle devienne leur enfant pratiquement. Pendant des années, il avait parlé de Chad à des dîners chez des amis : il montrait ses dernières photos, décrivait ses exploits, son vocabulaire, son bon caractère, son esprit remarquable. Lorsqu'il rentrait, il se demandait à quel point ses amis s'étaient ennuyés, même les couples mariés qui le comprenaient. Cependant, il pouvait discourir sur Omega sans ennuyer son auditoire : les gens venaient pour l'écouter. Ils voulaient aussi qu'il se découvre et, tant qu'il se limitait à son rôle de président d'Omega et qu'il restait honnête, tout se passait très bien.

Un matin, trouvant que son baratin habituel commençait à être éculé, il récrivit une partie de son discours sans en parler à ses conseillers et, quand il retrouva un groupe de spécialistes en placements à un petit déjeuner d'affaires, il raconta la catastrophe des quinze cents ordinateurs. Le moment fut délicat : les assureurs blêmirent et ses interlocuteurs parurent stupéfaits, mais Nick renversa la situation.

Il intégra l'anecdote, qui fut saluée par des rires sincères et chaleureux, à sa présentation. En mars, on la cita dans des articles qui lui furent consacrés dans le *Wall Street Journal* et le *New York Times*, puis elle fit la une de *Time* et de *Newsweek* lorsqu'on vendit les actions d'Omega Computer, d'une valeur d'un milliard de dollars, qu'on s'arracha.

Nick, dont la part représentait désormais deux cents millions de dollars, devint aussitôt une vedette.

Et Sybille l'appela.

— C'est incroyable. Tout simplement... stupéfiant. Qui aurait pu imaginer une chose pareille du temps où on habitait dans cette affreuse maison... « Le rêve américain »... Quel est le magazine qui a dit cela ? Les deux, sans doute. « Une nouvelle race de chef d'entreprise. » Tu t'identifies à cela ? « Le petit prodige de Silicon Valley... » Je ne t'ai jamais considéré comme un gamin... Quel âge as-tu maintenant ?

— Trente et un ans.

— Tu n'es vraiment plus un enfant. Un silence s'ensuivit. Félicitations, ajouta-t-elle. Et que comptes-tu faire ?

— La même chose probablement. Si tu lis les journaux, tu dois savoir que le 2000 sort cette semaine ; on a du pain sur la planche pour le lancer sur le marché...

— Mais tu n'es plus obligé ! Tu peux mener la vie qui te plaît !

— Dans l'immédiat, c'est ce qui me plaît. Il faut que je te quitte, Sybille, on est en train de fêter l'anniversaire de Chad. Je regrette que tu ne sois pas là. Il a été ravi de te parler hier soir. Tu vas venir en avril ?

— Oui, à moins d'un imprévu au bureau.

— Je te rappelle bientôt.

Il se tut. Elle ne feignait plus de vouloir lui reprendre Chad ; ses allusions avaient cessé et ils n'abordaient même plus le sujet. Cependant, les rapports de Sybille et Chad demeuraient distants et Nick se demandait s'il devait proposer d'autres solutions afin qu'ils apprennent à se connaître ou s'il devait y renoncer. Ce jour-là, il n'insista pas.

— Merci de ton coup de fil. On te rappellera bientôt, assura-t-il.

Puis il se replongea aussitôt dans le chahut des vingt gosses de quatre ans qui avaient envahi le jardin de derrière.

Les petits s'étaient arrêtés de jouer, il ne restait plus de poulet frit ni de limonade et Chad se dressait devant son gâteau – reproduisant la forme de son singe en peluche préféré – préparé par les bons soins d'Elena. Il tenait précautionneusement le couteau comme le lui avait appris Elena.

— Papa, on t'attend ! hurla-t-il, couvrant les baragouinages des enfants, au moment où Nick sortit de la cuisine. Je vais souffler les bougies et Elena a dit que je pouvais couper la première part.

— Une seconde. Nick attrapa sur un banc en séquoia son appareil qu'il régla. Ça y est. Qui chante « Bon anniversaire » ?

Manuel, le mari d'Elena, commença de sa voix de baryton alors que les gamins reprenaient vigoureusement les paroles et enchaînaient. A la fin, avec un grand sérieux, Chad s'inclina. Il inspira profondément, souffla les bougies qui formaient un quatre, salua de nouveau sous les applaudissements déchaînés, puis coupa avec application une part de gâteau, Nick faisant un reportage de l'ensemble. Tandis qu'Elena et Manuel distribuaient les autres morceaux, il circula parmi les invités, leur parlant et prenant d'autres photos des enfants qui engouffraient gâteau et glaçage dans leur petite bouche sans arrêt en mouvement.

— Je peux en avoir d'autre ? demanda l'un d'eux.

— Bien sûr, il y en a plein. Nick s'approcha de la table où Elena avait laissé ce qui restait sur des assiettes en carton. Tu as toujours ta fourchette ?

— J'en ai pas besoin.

— Non, effectivement, acquiesça-t-il avec un large sourire. A quoi sert une fourchette ?

— Pourquoi Chad, il vit avec vous et pas avec sa mère ? s'enquit le petit.

— Elle habite à Washington, répondit Nick, pris par surprise.
— Ouais, Chad nous l'a raconté. Alors, pourquoi il vit pas à Washington ? Mon père est à Phoenix et on va le voir.
— Il existe des tas de façons de s'y prendre...
— Mais vous, c'est pas bien comment vous faites !
— D'après qui ?
— D'après moi ! Et d'après tout le monde à l'école.
— Tout le monde ? répéta Nick, l'air plus sombre.

Chad n'avait jamais évoqué le sujet. Il adorait l'école ; il en parlait avec joie, il ne voulait même pas que son père appelle cela le jardin d'enfants.

— C'est la pré-école maternelle, répliquait-il d'un air indigné. Une vraie école !

Mais à quels problèmes se heurtait-il ? se demanda Nick. A quel point devait-il défendre sa façon de vivre qui était différente de celle des autres ?

— Et Chad, il dit que ce n'est pas bien ? lança-t-il au gamin.
Celui-ci fit signe que non.
— Il dit de la boucler.
— Et tu la boucles ?
— Oui, Chad cogne drôlement dur.
— Chad cogne drôlement dur, répéta Nick, ahuri.
Il ne l'avait jamais vu se battre.
— Alors, pourquoi il vit avec vous ? insista-t-il.
— On a trouvé cette solution, répondit Nick, comprenant que cette réponse ne pouvait satisfaire la curiosité d'un enfant de quatre ans. Ce n'est pas mal, simplement c'est une autre solution. La maman de Chad a un travail qui la prend beaucoup et elle pensait qu'elle ne lui consacrerait pas assez de temps.
— Ma maman travaille et je vis avec elle, déclara le gosse avec obstination.

Nick eut une folle envie de lui enfourner le reste de son gâteau dans la bouche.

En fait, il se leva et haussa le ton.
— Je crois qu'il est l'heure de découvrir le magicien, annonça-t-il.
Vingt petits bonshommes se dressèrent d'un bond.
— Le magicien ?
— Un vrai magicien ?
— Chad nous l'avait pas dit !
— Je ne le savais pas ! hurla Chad. Papa avait juste dit qu'il y aurait une surprise.

Tel le joueur de flûte d'Hameln, Nick les conduisit dans la maison où ils s'assirent au salon en demi-cercle. Devant eux, un grand homme en costume blanc, chaussures rouges et cravate assortie avec une perruque rouge sous un chapeau de paille du même ton, s'affairait autour d'une table avec son attirail. Il ne prêtait pas attention aux enfants. Soudain, les choses se mirent à disparaître pour réapparaître ailleurs, parfois dans les cheveux des gosses ou le pli d'une manche. Le spectacle avait commencé. Se tenant un peu à l'écart, Nick regardait Chad et ses camarades.

Après la fête, Chad fut intarissable.

– Tu te rappelles l'eau dans la cruche? Il l'a remplie, puis il l'a retournée et il n'y en avait pas une goutte. Et les trois caniches nains? Il les a fourrés dans la niche, on ne les voyait plus et on les a retrouvés au réfrigérateur! s'exclama-t-il en pouffant.

Se repassant chacun des tours de magie dans sa tête, il prit son bain puis, évoquant les jeux de l'après-midi, il enfila son pyjama et enfin, parlant de son déjeuner d'anniversaire, il se mit au lit.

– Qu'est-ce que c'est? s'enquit Nick en s'asseyant à côté de lui.

Il brandit un morceau de gâteau enveloppé dans une serviette glissée sous son oreiller.

– Euh... on dirait une part de mon gâteau.

– Tu en as mangé trois après le repas, on était convenu que ça suffisait, il me semble.

Chad se renfrogna.

– Ouais. Je sais pas comment elle est arrivée là.

Nick prit un air étonné.

– Papa, cette main-là, expliqua-t-il en la montrant, elle fait des choses sans que je m'en rende compte.

Nick éclata de rire et Chad avec lui.

– Tu en as vraiment envie? demanda Nick.

– Je pourrai attendre jusqu'à demain, je crois.

– Alors, je la remporte à la cuisine. Tu as remercié Elena pour ton gâteau?

– Euh, euh... Elle m'a dit que c'était son cadeau d'anniversaire. Je lui ai fait un baiser. Et un câlin aussi.

– C'est bien.

– On peut lire un de mes nouveaux livres?

– Oui, mais j'aimerais qu'on bavarde un peu d'abord, tu veux bien?

– De quoi?

– De la raison pour laquelle ta mère n'a pu assister à ta fête.

Son visage se ferma. Tout en l'observant, Nick s'aperçut que Chad avait cette réaction à chaque fois qu'il faisait allusion à Sybille et qu'il abordait donc de moins en moins souvent le sujet. Il avait tant de peine à voir Chad se débattre avec ses sentiments à l'égard de sa mère qu'il préférait l'éviter. Toutefois, cette attitude ne résout rien, songea-t-il. Cela lui rend les choses encore plus pénibles car il ne peut s'en ouvrir à personne et il le garde pour lui.

– Il est difficile d'en parler, déclara-t-il. Je crois que ce serait bien pourtant.

– Pourquoi?

— D'abord parce que tes amis en discutent à l'école, apparemment.
— Et alors ?
— Peut-être aimerais-tu avoir quelques réponses à tes questions.
Il secoua la tête avec colère.
— Chad, poursuivit gentiment Nick, on a adopté une autre solution tous les deux, de même que ta mère, et j'aurais dû comprendre que trois mots d'explication ne suffisaient pas. Je me disais toujours qu'on allait attendre que tu sois plus grand, j'avais tort.
— Non ! Tout va bien comme ça ! Tu as gâché mon anniversaire !
Nick hésita. Chad était terriblement jeune, il pouvait encore attendre. Cependant, il se répétait cela depuis deux ans.
— Je regrette de gâcher ton anniversaire, mais c'est important et peut-être pas si affreux que tu le crois. C'est important car parfois les gens, comme tes camarades à l'école par exemple, pensent que tu es bizarre. Chad le regarda d'un air surpris. Et ce n'est pas vrai. Le fait que ta mère vive ailleurs n'a strictement aucun rapport avec toi. Tu n'as rien de bizarre, Chad. Tu es le type le plus formidable que je connaisse...
— Tu es mon papa ! Tu l'as toujours dit !
— Et généralement, j'ai raison. Tu te souviens que tu l'as reconnu très souvent ? De toute façon, il y a des tas de gens qui sont d'accord avec moi.
Nick énuméra ses amis, surtout les couples mariés qui les conviaient le dimanche à des petits déjeuners ou à des barbecues dans le jardin. Il mit ses pieds sur le lit et, s'appuyant contre la tête, prit Chad par l'épaule.
— Tu n'as pas enlevé tes chaussures, observa Chad.
— Oui, effectivement.
Il posa ses souliers par terre et reprit par l'épaule son fils qui, de toute évidence, n'en avait pas envie.
— Ecoute, c'est assez compliqué. Je vais quand même essayer de te l'expliquer le plus simplement possible. Certaines personnes veulent qu'on les laisse tranquilles, il leur est difficile de vivre avec d'autres gens. Ta mère est de ceux-là. Non pas qu'elle...
— Elle vit avec Quentin.
— Oui, mais j'ai tout de même l'impression qu'ils ne sont pas souvent ensemble. On ne l'a presque pas vu la dernière fois qu'on était à New York, tu as remarqué ? Je crois qu'ils se sont mariés parce qu'ils s'aiment bien ; cependant, ils veulent aussi faire des choses chacun de leur côté, c'est leur façon de vivre. Ce n'est pas que ta mère ne t'aime pas, Chad. Mais pour elle, il est très important de mener sa vie comme elle l'entend avec son travail, sa manière de s'organiser, et il ne reste pas beaucoup de place pour qui que ce soit.
Un silence s'ensuivit. Dans les bras de Nick, Chad était raide comme un piquet.
— Elle ne veut pas de moi, murmura-t-il. Nick se pencha pour l'entendre. Elle ne m'aime pas !
Des larmes lui montèrent aux yeux et coulèrent sur ses joues. Chad

tentait de ravaler ses sanglots, puis il s'effondra contre Nick, s'accrochant à sa chemise, haletant contre sa poitrine.

— Elle ne m'aime pas! répéta-t-il.

Maudite sois-tu, fulmina Nick à l'adresse de Sybille. Il ferma les yeux pour refouler les larmes qui le brûlaient et prit Chad dans son giron.

— Ecoute, déclara-t-il d'un ton ferme. Tu m'écoutes? Elle t'aime à sa façon. Elle ne peut pas le montrer comme moi mais elle pense beaucoup à toi. Tu vois bien qu'elle t'offre plein de cadeaux. D'après toi, qui les achète... le maire de New York? Un gloussement étouffé troua les sanglots de Chad. Elle appelle aussi ou c'est nous qui l'appelons très souvent et elle va venir d'ici quelques semaines... Non, tu veux que je te dise? Et si on lui faisait une surprise en allant à Washington?

Les yeux écarquillés, les joues luisantes de larmes, Chad se redressa d'un bond.

— On pourrait? Puis il secoua la tête. Non, non... Elle ne veut pas de nous.

— Bien sûr que si. Peut-être ne s'en rend-elle pas compte car elle est très occupée, mais on va lui téléphoner demain pour lui annoncer notre arrivée. Vous irez dîner dehors tous les deux ou même au zoo — tu ne connais pas celui de Washington — et tu vas bien t'amuser. Ce sera comme un deuxième anniversaire. Chad, écoute-moi.

Chad avait l'air méfiant.

— Quoi?

— Même si tu le souhaites plus que tout, ta mère ne sera jamais comme les autres. Qu'on aille à Washington ou qu'elle vienne, elle ne changera pas. Parfois, elle a du mal à organiser sa vie. Pourtant, je suis sûr qu'elle fait de son mieux et on ne peut pas lui demander de changer. Il faut la prendre comme elle est et l'aimer si...

— Tu ne l'aimes pas!

— Pas comme autrefois mais ça n'a aucun rapport avec toi. Tu dois l'aimer autant que tu le désires sans en avoir honte, sans y voir aucun mal. Explique à tes camarades de classe qu'on a notre façon de faire et qu'il n'y a rien à y redire, que c'est bien pour nous. Tu peux leur raconter que tu as une grande famille : ta mère, ton papa, Elena, Manuel, Ted et plein d'autres gens qui t'aiment et qui te trouvent formidable même s'ils ne vivent pas avec toi. Je sais que c'est difficile de n'avoir qu'un père...

Chad jeta ses bras à son cou et colla son visage contre le sien. Il sanglotait à nouveau.

— Je t'aime, c'est pas difficile, je t'aime...

Ne pouvant prendre son mouchoir dans sa poche, Nick essuya le visage de Chad avec un bout du drap.

— Je t'aime, mon pote, murmura-t-il, la gorge serrée.

Il baisa ses yeux clos et le serra bien fort, le protégeant pour qu'on ne lui fasse aucun mal.

— Mon chéri. Mon fils chéri, mon ami, mon pote, mon champion qui mange le plus grand nombre de parts de gâteau d'anniversaire avec sa main qui fait des choses sans qu'il ne s'en rende compte...

Un autre gloussement échappa à Chad. Ils restèrent ainsi et Nick sentit qu'il tenait toute sa vie entre ses mains : le sens et le but, la beauté et la joie de son existence. Il aimait son fils avec une passion que seule une femme pouvait susciter, croyait-il. Cela le stupéfiait et le convainquait qu'il n'avait besoin de rien d'autre. Cette passion, si différente, si essentielle à ses yeux, lui suffisait et il ferait tout pour compenser les peines de Chad, pour ramener la joie qui avait éclairé son visage pendant le spectacle de magie et qu'elle y reste toujours.

— Papa, dit Chad, écarquillant soudain les yeux, tu pourrais épouser quelqu'un qui ne m'aime pas ?

Nick en fut bouleversé. Les peurs d'un enfant n'ont pas de limites, songea-t-il.

— Jamais, répondit-il d'un ton catégorique. Je n'épouserai personne tant que vous ne serez pas amis tous les deux. Mais apparemment, ça n'est pas près d'arriver, Chad ; tu sais, on va être tous les deux pendant un bon bout de temps. Moi, ça me va. Et toi ?

— A moi aussi. On pourrait lire l'un de mes nouveaux livres ?

Nick se mit à rire.

— Un petit chapitre alors, il est tard. Tu en as choisi un ?

Chad sortit un ouvrage caché sous son oreiller et se cala contre Nick, se blottissant contre lui tel un chiot creusant son trou dans un champ d'herbes folles. Tenant le livre d'un côté tandis que son père tenait l'autre, il se concentrait sur les images et la merveilleuse voix grave de son père qui s'élevait et retombait au fil des descriptions et des dialogues puis, au bout d'un moment, il eut l'impression d'entendre comme le bruit de la mer, un bruit régulier de flux et de reflux, de plus en plus lointain avant de disparaître enfin : Chad s'était endormi.

Sa secrétaire prit le message en son absence et ce soir-là, alors qu'elle parcourait ses notes chez elle, Sybille apprit que Nick et Chad venaient à Washington.

— Non ! s'exclama-t-elle.

Pourquoi lui faisait-il toujours des coups pareils quand elle était débordée ? Elle essayait d'apprendre à diriger un réseau câblé. Elle surveillait la restructuration de deux appartements contigus qu'ils avaient achetés. Elle s'adaptait à Washington. Elle comptait prendre des places pour les bals de l'orchestre symphonique, de l'opéra, du HOPE et du Corcoran : cela lui permettrait de se montrer aux gens importants. Elle avait versé une obole de cent mille dollars au comité de la fondation du centre Kennedy et dix mille au fonds de soutien du comité sénatorial : cela lui permettrait de se faire remarquer par les gens importants. Elle découvrait où s'habiller, où dîner, où prendre le thé. Quelqu'un l'avait parrainée pour entrer au F Street Club. Elle était surchargée. Pas question de recevoir des visites. Je vais l'appeler, se dit-elle. Il faudra qu'il modifie ses projets. Elle lut ensuite

le message suivant : Valérie Shoreham a appelé de Hawaï. C'est vraiment incroyable, songea-t-elle ; ils ont dû téléphoner juste l'un après l'autre.
— Quelle heure est-il à Hawaï ? demanda-t-elle à Enderby.
— Six heures de moins qu'ici, répondit-il sans lever les yeux de son journal. Pourquoi as-tu dit : Non !
— Nick veut amener Chad à Washington. Elle consulta sa montre. Six heures, il est donc midi là-bas.

Elle décrocha le combiné et composa le numéro. Lorsque Valérie répondit, on aurait cru qu'elle était à côté.

— Sybille, je suis ravie que tu m'aies attrapée au vol, j'allais me baigner. Comment vas-tu ? Lorsque j'ai eu ta secrétaire, elle m'a donné ton numéro à Washington. Depuis quand es-tu là ?

— Janvier. On a acheté un réseau de télévision câblé et on s'est installés ici pour s'en occuper.

Valérie se mit à rire.

— Et moi qui t'avais conseillé de prendre le temps de t'amuser ! Ça a l'air passionnant en tout cas. Et ton émission sur la finance, qu'est-elle devenue ?

Il y eut un léger silence.

— J'oubliais que tu étais partie depuis une éternité. On a engagé un nouveau présentateur. Ils voulaient que je continue et que je fasse des allers et retours, mais Quentin avait besoin de moi ici. Si j'ai le temps, j'en lancerai une autre. Il faudra que j'y réfléchisse malgré tout, c'était devenu d'un ennui mortel. Une fois qu'on est habitué à l'antenne, il n'y a plus cette notion de défi.

— Tu trouves ? Moi, ça me plaît plus qu'autrefois. Bien sûr, cela ne m'arrive pas très souvent ; peut-être est-ce pour cette raison.

— Tu as participé à des émissions au cours de tes voyages ?

— Parfois. C'était très distrayant de travailler avec des gens qui ont des méthodes si différentes des nôtres.

— Qu'as-tu fait exactement ?

— Des interviews surtout. Deux interventions pour les télévisions française et italienne...

— En anglais ?

— Non, je parle italien et...

— Pourquoi t'a-t-on interviewée ?

— Oh, on m'a bombardée brusquement « l'expert américain de passage en matière de chevaux ». Je croyais qu'ils plaisantaient mais ils étaient sérieux et, quand on me prend au sérieux, je n'essaie jamais de dissuader mes interlocuteurs. Quoi qu'il en soit, je me suis bien amusée. Je séjournais en France et en Italie chez des amis qui élèvent et entraînent des chevaux. Ils avaient des relations à la télévision et voilà, je me suis retrouvée à parler des techniques américaines. On a même tourné des séquences sur le vif en extérieur. Je l'ai fait aussi pour la BBC. On s'imaginerait que je ne connais que ça !

— De quel autre sujet aurais-tu pu parler?

Au bout d'un moment, Valérie eut un petit rire.

— Excellente remarque, Sybille. De quel autre sujet aurais-je bien pu parler?

Sybille resta coite.

— Pourtant, en Yougoslavie, j'ai parlé de la mode américaine... en anglais. Mon yougoslave se limite à bonjour, au revoir et merci. Et j'ai rédigé mes propres textes. C'était le mieux de tout. Et toi, dis-moi? Où vis-tu à Washington?

— Au Watergate.

— Oh, l'un de mes immeubles préférés.

— Qu'entends-tu par là?

— C'est si étrange, tu ne trouves pas? Toutes ces dents de requin sur les balcons.

— Ces dents de requin?

Jetant presque un regard furtif, Sybille se retourna vers le balcon qui donnait sur la ville. La rambarde était ornée d'éléments en béton décoratifs comme celles des quatre autres immeubles du complexe : de longues piques effilées et pointues. Des dents de requin. Quelle salope! Il faut toujours qu'elle se moque de tous les trucs des autres, fulmina-t-elle. Puis elle y repensa. Qu'y avait-il à redire contre les requins? Ils étaient intelligents, rapides, et gagnaient presque toujours leurs combats. Ça pourrait être pire, songea-t-elle.

— Cet endroit te plaît? s'enquit Valérie.

— Oui, oui.

— Vous avez vendu l'appartement de New York?

— Non, on en profitera si on y va quelques jours.

— Et Chad? Il est déjà venu?

— Pas encore.

Voilà pourquoi elle a appelé. Elle veut avoir des nouvelles de Nick. Et elle est bien obligée d'en passer par moi. Qu'est-ce que ça peut lui foutre? Comment peut-on s'intéresser encore à quelqu'un après tout ce temps...

Il y eut un long silence.

— Dis donc, Sybille, lança Valérie dans un soupir, le ton gai mais un peu réprobateur aussi. Je trouve que tu aurais pu me tenir au courant pour Nick. Je viens de voir *Newsweek* et *Time*. Il fait la couverture des deux magazines et tu es la seule personne proche de moi qui le connaisse. Il doit être fou de joie.

— Bien sûr, il est dans tous ses états. On en a discuté longuement l'autre jour. C'était l'anniversaire de Chad, je ne pouvais pas y aller; je l'ai donc appelé et naturellement j'ai bavardé avec Nick aussi. Il a dit qu'il avait l'impression d'avoir prouvé qu'il en était capable. Tant de gens pensaient qu'il n'y arriverait pas.

— Prouvé? Quel mot étrange dans sa bouche. Jamais je ne l'aurais imaginé.

— Pourquoi ? répliqua sèchement Sybille.

— Parce qu'il n'a jamais le sentiment – enfin, il ne l'avait jamais en tout cas – de devoir prouver quelque chose, si ce n'est à lui-même. C'est une expression qu'emploierait un anxieux, quelqu'un qui se sent incompris ou maltraité.

— J'étais mariée avec lui, observa Sybille avec colère, remarquant l'œil mauvais d'Enderby. Je le connais.

— Naturellement, acquiesça Valérie. Et sans doute, ajouta-t-elle d'un ton dubitatif, les gens changent-ils.

— Non, guère.

Sybille avait les doigts crispés sur le combiné. J'ai sorti ce mot, histoire de dire quelque chose, songea-t-elle ; elle ne pouvait pas savoir s'il l'aurait employé. Elle essaie de m'impressionner. Comment pourrait-elle en savoir tant sur lui ? Elle ne l'a fréquenté que six mois il y a six ans de cela.

— C'est incroyable tout ce qui se passe quand je ne suis pas là, reprit gaiement Valérie. J'ai toujours l'impression d'être partie depuis des années et non des mois. J'espère que ça va très bien marcher à Washington ; appelle-moi si tu viens à New York, on se verra.

— Tu vas y rester quelque temps ?

— Je ne pense pas, je me sens si agitée en ce moment que je n'ai pas de projets très précis. J'en ai assez de voyager, mais mieux vaut se déplacer que d'être à la maison, et j'ai encore des tas d'endroits à voir. La semaine dernière, j'ai rencontré des gens qui partent en randonnée au Népal. Tu te rappelles, je t'en avais parlé une fois ? De toute façon, téléphone-moi si tu viens à New York. Ma secrétaire sait toujours où je suis et elle connaît mon programme... quand j'en ai un !

— Et fais-moi signe si tu passes à Washington.

— Je ne vois pas ce qui m'y amènerait, mais c'est promis. Bonne chance, Sybille. J'espère que tout ira comme tu veux.

« Comme tu veux. » Sybille y repensa après avoir raccroché. Enderby était plongé dans son journal, le salon où ils se trouvaient était lambrissé et cossu. D'un côté, leur appartement donnait sur les eaux sombres du Potomac, les lumières de la Virginie brillant sur la rive d'en face ; de l'autre se dressait Washington avec ses larges avenues et ses immeubles de marbre blanc. Aux yeux d'un New-Yorkais, il régnait dans cette ville d'une propreté incroyable une sérénité éternelle qui résistait à la circulation, la cadence du gouvernement et la précipitation des employés de bureau à la recherche de n'importe quel poste. « Comme tu veux. »

Je ne sais plus ce que ça veut dire.

Elle découvrait un nouveau métier, s'y donnant à fond, comme toujours dans ce cas-là. Cependant, elle l'avait en horreur et détestait Enderby de l'avoir traînée à Washington et propulsée dans un genre de travail qui ne ressemblait apparemment en rien à ce qu'elle avait appris des années durant. Après lui avoir expliqué le principe de base, Enderby l'avait bombardée directrice adjointe du réseau rebaptisé EBN, Enderby Broadcasting Network.

— Et tu seras directrice d'ici la fin de l'année, affirma-t-il. Alors, écoute bien.

Petit, EBN risquait facilement d'être supplanté par les réseaux plus importants.

— Mais on va se développer, assura Enderby à Sybille un soir qu'ils étaient assis près de la cheminée à La Chaumière dans Georgetown.

Ils venaient de s'installer à Washington et Sybille se disait déjà qu'elle avait peut-être fait une erreur. A New York, elle se trouvait au moins en terrain de connaissance et ils dirigeaient une station puissante, rentable. Ici, ils avaient un nouveau-né tout juste capable de survivre.

— Le câble va faire un boum, poursuivit Enderby, éloignant le serveur d'un geste. Il n'était pas pressé de commander. Ça va être l'affaire en or d'un filon exceptionnel. Et les boîtes qui réussiront le mieux sont celles qui proposeront des émissions accrocheuses : drôles, intelligentes ou même pornographiques...

— C'est impossible, répliqua Sybille. Ce n'est pas permis à l'antenne.

— Sur le câble, si. Il n'y a aucune prescription sur le câble. Strictement aucune législation. Qu'en dis-tu ? Moi, je trouve ça bien. Il chercha le garçon des yeux. Il nous faut du vin.

— Tu as renvoyé le serveur.

Levant la main avec autorité, il commanda un montrachet.

— Voilà comment ça se passe. Un réseau comme EBN peut acheter des programmes à des producteurs indépendants ou en produire dans ses studios. La plupart, on les achètera ; des tas de petites sociétés proposent des émissions d'une demi-heure, une heure, des trucs pas chers. On produira nos actualités, pas question d'acheter ça. Donc, d'un côté on achète et de l'autre, on produit. On vend des minutes d'antenne aux annonceurs et on insère le maximum de publicité partout. Puis, on conçoit une grille complète pour remplir le temps d'antenne toute la journée : des jeux-concours, des feuilletons à l'eau de rose, n'importe quoi. Voilà ce qu'on vend aux distributeurs qui nous paient une somme X, disons deux dollars, pour chacun de leurs abonnés. Tu me suis ?

Regardant le garçon la servir, Sybille acquiesça.

— Les distributeurs sont ceux qui tendent des fils – des câbles en l'occurrence – reliés aux particuliers dans tout le pays et qui vendent des programmes par câble aux abonnés. Ceux-ci paient un tarif mensuel leur donnant droit à voir les émissions. C'est très simple.

— Il te suffit donc de composer une grille et les distributeurs défonceront ta porte pour s'en rendre acquéreurs.

Il l'observa d'un regard pénétrant.

— Ne plaisante pas, chérie, tu vas drôlement t'enrichir avec ça.

— Comment ?

— Bon Dieu, tu n'écoutes pas ! Je te l'ai dit : c'est une énorme affaire. Tu veux savoir ce que je prévois ? Eh bien, voilà. Si tu es aussi forte qu'à New York, on risque d'avoir vingt-cinq à trente millions de foyers qui achèteront notre série fulgurante d'émissions de premier choix aux distributeurs. Ceux-ci nous versant deux à trois dollars par abonné, ça fait cinquante à quatre-vingt-dix millions par an. Plus les revenus de la publicité – disons soixante à soixante-quinze millions, peut-être davantage – moins les frais. On peut espérer un coquet bénéfice de l'ordre de dix à quinze pour cent.

Raide comme un piquet sur sa chaise, Sybille avait les yeux plissés. Enderby parlait d'un bénéfice minimum de onze millions par an.

– Dans quelle mesure peut-on se fier à ces chiffres ?

– Dans la mesure où j'ai acheté tout le bataclan à Durham.

Elle jouait avec son verre.

– Qu'entendais-tu par : Si je suis aussi forte qu'à New York ?

– Tu le sais très bien. C'est toi qui seras la directrice. Enfin le président, le patron, le grand chef, ce que tu préfères. Je serai derrière toi et je parlerai aux gens quand il le faudra, mais je n'ai pas l'intention de passer mes journées au front à mon âge.

Elle contempla les flammes qui crépitaient dans la cheminée. Tout cet argent, une énorme audience à l'échelon national, son mari qui la laissait tranquille au bureau... et le soir aussi de plus en plus souvent. Pourquoi n'était-elle pas plus heureuse ?

Parce que l'humiliation de New York planait au-dessus d'elle, assombrissant tout, et cela ne faisait qu'empirer avec le temps comme si plus c'était loin, plus le souvenir était présent.

– Syb ? Reviens sur terre, chérie, tu es dans les nuages.

Elle se redressa.

– Bien sûr que tu ne seras pas au front. Je m'en occuperai. Quel est le problème en somme ? Avoir les bons programmes ?

– C'est le plus gros morceau. Ensuite, il faut qu'on nous donne les bonnes chaînes. Les distributeurs – qui sont des Bonaparte bourrus, bornés et bavards – attribuent telle chaîne à tel réseau et, jusqu'à présent, on nous a toujours mis entre la trente et plus, zone considérée comme la Sibérie dans le métier. Personne n'en veut. Les spectateurs, bien assis dans leurs fauteuils, appuient sur les boutons de leur télécommande et tu peux être sûre qu'ils ne commencent jamais à quatre-vingt-dix-neuf ; ils démarrent en bas et montent progressivement. Presque toujours, ils s'arrêtent avant d'arriver à quinze. Autrement dit, si on est au-delà, qui nous regarde ?

– Donc il faut acheter une chaîne située plus bas.

– Petite Syb, dit-il en pouffant, qui va toujours droit au but. Officiellement, il n'y a rien à vendre mais je vais étudier la question. Si on peut, c'est ce qu'on fera. Quel chiffre voudrais-tu ?

– Douze.

– Pourquoi ?

– Parce que les gens ne veulent pas renoncer à chercher trop vite... ils ont peur de rater quelque chose. Mais s'ils ont essayé de deux à douze et qu'ils tombent sur un truc qui leur plaît, ils en resteront sans doute là.

— Ce raisonnement paraît assez juste. Allez, commandons, je meurs de faim.

A partir de ce soir-là, Sybille prit les choses en main. Une fois de plus, elle notait dans des cahiers ses impressions, ses idées, ses rapports sur ce qu'elle lisait et apprenait sur le métier. Elle travaillait de l'aube à minuit ou même plus tard, discutant de leurs projets avec Enderby dans son bureau ou le sien. Ils dînaient ensemble au restaurant, puis Enderby rentrait tandis que Sybille retournait au labeur. Souvent, il dormait lorsqu'elle rentrait ; quand elle voyait de la lumière dans sa chambre en rentrant et comprenait qu'il l'attendait, elle passait la tête dans l'embrasure de la porte, trop fatiguée pour faire autre chose que de lui baiser le front, et disparaissait dans ses appartements.

En revanche, dans le travail, ils s'entendaient de mieux en mieux. Enderby ne sentit jamais la fureur qui ne la quittait pas et qu'elle cachait sous une façade de froide efficacité et d'ambition. Plus ils avançaient, plus il pensait qu'elle était contente.

— Il nous faut un nom pour tout ça, déclara Sybille alors qu'ils commençaient à acheter des émissions enregistrées à des producteurs indépendants.

Ils étaient dans son fief au cœur de l'immeuble abritant les bureaux et les studios, à Fairfax, sur la rive virginienne du Potomac.

— Une espèce de slogan qui nous différencie des autres réseaux.

Il se renfrogna.

— C'est bon pour la publicité, les slogans.

— Evidemment. On fait de la publicité sur nous. Le *New York Times* annonce « Toutes les nouvelles dignes d'être imprimées », le *Chicago Tribune* « Le plus grand journal du monde », l'un des réseaux « Le foyer des vedettes ». Et nous ? Ça doit être simple pour que les gens s'en souviennent.

Il était de plus en plus morose.

— « La télé pour tous. » Qu'en dis-tu ?

— Non, ce n'est pas frappant. « La télé pour vous. » C'est mieux.

— C'est frappant ? Ça ne me plaît pas. Et que penses-tu de « La télé pour les toutous, les nymphettes et les papas gâteux » ?

— Quentin, je parle sérieusement.

— Alors que dirais-tu d'un truc qui les pousserait à délaisser les chaînes spécial catastrophes ? « La télé du bonheur. »

Sybille l'observa avec plus d'attention.

— Ce n'est pas une mauvaise idée.

— Comment ? C'était une plaisanterie.

— Je sais. Je réfléchis au concept : cibler un style de programmes particulier et avoir cette réputation. Comme MTV avec la météo. Les gens sauraient à quoi s'attendre. Pas de tragédies ni de tracas, pas de prévisions dramatiques sur la couche d'ozone ou les installations nucléaires ; ça, ils peuvent le trouver partout et ils en ont sans doute assez qu'on leur répète sans arrêt quels sont les sujets d'inquiétude. On serait toniques, optimistes avec priorité au divertissement... en fait, tout serait divertissant, même les actualités. Il ne devrait pas y avoir de différence notable entre les infos et les autres émissions. Elles montreraient toutes le bon côté des choses, l'aspect positif. Plein de tranches de vie... des reportages sur des petites gens faisant de belles choses : des petites gens qui fêtent un soixante-quinzième anniversaire, sauvent des enfants qui se noyaient dans une piscine, aident des vieux à trouver une nouvelle chaudière, préparent un repas de Noël pour deux cents personnes sans abri...

Ils se regardèrent.

— Petite Syb, dit enfin Enderby, je savais que je pouvais compter sur toi.

— On va la baptiser « La télé de la joie » ou « de l'espoir ». Ou « La télé vue du bon côté ». Quelque chose comme ça. Et il va nous falloir des présentateurs qui sauront trouver le ton, la plupart des anciens sont incapables de s'adapter. Je crois que je vais appeler Morton Case.

— Qui est-ce ?

— L'un des interviewers de ma première émission à San Jose. Tu as vu la bande avant de m'engager.

— Je ne m'en souviens pas. Quelle émission ?

— « La Chaise électrique. »

— Ce truc ? Ce type ? C'est un serpent à sonnette. Drôlement bon, mais un serpent à sonnette. Quel rapport y a-t-il entre lui et la joie, l'espoir ou je ne sais quoi ?

— Il faut un serpent pour que les mauvaises nouvelles aient l'air bonnes. Il est très brillant, Quentin. Fais-moi confiance.

Se sentant épuisé soudain, il acquiesça.

— J'ai une tonne de travail qui m'attend dans mon bureau, il faut que j'y aille. A tout à l'heure.

— Tu veux que je t'accompagne là-bas ?

— Non ! M'accompagner où ?

— Dans ton bureau. Tu as dit que tu avais une tonne de travail qui t'attendait.

— Je sais ce que je dis, nom d'un chien ! Il se dirigea vers la porte, penchant légèrement d'un côté. On se retrouve à... à...

— Au dîner, acheva Sybille.

Elle n'avait pas quitté sa chaise. Il n'oubliait jamais rien et ne cherchait pas ses mots quand il était reposé, cela arrivait uniquement dans les moments de fatigue. Il faut qu'il travaille encore plus, songea-t-elle calmement. Il est le président, il doit tenir son rang. Elle savait qu'il était allé dormir deux heures sur son canapé. Elle appela sa secrétaire.

— Téléphonez à Mr. Enderby dans une demi-heure pour lui rappeler la réunion à quatre heures et demie. Ensuite, apportez-lui les lettres que je vous ai dictées ce matin. Je veux qu'il les revoie avant qu'elles ne partent.

Cela devint leur emploi du temps quotidien : ils travaillaient toute la matinée, déjeunaient rapidement dans le bureau de l'un ou l'autre ou en compagnie de collaborateurs dans la salle de conférences, puis Enderby allait faire sa sieste. Tous les jours, Sybille le faisait réveiller une demi-heure plus tard. Pour y échapper, il prit l'habitude de rentrer après le repas en emportant des dossiers. Sybille restait à son poste.

Dans la grisaille de l'hiver, en mars quand Chad fêta son anniversaire et que Valérie appela de Hawaï, en avril et mai alors que les touristes arrivaient à Washington par bus entiers et que Nick amena Chad pour quatre jours, elle travailla. Au cours de ces mois, elle conçut ce qu'ils lançaient déjà dans les journaux et les magazines sous le slogan : EBN, « La télé de la joie ». Lorsque la nouvelle grille fut prête, elle en était entièrement l'auteur et tout le monde le savait.

Ce jour-là, elle s'assit en salle de régie et regarda ses employés projeter des actualités, un montage de dix minutes sur les sports et le bulletin de la météorologie nationale. Entre les reportages passaient des films et des programmes enregistrés : émissions de cuisine, émissions pour enfants, concours de danse et longs métrages sur les gens et les animaux du monde entier. On envoyait l'ensemble par satellite aux distributeurs qui, en réponse à l'énorme promotion assurée par Sybille et Enderby, l'avait acheté. Seuls quelques-uns, représentant un public d'un million et demi de foyers, s'étaient engagés, mais tout le monde pensait que d'autres suivraient. Quant à la publicité, ils n'avaient vendu qu'un faible temps d'antenne aux annonceurs, mais tout le monde pensait que ça allait changer aussi.

Le premier jour, Sybille resta en régie, presque sans bouger, pendant les onze heures d'antenne. De sept heures du matin à six heures du soir, elle regarda le programme qu'elle avait conçu se dérouler sous ses yeux. A la fin, elle reçut des félicitations de ses collaborateurs ainsi que des télégrammes et des appels des quatre coins des Etats-Unis. Certains critiquèrent le côté creux, l'aspect général factice. Cependant, les louanges l'intéressaient plus.

Ce soir-là, Enderby donna un dîner au Pavillon pour les vingt personnes qui formaient la direction d'EBN. En smoking, se sentant reposé après sa sieste, il accompagna Sybille de l'entrée du Watergate à leur limousine.

— Tu mérites une fête, déclara-t-il, avec autant de magnificence qu'un empereur. La meilleure petite réalisatrice de tout...

Un spasme de douleur déforma son visage.

— De tout...

Il se décomposa et s'effondra par terre. Quelqu'un poussa un cri. Sybille recula d'un pas et se figea sur place. Le portier se précipita à ses côtés.

— Mr. Enderby !

Il lui souleva la tête et regarda comme un fou les gens qui s'attroupaient.

— Un médecin ! lança quelqu'un.
— La police !

— Une ambulance !
— Il est seul ou pas ?

Sybille s'agenouilla auprès d'Enderby, blême et amorphe. Il paraissait irréel ; sa silhouette prostrée lui semblait lointaine et étrangère comme si elle regardait un film relatant la mort d'un homme. Elle contempla les visages inconnus penchés vers elle.

— Appelez une ambulance ! ordonna-t-elle. Et portez-le dans le hall, il ne peut pas rester sur le trottoir.

— J'ai besoin d'aide, dit le portier. Il y a un canapé dans l'entrée. Je vais appeler une ambulance...

— Il ne faut pas le déplacer, annonça une voix grave qui déferla sur la foule tel un grondement de tonnerre.

Sybille découvrit un visage anguleux aux joues creuses et aux yeux très enfoncés dans leurs orbites aussi gris et lisses qu'un lac au petit matin. L'homme se dressait au-dessus d'elle.

— Puis-je vous aider ? proposa-t-il. Je m'appelle Rudy Dominus, je suis pasteur. Et voici mon assistante.

Il poussa en avant une jeune femme aux cheveux blond clair, aux traits délicats et à la silhouette menue. Elle avait l'air tout à fait banal ; pourtant, Sybille ne parvenait pas à en détacher les yeux. Son regard, peut-être, ou le pli mélancolique de sa bouche... Elle s'aperçut que tous les regards étaient posés sur elle. Personne n'arrivait à en détacher les yeux.

— Mon assistante, répéta Dominus, Lilith Grace.

13

Fluette, elle avait des yeux gris sous des sourcils clairs encadrés de soyeux cheveux blonds et, lorsque Enderby se réveilla à l'hôpital, il découvrit son visage fragile. Il ne savait pas du tout qui elle était. Pourtant, malgré son trouble, il se sentit presque heureux grâce à elle.

— Bienvenue, murmura-t-elle en lui souriant. On vous attendait. Je suis si contente que vous soyez revenu parmi nous.

Apparemment, elle lui tint compagnie durant tout son séjour. Sybille passait parfois et Dominus venait très souvent alors que Lilith Grace ne le quittait pas : elle était là quand Enderby se réveillait, quand il s'endormait et quand il rentra enfin chez lui en ambulance.

— On a des infirmières à plein temps, déclara Sybille. On n'a besoin de personne d'autre.

— Mais Mr. Enderby désire qu'on soit près de lui, répondit Rudy Dominus. Son médecin le lui a demandé et il tient absolument à notre présence. Peut-être allez-vous le laisser décider.

— C'est moi qui décide ici. Sybille voulut le forcer à baisser les yeux. Que voulez-vous ?

— Nous occuper d'un homme malade. En conscience, on ne peut pas faire moins. On se rendait à New York, Lilith et moi, et un petit détour ne nous dérange pas. C'est notre mission.

Ses yeux globuleux croisèrent son regard impassible. Sybille fut contrariée de se sentir un peu intimidée. Il avait un visage émacié encadré de cheveux noirs emmêlés. Sans doute teints, songea-t-elle, comme ses sourcils. Il ne lui plaisait pas. L'excentricité l'agaçait et la rendait nerveuse ; de plus, elle trouvait bizarre son apparition soudaine au moment où Quentin avait eu son attaque, comme s'il rôdait dans le coin en attendant qu'un événement se produise. Toutefois, Quentin semblait moins agité quand il traînait dans les parages. Il aimait aussi la compagnie de la jeune fille, qui n'était sûrement pas dangereuse, se disait Sybille, aussi étranges que parussent ses rapports avec Dominus. Les gens n'éveillaient jamais la curiosité de Sybille et elle demeurait insensible à la singulière attraction qu'exerçait Lilith Grace sur les autres; elle ne voyait en elle qu'une jeune fille pâle, très jeune, étrangement passive, qui cherchait souvent ses mots et se montrait souvent méfiante, peureuse même. Il n'y avait rien à craindre de sa part, sans doute rien à craindre ni de l'un ni de l'autre.

— Faites ce que vous voulez, lança-t-elle à Dominus pour clore le sujet, mais ne dérangez personne.

A compter de ce jour, ils étaient toujours là, l'un ou l'autre ou tous les deux, assis auprès d'Enderby : ils lui faisaient la lecture ou bavardaient avec lui, priaient pour lui ou, quand Lily était seule, elle lui chantait des berceuses lorsqu'il s'endormait. Dès que Sybille entrait, ils quittaient la pièce mais, aussitôt Sybille sortie, ils revenaient, marchant sans bruit sur l'épaisse moquette, parlant à voix basse. Tous les soirs, ils regagnaient l'espace de quelques heures les deux chambres de leur motel situé dans les environs de Washington. Le reste du temps, au fil des journées humides de juin, ils restèrent dans la fraîcheur et la pénombre de la chambre silencieuse d'Enderby. Puis Lily s'apprêta à partir.

Dominus l'annonça à Enderby en fin d'après-midi alors qu'un rayon de lumière filtrait entre les rideaux tirés. Les yeux clos du malade se plissèrent.

— Si vous êtes réveillé, déclara Dominus, j'aimerais que vous disiez au revoir à Lilith.

— Où va-t-elle?

Les yeux toujours clos, Enderby n'arrivait pas à articuler. Il avait un côté de la bouche paralysé.

— Elle retourne à l'école. Je croyais qu'elle vous en avait parlé. Je pense que vous ne la reverrez pas avant Noël.

Enderby ouvrit l'œil droit, l'autre resta fermé.

— Je me suis encore assoupi? Dominus acquiesça. Combien de temps?

— Trois heures.

— Trois heures? Je vous ai dit de me réveiller au bout d'une heure! Vous m'aviez promis!

— Vous étiez profondément endormi, Quentin. Vous avez besoin de sommeil.

— Non, non, j'ai besoin de... Où est Syb?

— Au bureau sans doute. Comme vous le savez, elle ne me raconte pas grand-chose.

— Oui, c'est drôlement crétin, cette histoire. Je lui ai demandé pourquoi elle la bouclait. Ne me laissez pas dormir, Rudy. Les vieux dorment toute la journée, pas moi. Réveillez-moi... je compte sur vous. C'est promis! Je compte sur vous!

Dominus se pencha vers Enderby pour lui essuyer la bouche.

— Vous devez compter sur moi pour agir au mieux de vos intérêts; en conscience, je ne peux pas faire moins. Votre corps et votre âme ne forgeront de nouveaux liens d'entité et n'acquerront la force de la rédemption et de la renaissance que si vous suivez mes conseils. Je suis ici pour cela : afin de vous arracher à l'abîme d'orgueil et de faux-semblant dans lequel vous étiez tombé. Vous avez sombré, votre attaque vous a montré jusqu'où vous étiez tombé, vous étiez condamné, mais je vous donne une nouvelle chance ; je suis ici pour vous. Ensemble, nous allons travailler à effacer tous les péchés qui pesaient sur vous et qui vous ont abattu. Votre esprit tremblera de peur devant les puissances qui vous empêchent de sombrer dans l'abîme. Je suis venu vous apporter cela, la connaissance de ces puissances, la renaissance, la rédemption. Bon, je vais faire entrer Lilith.

— C'est une gentille fille, dit Enderby d'un air rêveur.

Il se sentait toujours apaisé et pris d'une envie de dormir quand il entendait psalmodier Rudy Dominus. Il ne croyait pas vraiment qu'il eût des péchés à se reprocher et il se gaussait à l'idée de trembler de peur devant qui ou quoi que ce soit. Cependant, lorsque Rudy parlait, ses mots importaient moins que son ton protecteur : « Je suis ici pour vous... » Personne n'était là rien que pour lui, songeait Enderby. Il avait tenté de repousser l'ombre de la vieillesse pendant des années ; désormais, il avait trouvé quelqu'un qui s'en chargerait à sa place. Cela valait tous ses biens sur cette terre.

Dominus ouvrit la porte et laissa passer Lilith Grace qui s'approcha du lit. Ses longs cheveux tirés en une queue de cheval tendaient sa peau délicate. Elle portait un chemisier de coton blanc à manches longues, une jupe bleue informe qui lui tombait presque aux cheville et, aux pieds, des chaussettes blanches et des tennis. Elle posa une main froide sur son front.

— Je regrette tant de devoir vous quitter ; j'ai été heureuse de m'occuper un peu de vous et j'aurais voulu vous voir remis.

— Ça ne risque pas, grogna Enderby, et son œil ouvert se remplit de larmes. Plus jamais. Moi qui dansais sur un volcan... si vous m'aviez vu. J'aurais aimé danser avec vous, Lily. Vous, si aérienne.

Elle l'embrassa sur la joue.

— Mais vous avez votre chaise roulante, c'est mieux que d'être au lit toute la journée. Et vous avez encore un côté qui marche parfaitement bien, que de gens vous envieraient cela !

— Non, personne. Il lui adressa un sourire hésitant malgré tout. Je suis désolé d'avoir pleuré, j'ai pleuré de tout ces jours-ci, comme un bébé.

— C'est normal de pleurer, déclara-t-elle, puis elle se rembrunit. J'aimerais trouver les mots... Rudy affirme qu'ils viendront avec l'âge, mais j'ai des problèmes... Pleurer, c'est bien, comme de rire. Cela fait partie de vous. Comme votre bon côté et votre côté paralysé. Vous êtes toujours un homme à part entière ; simplement, il y a un côté qui en fait plus que l'autre. Vous y croyez ?

— Non. Il l'observa attentivement. Dînez avec nous ce soir, avec Rudy et moi. Pas Syb, elle travaille.

— Je retourne à l'école, Quentin. Vous avez oublié ?

Il parut troublé.
— On n'est pas en été?
— Si, en juillet. Mais on a la session d'été.
— Où?
— A Renwyck Academy. Dans le Massachusetts. Et je dois y aller. Elle l'embrassa à nouveau. Je penserai à vous qui reprendrez des forces et je prierai pour vous. J'ai foi en vous, Quentin. Je crois en vous.

— Attendez... De son bras valide, il tenta de se redresser, puis retomba à la renverse. Ne partez pas. Enfin, il y a des écoles à Washington... des tas. Pourquoi devez-vous partir... où est-ce?

— Dans le Massachusetts. Et j'y vais parce que Rudy me l'a dit. Au revoir, cher Quentin, je prierai pour vous. On se verra bientôt.

— Quand? Quand?

— A Noël, répondit Dominus.

Après la fraîche voix haut perchée de Lilith, celle de Dominus semblait veloutée. Il posa un instant la main sur sa tête, un geste qui aurait pu être une caresse ou un encouragement à partir, et elle sortit. Il s'assit au chevet d'Enderby.

— Lily n'a que quinze ans, elle est sous ma garde et j'agis au mieux de ses intérêts. En conscience, je ne peux pas faire moins.

— Ouh, grogna Enderby.

Tournant la manivelle du lit d'hôpital que Sybille avait fait livrer la veille du retour d'Enderby chez eux, Dominus le redressa.

— On va dîner bientôt. Je peux vous offrir quelque chose en attendant?

— Un verre.

— Ah. Il versa une dose de whisky dans un grand verre d'eau qu'il tendit à Enderby. Que voulez-vous avec ça?

— Moins d'eau et plus de whisky. Je vous en prie, Rudy, vous voulez me tuer?

Pouffant, Dominus aida Quentin à tenir son verre tout en le resservant.

— Ça suffit, Quentin. En conscience...

— Parlez-moi de Lily, le coupa Enderby.

— Ah, oui, Lily. Un jour, elle sera un bon pasteur. Elle apprend à travers moi; néanmoins, elle a un don particulier que je n'ai pas. Ses propos sur le rire et les larmes... c'était bien. Ce discours demande à être un peu affiné, mais c'était profond. Lily a cela. Elle ne le sait pas encore et, naturellement, je ne le lui dirai pas tant qu'elle ne sera pas prête. Un jour, cependant, elle sera extraordinaire.

— Quinze ans, lâcha Enderby. Sans parents?

— Aussi loin que remontent ses souvenirs, elle n'a connu que des familles adoptives. Elle était une petite sauvageonne brinquebalée d'un endroit à un autre quand elle est devenue impossible. A l'époque où je l'ai rencontrée...

– Où ?

– Dans le Kentucky. Je prêchais là-bas. Hélas, mes paroissiens n'avaient pas les moyens de m'entretenir et je me suis mis à distribuer des prospectus dans un centre commercial... une tragédie, bien sûr, alors que de grandes choses m'appelaient. Malgré tout, je parlais aux gens de leur âme en leur donnant les prospectus et Lilith est passée par là. Si petite, si effrayée, elle s'était enfuie une fois de plus. Les cheveux tout ébouriffés, elle portait un jean minable et une chemise épaisse. Elle m'a pris la main quand je suis parti dîner. Elle a dit qu'elle avait faim et n'avait nulle part où aller. Elle a prétendu avoir vingt et un ans, m'avoir entendu prêcher et vouloir étudier les Ecritures avec moi. En fermant les yeux, je pouvais croire qu'elle était plus âgée qu'elle n'en avait l'air ; de plus, elle paraissait si pitoyable et elle m'admirait... Ah, je vous gêne ?

L'infirmière apportait le plateau préparé par la cuisinière.

– Je vais juste le poser là, déclara-t-elle d'un air pincé.

Elle ne parvenait pas à s'habituer à la présence de Dominus et n'était contente que lorsqu'elle avait son patient agité et exigeant tout à elle l'espace de quelques heures. Avant que Dominus ne puisse l'en empêcher, elle se pencha vers Enderby pour lui essuyer la bouche, puis sortit d'un air furieux.

Pour la première fois depuis son retour, Enderby ne se jeta pas sur la nourriture comme un enfant gourmand. Il observait Dominus.

– Elle n'avait pas vingt et un ans.

– Hélas, non. A peine quatorze. Cependant, elle a pleuré avec une telle amertume quand je lui ai annoncé qu'elle devait retourner dans sa famille adoptive, je me suis dit que je pourrais être un meilleur gardien pour elle. Aussi, quand j'ai entendu parler d'une modeste chaire dans le New Jersey, elle est venue avec moi. Oui, je sais, je sais, se défendit-il bien qu'Enderby n'eût soufflé mot. Ce n'était pas bien d'emmener un enfant dans un autre Etat, mais personne ne se souciait de son sort en dehors de moi qui l'aimais beaucoup. Elle était si reconnaissante, elle me donnait l'impression d'être vraiment un homme bon alors que je suis aussi faible que n'importe qui. Elle fuyait la compagnie ; elle allait à l'école comme une bonne petite fille, elle m'appelait papa, elle s'occupait du ménage, de la cuisine et elle n'a jamais été...

– Une concubine, le coupa Enderby, une lueur dans l'œil. Maîtresse, épouse, fille, cuisinière, bonne. Quelle chance vous avez.

Dominus se redressa.

– Elle n'a jamais rien eu à craindre, ni de moi ni de quiconque. Elle s'est placée sous ma garde. En conscience, je ne pouvais pas faire moins que de la protéger. Il ne peut y avoir de rédemption si vous entretenez de mauvaises pensées, Quentin. Vous ne croyez pas qu'elle soit vierge ?

Enderby haussa les épaules.

– Je sais pas. J'ai jamais su. Je me suis fait avoir deux fois quand j'étais jeune. Il éclata d'un petit rire aigu. Moi aussi, j'en ai eu une, quand j'avais quatorze ans... C'est là que j'ai tout appris. La vache, quelle affaire, elle refusait rien et j'apprenais vite. Les vierges. Difficiles à repérer.

— Lily est une enfant, déclara Dominus d'un ton catégorique. Et je suis pasteur.

— Ça m'a l'air de s'enflammer très facilement, s'exclama Enderby en pouffant de nouveau.

Dominus se leva et s'apprêta à sortir.

— Je vais vous laisser dîner. Peut-être plus tard, lorsque vous parlerez de Lilith et moi avec délicatesse, pourra-t-on...

— Attendez! Je vous en prie, attendez! Sous l'effet de la panique, sa voix grimpa dans les aigus. Je ne le pensais pas! C'était qu'une plaisanterie... une plaisanterie stupide... vous pouvez pas partir rien que parce que j'ai... Rudy, ne m'abandonnez pas!

Dominus se retourna.

— C'était une plaisanterie du plus mauvais goût.

— Oui! Excusez-moi! Je recommencerai pas! Ecoutez, Rudy, asseyez-vous, mangez avec moi! Je supporte pas d'être seul...

— Vous avez votre infirmière.

— C'est pas pareil! C'est vous que je veux! J'ai toujours aimé les pasteurs, j'ai toujours eu un faible pour eux. Découvrir un péché et le balayer. Rudy, je compte sur vous!

Dominus s'assit lentement. Très lentement, il prit sur le plateau l'une des serviettes en lin qu'il noua autour du cou d'Enderby. Celui-ci poussa un profond soupir et s'empara de sa fourchette. Sa main tremblait.

Ils dînèrent en silence. Dominus s'arrêtait de temps en temps pour essuyer le visage d'Enderby ou épousseter la nourriture qu'il renversait et Enderby grognait faiblement pour en redemander. Cependant, ils ne dirent pas un mot avant d'avoir vidé leur assiette.

— Je voudrais faire quelque chose pour vous, Rudy, annonça alors Enderby. Il ferma l'œil. Je suis exténué, c'est épuisant de manger. J'étais jamais fatigué avant. Oui, faire quelque chose pour vous.

— Plus tard, répliqua Dominus. Il retira le plateau et abaissa le lit. Pour l'instant, il faut que vous dormiez.

— A la télévision. Une émission religieuse. Enderby eut un petit rire endormi. On appelle ça comme ça. Vous connaissez? Il y a les infos, les sports, la météo, les entretiens, les feuilletons, les films et les émissions religieuses. Votre sermon à l'antenne. Ça vous plaît comme idée? Vous aurez beaucoup plus de monde que dans le Kentucky ou le New Jersey. Finis les prospectus dans... c'était où?

— Un centre commercial, répondit Dominus d'une voix voilée.

— Ah oui. Finis tous ces trucs. Ça vous plairait? Je vais faire ça pour vous. Faut que je voie avec Syb. Ça vous plairait?

— Oui, acquiesça Dominus en poussant un long soupir. Beaucoup.

— Bien. Voir avec Syb.

— Vous voulez que je...?

— Non, non, je vous en prie, vous en mêlez pas! Je vais m'en occuper. Demain. Rappelez-le-moi... parfois, j'oublie... Sa tête roula sur le côté. Voir... avec Syb... Il se mit à ronfler.

Le lendemain, il ne vit pas Sybille : elle partit tôt alors que tout le monde dormait. On était dimanche, il faisait encore frais et, tandis qu'elle traversait le pont pour se rendre en Virginie, elle décapota sa voiture de sport. Elle dépassa l'embranchement en direction de Fairfax, puis les bureaux et les studios d'Enderby Broadcasting Network et, accélérant sur l'autoroute déserte, poursuivit vers Leesburg. Le soleil dispensait un lavis doré sur les champs ondoyants qui s'étendaient par-delà la ville et, sous le vent, quelques mèches s'échappaient de son chignon tressé.

Après Leesburg, elle ralentit pour prendre le virage de Carraway Farms et parcourut les huit cents mètres menant aux écuries. Il était huit heures précises quand elle descendit de voiture. Impeccable dans sa tenue d'équitation, elle salua Wink Carraway, son professeur, qui, tenant son cheval, l'attendait. Connue pour sa ponctualité, Sybille ne voulait surtout pas être en retard ici : elle avait trop à apprendre et pas un instant à perdre.

Petit à petit, elle devenait celle qu'elle s'était juré d'être. Spécialiste du ball-trap, chasseur d'une précision infaillible qui abattait oiseaux, renards ou daims, elle n'allait pas tarder à être une remarquable cavalière, aussi résolue avec son fusil qu'au manège et au steeple-chase. Riche, élégante, elle s'offrait des bijoux et des fourrures de luxe. Elle pouvait faire ce qu'elle voulait. Et le pouvoir du réseau câblé était entre ses mains, Enderby n'existait plus. Ce serait encore mieux quand il serait mort et que sa vie commencerait pour de bon; cependant, il n'entravait plus son chemin et, pour la première fois, ce n'était pas son mari mais Sybille Enderby qui se taillait une réputation dans le monde de la télévision.

De plus, elle avait découvert ce coin de Virginie, le Loudoun County où, derrière des grilles patinées par le temps et des murs d'enceinte courant sur des kilomètres, s'épanouissait discrètement la richesse dans les pièces aux plafonds hauts et sous les larges portiques de demeures d'un autre âge. La première fois qu'elle était venue dans la région, elle comprit qu'elle avait trouvé ce qu'elle recherchait : elle y aurait sa maison de campagne. Un jour, l'un de ces manoirs serait à elle avec les écuries et les centaines d'hectares qui lui assureraient le respect de ses concitoyens, surtout à Middleburg, la ville où elle voulait s'installer.

Durant la première partie de sa leçon, Sybille et Wink travaillaient au manège de Carraway Farms. C'était le seul moment où Sybille acceptait la critique sans mot dire : elle serrait les dents tout en essayant de guider sa monture. Dévorée d'impatience, elle détestait les exercices : elle avait envie de galoper, de pousser son cheval dans la campagne avec le même abandon qu'au volant de sa voiture. Cependant, elle restait coite et obéissait aux ordres de Wink. Car elle n'avait pas commencé jeune comme certains qui naissent sur une selle, un fusil ou une raquette à la main, et qui voyagent de par le monde... Elle débutait tard – vingt-six ans en janvier dernier – et elle devait rattraper le temps perdu.

La seconde partie de la leçon était consacrée au saut d'obstacles. Puis elle enchaînait sur une autre heure et changeait de monture pour chevaucher dans la campagne. C'est alors qu'elle s'animait. Plus elle allait vite, plus elle frôlait le danger, plus elle jubilait. Au bout d'un moment, elle perdait la notion du temps et n'avait pour ainsi dire plus conscience de la présence de Wink.

Lorsqu'il s'arrêta, après être rentré à l'écurie, elle était furieuse.

– Que fait-on ici ?

– Il est dix heures, dit-il en mettant pied à terre. C'était bien aujourd'hui.

– Vraiment ? Qu'est-ce qui n'allait pas ?

– La même chose que d'habitude. Vous devez surveiller vos mains, vos gestes sont trop amples. Des petits mouvements du poignet, vous comprenez ? Vous avez affaire à un animal très sensible, vous n'avez pas envie de l'éreinter en le tirant dans tous les sens.

Un valet d'écurie prit les chevaux tandis que Wink accompagnait Sybille à sa voiture.

– Vous allez y arriver. Sans vouloir vous blesser, vous êtes un véritable taureau, obsédée par l'idée d'obtenir ce que vous voulez. Si vous pouviez établir une espèce de contact avec votre monture, comme avec les gens. L'aimer en quelque sorte, vous comprenez ? Si vous faisiez ça, vous seriez remarquable.

– Comme avec une caméra, grommela Sybille.

– Pardon ?

– Non, rien.

– Ecoutez, assura-t-il en s'arrêtant, vous allez y arriver. Vous êtes très perspicace, personne ne peut vous arrêter. Vous ne devez pas vous décourager quand je vous explique vos erreurs ; vous me payez pour ça, vous comprenez ?

– Je devrais être une remarquable cavalière à l'heure actuelle.

– Sensationnelle, marmonna Wink dans sa barbe, puis il reprit son chemin.

Sybille arriva à son auto avant lui.

– A la semaine prochaine, lança-t-elle en se mettant au volant, mais elle avait la tête ailleurs : elle pensait à sa leçon. Tout doux sur les rênes, établir un contact avec le cheval, l'aimer, nom d'un chien. Elle allait finir par comprendre. Elle serait la meilleure du comté.

Au retour, elle dut conduire plus lentement : la circulation était plus dense. Elle se mit à pianoter sur le volant, ouvrit la radio et freinait brutalement à chaque fois qu'elle se retrouvait pratiquement collée à la voiture de devant. Lorsqu'elle arriva chez elle, l'émotion était passée. Elle ne se rappelait que les critiques de Wink et le trafic. Jetant sa veste derrière elle, elle traversa le hall.

— Mrs. Enderby.

Sybille sursauta. Rudy Dominus l'attendait dans l'entrée, lui barrant le chemin. On aurait dit que les ombres de son visage étaient comme des petits morceaux de son costume et de son gilet noirs. Sybille se demanda comment Quentin supportait son aspect sinistre.

— Quentin aimerait vous voir, annonça Dominus, tendant la main vers la chambre d'Enderby comme s'il était l'ambassadeur chargé de l'entrée de Sybille.

— J'irai tout à l'heure, répliqua fraîchement Sybille. Une fois que je me serai changée.

Elle soutint son regard et Dominus finit par acquiescer.

— Je vous en prie, dès que vous pourrez. Il vous attend avec impatience.

— Il est mourant ? s'enquit-elle sèchement.

Un léger sourire ourla ses lèvres minces.

— Non, vous n'avez rien à craindre de ce côté-là. Je pense qu'il en a encore pour longtemps.

Sybille se détourna et, claquant la porte derrière elle, entra dans sa chambre. Tandis que sa femme de chambre lui faisait couler un bain et l'aidait à se déshabiller, elle songea à Dominus. Il était temps qu'il s'en aille. Quentin pouvait très bien se débrouiller sans lui. Ils n'avaient pas besoin chez eux d'un insupportable pasteur aux yeux à fleur de tête, aux cheveux teints et aux ongles sales, même s'il avait l'art de calmer Quentin. Valérie ne l'aurait pas toléré un seul jour, encore moins sept semaines.

Deux heures plus tard, vêtue d'un éclatant caftan en soie à rayures, les cheveux lâches retenus par un cercle doré, elle pénétra dans la chambre d'Enderby. Le lit était à moitié surélevé ; un verre à la main, Quentin regardait Dominus d'un œil noir.

— Tu m'as empêché de dormir, lança-t-il à Sybille. Il m'a dit que tu venais et j'ai pas pu dormir.

— Il n'y a pas de problème, je reviendrai.

— Asseyez-vous, proposa Dominus, tenant la chaise qu'il avait libérée à son arrivée. Puis-je vous offrir un thé ? On l'a gardé au chaud.

— Non. Je vais m'entretenir seule avec Quentin.

Dominus jeta un coup d'œil vers Enderby qui ne s'en aperçut pas ; il contemplait le caftan de Sybille.

— Très joli. On dirait un paon, un perroquet ou je ne sais quoi. Rudy, trouvez-vous un costume dans ce style. Très coloré. Il y a trop de noir dans cette pièce.

Dominus essuya la bouche d'Enderby.

— Mrs. Enderby souhaite que je me retire, déclara-t-il.

— Comme elle voudra. Elle me garde jeune. Vous et Syb, tous les deux, vous me faites de l'effet. La vie éternelle.

— Je vais attendre au salon, ajouta Dominus à regret et, laissant la porte entrouverte, il sortit.

Sybille la referma.

— Je veux qu'il s'en aille, annonça-t-elle en regagnant sa place. Il me rend nerveuse et on a l'impression qu'il est chez lui. Il ne me plaît pas et il ne nous sert à rien.

— A moi, si.

— Tu t'organises très bien avec les infirmières. Regarde, tu es très vigoureux. Je veux qu'il parte, Quentin.

— Je lui ai promis une émission religieuse.

— Quoi ?

— Une émission religieuse. On n'en a pas. N'est-ce pas ? Tu en as monté une pendant que j'étais malade ?

— Non. C'est inutile...

— Pas du tout ! Ça représente un public énorme si tu en as une bonne. Rudy est fort. Il y a des tas de gens qui ont envie d'avoir un pasteur dans leur salon. Pas besoin d'aller à la messe sous la pluie, pas besoin de se raser ni de s'habiller, on peut le regarder au lit si on veut. Rudy est fort, il capte l'attention. Enderby ferma l'œil. Que je suis fatigué ! Syb, donne-lui une heure.

— Qu'est-ce qu'on en tirera ?

— Des téléspectateurs...

— Ce n'est pas suffisant. On ne peut pas passer de publicité dans une émission religieuse.

— Des dons. Désillusion... différent... à la dérive... désespéré... Des larmes perlèrent de ses yeux clos. J'y arrive plus. C'était si amusant d'accoler les mots, je prenais les gens par surprise. C'est fini. Fini.

Sybille repoussa sa chaise.

— Rendors-toi et dis à ton ami qu'il doit être parti d'ici ce soir. Si tu me convaincs qu'il nous faut une émission religieuse, je trouverai quelqu'un qui convient mieux à ton style.

Ouvrant son œil valide, Enderby le posa sur elle.

— Les dons, on en touche une partie.

Elle se figea.

— Combien ?

— Rudy propose cinquante-cinquante. A renégocier par la suite.

— Il peut arriver à combien ?

Enderby haussa les épaules.

— Oral Roberts encaisse des millions.

— Et ton ami, quel est son record ?

— Il a jamais eu une émission à la télé.

— Et à l'église ?

— Bon Dieu, arrête, Syb ! Je tiens à lui, donne-lui une chance ! Une demi-heure par semaine, peut-être une heure, qu'est-ce que ça peut te foutre ? Pas facile de remplir la grille, surtout si on se développe... Tu t'y emploies, hein ? Tu fais des heures de plus ? Oui ou non ? Tu te rappelles que je t'avais dit de...

— C'est moi qui dirige, laissa échapper Sybille. C'est moi qui me farcis tout le boulot et c'est moi qui décide !

— Merde... Enderby cherchait désespérément ses mots, il avait le menton plein de salive. Qui est le propriétaire de ce fichu...

— Toi.

Elle respira profondément. Il risquait de vivre encore longtemps, prétendait Rudy, et les médecins disaient qu'on ne pouvait pas savoir.

— Excuse-moi, Quentin. Bien sûr qu'on va accroître notre temps d'antenne, on va passer à quinze heures, peut-être seize. Je n'ai pas oublié tes ambitions. Sans tes projets, je n'en serais nulle part. Je fais de mon mieux en attendant que tu reviennes, puis on se développera encore plus. Lorsque tu seras bien remis, je te montrerai tout ce que j'ai accompli. Quand tu le voudras, dis-le-moi.

— Pas tout de suite. Il soupira. Tu es une bonne petite. Tu vas donner son émission à Rudy ?

— Et la fille, Lily ? Elle est aussi dans le coup ?

— Elle est partie. En pension quelque part. Je sais plus où. Alors, et Rudy ? Il aura son émission ?

Elle réfléchit un moment. Cela l'occuperait, il aurait moins de temps pour rôder autour de Quentin. Et elle se débarrasserait de lui une fois que Quentin serait mort.

— Syb ? C'est d'accord, dis ?

— Oui, acquiesça-t-elle.

— Quelle tranche ?

— Le dimanche, sans doute. Je peux lui proposer onze heures et demie du matin ou six heures et demie du soir, juste après les infos.

Il soupira de nouveau.

— Ne me demande rien, vois avec lui. Il ferma l'œil et, poussant des petits rires, roula la tête d'un côté et de l'autre. Petite Syb qui donne dans le prêchi-prêcha. Tout arrive. Baisse le lit.

Sybille tourna la manivelle jusqu'à ce que Quentin soit à plat. Puis elle posa la joue sur son front.

— Je sors ce soir. J'aurais aimé que tu puisses m'accompagner, tu vas me manquer. A demain.

— Dis à Rudy d'entrer.

A une époque, il voulait savoir où elle allait et ce qu'elle faisait à chaque heure du jour. Désormais, il ne voulait plus que Dominus. Cela n'allait pas durer. Il ne traînera pas ici longtemps, songea Sybille alors qu'elle s'approchait de Dominus dans le salon d'Enderby.

— Dimanche matin ou dimanche soir, lança-t-elle sèchement. Dites-moi ce que vous préférez et dès que vous aurez un public...

— Une congrégation, corrigea-t-il avec un sourire.

— ... un groupe de gens assis devant vous pour que vous paraissiez plus sérieux, on discutera le contrat. Ne faites pas attendre Quentin.

Elle passa devant lui et traversa le couloir pour se rendre dans son salon. Il ne traînera pas ici longtemps. Le jour où Quentin mourra, Rudy Dominus partira.

Nick entendit parler de Rudy Dominus pour la première fois en mars, huit mois après le début de son ministère à la télévision, quand Sybille vint en Californie à l'occasion du cinquième anniversaire de Chad. Elle s'installa sur le canapé, Chad à ses côtés, le bras vaguement posé sur ses épaules. Il s'assit avec précaution près de sa mère mais sans se frotter contre elle : il savait que cela la mettrait en colère et il prenait soin de respecter ses désirs car ainsi elle reviendrait.

— Nick, dîne avec nous, proposa Sybille.

Chad savait qu'elle le dirait, ça ne manquait jamais.

— On doit être en famille pour fêter l'anniversaire de Chad.

Nick se tourna vers Chad.

— Que préfères-tu?

— Tous ensemble, ce serait bien, répondit Chad, connaissant les aspirations de Sybille qui le récompensa en lui pressant légèrement l'épaule.

— J'ai des cadeaux pour toi, annonça-t-elle. Tu veux les voir maintenant ou après le repas?

— Maintenant, s'il te plaît. Chad se leva d'un bond. Je peux les voir?

— Ils sont dans ma grosse valise. Tu peux l'ouvrir, mais ne touche à rien en dehors des paquets.

— Sûrement pas, rétorqua Chad, vexé, avant de se ruer vers la chambre.

— C'est fou ce qu'il a grandi, observa Sybille. Tu as toujours su comment t'y prendre avec lui. Et il te ressemble tant.

— Il a tes cheveux.

— Oui, mais il a tes yeux. Ta bouche. Et les doigts longs, comme toi. Il est si beau, je n'arrive pas à croire qu'il soit mon fils. Il aime votre nouvelle maison?

— On est ici depuis plus d'un an. Oui, il l'aime bien. Il aime bien son école aussi et les amis qu'il s'est faits dans le quartier.

— Ta réussite est absolument stupéfiante. Je n'en reviens pas.

Elle parcourut du regard le grand salon carré garni de meubles en cuir et daim avec ses deux tapis persans, les toiles de Georgia O'Keefe représentant le désert et les sculptures que Nick collectionnait. Somptueuse, la maison avait une simplicité qui rendait ce luxe encore plus frappant.

— Tout cela, une gouvernante pour aider Elena, un homme à tout faire, des jardiniers... Ça te semble normal? Considère-t-on comme normal d'avoir deux cents millions de dollars?

— Parle-moi de ton réseau de télévision. A Noël, tu disais que tu travaillais sur de nouvelles émissions. Et sur l'accroissement de votre temps d'antenne.

— Il y en a plein! s'exclama Chad qui revint avec cinq paquets aux couleurs vives.

221

– Un pour chaque année, répondit Sybille.

Chad les contempla.

– Tu peux te débrouiller tout seul ou tu as besoin d'une main experte ? demanda Nick.

– Tu aimes bien ouvrir les cadeaux, voilà la vérité, répliqua Chad avec un grand sourire.

Nick éclata de rire.

– Je le reconnais. D'accord, c'est ton anniversaire, c'est toi qui les ouvres. Nous, on va regarder.

– D'accord, acquiesça-t-il gaiement, et il se pencha vers le premier.

Sybille voulut reprendre la conversation, mais Nick l'arrêta d'un geste et, en silence, ils regardèrent Chad déchirer le papier. Une réunion de famille, songea Nick avec ironie. Ces mots le blessèrent. Mettant l'emballage de côté, Chad ouvrit une grande boîte. Perplexe, il considéra les sphères, les connecteurs, les moteurs et les étranges éléments bien rangés dans leur casier.

– Capsula, lut-il. Comment ça marche ?

– On va le monter ensemble, déclara Nick. Il avait vu d'un coup d'œil comment assembler les différentes parties et s'approcha de Chad par terre. On va faire des trucs très spéciaux. Je crois que tu vas être drôlement étonné. Bien choisi, lança-t-il à Sybille.

– Merci, dit aussitôt Chad.

Se dirigeant vers Sybille, il tendit les bras et elle se pencha pour qu'il puisse l'embrasser.

– Merci beaucoup. Je vais bien m'amuser avec.

– Peut-être es-tu encore un peu petit, mais j'ai pensé que tu te débrouillerais avec Nick.

– On va y arriver, assura Nick qui déjà emboîtait deux sphères dont l'une avait un moteur miniature.

– Papa, lança Chad d'un ton réprobateur.

S'esclaffant, Nick posa la construction.

– Excuse-moi, mon pote, c'était plus fort que moi. Je vais t'attendre.

Il s'installa confortablement et regarda Chad ouvrir les autres présents : une boîte de cent crayons de couleur, un train en bois avec une douzaine de voitures, trois livres du Dr Seuss, un pyjama et une robe de chambre assortie décorée de dinosaures fendus d'un large sourire.

– Formidable ! s'écria Chad, contemplant tous ses trésors. C'est mon plus bel anniversaire !

Il s'approcha à nouveau de Sybille et tendit les bras avec précaution pour qu'elle n'ait pas l'impression qu'il lui sautait dessus.

– Merci beaucoup. Il y en a plein.

– C'est vraiment bien ? demanda Sybille à Nick. Je n'étais pas très sûre. Je n'y connais pas grand-chose.

Il reprit sa place.

– Qui t'a conseillée ?

— L'un des directeurs de FAO Schwartz, le grand magasin de jouets. Je les ai appelés en disant que c'était pour un enfant de cinq ans... Elle baissa le ton. Que pouvais-je faire d'autre ? Je ne sais pas ce qui l'intéresse, je ne sais pas ce que font les gamins de cet âge-là. Et il change tant d'une visite à l'autre que je ne suis pas.

— C'est sensationnel, affirma Chad d'une voix forte, lançant à Nick un regard pressant. Sybille a été formidable, elle a choisi tout ce que je voulais. Je suis très content.

Désagréablement surpris, comme toujours quand Chad appelait sa mère par son prénom ainsi qu'elle y tenait, Nick garda le silence.

— Papa, c'est sensationnel, répéta Chad qui avait l'air inquiet. T'es d'accord, hein ? Tu ne trouves pas que Sybille a très bien choisi.

— Oui, assura posément Nick. Que des cadeaux épatants.

— Quand lui donnes-tu son présent ? s'enquit Sybille.

— Demain. Le jour de son anniversaire. Bon, ajouta-t-il en se levant, il est temps de se préparer pour le dîner. Chad a envie d'un restaurant chinois, donc voilà qui est décidé. Sybille, tu as besoin de quelque chose dans ta chambre ?

— Non, ça va, répondit-elle. Tu m'offres toujours tout ce qu'il me faut.

Nick ne répondit pas. Ne sachant jamais très bien à quel point ses remarques étaient calculées, il ne releva pas. Depuis l'attaque d'Enderby, il avait l'impression que cela arrivait plus souvent, mais il préférait ne pas y penser. En réalité, il pensait très rarement à Sybille et uniquement par rapport à Chad. Lorsqu'ils parlaient d'elle, Chad affirmait qu'il l'aimait, qu'elle lui manquait, et Nick ne lui demandait jamais ce qu'il y avait lieu d'aimer ou de regretter car il savait depuis longtemps que, pour Chad, une mère lointaine valait mieux que pas de mère du tout. Comme il comprenait son fils qui débordait d'imagination, il se doutait que Chad, malgré son jeune âge, s'était inventé un conte de fées dans lequel, un jour, apparaîtrait une Sybille transformée, une Sybille tendre, une Sybille qui souhaitait être sa mère.

Ce soir-là, une fois que Chad fut couché, Nick et Sybille s'installèrent dans la bibliothèque devant une bouteille d'armagnac et une assiette de petits gâteaux secs.

— Parle-moi de Quentin, proposa Nick.

Elle baissa les yeux et prit un air atterré.

— C'est horrible ce qui lui est arrivé. Elle redressa la tête et Nick vit son trouble dans ses yeux bleu pâle. Quentin, si dynamique, je m'amusais tant avec lui et il était si excité à l'idée de nos projets à Washington. Et voilà qu'il reste assis à regarder par la fenêtre. Plus rien n'a l'air de l'intéresser.

— Même pas le réseau ? Tu t'en occupes toute seule ?

— Complètement. Je n'ai personne à qui demander conseil. Quentin était toujours là quand j'avais besoin de lui. Maintenant, c'est comme si...

Sa lèvre se mit à trembler et elle la mordit entre ses petites dents blanches. Comme s'il était déjà mort. Il ne demande même pas si on va se développer, alors qu'on comptait s'y employer dès qu'on aurait eu une bonne base de distributeurs qui auraient acheté nos programmes. Je suis arrivée à quinze heures par jour et on a désormais un public qui nous permet d'augmenter nos tarifs en matière de publicité. Je lance aussi une nouvelle société qui va produire nos émissions ainsi que d'autres que j'ai l'intention de vendre. Je fais tout ce que souhaitait Quentin. Mais il est trop mal pour s'y intéresser ou y accorder une quelconque attention. Elle cligna les yeux comme pour refouler ses larmes. C'est beaucoup moins amusant sans lui. J'ai vraiment envie de partager mes projets avec quelqu'un. Sinon, je me sens... perdue.

Nick l'observa.

— A-t-on espoir qu'il se remette ?

— Non. Elle tendit son verre. Je peux en avoir encore un peu ? C'est délicieux. Elle regarda Nick la servir puis reprit : Il y a une espèce de pasteur qui s'est lié à Quentin. Il parle de guérisons spontanées mais je ne crois pas aux miracles, je n'y ai jamais cru. Cependant, Quentin est fasciné par ce type qui a réussi à le convaincre de lui confier une heure sur notre antenne.

Elle avait un accent amer et Nick comprit qu'Enderby n'était pas indifférent à tout.

— Quel genre de chose ?

— Une émission religieuse. Ça s'appelle ainsi. Il passe sans arrêt du sermon aux appels à la générosité. Il parle du péché, de la culpabilité, de la modestie, puis l'instant suivant il glisse vers les questions d'argent. Il ne change pas de ton, toujours la même mélopée stupide, mais tout d'un coup il explique combien ça vaut d'amener d'autres pécheurs dans le sein de son pardon bienveillant. Ou quelque chose comme ça. Je ne le regarde pas. Quentin si, par contre.

— Et d'autres gens ?

— D'après les revenus, non. Il ne rentre pratiquement rien. On pourrait mettre un autre programme à la place et y insérer de la publicité. Quentin s'y refuse. Il affirme que l'argent ne l'intéresse pas.

— Mais ce type... comment s'appelle-t-il ?

— Rudy Dominus.

— Comment ?

— C'est ce qu'il prétend.

— Original. Apparemment, il a de l'imagination. Mais il ne vous coûte rien ? En dehors du fait qu'il vous bloque du temps d'antenne ?

— Il nous a coûté jusqu'à présent onze millions de dollars. Elle eut un petit sourire devant l'expression surprise de Nick. Quentin a voulu qu'il ait son studio. C'est presque une église, ce truc, avec deux cents places. Naturellement, en trouvant les bons angles, cela paraît encore plus grand, mais on serait arrivés au même résultat avec moitié moins de chaises. A l'heure actuelle, on leur offre des sandwiches tous les dimanches pour être sûrs qu'ils viennent. Quand la fille est là, ça marche mieux. Il a une pupille ou une maîtresse. Il a soutenu à Quentin haut et fort qu'elle était vierge ; moi, je ne crois pas un mot de ce qu'il raconte. Bref, elle est très jeune, timide et malléable ; il en fait sans doute ce qu'il veut. Toujours est-il que lorsqu'elle est là le public se réveille, semble-t-il. Et on reçoit plus d'argent ces jours-là. Peut-être que je vais larguer Rudy et donner l'antenne à Lily.

— Pourquoi participe-t-elle à l'émission ?

— Elle veut devenir pasteur. Elle doit apprendre son métier, j'imagine.

— Comment s'appelle-t-elle ?

— Grace.

— Tu devrais l'engager tout de suite, répliqua Nick en souriant. Que rêver de mieux pour un pasteur ?

Sybille l'observa.

— Je n'y avais pas pensé.

— Quel âge a-t-elle ?

— Je l'ignore. Seize, dix-sept ans ; elle est encore à l'école. Il doit être son tuteur légal, sinon il aurait les services sociaux sur le dos. Quentin le sait sûrement mais il ne parle guère d'eux. Ou bien il oublie ; il oublie plus souvent qu'à son tour, ces temps-ci.

Nick les resservit.

— Et que fais-tu d'autre ?

A sa grande surprise, il prenait plaisir à cette conversation. La télévision ne l'avait jamais intéressé ; aujourd'hui, il trouvait le sujet fascinant. Il en avait toujours été ainsi avec lui : lorsqu'il entendait parler d'une chose, il se montrait d'une curiosité insatiable, il voulait en savoir plus. Il commençait à ronger son frein à Omega ; l'excitation du début lui manquait, participer à la création de l'entreprise plutôt que de la diriger. Pourquoi ne pas choisir la télévision ? se disait-il. J'aimerais changer de domaine.

— Quel genre d'émissions réalises-tu ? demanda-t-il à Sybille.

Elle lui expliqua en deux mots l'historique de la situation.

— Ces derniers mois, j'ai accru le nombre d'heures en passant des films, récents ou vieux : des policiers, des histoires d'amour, du porno. C'est encore plus tordu qu'on ne pourrait l'imaginer. Et j'ai acheté de nouveaux programmes sur les grands d'Hollywood et d'Europe, les secrets honteux des gens riches et célèbres, des gens étranges faisant des choses étranges, de la médecine héroïque, des sports, ce genre de reportages.

— Comme un magazine, dit Nick.

— Exactement, acquiesça-t-elle d'un air content. Le genre de sujets qui intéressent vraiment le public. Des trucs courts — personne n'a envie de consacrer beaucoup de temps à quoi que ce soit aujourd'hui — et des tas de graphiques percutants. A l'écran, rien ne doit durer plus de deux secondes ; les spectateurs ont une télécommande à portée de la main, ils risquent de changer de chaîne et on est cuits. Il n'y a qu'une façon de garder leur attention : ne pas leur laisser le temps de réfléchir.

— C'est le but de ton réseau ? s'enquit Nick.

— Oh, le but c'est de gagner de l'argent, évidemment. Et de se développer, il faut évoluer dans ce métier. Jusqu'à présent, ça m'a coûté environ soixante-quinze millions entre les nouveaux studios, le matériel, les bureaux à réorganiser, l'accroissement du personnel, plus les reporters. A l'heure actuelle, j'ai dix villes couvertes et j'en veux au moins autant en Europe et en Asie qui chercheront tous le bon côté des actualités. Sans compter les nouveaux programmes que j'achète et ceux que je vais réaliser. C'est cher, mais je vais rentrer dans mes fonds. L'argent est une arme prodigieuse, tu n'imagines pas le potentiel que ça représente. Manipuler tout cela est une sensation absolument incroyable que je n'aurais jamais pu connaître en passant simplement à l'antenne. Je ne sais pas comment on peut avoir une envie pareille.

— Quel genre d'émissions réalises-tu ? répéta-t-il.

— Pour l'instant, uniquement les actualités. Je songe à des jeux, des interviews, des feuilletons à l'eau de rose, des comédies, n'importe quoi qui rapporte. Parfois, ça te revient moins cher de les acheter. On essaie différentes choses avec nos nouveaux programmes. Tu veux en voir un ? J'ai apporté une cassette au cas où tu t'intéresserais à ce que je fais.

Nick esquissa un sourire.

— Comment refuser ?

Il ouvrit la porte aménagée dans l'un des panneaux lambrissés de bois de rose de la bibliothèque derrière lequel se trouvaient un poste de télévision et un magnétoscope. Quand il eut mis la bande, il regagna sa place et regarda la présentation : une rapide succession d'images représentant des personnages ou des événements internationaux servait de toile de fond au titre d'un graphisme audacieux, « Les Vainqueurs, » qui ressemblait à la manchette d'un journal.

— Quel nom étrange pour un magazine d'actualités ! observa Nick.

— Tu vas voir, répliqua Sybille.

Le visage rond et enjoué de Morton Case, que Nick avait vu la dernière fois embrocher un invité de « La Chaise électrique », apparut à l'écran, annonçant le naufrage d'un bateau au cours d'une excursion au large du Mexique. Cependant, les spectateurs ne voyaient rien de la tragédie. Un film, commenté par Case, montra une ravissante jeune fille qui nageait vers le rivage, luttant contre les grosses vagues et les requins qui approchaient. Lorsqu'elle émergeait de l'eau, on découvrait qu'elle était nue car, précisa Case, elle avait arraché ses vêtements avant de sauter du navire en perdition. Fatiguée, l'air terrifié, elle ralentissait, quand une embarcation pointait derrière elle, avançant à vive allure pour la rejoindre avant les requins. Le jeune homme à la barre coupait le moteur et sauvait juste à temps la demoiselle. Il l'enveloppait dans une couverture bariolée, lui versait un peu de cognac d'une flasque et, la prenant par l'épaule, la serrait contre lui. Et ils échangeaient un regard qui ne laissait pas d'équivoque sur la suite des événements. Puis le jeune homme remettait le moteur en route et s'élançait vers la côte où ils étaient accueillis par une foule en liesse.

Nick fut surpris. Il se rappelait le drame : plus de deux cents personnes avaient péri noyées. Sybille avait transformé la tragédie en une banale histoire d'amour. Rien de triste là-dedans ; au contraire, tout était réuni pour être gai. L'amour triomphait et la mort n'existait pas.

— Tu l'as mis en scène, remarqua-t-il.

— Evidemment, répondit-elle. On l'a filmé le lendemain. Mais il y a bien eu une fille qui s'est sauvée à la nage, elle s'est même déshabillée avant de sauter. Enfin, elle a enlevé sa jupe. Et un rafiot l'a récupérée. On nous a dit qu'il s'agissait d'un bateau de pêche avec un vieux marin, quelqu'un qui ne pouvait pas nous servir. On n'a pas modifié l'histoire, uniquement certains détails. La réaction a été excellente.

Nick songea aux singes du Bâtiment d'ingénierie. Puis regarda le début d'un nouveau reportage : une inondation en Inde. Cette fois-ci, les scènes présentaient des familles réunies et un bébé, demeuré orphelin à la suite du désastre, recueilli par des voisins qui rêvaient d'avoir un enfant depuis toujours. Cette séquence fut suivie d'un autre minidrame du même genre, puis d'un autre, une démonstration implacable de joie arrachée à la catastrophe.

Ils visionnèrent la bande en silence. Au début, Nick trouva l'idée amusante mais, tandis qu'on approchait de la fin, il commença à s'ennuyer et se sentit écœuré. Ce n'était pas aussi épouvantable que « La Chaise électrique », même si cela témoignait d'un égal mépris à l'égard des téléspectateurs, et ce spectacle ne le bouleversa pas autant que le jour où ils avaient vu sa première émission ensemble. Il n'était plus marié avec Sybille, ce qu'elle faisait ne portait donc plus atteinte ni à son intégrité ni à sa décision de l'avoir épousée. Pourtant, lorsque la bande s'arrêta et qu'il la rembobina, il ne trouva rien à dire.

— Ça ne te plaît pas, lança Sybille d'un ton accusateur.

— Ce n'est pas le syle de magazine qui m'intéresse, répliqua-t-il. Tu le savais avant de me le montrer. J'imagine que ça plaît à certaines personnes.

— A des tas de gens. On n'a jamais eu des taux d'écoute aussi hauts.

— Ça passe depuis combien de temps ?

— Trois mois. Je connais le goût des gens, Nick.

— Apparemment, acquiesça-t-il en lui rendant la cassette. Je te souhaite bonne chance.

Les mots résonnèrent tel un écho d'une autre époque : le soir où il avait quitté la pièce après avoir vu une partie de « La Chaise électrique ». Depuis, tout avait changé dans sa vie : son travail, ses relations avec son fils, ses amis, les femmes qu'il fréquentait. Seul son souvenir de Valérie demeurait immuable. Il n'avait jamais pu la remplacer. Valérie. Ces quelques mois magiques. Elle m'avait fait croire à la magie.

– Tu as revu Valérie ? s'enquit-il.

Ces paroles lui échappèrent.

Le visage de Sybille se figea, puis, presque aussitôt, redevint affable.

– Non, et toi ? Ça fait des années que je n'ai pas pensé à elle. Tu sais ce qu'elle est devenue ?

– Non.

Ce regard figé l'espace d'un instant l'avait ébranlé.

– Je vais aller me coucher...

– Avec son habitude de papillonner sans arrêt, il était difficile de la suivre, évidemment. Elle était si puérile, jamais sérieuse, une vraie girouette. Je me demande si elle a fini par grandir. Tu n'as jamais eu de ses nouvelles ?

– Non. Je vais aller me coucher, Sybille.

– Mais il est tôt ! Quelle heure est-il ? Minuit ! Vraiment ? Ce n'est pas si tard, Nick, reste encore un peu.

– J'ai un rendez-vous à l'aube demain. A quelle heure est ton avion ? Je pourrais peut-être t'accompagner à l'aéroport.

– A dix heures. Tu seras à ton rendez-vous. Si tant est que tu en aies un.

– On commence à sept heures. Je t'appellerai si je ne peux pas revenir te prendre.

– Oh, Nick. Elle soupira. Quelle merveilleuse soirée ! Je n'ai personne à qui parler à Washington. Ni nulle part ailleurs. Je me sens très seule avec cette affaire à diriger et rien d'autre. Tout ce que j'ai, c'est Quentin, et il est mourant. J'étais trop jeune quand on était ensemble, j'étais égoïste et stupide. Mais j'ai tant appris depuis et que vais-je en faire le jour où Quentin disparaîtra ? Il va mourir, Nick, tout sera fini alors, tout l'amour et la complicité qu'on avait... et je n'ai personne vers qui me tourner.

Elle a appris à être émouvante, se dit Nick. Elle lui paraissait plus convaincante que du temps de l'université.

– Je regrette, déclara-t-il, sachant qu'il ne servait à rien d'évoquer l'aide que pourraient lui apporter ses amis. Elle ne s'était pas fait d'amis à San Jose.

– Je peux monter embrasser Chad ? demanda-t-elle. J'aimerais bien embrasser son papa aussi, s'il veut bien.

– Chad, ça suffira, répondit Nick avec calme, gardant pour lui le sentiment d'aversion qui l'envahit. Bien sûr que tu peux y aller, je vais t'attendre.

Furieuse et déçue, elle croisa son regard. Il ne lui restait plus qu'à s'exécuter. Elle revint très vite.

– Il a l'air de dormir, annonça-t-elle. Tu te rappelles le bon temps où on allait se coucher sans problèmes ?

– Chad a les siens, répliqua Nick. Peut-être as-tu oublié combien ils peuvent être cruciaux à cet âge.

Elle lui jeta un coup d'œil.

— Je déteste que tu joues au malin, riposta-t-elle, et Nick se rappela aussi cette réflexion.
— A demain, dit-il.

Tandis qu'il la regardait remonter l'escalier, il la vit se diriger vers sa chambre à l'autre bout du couloir. Seul dans la bibliothèque, il repensa qu'il avait bien changé depuis l'époque où ils étaient ensemble. Il ne pouvait imaginer aujourd'hui la désirer, avoir pitié d'elle, vivre avec elle, imaginer, ne serait-ce qu'un instant, qu'elle pouvait représenter ce dont il rêvait. Il tenta de se remémorer les besoins et la fausse image de lui qui l'avaient conduit à l'épouser. Cela était lié à Valérie. Mais aussi à sa jeunesse : il était si sûr de la faire devenir le genre de femme qu'il voulait, si sûr de pouvoir obtenir tout ce qu'il souhaitait à condition de concentrer ses efforts et de s'y donner à fond. Il n'était plus si bête. Il savait qu'il ne pourrait peut-être jamais atteindre certains buts, qu'il ne pourrait peut-être jamais réaliser certains rêves.

Il entendit la porte de Sybille se refermer et, parcourant les pièces du rez-de-chaussée, éteignit les lumières. Il resta au pied de l'escalier, brûlant de ces désirs qui ne l'avaient jamais quitté : l'amour et le rire, une main qui se tendait vers la sienne, une joie et une curiosité insatiables à l'égal des siennes, une envie de partager l'avenir. A une époque, avec Valérie, il croyait avoir trouvé tout cela et la promesse d'autre chose encore. Plus jamais par la suite. Il avait essayé — du moins le pensait-il —, mais il avait parfois l'impression de rester en retrait avec les autres femmes, hésitant à renoncer au souvenir de Valérie ; l'impression qu'il risquait de perdre une chose irremplaçable s'il l'abandonnait au point de se lier à quelqu'un.

Il avait Chad, une réussite exceptionnelle, la richesse et le prestige, des amis qui l'aimaient : une vie agréable. Cependant, ses envies demeuraient et il savait qu'elles ne seraient jamais satisfaites tant qu'il n'accepterait pas de considérer le passé comme un rêve qui était fini et sortirait de ses songes pour étreindre une autre femme.

Car c'était un rêve. Il lui arrivait de ne pas penser à Valérie pendant longtemps, elle ne jouait aucun rôle dans son existence. Puis, au détour d'une image, resurgissaient ses souvenirs qui le faisaient souffrir autant qu'au jour de leur séparation. Il se mettait alors à fantasmer sur elle, sur eux, sur la chance qu'ils avaient de se rencontrer au coin d'une rue, au cinéma ou à un dîner, placés l'un à côté de l'autre par une hôtesse qui ne se doutait de rien...

Et ensuite ? Pourquoi penser qu'ils réussiraient mieux que la première fois ? Peut-être avait-il changé en un certain sens, mais il était toujours aussi sérieux, toujours aussi discipliné et accaparé par son travail. Or c'étaient précisément ces qualités qui lui déplaisaient le plus en Nick. Quant à Valérie — riche, légère, enjouée, ne pensant qu'à ses plaisirs —, elle serait sûrement la même. Pourquoi aurait-elle changé plus que lui ? Ce qui les avait séparés les séparerait de nouveau et, dans sa vie bien organisée, Nick ne pouvait se permettre d'être déchiré une deuxième fois par la même femme.

A trente-deux ans, il était largement temps de ne plus s'accrocher à un rêve sans doute embelli au fil des ans. Il faudra encore que j'évolue, au point de ne plus aspirer à retrouver mes souvenirs. Et il faudra que je continue à chercher. Qui sait, peut-être pourrai-je trouver une autre Valérie ?

Il monta se coucher. Il lui semblait difficile d'imaginer, après tout ce temps, qu'il parviendrait à ne plus désirer ce qu'il avait aimé si profondément et gardé en lui si vivant. Ou qu'il rencontrerait et aimerait une autre Valérie. Pourtant, songea-t-il, jetant un coup d'œil sur Chad avant de rejoindre sa chambre, je lui dois autant qu'à moi d'essayer. Et, une fois de plus, il se promit qu'il allait s'y efforcer.

14

Quentin Enderby mourut trois ans après sa première attaque, à l'âge de quatre-vingt-trois ans. Lily Grace et Rudy Dominus étaient à ses côtés. Ils parlaient des mauvais taux d'écoute du « Rendez-vous de Dominus » quand il eut une autre attaque, la quatrième, et s'éteignit en quelques instants. Ce fut Dominus qui annonça la nouvelle à Sybille par téléphone.

Depuis un an, Enderby ne voyait pour ainsi dire que Dominus, les infirmières et Lily à son retour de pension. Sybille passait une fois par jour, mais elle se retirait dès qu'ils commençaient à se disputer quelques minutes plus tard. Elle s'énervait de son refus obstiné à disparaître et sa colère s'enflammait lorsqu'il montrait soudain une lueur d'intérêt pour le réseau et exigeait qu'elle lui explique où ils en étaient. Sybille se refusait à toute discussion.

— Je vais en faire le câble le plus important du pays, se contentait-elle d'affirmer. Il me faut simplement un savant mélange de nouvelles têtes et de nouvelles émissions, quel qu'en soit le prix, et je vais...

— Ce ne sont pas d'autres millions de dollars qu'il te faut, c'est un brin de jugeote! hurlait-il.

Sur ce, elle quittait la pièce comme un ouragan.

Sa soif d'activité pouvait durer une semaine puis se tarissait et, de nouveau, ses journées se confondaient en un train-train indolent : il regardait la télévision avec l'œil vitreux de quelqu'un qui n'en voyait rien, restait dans son fauteuil à côté de la fenêtre donnant sur le Potomac ou, à moitié allongé, somnolait dans son lit tandis que Dominus lui lisait la Bible ou que Lily chantait des airs folkoriques. Et Sybille retrouvait ses occupations qu'elle considérait, à juste titre, comme siennes : diriger le réseau sans en répondre à quiconque ou être harcelée de réflexions et de questions inopportunes.

Puis Enderby disparut. Il mourut par un gris après-midi de décembre. Deux jours plus tard, Sybille revêtit un tailleur noir bordé de renard pour assister à l'enterrement. Elle avait décidé qu'il n'y aurait qu'une cérémonie au cimetière, menée par Rudy Dominus qui avait quémandé cet honneur et se trouvait être le seul pasteur de sa connaissance. Elle avait envoyé un faire-part à la presse ainsi qu'à l'ensemble de son personnel, indiquant la date et l'heure des obsèques qui seraient suivies d'une invitation chez elle. Les choses seraient faites comme il se devait. Personne ne pourrait lui reprocher de ne pas être une bonne épouse ni une veuve digne.

Il faisait froid au cimetière, les arbres dénudés se découpant sur un ciel bas. Cependant, la foule était nombreuse et seul cela comptait aux yeux de Sybille : rien que des employés d'EBN, mais les journalistes auraient l'impression que Quentin et Sybille avaient des tas d'amis. Puis elle aperçut, au fond, Valérie emmitouflée dans une fourrure qui arriva juste au moment où Dominus commença son oraison.

Sybille ne prêta aucune attention à ses propos. Des bouts de phrases arrivaient à ses oreilles mais, comme d'habitude, tout ce qu'elle ne pouvait ni voir ni acheter l'ennuyait. L'âme de Quentin était une affaire entre Dominus et lui; elle n'avait jamais rien eu à voir là-dedans. Elle se détourna légèrement vers le cortège tout en ayant l'air de contempler, la mine éplorée, le cercueil suspendu au-dessus de la tombe. Les paupières baissées, elle scruta les visages. Personne n'écoutait Dominus, remarqua-t-elle, ce qui expliquait ses mauvais taux d'écoute depuis le début : jamais il n'avait pu convaincre personne de vouloir être sauvé par lui. En réalité, songea Sybille avec amertume, il se heurtait aux mêmes problèmes que ceux dont l'accusait Enderby quand elle faisait tout ce qu'elle pouvait pour s'imposer à l'antenne. Il n'établissait pas le contact avec le public. Cependant, Enderby ne semblait pas l'avoir perçu chez Rudy Dominus, ou bien avait-il fermé les yeux, et Dominus avait son émission alors qu'on lui avait dérobé la sienne.

Son regard se posa sur Valérie. C'était la seule qui écoutait vraiment Dominus, l'air attentif, intéressé. Elle fait semblant, se dit Sybille, elle essaie de jouer les bigotes. Pourquoi se donne-t-elle cette peine ? Et pourquoi est-elle là ? Parce qu'elle a dansé avec Quentin deux, trois fois ?

— Il a enfin trouvé la paix à laquelle nous aspirons tous dans nos vies de pécheurs, psalmodia Dominus. Et, ne pensant qu'au pardon dans ses derniers instants, il nous a montré le chemin.

La tête baissée, il sombra dans le silence. Derrière Sybille, les autres se regardèrent, cherchant à comprendre, puis baissèrent la tête à leur tour.

— Quentin était notre ami, déclara Lily Grace dans le silence. Au son de sa voix fraîche et haut perchée, tout le monde leva les yeux. Il nous aimait avec l'amour d'un homme bon qui s'aperçoit qu'il a plus à donner qu'on ne lui a jamais demandé, beaucoup plus qu'il n'aurait cru pouvoir donner. Quentin a compris cela très tard, alors qu'il était condamné. Il l'a toutefois découvert à temps pour y attacher une grande valeur avec la joie qu'apporte la découverte de soi. Quentin a appris à avoir confiance en lui, à croire en lui, à s'aimer. Que peut-on demander de plus : voir, comme si on avait soudain tiré un rideau, les richesses qu'on porte en soi. Quentin a fermé les yeux pour la dernière fois en ayant trouvé la paix d'un homme réincarné enfin convaincu d'être vraiment bon.

De sa voix fluette mais sincère, elle entonna un air folklorique français. Regardant de nouveau derrière elle, Sybille fut étonnée de voir certains s'essuyer les yeux et baisser spontanément la tête. Et Valérie observait Lily avec admiration. Attentive, Sybille se retourna vers Lily qu'elle inspecta tandis que celle-ci chantait, se demandant ce qui lui avait échappé chez elle. Vêtue d'un manteau de laine noire qui lui arrivait aux chevilles, la jeune fille portait des grosses bottes et des gants de coton noir ; ses traits fins semblaient pâles dans l'air froid et ses cheveux raides couvraient ses épaules tel un voile d'un blond lumineux. Elle n'a rien de spécial, se dit Sybille, elle est très jeune, incroyablement mal habillée, aussi simple qu'une fille de ferme.

Pourtant, Valérie avait vu en elle quelque chose d'admirable. Une fois de plus, Sybille commença à sentir la rage bouillir en elle. Que voyait Valérie en Lily Grace qui lui échappait ? Quelque chose, oui, à coup sûr. Ces mots lui martelaient la tête : elle l'a vu et moi pas, elle l'a vu et moi pas.

C'est ainsi que, pour la première fois, elle pensa à Lily en tant que telle sans la lier à Rudy Dominus. Celui-ci, naturellement, ne travaillait plus pour EBN : Sybille avait supprimé son programme au lendemain de la mort de Quentin. Elle n'avait donc plus d'émission religieuse. A une certaine époque, elle ne se serait pas attardée sur la question, mais le climat avait changé depuis les débuts d'EBN : Dieu marchait très fort et les gens qui s'étaient lancés là-dedans, comme Oral Roberts ou Jim et Tammy Bakker, raflaient des sommes astronomiques. Lily Grace ne pouvait se mesurer aux supervedettes mais peut-être parviendrait-elle, en tant qu'assistante d'un grand nom, à y ajouter une touche personnelle si Sybille arrivait à la définir.

J'y réfléchirai plus tard, se dit-elle, ce n'est pas pressé. Elle restera accrochée aux basques de Rudy jusqu'au jour où quelqu'un la libérera. Je m'en chargerai quand je voudrai, si l'envie m'en prend.

On descendit le cercueil dans la tombe. Sybille le regarda d'un air distrait, songeant au réseau et à son avenir. Elle n'était pas sûre de vouloir le garder. Cela représentait un travail épuisant qui ne lui apportait aucun plaisir. EBN ne lui avait même pas apporté le prestige car, comparé aux autres, surtout à CNN, il demeurait modeste. Malgré tout, elle se rappelait ces chiffres que Quentin lui avait fait miroiter ce soir-là à La Chaumière : tous ces dollars, ce pouvoir et cette influence.

C'était le bon temps, l'époque où les journaux et les magazines parlaient de sa « Télévision de la Joie » soutenue à grand renfort de publicité. Son public croissait, ses taux d'écoute grimpaient, les annonceurs voulaient à tout prix participer à ce qu'il considérait comme la télévision de demain et les distributeurs signaient par dizaines pour diffuser les programmes d'EBN. Plus occupée que jamais, Sybille était connue ; on voyait son portrait, œuvre d'un célèbre photographe spécialisé dans la mode et les femmes du monde, dans la presse régionale et nationale ainsi que dans les magazines de luxe tels *Town and Country, Washington Dossier* ou *Vogue*. Souvent, on découvrait aussi une photo d'Enderby, assis à un bureau, même si Sybille ne pouvait se forcer à mentir lorsqu'on lui demandait de ses nouvelles. Elle disait donc la vérité : qu'il ne faisait plus rien, qu'elle avait l'entière responsabilité d'EBN et de la « Télévision de la Joie ». Seule, elle l'était également pour s'introduire dans la haute société de Washington ; elle y arrivait vaillamment, demandant toujours à quelqu'un d'EBN de l'accompagner dans le tourbillon sans fin de dîners et de réceptions où se retrouvaient des hauts fonctionnaires, des membres du Congrès ou de groupes de pression, des banquiers, des avocats et des vedettes des médias : une assemblée brillante qui lui donnait enfin l'impression de compter parmi le beau monde qu'elle épiait depuis si longtemps.

Puis tout s'était effondré. Ses taux d'écoute avaient commencé à chuter, lentement d'abord, puis dangereusement, alors que les téléspectateurs l'abandonnaient au profit d'autres chaînes qu'ils regardaient avant qu'elle n'apparaisse sur la scène. Perplexe, Sybille se lança dans des changements : elle recomposa la grille, engagea de nouveaux présentateurs, acheta un feuilleton qui se passait à Palm Beach, une émission sur une catcheuse, une nouvelle série de films classés X et accrut le budget publicitaire. Rien n'y fit. Les films, surtout les westerns et les pornos, maintenaient leur taux, mais le reste n'attirait plus personne. On n'écrivait plus grand-chose sur elle et les rares articles qui lui étaient consacrés avaient un ton critique. C'est ainsi que sa vie mondaine s'étiola. EBN ne lui apportait plus rien.

Pourquoi le garder ? se disait-elle alors qu'elle menait le convoi vers la sortie du cimetière et s'installait dans sa limousine pour rejoindre son appartement situé non loin de là. Elle contempla sans les voir les rues de Georgetown. Qu'avait-elle à fiche d'un réseau acquis par Enderby ? Elle allait hériter de tous ses millions, elle n'avait pas besoin de travailler. De toute façon, elle pourrait tirer une fortune d'EBN. Elle allait trouver un acheteur, quitter Washington – cet horrible endroit comme elle s'en était toujours doutée –, partir ailleurs et...

Et quoi ? Que ferait-elle ?

La voiture s'arrêta devant son immeuble du Watergate. J'y réfléchirai demain. Je vais trouver une idée. Je peux me permettre ce que je veux.

Tout le monde se retrouva chez elle, dévorant le festin préparé par le traiteur en buvant du café, du scotch ou du martini. Des grappes de gens qu'elle voyait tous les jours au bureau envahissaient l'appartement comme jamais depuis qu'Enderby et Sybille s'y étaient installés, parlant taux d'écoute, politique, sport et immobilier. Personne ne disait mot d'Enderby.

Dans un coin, un verre de sherry à la main, Valérie suivait des yeux Dominus qui circulait d'une pièce à l'autre comme s'il racolait ses électeurs. Lorsqu'il arriva devant elle, elle lui demanda où se trouvait Lily Grace.

— Je l'ai renvoyée à la maison, répondit-il. Elle était gelée et bouleversée par les obsèques. Je l'ai excusée auprès de Sybille. Il la dévisageait de ses yeux globuleux. Vous êtes une femme d'une beauté extraordinaire. J'espère que vous veillez à ce que cela ne corrompe pas votre vie.

Valérie leva les sourcils puis éclata de rire.

– Merci. C'est le compliment le plus élégant qu'on m'ait jamais fait.

– Ce n'était pas un compliment, c'était une mise en garde.

Elle souriait toujours.

– Ah bon, on l'aurait cru, en partie. Vous avez toujours un couteau à portée de la main quand vous avancez un mot gentil ?

Il se rembrunit.

– Comment cela ?

– Je parlais des choses que vous avez dites sur Quentin au cimetière. Vous avez affirmé qu'il était un remarquable chef d'entreprise qui avait édifié une grande station indépendante dans la ville la plus cruelle qui soit au monde, puis vous avez prétendu que son arrogance l'avait conduit à en vouloir trop, si bien qu'il ne connaissait que le malheur et les mauvais taux d'écoute.

Dominus la dévisagea.

– C'étaient bien mes paroles.

Valérie acquiesça.

– Et vous avez répété ce manège sans arrêt. A chaque fois que vous chantiez ses louanges, vous vous arrêtiez pour respirer et vous enfonciez votre couteau. Lily est-elle la seule qui profère des mots gentils sans les contredire l'instant suivant ?

– Je fais ça ? Je m'arrête pour respirer ?

– A chaque fois. Comme si vous vous apprêtiez à asséner un coup.

– C'est assez méchant de votre part. Vous êtes belle et intelligente, déclara-t-il, puis il respira et ajouta : Mais vous êtes trop fière. Vous connaîtrez la peur et la solitude à cause de cela.

Un léger sourire aux lèvres, Valérie l'observa en silence. Il se renfrogna aussitôt.

– Le monde n'est pas joli à voir. Vous devriez être contente que je trouve ne serait-ce qu'une chose à louer chez vous. Il y a tant de gens chez qui je ne trouve rien, alors que je me bats contre moi-même dans l'espoir de découvrir le bien en eux. Il est des êtres en qui Dieu en personne ne trouverait pas le bien même s'Il ne prend pratiquement jamais le temps de le chercher ; Il délègue ceux d'entre nous qui sommes sur terre pour le faire à Sa place.

Valérie eut un petit rire.

– Même Dieu a droit à des critiques. Vous devez être bien seul à juger ce monde où personne n'est parfait sans avoir Dieu vers qui vous tourner.

– Je ne juge pas ; j'observe et j'émets des observations, c'est tout. Et je me tourne vers Dieu, naturellement ; nous avons tous les deux à charge un monde troublé. Il n'y arriverait pas sans moi et, pour moi, ce serait beaucoup plus difficile sans Lui.

Valérie se mit à rire, mais Dominus ne lui répondit pas par un sourire. Il était sérieux comme un pape.
— Parlez-moi de Lily, proposa-t-elle. C'est votre fille ?
— Sur le plan spirituel uniquement. Je m'occupe d'elle depuis des années, depuis son enfance. Lily est d'une pureté absolue et ne voit que cela chez les autres.
— Et elle croyait ce qu'elle disait de Quentin ?
— Bien sûr. Lily ne sait pas mentir.
— Avait-elle raison ? A-t-il compris qu'il était bon avant de mourir ?
— Non. Mais Lily le pensait. Lily a toujours une excellente opinion d'autrui. Son talent, son génie peut-être, est de convaincre les autres qu'elle ne se trompe pas à leur sujet, ce qui fait qu'ils se sentent bien. Ensuite, bien entendu, ils se montrent plus généreux, ce qui nous permet de poursuivre notre tâche. Il surprit le regard étonné de Valérie. Comment pourrait-on apporter notre message aux nécessiteux si on était coincés par nos propres besoins ? On doit se satisfaire pour satisfaire les autres. On va organiser une communauté dans une maison du New Jersey que j'ai achetée avec l'aide de Quentin. Je laisserai Lily y prêcher de temps à autre. Elle va surtout se consacrer à rendre visite aux malades et à réconforter les gens en deuil. Quand on sera prêts, vous viendrez nous écouter... non ? Et je suis sûr que vous aussi vous nous ferez des dons, car vous aurez à cœur qu'on continue. Mais vous ne m'avez rien dit de vous. Il jeta un coup d'œil sur son alliance et le diamant qui brillait à côté. Vous vivez à Washington avec votre mari ?
— Non, à Middleburg.
— Vous avez des chevaux alors. Et des enfants ?
Elle sourit.
— Uniquement des chevaux.
— Et votre mari... pardonnez-moi, j'ai oublié votre nom. Il y avait tant de monde au cimetière quand Sybille nous a présentés...
— Valérie Sterling.
— Sterling ? Répétant son nom, Sybille s'approcha d'eux. Je ne savais pas que tu t'étais remariée.
— Il y a quelques mois. Tu ne veux pas venir passer quelques jours avec nous, Sybille ? Ce doit être dur d'être seule ici.
— C'est affreux. Je n'arrête pas de chercher Quentin pour lui parler du bureau ou qu'on regarde une émission ensemble...
Sybille tournait le dos à Dominus tout en essayant de l'évincer. Seule Valérie surprit son regard méprisant.
— Venir passer quelques jours où ?
— A Middleburg. Aux Sterling Farms. C'est un endroit extraordinaire qu'a construit le père de Carl. On a plein de place, tu pourrais rester aussi longtemps que tu le souhaites. Elle prit la main de Sybille et ajouta : Je suis si triste pour Quentin. Quand vous étiez mariés, tu affirmais qu'il était un compagnon distrayant et qu'il s'occupait de toi, mais je

suis sûre que tu as aussi été merveilleuse avec lui. Viens nous voir, dis-moi quand tu veux venir. Elle posa son verre. Il faut que je rentre. On part en avion dans les Adirondacks demain à l'aube, Carl a une envie soudaine de faire du ski de fond.

– En avion ? Vous avez un avion ?
– Oui. On rentrera...
– Et un chalet là-bas ? Dans les montagnes ?
– Oui. On sera de retour dans une semaine, je t'appellerai. Peut-être viendras-tu pour Noël. On aura beaucoup de monde : des amis de Carl et ma mère. On serait ravis que tu sois là aussi.

Elle se tourna vers Dominus qui, appuyé contre une table orientale, rôdait là où Sybille l'avait repoussé.

– Bonne chance pour votre communauté. Dites à Lily que je l'ai trouvée très bien, je compte sur vous.

– Je vais te donner ton manteau, annonça Sybille qui l'accompagna jusqu'à l'entrée.

Les pièces embaumaient du parfum des imposantes compositions florales que Sybille avait pour la plupart commandées chez un grand fleuriste. Valérie remarqua un bouquet plus petit de pâles orchidées qui s'inclinaient avec grâce.

– La personne qui a envoyé cela comprend la douleur, déclara-t-elle.
– C'est moi qu'il comprend, répliqua Sybille qui s'arrêta à côté de la gerbe.

Il ne restait plus à Valérie qu'à l'observer de plus près. Aussi découvrit-elle la carte : « Nos condoléances. On espère te voir bientôt. Baisers, Chad et Nick. »

Effleurant d'un doigt un pétale délicat, elle demeura un moment immobile, puis s'éloigna, Sybille sur ses talons. Sybille attendit un mot, mais Valérie resta muette. Dans le vestibule, alors que le domestique cherchait son manteau de fourrure, les deux femmes se regardèrent. Sybille crut déceler une ombre de mépris dans l'œil de Valérie. Cela l'irrita. Pour qui se prenait-elle à venir ici traiter la veuve de haut en parlant de son riche mari qui avait son avion personnel, un chalet dans les Adirondacks, des chevaux et un immense domaine à Middleburg... Middleburg ! La ville que Sybille avait choisie.

Où qu'elle aille, elle trouvait Valérie, toujours en avance sur elle. Existait-il un endroit au monde où elle pourrait être la première, où Valérie se consumerait de jalousie, où Valérie souffrirait à cause d'elle comme elle avait souffert à cause de Valérie ?

– Dis-moi si je peux t'être utile, ajouta Valérie.

Sybille acquiesça.

– Merci d'être venue.

Après son départ, Sybille ferma la porte et y resta adossée. Il faut que je me lance dans quelque chose, quelque chose de nouveau. Je ne suis arrivée à rien. Quentin n'a rien fait pour moi ; il s'est contenté de me fourguer un réseau de second ordre avec ses idées stupides sur la joie et les émissions optimistes que personne n'a envie de regarder. Je vais m'en débarrasser, le vendre le plus vite possible. Ensuite, je serai libre comme l'air et ma vie pourra commencer pour de bon.

Un serveur s'approcha avec un plateau, elle prit un cognac. Si, il a fait une chose pour moi : il m'a laissé ses millions. Elle se demanda combien cela représentait. Il s'était montré très réservé à ce propos.

Son avocat se trouvait au salon. Elle alla le chercher.

— De combien dispose-t-on, Sam ? s'enquit-elle dès qu'elle l'eut emmené dans la bibliothèque. J'ignore le montant exact.

Samuel Breeph lui jeta un coup d'œil.

— Pourquoi ne pas attendre demain de lire le testament ?

— Parce que je veux le savoir tout de suite. Enfin, Sam, vous n'êtes qu'un besogneux. Je me demande pourquoi Quentin vous gardait. Je veux savoir combien il pesait et vous allez me le dire tout de suite, sinon vous ne travaillerez plus jamais ni pour moi ni pour mon réseau.

Breeph posa l'assiette qu'il tenait à la main quand Sybille l'avait coincé.

— Quentin vous a laissé un million de dollars, annonça-t-il avec un certain plaisir. Plus vos appartements à Washington et à New York, ainsi que l'Enderby Broadcast Network. Apparemment, vous avez absorbé une bonne partie de sa fortune et contracté de lourdes dettes en tant que président d'EBN, mais il était sûr que vous vous en sortiriez. Il a affirmé que vous vous étiez très bien débrouillée sans gros moyens avant de le connaître. Et il a laissé cinq millions de dollars à Rudy Dominus.

— Cinq millions... Elle le dévisagea. Vous êtes fou. C'est un mensonge.

Il secoua la tête.

— Il ne m'aurait pas fait ça ! Etourdie de colère, elle posa son regard sur sa petite bouche pincée. Il ne m'aurait jamais fait ça ! Il m'aimait !

Breeph haussa les épaules.

— Je n'en ai aucune idée, il n'en a pas parlé. J'ai son testament qu'il a rédigé voilà quatre mois, le jour de son quatre-vingt-troisième anniversaire. Lily lui avait préparé un gâteau. Vous étiez à une réunion, à New York, je crois.

Les doigts de Sybille se refermèrent telles des griffes.

— Espèce de sale...

Les bribes de la conversation animée qui fusaient du salon la rappelèrent à l'ordre et elle s'imposa silence. Elle vacilla, la tête lui tournait, elle crut qu'elle allait vomir.

— Sortez, lança-t-elle d'une voix rauque. Sortez d'ici. Dehors.

Il décampa aussitôt. Dès que la porte se referma derrière lui, Sybille s'effondra, frappant du poing contre le tapis d'Orient.

— Salaud, murmura-t-elle. Après tout ce que j'ai fait pour toi, après tout ce que j'ai avalé, je t'ai laissé t'attribuer le mérite de mes réussites, je t'ai laissé me prendre, nuit après nuit, même si ça me répugnait, te servir de moi... salaud, salaud, salaud...

Elle resta là tandis que le ciel s'obscurcissait et, derrière la porte close, ses invités qui la cherchaient finirent par se retirer, suivis du traiteur et de ses employés. Puis, raide, elle se redressa dans la pièce sombre. Regardant autour d'elle, ses yeux se posèrent sur le combiné. Nick ne me ferait jamais une chose pareille. Il aura envie de m'aider. Il a toujours été le seul à me comprendre. Je n'aurais pas dû épouser Quentin. A cette heure, on serait de nouveau ensemble si je n'avais pas épousé Quentin.

Elle s'assit au bureau de Quentin, alluma la lampe et, de mémoire, composa le numéro personnel de Nick.

— Maman a téléphoné, annonça Chad quand Nick rentra en fin d'après-midi. Ils s'assirent sur le canapé en cuir dans le bureau garni de rayonnages où le courrier du jour était empilé sur la table. Elle veut te parler. J'ai eu l'impression qu'elle pleurait.

— Les obsèques de Quentin avaient lieu aujourd'hui, elle a sûrement envie d'une présence amicale. Je l'appellerai après le dîner. Et à part ça, quelles nouvelles ?

— Elle a dit qu'il lui avait tout volé.

— Qui ?

— Quentin. Elle a dit que c'était un salaud, qu'elle n'aurait pas dû l'épouser et que...

— Et que quoi ?

— Et qu'elle aurait dû rester avec toi.

Nick secoua la tête.

— Apparemment, elle t'a vidé son sac. Qu'as-tu pensé de ses propos ? ajouta-t-il, observant Chad attentivement.

Il y eut un silence.

— Rien.

— Tu en as sans doute pensé quelque chose. Mais on n'en parlera pas si tu préfères.

Les yeux rivés sur sa chaussure, Chad frotta le pied sur le tapis.

— Je trouvais ça bien. Comme ça, on aurait été comme tout le monde, une vraie famille.

Nick acquiesça.

— Et quoi d'autre ?

— Et je me suis dit... enfin, c'est toujours possible. Si maman en a envie et que... mais toi, tu ne veux sûrement pas.

— Non, répondit Nick avec calme, je ne veux pas. Et je doute que ta mère le souhaite sincèrement. Elle doit se sentir seule et triste parce que Quentin est mort, mais elle sait qu'on ne peut pas vivre ensemble.

— Pourtant, à une époque vous étiez tous les deux et ça allait bien... tu m'as raconté que vous vous aimiez quand vous vous êtes mariés. Tu pourrais faire comme si c'était pareil qu'avant, tu pourrais avoir un autre enfant, comme ça j'aurais un frère ou une sœur et une vraie mère. Et on serait tous ensemble.

Nick posa le bras sur le dossier du canapé derrière Chad.

— Peut-être, si on était différents, répliqua-t-il d'un ton détendu.

Chad ne lui avait jamais demandé de se remarier avec Sybille, peut-être à cause de Quentin, peut-être par peur d'un refus qui aurait brisé un rêve auquel il s'accrochait depuis toujours pour ainsi dire. Il est temps de le briser, songea Nick, puis il se dit aussitôt, comme toujours lorsqu'il savait que Chad risquait d'en avoir du chagrin, que cela pouvait attendre. Pourquoi le faire maintenant ? Laissons-le rêver. Si cela lui rend la vie plus facile, pourquoi le détruire ?

Car, même à sept ans, mon fils vivra dans la vérité, pas entouré de jolis mensonges. Sa mère vit en plein mensonge, ça ne lui arrivera pas.

Il posa le pied sur la table basse et se cala sur le divan, son bras tombant naturellement sur les épaules de Chad.

— On a des conceptions très différentes, ta mère et moi, sur l'amour, la famille, le travail et nos rapports avec toi. Il en a toujours été ainsi, mais on s'imaginait que cela n'avait pas d'importance ou peut-être chacun croyait-il convaincre l'autre d'agir selon ses vœux. Ce qui est complètement idiot quand on y pense. Pourquoi quelqu'un qui a eu un certain mode de vie pendant vingt ou vingt-cinq ans, et qui se trouvait sans doute bien ainsi, changerait-il brusquement ? Il s'arrêta un instant pour laisser à Chad le temps de réfléchir. Ce qui ne veut pas dire que l'un avait raison et l'autre tort ; on s'y prenait différemment, voilà tout. Notre rapport de couple, c'était comme d'essayer d'assembler un des éléments de ton Lego avec une de tes voitures. Ça ne marcherait pas parce qu'ils ne sont pas faits pour aller ensemble. Ils sont parfaits chacun de leur côté mais pas quand ils sont ensemble.

— Tu pourrais y mettre du fil, répliqua Chad au bout d'un moment, pour attacher l'élément du Lego à la voiture.

La ténacité de son fils et son ton suppliant le bouleversèrent.

— Ça marcherait peut-être, acquiesça-t-il, jusqu'au jour où l'auto tomberait sur des passages accidentés. C'est ce qui arrive aux gens. Ils tentent de recoller les morceaux et parfois tout se passe très bien. Puis, quand a lieu un événement difficile qui les rend nerveux, inquiets ou terrorisés, les liens qu'ils ont employés ont tendance à se rompre. Ce n'est pas...

— Ils pourraient en créer de neufs.

— Ils s'y efforcent. Hélas, généralement, ils se cassent aussi. Ce n'est pas qu'ils n'essaient pas, Chad ; le problème, c'est qu'ils ont des tas de sujets d'inquiétude brusquement et, lorsque les choses ne sont pas bonnes ni solides depuis le début, elles ne peuvent affronter les orages.

— Quels orages ?

— C'est une façon de dire les moments difficiles. Comme de discuter sur certains points, se préoccuper pour des questions de boulot, d'argent ou se demander si les gens apprécient ton travail.

— Ou s'ils vont acheter tes ordinateurs.

— Exactement. Mais ça n'arrive pas seulement quand il y a des problèmes, Chad. Parfois deux personnes ne peuvent vivre ensemble, quelle que soit la situation. Même si elles font des tas d'efforts pour vivre à deux, se montrer gentilles l'une envers l'autre et être heureuses, elles n'y parviennent pas. On est ainsi, ta mère et moi. Et si on ne peut être bien et heureux ensemble, mieux vaut pour nous trois qu'on soit séparés.

Chad remua pour se dégager comme s'il se débattait sous un poids. La tête baissée, il tirait sur sa jambe de pantalon.

— Vous y êtes bien arrivés à une époque, répéta-t-il avec obstination.

— On a essayé. Et on n'a pas réussi. On ne fait pas toujours tout ce qu'on veut, Chad, même quand on essaie.

Chad continuait à tripoter son pantalon.

— Donc, tu ne crois pas que vous pourriez y arriver.

— Je suis sûr que non, Chad.

Il leva la tête, le visage crispé, les larmes aux yeux.

— Jamais?

— Jamais.

La gorge serrée, Chad détourna les yeux. S'ensuivit un long silence. Ils demeurèrent ainsi l'un à côté de l'autre, mais chacun dans son monde : Nick ne pouvait percer les pensées de Chad. Il le laissa à son chagrin, espérant que son fils reviendrait vers lui si la douleur devenait insupportable à affronter seul.

— Alors, pourquoi n'épouses-tu pas quelqu'un d'autre? laissa échapper Chad.

Pris par surprise, Nick resta muet. Il embrassa la pièce du regard : le bureau qu'il s'était fait, une pièce chaude et très confortable où il n'y avait trace que de sa présence. Sa maison, grande, claire, belle, était la sienne et celle de Chad, deux personnes vivant dans douze pièces où il restait beaucoup de place pour quelqu'un d'autre. Dans ma vie, il y a beaucoup de place pour quelqu'un d'autre, songea-t-il.

— Je n'ai rencontré personne que j'aie envie d'amener chez nous et dans notre vie, déclara-t-il enfin. Quand ça m'arrivera...

— Tu sors beaucoup, le coupa Chad. Elena me l'a dit.

— Moi aussi, répliqua Nick, légèrement sur la défensive. Je n'ai pas de secrets pour toi.

— Tu ne m'en parles pas toujours, remarqua judicieusement Chad. Je le sais. Certains soirs, tu attends que je sois couché pour sortir et tu rentres très tard. Je t'entends parfois. C'est là que tu les baises?

Nick fut stupéfait.

— Qu'est-ce que ça signifie?

— Aucune idée, avoua Chad. Les types de l'école disent qu'on doit faire ça quand on est grand et qu'on sort avec une fille.

— Quels types?

— Ceux qui sont en quatrième. Ils marchaient à côté de nous au cours d'un exercice d'évacuation en nous racontant des choses qu'on fait quand on est grand. Ils ont dit que c'était amusant.

— D'être grand ?
— Non, de baiser. C'est vrai ?
— Ça peut l'être.

Nick se sentait très embarrassé, il ne savait par où commencer ni jusqu'où aller.

— Moi, je le ferai pas tant que je n'en aurai pas envie, affirma Chad d'un ton catégorique. Ces mecs ont dit qu'il le fallait, mais ils ne peuvent pas m'obliger, je suis libre de choisir.

Nick attendit la suite qui ne vint pas. Il n'est guère intéressé, se rassura-t-il. Pas encore. J'ai le temps de réfléchir à la façon de m'y prendre.

— Chad, tu te rappelles le jour où je t'ai dit que je n'épouserais jamais personne que tu ne connaîtrais pas ? Chad acquiesça. Ça tient toujours. Quand je rencontrerai une femme avec qui j'aurai envie de vivre, je te la présenterai pour que vous fassiez connaissance tous les deux et, si ça marche entre vous, je me remarierai. Tu as raison, je suis sorti avec des tas de femmes et j'aimerais me remarier. Apparemment, hélas, ce n'est pas une chose qu'on peut commander sur un plateau comme un hamburger au restaurant.

— Saignant mais pas bleu, répliqua Chad. Non, saignant, ajouta-t-il, souriant de sa plaisanterie. Tu pourrais commander une femme qui soit blonde, avec des yeux dans les verts, plutôt grande, mais pas autant que toi, riche, belle, et on te la servirait.

Nick laissa les mots résonner en lui. A quelques retouches près, c'était le portrait de Valérie. Il regarda Chad.

— Pourquoi blonde aux yeux verts et tout le reste ?
— Je ne sais pas. Ça a l'air joli. Et différent.

Différent de Sybille, songea Nick. Aussi différent que possible.

— Chad, poursuivit-il, j'envisage un grand changement et je voudrais t'en parler.

Chad se renfrogna.

— Tu viens de dire que tu n'allais pas te marier.
— Il ne s'agit pas de cela. Mais de boulot. On peut en discuter ?

Sérieux comme un pape, Chad se redressa.

— D'accord.
— Je pense vendre Omega pour me lancer dans autre chose. J'en ai touché un mot à Ted...
— C'est impossible ! Tu l'as créée et c'est la meilleure boîte du monde ! Un autre type risque de tout gâcher !

Nick sourit.

— Un autre risque de la modifier en partie, mais j'ai reçu beaucoup d'offres de gens intéressés ces temps derniers parce qu'elle est formidable ainsi.

— Alors pourquoi la vendre ? Ça ne te plaît plus ?
— Si. J'aime penser qu'on l'a construite, Ted et moi, et j'aime les gens avec qui on travaille. Cependant, sur beaucoup de plans, ce n'est plus

l'entreprise qu'on a bâtie. Au début, on était tous les deux ; aujourd'hui, on a plus de douze cents employés que je ne connais pas pour la plupart. Au début, on avait une pièce dans une maison ; aujourd'hui, on a treize bâtiments où je ne mets pas les pieds pendant des semaines pour la plupart. Je prends des décisions sans jamais surveiller les étapes qui permettent de les mener à bonne fin. Autrefois, je concevais un projet, je le mettais à exécution et je me demandais comment l'améliorer, ou bien ça ne marchait pas et je devais trouver d'autres idées. Cela ne m'est pas arrivé depuis des années. Et voilà bien longtemps que j'ai créé Omega, Chad. Peut-être pourrais-je me lancer dans autre chose, un domaine auquel je n'ai pas encore pensé. Je n'ai fait que cela, et ce depuis près de dix ans, depuis que je suis à San Jose.

Chad jeta un coup d'œil vers son père.
— On partirait d'ici ?
— Le cas échéant. Je crois que ça me plairait. Et toi, qu'en dis-tu ?
— Quitter mes amis ? Et mon école ?
— Tu te ferais d'autres amis dans une autre école. Cela ne t'a jamais posé de problème.

Chad secoua vigoureusement la tête.
— Je ne veux pas.
— Bon, on en reparlera. Ce serait peut-être bien pour moi.
— Pourquoi ? C'est ici qu'on habite.

Ça fait trop à la fois, songea Nick. On a commencé avec Sybille et on en est à quitter San Jose. Comment pouvais-je m'imaginer qu'il parviendrait à digérer tout cela ?

— Pour l'instant, on ne va nulle part, assura-t-il. Je travaille toujours à Omega. On fera les choses petit à petit.

Chad secoua de nouveau la tête.
— Tu as pris ta décision, je le sais. Tu veux t'en aller. Eh ben, pas moi. Moi, je resterai avec Elena et Manuel. Ils peuvent s'occuper de moi, ajouta-t-il, et il éclata en larmes. C'est ici que j'habite. Je ne partirai pas !

Se traitant de tous les noms, Nick serra Chad contre lui. Il avait les mots sur le bout de la langue mais il ne les prononça pas. Il ne voulait pas promettre de rester, même pour Chad. Car il était temps qu'il quitte San Jose et trouve une autre activité à laquelle consacrer son énergie et son effervescence croissante. Il approchait des trente-cinq ans. Il avait trop d'années devant lui pour se cantonner dans un travail qui ne le motivait plus et pour vivre dans une ville qui ne l'intéressait plus. Ce pays était grand, ce monde vaste et plein d'aventures. Il prendrait son temps afin de faire le bon choix et Chad aurait aussi l'impression de se lancer dans une aventure car ils la vivraient ensemble.

— Tu n'as pas rappelé maman, remarqua Chad.

Nick comprit que tout projet de changement et d'inconnu conduisait inévitablement Chad à penser à Sybille.

— Bon, répliqua-t-il. Tu veux aller demander à Elena à quelle heure le repas sera prêt ?

– Tu vas sortir après le dîner?

– Non. On va passer la soirée ensemble. Qu'est-ce qui te plairait? Lire, regarder un film ou jouer à quelque chose?

– Un film, un Monopoly et une histoire au lit.

– Ça va nous mener à trois heures du matin. On va devoir modifier un peu le programme. Hé, mon pote, ajouta-t-il alors que Chad se dirigeait vers la porte.

– Oui?

– Je t'aime. Tu es le meilleur des fils, le meilleur des compagnons et le plus extraordinaire des amis. Et jamais je ne te forcerai à faire quelque chose qui te rende malheureux. D'accord?

– Mais si un truc te rendait heureux et que je le déteste?

– On se heurterait alors à un problème qu'il faudrait bien résoudre.

– Mais tu es le plus grand, remarqua Chad avec finesse. C'est toi qui achètes tout et tu es le chef de famille.

– Tu parles de la personne qui détient le pouvoir. Tu as raison, sur de nombreux plans, c'est moi. Mais ça s'équilibre parce que je t'aime et que je ne te rendrai pas malheureux si je peux l'éviter, donc cela amoindrit mon pouvoir. Tu comprends?

– Pas vraiment.

– C'est un sujet compliqué. On en reparlera. Je tiens simplement à ce que tu comprennes que pour moi tu es la personne qui compte le plus au monde et, quoi qu'on fasse, on le fera ensemble. D'accord?

Chad acquiesça.

– Je crois.

– Tu crois?

Chad courut vers son père et jeta ses bras à son cou.

– D'accord, murmura-t-il contre la poitrine de Nick, puis il se sauva.

Et Nick se demanda ce dont ils étaient convenus. On aura encore de très nombreuses conversations tous les deux, songea-t-il et, pour la première fois, il se sentit un peu abattu. J'aimerais avoir quelqu'un auprès de moi afin de mener cela à deux. Non seulement Chad a besoin d'une mère, mais j'ai aussi besoin d'une femme pour m'aider à démêler toute cette affaire si complexe... et pour vivre ma vie.

Commandes-en une au restaurant, se dit-il avec une ironie désabusée. Une fois de plus, l'image de Valérie surgit dans son esprit puis s'effaça alors qu'il se dirigeait vers le bureau pour appeler Sybille.

Le téléphone sonna longtemps; il s'apprêtait à raccrocher lorsqu'elle répondit.

– Je t'ai réveillée? s'enquit Nick.

– Oh, Nick. Je me demandais si Chad te ferait la commission. Je parcourais des papiers dans la pièce à côté. Il s'est produit un drame épouvantable, Nick. J'ai besoin d'un ami, j'ai besoin d'aide.

Il ne l'avait jamais sentie si éperdue.

— Tu parles de Quentin ? Je sais qu'il est mort, Sybille ; tu as appelé il y a trois jours pour me l'annoncer.
— Non, non, ce n'est pas... bien sûr que c'est affreux. Je ne le supporte pas, tout est tellement dur sans lui, je suis si seule. Mais il s'agit d'autre chose, Nick, une chose que je viens de découvrir, une chose qu'il m'a faite. Je ne comprends pas qu'il ait pu me jouer un tour pareil, je l'aimais tant, j'ai tout fait pour lui et il s'est payé ma tête, il s'est payé ma tête...
— Que se passe-t-il ?
— Il m'a supplantée et il a laissé son fric à un enfoiré de pasteur !...
Nick se cala dans son fauteuil comme pour fuir ses cris.
— Je suis désolée, reprit-elle d'une voix rauque. Je ne suis pas... J'ai des problèmes... Il a laissé la majeure partie de son capital à ce Dominus — je t'ai déjà parlé de lui, non ? —, un pasteur dingue même pas capable de faire monter ses taux d'écoute. Et j'ai hérité du réseau dont je ne veux pas. J'en ai vraiment marre !
— Tu as bien dit que Quentin t'avait légué le réseau ?
— Et un million de dollars. Des clopinettes.
Nick eut un sourire. A une époque, cela aurait représenté une fortune pour Sybille. Et ce le serait encore pour la majorité des gens.
— Et combien à Dominus ?
— Cinq millions.
— Cinq ? J'aurais pensé qu'il représentait plus.
— Oui, effectivement. Il a tout investi dans la télé. Il était fou, Nick, cette façon qu'il avait de dilapider son argent là-dedans... il s'imaginait qu'on pouvait résoudre tous les problèmes rien qu'en dépensant, encore et toujours...
— Mais si l'argent est investi dans le réseau et que tu ne veux pas le garder, pourquoi ne pas le vendre ?
— J'y ai songé. Toutefois... Sybille se redressa et contempla les lumières de la ville. Quentin a contracté quelques dettes, annonça-t-elle. Pas énormes, mais dans ce cas-là il est toujours plus difficile de vendre une entreprise.
— Cela dépend du genre et de l'ampleur des dettes. Et du potentiel existant pour pouvoir les rembourser et commencer à faire des bénéfices. Sybille, tu devrais t'adresser à des comptables et des avocats, ils seront beaucoup plus en mesure que moi de t'aider.
— C'est mon intention dès que je me serai reprise.
Elle regardait toujours par la fenêtre. Cependant, elle voyait se profiler la maison de douze pièces de Nick, le luxueux mobilier, la Mercedes et la Porsche dans le garage, Elena et Manuel, les bonnes, les jardiniers... et la couverture du *Times* et de *Newsweek*. Deux cents millions de dollars.
— Nick, dit-elle. Je sais que tu es très pris par ta société et que rien d'autre ne compte pour toi, mais tu crois que ça pourrait t'intéresser d'acheter un réseau de télévision... à un très bon prix ?

15

Elle fixa le prix du réseau à trois cents millions de dollars. Ce chiffre dépassait nettement l'évaluation des experts mais, après le refus de Nick, elle décida de faire monter les enchères. Elle lui avait réitéré sa proposition à de nombreuses reprises par téléphone.
– Penses-y. Réfléchis et donne-moi ta réponse.

Au début, il répétait sans cesse qu'il ne connaissait rien à la télévision et ne voulait absolument pas investir là-dedans; pourtant, elle crut percevoir un changement dans son ton au bout d'un moment et se dit qu'il commençait à prendre la chose au sérieux. Hélas, il n'avait pas su profiter de leurs relations pour bénéficier d'un prix ridiculement bas. Désormais, pour lui comme pour les autres, c'était plus cher. Elle voulait ses trois cents millions et elle les aurait. Les experts se trompaient, à coup sûr. EBN valait cette somme jusqu'au dernier cent. Elle finirait par obtenir ce qu'elle voulait, sans aucun doute. Il lui fallait toujours prouver que les experts se trompaient.

Au début de l'année, elle engagea un directeur. Elle ne lui confia pas qu'EBN était à vendre.

– Je n'ai pas le temps de diriger le réseau moi-même ni de le développer comme il le mérite, déclara-t-elle. Je monte une société de production à laquelle je dois consacrer la majeure partie de mon temps. Toutefois, n'hésitez pas à m'appeler si vous avez des questions et je passerai le plus souvent possible voir si tout va bien.

– De toute évidence, quelqu'un a tout gâché, affirma-t-il avec mépris alors qu'il étudiait la courbe inégale sur un diagramme indiquant les excellents taux d'écoute qu'avait obtenus la « Télévision de la Joie » les premiers temps et leur descente en chute libre.

Sybille contempla ses mains croisées.

– C'est de ma faute, on ne peut le reprocher qu'à moi. Je me suis trop dédiée à mon mari pendant sa longue agonie pour me soucier de mon travail. De plus, il était affreusement têtu mais, dans son état, comment aurait-il pu comprendre ? Il avait une attitude complètement irrationnelle. Il refusait que je prenne les choses en main et que je dirige la maison comme il le fallait. Il n'aurait même jamais accepté que j'engage quelqu'un dans votre style. C'était son réseau, voyez-vous, il l'avait acheté et, jusqu'au jour de sa mort, il a voulu avoir l'impression qu'il restait maître à bord. Je ne pouvais passer outre comme s'il n'était déjà plus de ce monde...

Le directeur, qui aurait tout donné pour avoir une femme à cette image, rougit lorsqu'il se rappela son attitude méprisante. Il posa sa main sur celle de Sybille.

– Je vais m'en occuper pour vous, assura-t-il d'un ton solennel. Et en souvenir de votre mari.

Sous son étreinte, les doigts de Sybille tremblaient tels ceux d'un oiseau blessé.

– Merci, murmura-t-elle.

Sur ce, elle abandonna EBN à ses soins dévoués.

Sa société de production s'appelait Sybille Morgen Productions. Elle avait repris son nom, effaçant à tout jamais de sa vie Quentin Enderby et sa trahison. Elle monta l'entreprise seule : personne n'était là pour la critiquer ni lui dire ce qu'elle devait faire et comment s'y prendre. Désormais, le pouvoir serait entre ses mains : le pouvoir sur l'existence et la fortune des personnes qui passaient dans ses émissions, le pouvoir qui touchait des millions de foyers, le pouvoir de former des opinions, nourrir l'esprit et les conversations des gens, rester gravé dans leur mémoire. Dès que j'aurai vendu EBN et récupéré mon argent, songeait-elle, j'aurai tout. Ma vie commencera alors pour de bon.

Quand elle créa sa société, elle acheta un immeuble à trois kilomètres d'EBN qu'elle transforma en bureaux et en studios ultramodernes. Après la mort d'Enderby, Sybille fit poser sur la façade un panneau annonçant « Sybille Morgen Productions » et s'installa dans la pièce agrandie et décorée à son goût : des meubles italiens aux lignes hardies sur une somptueuse moquette sombre. Elle se disait qu'elle ne négligeait pas le réseau ; elle en était toujours responsable et le surveillerait, lui et le nouveau directeur, pour être sûre d'avoir quelque chose à vendre. En réalité, elle ne pensait qu'à façonner sa nouvelle entreprise, la première qu'elle lançait elle-même. Celle qui allait lui apporter tout ce qu'elle souhaitait.

Durant le printemps et l'été qui suivirent la disparition d'Enderby, tandis qu'elle attendait un acheteur, elle se consacra à la réalisation de deux nouvelles émissions de jeux et d'un feuilleton porno à diffuser en fin de soirée. Elle était à son bureau tous les jours et trop occupée jusqu'à des heures avancées pour participer à la vie mondaine de Washington. Elle pourrait s'y mêler quand elle le voudrait, elle savait très bien qu'on l'en avait évincée uniquement parce que personne n'aimait Quentin. Cependant, son travail lui semblait plus important et beaucoup plus intéressant que la haute société collet monté, pontifiante et mortellement ennuyeuse qui la faisait rêver à une époque.

Elle ne reconnaissait jamais qu'elle se sentait seule et devenait folle dans ces moments-là. Un Quentin à l'agonie et un Dominus importun valaient mieux que rien. Les infirmières avaient quitté leur poste, elle s'était séparée du cuisinier, car elle ne mangeait jamais à la maison et la bonne venait dans la journée en son absence. Quand elle rentrait, elle ne trouvait que des pièces vides qu'elle ne supportait pas, même en allumant tous les postes de télévision. Aussi se plongeait-elle dans le travail. Elle dormait chez elle. Le reste du temps, elle se trouvait au bureau ou dans les studios : elle enregistrait les pilotes des émissions de jeux et du feuilleton porno. Elle avait décidé qu'ils passeraient tous les trois sur EBN et comptait également les vendre à des stations situées dans des régions en dehors du réseau d'EBN. En fin de compte, Sybille Morgen Productions serait partout, y compris en Europe : plus important qu'EBN ne le serait jamais.

Cependant, il lui fallait d'autres programmes : elle devait fournir une gamme qui finirait par remplir la grille. Si elle produisait un éventail complet qu'elle vendait par un groupe de représentants combatifs, personne ne pourrait l'ignorer : elle dominerait son temps en matière de télévision indépendante. Elle aurait tout ce qu'il lui fallait.

Hormis une émission religieuse.

Impossible d'y échapper : les stations en réclamaient. Dieu faisait de l'argent, des taux d'écoute et des recettes publicitaires car des sponsors, sachant qu'ils ciblaient un public précis, passaient des spots avant et après. Trouver un prédicateur ne posait pas de problème : ils pullulaient, s'efforçant d'amasser de l'argent à grand-peine afin d'acheter du temps d'antenne. Certains disposaient de leur propre chaîne : ceux-là gagnaient vraiment des fortunes. Les autres étaient sous contrat avec des stations qui diffusaient leurs sermons pendant un ou deux ans, parfois même plus. Sybille avait besoin d'un pasteur, un grand, qui ne dispose pas de son réseau et qui ne soit pas engagé par ailleurs. Aucun nom ne lui venait à l'esprit spontanément. Et elle ne voulait pas d'un inconnu à moins de pouvoir le manipuler à sa guise.

Un ou une inconnue.

C'est ainsi que Sybille se rendit dans le New Jersey pour ramener avec elle Lilith Grace.

Cela s'avéra plus simple que prévu. Rudy Dominus lui avait communiqué l'adresse de leur église où elle arriva par un dimanche matin nuageux d'avril : un bâtiment quelconque près de Hackensack où étaient disséminées une vingtaine de personnes dans un froid épouvantable. Sybille se glissa à une place au fond et écouta le sermon de Lily.

Sybille observa les spectateurs en extase. Deux d'entre eux pleuraient, plusieurs dodelinaient de la tête. Tous semblaient fascinés.

Sybille fut prise d'un léger frisson. Rien à voir avec les paroles de Lily qui ne la touchaient pas. Elle était impressionnée par le silence absolu qui régnait, l'attention du public et Lily : petite, plus jolie que dans son souvenir, sans aucun maquillage, brillant de sa croyance en son pouvoir. Elle portait une robe bleue de petite fille avec des manches bouffantes qui ne lui allait pas du tout. On aurait cru une fillette de dix ans qui voulait avoir l'air d'une grande, songea Sybille. Il lui fallait du blanc : éthéré, virginal, incorruptible. Je pourrais être son manager, se dit Sybille. Elle resta assise au moment où tout le monde se leva pour entonner un hymne. Je pourrais en faire la plus grande de tous.

Elle attendit tandis que les gens sortaient : ils défilaient devant Lily, lui effleuraient la main, s'arrêtaient pour lui dire un mot qu'elle écoutait d'un air grave en acquiesçant avant de se tourner vers le suivant. Enfin, Sybille s'approcha.

— Vous étiez remarquable.

— Merci, répondit Lily qui ne montra aucune surprise en la découvrant. Je suis ravie de vous revoir. J'espère que vous allez mieux.

— Comment ça ?

— Vous étiez si bouleversée à la mort de Quentin, puis il y a eu son testament... quelle épreuve ! On se sentait impuissants, Rudy et moi. Vous étiez très hostile à notre égard, ce qu'on comprenait, mais il nous était difficile de vous aider dans ce climat.

— Où est Rudy ?

— Il a un léger rhume. Sinon, vous auriez entendu son sermon ce matin.

— Vous prêchez uniquement dans ces cas-là ? Quand il est malade ? Vous devriez être là tout le temps. Vous êtes bien meilleure que lui.

Les yeux de Lily brillèrent, elle les baissa aussitôt.

— Pas meilleure, différente, rectifia-t-elle gentiment.

— Mais vous voulez prêcher. Vous voulez avoir votre église, votre public...

— Des paroissiens, corrigea-t-elle.

— Bien sûr. Sans personne qui vous surveille, qui vous prescrive ce qu'il faut dire et comment.

— Rudy ne me suggère jamais mes propos, il me fait confiance. Et c'est réciproque. Je rêve d'avoir une chaire et il le sait. Il m'a assuré qu'il me préviendrait quand je serais prête.

— En a-t-il parlé dernièrement ?

Lily fronça légèrement les sourcils.

— Je ne crois pas... pas depuis un moment, mais...

— On va déjeuner ? proposa brusquement Sybille. Ce n'est pas pratique de bavarder debout et vous devez avoir froid.

— Oui, un peu. J'ai faim aussi, je n'ai pas pris de petit déjeuner.

Elles restèrent là quelques instants.

— Bon, où est votre manteau ? s'enquit Sybille d'un ton impatient.

— Je n'en ai pas. Je pensais qu'il ferait chaud, on est en avril. Et le soleil brillait lorsque je suis partie.

— Allons-y.

Lily la suivant de près, Sybille regagna d'un pas vif sa voiture de location.

— Qui s'occupe de vous? demanda-t-elle alors qu'elle démarrait.

— Moi! J'ai dix-huit ans, dix-neuf dans quelques mois.

— Et vous n'êtes pas assez grande pour vous couvrir.

Lily eut un petit rire gêné.

— On croirait entendre une mère.

— Je ne veux pas...

Sybille s'interrompit. Ne gâche pas tout, se sermonna-t-elle, elle est mûre pour être libérée.

— Je ne voudrais pas être uniquement une mère. Pourtant, Dieu sait que vous en avez besoin, ajouta-t-elle. J'aimerais aussi être votre amie.

Lily lui lança un regard oblique, puis soupira.

— Je peux avoir un hamburger pour le déjeuner?

— Où cela?

— A l'Hamburger Heaven. Si vous tournez ici...

Sybille s'exécuta.

— C'est loin?

— Un peu plus d'un kilomètre. Rudy ne veut jamais que j'y aille.

— Pourquoi?

— Il n'aime pas les gens qui fréquentent cet endroit et il déteste les hamburgers.

Elle semblait si jeune. En quelques instants, le prédicateur si sûr de lui, qui fascinait son auditoire, avait laissé place à une gamine gelée et affamée qui rêvait d'une mère ou du moins de quelqu'un — d'une femme en tout cas — qui la guiderait et serait proche d'elle tandis qu'elle passerait de l'adolescence à l'âge adulte. Elle n'en était pas vraiment consciente mais peu importait: Sybille le savait, elle.

Et me voilà, se dit-elle.

— Qu'est-ce que Rudy vous interdit d'autre? Vous sortez avec des garçons?

Lily fit signe que non.

— Pas encore. Parfois, on sort avec des gens que connaît Rudy, on va au restaurant et au cinéma, ou bien je prépare à dîner chez lui pour ses amis.

— Vous ne vivez pas avec lui?

— Oh non, je n'ai jamais vécu avec lui. Rudy affirme que ce serait inconvenant et que ça me causerait beaucoup de tort.

— Alors, pourquoi faites-vous la cuisine quand il reçoit? Il n'a pas de femme dans sa vie?

— Je n'en sais rien.

— Vous ne lui posez pas la question? Vous ne vous la posez pas?

— Non. Rudy agit à sa guise.

— Mais vous pas.

Il y eut un silence.

– Je suis trop jeune, déclara Lily, d'un ton dubitatif toutefois. Elle se pencha vers le tableau de bord. On est presque arrivées.

Sybille trouva une place près du bâtiment en brique. Un énorme hamburger entouré de nuages d'un ton criard et d'anges aux joues rouges était peint sur la vitre et un autre en plastique servait de poignée. Sybille entra à la suite de Lily. Un juke-box hurlait. Des jeunes en jean et sweat-shirt étaient juchés sur des tabourets le long du bar; d'autres s'entassaient, par groupes de six ou huit, sur les banquettes.

– Ici, indiqua Lily, sa voix fluette perçant étrangement le vacarme.

Saluant d'un signe une fille qui l'appela par son nom, elle entraîna Sybille vers une banquette plus étroite au fond.

Elle n'est pas en terrain inconnu, se dit Sybille, ni ici ni ailleurs sûrement.

– C'est formidable, lança-t-elle à Lily alors qu'elles s'installaient. Elle jeta un coup d'œil sur la table en formica rose, puis tenta de détourner les yeux.

– Vous êtes venue souvent?

Lily irradiait de bonheur.

– Ça vous plaît vraiment? Je ne suis venue que deux fois. Un jour, Rudy m'y a amenée pour mon anniversaire mais il a détesté l'endroit et un jour je me suis aventurée toute seule, juste pour... m'asseoir ici. Juste pour avoir l'impression d'être une habituée. Je crois que ce n'était pas condamnable.

– Non, répliqua Sybille avec brusquerie. Qu'est-ce qui déplaît à Rudy ici?

Lily haussa légèrement les épaules.

– Il pense que si je me fais des amis ils abuseront de moi. Et il ne veut pas que je fréquente des garçons. Il tient à ce que je reste pure.

– Pour quelqu'un en particulier?

Lily rougit et Sybille s'en voulut.

– Excusez-moi, ce n'était pas très gentil. Pourtant, vous êtes déjà venue. Rudy n'est pas au courant, je suppose?

– Non. Lily s'empourpra à nouveau. Je ne lui mens pas mais je ne lui dis pas tout. J'aimerais bien parce que je voudrais lui demander... des choses. Hélas, il m'a interdit de revenir, donc je ne peux rien lui demander.

– Il n'aurait sans doute pas les réponses à vos questions. Vous aimeriez me les poser?

Lily l'observa un long moment. Sa perspicacité surprit Sybille.

– Je ne sais pas. Je ne vois pas pourquoi vous voudriez que je le fasse.

Sybille hésita un instant. A ce moment-là arriva un jeune homme portant un tablier à qui Lily passa sa commande.

– La même chose, dit Sybille avec indifférence.

– Une bière? s'enquit-il.

– Un café, répliqua-t-elle. Vous buvez de la bière? demanda-t-elle à Lily.

— Pas vraiment, ça ne descend pas quand j'essaie de l'avaler. J'en prends pour faire comme tout le monde et parce que Rudy...

— ... vous l'interdit.

Lily pouffa de rire. Puis elle détourna la tête et parcourut des yeux la salle bondée.

— Vous cherchez quelqu'un ? murmura Sybille.

— Non ! Une fois de plus, ses joues pâles se colorèrent. Enfin... oui, un ami.

— Vous êtes sortie avec lui ?

— Oh non, je ne peux pas. Rudy s'est montré très strict à ce sujet. On a simplement bavardé ici un moment.

— Vous ne pouvez pas sortir avec des garçons mais vous pouvez boire de la bière.

— Je n'en bois pas, j'en commande simplement. De toute façon, ce n'est pas pareil, affirma-t-elle d'un air de reproche. La bière et les hamburgers... ce sont des broutilles. Sortir avec un garçon... pourrait changer ma vie.

— Vous voulez dire que vous risqueriez de perdre votre virginité.

Les yeux de Lily se remplirent soudain de larmes.

— J'ai si peur... chuchota-t-elle d'une voix à peine audible.

Un sentiment de triomphe envahit Sybille : elle est mûre pour être libérée. Quelle chance qu'elle fût arrivée à ce moment-là ! Jamais elle n'avait eu la mainmise sur quelqu'un jusqu'alors. Parfois, elle se demandait si elle maîtrisait sa propre vie, surtout lorsque la rage la prenait, l'empêchant de penser et lui donnant l'impression de ne pas savoir où elle en était. Aujourd'hui, elle se demandait pourquoi elle avait attendu si longtemps. Pourquoi chercher à imposer son pouvoir sur un public anonyme et les gens à son service alors que ce pouvait être encore plus satisfaisant, tout du moins pendant quelque temps, de dominer totalement un être ?

Son déjeuner était posé devant elle.

— C'est superbe, non ?

Lily soupira. Elle saisit son hamburger à deux mains et, enfournant un énorme morceau dans sa petite bouche, mordit dedans.

Sybille contempla le sien. Elle n'y arriverait jamais, pas moyen de manger ça. Même ici où personne ne la connaissait, elle n'allait pas passer pour une gamine gloutonne qui n'avait jamais appris à se servir d'un couteau et d'une fourchette. Valérie le ferait, elle. Elle redressa la tête comme si elle écoutait quelqu'un. Elle trouverait ça amusant, peu banal. Elle tournerait la situation à la plaisanterie et s'en tirerait par une boutade si quelqu'un se moquait de son allure.

Merde, se dit Sybille, presque désespérée. Pourquoi en suis-je incapable ?

Elle s'empara de son hamburger et grignota le bout du petit pain. Elle en prit une bouchée, puis une autre, plus grosse, s'apercevant brusquement qu'elle mourait de faim.

— C'est délicieux, non ? lança d'un air béat Lily qui avait presque fini le sien.

— Merveilleux, répondit Sybille. En réalité, à sa grande surprise, elle trouvait ça très bon. Vous en voulez un autre ?

— Oh non, il ne faut pas. Rudy affirme que je ne dois pas grossir.

— Il a raison, mais ce n'est apparemment pas un problème pour vous. Vous pourriez en avaler un autre ?

Lily baissa vivement la tête en acquiesçant. Sybille en commanda un autre puis, incrédule, la regarda le manger.

— Merci, soupira enfin Lily. J'en ai vraiment assez du poisson, du poulet et des soupes revigorantes ; Rudy ne veut pas entendre parler d'autre chose. C'était le paradis.

Elle grignota quelques frites. Elle n'avait pas touché à sa bière.

— Vous voulez un café ? proposa Sybille.

— Je n'en bois pas. Un *gingerale*, ce serait formidable.

Lorsque la boisson arriva, Sybille repoussa son assiette vide.

— Lily, j'aimerais que vous reveniez à Washington avec moi.

Un bref silence s'ensuivit. Lily posa son verre.

— Je sais.

— Quoi donc ?

— Que vous voulez vous occuper de moi. J'ignore pourquoi. Vous n'aviez aucune sympathie pour moi du temps où j'étais auprès de Quentin. Peut-être estimez-vous avoir mal agi à mon égard et souhaitez-vous vous faire pardonner ? Peut-être voulez-vous vous donner l'illusion d'avoir une fille parce que vous n'avez pas d'enfant ? Ou peut-être que vous m'aimez bien tout simplement et que vous avez envie de veiller sur moi, ce qui serait fort agréable, mais je ne vois pas pourquoi brusquement...

Lily ne finit pas sa phrase et Sybille laissa le silence s'installer.

— Oui, je vous aime bien, reprit-elle enfin. Plus que vous ne pouvez l'imaginer. Vous avez raison, je n'ai pas de fille. J'en ai toujours rêvé mais ce n'est pas arrivé. J'ai trente ans et il me paraît inconcevable d'épouser un autre homme après Quentin ; je n'aurai donc sans doute jamais de fille ni personne dont m'occuper. Ma vie est si vide, Lily. Je n'y ai jamais beaucoup songé, je trouvais cette situation normale. Et, un jour, j'ai compris que cela me manquait de ne plus vous voir à la maison, de ne plus entendre votre voix. Je n'ai pas été gentille avec vous quand vous étiez là. Cependant, je ne vous demande pas de venir vivre avec moi parce que je me sens coupable, Lily. J'aimerais que vous soyez auprès de moi car, même au cours de ces terribles mois, vous avez apporté de la chaleur et de l'amour dans mon foyer et cela me manque tant... Elle avait les larmes aux yeux et un sourire timide aux lèvres. C'est ridicule, non ? Une femme pleurant dans un troquet qui débite des hamburgers... le paradis, c'est bien ce que vous avez dit ? Un instant. Elle porta un mouchoir à ses yeux. Je croyais avoir versé toutes les larmes de mon corps sur Quentin ; sans doute en reste-t-il toujours ? Permettez-moi d'être honnête avec vous, Lily ; j'espère qu'il en sera toujours ainsi, que nous n'aurons ni mensonge ni secret entre nous. Je ne veux pas seulement que vous viviez avec moi. J'ai lancé une société de production et je souhaiterais réaliser une émission avec vous. Vous avez carte blanche : vous pouvez prêcher dans une église – on vous en trouvera une –, vous adresser à des petits groupes en studio ou choisir n'importe quelle autre formule, tout ce que vous voulez. Vous ne savez pas à quel point vous êtes étonnante. Vous devez vous donner la possibilité de toucher des millions de gens et de conquérir le genre de disciples que vous méritez. Jamais plus vous n'aurez à vous épancher devant une poignée de spectateurs. Il faudra moduler un peu votre voix et certaines de vos tournures, apprendre à parler à la caméra presque comme si vous lui faisiez l'amour, mais je peux vous aider. Et je peux vous offrir un public. Il vous attend, Lily, vous allez devenir célèbre. Des millions de gens qui ont besoin de recevoir ce que vous êtes capable de leur donner vont vous adorer. Je veux faire cela pour vous. Je veux vous procurer un foyer, vous accorder ma protection et mon amour, mais je tiens aussi à vous donner les moyens de vous servir de vos dons pour toucher ces millions de gens qui vous attendent.

Elle s'arrêta. Elle se dit qu'elle avait dû aller trop loin; mais Lily était si jeune, peut-être n'était-elle pas allée assez loin.

Immobile, Lily garda les yeux baissés, les mains croisées sur la table. Lentement, elle leva la tête et adressa un sourire hésitant à Sybille.

– C'est trop, j'ai l'impression de rêver. Jamais je n'ai osé prier pour obtenir tout cela, jamais je n'ai cru que je pourrais avoir tout cela... Une chaire pour moi, une mère... Oh, Sybille, je n'arrive même pas à imaginer comment ce sera! Comme un conte de fées! Elle tendit la main et, lorsque Sybille posa la sienne dessus, Lily referma ses doigts sur ceux de Sybille. Jamais je n'en ferai assez pour vous rendre la pareille, je vous serai toujours redevable. Je prierai pour vous tous les jours mais ce n'est pas suffisant... il faudra que vous me confiiez des tâches : des courses, des corvées, des petits travaux, ce qui vous rendra service, d'accord? Je vous en prie, Sybille. Je vous aime déjà, je vous aime tant.

– Avant tout, vous devez venir à Washington. Vous avez besoin de combien de temps pour boucler vos bagages?

– Pas longtemps, je n'ai pas grand-chose. Mais Rudy... il faut que je parle à Rudy.

– Téléphonez-lui.

– Oh non, vous n'y pensez pas. Il a été si bon pour moi, aussi bon que possible. Je vais aller le voir; je lui préparerai à dîner et on bavardera tous les deux. Il ne me veut que du bien, il sera content pour moi.

– Il risque d'être jaloux.

Ses yeux s'écarquillèrent.

– Comment pouvez-vous supposer une chose pareille? Il sera content.

– Vous viendrez quand même avec moi s'il ne l'est pas.

Il y eut un long silence. Lily retira sa main.
- On va prier ensemble, ensuite il sera content.
- Mais s'il ne l'est pas, insista Sybille.
- Sybille, dit calmement Lily, Rudy sera content pour moi et je vais venir avec vous. Vous devez le croire.

Elle soutint le regard de Sybille et, pour la première fois, celle-ci eut un moment de doute. La petite fille, qui avait soupiré devant les hamburgers et commandé une bière qu'elle ne voulait pas, s'était effacée derrière la jeune femme qui avait fait son sermon avec tant d'assurance et tenu son public en haleine à peine une heure plus tôt. Sybille songea que Lily Grace risquait de ne pas être aussi malléable qu'elle le croyait. Puis la voix tremblante de Lily résonna dans son souvenir et elle repoussa ses craintes. Lily était une enfant : une actrice d'instinct en chaire et une petite fille le reste du temps. Elle rêvait que quelqu'un la prenne en charge et la laisse être aussi puérile qu'elle le souhaitait. Cette fois-ci, ce fut Sybille qui tendit la main et Lily qui lui donna la sienne.

- Je vous crois, affirma Sybille. On va très bien s'entendre toutes les deux. Vous voulez que je vous dise ? Aujourd'hui, notre vie commence pour de bon.

Ted McIlvain organisa une soirée en l'honneur de Nick le jour où il quitta son poste de président d'Omega. Chad y assistait, arborant une cravate et une veste sport neuve. On était en juin, à la fin de l'année scolaire. Il avait donc tout loisir de réfléchir aux décisions de son père et il s'inquiétait fort car celui-ci parlait, sur le ton de la plaisanterie, de chercher un autre garage où lancer une société et Chad pensait qu'il n'envisageait sûrement pas de créer quoi que ce soit à San Jose. Plus jamais.

Chad se demandait aussi jusqu'à quel point il pourrait discuter. Son père était sans doute le plus têtu des hommes, une espèce de magicien aussi, car souvent, quand Chad croyait qu'il cédait, il arrivait à ses fins en réalité. Comme le jour où Chad voulut voir un film plein de sang dont les copains parlaient à l'école alors que son père ne voulait pas. Entre le déjeuner et le dîner, il se produisit un événement qui le fit changer d'avis. Il ne se rappelait pas quoi. Tout ce qu'il savait, c'est qu'ils décidèrent d'aller voir un autre film et qu'il passa un moment formidable. Pourtant, le film d'horreur semblait drôlement bien et il ne le verrait jamais.

Sans parler de toute cette histoire de son père qui avait vendu ses parts et qui n'était plus président d'Omega, plus rien du tout dans la société après avoir été un grand ponte, un type sur qui on écrivait plein d'articles, qui était même passé à la télé deux fois. Ils en discutèrent beaucoup ensemble puis, du jour au lendemain pour ainsi dire, Chad estima que son père avait raison, que c'était une idée épatante. Pourtant, la veille encore, il trouvait ça atroce. Comment son père lui mettait-il de telles idées en tête ? Il n'en savait rien. Vraiment bizarre, ce truc. Ou magique.

Bizarres aussi, tous ces machins que son père lisait sur la télé : des livres, des coupures de journaux et des rapports que lui envoyaient des experts financiers, des avocats et des comptables. Lorsque Chad l'interrogea à ce sujet, il répondit que ce n'était que de la curiosité au cas où il voudrait acheter une station un jour ou plusieurs, peut-être même lancer la sienne, et lui demanda ce qu'il en pensait. Chad trouva que ce serait génial, car il pourrait passer à la télé quand il le voudrait et rencontrer tous les gens qui y travailleraient. Cependant, jusqu'à présent, son père n'avait rien acheté du tout ; il continuait simplement à s'informer, à regarder beaucoup plus souvent les programmes et, peut-être, à y réfléchir.

Personne ne savait ce qu'ils allaient faire, c'était bien le problème. Elena et Manuel n'en savaient rien, Chad n'en savait rien et son père non plus. Chad avait l'impression que ça se présentait mal. Ils finiraient par faire un truc étrange dans une ville tarte où il y aurait plein d'inventeurs avec qui son père discuterait mais sans l'ombre d'un ami pour Chad. Il ne verrait jamais sa mère car elle ne voudrait pas venir dans un endroit pareil, son père serait débordé avec sa nouvelle société, Chad serait abandonné à lui-même et tout le monde s'en ficherait.

— Alors, Chad ?

Chad se redressa, la mine coupable. On donnait cette somptueuse réception en l'honneur de son père et il pensait à autre chose.

— Pardon ?

— Tu veux porter un toast à Nick ? s'enquit Ted. Tu as dit que ça te ferait plaisir avant le dîner.

— Oh oui. Oui, oui.

Son père était assis à côté de lui. Il vit son air surpris lorsqu'il fouilla dans sa poche à la recherche du petit bout de papier sur lequel il avait écrit son texte. Ils se trouvaient à une table ronde, dans le salon particulier d'un restaurant, entourée d'un tas d'autres tables où s'étaient réunis, autour d'un dîner bien arrosé en se racontant les aventures épiques du début, tous les gens qui avaient participé à la création d'Omega au cours des deux premières années. Quand Chad se leva, il reconnut presque tous ces visages croisés à Omega ou lors des réunions organisées à la maison. Ils formaient comme un groupe d'oncles, comme s'ils composaient une famille, songea tristement Chad, et il allait les perdre.

Il déplia la feuille. Ted lui avait expliqué en quoi consistait un toast et il estimait qu'il se devait d'en porter un. Presque tout le monde y était allé de son mot, il fallait aussi qu'un membre de la famille intervienne. Si Nick avait eu une femme, elle s'en serait chargée. Solution hélas à écarter et la mère de Chad n'était pas venue : peut-être l'avait-on invitée ; sans doute pas, puisqu'elle n'assistait pas à la fête. Il ne restait que lui. L'idée de se lever et de parler en public ne lui plaisait pas. Cependant, il ne voulait pas que son père ait l'impression que Chad n'était pas aussi fier de lui que les autres. Il se dit donc : Bon, je vais le faire, et il rédigea ces quelques lignes la veille.

— Mon père est formidable, lut Chad d'une voix forte pour couvrir le chevrotement dans sa voix. Il est toujours formidable, il écoute quand on a envie de parler et il ne crie pas quand on fait une bêtise. Il ne se moque pas de vous non plus quand on commet une erreur. On fait plein de choses ensemble et on s'amuse beaucoup parce qu'on a les mêmes goûts. Ce serait bien si on pouvait rester ici où il a tous ses amis et toutes ses affaires, mais on ne va probablement pas rester. En tout cas, c'est bien que tout le monde ait été gentil avec nous et ait aidé mon père à créer Omega car, en dehors de moi, ça a été toute sa vie pendant longtemps. Je dois donc sans doute nous souhaiter bonne chance, comme tout le monde l'a fait, et dire à mon père qu'il est sensationnel, comme tout le monde l'a dit, sauf qu'il est à moi... enfin, c'est mon papa et mon ami aussi, pas comme les copains à l'école, un autre genre d'ami, peut-être le plus magnifique, et ça... je crois que c'est le mieux de tout.

Il y eut un silence lorsque Chad s'assit comme si chacun retenait son souffle. Puis quelqu'un se mit à applaudir et aussitôt la salle entière fut debout, l'acclamant et lui souriant. Son père s'était levé, l'arrachant à sa chaise, et il le serrait si fort qu'il lui semblait qu'il allait se casser en deux. Ce n'était pas douloureux mais merveilleux : la plus extraordinaire des impressions. Et quel que soit leur choix, quel que soit l'endroit où ils iraient, tant que son père serait ainsi, tant qu'il l'aimerait à ce point, tout irait bien et il n'aurait jamais à craindre de se retrouver seul. Jamais.

Sybille les avait invités pour Noël et, Chad ne voulant absolument pas partir seul, ils se rendirent à Washington tous les deux dès le début des vacances. Avant de rejoindre Sybille pour le dîner, ils allèrent d'abord, comme d'habitude, au musée de l'Air et de l'Espace sur le Mall. Ils y restèrent tout l'après-midi, la journée étant consacrée à Chad. Le lendemain, ce serait le tour de Nick : ils iraient à la National Gallery of Art. Chad était habitué, il passait une partie de son temps avec son père et le reste à traîner dans son coin, admirant l'immense mobile de Calder ou empruntant les escaliers mécaniques. Le surlendemain, ils se rendraient au musée des Enfants. C'était leur accord : ils partageaient leur temps afin que chacun y trouve son compte.

Durant les quatres soirées de leur séjour, ils dînèrent paisiblement avec Sybille.

— Je dois partir trois jours après Noël, avait-elle annoncé à Nick lorsqu'ils avaient parlé de leur voyage. On m'a conviée à une fête chez des gens en Virginie. J'aurais préféré être avec Chad et toi pour le nouvel an, mais je ne peux absolument pas me dédire. On aura Noël ensemble, c'est mieux en fait.

Ils échangèrent leurs cadeaux dans le salon de Sybille. Comme toujours, Nick était nerveux : il faisait les cent pas, feuilletait des journaux ou des magazines, s'efforçait de rester tranquille. Il n'avait pas trouvé le moyen d'éviter ces réunions de famille que provoquait Sybille et dont Chad raffolait. Il continuait donc d'y assister, se sentant impuissant et furieux de son impuissance, convaincu qu'il cédait par faiblesse. S'il se montrait plus fort, se disait-il, il enverrait Chad voir sa mère sans lui ou, du moins, ne rencontrerait Sybille qu'au restaurant ou en terrain neutre et mettrait un terme à toute cette farce qui se jouait depuis leur divorce. Mais il ne savait comment s'y prendre. Il avait même apporté un présent à Sybille car, quelques années plus tôt, Chad éclata en larmes quand il comprit que, dans l'esprit de Nick, la cérémonie des cadeaux se limiterait à sa mère et lui. Cette fois-ci, Nick offrit à Sybille une petite broche, un guépard en or près de bondir avec des yeux en diamant. Le cadeau de Sybille était beaucoup plus recherché : une serviette en cuir garnie de crayons et de stylos en or avec un ensemble de bureau d'argent fin. Le papier à lettres était imprimé à son nom et, sur le porte-documents, brillaient ses initiales en or.

Il bouillait tellement de colère qu'il put à peine la remercier. Mais Chad regardait la scène, les yeux ronds, et, une fois de plus, il recommença la même comédie. Puis ils allèrent dîner à l'Olympian où Sybille avait réservé l'une des banquettes de velours noir au fond. Quand ils en arrivèrent au café et que Chad sirota à la paille sa troisième citronnade pétillante, Nick était plus détendu. Sybille avait fait les frais de la conversation. Comme si elle sentait son humeur noire, elle se montrait sous son meilleur jour, charmante, amusante, parlant de télévision, de sa société de production, des acteurs avec qui elle travaillait. Elle trouva moyen de mêler Chad à son monologue, par le biais de questions et de plaisanteries. Elle choisissait apparemment des anecdotes sur des artistes que Chad connaissait presque à coup sûr. Nick n'avait jamais vu Chad si heureux en sa compagnie.

— Papa est drôlement calé sur la question, déclara enfin Chad. Il ne fait pratiquement que ça en ce moment, il lit des trucs sur la télévision. Des livres, des magazines, des documents.

Ses yeux s'écarquillèrent alors qu'on posait devant lui une énorme part de gâteau au chocolat.

— Génial ! murmura-t-il, puis il prit sa fourchette.

Sybille se tourna vers Nick.

— C'est exact ?

— Un peu exagéré, répondit Nick. Je lis des choses sur des tas de sujets et, entre autres, sur la télévision.

— Tu la regardes aussi, lança Chad la bouche pleine. Beaucoup plus qu'avant. Tu es un spécialiste aussi, au même titre que n'importe qui.

— Peut-être devrait-il acheter un réseau, suggéra Sybille à Chad.

Chad acquiesça avec enthousiasme.

— Il a dit qu'on en achèterait peut-être un. Ou une station, ou bien qu'on lancerait la nôtre. Une grande, aussi grande que NBC ou ABC. On a beaucoup de temps car papa n'est plus président d'Omega et il prétend qu'il cherche un autre garage où créer une nouvelle société mais ce n'est pas vrai. Ce n'est qu'une plaisanterie.

— Il n'est plus président d'Omega ? répéta Sybille.

— Plus depuis quelques semaines, précisa Nick.

— Tu ne me l'as pas dit !

Il l'observa sans un mot jusqu'à ce qu'elle rougisse et détourne les yeux.

— Tu n'es pas obligé de me tenir au courant de tes affaires, bien entendu, mais tu sais que je m'intéresse à toi... et à Chad...

— C'était dans les journaux, répliqua Nick d'une voix égale.

— Je ne lis que les articles sur les médias. Une nouvelle aussi importante... j'aurais imaginé que tu me l'aurais annoncée toi-même.

Le front plissé, Chad les regardait tour à tour.

— La prochaine fois, affirma Nick toujours d'un ton léger, tu seras la première à le savoir.

Sybille se pinça les lèvres et Nick se rappela cette expression qu'elle adoptait si souvent du temps de leur mariage et même par la suite, cette expression qui signifiait : Je ne supporte pas que tu joues au plus malin. Il détourna la conversation, parlant de films qu'il avait vus, de livres qu'il avait lus, d'événements qui s'étaient produits en Californie. Chad mangea son gâteau, écoutant le bruit rassurant de cette conversation amicale entre ses parents.

Les deux jours suivants, ils eurent des rapports cordiaux et visitèrent Washington ensemble. Puis arriva le dernier soir. Après le dîner, Sybille insista pour les accompagner dans leur suite au Madison Hotel. Elle voulait souhaiter bonne nuit à Chad au lit et lui dire au revoir, car elle ne les reverrait pas le lendemain matin : elle partait tôt pour se rendre chez ses amis en Virginie. Sans toutefois cacher sa contrariété, Nick finit par accepter. Chad embrassa donc sa mère, s'accrochant à elle et, les yeux clos, inspirant les effluves de son parfum.

— Joyeux Noël et bonne année, murmura-t-il.

— Bonne année, Chad. J'espère que tu aideras ton père à prendre une décision... Elle s'interrompit, le considérant d'un air songeur. J'aimerais que tu vives à Washington, on pourrait se voir quand on voudrait.

Les yeux de Chad s'écarquillèrent. Elle n'avait jamais prononcé ces mots.

— Moi aussi, j'aimerais bien, répliqua-t-il.

— Il faudra qu'on trouve une solution. Peut-être ton père achètera-t-il une station ici ou lancera-t-il la sienne. L'idée risque de le séduire et ce serait un excellent endroit pour que tu ailles à l'école. Mais sans doute ne veux-tu pas quitter San Jose.

— Euh, non... enfin, moi pas, papa en a envie, lui. Il a promis qu'il n'en ferait rien si je ne voulais pas et j'ai refusé, mais... je ne sais pas...

Se penchant vers lui, Sybille effleura son front de ses lèvres.

— On va devoir y réfléchir, d'accord ? Dors, maintenant, peut-être va-t-on en parler un peu avec ton père.

Chad se glissa sous les couvertures, l'esprit en émoi.

— Si vous décidez quelque chose, réveillez-moi, lança-t-il.

Cependant, Sybille avait déjà quitté la pièce et se dirigeait vers le salon contigu aux chambres de Chad et Nick.

— Il est si mûr, déclara-t-elle en s'asseyant dans un fauteuil. Je peux avoir un verre, Nick ? J'aimerais bavarder un moment avec toi. Dieu sait quand on se reverra.

— Quand tu veux, rétorqua-t-il. Ce n'est pas compliqué de venir à San Jose de Washington. Un cognac ?

— Oui. Tu es soulagé d'avoir lâché Omega ?

— Cela ne me pesait pas. Simplement, il était temps que je change d'activité. Il lui offrit un alcool et s'installa non loin d'elle. Et toi ? Tu as vendu le réseau ?

— Non. Je te l'aurais dit. Elle marqua une pause pour que sa réflexion fasse son effet. C'est très curieux. J'ai plusieurs nouvelles émissions, mes taux d'écoute sont en hausse, j'ai même eu quelques articles sur moi. Et cela a soulevé un grand intérêt : des coups de téléphone, des experts qui sont venus voir les comptes. Enfin, tu connais. Mais personne ne s'est présenté avec des capitaux. Ce sont des petits garçons si timides, il n'y en a pas un qui soit un homme ! D'après mon avocat, ils ne veulent pas s'aventurer dans le câble, c'est idiot. Regarde les résultats de CNN, regarde les possibilités ! Evidemment, il s'agit d'un secteur à haut risque. Il ne faut pas se lancer dans la télévision si on n'a pas l'intention d'y consacrer toute son énergie et toute sa créativité... et un sacré paquet de fric aussi. Même ainsi, on risque de se planter. Ce n'est pas un domaine pour les timorés ni pour ceux qui n'ont pas cent pour cent confiance en eux. Elle but une gorgée de cognac et soupira. Enfin, sans doute trouverai-je quelqu'un. Le problème, c'est que ça ne court pas les rues les hommes sûrs d'eux qui ont des arrières solides et je suis si impatiente de vendre...

— Parfait, tout ça, déclara Nick avec un large sourire. Apparemment, tu as quelqu'un en tête.

— Je t'en prie, Nick, ne plaisante pas ! Tu le sais bien. Je veux que tu l'achètes. Pourquoi pas ? Tu as envie de changer de secteur et les difficultés ne t'ont jamais fait peur. Pourquoi ne pas te lancer ? Elle marqua une pause, les yeux rivés sur le liquide ambre dans son verre. Chad prétend que ça lui plairait beaucoup.

— Comment cela ?

— Il affirme qu'il adorerait vivre ici car on pourrait se voir quand on voudrait.

— Chad a dit ça ?

— A l'instant, quand j'étais dans sa chambre.

— Qu'est-ce que tu es allée lui raconter ?

— Pas grand-chose. Lorsque j'ai entendu ça, j'ai eu tant de peine pour lui... il avait l'air si triste que vous partiez demain. Je lui ai répondu que tu achèterais peut-être une station à Washington ou que tu en lancerais une. Je n'ai rien ajouté à tes propos ! Et son visage s'est éclairé, c'était incroyable.

Nick se rembrunit.

— Tu n'aurais pas dû dire un mot.

– Pourquoi ? C'est mon fils ! Pourquoi ne devrait-il pas vivre près de moi si on y aspire tous les deux ?
– Tu le souhaites ?
– J'en ai toujours rêvé. Simplement, il y avait trop d'autres choses en cours. Je ne pouvais pas construire ma vie et agir au mieux de mes intérêts... J'ai toujours été obligée de penser aux autres d'abord. Nick...
Elle se leva et vint s'asseoir sur le bras de son fauteuil.
– On pourrait faire tant de choses ensemble. Je pense à toi tout le temps. Quelle idiote j'ai été de me laisser chasser sans me battre, quelle idiote j'ai été d'épouser Quentin alors que je n'ai jamais cessé de t'aimer. Tu as toujours été le seul, j'ai toujours eu envie et besoin de toi...
Nick quitta sa place et traversa la pièce à grands pas.
– Je croyais que le sujet était clos, lança-t-il d'un ton dur. Il n'y a rien entre nous, Sybille, il n'y a plus rien depuis des années et tu le sais aussi bien que moi. Tu ne m'aimes pas plus que je ne t'aime. On n'est même pas amis. On n'a pas assez de points communs pour cela et, dans la mesure où on ne s'apprécie guère, il n'y a aucune chance que la situation évolue. Il contempla la colère impassible sur son visage. Je t'en prie, ne joue pas les outragées. Je n'ai dit que des évidences. Maintenant, on peut passer à autre chose. Tu as fais des avances sur deux plans ce soir. D'un côté, tu as échoué, mais on peut discuter l'autre point si tu en as encore envie.
Sybille encaissa le coup puis, raide comme un piquet, se redressa.
– Tu parles du réseau.
– Oui. Tu ne veux pas prendre un autre verre ? J'ai quelques questions qui demandent réponse.

Les Sterling Farms couvraient près de trois cents hectares de pâturages qui ondulaient en collines d'herbe rase. Une fine couche de neige parsemait la terre et s'accrochait aux branches des arbres. Des barrières patinées par le temps entouraient le domaine qui s'étendait à perte de vue. Des murs en pierre surmontés de grilles bordaient les allées de gravier. Une clôture peinte délimitait trois hectares situés presque au milieu de la propriété où se dressait, au centre, la maison de Carlton Sterling : vingt-cinq pièces distribuées sur deux étages sous un toit à pic de bardeaux gris avec huit cheminées et des fenêtres à pignon au second. Des rangées d'arbres protégeaient la demeure des intrus qui auraient pu se promener sur la grand-route passant à un kilomètre et demi de là. Derrière le bâtiment, à l'abri de tout passage, se nichaient deux maisons d'invités, la terrasse, les courts de tennis et la piscine. La chambre de Sybille donnait sur la terrasse, les champs et, au loin, la ligne pourpre des montagnes du Shenandoah. Elle avait examiné l'intérieur alors que Valérie lui faisait faire le tour du propriétaire. Meublé d'un fatras de pin et de chêne campagnard, de canapés rembourrés, de tapis anciens usés sur du parquet et de lampes à pied garnies d'abat-jour à franges, ce décor aurait pu paraître désordonné. En réalité, il était harmonieux : chaud, accueillant. Et il reflétait l'argent, le vrai, l'argent de famille.

– Le déjeuner sera servi dans la petite salle à manger à une heure, annonça Valérie en vérifiant le linge dans la salle de bains. On ne sera que cinq, les autres rentreront sûrement pour le dîner. Je pense que tu as tout ce qu'il te faut mais, si tu as besoin de quoi que ce soit, demande-le à Sally. Elle a connu Carl tout petit et elle a pour mission de rendre tout le monde heureux. Elle y arrive très bien, d'ailleurs. Tu veux quelque chose ?

– Non. Merci, ça va. Combien sera-t-on ce soir à table ?

– Vingt-cinq. Carl est parti chasser avec des amis et il sera absent deux jours. Ils te plairont, je crois. Ils parlent trop de cheval à mon goût, mais il faut toujours se passionner pour un sujet et c'est leur passion. Tu veux aller te promener avant le repas ? Je te montrerai nos écuries. Elle éclata de rire, le regard brillant. Et moi qui me plains des gens qui parlent trop de chevaux ! On a d'autres ressources, les serres sont magnifiques et j'aime l'étang en cette saison : gelé sur les bords où se dressent des arbres dénudés et une cabane de jardinier adossée à une petite colline... on dirait une photo en noir et blanc. Et il y a les chevaux, naturellement. Tu as apporté ta tenue pour monter ?

– Oui. J'aimerais bien voir les écuries.

– Très bien. Allons-y. Et on ira faire un tour à cheval après le déjeuner, si tu veux. Tu n'as qu'à demander, Sybille. Ces trois jours vont être très détendus.

Sybille acquiesça. Elle qui ne pouvait imaginer une heure sans programme, que dire de trois jours ! Cependant, c'était cela Middleburg et les gens de Middleburg. Elle avait beaucoup à apprendre avant de s'intégrer à cette société. Pour la deuxième fois, Valérie Sterling l'initiait à un nouveau style de vie. C'est la meilleure façon de s'instruire, songea Sybille : se servir de quelqu'un qui me doit tout sans même qu'elle ne s'en rende compte.

Valérie enfila une somptueuse veste pourpre et une paire de bottes.

– Il y a de la boue, l'avertit-elle. Si tu n'en as pas, je peux t'en prêter.

– Il me manque juste des bottes de cheval, répondit Sybille.

– Bon... Valérie fouilla dans un coffre avec un couvercle à charnières. Essaie celles-ci. Elles risquent d'être un peu grandes mais vaut mieux ça que des bottes trop petites.

– Elles sont à toi ? s'enquit Sybille qui s'assit sur un banc pour enlever ses chaussures. Elles ont l'air neuves.

– Effectivement. Je les ai achetées cet automne et je ne les ai jamais mises. Ça ira ?

Sybille se leva.

– C'est parfait.

Contemplant le cuir, elle sourit intérieurement. Elle avait toujours eu envie d'être à la place de Valérie.

– Par quoi commence-t-on ?

– Le manège, les écuries, l'étang et enfin la serre. D'accord ? Moi, ça m'est égal. Je veux juste sortir un peu. J'ai l'impression d'être restée enfermée toute la semaine.

— A quoi faire ?

Elles suivaient un passage qui menait à un potager et un jardin d'agrément entrecoupés d'allées en brique. D'un côté, le long de l'aile réservée à la cuisine, se trouvaient les serres.

— Assister à des réunions de conseil d'administration, répliqua Valérie. Elle entraîna Sybille vers une brèche dans une haie qui donnait sur un grand champ où était aménagé un manège. Et j'ai enregistré un spot télévisé pour une nouvelle exposition au musée des Enfants de Washington... En réalité, je l'ai réalisé, ma première expérience de ce genre. C'est plus ton domaine que le mien.

— Peut-être n'est-ce qu'un début.

Valérie se retourna aussitôt ; Sybille songea que son accent avait dû trahir sa colère.

— J'entends par là que tu devrais éventuellement suivre cette voie plutôt que de passer à l'antenne, reprit Sybille d'un ton plus doux.

— Peut-être. Elles reprirent leur chemin autour du manège. Dieu sait que j'ai envie d'autre chose mais de quoi ? s'exclama-t-elle avec un rire triste. C'est difficile quand on semble avoir tout ; cela paraît exagéré de demander plus.

— Comment cela plus ? lança Sybille. Tu as tout.

— Tu veux dire que j'ai de l'argent. Toi aussi. Et tu as tout ?

— Pas assez. De toute façon, je veux autre chose.

Valérie rit de nouveau.

— Tu vois bien. Il y a toujours autre chose. Ces temps-ci, j'avais l'impression d'avoir laissé passer des occasions. Lesquelles, je l'ignore, mais je suis à cran comme si j'espérais que se produise un événement, un événement qui m'oblige à agir, à changer de comportement... C'est un peu énervant d'attendre sans savoir ni ce qu'on attend ni si on a raison d'attendre. Je n'ai jamais éprouvé ce genre de sentiment. Ça a un caractère d'urgence : si je ne le fais pas maintenant, jamais plus l'opportunité ne se présentera... Elle s'arrêta et s'appuya sur la barrière qui entourait le manège comme si elle regardait un cheval sauter des obstacles. Je pense beaucoup à avoir des enfants. Je ne crois pas que ce soit ce que j'attends. Peut-être, après tout. Il faut que je me décide vite mais j'hésite toujours au dernier moment. Et toi, Sybille ? Tu veux d'autres enfants ?

— Non. Sybille entendit son ton brusque qu'elle tenta d'adoucir bien qu'elle n'eût jamais envisagé la question. J'y ai pensé et cela me ferait très plaisir, mais je ne vois pas comment. Je n'ai pas l'intention de me marier uniquement pour avoir un enfant et il faut que je gagne ma vie, ce qui accapare tout mon temps. Elle s'appuya contre la clôture à côté de Valérie et détourna la tête. J'ai vraiment tout gâché avec Chad... en laissant Nick me l'enlever, en le laissant me convaincre de ne pas venir trop souvent sous prétexte que cela perturbait ses habitudes, en le laissant profiter de la joie de voir grandir Chad... jamais je n'aurais dû accepter tout cela. J'aurais dû insister pour avoir mon fils, je ne serais pas si seule maintenant...

Valérie voulut observer son visage, mais Sybille regardait toujours ailleurs.

— J'ignorais que Nick te compliquait la vie pour aller là-bas, dit-elle, perplexe. Ça ne lui ressemble pas.

— Qu'est-ce que tu en sais! Tu ne l'as pas vu depuis huit ans et tu n'as jamais été mariée... Sybille ravala ses paroles. Excuse-moi, reprit-elle d'un air pitoyable. Je suis si triste pour Chad sans compter la disparition de Quentin; de plus, j'ai tant à faire au bureau et je n'ai personne à qui parler ni à qui demander conseil... Je suis désolée de m'être montrée grossière.

— Non, absolument pas, ce n'est pas grave.

Valérie fixait le centre du manège sans le voir. Elle se rappelait l'époque où Nick avait parlé d'avoir des enfants.

— Et Carlton? lança Sybille d'une voix étouffée comme si elle refoulait ses larmes. Il veut sûrement des enfants.

— Il a envie de patienter mais ce n'est pas lui qui doit s'inquiéter d'avoir presque trente et un ans. Il aime son métier de conseiller en investissements et il est très brillant dans son domaine, il adore jouer au polo et il y excelle. Il est le plus heureux des hommes au bureau ou sur le terrain. Apparemment, le rôle de père ne le séduit pas du tout.

— Ni celui de mari, remarqua Sybille avec perspicacité.

— Il ne s'en rend pas compte. Les deux femmes se regardèrent, se comprenant pour une fois. Il croit aimer cela et parfois c'est vrai. Cela dépend si je lui facilite les choses ou non. Si je suis comme son équipe de polo ou ses clients et que je ne réclame pas une vraie intimité... Elle s'interrompit, en ayant dit plus qu'elle ne le voulait, semblait-il. C'est quand même un grand ami et je ne lui en demande pas plus.

— Tu n'en veux pas plus?

— Peut-être mais je prends ce que j'ai. Vous n'étiez pas amis, Quentin et toi?

— Si et associés. Toutefois, je ne l'aurais pas épousé si je ne l'avais pas aimé. Valérie acquiesça et Sybille se demanda si elle la croyait. Ainsi, tu n'aimes pas Carl?

Un silence suivit sa question.

— Si, répondit posément Valérie. Je l'aime. Bon, voilà, tu as vu le manège, passons aux écuries.

Elle s'éloigna à grands pas tandis que Sybille l'accompagnait pour faire le tour des boxes en bois blanchi, qui abritaient douze chevaux en pension appartenant à leurs amis et voisins qui passaient la majeure partie de leur temps en voyage, ainsi que les huit de Valérie et Carlton, puis du manège couvert doté d'une baie vitrée découvrant le paysage couvert de neige et les couchers de soleil sur les massifs du Shenandoah au loin. Dans l'après-midi et au cours des trois jours suivants, Valérie ne reparla plus d'elle ni de Carlton.

Cela lui était égal. Sybille avait beaucoup appris ce matin-là et, durant son séjour, elle en apprit plus encore. Elle regardait et écoutait, prenait bonne note des vêtements et des bijoux que portaient les invités qui, à ses yeux, représentaient le beau monde de Middleburg et se rappelait les tournures de phrases et les expressions de ces gens dont la vie confortable se déroulait entre les chevaux et l'argent. Elle surveillait Valérie, parfaite dans son rôle d'hôtesse. Malgré elle, Sybille l'admirait : creuse et bête comme elle était, elle s'en tirait avec brio.

Au bout de deux jours, elle commença à se sentir des leurs. Il ne lui manquait que sa maison, ses terres, son personnel pour s'intégrer à la société de Middleburg.

Au matin de la Saint-Sylvestre, Carlton Sterling revint de la chasse. Au milieu de l'agitation alors qu'il saluait ses vingt-quatre invités, il ne remarqua pratiquement pas Sybille et elle ne fit qu'entr'apercevoir un long visage aux tempes grisonnantes, des cheveux blonds clairsemés, un regard perçant qui semblait circonspect et un sourire enfantin qui lui donnait l'air innocent, presque inexpérimenté.

Ce jour-là, Sybille l'observa tandis qu'il bavardait avec ses amis, riant de plaisanteries qui lui échappaient, lançant des noms inconnus, badinant avec la familiarité d'un homme qui a ce mode de vie depuis toujours et dont les parents l'avaient déjà. Quand il s'approcha, elle resta muette.

– Sybille Enderby, commença-t-il. Vous connaissez Val depuis des années, depuis la fac. Vous viviez à New York et vous êtes maintenant installée à Washington au Watergate. Votre mari, Quentin Enderby, est mort l'an passé – j'en suis désolé – et vous êtes propriétaire d'EBN. Que devrais-je savoir de plus ?

– Je ne vois pas, rétorqua froidement Sybille.

– Oh, flûte, je vous ai blessée. Vraiment ? Vous avez des yeux absolument incroyables, de vrais phares! Ecoutez, j'agis toujours ainsi lorsque je rencontre quelqu'un, je récite mes notes, sinon je n'arrive jamais à me rappeler un nom et, d'après Valérie, les gens trouvent cela insupportable. C'est mon mémo de poche en quelque sorte, rien de plus. Je suis pardonné ? Je veux tout savoir de vous. Val affirme que vous menez toujours à bien vos entreprises. Je voudrais savoir comment vous vous y prenez, ce que vous aimez, ce que vous n'aimez pas, ce que vous recherchez quand vous faites des courses, quel genre de chevaux vous appréciez. Quel genre de livres, de films, de musique, etc. Pouvez-vous m'accorder assez de temps pour tout cela ?

Il se conduisait tel un adolescent se rendant à son premier rendez-vous galant. Sybille se demanda ce qu'il cachait derrière cette attitude.

– Je vous accorde tout le temps que vous souhaitez, répliqua-t-elle, moins froide cette fois-ci. Je voudrais apprendre à vous connaître aussi. Valérie en a dit assez pour aiguiser ma curiosité.

Il lui jeta un coup d'œil.

– Vous dites cela pour que je coure demander à Val ce qu'elle a raconté sur moi.

— Non, pour que vous restiez plus longtemps avec moi afin de le découvrir.

Il se mit à rire.

— Vous n'y allez pas par quatre chemins! J'en suis flatté. Pourquoi ne pas nous installer au salon? Il y a du feu et ce sera sûrement désert pendant au moins une heure, jusqu'à ce que tout le monde descende prendre un verre. Voulez-vous qu'on aille bavarder un moment? Ou préférez-vous faire un tour à cheval? Vous êtes cavalière?

— Oui. Sûrement pas aussi experte que vous.

— Ne vous excusez jamais de prime abord. On a tout le temps ensuite. Alors? On va faire un tour ou on discute?

— On discute, pour l'instant.

— Bien.

Il la précéda au salon. En réalité, la pièce n'était pas vide et, avant de pouvoir choisir un autre endroit, Carlton fut entraîné dans une conversation avec le groupe déjà assis devant la cheminée. Ils n'eurent pas l'occasion de parler de toute la journée. Peu importait. Il lui suffisait d'être près de lui, de le regarder, sentant qu'il était conscient de sa présence et intrigué. Il avait admiré ses yeux. Elle savait qu'il appréciait son allure, raffinée à côté de la majeure partie des hôtes en tenue de campagne. Elle l'intéressait, elle l'intriguait. Il était le mari de Valérie. Elle l'observa et resta dans les parages. A un moment, reculant d'un pas, il la bouscula et la prit dans ses bras pour la retenir. Elle ne souffla mot, se dégageant manifestement à contrecœur toutefois. Enfin, lorsque arriva le dernier invité et que tout le monde fut servi, Valérie s'approcha de la cheminée.

— Vous allez entendre cela pour la première fois ce soir, mais ce ne sera certainement pas la dernière, dit-elle en levant son verre. Bonne année, mes amis.

D'autres lui firent écho. La pièce lambrissée résonnait de rires et de voix chaudes. Dans un coin, silencieuse, Sybille se tourna vers Carlton et soutint son regard. Leurs verres s'effleurèrent, leurs doigts se frôlèrent.

— Bonne année, Carl, murmura Sybille, puis elle sourit.

16

Nick et Chad s'installèrent à Washington en juin dès le début des vacances. Les déménageurs arrivèrent tôt et restèrent tard, vidant les pièces jusqu'à ce que la maison ressemble à un squelette, songea Chad, froide, nue, impersonnelle. Puis, tandis qu'Elena et Manuel traversaient le pays en voiture au cours d'un mois de congés que leur avait offert Nick, ils se rendirent à Washington en avion d'un bond qui changea tout dans leur vie, à jamais.

Nick y était venu seul à deux reprises : une fois pour étudier les modalités d'achat d'EBN avec ses avocats, l'autre pour acheter une maison. Située sur N Street dans Georgetown, elle datait de 1819, quatre étages, en briques rouges avec des volets noirs, de grandes pièces carrées dotées de cheminées, des escaliers raides et de hauts plafonds garnis de moulures. Des arbres formaient un arche de feuillage sur la rue en pente et le trottoir en brique devant chez eux. Un peu plus loin, dans Wisconsin et M Streets, se trouvaient des restaurants, des boutiques, des galeries d'art et un énorme centre commercial construit dans le style d'une grand-rue début de siècle avec ses réverbères, ses rues pavées, ses fontaines et ses rampes en fer forgé.

Georgetown ressemblait à un village. Chad et Nick partirent ensemble à la découverte de ce nouveau décor. Rien n'aurait pu être plus différent du quartier où ils habitaient à San Jose.

Chad était absolument sûr qu'il détesterait vivre à Washington. En réalité, il n'eut pas le temps d'y penser. Sa chambre occupait presque tout le troisième étage de la demeure de Georgetown ; il passa une semaine merveilleuse à acheter des meubles avec Nick et à chercher l'endroit idéal pour tous ses objets familiers. Il aida Nick à aménager les autres pièces, s'habituant aux hauts plafonds et aux fenêtres étroites qui contrastaient avec les baies carrées de San Jose.

La deuxième semaine, il se rendit dans un camp en Virginie où il apprit à tirer à l'arc, monter à cheval, nager, jouer au tennis, au football et au polo. Il prenait le car de bonne heure et rentrait juste avant le dîner. Il avait à peine le temps de penser à la Californie, encore moins de la regretter. Pas davantage le temps de se demander pourquoi sa mère n'avait arrangé qu'une soirée en sa compagnie depuis leur arrivée. On était loin des visites régulières annoncées.

— On organisera un programme une fois qu'on sera installés, dit Nick un soir qu'ils étaient allés à pied jusque chez Vicenzo s'offrir un dîner italien un mois après leur arrivée à Washington. Tu ne la verras peut-être pas aussi souvent que tu le souhaiterais mais tu pourras la voir sans moi et ainsi vous apprendrez à vous connaître d'une tout autre façon.

— J'aime bien que tu sois là, répliqua Chad qui se concentra sur son poisson. Parfois... je ne trouve rien à dire. Comme si on n'avait pas grand-chose à se raconter. Pourtant, c'est ma mère...

— Ce n'est pas si grave, assura Nick d'un ton désinvolte. Cela arrive à tout le monde, pas seulement à toi. Il se peut que la conversation se tarisse. Le problème, c'est que la plupart des gens se préoccupent dès qu'ils restent muets. Alors qu'il n'y a aucune raison de s'alarmer ; il leur faut simplement un instant de répit, une seconde de réflexion pour peser leurs mots avant de parler. Papoter histoire de meubler les silences, c'est pire que le silence. D'après moi, si rien ne te vient, tu devrais rester calmement assis en prenant un air songeur. Ça impressionne toujours. Ta mère ne tardera pas à trouver un sujet. Elle ou toi d'ailleurs. Ne t'inquiète pas de ces blancs. Cela ne signifie pas pour autant que vous n'avez rien à vous raconter tous les deux.

— Très bien, acquiesça Chad. Merci. Il joua avec ses petits pois dans son assiette. Alors, tu ne viendras pas avec nous quand on ira quelque part ?

— C'est mieux ainsi, Chad.

— Tu verras d'autres gens lorsque je serai avec elle ?

— Peut-être. Je commence à peine à me faire des amis, tu sais. Comme toi.

— Tu as rencontré plein de gens.

— Surtout des relations d'affaires. Cela fait partie de mon boulot.

— Mais la plupart sont des femmes.

— Excellente chose aussi, ajouta Nick avec un large sourire.

— Et tu sors avec elles ?

— Ça m'arrive.

— Mais tu travailles aussi le soir quand je suis au lit comme à Omega... Tu n'es pas sans arrêt dehors.

— Je travaille très souvent, comme à Omega. Je me suis lancé dans un autre secteur qui me demande beaucoup de temps et de concentration.

— Pourquoi ?

— Parce que je découvre un domaine inconnu, que j'ai engagé deux vice-présidents et qu'on apprend à collaborer. Parce qu'il nous faut de nouvelles émissions, de nouvelles idées, tout un nouveau mode de pensée sur notre activité.

– Qu'est-ce qui n'allait pas dans les méthodes de maman ?
– Je n'étais pas d'accord avec elle sur de nombreux plans. Je te l'ai déjà dit.
– Ouais mais... quoi par exemple ?
– Montrer tout sous un angle optimiste, par exemple. Elle avait baptisé cela la « Télévision de la Joie », c'était bourré de ce qu'on appelle des « tranches de vie » : des petites scènes dramatiques qui détournent l'esprit du public de l'événement au profit d'épisodes mineurs à caractère humain. J'estime que les gens sont suffisamment adultes pour savoir qu'en ce monde il existe plein de choses tristes, tragiques ou dangereuses mais aussi heureuses, drôles ou encourageantes et je pense que la télévision se doit de présenter tous ces aspects aussi fidèlement que possible, qu'ils soient jolis ou non. C'est pourquoi je modifie un certain nombre de données.

Chad acquiesça avec calme. Cependant, Nick savait, à la suite d'autres conversations, qu'il trouvait cela ennuyeux quand on parlait de responsabilité en matière de médias.

– Tu vires des tas de gens ? s'enquit-il.
– Quelques-uns.
– Des gens connus ?
– Je voudrais bien. On n'en a pas un seul. On en aura, j'espère, très bientôt.
– Qui as-tu renvoyé en premier ?
– Un type qui s'appelle Morton Case. Ça fait près de neuf ans qu'on aurait dû s'en séparer, selon moi.
– A l'époque où je suis né.
– La première fois que je l'ai vu, tu étais tout bébé. Il participait à une émission baptisée « La Chaise électrique ». Il ne m'a jamais plu.
– Et à maman ?
– Si, c'est l'un de nos sujets de désaccord.
– Elle sait que tu l'as vidé ?
– A l'heure actuelle, sans doute.

Chad resta un moment silencieux, suivant des yeux le serveur qui posa devant lui une assiette de *zuccotto*.

– Je crois que ça ira, dit-il.

Nick ne lui demanda pas de précision. Quelle que soit sa décision, Chad réglait sa vie à sa façon. S'il se heurtait à un problème, Nick espérait qu'il s'adresserait à lui. Cependant, même dans ce cas, il ne l'influencerait pas. A neuf ans, Chad avait l'esprit vif, curieux, et une imagination débordante. Il dévorait les livres, regardait la télévision avec l'accord de son père, aimait le sport et se liait facilement d'amitié. Il avait une existence bien remplie, aussi remplie que Nick pouvait l'espérer. Il savait ce que représentait le bonheur d'être profondément aimé et il apprenait à accepter les souffrances. Nick ne pouvait pas faire grand-chose de plus pour lui, sauf d'être disponible quand il voulait être réconforté ou partager ses joies.

Nick était bien décidé à ne pas se mêler des rendez-vous entre Chad et

Sybille. Désormais, ils vivaient à peine à un quart d'heure l'un de l'autre et ce serait à eux d'organiser leur programme de visites. Nick comptait penser un peu à lui durant quelque temps. Il avait un travail qui était une gageure et il voulait voir le maximum de gens pour rencontrer l'âme sœur. Il désirait se remarier. Sans savoir pourquoi, il croyait qu'il serait plus facile de rencontrer quelqu'un à Washington ; sans doute parce que tout était nouveau et que l'espoir naît toujours lorsqu'on change de contexte.

Pendant que Chad s'amusait au camp, il partit seul à la découverte de Washington : il découvrit des quartiers totalement inconnus et regarda les autres d'un autre œil. Nick, qui comptait parmi le monde des médias désormais, se sentait surexcité alors qu'il parcourait la ville. Pour la première fois, il avait un rôle à y jouer : il était l'un de ses émissaires face au monde. Il débordait d'enthousiasme à l'idée de l'avenir : il allait se produire de nouveaux événements, il allait se conduire différemment.

Même Sybille, qui l'appelait souvent au bureau, lui semblait différente maintenant qu'ils vivaient dans la même ville et travaillaient dans le même secteur : elle paraissait plus petite et plus jeune. Au début, lorsqu'avaient commencé les négociations pour EBN, elle s'était montrée aussi dure qu'à son habitude, furieuse qu'il ne lui offre que deux cents millions de dollars pour le réseau.

— Il vaut plus ! s'exclama-t-elle alors qu'ils se trouvaient dans le cabinet de son avocat. Trois cents !

— Deux cents, répliqua calmement Nick. C'est mon dernier mot. Avec ton public, tes émissions et tes employés, ça ne vaut pas un sou de plus. Et tu le sais, tu as étudié la question.

— Je sais quel potentiel il représente ! Une véritable mine d'or !...

— Alors, exploite-la toi-même, riposta Nick. Sur ce, il se leva. Je serai au Madison jusqu'à demain après-midi si vous voulez me joindre.

— Nick, tu ne peux pas faire ça ! Arrête, ne t'en va pas ! Qu'est-ce qui t'arrive ? On n'est pas des étrangers, on se connaît ! C'est drôle, non ? Qui aurait pu imaginer, il y a seulement quelques années, à l'époque où on avait à peine les moyens d'aller au cinéma... Elle serra ses mains sur ses genoux. Excuse-moi, je tenais à garder des rapports professionnels. Mais c'est si difficile quand on a vécu tant de choses et qu'aujourd'hui j'ai besoin... Elle secoua la tête et s'arracha un sourire, les lèvres tremblantes. Je ne recommencerai pas, je te le promets. Mais je me sens si seule... Nick, ça vaut trois cents millions de dollars, j'en suis convaincue. Cependant, je veux absolument que ce soit toi qui l'achètes. Je réfléchirai à ton offre si tu assumes la moitié des dettes.

Nick vit l'avocat de Sybille se pincer les lèvres ; sans doute lui avait-il conseillé de ne pas tenter ce coup. Elle n'avait pu s'en empêcher et Nick savait pourquoi : ses dettes à EBN s'élevaient au moins à cent quatre-vingt-dix millions. Une fois réglées, il lui resterait dix millions sur l'héritage de Quentin. Beaucoup s'en seraient contentés, songeait Nick, pas Sybille toutefois.

— Quand tu seras prête à discuter de ma proposition telle que – soit deux cents millions pour EBN, libre de dettes, sans compter ta société de production et ses biens qui restent ta propriété –, peut-être serai-je encore intéressé. Quoique, plus j'y pense, plus je m'intéresse à d'autres réseaux qui risquent d'être à vendre. On a l'embarras du choix, Chad et moi ; ce ne doit pas obligatoirement être à Washington. Mon avion part demain à trois heures de l'après-midi.

— Merde !... hurla Sybille.

Il avait déjà refermé la porte. Le lendemain matin, son avocat appela avec son accord.

— Je mérite mieux que toi, déclara-t-elle, les lèvres pincées lorsqu'ils se revirent. J'ai toujours su que tu étais mesquin, radin et égocentrique, mais je n'avais jamais imaginé que tu étais pervers aussi.

— Je t'offre un verre, répliqua Nick en pensant à Chad.

Il emmena Sybille au Fairfax Piano Bar où ils restèrent deux heures à parler de Washington, ses promenades à cheval, ses chasses et sa société de production. Ils évitèrent les autres sujets, laissant la musique combler les silences. Lorsqu'il la raccompagna au Watergate, ils avaient l'air amis.

— Je suis contente que tu sois dans les médias, affirma Sybille au moment de se quitter. Ça nous fait une autre chose en commun en dehors de Chad.

Ensuite, bien qu'elle l'appelât régulièrement, il ne la vit qu'une fois, le soir où Chad alla dîner avec elle de bonne heure. C'est alors qu'il la trouva plus petite, curieusement, presque humble. Quand il supprima ses émissions de jeu qui passaient sur EBN, elle ne fit qu'une faible tentative pour le convaincre de changer d'avis. Et lorsqu'il arrêta « L'Heure de Grace », elle lui dit simplement qu'il commettait une erreur : Lily Grace était un événement et n'allait pas tarder à devenir l'un des grands noms de la télévision.

— Il ne compte pas, déclara Sybille à Lily ce soir-là. Il n'a rien à nous offrir, il n'y connaît strictement rien. Dans six mois, il sera sur la paille. Je vais te faire passer dans tout le pays avant qu'il ne comprenne comment composer une grille. Essaie une autre tenue.

Lily se tourna vers la pile de robes blanches posées sur le lit. Son lit, et elles se trouvaient dans sa chambre, la plus jolie, la plus grande qu'elle ait jamais eue. Alors qu'elle vivait chez Sybille depuis un certain temps, elle n'était pas encore habituée aux draps en soie, aux tapis épais qui se recourbaient sur ses pieds nus, à la salle de bains où trônait son énorme baignoire et sa douche séparée avec ses jets de tous côtés qui lui donnaient le frisson et la mettaient presque mal à l'aise. Ce décor lui semblait si extraordinaire que cela ne la dérangeait pas lorsque Sybille lui demandait parfois d'y rester les soirs où elle recevait, comme à Noël quand son fils vint avec son père.

— J'aime faire comme si on formait encore une vraie famille, avait dit Sybille avec un petit sourire triste.

271

Lily le comprit parfaitement et elle demeura derrière la porte close jusqu'à ce qu'ils s'en aillent.

Cela arrivait rarement. La plupart du temps, Sybille était si contente d'avoir de la compagnie dans ce grand appartement qu'elle souhaitait l'avoir auprès d'elle dès qu'elle rentrait. Elle lui rapportait aussi des surprises, telle la pile de robes sur son lit.

— Essaie-les, lança-t-elle en les étalant. Ce qui nous plaît, on le gardera.

Lily se regarda dans la glace en pied tandis qu'elle les enfilait l'une après l'autre.

— Pas celle en coton, affirma Sybille. Ça ne te va pas. Mets celle en soie.

Lily s'exécuta.

— Rudy disait que je devais porter des couleurs vives pour attirer davantage l'attention.

— Il avait tort. Elle regarda Lily passer la toilette par la tête. C'est beaucoup mieux. Tu ressembles à une infirmière dans l'autre.

— Et dans celle-là ? s'enquit Lily en souriant.

— A une vierge.

Et à autre chose aussi, songea-t-elle, quelque chose d'insaisissable. Une jeune fille qui était presque une femme, un fantasme lointain et accessible pourtant. Avec impatience, elle repoussa ces pensées, elle n'aimait pas perdre son temps à tenter de comprendre autrui.

— Une vierge, répéta-t-elle. Tu es parfaite.

— Parfaite pour quoi ?

Sybille ne répondit pas.

— Bon, fais-moi un de tes sermons.

— Encore ? On le rabâche sans arrêt depuis deux mois, depuis le jour où je suis passée à l'antenne et qu'on a reçu tout ce courrier... les gens ont dit qu'ils m'aimaient bien... tu ne trouves pas que ça va, maintenant ?

— Bien sûr que si. Tu es sensationnelle et tu le sais. Mais monter la tête du public sur le réseau minable de Nick, c'est une chose ; arriver au même résultat dans tout le pays, c'en est une autre. Je veux enregistrer une autre bande demain que j'enverrai à quelques personnes de ma connaissance. J'ai l'intention de te proposer au même titre que les autres émissions que je réalise.

— Non ! hurla aussitôt Lily.

— Ça n'a rien à voir naturellement, assura Sybille avec prudence. Tu as un style et un message bien à toi. Cependant, il faut le faire comprendre aux producteurs et la plupart n'ont pas l'intelligence de le percevoir tout seul. Ce n'est pas facile de les convaincre de visionner une bande, Lily, encore moins d'acheter une émission ou de la programmer. Je n'imagine pas qu'ils vont dépenser leur argent pour acheter « L'Heure de Grace ». En revanche, je veux qu'ils nous donnent une tranche horaire.

— Pourquoi nous la refuseraient-ils ? Ils doivent vouloir qu'on les regarde et si on leur parle de tout le courrier que j'ai reçu, ils nous l'accorderont.

— Ils ne peuvent pas passer de spots publicitaires durant une émission religieuse, ils sont donc obligés de vendre leur temps d'antenne. La plupart des prédicateurs l'achètent sur une chaîne ou une autre. Mais ça coûte très cher et ce n'est pas indispensable. Si je ne me trompe pas sur ton compte, je peux obtenir une heure par semaine, peut-être deux, dans un an si ce n'est aujourd'hui. Il suffit de les amener à te vouloir à tout prix pour qu'ils me l'offrent avant que je ne te propose à la concurrence. Toutefois, je dois être sûre que tu es parfaite ; sinon, ils jetteront un vague coup d'œil à ta bande puis ils la jetteront. Allez, vas-y.

— Si tu estimes que c'est si important...

Gauche, Lily se mit à prêcher au milieu des toilettes et des chaussures. Sa timidité s'effaça aussitôt : elle était perdue dans son monde, dans ses convictions.

— Et il y a une autre personne en chacun de nous qu'on peut découvrir...

— Attends. Répète ça.

— Répéter quoi ? lança Lily en clignant les yeux comme si elle se réveillait.

— « Une autre personne en chacun de nous. » Répète-le pour le souligner. Mieux encore, tu peux trouver deux manières de le dire ? Je tiens à ce que ça n'échappe à personne. C'est l'idée clé, non ?

— Oui... l'une des idées clés.

— Recommence.

Lily ferma les yeux.

— ... une autre personne en chacun de nous, une personne que vous voulez être...

— Que penses-tu de : que vous rêvez d'être ?

— Oh oui. Ça me plaît. Une autre personne en chacun de nous, une personne que vous voulez être... non, une personne que vous avez toujours voulu être, une personne que vous avez rêvé d'être. Peut-être pensez-vous que c'était impossible d'être cette personne : bonne, gentille et tendre, une personne qui peut tout faire, une personne qui a confiance en vous, qui vous admire et croit en vous. On souhaite toujours que les autres croient en nous, mais...

— Non, pas « nous », l'interrompit Sybille. Tu n'es pas l'un d'eux, tu es au-dessus d'eux...

— Non, Sybille, je ne suis au-dessus de personne.

— A l'écart si tu préfères. C'est toi qui parles, tu leur donnes une nouvelle façon de penser à eux. Tu ne dois pas avoir l'air d'être aussi troublé et implorant qu'eux. Je te l'ai déjà expliqué, Lily. Je ne sais pas pourquoi tu n'arrives pas à le comprendre.

— Parce que je souhaite être l'un d'eux.

— Non, ce n'est pas vrai. Sinon, tu serais assise sur ton canapé et tu allumerais ton poste pour voir « L'Heure de Grace ». Ne va pas me raconter que tu ne préférerais pas être Lily Grace qui prêche devant les gens.

Lily finit par acquiescer.

— Oui, mais ce n'est pas pour ça que je suis au-dessus d'eux, mieux que...

— A l'écart, répéta Sybille, s'efforçant au calme.

Lily y réfléchit, puis respira et reprit son sermon.

— Vous avez toujours voulu que les autres vous admirent et croient en vous. Plus important encore, vous devriez...

— « Plus important encore, le plus important, le plus important de tout », dit Sybille. Le rythme, Lily, le rythme : Rudy était fort là-dessus.

— Oui. Je me rappelle. Bon... Plus important encore, le plus important, le plus important de tout, c'est de croire en vous. Et c'est possible, c'est possible parce que vous êtes brillant, vous êtes quelqu'un de spécial, vous pouvez avoir confiance pour être tout ce que vous avez rêvé d'être...

— L'amour, la coupa Sybille. Insiste sur l'amour. Et tu dois parler de Dieu plus tôt.

— Je suis vraiment obligée de faire tout ça ? demanda Lily d'un ton préoccupé. Il faut que je le dise comme je le sens, tu sais.

— Naturellement. Jamais je n'essaierai de changer ton texte; tu m'émeus tant, Lily. Mais je veux m'assurer que tout le monde soit aussi ému que moi. Je veux qu'ils soient enflammés, fascinés, qu'ils pleurent de joie comme ces gens à l'église de Hackensack. La télévision, c'est autre chose, Lily... combien de fois faut-il que je te le répète ? Tu dois accentuer tes mots pour qu'ils ressortent, tu dois être percutante et claire, sinon jamais tu ne paraîtras vraie ni intéressante aux yeux de tous ces gens dans leur salon. Ils regardent leur écran et voient une petite image plate, pas un être de chair et de sang. Des millions de gens souhaitent croire en toi, mais ça leur est impossible si tu ne les y aides pas.

— Des millions, souffla Lily. Elle contempla ses mains croisées devant elle. Faire tant de bien d'un coup... Elle ferma les yeux et sa douce voix haut perchée prit un bon rythme. L'amour est en vous, une telle somme d'amour, l'amour que vous donnez à Dieu et l'amour que vous donnez à ceux qui vous entourent. Peut-être craignez-vous de ne jamais pouvoir aimer autant que vous le désirez, autant que vous le rêvez car les souffrances et les difficultés de l'existence s'en mêlent. Pourtant, vous le pouvez, vous pouvez aimer, vous pouvez aimer beaucoup car vous êtes un être plein de bonté qui a plus d'amour à offrir que vous ne le croyez. Et, quand on donne de l'amour, on en reçoit. D'autres attendent de vous aimer, de vous aider, de vous entraîner pour que vous ne soyez plus jamais seul. Une fois que vous ouvrirez les chaînes qui emprisonnent le bien, l'être tendre qui est en vous, d'autres se rapprocheront. Eux aussi vont découvrir la bonté qui est en eux, eux aussi vont croire en eux et, ensemble, vous allez découvrir combien vous êtes, combien vous pouvez être, tout ce que vous pouvez accomplir maintenant que...

- C'est bien, approuva Sybille.
Lily ouvrit brusquement les yeux.
- J'avais oublié ta présence.
Sybille ne la crut pas. Peu importait : si Lily y croyait, son prêche n'en serait que meilleur.
- Juste un détail, ajouta-t-elle. Parle de toi le plus souvent possible. Ecoute-moi, je suis là pour t'aider. Crois-moi quand je te dis... ce genre de choses. On ne voudrait pas que ces millions de gens pensent qu'ils peuvent y arriver sans toi. De plus, il y a la question financière. Lily se rembrunit aussitôt et Sybille poursuivit : Ecoute-moi bien. On ne peut rien faire sans le soutien de ton public...
- La congrégation, corrigea gentiment Lily. Je t'ai demandé...
- D'accord, ta congrégation va vouloir t'appuyer. Ils savent que tu ne peux pas réaliser des émissions...
- Des rencontres religieuses.
- Tu ne peux pas réaliser des rencontres religieuses sans argent. Tout le monde en est conscient. Ils savent que tu ne vis pas que d'amour et ils vont vouloir que tu aies les moyens de construire ta cathédrale.
Lily redressa la tête.
- La cathédrale ?
- La Cathédrale de la Joie. Tu n'imagines pas que je vais te laisser prêcher longtemps dans un studio avec des chaises pliantes devant ton pu... ta congrégation ? Tu ne peux pas rester dans un endroit qui a été conçu pour Rudy Dominus. Il te faut beaucoup plus. Il te faut du grandiose, Lily. Tu as un message et une image qui peuvent toucher le pays entier. Je veux te construire une cathédrale où mille personnes pourront venir t'écouter et des millions d'autres te regarder à la télévision.
Stupéfaite, Lily s'assit sur un coussin.
- Mille personnes... Quand as-tu... depuis quand songes-tu à cela ?
- Depuis qu'on a lancé « L'Heure de Grace ». Tu avais raison : le courrier est extraordinaire. Et il y a de l'argent dans la plupart des lettres. De petites sommes, mais tu n'as rien demandé. A partir de maintenant, dans chacun de tes sermons, tu parleras à ta congrégation de la Cathédrale de la Joie, de la...
- Ce serait où ?
- J'ai vu des terrains près des montagnes du côté de Culpeper.
- Culpeper ?
- En Virginie. Je souhaitais trouver quelque chose près de la propriété que je viens d'acheter à Leesburg, mais il n'y a pas assez de terres par là pour la cathédrale et d'autres idées que j'ai en tête. Culpeper est à moins de quatre-vingts kilomètres au sud avec beaucoup plus de superficie.
- Quelles autres idées ? s'enquit Lily. On ne doit pas avoir la folie des grandeurs, Sybille. La cathédrale, c'est peut-être trop. Je n'ai besoin que d'un endroit modeste, une simple petite église...
- On ne recherche rien de simple ni de petit, répliqua Sybille d'un ton catégorique. Ça ne m'intéresse pas et ça ne devrait pas t'intéresser.

— Pourquoi ? Ce que j'ai à dire n'est pas très compliqué.
— Je croyais que tu aimais l'idée de toucher des millions de gens.
— Oui, reconnut Lily, presque gênée de son ambition. Oui, ça me plaît.
— Donc il nous faut une cathédrale. Et dix millions de dollars pour la construire.
Lily la dévisagea.
— C'est impossible. Jamais on n'aura autant.
— Si. Ce n'est pas une fortune, ce n'est qu'un début. Tu es capable de tant de choses. Lily, tu peux aider tant de gens. Je n'ai jamais été aussi enflammée : on va rendre les gens heureux et créer un monde meilleur. Mais il faut de l'argent pour tout ça.
— Je ne comprends pas grand-chose à l'argent, avoua tristement Lily.
— Peu importe, moi si, répliqua Sybille avec calme. C'est l'une des raisons pour lesquelles on forme une bonne équipe. Bon, on va garder ces cinq robes et celle que tu portes. Ces six-là, on va les rendre. Et je te donne une clé de l'appartement, tu ne dois plus être aussi dépendante de moi. Après tout, on a chacune nos activités.
Lily parut troublée.
— Tu t'en vas ? Ou tu ne veux pas que je t'embête ? Je me suis mal conduite ?
— Non, bien sûr que non, je ne vais nulle part et tu ne m'ennuies pas. Mais si je travaille tard ou que tu as envie de sortir seule, tu dois être en mesure de le faire. On vivra toujours ensemble et je tiens à ce que tu me tiennes au courant de tes occupations, des gens que tu vois, de ceux que tu souhaites revoir. Cependant, j'ai besoin... chacune de nous a besoin d'un peu d'air. En tant que pasteur, tu comprends mieux que personne combien cela est important : se ménager des plages pour être seul et réfléchir...
Le visage de Lily s'éclaira.
— Oui, c'est vrai. Elle s'approcha de Sybille et posa la tête sur ses genoux. Tu es merveilleuse de penser à ça. Et quelle générosité de ta part. Merci d'être si bonne pour moi. Tu me rends si heureuse, je ne sais pas ce que je ferais sans toi. Rudy était gentil, il était bon avec moi et je l'aimais, mais il ne me comprenait pas très bien, il ne connaissait rien aux toilettes et je crois qu'il ne souhaitait pas sincèrement que je prêche. Toi si, tu sais à quel point ça compte pour moi. Tu te donnes tant de mal pour que j'y arrive et dans une cathédrale en plus, tout ça est un rêve... Elle redressa la tête et, le regard brillant, contempla Sybille. Je t'aime tant, Sybille. Merci de m'aimer.
Sybille posa la main sur les doux cheveux blond clair de Lily.
— Tu m'as aidée à trouver la bonté en moi.
Lily irradiait de bonheur.
— Vraiment ? Non, tu as toujours été bonne, je le sentais. Mais si je t'ai aidée, c'est merveilleux...
Sybille s'écarta petit à petit et se leva.

— On va dîner dans vingt minutes, tu devrais ranger un peu.
— Oui, acquiesça Lily.

Elle était toujours assise par terre, les yeux à la hauteur des robes blanches sur le lit à côté d'elle. Elle soupira et se leva à son tour. Elle s'approcha de Sybille et l'embrassa délicatement : elle savait que Sybille détestait qu'on la touche. Puis, avec un doux sourire, elle quitta la pièce.

Durant des mois, entre la Saint-Sylvestre et le premier week-end froid d'octobre, Sybille n'eut jamais l'occasion de voir Carlton Sterling en tête à tête, même après avoir acheté les CrossHatch Farms près de Leesburg. Avec ses vingt hectares, la propriété lui semblait ridiculement petite et beaucoup trop loin de Middleburg ; cependant, elle était pressée d'acheter pour s'intégrer au Loudoun County et considérait cela comme un premier pas vers le somptueux domaine qu'elle méritait.

En août, elle invita les gens qu'elle avait rencontrés au nouvel an chez Valérie à un dîner préparé par un traiteur dans sa maison en bois peinte en blanc à deux étages, mais Carlton ne vint pas. Il était parti pêcher au Canada, annonça Valérie. Puis, à l'automne, on organisa une chasse au renard dans les champs près de Purceville et, au copieux petit déjeuner qui commença la journée, Sybille découvrit Carlton installé à une table sous la véranda : il se trouvait seul un instant.

— Puis-je me permettre ?... demanda-t-elle, tenant à la main l'assiette qu'elle venait de remplir au buffet. Ou vous attendez quelqu'un ?

— Un sourire enjoué, répondit-il, tirant la chaise voisine. Voilà ce qu'il me faut à cette heure.

Sybille sourit.

— Comment s'est passée votre expédition ? s'enquit-elle alors qu'elle s'asseyait et prenait la cafetière au milieu de la table.

— Mon expédition ?

— Au Canada.

— Ah, le mois dernier. C'était bien. Des brochets et des perches. Vous pêchez ?

— Non, enfin, oui : les compliments parfois et le public en permanence.

Il parut surpris puis comprit son jeu de mots et éclata de rire.

— Je me souviens : vous êtes d'une franchise absolue. Ça me plaît. Val aussi, il m'a fallu un moment pour m'y habituer. Quel style de public ? Des admirateurs pour vous ?

— Non, pour mes émissions. Je n'ai jamais recherché les admirateurs, passer à l'antenne, ce genre de choses. Cela paraît si... faux... de parler à une caméra comme si vous vouliez coucher avec elle...

Carlton eut un rire nerveux.

— Ça paraît gênant.

— Un jour, quelqu'un m'a dit qu'un bon présentateur faisait l'amour avec la caméra. Je ne sais pas ce que ça signifie au juste mais j'ai l'impression que j'aurais honte d'agir ainsi.

— C'est ce que fait Val, déclara-t-il d'un ton brusque.
— Ah bon ? Encore ? Je suis désolée, j'ignorais qu'elle continuait, je croyais qu'elle avait abandonné avec le temps... Oh, zut, pourquoi ne puis-je apprendre à me taire ? Carl, je suis confuse. Jamais je ne dirais un mot contre Valérie, je la trouve merveilleuse. Elle a toujours été un exemple pour moi.
— Vraiment ? Elle pense que vous ne l'aimez pas.
Sybille le dévisagea.
— Elle pense que je ne...
Un couple s'approcha de leur table avec des assiettes débordant de victuailles.
— Vous mijotez un mauvais coup ? lança l'un d'eux d'un ton jovial.
— Si seulement ! répliqua Carlton avec un rire léger. Je vous en prie, asseyez-vous. On parlait de pêche.
Sybille commença à manger son faisan fumé et son soufflé au fromage tout en écoutant la conversation d'une oreille distraite, jetant un coup d'œil à Carlton de temps à autre. A un moment, elle croisa son regard ; elle rougit et détourna aussitôt la tête. Lorsque les intrus se levèrent enfin, annonçant qu'ils allaient faire un tour avant le début de la chasse, elle garda les yeux baissés.
— Dieu merci, s'exclama Carlton d'une voix enjouée. C'est le couple le plus assommant du Loudoun County. Dommage qu'on soit tombés sur eux. Vous aviez l'air de vous ennuyer à mourir.
— J'ai été grossière, murmura Sybille. J'espère que je ne vous ai pas mis dans l'embarras. J'avais tellement envie qu'ils s'en aillent.
— Eh bien, voilà qui est fait et vous ne m'avez pas mis dans l'embarras. Pourquoi d'ailleurs ? Ce n'est pas moi qui reçois.
— Parce que ce sont vos amis.
— Pas les miens ni ceux de Val. Ceux de nos hôtes, sans doute. Allez savoir pourquoi !
— Pourquoi Valérie pense-t-elle que je ne l'aime pas ?
— Vous avez ruminé là-dessus ? Je n'aurais pas dû en parler, c'était bête de ma part. Val a lancé ça un jour, au nouvel an, je crois. Rien d'important, j'ai probablement mal compris.
— Qu'a-t-elle dit au juste ? Ce n'est pas vrai ! Elle le sait bien ! Je l'aime, je l'ai toujours aimée. Elle est comme une grande sœur pour moi, Valérie est la personne la plus extraordinaire... Qu'a-t-elle dit de moi ?
Il soupira.
— Que vous ne vous étiez jamais remise d'un événement survenu à Stanford. Elle n'a pas précisé de quoi il s'agissait. Quelle importance ? C'est de l'histoire ancienne et plutôt puéril, si vous voulez mon avis. Je n'y crois pas, de toute façon. En réalité, je suis sûr que j'ai mal compris et je m'excuse d'être allé vous raconter ça. Dites-moi que je suis pardonné.
Sybille soutint son regard de ses yeux bleu pâle.
— Bien sûr. Je ne pourrais pas être en colère contre vous. Depuis

l'instant où on s'est rencontrés, j'ai eu une impression – je me sens idiote d'avouer ça, je vous en prie, ne vous moquez pas de moi –, j'ai eu l'impression de vous connaître et que vous ne me feriez jamais de mal.
— Ciel! Il se redressa, s'écartant d'elle. Qu'entendez-vous par là?
— Rien. Elle recula sa chaise. Je regrette mes paroles, je savais que ça paraîtrait stupide. D'habitude, je ne suis pas mystique, je suis très pratique. Cependant, il y avait quelque chose dans notre rencontre qui ne pouvait me laisser froide et rationnelle. Je l'aurais gardé pour moi, mais vous avez affirmé que vous aimiez ma franchise...
— D'accord, j'aime votre franchise. Je vous aime bien. Mais qu'entendiez-vous par là?
Elle eut un petit geste d'impuissance.
— Qu'il est difficile de trouver quelqu'un à qui se fier. Vous ne croyez pas? Il y a tant d'inconnus, de pièges...
— Ça ne m'éclaire pas.
— Oh... je ne suis pas très maligne avec les hommes. Il doit y avoir quelque chose qui cloche chez moi. Je n'arrive pas à être dure, prudente et calculatrice; je me lance tête baissée, prête à aimer, j'ai tant besoin d'être aimée... Elle se détourna. Mais ça ne marche jamais, je me brûle toujours les ailes. Elle se retourna vers lui et eut un petit rire sec. A la vérité, je commence à en avoir assez. La plupart des femmes trouvent un compagnon, pourquoi pas moi? Je ne pense pas trop donner ni trop demander, je pense que je suis plutôt normale. Mais apparemment je ne choisis pas les hommes qui me conviennent. Ou bien je ne leur conviens pas. Peut-être ne suis-je pas assez attentive à découvrir ce dont ils ont besoin pour le leur offrir. Je suis si impatiente de rencontrer l'âme sœur et je ne parviens pas toujours à me plonger dans le travail au point d'oublier que je suis seule. Très souvent, j'y arrive et, tout d'un coup, il se passe quelque chose qui me donne l'impression d'avoir tout raté... Elle s'effleura le coin de l'œil. Je suis désolée, Carl, je ne voulais pas gâter votre petit déjeuner en pleurant sur mon sort. C'est sûrement la dernière des choses que vous vouliez entendre. Elle regarda derrière elle. Ils sont tous partis! Quelle horreur! Si je vous ai fait rater la chasse par-dessus le marché... Elle rejeta ses cheveux en arrière et se leva. J'ai parfaitement réussi à gâcher ce qui aurait pu être une belle amitié, n'est-ce pas? Je me sens si honteuse. J'aimerais repartir à zéro et recommencer cette conversation...
— Asseyez-vous, proposa Carlton, les sourcils froncés. Val disait que vous aviez l'air heureux avec Enderby.
— C'est vrai, quel bonheur! Au début seulement. Au bout d'un moment, il n'était plus souvent à la maison. Il avait une autre femme dans sa vie; à l'époque, je l'ignorais. J'ai l'impression que ça rassurait Quentin, à son âge, de prouver sa virilité. Je l'aimais tel qu'il était. Il se remettait toujours en question et recherchait sans arrêt la compagnie de jeunes femmes, une en particulier, mais je suis convaincue qu'il y en avait d'autres. Je n'ai jamais tenté de découvrir la vérité, cela me donnait telle-

ment l'impression... de ne pas être à la hauteur. Je l'ai appris pour celle-là, juste avant sa mort. Puis il lui a légué la majorité de sa fortune et une partie à un pasteur qu'il avait rencontré. Il s'inquiétait de son âme ou je ne sais quoi quand il était malade.

— Il ne vous a rien laissé?

Sybille fit un signe de dénégation.

— Je croyais que vous aviez hérité du réseau de télévision.

— Oh oui. Mais avec d'énormes dettes. De toute façon, ça paraissait si froid, si indifférent — un tas d'équipements —, rien de personnel, rien qui prouvât qu'on s'aimait.

Carlton songea un instant que quelque chose clochait dans cette histoire : pourquoi l'argent lui aurait-il semblé plus personnel ou tendre qu'une affaire qu'ils dirigeaient ensemble ? Cependant, elle avait touché chez lui une corde sensible en parlant de son impression de ne pas être à la hauteur. Il éprouvait souvent cela avec Val. Elle était toujours si brillante — à cheval, au ball-trap, pour organiser des réceptions, pour ces petites choses qu'elle faisait à la télévision, pour collecter des fonds en faveur de telle ou telle cause, dans son rôle de femme — et tout le monde la complimentait toujours. Lui aussi d'ailleurs. Heureusement qu'elle ne voulait jamais rien prendre trop au sérieux, se dit-il. Sinon, elle l'aurait sans doute abandonné à son triste sort.

— Vous ne devriez pas avoir l'impression de ne pas être à la hauteur, déclara-t-il à Sybille. Sans doute ne savait-il pas vous apprécier. De plus, il avait ses problèmes, sa maladie. Ça a dû être une terrible épreuve pour vous.

Sybille resta muette. Comme perdue dans ses pensées, elle glissa sa cravache entre ses doigts.

— Pourquoi imaginiez-vous que je ne vous ferais pas de mal? lança Carlton.

Elle leva les yeux.

— Je crois que vous ne feriez de mal à personne si vous en aviez le pouvoir. La première fois qu'on a parlé à la Saint-Sylvestre, j'ai eu une sensation particulière. Comme si on se connaissait depuis longtemps, qu'on avait ri ensemble, peut-être même qu'on s'était aimés. Pas avec passion, avec... avec tendresse. Complicité. Confiance. Vous en savez tellement plus que moi. Il me semblait que je pourrais vous demander conseil et réconfort quand ça allait mal, que nous pourrions partager un peu de la folie de ce monde... qu'on aurait — ou qu'on aurait pu avoir — le genre d'affection qui rend la vie supportable.

Carlton ne parvenait pas à détacher ses yeux de Sybille.

— Vous êtes une femme incroyable.

Lentement, soutenant toujours son regard, elle secoua la tête.

— Je suis ravie que vous le pensiez. Mais ce n'est sans doute que ma franchise invétérée, je ne peux pas vous mentir, Carl... je ne peux qu'aimer... ou désirer...

Il se leva et l'attira contre lui, puis plaqua ses lèvres sur les siennes, l'obligea à ouvrir la bouche, sa langue s'emparant de la sienne comme s'il allait la prendre de force alors qu'elle ne résistait pas. Poussant un petit sanglot étouffé, Sybille l'enlaça et s'abandonna à ses baisers avec la soumission d'une enfant et la passion d'une femme.

Carlton la prit dans ses bras et l'emporta dans la maison.

– Non, murmura Sybille. Vos amis... la chasse...

– Ils n'ont pas besoin de moi.

– Mais cette maison...

– ... a plein de chambres qui sont toutes vides. Enflammé, il rit. On a toute la journée devant nous. Vous êtes très petite, savez-vous ? Vous tenez dans mes bras comme une petite fille.

Carlton monta l'escalier avec elle et Sybille se blottit contre lui, se faisant toute petite. Il entra dans la première chambre donnant sur le palier, une chambre d'ami aux rideaux et aux fauteuils fleuris, puis la déposa sur l'édredon à fleurs, la contempla et s'esclaffa de nouveau.

– Ces fichues tenues de cheval... attendez.

Il disparut dans le couloir ; un instant plus tard, il revint avec un tire-botte. Sybille n'avait pas bougé ; les yeux ouverts, elle l'attendait.

– Bon, dit-il.

Il se déshabilla tandis que Sybille l'observait, immobile. Il sentait son regard sur lui, son regard brûler en lui. Jamais une femme ne lui avait fait un tel effet.

– Tu es une sorcière, s'exclama-t-il, et il se pencha vers elle pour lui arracher sa tenue et ses bottes qu'il lança à la volée. Sybille sentit ses doigts sur sa peau tandis qu'il lui enlevait ses dessous de soie, puis elle poussa un long gémissement et l'attira contre elle. Elle écarta les jambes et le sentit se glisser entre ses cuisses, sentit les poils de son poitrail contre ses seins. Elle souleva les hanches, chuchotant son nom, et il la pénétra. On n'entendait que leur respiration, haletante. Sybille lui mordilla le cou, l'aspirant entre ses lèvres, passant la langue sur les gouttes de sueur. Elle le sentit frissonner sous ses caresses. Elle remua les hanches comme elle le faisait depuis la fac ; sa respiration s'accéléra, prenant le tempo de celle de Carlton, et il s'enfonça en elle, s'arrêta, s'enfonça de nouveau et poussa un cri. A cet instant précis, Sybille hurla à son tour, puis ils reposèrent, immobiles.

– Incroyable, murmura Carlton. Incroyable petite sorcière.

Il pesait de tout son poids sur elle, écrasant son corps menu sous le sien. Elle lui donnait une sensation de puissance. Quelques minutes plus tard, Sybille commença à décrire des cercles avec ses hanches ; il se redressa à demi et contempla son visage, ses yeux perçants.

– Ma petite sorcière, dit-il, et il se pencha pour l'embrasser.

Sybille poussa un soupir, un long soupir tout de passion. Ou peut-être de satisfaction. Carlton ne se posa pas la question car il avait la tête ailleurs. Il ne pensait qu'à son corps, à cette petite fille abandonnée dans ses bras, abandonnée sous lui, à sa voix grave affirmant qu'il ne lui ferait pas de mal.

Trop paresseux pour dépenser le genre d'énergie qu'exigeait la véritable intimité, Carlton s'en était approché avec Valérie, croyait-il. Mais il éprouvait quelque chose de nouveau. Sybille Enderby le clouait sur place. Quelque chose de différent, songea-t-il, et il l'entendit soupirer de nouveau. Passion. Ou satisfaction. De toute façon, il savait que c'était pour lui et uniquement pour lui. Elle avait confiance en lui; elle avait laissé entendre qu'elle l'aimait. Et ces soupirs, ces mouvements de hanches, ces caresses l'excitaient comme un gamin de seize ans. Sybille, pensa-t-il, triomphal, tu es à moi.

Les journées et les nuits de Nick ressemblaient à ses débuts à Omega : seuls existaient le travail et Chad, la joie de créer quelque chose de nouveau, d'apprendre et d'agir, de rassembler un petit groupe qui collaborait en toute harmonie et d'étendre une liste de clients qui l'aidait à asseoir sa réputation naissante. Tout d'abord, il engagea deux vice-présidents pour les actualités et les variétés puis, ensemble, ils consacrèrent les trois mois suivants à concevoir une nouvelle grille pour remplacer celle de Sybille. Ils rebaptisèrent aussi le réseau : E&N.

— N pour Nick, je comprends, dit Leslie Braden, le vice-président responsable des infos à leur première réunion, mais que signifie le E ?

— *Entertainment and News*, Variétés et Actualités, répondit Nick avec un large sourire. C'est direct et simple. Je n'ai pas besoin d'étaler mon nom devant le public pour avoir une bonne opinion de moi.

Leslie pouffa de rire.

— Ça me plaît, un homme qui n'a pas besoin de clamer son importance au monde. C'est tout ? Variétés et actualités ?

— Qu'y a-t-il d'autre ?

— La grosse cavalerie ! Des documentaires sur le pied d'un athlète et la construction des tranchées pendant la Première Guerre mondiale, ce genre de choses.

Nick s'esclaffa.

— On aura des documentaires si bien faits qu'ils seront distrayants. Je ne crois pas que le pied d'un athlète répondra aux critères requis, à moins que tu ne trouves moyen d'enchaîner sur des compétitions de natation.

— Ce n'est pas mon boulot. Moi, je m'occupe des infos. J'en parlerai à Monica ; elle est si forte qu'elle résoudra sans doute le problème. Que penses-tu de Tracy Moore pour présenter les journaux du soir ?

— Elle me plaît. Elle est dure et chaleureuse à la fois, un bon mélange. Mais il nous faut aussi un homme. Pourquoi, après tout ? Apparemment, ils vont toujours par deux comme un soi-disant couple. Comme si quelqu'un estimait que les spectateurs devaient penser que le monde est plein de couples heureux qui se font des grands sourires et des petites plaisanteries. Sinon, les infos ne seraient pas acceptables.

— On croirait entendre les pontes des médias, remarqua Leslie. Connie Chung présente seule les journaux du week-end et elle est drôlement bonne. Je crois qu'on pourrait s'en sortir avec Tracy, on aura de nombreux reporters masculins.

– Je suis d'accord. Engage-la.

La préparation de la grille se poursuivit durant tout le mois de septembre, aux bureaux d'E&N dans la journée et chez Nick le soir. Parallèlement, Nick lisait tout ce qu'il pouvait sur les différents aspects de ce domaine ; il appelait des dizaines de gens pour leur demander des renseignements ou des conseils et se déplaçait afin de rencontrer des distributeurs.

– Et c'est reparti, le spectacle de chien savant ! disait-il à Chad. Je continue à débiter mon boniment sur ce que j'ai à offrir dans l'espoir que quelqu'un l'achète.

La plupart accueillirent favorablement ses propositions et acceptèrent de garder leur contrat avec E&N, au moins pour un an après le début de la nouvelle programmation en octobre. Au fur et à mesure des accords obtenus, l'atmosphère des séances de travail en compagnie de Leslie et Monica fut plus enjouée : c'était un début.

– J'ai une idée, annonça Nick un matin du début d'octobre, à trois semaines du changement de grille.

Leslie se cala sur son siège et étendit les jambes. Ils étaient dans le bureau de Nick, autrefois celui de Sybille, presque nu depuis que celle-ci avait enlevé ses meubles. Les deux hommes étaient installés sur des chaises pliantes à côté de cartons de livres qui leur servaient de tables basses. Un peu plus loin se trouvaient six chaises et, de l'autre coté de la pièce devant les fenêtres donnant sur d'autres immeubles, la table à dessin et le bureau de Nick expédiés de Californie, si bien qu'il n'en avait plus chez lui. Il comptait en acheter un à l'occasion ; jusqu'à présent, il n'en avait pas pris le temps.

– Quelle idée ? s'enquit Leslie.

Il servit deux tasses de café et en tendit une à Nick. Les deux hommes étaient devenus amis pratiquement dès leur rencontre. Apparemment, ils ne pouvaient être plus différents. Leslie, qui comptait vingt ans de plus, se présentait comme un journaliste radio raté qui avait perdu deux fois son emploi à la suite de la vente des stations où il travaillait et une troisième à la suite de sa démission après avoir reçu ordre de relater le résultat des élections en faveur de certains candidats avant la fermeture des bureaux de vote. Il formait un couple heureux avec sa fiancée du temps du lycée et se débattait pour envoyer ses deux enfants à l'université. A côté de l'éclatante réussite de Nick, il semblait avoir bien peu de choses. Mais les deux hommes partageaient les mêmes idées sur la télévision, les actualités et le monde où ils vivaient. Ils avaient des rapports faciles et collaboraient avec harmonie comme Nick avec Ted McIlvain à Omega.

– Que penserais-tu d'une émission baptisée : « L'Autre Aspect des Infos » ? demanda Nick. Sous-titrée : « Tout ce qu'on ne dit pas. Tout ce qu'on ne montre pas ».

Leslie réfléchit à la question.

– Ça me plaît. On présente un discours, le Président par exemple, un sénateur, quelqu'un aux Nations...

— Ou un homme d'affaires. Pas seulement des politiciens.

— Puis une autre personne repasse le discours, enfin certaines parties en tout cas, avec ce qu'on a sauté.

— Ou ce qu'on a déformé.

— Des mensonges, déclara Leslie. Les gens mentent et les politiciens mentent encore mieux.

— On va songer à toutes les façons de dire « mensonge » sans jamais prononcer le mot, poursuivit Nick avec un large sourire. On peut aussi ne rien dire, se servir d'une séquence... une action qui montre, sans paroles ou avec le minimum, ce qui manquait ou ce qui était erroné dans la déclaration qu'on vient d'entendre. On peut faire la même chose avec la télé et les journaux, d'ailleurs. Si un journaliste déforme un sujet, j'aimerais en parler aussi. Pas de tabou.

— Excellent titre, murmura Leslie qui prenait des notes. Et qui va réaliser cette émission ? Tout le monde est déjà surchargé.

— On va devoir engager quelqu'un. Si tu as des noms, je t'écoute.

— Peut-être, dans mon bureau. J'irai voir. D'autres idées ?

— Oui, mais elles sont pour Monica.

— De la variété. Quoi, par exemple ?

— « Le Bouquiniste ». Une critique des nouveaux livres.

— Personne ne regardera.

— Personne ?

— Deux, trois quidams.

— Alors, on le fera pour ces quidams. Il y a deux critiques de films sur le réseau, j'en veux une pour les livres.

— Bien, acquiesça aussitôt Leslie. Ça m'est égal qu'ils ne soient pas nombreux si cela ne te dérange pas. Monica peut sans doute la réaliser elle-même. Autre chose ?

— Quelques dizaines, on en parlera plus tard. Tu as du nouveau ?

— Un cahier plein, tu finiras par tout savoir. Tu veux venir dîner avec Chad ce soir ?

— D'accord, si ça ne t'ennuie pas d'écouter Chad parler de sa nouvelle école.

— Encore ? Il n'arrête pas depuis le mois de septembre.

— Il continue. Et j'espère que ça durera, je ne l'ai jamais vu aussi heureux.

— Et toi ? demanda Leslie. Tu es heureux ?

Nick se mit à rire.

— Venant d'un homme marié, cette question signifie : ai-je rencontré quelqu'un ? Non, pas encore. Mais je suis très content et tu le sais, c'est aussi amusant que l'était Omega. Je vais rencontrer des femmes... comment faire autrement dans cette ville ? Il y a cinq fois plus d'hommes que de femmes. Et j'arriverai sans doute à me marier un de ces jours. Je ne suis pas pressé, ce n'est pas grave tant que je m'amuse en attendant.

Il se tut. Ces paroles surgissaient d'un lointain souvenir. Quelqu'un avait prononcé ces mots avant lui : « Pourquoi devrais-je me précipiter alors que je m'amuse tant en attendant ? »

Valérie, assise sur la pelouse à Stanford, le soleil brillant sur ses cheveux fauve, qui se moquait de son sérieux. La scène lui revint avec une telle précision qu'il entendait son rire, sentait le soleil chaud, se rappelait même le titre des livres qu'il avait achetés à la librairie quelques instants plus tôt au moment de leur rencontre.

– Nick ? Tu me suis ?

– Excuse-moi, répliqua Nick. J'étais ailleurs.

– Ça doit être quelqu'un, cette femme. Leslie glissa son crayon dans la poche de sa chemise et se dirigea vers la porte. Je vais chercher des réalisateurs. Et consigner mes idées pour « L'Autre Aspect des Infos ».

– Demande à Monica de venir, veux-tu ? On se verra demain tous les trois.

– D'accord. Quel bol on a de voir les choses bouger, hein ?

La troisième semaine d'octobre, la semaine où Sybille appela Nick de sa nouvelle propriété aux environs de Leesburg pour lui annoncer qu'elle avait participé à une chasse au renard et rencontré un homme intéressant, à minuit E&N mit fin à son ancienne programmation et diffusa six heures plus tard une grille entièrement recomposée. Cela ne pouvait se comparer à l'ivresse de cette foire en Californie où Nick comprit, de la seconde où les nouveaux ordinateurs d'Omega commencèrent à se vendre, qu'ils étaient en route vers le succès. Avec la télévision, il fallait attendre les lettres et les appels des spectateurs, voir si le nombre des abonnés augmentait ou chutait. Pourtant, alors que le triumvirat d'E&N regardait les programmes de cette première journée se dérouler, il y avait de la fébrilité dans l'air aux studios et Nick n'aurait échangé ça pour rien au monde.

Ensuite, au cours de l'automne et de l'hiver, tandis que Nick faisait l'aller et retour entre Fairfax et Georgetown afin de rester le plus souvent possible avec Chad, entouré de Leslie, Monica et de l'équipe qu'ils avaient rassemblée, il travailla d'arrache-pied comme les gens absolument convaincus de pouvoir surmonter n'importe quel obstacle. Ils concevaient des projets, faisaient des prévisions sur les taux d'écoute et les annonceurs, développant régulièrement les heures d'antenne et la réputation d'E&N. Grâce à une énorme publicité puis au bouche à oreille, les chiffres commencèrent à monter. En juillet, un peu plus d'un an après l'installation de Nick et Chad à Washington, le réseau diffusait dix-huit heures de programmes par jour destinés à vingt millions de foyers.

– Insignifiant, lança Leslie avec légèreté pour masquer son émotion. Mais quel bol on a de voir les choses bouger.

Bien que réalisant certaines de ses émissions, E&N les achetait pour la plupart. Même si Monica choisissait des films américains et étrangers, c'était le comité des acquisitions formé par Nick à qui revenait la majeure partie de cette tâche. Le comité visionnait les milliers de bandes envoyées par les sociétés de production et sélectionnait les meilleures pour remplir plus de mille heures de programmation par an.

Les émissions passaient généralement trois fois : une fois dans la journée, une autre à l'heure d'écoute maximum de la Côte Est et une troisième à l'heure d'écoute maximum de la Côte Ouest. On imprimait un journal, avec une seconde version réservée aux écoles, qui comprenait une liste de livres et de films destinés à accompagner certains programmes pour organiser des débats en classe. On engagea des reporters et on ouvrit de nouveaux bureaux, tout d'abord dans quelques villes réparties sur le territoire américain puis dans les grandes capitales. En août, l'une des émissions de la série « L'Autre Aspect des Infos » remporta un prix dans la catégorie actualités.

— Quel bol on a! s'exclama Leslie d'un ton triomphal.

Le lendemain, Sybille appela Nick pour le féliciter.

— C'est incroyable la façon dont tu t'y es mis, observa-t-elle. Tu n'y connaissais rien quand tu as acheté EBN et voilà que tu gagnes des prix.

— J'ai lu quelques manuels, répliqua sèchement Nick.

— Ah bon. Sybille reprit haleine et Nick comprit qu'elle s'apprêtait à parler d'elle. Tu serais sans doute surpris d'apprendre ce que je prépare. Tu n'as pas posé la question mais...

— Ça fait un moment que tu ne t'es pas manifestée.

Il y eut un silence.

— Je sais. J'ai appelé Chad, il ne te l'a pas dit?

— Si. Une fois en cinq semaines.

— Et il m'a téléphoné. Il te l'a dit?

— Non, répondit Nick, étonné. Il ne me raconte pas tout. J'en suis ravi, j'espère qu'il le fera plus souvent à l'avenir.

Sybille attendit qu'il lui demande ce qui l'avait accaparée.

— Eh bien, lança-t-elle, j'ai été très prise par la cathédrale que je construis pour Lily Grace.

— La cathédrale?

— Nick, tu ne comprends pas l'effet que peut produire Lily sur le public. Tu l'as toujours sous-estimée. Elle comme moi; moi aussi, tu m'as sous-estimée. Jamais tu n'as voulu croire que je pouvais en faire une valeur marchande. Je t'ai expliqué que tu avais tort, tu te souviens? Tu avais plus que tort, Nick. Je suis arrivée à des résultats incroyables avec elle. Je lui ai appris à parler, quels termes employer, comment s'habiller... elle est plus raffinée maintenant, plus crédible. Je l'ai amenée à un tel stade qu'elle parvient à arracher des larmes aux spectateurs, tu n'imaginerais pas leur expression. Tu l'as vue dernièrement? Tu regardes tes concurrents?

— Pas tous et pas tout le temps. Elle passe où?

— Sur canal 20 à Baltimore le dimanche à sept heures du soir et canal 18 à Philadelphie le mardi à sept heures et demie. Tu peux les capter. J'aimerais que tu la regardes, Nick.

— J'essaierai. Je travaille presque toujours le soir.

— Encore? Et ta vie mondaine? Nick, tu as envie de venir voir la cathédrale? Ce n'est pas loin, juste à côté de Culpeper. Je l'édifie avec l'argent que les gens envoient... C'est extraordinaire, tu ne trouves pas, tous ces gens qui souhaitent que Lily ait un endroit où prêcher ? Viens ce week-end, Nick, je tiens vraiment à te la montrer. Chad aussi, ça lui plaira. On irait à la propriété ensuite et il pourrait monter un peu. La dernière fois, il commençait à faire de gros progrès.

— Je regrette, je n'ai pas le temps. Mais j'accompagnerai Chad chez toi. Je serai ravi qu'il fasse un peu de cheval et il pourrait passer la journée avec toi.

— Nick, je veux que tu voies la cathédrale. C'est mon œuvre. J'ai vu ton émission, celle qui a eu le prix, j'ai regardé presque toute la série. Le moins que tu puisses m'accorder, c'est de prendre quelques heures sur ton temps pour voir ce que je prépare. Tu n'es pas le seul à réussir, tu sais.

Nick perçut sa colère dans sa voix.

— D'accord, acquiesça-t-il au bout d'un moment. Et Chad aura droit à deux heures de cheval.

— Bien sûr. Samedi matin, à dix heures et demie, chez moi. On ira en voiture ensemble.

Sybille les attendait lorsqu'ils arrivèrent. Elle s'assit à côté de Nick dans sa voiture, Chad étant installé sur la banquette arrière, pour se rendre à Culpeper. Roulant en silence alors que Sybille leur montrait des propriétés devant lesquelles ils passaient, donnant le nom des propriétaires et leur ascendance, Nick se sentit très mélancolique. Le paysage était si beau qu'il rêvait d'en profiter avec un être aimé, une femme, qui aurait été touchée comme lui par la sérénité éternelle de ces champs et de ces bois, l'éclat du soleil doré dans le ciel bleu. J'ai manqué tant de choses, songea-t-il, tandis qu'il conduisait sur la route presque déserte. Toutes ces années, ces belles années de travail en compagnie de Chad et des amis. Dire qu'à une époque je croyais que cela me suffisait. Ou bien j'essayais de me convaincre que cela me suffisait, que je n'avais pas besoin d'autre chose, que je devais être content de mon sort. Il esquissa un sourire. Les mensonges qu'on peut se raconter à soi-même !

— Qu'y a-t-il ? lança Sybille devant son sourire.

— Une idée qui me traversait l'esprit, répondit-il. Parle-nous de ton église.

— La cathédrale. On y sera dans quelques instants. Elle pourra accueillir mille personnes et elle est bâtie sur un hectare. Il y a de quoi garer plein de voitures et l'argent vient de partout... partout où passe Lily.

— Vous avez combien de stations ?

— Vingt-deux, mais j'en ai de plus en plus. Ça fait boule de neige. Plus j'ai de téléspectateurs, plus les chaînes veulent en être. Et tout le monde apprécie l'idée de la cathédrale naturellement : si Lily a aujourd'hui le pouvoir d'attirer le public avec une centaine de personnes dans mon studio, imagine ce qu'elle fera dans une cathédrale contenant mille places !

— Vous recevez combien d'argent ? s'enquit Nick avec curiosité.

— De quoi construire la Cathédrale de la Joie et produire « L'Heure de Grace ». Un peu plus même.

287

Son ton évasif prouvait que les chiffres devaient être énormes.
– Voilà, dit Sybille. Prends la prochaine à droite, la route est un peu plus loin.
– Regarde! s'exclama Chad. C'est gigantesque!
En réalité, l'église n'était pas aussi grande que Nick l'avait supposé. Cependant, seule au milieu des champs à l'orée d'une épaisse forêt, elle semblait se dresser de manière imposante. Nick se gara dans la poussière près d'une dizaine de camionnettes et de voitures devant une entrée latérale.
– Le parking, annonça Sybille. J'en aurai deux autres, un derrière et un de l'autre côté.
– On peut entrer? demanda Chad.
– On est là pour ça, répondit Sybille. Je voulais que vous la voyiez.
Nick jeta un coup d'œil vers Sybille alors qu'ils contournaient l'édifice jusqu'aux grandioses portes sculptées de la façade, pensant découvrir sur son visage le même genre d'émotion que le soir où ils avaient assisté à la première diffusion de « La Chaise électrique » et le jour où il avait suivi l'une de ses émissions en régie avec Chad. Il ne perçut dans son expression qu'un froid calcul : une femme qui envisageait avec lucidité la situation dans son ensemble et qui ne pensait pas seulement à l'instant présent mais aux événements à venir, plus grands, plus importants. Plus grands que quoi? songea Nick. Elle qui depuis toujours recherchait l'attention avec une telle âpreté était toujours restée en coulisses... que voulait-elle aujourd'hui? Il n'arrivait pas à croire qu'elle tentait de lancer Lily Grace.
Peut-être était-ce une question d'argent s'il y en avait autant que sa réponse à demi-mot le laissait entendre.
Ou de pouvoir. Cependant, où se situerait son pouvoir?
– Merde!... s'exclama Sybille.
Suivant son regard, Nick se tourna vers l'autel. Ils se trouvaient dans la nef, la lumière étant légèrement bleutée sous la voûte d'un sombre bleu étoilé. Sur les vitraux, du même ton, des peintures abstraites aux couleurs vives formaient des taches de lumière. Les bancs n'étaient pas encore posés, mais l'autel était fini : du marbre rose où s'encastraient des bacs à fleurs et une chaire dans la même matière encadrée de candélabres. A côté se tenait un homme de haute stature, la tête en arrière, les yeux rivés sur la voûte. Le visage fin, des cheveux blonds un peu longs dans le cou.
– Que se passe-t-il? s'enquit Chad qui avait remonté la nef en courant et venait de revenir auprès de Nick et Sybille.
– On en a vu assez, décréta Sybille. On étouffe ici.
– Mais il y a des escaliers, remarqua Chad. On ne peut pas voir où ils vont? Ce serait génial s'ils menaient à un cachot comme autrefois.
– Non! répliqua Sybille d'un ton cassant. Chad se ruait déjà vers l'autel. Chad! hurla-t-elle.
A ce moment-là, l'inconnu se retourna.
– Sybille? lança-t-il.
Il descendit le large escalier de marbre et se dirigea vers eux à grands pas. Alors qu'il approchait, il aperçut Nick et ralentit.

— Je ne savais pas que tu venais avec quelqu'un. Carl Sterling, se présenta-t-il en tendant la main à Nick.

— Nick Fielding.

Ils se serrèrent la main.

— On partait, annonça Sybille. J'ai promis à Chad qu'il monterait à cheval cet après-midi.

Carlton regarda derrière lui.

— Chad. Votre fils ? demanda-t-il à Nick. Je n'avais pas fait le lien. Je crois que Val ne m'a pas précisé le nom de Chad quand elle m'a dit que Sybille avait un enfant.

— Carl, on s'en va, répéta Sybille d'un ton un peu désespéré. Appelle-moi demain si tu as envie de parler de la cathédrale.

— Votre femme s'appelle Valérie ? lança Nick. Et c'est une amie de Sybille ?

— Oui, vous la connaissez ? Naturellement... vous avez rencontré Sybille à Stanford, n'est-ce pas ? Il faudra organiser une petite réunion un de ces jours pour que vous discutiez du bon vieux temps...

— Pourquoi pas aujourd'hui ? proposa Nick.

Fou d'impatience, son cœur battait la chamade. Jamais il n'avait imaginé qu'ils se retrouveraient ainsi, par hasard, après toutes ces années. Jamais il n'avait supposé que Sybille et Valérie étaient restées en contact.

— Pardon ? répliqua Carlton.

— Pourquoi ne pas déjeuner ensemble ? suggéra Nick d'une voix posée. Vous habitez près d'ici ? On pourrait passer prendre Valérie... et aller quelque part.

Sa voix buta sur son nom qu'il n'avait pas prononcé à haute voix depuis si longtemps.

— Cela ne me paraît pas une bonne...

— Non, affirma Sybille d'un ton catégorique. J'ai des projets pour le reste de la journée. Nick, si tu veux que Chad fasse du cheval, il faut y aller. Je n'ai pas prévu de passer mon samedi à traîner dans tout le comté...

— Sybille a raison, assura aussitôt Carlton. On est très pris le week-end et on ne sort guère dans la journée. Vous pouvez venir quand vous voulez avec Chad... inutile d'amener Sybille. Vous n'avez même pas besoin de moi. Appelez Val pour lui annoncer votre arrivée. Je suis sûr qu'elle sera ravie de vous voir.

— Appelons-la tout de suite alors, insista Nick.

Son incorrection et son entêtement le stupéfiaient, mais il lui semblait soudain qu'il ne souhaitait pas attendre un jour de plus. Il ne voulait pas passer à l'occasion comme Carlton le lui avait proposé, il ne voulait pas se présenter seul chez Valérie. Il voulait la voir, la voir tout de suite, la voir entourée d'autres gens pour que cela paraisse normal et qu'il puisse enfin chasser cette fièvre d'adolescent qu'il éprouvait à l'égard d'une femme qu'il n'avait pas vue depuis douze ans et qu'il avait quittée en mauvais termes.

— Je vous invite à déjeuner, dit-il avec fermeté. En souvenir du bon vieux temps. Je serai très heureux de retrouver Valérie, cela remonte si loin. On n'en a que pour deux heures, Sybille, Chad aura tout le temps de monter à cheval.

Sybille le dévisagea, ses yeux bleu clair aussi impassibles qu'un étang gelé. Puis elle se tourna vers Carlton, s'attendant à ce qu'il refuse une fois de plus : il avait toutes les raisons de le faire. Cependant, il gardait le silence, son regard passant désespérément de Sybille à Nick. Un vrai gentleman, songea Sybille avec mépris. Faible. Inutile.

— Si tu veux, acquiesça-t-elle puis, elle remonta la nef et quitta l'église.

Nick et Carlton se regardèrent alors que Chad se ruait vers eux.

— Il n'y a rien de spécial, annonça-t-il avec regret. Pas de cachot, pas même un endroit où enterrer les princes. Sauf que ce serait sûrement une princesse ici, non ?

Il observa Carlton d'un air interrogateur et Nick les présenta.

— On va déjeuner avec Carl et sa femme qui est une de mes anciennes amies de fac, figure-toi.

Son visage s'assombrit.

— Je ne peux pas monter ?

— Si, après le repas. C'était promis. J'espère que tu ne t'ennuieras pas trop au restaurant, on essaiera de faire vite.

— Merci, répliqua Chad d'un ton grave. Vous avez aussi des chevaux ? demanda-t-il à Carlton.

— Plusieurs, répondit Carlton. Je te les montrerai si tu veux.

— Ce serait génial. C'est loin ?

— Pas trop. Les Sterling Farms à Middleburg. Il sortit une carte de visite de sa poche. Je vais vous donner un plan, dit-il à Nick, et il esquissa un rapide croquis. Vous en avez pour une demi-heure maximum. On se retrouve là-bas.

Les yeux rivés au loin, Sybille attendait à côté de la voiture de Nick. Quand ils démarrèrent, elle s'adressa à lui tout en fixant le pare-brise.

— J'espérais qu'on aurait eu toute la journée pour nous.

— On en aura une bonne partie, répliqua Nick.

Il se sentait rempli d'allégresse et un peu étourdi. Il roulait vite sur les routes désertes. Lorsqu'il franchit les portes en pierre où était gravée sur des plaques de bronze l'inscription STERLING FARMS, il eut l'étrange sensation de se regarder faire une chose qui allait changer le cours de sa vie. Puis il s'arrêta à côté de l'auto de Carlton garée dans l'allée circulaire. Il eut une vague vision d'une superbe maison, ancienne et cossue, et découvrit sur le seuil Valérie qui se protégeait les yeux de la main.

Nick sortit d'un bond et s'approcha d'elle.

— Ça fait plaisir de te voir, dit-il, et il sentit la main de Valérie dans la sienne.

17

Ils prirent deux voitures pour aller au restaurant. Durant le bref trajet, Nick entendait encore la voix de Valérie comme si elle était à côté de lui.

– C'est si étrange, avait-elle murmuré alors qu'il lui tenait la main sur le seuil de la porte. Je ne t'ai jamais imaginé ailleurs qu'en Californie. Tu es ici pour longtemps ?

– On est là pour la journée. Je vis à Washington.

Ses yeux s'écarquillèrent.

– Tout doit avoir changé dans ta vie.

– Plusieurs fois, répondit-il, et ils échangèrent un long regard.

Nick la trouva beaucoup plus jolie que la jeune étudiante de ses souvenirs. Toujours aussi mince, son port toujours aussi royal mais ses cheveux fauve étaient plus dorés et moins désordonnés. Ces douze ans avaient renforcé sa beauté. Elle lui semblait plus harmonieuse, plus finie, comme le sujet central d'une toile.

– Val, Nick voudrait déjeuner à Middleburg, annonça Carlton. On a le temps de se rendre en ville ?

– Oui, répondit-elle, le regard toujours posé sur Nick. J'en serais ravie.

Détournant les yeux, elle aperçut Chad.

– Mon fils, dit Nick. Chad Fielding, Valérie Sterling.

– J'ai envie de faire ta connaissance depuis longtemps, déclara Valérie avec un sourire, et ils se serrèrent la main.

– Si on veut y aller... interrompit brusquement Sybille, et ils se séparèrent tout d'un coup.

Nick prit Sybille et Chad dans sa voiture tandis que Valérie partait avec Carlton et ils se retrouvèrent peu après au Windsor Inn où on les conduisit à une grande table dans la salle du fond donnant sur un jardin.

Petite et accueillante, la pièce était lambrissée de bois sombre, les fenêtres étroites aux rebords profonds encadrées de rideaux, un lustre accroché au plafond haut. Des rayonnages couraient au-dessus des chambranles et de confortables bergères entouraient les tables anciennes. Un endroit pour des amoureux, songea Nick. Le Windsor Inn, perché dans la grand-rue de Middleburg au milieu du monde moderne, avait conservé l'atmosphère et la sérénité d'autrefois. Un endroit pour dîner en tête à tête sans se presser, parler à voix basse et regarder danser les flammes dans la cheminée avant de monter l'escalier qui menait vers les suites à l'étage.

En réalité, Nick était assis près du feu en compagnie de Sybille et Carlton Sterling à sa droite, Chad à sa gauche et, à côté de lui, Valérie. Quand Nick lui jeta un coup d'œil, leurs regards se croisèrent par-dessus la tête de Chad. Elle est plus belle, se dit Nick de nouveau. Une chose n'avait pas changé cependant : elle remuait toujours sur son siège et faisait des gestes en parlant. Il se demanda si c'était une question de fébrilité, comme dans son souvenir, ou un autre genre de nervosité.

Il se demanda si elle était heureuse.

— Sybille m'a parlé de son église au petit déjeuner qui a précédé la chasse, expliquait Carlton. Le jour où je ne me sentais pas bien et que je n'y suis pas allé. Je voulais la voir depuis des mois et l'occasion ne s'était jamais présentée. C'est incroyable, Val, surtout parce qu'elle se dresse seule comme si on l'avait construite au milieu des champs.

— Ça a l'air extraordinaire, affirma Valérie en reposant la carte. Que comptes-tu faire d'autre là-bas, Sybille ?

— Faire d'autre ? répéta Sybille d'un ton cassant.

— Tu dois bien avoir un projet en tête. Je n'arrive pas à imaginer que tu aies l'intention de bâtir une église en pleine campagne sans rien autour. On dirait l'ébauche d'une ville naissante. On ne procédait pas ainsi à l'époque coloniale ? D'abord l'église, puis l'école et la mairie.

Sybille fit un signe de dénégation.

— J'ai édifié un temple parce que je crois en Lily, je n'ai pas pensé plus loin.

Il y eut un bref silence qui mit Carlton mal à l'aise.

— Comment l'a-t-on construit ? s'enquit-il. Uniquement grâce à des dons ? Si ta Lily a réussi ce prodige en si peu de temps, elle doit être exceptionnelle. Il faudra que je la regarde un de ces jours.

— Oui, uniquement grâce à des dons, acquiesça Sybille. Sept millions de dollars jusqu'à présent et on aura le reste bientôt. Bien sûr qu'elle est exceptionnelle même si Nick n'est pas d'accord. Il a supprimé son émission.

— Ce n'était pas dans votre style ? demanda Carlton à Nick.

— J'ai d'autres ambitions pour notre réseau, répliqua Nick sans s'étendre.

— Qu'envisages-tu ? lança Valérie.

— Quelque chose de plus dur et de plus intéressant. Du moins, c'est notre vœu. On ne plaira pas à tout le monde, mais mieux vaut se lancer dans les créneaux qui nous semblent les plus appropriés à nos compétences; le genre faussement intelligent, ce n'est pas notre fort. On aura beaucoup de variétés, beaucoup d'histoire, un peu de sciences, de critiques littéraires et différentes émissions nouvelles qui, j'espère, seront plus intègres que celles de nos concurrents.

— Mais pas de religion, dit Valérie.

— La nôtre, répondit Nick avec un sourire. On va prier pour réussir malgré la concurrence. C'est tout. Un tas de stations proposent des prédicateurs de toutes les confessions possibles et imaginables. Je n'ai rien contre. Sybille est très forte dans son domaine, mais ce n'est pas pour nous.

— Même si cela amène un public considérable ?

— Le monde en regorge. On doit simplement tenter de trouver celui qui nous convient.

— Je croyais que les médias s'efforçaient de s'adresser au plus grand nombre.

Nick sourit de nouveau.

— On essaie de contourner le problème. On lance nos idées et si ça marche, tant mieux. Sinon, il faudra que je me recycle.

— Tu veux dire que tu n'as pas l'intention de changer d'opinion ou de te faire passer pour quelqu'un que tu n'es pas, répliqua Valérie.

Il soutint son regard.

— J'ai l'impression qu'on a déjà eu cette conversation, observa-t-il.

— On devrait commander, les coupa Sybille.

Elles les surveillait depuis un moment. Il était inconcevable qu'ils se remettent ensemble après si longtemps, elle ne l'accepterait pas.

— Si Chad veut monter à cheval cet après-midi, il faut se dépêcher.

— Très bien, acquiesça Carlton en faisant signe à la serveuse. Moi non plus, je ne tiens pas à ce que cela s'éternise.

Nick se tourna vers Chad.

— Tu as choisi ce que tu voulais ?

Chad hocha la tête et s'adressa à la serveuse.

— Des poivrons grillés avec du fromage de chèvre à l'huile d'olive et un lapin chasseur, s'il vous plaît.

Carlton le dévisagea. Les yeux de Valérie brillaient.

— Je vais prendre la même chose. On a les mêmes goûts.

— C'est papa qui m'a appris, déclara Chad. On sort beaucoup.

Il regardait Valérie, complètement fasciné depuis le premier instant. Elle était d'une telle beauté qu'il aurait voulu la contempler à jamais et avait une voix merveilleuse, grave et douce... comme un baiser, se disait Chad qui cherchait des mots pour la décrire, ou comme si elle vous prenait dans ses bras et vous serrait très fort.

— Ton père ne fait pas la cuisine ? demanda Valérie tandis que les autres commandaient. Il aimait cela du temps de la fac. C'était le meilleur cuisinier que je connaissais.

— Parfois mais il est tellement pris. Vous étiez amis à l'époque ?

— Oui, de grands amis. On s'amusait bien ensemble.

— Alors, pourquoi plus maintenant ?
— On a suivi des chemins différents. Ton père est resté en Californie et je me suis installée à New York.
— Vous auriez pu vous écrire.
— Effectivement. Je regrette qu'on ne s'en soit pas donné la peine.
— Moi aussi, répliqua Chad avec audace.

Il tenta de trouver un autre sujet de conversation pour l'empêcher de parler à quelqu'un d'autre. Au moment des présentations, elle s'était agenouillée pour l'embrasser, puis l'avait pris dans ses bras en disant qu'elle désirait faire sa connaissance depuis longtemps, qu'il était très beau et ressemblait beaucoup à son père. Chad aurait aimé que son père épouse une femme dans ce genre-là, une femme avec un rire gentil qui ne détestait pas qu'on la touche. Hélas, elle était déjà mariée. Elle pouvait divorcer, cela arrivait à des tas de gens. De plus, son mari ne disait pas un mot, il devait être ennuyeux.

— Papa vous faisait la cuisine à l'université ? s'enquit-il.
— Bien sûr, répondit Valérie en souriant. Moi, je ne savais pas, je ne sais toujours pas d'ailleurs... il était bien obligé de s'occuper de tout.
— Vous devriez savoir cuisiner. Toutes les mamans savent cuisiner.
— Mais je ne suis pas maman.
— Ah bon ?

Il jeta un autre coup d'œil vers Carlton.

— Pas encore. Parle-moi des restaurants où vous allez. Lesquels tu préfères ?
— Les chinois, les italiens, les français, les restaurants de fruits de mer, les hamburgers et les pizzas. On va tout essayer.

Valérie éclata de rire.

— Vous avez l'estomac en béton tous les deux. Et qu'est-ce que vous faites d'autre ensemble ?
— Oh, plein de choses. On joue au frisbee et au base-ball, on se balade, on lit, on va au cinéma, au théâtre et au concert quelquefois à... vous savez, cet endroit, le Kennedy Center, avec cette grosse tête noire qui doit avoir trente mètres de haut et qui représente le président Kennedy ?
— Une tête de bronze qui a un peu moins de trente mètres... mais quelle importance ?
— Voilà, on va là. J'aime bien cette tête... et toutes les lumières.
— Vous faites beaucoup de choses ensemble, observa Valérie, une certaine nostalgie dans la voix.
— Oui, c'est papa qui organise tout. Il sort beaucoup quand même. Il a toutes ces femmes qu'il emmène partout et moi, je reste avec Elena et Manuel. Ils sont sympa mais pas autant que papa.

Le regard songeur, Valérie acquiesça.

— Je monte à cheval aussi, poursuivit Chad dans l'espoir de garder son attention. Là où on habite, on n'a pas la place mais maman m'invite de temps en temps. Vous avez combien de chevaux ?

— Huit. Et douze autres en pension, ceux de nos voisins. Tu aimes ça ?
— Oui, énormément. Vous les montez tous les huit ?
— Un à la fois, précisa Valérie avec un sourire que lui rendit Chad.
— Ils sont tous différents ?
— Oui, tous.
— Quel est votre préféré ?
— Une insolente qui s'appelle Kate. Je lui ai donné le nom d'un personnage d'une pièce de Shakespeare. Elle est très entêtée mais fière, intelligente et fidèle. C'est vraiment celle que je préfère.

Valérie vit que Nick la regardait et comprit qu'il avait entendu ses propos.

— Peut-être aimeriez-vous faire du cheval aux Sterling Farms un jour, proposa-t-elle, s'adressant autant à Chad qu'à Nick.
— Oh oui! s'exclama Chad.
— Je ne monte guère, répondit Nick. Si on trouve une solution, Chad viendra bien sûr.
— Mon père travaille beaucoup, expliqua Chad qui trouvait que son père ne s'était pas montré très gentil avec Valérie. Il dirige ce réseau de télévision... c'est lui le numéro un là-bas et il faut qu'il y soit tout le temps. Le soir aussi parfois.

Valérie acquiesça, l'air grave.

— Diriger un réseau de télévision est une entreprise ardue.
— Il rentre quand même dîner à la maison, on lit, on parle... tout ça. Et souvent, il retourne au bureau. A Omega, il faisait pareil. Il y a toujours du mouvement chez nous.

Valérie sourit.

— Ça te plaît, non ? Chez moi, il n'y en a jamais assez. Je cherche toujours quelque chose de nouveau, de différent, de passionnant.
— Essayez d'aller vivre à l'autre bout des Etats-Unis. C'est différent et passionnant.
— Différent et bien ?
— Oui. Je croyais que ce ne serait pas... disons que je ne voulais pas quitter San Jose... mais c'est bien. Absolument génial. L'école est géniale. Notre maison est géniale, si vous la voyiez! Et Georgetown est super.
— Vous habitez à Georgetown ?
— Dans N Street. Vous pourriez venir un jour.

Valérie croisa le regard de Nick.

— Je ne vais pas à Washington aussi souvent que je le voudrais.
— Ce serait quelque chose de nouveau, lança hardiment Chad. Comme ce que vous recherchez.
— Le problème avec la nouveauté, remarqua Nick, c'est qu'elle ne dure pas. Dès qu'on s'y habitue, il faut en changer.
— Ce jugement me semble un peu catégorique, tu ne crois pas ? dit Valérie.

Elle parlait d'un ton léger. Cependant, Nick surprit la lueur de mépris dans son regard : elle pensait qu'il était égal à lui-même, toujours borné, vieux jeu et obsédé par son boulot. *Pourquoi aurais-je dû changer ? Elle est toujours la même : elle espère toujours qu'il se produise quelque chose, quelque chose qui l'empêche de s'ennuyer et d'être agitée.*

On ne devrait jamais essayer de retrouver le passé. On risque de découvrir qu'il est exactement comme dans nos souvenirs.

Il se demanda pourquoi il voulait tant la revoir. *La surprise*, se dit-il. *La surprise de constater que leur vies s'étaient croisées alors qu'il n'y avait pratiquement aucune chance, qu'ils pouvaient se retrouver et se quitter de nouveau, sans manière cette fois-ci, telles de vagues connaissances, rien de plus.*

Quelles conneries! Je voulais la voir parce que je n'ai jamais pu l'oublier.

Pourtant, tout était fini désormais : ce déjeuner avait définitivement mis un terme aux lambeaux de ses fantasmes puérils. Dès qu'ils pourraient s'en aller, Chad ferait son tour à cheval et ils rentreraient. Ils liraient les journaux et resteraient ensemble pendant que Chad dînerait, puis Nick sortirait avec cette jolie directrice spirituelle d'un magazine qui menait une vie trépidante et ne craignait pas de s'ennuyer.

Un profond sentiment de tristesse l'envahit. *Il aurait pu en être autrement*, songea-t-il malgré lui. Il savait que ses rêves dépassaient le stade des fantasmes puérils et qu'il ne les oublierait pas si facilement, quoi qu'il lui arrive. Il regarda Valérie. Elle écoutait Chad lui parler de son école et lui accordait toute son attention, passionnée par des histoires de cours moyen, de football et de programmes d'ordinateur. *Il aurait pu en être autrement*, se répéta-t-il. Puis il refoula ses pensées et se tourna vers Sybille. Elle pourrait les mener à la fin du repas en parlant d'elle.

– Dis-nous-en un peu plus sur ton église, proposa-t-il.

A cinq heures, après le départ de Chad et Nick, Sybille s'installa dans son salon décoré par le précédent propriétaire de carreaux et d'écossais qu'elle détestait mais qu'elle n'avait pas remplacés car elle pensait acheter très bientôt un plus grand domaine. Elle avait tenté de les retenir pour ne pas passer la soirée seule. Lily étant au lit avec un rhume, Sybille n'aurait pas de compagnie. Cependant, Nick voulait partir. *Sûrement un rendez-vous galant*, fulminait Sybille. *C'est tout ce qui l'intéresse : les femmes.*

Elle repensa au déjeuner. Il n'en sortirait rien. Valérie était mariée et, de toute façon, Nick s'était détaché d'elle avec l'âge. Les indices semblaient partagés toutefois, elle ne savait pas très bien à quoi s'en tenir. *Je devrais le savoir : après tout, je les comprends parfaitement tous les deux.*

Après y avoir réfléchi dix minutes et les avoir imaginés ensemble, la laissant à l'écart, le silence l'exaspérait tant qu'elle appela Floyd Bassington et le pria de venir.

Il arriva une demi-heure plus tard et accepta la boisson légère qu'elle lui offrit.

— Vous n'oubliez jamais, remarqua-t-il, s'asseyant à ses côtés sur le canapé. Tant de gens préfèrent ne pas penser aux faiblesses cardiaques d'autrui ; ils n'aiment pas penser à la maladie.

— Vous n'êtes pas malade, pas à mes yeux, murmura Sybille. Vous êtes l'un des hommes les plus costauds, les plus dévoués que je connaisse.

Il sourit et leva son verre à sa santé. Petit et trapu, il se tenait très droit dans un coin du sofa comme pour se grandir. Le nez tordu, cassé dans une bagarre au lycée, les lèvres charnues sous une grosse moustache aussi grise que ses cheveux, d'épaisses lunettes à monture noire, il avait l'allure d'un personnage public, un acteur ou un politicien. En réalité, pasteur dans un important temple de Chicago, il avait officié jusqu'au jour où, à cinquante-sept ans, Olaf Massy, infortuné mari et président du conseil d'administration de sa paroisse, le découvrit dans le lit d'Evaline Massy, le chef des chœurs. Stimulé par la rage, Olaf Massy enquêta sur Floyd avec une incroyable obstination et trouva des éléments prouvant l'existence de plusieurs femmes dans sa vie et d'une énorme escroquerie : un compte en banque qui s'élevait à près de deux cent mille dollars patiemment, méthodiquement amassés au cours de trente années respectables.

Floyd Bassington abandonna sa chaire. Sa femme demanda le divorce et il acheta une petite maison en Virginie, à Alexandria où habitait la famille de son fils. Il raconta à ses nouveaux voisins une histoire compliquée : à la suite d'un grave infarctus, son médecin lui avait conseillé de se retirer pour vivre au calme. Et se mit au jardinage. Il s'y employa pendant un an, jusqu'au jour où il crut qu'il allait devenir fou entre l'ennui, les insectes et ses petits-enfants qui paraissaient si charmants de loin. Au désespoir, il finit par faire du bénévolat dans une association en faveur des sans-abri. L'année suivante, on reconnut ses mérites et on le félicita d'être sorti de sa retraite afin d'aider ses semblables au risque d'avoir une autre crise cardiaque. Il avait rencontré Sybille au cours d'une soirée à Leesburg. Lily Grace était là aussi et les deux femmes le séduisirent : l'une, si forte et raffinée, l'autre toute de bonté et d'innocence.

— Vous avez dit que vous aviez des problèmes, lança Floyd.

Il sirotait sa boisson légère, se demandant s'il pouvait avouer la vérité à Sybille sur son état de santé pour avoir droit à un bon scotch, et s'installa confortablement dans la douce fraîcheur de la pièce où l'air conditionné les protégeait de la chaleur de juillet. Il admirait la décoration du salon, un mélange de carreaux et d'écossais. Elégant et sobre, songea-t-il, comme Sybille. Il avait été invité deux fois à dîner chez Sybille. Aujourd'hui, il en allait autrement : ils n'étaient que tous les deux, tranquilles, détendus, elle ayant besoin d'aide, lui étant prêt à la lui offrir.

— Quel genre de problèmes ? Et que puis-je faire pour vous ?

— J'ai beaucoup de projets, répliqua Sybille. Toute à son propos, elle se pencha vers lui et poursuivit : Je crains qu'ils ne soient trop grandioses. Je crains de paraître ambitieuse alors que mon seul vœu est d'apporter le bonheur et la paix au plus grand nombre.

Floyd la considéra.

— Au plus grand nombre. Vous parlez de votre temple à Culpeper ?

— La cathédrale. La Cathédrale de la Joie. Oui, mais pas seulement, loin de là. Personne n'imagine... Elle hésita, puis poursuivit. Personne ne connaît mes intentions... je n'ai personne qui me soit assez proche... Cela représente tant d'argent que j'en suis terrifiée. Je suis à peine capable d'en parler, même à vous. Elle marqua une pause comme pour rassembler son courage. Floyd, je veux construire une ville autour de la cathédrale. Une vraie ville, un endroit qui puisse accueillir des milliers de gens, des centaines de milliers. Ils viendraient une heure, une journée, une semaine, aussi longtemps qu'ils le souhaiteraient, avec leur famille, pour écouter Lily prêcher, méditer, se détendre en s'adonnant au sport ou en jouant, acheter tout ce qu'ils voudraient dans des tas de boutiques, être près de la nature, loin des tensions et des tentations de leur vie quotidienne.

Il y eut un silence.

— Mon Dieu, lâcha enfin Floyd. Il posa son verre et Sybille prit un carafon sur la table basse pour le resservir : la boisson était plus forte. Mon Dieu. Oui, quelle ambition !

— Trop, souffla Sybille. Ses yeux trahissaient son appréhension. Trop d'argent, trop d'efforts... cela reflète-t-il plus d'ambition que de bonté ?

— Non, non, ce n'est pas ce que je voulais dire. Comment pourrais-je affirmer une chose pareille alors que vous m'avez expliqué que vous construisiez cette ville uniquement pour apporter le bonheur et la paix ?...

Sybille acquiesça.

— Vous comprenez. Mais vous êtes si bon, Floyd. Vous n'imaginez pas combien de gens sont jaloux de moi et désirent m'arrêter dans mes projets. Et ils risquent d'y parvenir. Je ne peux y arriver seule. Je suis une excellente femme d'affaires. Généralement, j'obtiens ce que je veux, même si je dois me montrer dure et cruelle, sournoise parfois...

— Ne dites pas de bêtises. Pourquoi vous présenter sous ce jour ? Je suis sûr que vous êtes une excellente femme d'affaires, je suis sûr que vous êtes forte quand besoin est. J'en suis absolument convaincu. Le reste, je n'y crois pas.

Les yeux de Sybille se remplirent de larmes ; deux jaillirent et coulèrent sur son teint olivâtre tels des diamants étincelants. Elle les effleura de son mouchoir.

— Je ne pleure jamais, déclara-t-elle avec un petit sourire d'excuse. Les femmes d'affaires fortes n'ont pas le droit de pleurer. On a rarement l'occasion de rencontrer une personne aussi généreuse. Merci, Floyd. J'ai besoin de parler avec quelqu'un comme vous de temps en temps pour garder mon objectif.

— A votre disposition. Même si on prend sa retraite, ma chère, on n'en est pas moins pasteur. On est toujours là pour ceux qui en ont besoin.

— J'ai besoin de vous, souffla Sybille dans un murmure à peine audible.

– Pardon ?

Floyd se pencha vers elle. Sybille secoua la tête.

– Non, rien. Je ne devrais pas dire... Floyd, vous ne voyez que le bien chez les gens ; cependant, je n'aboutirai à rien sans quelques concessions. Certains prétendent que je suis dure, cruelle même, peut-être ont-ils raison. Pas intérieurement mais apparemment. Je peux me mesurer à n'importe qui. Ensuite, je suis malade quand j'ai blessé quelqu'un en affaires ou sur un autre plan. Je ne supporte pas de réussir aux dépens d'autrui. Ce n'est pas délibéré mais ça peut arriver...

– Seule l'intention compte et vos intentions sont nobles. Ne protestez pas, petite bécasse. Je vous connais mieux que vous. Allons, comment s'appelle cette ville que vous désirez édifier ?

– Oh ! s'exclama-t-elle avec un petit rire. Je n'y pensais plus ! J'aimerais la baptiser Graceville.

– Joli nom. Lily doit être contente.

– Oui mais dépassée aussi. Et terrifiée. Comme moi, à chaque fois que j'y songe. C'est trop important pour une personne seule, Floyd. Vous avez raison, je m'inquiète des questions financières : tout ce qu'on va dépenser et les énormes sommes qui vont rentrer. Il y a trop de problèmes à régler. Je ne peux pas y arriver toute seule. J'ai besoin de quelqu'un qui soit là pour m'aider, me conseiller, me soutenir lorsqu'on m'accuse de... de me mesurer... à... Dieu..., ajouta-t-elle en tremblant.

– Juste ciel ! Qui a osé avancer une chose pareille ?

– Certains pasteurs – je ne vous donnerai pas les noms, ne me les demandez pas – et des conseillers financiers quand j'ai lancé l'idée de cette cité. Sans précision aucune, je n'ai même pas parlé de lieu. J'ai simplement affirmé que ce serait merveilleux d'offrir aux gens la paix, le calme, le temps de méditer et l'occasion d'en rencontrer d'autres qui ont les mêmes aspirations.

– Et on s'est moqué de vous.

Elle acquiesça, tête basse.

Floyd lui prit le menton entre les mains et l'obligea à le regarder. Ses yeux bleu clair le fixaient sans ciller ; il se dit qu'il n'avait jamais vu une telle franchise ni une telle envie d'être compris. Une forte femme d'affaires qui, malgré sa brillante réussite dans un monde d'hommes, rêvait d'amour et d'une main tendue. Et si innocente qu'elle n'imaginait pas les milliards qu'on amasserait dans sa ville. C'était la preuve, si besoin était, que, même si les femmes avaient l'air dur, elles seraient toujours plus craintives, plus vulnérables et plus naïves que les hommes sous leur froideur apparente et leur tailleur prince-de-galles.

Floyd se sentit envahi d'un sentiment de puissance. Tenant le petit menton pointu de Sybille qui tremblait entre ses doigts, il exultait de supériorité, de force, d'éclat.

– Je vais vous aider, Sybille, déclara-t-il d'une voix retentissante. Si vous m'avez appelé pour cette raison ce soir, ma réponse est oui. Je serai honoré de vous seconder et personne ne nous accusera d'orgueil ou d'ambition démesurée car nous agirons pour le bien d'autrui, non pour notre propre satisfaction ou pour nous remplir les poches.

— Oh non. Pas ça. Jamais. Je ne sais pas ce que j'aurais fait si vous aviez refusé de venir ce soir ou si vous aviez refusé de m'aider, ajouta-t-elle après un long soupir.

Floyd débordait de puissance, il ne pouvait la réprimer.

— Jamais je ne vous refuserai quoi que ce soit, tonna-t-il. Je suis là, je serai toujours là.

Il la serra dans ses bras, l'engloutissant, l'étouffant contre sa veste de tweed.

— Non, souffla Sybille, le repoussant pour respirer. Non, c'est impossible, Floyd.

— Impossible? Rien n'est impossible, Sybille, du moment qu'on est ensemble. Faites-moi confiance, je vous comprends.

— Non, vous ne savez pas... oh, mon Dieu...

Elle se prit la tête dans les mains.

— Quoi? Quoi? Quoi donc?...

— Floyd. Elle releva son visage : il était souillé de larmes. Jamais je n'ai eu de plaisir au lit. Jamais. J'ai essayé, je voudrais bien... j'ai un problème, j'en suis consciente, mais...

— Pas vous! explosa-t-il. Vous n'avez aucun problème! Ce sont les hommes que vous avez rencontrés! Pauvre petite fille, vous avez dû tomber sur les pires poules mouillées qui traînent de ce côté de l'Atlantique. Il vous faut un homme, un vrai, un homme qui connaisse les femmes, qui vous connaisse. Il l'attira de nouveau contre lui et commença à déboutonner son chemisier. Je vais m'occuper de vous, chérie. Mon chou, pauvre petit chou, ça fait si longtemps que vous attendiez Floyd.

Sybille frissonna et se colla contre lui alors que ses doigts courts se glissaient sous le voile de soie qui couvrait sa poitrine pour s'emparer de son sein. Un léger sourire ourlait ses lèvres.

Comme Floyd la déshabillait et se dévêtait avant de l'entraîner avec lui sur l'épais tapis au pied du canapé, elle resta sans bouger. Elle ne réagit pas à ses caresses puis, lentement, elle commença à remuer les hanches.

— Floyd, murmura-t-elle.

Elle approcha son visage du sien. Leurs lèvres se touchaient presque. Elle se laissa embrasser et, comme prise soudain d'une violente passion, le dévora. Il se redressa.

— Tu vois? hurla-t-il d'une voix rauque. Tu vois ce dont tu es capable? Sybille! beugla-t-il, triomphal. Tu es à moi!

Et il l'enfourcha.

La toilette blanche de Lily étincelait sur l'autel de la Cathédrale de la Joie. Son petit visage pâle, ses mains battant l'air tels de petits oiseaux lorsqu'elle soulignait ses paroles d'un geste, elle était juchée sur une caisse derrière la chaire en marbre sur les conseils de Sybille afin que tout le monde la voie mieux.

— Ils doivent sentir ton pouvoir, disait-elle, et elle lui avait montré comment se pencher vers son public : éclatante dans sa robe immaculée comme un soleil brillant au-dessus d'eux.

— Ce que nous recherchons, proclama Lily de sa frêle voix aiguë qui résonnait dans le temple encore inachevé, c'est nous, notre moi enfoui en nous... caché, invisible, inaccessible pour le moment... qui attend d'être découvert.

La cathédrale était pleine : un millier d'hommes, de femmes et d'enfants venus du Maryland, de Pennsylvanie et de l'ouest de la Virginie pour entendre prêcher Lily. Ceux qui n'avaient pu venir regardaient le service à la télévision, d'autres encore verraient la rediffusion durant la semaine. Lily le savait : ils envoyaient des lettres, des cartes postales, de petits cadeaux et de l'argent.

Postés à quatre endroits stratégiques qui ne dérangeaient personne, des cadreurs braquaient leur caméra sur Lily et ses paroissiens. Dans le studio, à Fairfax, le réalisateur choisissait la prise à diffuser à chaque instant de « L'Heure de Grace ». La plupart du temps, Lily était à l'écran, fervente et virginale, son maquillage lui donnant un air charmant, naturel. Cependant, lorsqu'il voyait un fidèle porter un mouchoir à ses yeux remplis de larmes, un visage bouche bée d'admiration ou quelqu'un qui approuvait ses dires, il donnait un ordre au directeur technique qui, appuyant sur un bouton, montrait cette image à des millions de téléspectateurs qui avaient alors l'impression d'être là, sur ces bancs, à écouter, acquiescer, vénérer, pleurer.

— Que pouvez-vous faire ? demanda Lily à l'assistance. Dans cet univers troublant plein de signes contradictoires — contradictoires et souvent dangereux quand on les comprend mal — venant de vos patrons, vos amis, ceux qui nous gouvernent et même de vos parents... que pouvez-vous faire pour que ce monde ait un sens ?

« Pour que ce monde ait un sens. Cela paraît si simple et c'est si compliqué lorsqu'on essaie déjà de se partager entre sa maison, sa famille et son travail, qu'on s'efforce de trouver le temps de sortir un soir avec des amis, lire un journal ou regarder une émission de télévision qui vous éclaire sur la société dans laquelle vous vivez. Vous êtes si occupés... vous subissez tant de pressions... comment pouvez-vous y arriver ?

« De prime abord, vous vous dites que c'est impossible, que vous devez confier cela aux spécialistes. Qu'ils ont plus de temps pour regarder autour d'eux, pour apprendre. Qu'ils en savent plus que vous. Et, au bout d'un moment, vous les laissez diriger. Vous pensez que vous n'êtes pas aussi bien qu'eux, qu'ils gouvernent le monde et que vous y vivez simplement.

« Ce n'est pas vrai ! Vous êtes tout aussi bien qu'eux ! Dieu vous a faits tout aussi intelligents, tout aussi judicieux que n'importe qui ! Ecoutez-

301

moi ! Je vous connais ! J'ai discuté avec vous chez vous, j'ai tenu vos enfants sur mes genoux, j'ai mangé à votre table. Vous êtes forts et bons, il y a tant de choses à aimer en vous, tant de sagesse et de sérieux que vous pourriez remplir n'importe quel emploi, occuper n'importe quel poste ! Mais vous n'en êtes pas conscient.

« Vous avez peur de l'apprendre.

« Pourquoi avez-vous peur ? Qu'est-ce qui vous empêche de regarder en vous pour découvrir et libérer cet autre moi caché qui est là, je le sais, parce que je l'ai vu ?

« Vous avez peur de l'inconnu. Vous craignez que votre découverte ne change votre vie et cela paraît plus rassurant de rester ainsi. Ou bien vous craignez que l'être caché en vous ne soit pas le sage dont vous rêvez mais un ignorant, peut-être même un méchant. Vous n'avez pas confiance en vous-même, en votre moi que vous ne connaissez pas encore.

Lily tendit les mains vers ses paroissiens. Parfaitement silencieux, ils retenaient leur souffle.

— Ayez confiance en vous ! Croyez en vous, en la sagesse et la bonté que Dieu donne à toutes Ses créatures ! Et si vous n'y arrivez toujours pas, ayez confiance en moi ! Croyez en moi ! Je sais de quoi vous êtes capables ! Je sais ce qui vous attend... la découverte de soi, la joie, la sagesse, l'amour ! Je sais qu'il n'est rien que vous ne puissiez accomplir, comprendre ou partager ! Ayez confiance en moi, croyez en moi, aidez-moi à vous aider !

Un jeune homme se leva et remonta l'allée d'un pas vacillant.

— Mon révérend ! dit-il en sanglotant. Révérend Lily, j'ai confiance en vous, je crois en vous, je vous aime !

Il tomba à genoux au pied de l'escalier de marbre, tendant les mains vers Lily qui tendait les siennes vers lui et chacun de ses mille fidèles.

Dans les studios à Fairfax, le réalisateur pianota aussitôt sur la console. Des images apparurent à l'écran : Lily, souriante, les larmes aux yeux ; le jeune homme, les joues souillées de larmes ; d'autres quittant leur place pour se frayer un chemin et venir s'agenouiller sur les marches de l'autel. Certains pleuraient, d'autres étaient en proie à l'émotion, d'autres encore en état d'extase.

— Je vais vous aider ! hurla une femme assez âgée.

Elle voulut monter les marches ; aussitôt, deux hommes en costume sombre, beaux et impeccables, s'avancèrent et la prirent fermement par le bras pour qu'elle retourne auprès des autres.

— Oh, pardon ! s'écria-t-elle. Je me suis laissé emporter... Elle ouvrit son sac et expliqua : Je voulais donner de l'argent au révérend Lily pour l'aider à achever la cathédrale, aller voir les gens et faire le bien ! Il n'y a pas de mal à cela, révérend Lily, n'est-ce pas ? Vous n'allez pas refuser ! J'ai envie de vous aider !

Le visage de Lily se colora, c'était le moment le plus désagréable.

— Vous êtes bénie, dit-elle, sa voix semblant presque triste alors qu'elle résonnait dans le temple. Elle fit un geste vers une colonne sculptée de un mètre de haut, ouverte sur le dessus. Pour ceux qui veulent nous aider... murmura-t-elle.

— Merci! s'exclama la femme. Que Dieu vous bénisse!

Elle glissa ses billets dans le tronc. D'autres l'imitèrent. Lily se retourna afin de s'adresser directement à l'une des caméras. Sa voix était un peu plus aiguë que d'habitude et d'un débit mécanique.

— C'est bien de donner. C'est le premier pas pour délivrer le moi qui est en vous. Et c'est bien de recevoir. Je ne peux refuser votre concours, qu'il vienne du plus jeune ou du plus âgé d'entre vous, que votre contribution soit la plus modeste ou la plus importante. Chacun est précieux, chacun est pour moi comme une main tendue qui voudrait prendre la mienne, devenir mon associé, devenir mon très cher ami. Peu importe que vous envoyiez peu ou beaucoup, envoyez ce que vous pouvez sans rien enlever à votre famille. Tous vos dons me touchent et m'aident à apporter à chacun la joie de découvrir ce moi que vous appelez de vos vœux, de vos prières, dont vous rêvez et que vous aimez... comme je vous aime. Au revoir, mes très chers amis. Je vous bénis, que Dieu vous bénisse jusqu'à ce que nous nous retrouvions.

Un orgue entonna un hymne et Lily se mit à chanter d'une petite voix tremblante tandis que le chœur, derrière elle, l'accompagnait. La caméra recula pour la présenter dominant la foule au pied de l'escalier de marbre. Sur l'autel étaient disposées d'énormes compositions florales et des lumières scintillantes semblaient projeter des éclats dorés dans la Cathédrale de la Joie. Une autre caméra se braqua vers les fidèles debout à leur place qui chantaient aussi. Ce faisant, ils quittèrent lentement le temple. Apparut à l'écran une adresse que lut un homme d'une voix sonore, invitant les spectateurs à envoyer de l'argent ou à écrire au révérend Lily Grace pour lui dire ou lui demander tout ce qu'ils voulaient. Suivit une courte liste d'agglomérations énoncée par la voix off, annonçant que le révérend Grace allait s'y rendre les deux semaines suivantes : tous ceux qui souhaitaient qu'elle vienne les voir devaient écrire à la même adresse. On choisirait dans chaque ville une personne qui recevrait le révérend Grace et qui serait prévenue la veille de son arrivée.

Lily se dirigea vers le fond de l'autel et sortit par une petite porte où l'attendait Sybille. Elle posa la tête sur son l'épaule.

— Je suis si fatiguée, murmura-t-elle.

— Tu étais inspirée, affirma Sybille. Tu aurais pu parler un peu plus de Dieu; en dehors de cela, tu as été plus extraordinaire que jamais.

— Tu les as vus ? demanda Lily qui se redressa, les yeux brillants. Ils étaient heureux! Ils m'aimaient, ils aimaient mes propos. Sybille, ils ont vraiment besoin de moi!

— Naturellement, acquiesça Sybille d'un ton mielleux. Ils seraient malheureux sans toi. Et il y en a des millions d'autres qui t'attendent, Lily. Tu ne dois pas t'arrêter en route, tu verras quand on aura Graceville. Tous nos rêves deviendront réalité. Je te le promets.

— Je te crois. Mais j'aimerais tant ne pas avoir à...
— Il le faut. Et tu dois l'annoncer d'une voix plus forte. On ne peut construire sans argent, on ne peut faire le bien sans argent. Tu le sais.
— Oui. Merci, Sybille. Je n'ai guère l'esprit pratique. Si tu n'étais pas là, je ne pourrais pas aider tant de gens à la fois. Je suivrai tes conseils et j'essaierai de ne pas me plaindre.

Elles quittèrent le temple par la porte du fond et se glissèrent dans la limousine de Sybille. Celle-ci laissa son bras sur l'épaule de Lily et la laissa s'assoupir contre elle tout en sirotant un martini alors que le chauffeur les ramenait à Washington. Simple comme bonjour, simple comme jamais! Elle contemplait d'un œil distrait les bourgades et les haras qui défilaient. Elle venait de recevoir du comptable le total des recettes que Lily avait rapportées depuis neuf mois. Si le dernier trimestre était du même ordre — il devrait être meilleur mais disons l'équivalent —, le résultat de l'année atteindrait la coquette somme de vingt-cinq millions de dollars.

De quoi faire beaucoup de bien aux gens qui le méritaient le plus, songea-t-elle. Dans la pénombre de la voiture, elle pressa l'épaule de Lily.
— Tu es une perle, dit-elle, et, somnolant, Lily se blottit contre elle avec amour.

Les mardis et la plupart des vendredis étaient réservés à Carlton. Il avait loué la maison d'invités d'une propriété appartenant à un ami où il retrouvait Sybille du milieu de l'après-midi jusqu'en fin de soirée. Parfois, ils se rendaient en avion un week-end entier dans son chalet des Adirondacks mais uniquement les mois où Carlton et Valérie n'allaient jamais à la montagne. Il menait ainsi ses deux vies de façon parfaitement distincte.

Ces week-ends-là, Valérie le croyait à New York et, dans la semaine, en compagnie de ses amis, ses collègues ou les clients dont il gérait les portefeuilles. En réalité, Carlton avait abandonné la majorité de ses clients; la gestion des biens de Valérie, sa mère et les siens lui suffisait. Il voulait consacrer le reste de son temps à ses chevaux et à Sybille. Elle l'obsédait, il ne pouvait le nier. Cependant, il ne savait quelles décisions prendre et ne tentait pas de trouver une solution pour s'en sortir. Lorsque leurs obligations les séparaient, il avait une telle soif d'elle qu'il en était malade. Il lui tardait de retrouver sa fragilité qui contrastait tant avec son sens aigu des affaires, sa tendre adoration à son égard qui rendait plus fascinantes encore ses anecdotes piquantes sur le monde des médias, sa sexualité débridée qui s'était libérée au fil des mois alors qu'elle se convainquait qu'il ne la ferait pas souffrir.

Valérie, d'une beauté éblouissante, la parfaite hôtesse, la femme idéale. Il l'aimait autant qu'il le pouvait, se disait-il. Il se savait très égoïste et d'un naturel peu enclin à aimer profondément quelqu'un... les femmes le lui reprochaient depuis toujours. Mais Sybille l'ensorcelait.

Tout allait si bien que Sybille commençait à trouver cela naturel. C'est alors qu'un mardi matin de la dernière semaine de septembre, depuis onze mois que durait leur liaison, elle ne le trouva pas au cottage en arrivant et n'entendit pas parler de lui de la journée. Le vendredi, elle n'avait toujours pas eu de ses nouvelles et, tandis qu'elle se rendait là-bas, la colère et la peur la tenaillaient. Quand elle aperçut sa voiture garée discrètement au fond à sa place habituelle, elle fut si soulagée qu'elle entra presque en courant.

— Je croyais que tu étais parti sans me prévenir, lança-t-elle. Et que j'allais me retrouver toute seule.

— Tu sais bien que je ne ferais jamais une chose pareille, marmonna-t-il, effondré dans un fauteuil en osier.

Sybille se figea sur place au milieu de la pièce.

— Que s'est-il passé?

Généralement, à peine arrivés, ils se mettaient au lit. Cette fois-ci, il ne l'avait même pas regardée.

— Alors? Tu vas me le dire?

Il leva les yeux vers elle.

— Tu n'aimes pas qu'on te parle de ses problèmes, répliqua-t-il avec perspicacité.

— Les autres, non. Toi, si. Peut-être puis-je t'aider. Carl, qu'y a-t-il?

Au bout d'un moment, il haussa les épaules et finit par s'arracher les mots un à un.

— J'ai perdu... un peu d'argent. En Bourse. Je me suis montré négligent, je pensais à toi... La voyant se crisper, il ajouta aussitôt : Ce n'est pas de ta faute, je ne t'en veux pas. Je ne peux m'en prendre qu'à moi. C'est ça le pire : ne pouvoir le reprocher à personne. Je suis l'unique responsable. J'ai fait quelques opérations foireuses, je n'ai pas choisi le bon moment. Je croyais être sur un coup sûr mais j'avais des renseignements erronés... et les actions ont chuté, le grand plongeon...

— Quand?

— Lundi après-midi. J'étais là-bas mardi, à New York, en train de regarder mon fric s'envoler en fumée.

— Combien?

— Pas seulement le mien. Ç'aurait été assez horrible comme ça. Mais c'était aussi l'argent de Valérie et de sa mère, tout leur putain de portefeuille qui s'est volatilisé!

Sybille se sentit électrisée.

— Celui de Valérie? Tout l'argent de Valérie? Volatilisé?

— N'exagère pas, rétorqua-t-il.

— Cela représentait quelle somme?

— Tout ensemble, le sien, celui de sa mère et le mien, près de quinze millions.

Un long silence s'abattit sur le cottage. Sybille se mit à arpenter la pièce. Toute sa fortune. Envolée. Elle n'a plus un sou. Plus rien.

— Tu ne veux pas t'asseoir? lança Carlton.

Faisant les cent pas, elle secoua la tête. Elle était si agitée qu'elle ne pouvait s'arrêter. La joie la prenait à la gorge.

– Je réfléchis aux solutions possibles.

– Je t'en prie, on ne peut pas me trouver quinze millions pour remplacer ce que j'ai perdu. Le regard brûlant, il haussa le ton. Tu ne peux rien y changer. Il ne me reste qu'à vendre tout ce que j'ai. Et à l'annoncer à Val. Qu'est-ce que je vais bien pouvoir lui raconter ? Il s'enfonça dans son fauteuil. J'avais la confiance de son père, je gérais sa fortune. Je faisais du bon boulot. Tout le monde m'accordait sa confiance. Tout le monde me trouvait génial en matière d'argent, je ne me suis jamais fait avoir. Bon Dieu ! Mais comment j'ai pu... comment j'ai bien pu me lancer dans un coup pareil ? Perdre le sens des réalités, perdre le fric... merde, je vais être obligé de vendre les chevaux, la propriété, mon avion... et de le dire à Val. L'appartement de New York, les toiles, putain, il y en a pour une fortune... J'avais tout... tout ! Je n'aurai pratiquement plus rien. Et je vais devoir le dire à Val.

Sybille arpentait toujours la pièce. Grisée, frénétique, elle passait du chaud au froid. Le regard aux aguets comme si elle découvrait le monde. Devant les fenêtres, elle s'arrêta. Ne te précipite pas. Réfléchis. Elle est en mon pouvoir, son avenir est entre mes mains. Elle regarda dehors : les pâturages et les champs de Virginie d'un vert mordoré dans la lumière de l'après-midi. Des hectares de terre à perte de vue. Jusqu'à Culpeper où allait s'ériger, à côté de la Cathédrale de la Joie, une ville baptisée Graceville.

– Carl, murmura-t-elle.

Une idée germait dans son esprit, grandissant, se déployant tel un arbre. Sans bornes.

Elle approcha un fauteuil en osier de Carlton et, ses genoux touchant presque les siens, s'assit.

– Moi, tu ne m'as pas perdue, Carl. Je suis là. Je vais t'aider.

Il secoua la tête.

– Carl, écoute-moi. Regarde-moi. J'ai une idée.

Il leva vers elle ses yeux rougis. Il n'était pas rasé. Elle songea qu'il n'avait sans doute pas dormi de la nuit.

– Tu m'écoutes ?

Il acquiesça.

– Tu connais ma cathédrale, tu y es allé. Elle attendit un instant. Tu la connais ?

– Evidemment que je la connais ! Tu étais là quand je suis venu.

– Je ne t'ai pas soufflé mot de Graceville.

Il l'observa.

– Jamais entendu parler.

– Elle n'existe pas encore. Ecoute-moi bien. Tu sais comment on a construit le temple ?

– Grâce à des dons. Tu as dit sept millions... et trois autres qui vont arriver.

– Bien, tu n'as pas oublié. On a donné cet argent à la fondation de

L'Heure de Grace. Des contributions déductibles d'impôt versées à une institution religieuse à but non lucratif dirigée par un conseil d'administration à la tête duquel se trouve un pasteur à la retraite, un homme très respectable, Floyd Bassington.

— Enfin, Sybille, je n'ai pas le temps...
— Merde, écoute-moi ! T'ai-je jamais fait perdre ton temps ? Le trésorier est Monte James, président de la Banque de crédit et d'épargne James, le vice-président et secrétaire, Arch Warman, président de la société Promoteurs et Entrepreneurs Warman. Le conseil me paie pour réaliser « L'Heure de Grace ». Il encaisse tous les dons qu'il répartit. Il a l'intention de bâtir une ville baptisée Graceville sur un terrain contigu aux deux hectares de la Cathédrale de la Joie qu'il va acheter.

Carlton avait l'air perplexe.
— Il dépense l'argent comme il le veut ? Sans conditions ? Sans commission de contrôle ?

Sybille acquiesça d'un signe. Parfois, Carl comprenait très vite.
— Oui.
— Et tu as le président d'une banque et un promoteur.
— Qui est aussi entrepreneur.

Leurs regards se croisèrent.
— Qu'as-tu en tête ? s'enquit Carl.
— Je pense que le conseil va te demander d'être actionnaire dans une société d'exploitation qui va se porter acquéreur du terrain destiné à Graceville. Au cours, il vaut dans les cinq mille dollars l'hectare. Si tu l'obtiens à ce prix-là, soit treize millions pour six cent cinquante hectares, je crois que le conseil te l'achètera la somme que tu proposeras à titre forfaitaire. Disons trente millions.

Carlton la fixait. Un bénéfice de dix-sept millions...
— Où vais-je trouver cet argent ?
— Peux-tu te le procurer ? Vendre le reste de tes actions, emprunter sur les biens dont tu m'as parlé : ton appartement à New York, ta propriété, tes toiles ?...
— Oui, le tout représente à peu près ça..., murmura-t-il. Et je toucherai trente millions quand je vendrai le terrain au conseil.

Sybille esquissa un sourire.
— Non, vingt-six seulement et il faut compter trois mois. Floyd, Monte et Arch ont droit à un million chacun, ainsi que moi, qui nous récompensera de nos services dévoués dans ton intérêt. Il t'en restera treize pour renflouer le portefeuille de Valérie, celui de sa mère et le tien, plus treize autres pour régler les effets ou les hypothèques que tu auras contractés afin de te procurer l'argent.

— Et je me retrouve au point de départ.
— Sans que personne ne soit au courant.

Il se rembrunit.
— J'hésite... je n'aime pas beaucoup ça.

— Moi non plus, répliqua-t-elle aussitôt. Je préférerais agir ouvertement, honnêtement. Je n'apprécie pas certaines des choses qu'il me faut accepter, ça m'empêche de dormir car je sais que ce sont des concessions. Mais je pourrai faire tant de bien avec Graceville. Peu importe comment on obtient l'argent s'il en sort de bonnes actions, non ? Ça vaut aussi pour toi.

— Comment te procureras-tu trente millions pour m'acheter le terrain ?

— Grâce aux dons. Actuellement, on collecte cent cinquante millions qui couvriront les frais de démarrage. L'année dernière, Lily a fait rentrer plus de vingt-cinq millions dans les caisses ; cette année, on va tourner autour des trente millions et, l'année prochaine, on devrait atteindre soixante-quinze. Mais on en aura besoin jusqu'au dernier cent.

Il l'observait.

— Tu arrives à ce résultat avec une seule émission ?

— Elle passe deux fois par semaine.

— Et les gens envoient...

— Ce n'est qu'un début, de la bagatelle à côté des superstars. Cependant, on va leur damer le pion, ils ne soutiennent pas la comparaison face à Lily.

— Combien ?... s'enquit-il, puis il s'éclaircit la gorge. Tu as dit cent cinquante millions pour la ville.

— Oui, mais on va encaisser beaucoup plus d'ici la fin des travaux. On a besoin du reste pour réaliser « L'Heure de Grace » – ce qui comprend mon salaire et mes frais –, payer les membres du conseil, les bureaux, les voitures, l'avion de fonction... ça coûte cher de faire tourner une organisation en plein développement, Carl.

Il sombra dans le silence.

— Les membres du conseil, reprit-il enfin, tu as confiance en eux ?

— Ils sont très anxieux d'édifier Graceville et d'apporter la paix et la joie aux fidèles de Lily. Floyd, le président, est un homme d'Eglise qui prétend avoir des problèmes de cœur. J'ai pris mes renseignements sur lui : il s'est fait virer pour des problèmes d'un autre ordre mais il est parfait pour la fondation de L'Heure de Grace, sérieux, dévoué, énergique. Monte James va fournir les prêts à la construction afin que le conseil puisse confier les travaux à Arch Warman. Ils sont tous les deux aussi convaincus que Floyd.

— Et toi ?

— Naturellement.

— Non, ma question était : quel poste occupes-tu ?

— Aucun, répliqua aussitôt Sybille. J'œuvre en coulisses. Je tiens ce rôle depuis si longtemps que je m'épanouis ainsi.

— Je ne te crois pas.

— Oh, Carl, quelle importance ? Je n'ai aucune fonction officielle, mon nom n'est lié ni au conseil ni à la fondation. Veux-tu qu'on parle de la société d'exploitation dans laquelle tu vas investir ?

— Je n'ai pas dit que j'acceptais.

— Qu'attends-tu ? Où trouverais-tu si rapidement treize millions de dollars sans que personne n'en sache rien ? Elle se redressa d'un bond et se dirigea vers la porte. Je rentre. Si tu veux m'appeler...

— Une seconde ! Merde, Sybille, je n'ai pas dit... Il se leva et commença à arpenter la pièce comme Sybille un peu plus tôt. Quand te faudrait-il cet argent ?

— Début décembre. Dans deux mois. Ça te demandera bien tout ce temps pour te le procurer. Trois mois au maximum. Monte discute avec les propriétaires du terrain. Il peut faire traîner les choses, mais je tiens à ce que tout soit réglé avant la fin de l'année.

— Trois mois, c'est possible. Il continua à tourner en rond, puis la regarda. Pourquoi ferais-tu cela pour moi ?

— Pour des tas de raisons, Carl. Je t'aime, tu le sais. Je serais prête à remuer ciel et terre pour te sortir de là.

— Et à part ça ?

— C'est une bonne affaire. Tu en tires rapidement un bénéfice de treize millions et on peut toujours consacrer les quatre autres à des dépenses.

Il l'observa attentivement.

— Et en dehors de cela ?

Au bout d'un moment, elle soupira.

— Jamais tu ne quitterais Valérie en la laissant sans un sou. Si elle récupère son argent, elle pourra se débrouiller toute seule ; elle y excelle. Et tu pourras me revenir, la conscience tranquille.

— Te revenir. La conscience tranquille.

— Pourquoi pas ?

Elle garda un ton posé alors qu'elle était en proie à une vive émotion. Sybille Sterling. Mrs. Carlton Sterling. Sybille Sterling des Sterling Farms.

— C'est une affaire correcte, déclara-t-elle, puis elle prit une voix plus rauque, voilée par la passion. Tes erreurs réparées sans qu'il y paraisse, Lily et Graceville rapportant une jolie somme, et nous deux ensemble. Que peut-on rêver de mieux ? Etre ensemble après tous ces longs mois d'attente. Ces mois merveilleux, ajouta-t-elle aussitôt. Les plus merveilleux de ma vie, lorsque j'ai compris que je pouvais aimer et être aimée sans avoir peur. Que tu m'as aidée à devenir adulte. Que tu m'as épanouie. Elle observa une pause et laissa le silence s'installer. Je ne devrais pas être trop gourmande, je le sais. Je devrais me contenter de ce que j'ai, je le sais. Mais on en a parlé, Carl, on en a parlé et on a patienté... si longtemps...

Il se taisait. Sa voix se gravait dans ses pensées tel un doux acide. Oui, ils en avaient discuté. Il en avait rêvé. Il en rêvait tandis qu'on analysait le marché, qu'il chevauchait son cheval, qu'il roulait aux environs de sa propriété. Il pensait à elle quand il mangeait, quand il s'habillait et se déshabillait, quand il faisait l'amour à Valérie.

— Carl, murmura-t-elle. Je voudrais t'offrir la joie que tu m'as donnée... t'offrir une nouvelle existence...

Sa voix s'enroulait autour de lui à l'image de ses jambes autour de ses hanches. Tout le reste disparut et il la regarda comme s'ils venaient d'arriver au cottage après plusieurs jours de séparation.

– Sybille. Mon Dieu, une semaine déjà. Il traversa la pièce et la prit dans ses bras. Tu m'as tant manqué.

A Noël, entre les réceptions et les invités à demeure, Carlton et Valérie avaient à peine le temps de se parler. Tendu, renfermé, Carlton dormait mal, mangeait à n'importe quelle heure et se convainquait que Valérie ne s'en apercevrait pas avec leur programme surchargé. Cependant, Valérie le remarqua ; plus d'une fois, elle tenta de percer sa mauvaise humeur avant de s'éloigner. Trop occupée à mener la maison, elle ne chercha pas à approfondir la question. Elle pensait qu'il entretenait une liaison – il s'était montré imprudent à plusieurs reprises en parlant de ses voyages à New York, sans compter d'autres indices – mais elle ne savait pas de qui il s'agissait et ne voulait pas l'apprendre. Ils avaient bien d'autres problèmes à débattre, à commencer par leur couple. S'ils trouvaient le temps, se disait-elle : en ce moment, leurs discussions se limitaient à l'heure du dîner suivant.

Carlton l'observait, plongée dans ses pensées, et s'affolait. Si elle était en colère contre lui, elle risquait de le flanquer à la porte ou de demander le divorce. Il faudrait alors ouvrir tous les dossiers. Même s'ils n'en arrivaient pas là, elle voudrait peut-être gérer elle-même sa fortune si elle ne se sentait plus proche de lui. La peur le paralysait alors que les heures lui filaient entre les doigts, qu'ils s'éloignaient de plus en plus l'un de l'autre. Puis la mère de Valérie vint les voir et il les imagina complotant ensemble, le regardant d'un air soupçonneux. Un jour, elles allaient demander des comptes sur l'état de leurs finances. Il imaginait déjà la conversation.

Il était de plus en plus nerveux, si bien que la veille de Noël, quand Valérie lui dit qu'elle aimerait partir un peu avec lui, il ne comprit pas de quoi elle parlait.

– Tu ne veux pas passer les fêtes ici ? Pourquoi ? Qu'est-ce qui te déplaît ici ?

– Rien, si on était seuls. J'en ai assez de lutter au milieu de la foule pour avoir droit à quelques instants d'intimité avec toi. Je pense qu'on a besoin de vacances loin de la propriété, loin de toute cette animation.

– On ne peut pas partir, on ne peut pas annoncer à tout le monde...

– Naturellement. Dans l'immédiat, on est coincés. Mais j'ai envie d'aller quelque part après le nouvel an. Rien que nous deux.

Il y réfléchit.

– Peut-être parviendrai-je me libérer à ce moment-là. A la mi-janvier du moins, si ce n'est au tout début du mois.

– Non, répliqua-t-elle fermement. Cette réponse ne me convient pas. Je ne veux pas attendre. On en a besoin, Carl, et tu le sais.

Il haussa les épaules. Il lui était impossible de partir. Il devait surveiller Sybille, il devait se tenir au courant des événements.

— On pourrait aller à New York, si tu veux. J'appellerai le bureau de temps en temps et on irait au restaurant ou au théâtre avec les Stevenson, les Gramson et les...

— Carl, j'ai dit seuls. On n'y arrivera jamais si tu continues à organiser des mondanités où que tu ailles. De deux choses l'une : ou nous formons un couple qui vaut la peine qu'on en parle ou notre couple n'existe plus. Et je n'ai pas l'intention d'attendre pour savoir ce qu'il en est.

Il redoutait ces mots plus que tout.

— Je t'en prie, bien sûr que notre couple existe. Que cherches-tu, Val ? Je ferai ce que tu veux mais ne me menace pas.

Elle parut surprise.

— Je ne te menaçais pas, je disais simplement que je ne peux pas attendre des mois avant d'en parler. Je t'ai expliqué ce que je souhaitais : aller dans un endroit calme où on ne soit pas quinze à table à chaque repas pour nous retrouver, faire l'amour et oublier le reste du monde. Je ne crois pas que ce soit beaucoup demander. Appelons cela un cadeau de nouvel an.

Carlton la prit dans ses bras pour ne pas voir son visage.

— Ça me semble merveilleux. Où aimerais-tu aller ?

— À la montagne. Ça ne te plairait pas ?

— Si, répondit-il après une très légère hésitation. Surtout si cela te rend heureuse. On partira aussitôt après la Saint-Sylvestre, lui assura-t-il et il resserra son étreinte. Une semaine dans les Adirondacks, loin de tout.

18

La maison, adossée à une forêt de pins, se trouvait au bord d'un lac privé à quelques kilomètres de Lake Placid, la façade donnant sur une petite plage. Construite en rondins, le toit pentu et dotée d'une grande cheminée en pierre, elle comprenait trois chambres et Carlton trouva moyen d'en occuper deux avec le groupe qu'il avait formé pour l'occasion.

– C'est Alex et Betsy Tarrant. Ils m'ont demandé de venir et je ne pouvais pas refuser, annonça-t-il à Valérie au moment où ils partaient à l'aéroport. Ils ne te gêneront pas et ils t'ont toujours été sympathiques.

Valérie n'avait jamais aimé Betsy mais elle ne dit rien.

– On devait être rien que nous deux, observa-t-elle calmement.

– Je sais, Val, je suis désolé. Ce n'était pas prévu. On ne s'occupera pas d'eux. Ils peuvent se débrouiller sans nous.

Valérie ne répondit pas. Dans l'avion, elle proposa à Alex de s'asseoir à côté de Carlton et s'installa derrière eux auprès de Betsy, la laissant parler d'elle. Elle aurait dû s'en douter. Dans la mesure du possible, Carlton ne partait jamais en petit comité; il s'entourait toujours de gens, ne serait-ce que pour un week-end à Washington ou à New York. Elle ne devait pas penser qu'il avait invité les Tarrant parce qu'il se sentait nerveux, même s'il semblait plus distrait et agité que jamais. C'était son genre, voilà tout. De plus, se disait-elle, pour Carlton un voyage à quatre paraissait très intime. Ils auraient quand même tout le temps de parler.

Ils atterrirent à l'aéroport de Lake Placid et se rendirent au chalet dans le break qu'ils laissaient là en permanence. Valérie discuta des repas avec la gouvernante qui habitait Lake Placid. Carlton fit le tour du propriétaire en compagnie de l'employé chargé de l'entretien avec qui il discuta d'une petite fuite dans le toit et d'un tuyau cassé réparé la semaine précédente. Les Tarrant prirent la grande chambre du fond au premier tandis que Valérie et Carlton s'installaient dans la leur au rez-de-chaussée. Puis Carlton disparut dans son bureau, une petite pièce contiguë.

Ce jour-là et le lendemain, il travailla là, porte close. Il exhorta Valérie et les autres à aller skier, se promener en raquette ou à prendre les autos-neige pour faire le tour du lac.

— Je vous rejoindrai aussitôt que possible, assura-t-il le vendredi matin. Il était assis à sa table, le menton dans la main. Excuse-moi, Val. Dès que je pourrai, on s'isolera un peu tous les deux. Peut-être dans l'après-midi.

— Sans moi, répliqua-t-elle froidement. J'emmène les Tarrant passer la journée en ville et on ne rentrera pas avant le dîner. C'est terriblement difficile de recoller les morceaux avec toi, Carl. Si tu...

— Recoller les morceaux ? Quels morceaux ? Tout va très bien. J'ai été très pris, je ne me suis pas beaucoup occupé de toi, je le sais. Il n'y a pas lieu d'en tirer des conclusions. Enfin, Valérie, pourquoi faut-il que tu en fasses une affaire d'Etat à chaque fois que je suis absorbé par des tas de choses ? Si tous les couples qui ne sont pas très souvent ensemble...

— Oh, arrête, riposta-t-elle avec impatience. Il haussa les épaules. Valérie l'embrassa sur la joue. Je suis désolée, je suis aussi nerveuse que toi en ce moment. Si tu me disais ce qui t'inquiète, peut-être parviendrais-je à t'aider. On serait deux pour résoudre le problème. A moins que ce ne soit cette femme que tu as dans ta vie. Dans ce cas-là, je ne te serai guère utile, je pense.

— Cette femme ? Quelle femme ? De quoi parles-tu ?

— De tes voyages à New York. Carl, tu t'imagines que tout le monde est aveugle en dehors de toi ? Elle prit son manteau de fourrure et s'apprêta à sortir. Je serai en ville jusque vers six heures. Si tu as envie de bavarder après le dîner, peut-être pourra-t-on enfin avoir un rapport de couple.

— Mais on est un couple ! Je ne peux pas discuter avec toi si tu es obsédée par toutes ces bêtises. Il n'y pas d'autre femme dans ma vie !

— Parfait, lança Valérie d'un ton léger. Ça nous fera un sujet de moins à débattre, non ? A ce soir.

Il l'entendit fermer la porte mais ne bougea pas, épuisé alors que la journée commençait à peine. Il se demanda comment il s'était trahi et avait éveillé ses soupçons. Il se demanda pourquoi il lui semblait ne pas avoir une vie de couple. Il rentrait pratiquement tous les soirs, ils sortaient ensemble, ils se rendaient à New York et Washington, ils recevaient, ils montaient à cheval sur leurs terres. Que lui fallait-il de plus ?

Il se replongea dans ses papiers. Tout était réglé. Pendant trois mois, menant plusieurs transactions de front, il avait hypothéqué leurs propriétés, fait des emprunts sur leurs chevaux, leur collection de meubles anciens et de toiles contemporaines, vendu les titres et les actions qui restaient dans les trois portefeuilles. Puis il avait acheté par son agent de change treize millions de dollars en titres au porteur, des titres parfaitement négociables et anonymes envoyés dans une banque de Panama. Après les avoir réalisés, celle-ci avait ouvert un compte au nom d'une société créée par Monte James et dirigée par une figure locale. L'argent serait ensuite transféré sur un autre compte au nom d'une société d'exploitation dont Carlton Sterling était le principal actionnaire. Tout cela ne laissait aucune trace car, les titres étant anonymes, une fois acquis, on ne pouvait remonter la filière.

En définitive – Carlton n'avait jamais demandé à Sybille les détails de l'opération dans la phase suivante – on consacrerait les treize millions de dollars à l'achat d'un terrain de six cent cinquante hectares d'un lot près de Culpeper en Virginie. Terrain qui serait revendu à la fondation de L'Heure de Grace pour la somme de trente millions de dollars.

Une énorme escroquerie. L'expression jaillit dans son esprit à la seconde où il expédia les titres au porteur à l'étranger. Depuis lors, elle le poursuivait jour et nuit sans jamais le laisser en paix. Et ce n'était pas tout. Il ne fallait pas oublier Sybille. Non seulement il commettait une escroquerie, mais en plus il s'engageait envers Sybille. Il se liait à elle, à tout jamais.

Ce genre d'idée ne lui venait jamais en sa présence. Pourtant, alors qu'il s'envolait vers Lake Placid avec les autres, il fut surpris d'éprouver un sentiment de liberté et de légèreté. Plus il montait, plus il lui semblait se libérer de Sybille.

Poussant un grognement d'exaspération, il repoussa sa chaise, enfila une veste et sortit. Le soleil et la neige scintillante l'aveuglaient; il mit des lunettes noires et commença à marcher le long du lac. Aspirant des goulées d'air frais, il accéléra le pas jusqu'à courir presque. Lorsqu'il regagna le chalet, en sueur, la respiration haletante, il pensait qu'il ne pouvait s'impliquer dans cette affaire.

Le problème, reconnut-il enfin, c'est qu'il ignorait pratiquement tout des machinations de Sybille en ce qui concernait Graceville ou le reste. Il n'était même pas sûr d'en savoir très long sur elle. Il n'était sûr que d'une chose : il voulait se dégager.

De retour dans son bureau, il l'appela et lui annonça être revenu sur sa décision.

— Vous n'avez pas encore acheté le terrain, dit-il devant son silence. L'argent est toujours sur le compte de la société d'exploitation. Je vais prendre mes dispositions pour le retirer jeudi prochain quand on rentrera.

Elle demeurait muette.

— Je regrette, Sybille. Tu voulais m'aider et j'en suis très touché. Ne crois pas que je ne t'en sois pas reconnaissant mais... j'ai juste changé d'avis.

— Et toi, qu'est-ce que tu deviens dans cette histoire ? lança-t-elle enfin.

— Je ne sais pas. Je ne sais pas ce que je vais faire. Je vais devoir trouver une autre solution. Je vais devoir en parler à Val. J'aurais dû me douter que je ne pouvais le lui cacher. C'est aussi son argent.

— Carl, tu sais bien que tu ne peux pas...

— Merde, je ne veux pas en parler! Excuse-moi, je ne voulais pas élever la voix. Cette fois-ci, il faut que tu l'acceptes, Sybille. Je fais ce que je dois et ma décision est prise. Je suis sûr que tu comprendras, tu me

comprends toujours et tu es toujours là quand j'en ai besoin. J'ai envie de te voir la semaine prochaine... dès mon retour. D'accord ?
Un silence s'ensuivit.
– Bien sûr, murmura-t-elle. Moi aussi, Carl, tu le sais bien.
Sybille n'avait aucune intention d'attendre en réalité. Ce soir-là, elle appela Valérie et se fit inviter dans les Adirondacks.
– Juste une nuit, précisa-t-elle. J'ai été si prise et si tendue, j'ai besoin de prendre l'air. Lorsque ta gouvernante m'a appris que vous étiez partis à la montagne, j'ai pensé que c'était exactement ce qu'il me fallait. Ça te dérange ? Peut-être n'as-tu pas de place pour moi ?
– Il y a une chambre libre et tu es la bienvenue naturellement, répliqua Valérie qui se dit qu'une personne de plus ne changerait rien. Elle pouvait parler n'importe où avec Carl si tant est qu'ils le souhaitent. On ne t'a pas beaucoup vue ces temps-ci, on sera ravis de t'avoir avec nous. Tu devrais pouvoir prendre un avion de très bonne heure.
– J'ai le jet de la fondation, ne t'inquiète pas pour moi. C'est si gentil de ta part. A demain matin.
La Citation de L'Heure de Grace, qui amenait Sybille et Lily, atterrit à Lake Placid le samedi matin. Une demi-heure plus tard, elles avaient pris possession de la dernière chambre libre garnie de lits jumeaux avec salle de bains attenante et rejoint les autres pour le déjeuner près de la cheminée. Sybille faisait des compliments sur la maison, admirait la vue, la taille des pièces, le confort du mobilier.
– Je ne suis jamais venue dans les Adirondacks, déclara-t-elle à la ronde. C'est une joie d'être là. Et merci de m'avoir permis d'amener Lily. Elle a encore plus que moi besoin de repos, je ne pouvais pas l'abandonner à son sort.
– Nous sommes contents de vous recevoir, dit Valérie à Lily.
Puis elle lui posa des questions sur son émission et la nouvelle église qui n'était toujours pas finie bien qu'elle y prêchât depuis cinq mois. Carlton, stupéfait par la présence de Sybille, tiraillé par son désir qui jaillissait avec une force monstrueuse dès qu'il la voyait, plongea sa cuillère dans son bol de chili et engouffra d'énormes morceaux de gâteau de maïs. Il ne devait pas s'approcher d'elle. Pas seulement à cause de Val, raison déjà largement suffisante – qu'est-ce qui lui prenait de débarquer ici alors qu'ils avaient agi avec la plus extrême prudence depuis plus d'un an ? – mais aussi parce que tous les raisonnements qu'il s'était tenus ces jours derniers risquaient de s'effondrer. Reste à l'écart, s'enjoignit-il, tendu et tremblant de désir. Reste dans ton bureau, vas-y tout de suite. La bonne servait le café. Allez, vas-y. N'attends pas la fin du repas, personne ne s'en souciera. Vas-y !
– Carl, lança Sybille, puis-je me permettre de vous demander votre avis sur une affaire que j'essaie de conclure ?
– Pas pour l'instant, répondit-il d'un ton fiévreux. Je suis débordé. Plus tard éventuellement, demain ou après-demain...

— Je vous en prie, insista-t-elle. Je pars demain et j'ai vraiment besoin de vos conseils. Elle tendit les mains d'un air implorant. Les gens à qui je peux faire confiance ne courent pas les rues, Carl. Vous ne voulez pas me consacrer un tout petit peu de votre temps ? J'ai apporté une chose à vous montrer.

Le regard de Carl se durcit. L'argent, se dit-il. Elle l'a retiré elle-même, elle ne voulait pas que j'attende ou que je m'inquiète. Quelle femme ! Il l'avait sous-estimée.

— Je serai ravi de vous aider, affirma-t-il, et il l'entraîna vers la chambre qui menait à son bureau.

Il ferma la porte.

— Carl, murmura Sybille.

Aussitôt, elle fut dans ses bras, sa langue jouant avec la sienne, ses bras le serrant contre elle. Les mains de Carlton se posèrent sur ses seins, se glissèrent entre ses jambes tout en l'attirant contre lui. Il avait envie de l'écraser, la jeter à terre, la pénétrer et la dévorer. Cependant, c'était elle qui menait la danse : elle se coula à ses pieds et s'agenouilla devant lui. De ses mains expertes, elle ouvrit son pantalon et le prit dans l'étau de sa bouche. Gémissant d'une voix de gorge, Carlton s'abandonna à cette explosion de plaisir et ses nerfs retombèrent après la tension du déjeuner.

La respiration haletante, il s'écarta et s'appuya contre le mur, l'anxiété le reprenant tandis que la passion se dissipait.

— Tu as apporté l'argent ?

— Oh, Carl ! s'exclama Sybille d'un air lugubre. Comment peux-tu parler d'argent ? Tu me manquais, il fallait que je te voie. Et je pensais qu'on pourrait parler un peu de l'avenir.

Le lendemain après-midi, dimanche, Sybille rentra à Washington sans Lily.

— Si tu as des questions sur Graceville, pose-les-lui, suggéra Sybille à Carlton alors qu'il l'accompagnait à l'aéroport de Lake Placid. Tu commençais à t'inquiéter uniquement parce que tu n'avais personne à qui te confier.

— C'est pour ça qu'elle reste avec nous ? demanda-t-il sèchement. Pour que je ne m'égare pas ?

Sybille poussa un profond soupir.

— Elle est épuisée et, très gentiment, Valérie a proposé qu'elle rentre plus tard avec vous, répondit-elle, des trémolos dans la voix. A t'entendre, on croirait que je suis sournoise.

— Calculatrice, rectifia-t-il d'un ton sans réplique. Toujours prête. La parfaite scoute.

Paniquée, elle l'observa un long moment, les paupières tombantes.

— Je vais te rendre ton argent, déclara-t-elle d'un air glacial. Je ne veux rien avoir à faire avec quelqu'un qui me taxe d'être calculatrice. Je ne pensais qu'à une chose : te permettre de gagner treize millions de dollars, réparer tes erreurs, t'offrir mon âme et mon cœur pour le restant de mes jours et m'efforcer d'être la femme de tes rêves. Je regrette que cela ne te suffise pas. Elle fixa la route devant elle. Dès que tu rentreras à Washington, tu auras ton argent. Inutile de nous voir, mon assistante te le remettra. On ne se verra plus, il n'y a plus aucune raison.

Carlton donna un brusque coup de volant et s'arrêta au bord de la route. Il attira Sybille contre lui, lui enfonçant ses ongles dans les bras, ses lèvres se plaquant sur les siennes.

— Ne joue pas avec moi, j'ai trop de problèmes en tête. Je t'ai dit que c'était d'accord, on va le faire et, une fois que ce sera fini, j'annoncerai à Val que je m'en vais. Ça lui sera égal, il n'y a plus grand-chose entre nous... elle le reconnaît elle-même et elle commence à s'impatienter. Elle préférerait être libre et se trouver un autre type. Je ne veux plus entendre ce genre de bêtises, c'est compris ? Tu me verras sans arrêt. On le fait ensemble et on sera ensemble.

— A jamais, souffla-t-elle, et elle colla ses lèvres sur les siennes.

Ils ne parlèrent pas durant le reste du trajet.

— Je vais prendre un café avec toi avant le départ, déclara Carlton lorsqu'ils arrivèrent à l'aéroport.

— Non. Elle ouvrit la portière et descendit. Mon pilote m'attend depuis une heure, je veux partir tout de suite. Elle regarda alentour. Où est ton avion, Carl ? Je ne le vois pas.

— Au bout du terrain, près du hangar.

Elle plissa les yeux pour le distinguer dans la lumière qui déclinait.

— Tout au bout ? Ah, le voilà. On a fait de beaux voyages avec cet avion, non ? Surtout pour venir ici quand on avait la maison pour nous.

Il sortit son petit sac de la voiture.

— Je t'appellerai ce soir.

Elle l'embrassa, un long baiser qui ne voulait pas finir.

— J'attendrai ton appel. A très bientôt.

— A jeudi prochain.

Il la suivit des yeux tandis qu'elle se dirigeait vers le bureau de la base où elle retrouva son pilote, puis il rentra, il retourna vers son chalet, retourna vers Valérie, retourna vers Lily qui l'attendait pour le rassurer sur Graceville, retourna vers ses angoisses qui l'assaillaient dès que Sybille disparaissait.

Il sentait encore ses lèvres contre les siennes. Ses mots lui revinrent. « A jamais. » Sybille et lui. Coupables d'escroquerie. « On le fait ensemble. On sera ensemble. A jamais. »

Il évita Lily dont le regard troublé le suivait alors qu'il arpentait la salle de la cheminée à la cuisine-bar aménagée à l'autre bout. Il passa la soirée dans son bureau. Lorsqu'il appela Sybille, sa voix l'entraîna dans un torrent de désir et de dégoût. Il abrégea la conversation. Il resta là toute la nuit, furieux contre lui qui ne se décidait pas, furieux contre Sybille qui lui imposait ce supplice, furieux contre Valérie qui ne tenait pas à lui au point de le pousser à avouer la vérité pour qu'il lui livre ses erreurs et lui confie le soin de trouver une solution.

A l'aube, il jeta un coup d'œil sur le calendrier. On était lundi. Le jour où ils devaient conclure l'achat du terrain.

— Non, jamais, marmonna-t-il dans la pièce glaciale. Il balaya les papiers qui encombraient sa table et les fourra dans une chemise. Il n'est pas question que je me laisse bouffer par cette affaire. Bouffer par elle. Val a dit qu'on affronterait les problèmes ensemble. J'ai confiance en elle.

Au moment où il prononça ces mots, il comprit qu'il n'avait pas confiance en Sybille, qu'il n'avait jamais eu confiance en elle. Il la désirait, rien de plus. Mais cette fois-ci, c'était fini.

— Je rentre, déclara-t-il, sa résolution se raffermissant en entendant ses paroles.

Elle ne conclura pas ce marché, je ne la laisserai pas faire.

— Je rentre, annonça-t-il à Valérie qu'il trouva éveillée. Tout de suite. J'ai des choses à régler, je ne peux plus les remettre.

Elle se redressa dans son lit.

— On va partir tous.

— Non. Toi, tu restes, je ne veux pas que tu...

— On partira tous.

Repoussant les draps et les couvertures, elle se dirigea vers le placard d'où elle sortit un pantalon, un chemisier et un pull-over.

Le regard de Carlton examina son corps nu comme si elle n'était pas là.

— Je ne veux pas que tu viennes. Je ne veux pas gâcher tes vacances.

— Ce ne sont pas des vacances. Tu ne risques pas de les gâcher car c'est une farce depuis le début. Et je n'ai aucune envie de rester ici. Elle s'habillait. Réveille les autres. On sera prêts dans une heure.

— Je ne peux pas attendre si longtemps.

Elle consulta sa montre.

— Dans une heure, il sera huit heures. On sera rentrés à dix heures et demie. Ça devrait aller pour commencer la journée. Carl, on part avec toi.

— Ecoute, j'ai promis une dizaine de jours à Betsy et Alex...

— Je me fous de Betsy et Alex. Mais je ne me fous toujours pas de toi et je pars avec toi.

Carl poussa un long soupir. Elle s'occupait de tout. Dieu merci. Il souhaitait qu'elle soit auprès de lui. Il ne supportait pas l'idée de rentrer dans une maison vide. Il ne supportait pas d'être seul face à ses problèmes. Et il ne voulait pas être avec Sybille, il voulait être avec Val. Elle était droite et intègre, exactement ce qu'il lui fallait. Je l'aime, se dit-il, et il eut le cœur serré en pensant au mal qu'il lui avait fait. J'ai tant de choses à me faire pardonner, il me faudra toutes les années qui nous restent pour lui dire combien je regrette et la reconquérir. Il me faudra toutes ces années pour la convaincre que je l'aime.

— Carl, je suis prête, annonça Valérie. Elle lui effleura le bras. On va trouver une solution à tes problèmes, quels qu'ils soient. Ensuite, on s'occupera de nous.

Sa voix était apaisante comme si elle savait tout et lui avait déjà pardonné. Carlton se sentit soulagé. Il ne devait pas s'inquiéter : Val ne l'abandonnerait pas, elle l'aiderait, tout irait bien.

– Va chercher les autres, proposa-t-elle. Je vais fermer la maison.

Une heure plus tard, ils se trouvaient à l'aéroport, tremblant dans le froid vif du matin tandis que Carlton ouvrait la porte du cockpit et rangeait leurs bagages dans l'avion.

– Lily, Betsy, Alex, lança-t-il, hurlant des ordres.

Ces derniers s'installèrent à l'arrière et attachèrent leur ceinture. Lily semblait hébétée, elle n'avait pas soufflé mot pendant le trajet en voiture. Betsy s'était plainte amèrement d'avoir refusé quatre soirées pour venir dans les Adirondacks. Alex finit par lui dire de se taire. Carl ne serait pas parti précipitamment sans une bonne raison.

Carlton jeta un coup d'œil aux opérations de contrôle à effectuer avant le décollage, puis posa la liste. Il n'avait pas le temps de faire tout cela. Ils n'étaient restés que quelques jours, rien ne devait avoir changé depuis. Assis à la place du pilote, il mit les moteurs en route et consulta le tableau de bord tandis que Valérie fermait la porte et s'installait à côté de lui.

– Tout le monde a attaché sa ceinture ? s'enquit-il gaiement. Il se sentait mieux : il était en route. Il avait repris sa vie en main. Bon, on y va. On sera rentrés dans deux heures.

Et le petit appareil décolla dans le ciel gris de janvier.

Deuxième partie

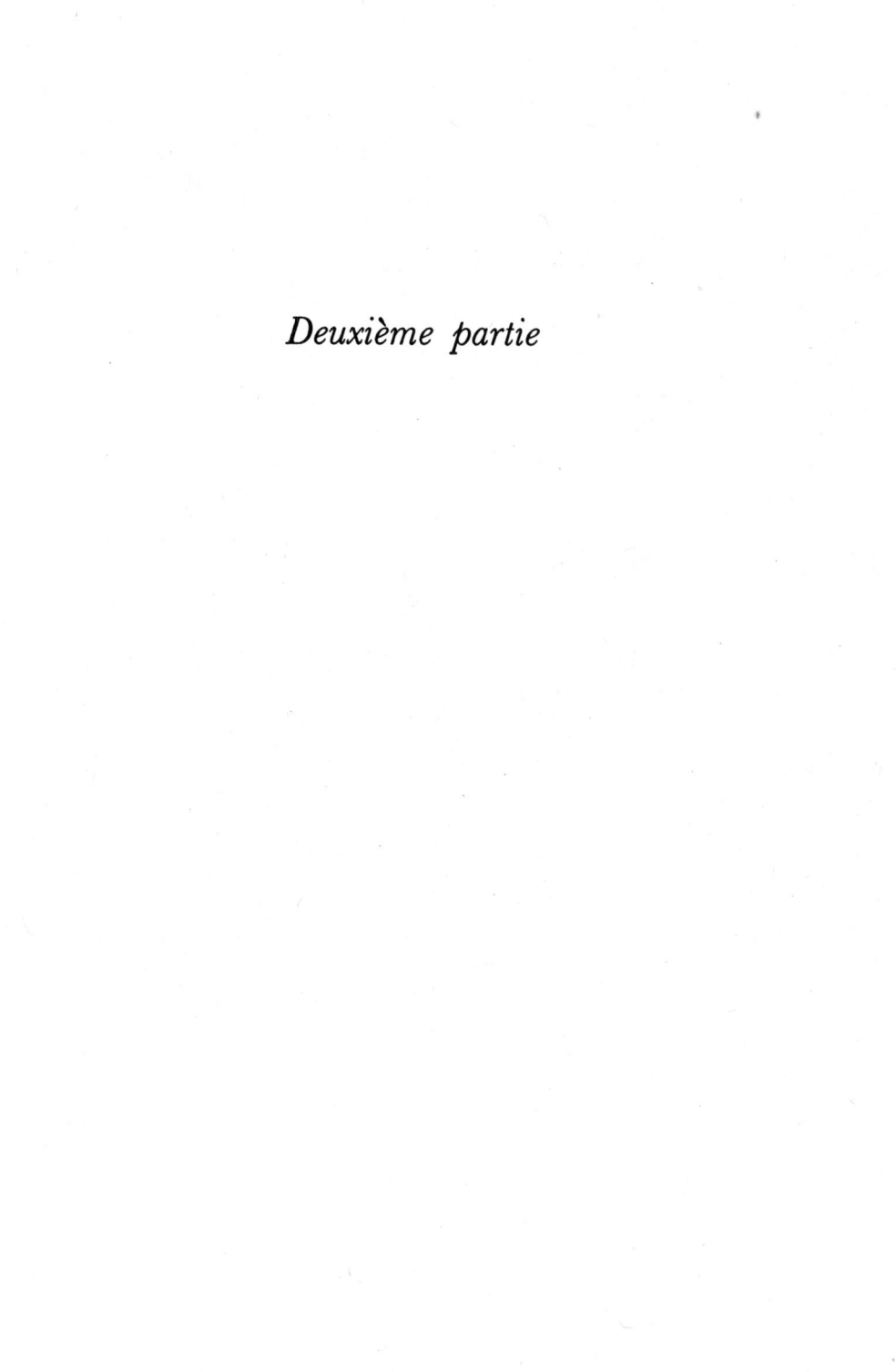

19

Tout le monde disait qu'elle devait se remarier, épouser un homme riche, tout de suite. Ils venaient la voir dans l'appartement de sa mère sur Park Avenue où elle s'était installée en sortant de l'hôpital au début de sa longue convalescence. Et ses amis discutaient de son avenir avec elle.

– Il faut que tu te maries, répétaient-ils. Tu n'as plus un sou... comment vas-tu te débrouiller sinon ? Que feras-tu ?

– Nettoyer les écuries, répondait Valérie avec un humour cinglant. J'ai connu l'autre côté durant tant d'années, il est sans doute temps que j'apprenne.

– Sois sérieuse, Val, affirmaient-ils. Pense à l'avenir.

– J'y penserai, assurait-elle d'un ton grave comme si elle n'y pensait pas toutes les heures, tous les jours, comme si elle n'en rêvait pas la nuit.

Ses contusions allaient mieux, ses pieds guérissaient mais elle était toujours très agitée. Elle ne pouvait pleurer Carl sans être furieuse et perplexe à la fois.

– C'est absurde, confia-t-elle à Dee Wyly qui lui rendait visite presque tous les jours. S'il avait des problèmes, pourquoi ne m'en a-t-il pas parlé ?

– Il ne jouait pas, remarqua Dee d'un air songeur. Pas beaucoup en tout cas. Il n'aimait pas les casinos, n'est-ce pas ?

– C'est ce qu'il prétendait. Je ne le jurerais pas aujourd'hui.

Elle grignotait un chocolat, cadeau de Dee. Amie de longue date, Dee était l'une des rares femmes avec qui Valérie se sentait à l'aise. Blonde, séduisante et sans manières, seule Dee émit des doutes à haute voix quand Valérie voulut épouser Carlton. Elle n'avait pas abordé le sujet depuis l'accident ; cependant, elles s'en souvenaient l'une comme l'autre.

– Peut-être s'est-il fait escroquer par quelqu'un, lança-t-elle en regardant une photo de Carlton sur une petite table. On aurait cru un petit garçon parfois, non ? Il m'arrivait de lui trouver l'air complètement perdu.

Elle examina le cliché. Tu ne penses pas que quelqu'un aurait pu profiter de lui ?

— Non, c'était un grand garçon et très brillant dans son domaine, répliqua sèchement Valérie. Jusqu'à quel point peut-on parler de naïveté ? De toute façon, pourquoi ne m'en a-t-il rien dit ? On aurait pu résoudre le problème ensemble. Elle observa une pause. Bien sûr qu'il y a une autre femme. Peut-être voulait-il partir avec elle.

— Je ne crois pas. Je ne l'ai jamais vu avec personne, je n'ai jamais rien entendu sur son compte. Ce genre de choses finit par se savoir.

— Il lui suffisait de me demander le divorce, poursuivit Valérie. Il ne m'en a jamais soufflé mot, pas même une allusion. Il tenait à moi, j'en suis sûre... Alors, comment aurait-il pu m'oublier ainsi ?

— Il tenait à toi, c'est certain. Pauvre Valérie, tu ne peux même pas te mettre vraiment en colère contre lui, tu le pleures aussi. Il est mort si jeune et vous avez eu des bons moments ensemble... Quel gâchis ! Je voudrais pouvoir t'aider.

— Mais tu m'aides, assura Valérie avec un sourire. Tu es merveilleuse, Dee. Voilà un mois que tu écoutes mes élucubrations.

— Ce n'est sans doute pas fini, répliqua joyeusement Dee qui se leva. Il faut que j'y aille, j'emmène Emily dans les magasins. J'aimerais que tu puisses nous accompagner, Emily est toujours ravie de faire le tour des boutiques avec nous. Mes deux mères chics, comme elle nous appelle.

— Je viendrai avec vous dès que je me sentirai capable de traîner chez Bergdorf. Son expression changea. Non, en réalité, je crois que non.

Elles gardèrent le silence, songeant à leur différence de niveau de vie désormais.

— Tu conseillerais Emily, affirma tranquillement Dee. Ton goût n'a rien à voir avec ton carnet de chèques. Elle embrassa Valérie. A demain.

Dès qu'elle fut partie, les raisonnements de Valérie cédèrent à un tourbillon où se mêlaient la rage et la peine, la crainte face à l'avenir et l'apitoiement sur son sort. Je ne mérite pas ça, songea-t-elle, puis la panique l'envahit. Comment penser à courir les magasins ? Je ne sais même pas si j'ai les moyens d'aller chez l'épicier.

Tous ses amis, moins intimes que Dee, lui disaient le plus gentiment possible qu'elle n'avait ni la formation, ni les compétences, ni le tempérament de gagner sa vie.

— Es-tu seulement capable de suivre un budget ? lui demandaient-ils.

Elle n'en savait rien, faute d'expérience. En dehors de ces visites, elle recevait aussi les enquêteurs qui poursuivaient leurs investigations sur l'accident et la disparition de sa fortune, et qui, à chaque question, la replongeaient dans le trouble et le ressentiment dans lesquels elle sombrait à chaque fois qu'elle pensait à Carlton.

— Je n'arrive pas à croire qu'il t'ait fait une chose pareille ! s'exclama Sybille, assise avec Valérie au salon. C'était la troisième fois qu'elle venait à New York depuis le drame. Il paraissait toujours si stable et si responsable. Pas du tout le genre à...

— Sybille, on en a déjà parlé, rétorqua Valérie.

Elle avait sur les genoux un ouvrage de tapisserie à l'aiguille commencé le mois dernier. Se servir ainsi de ses mains apaisait sa colère et lui donnait le sentiment du travail accompli au rythme du motif compliqué qui se dessinait peu à peu. Pourtant, Sybille la rendait si nerveuse qu'elle était incapable de faire un point.

— Je n'ai pas envie de débattre du sens des responsabilités de Carl ; manifestement, il n'en avait aucun.

— Mais tu devrais en parler ; sinon, tu vas ressasser tout ça. Il a dû dire un mot, te laisser entendre ce qu'il préparait ou envisageait... enfin, tu vivais avec lui, tu dois bien avoir remarqué certains détails.

— Pas sur le plan financier, répondit Valérie sans s'appesantir.

— Sur quel plan alors ? s'enquit aussitôt Sybille. Il a laissé des traces ? Sur quelque chose ?

— Non, répliqua Valérie après un silence à peine perceptible. Rien.

— Valérie, raconte-moi tout. Tu peux tout me confier. Ça te fera du bien de parler et je veux t'aider.

Valérie l'observa. Elle portait un tailleur de cachemire garni de fourrure. Un gros diamant brillait à un doigt, une émeraude à un autre. Ses boucles d'oreilles, qu'un œil de connaisseur identifiait aussitôt, venaient de chez Bulgari. Et elle était arrivée avec son manteau de zibeline. Trop habillée pour une visite dans l'après-midi, songea Valérie, on dirait un compte en banque ambulant. La panique la reprit. Je n'ai pas de compte. Tout ce qui me semblait naturel... a disparu, complètement disparu. Aujourd'hui, c'est Sybille qui a tout. Moi qui avais toujours pitié d'elle. Elle fut saisie d'une envie de rire – rire de peur et de fureur – qu'elle réprima.

— Allons, l'exhorta Sybille. Parle-moi de Carlton, ses paroles, ses allusions... peut-être pourra-t-on comprendre ce qui s'est passé.

Valérie secoua la tête. Pourquoi Sybille s'intéressait-elle tant à Carlton ? Ils ne s'étaient vus que deux ou trois fois. En réalité, je connais la réponse, il en a toujours été ainsi : elle me suit partout, elle pose des questions, elle m'imite. Le tirc à l'arc, le cheval, la chasse, elle s'est même acheté une propriété en Virginie...

Elle est sans doute inoffensive, mais je n'aime pas qu'elle fourre son nez dans mes affaires. Ça ne m'a jamais plu. Dans cinq minutes, je la mets dehors.

— Je dois réfléchir moi-même à ces problèmes avant de m'en ouvrir à quiconque, affirma-t-elle. Et ton travail, dis-moi ? Combien d'émissions réalises-tu maintenant ?

Sybille hésita. Elle finit son verre de vin qu'elle posa sur la table pour que Valérie la resserve.

— J'en ai vendu quatre et je travaille sur trois autres : un feuilleton à l'eau de rose et deux comédies. J'ai placé deux émissions de jeux l'été dernier. Et « L'Heure de Grace » naturellement. Ce sera le plus gros morceau, mais je dois surveiller Lily : elle est complètement bouleversée par Graceville en ce moment.

— Graceville ?

— Tu n'es pas au courant ?

— Non, je devrais l'être ? On l'a annoncé dans les journaux ?

— Pas encore. Mais Carl est venu voir la cathédrale.

— Oui, je m'en souviens. Vous en avez parlé ce jour-là au déjeuner. Et je t'ai demandé si tu allais construire une ville autour.

— Je n'y avais pas pensé, répliqua Sybille, mais j'ai compris alors que c'était la chose à faire. Et l'idée enchantait Lily.

— Donc, tu édifies une ville, Graceville. Une vraie ville ?

— Bien sûr... Avec des boutiques, des théâtres, des maisons, des villages modèles, des appartements, des hôtels, un hôpital... absolument tout.

— Et des églises ?

— La cathédrale.

Valérie esquissa un sourire.

— C'est une vraie ville qui n'a qu'une religion.

— Tous ceux qui se rendent à Graceville veulent être près de Lily Grace. Les gens qui ne croient pas en elle ne viendront pas. Je ne veux pas d'eux.

Rosemary Ashbrook frappa discrètement à la porte qui était restée ouverte.

— Tu as eu du monde toute la journée, dit-elle à Valérie, et elle adressa un sourire de convenance à Sybille. Je regrette mais je me dois de protéger ma fille, elle ne pense jamais à elle.

Malgré son expression incrédule, Sybille se leva aussitôt et prit son sac. Valérie lui emboîta le pas, grimaçant de douleur alors qu'un élancement lacérait ses pieds qui la faisaient encore souffrir au bout de deux mois.

— Je te remercie de ta visite, déclara-t-elle, clopinant aux côtés de Sybille. Et merci pour toutes ces fleurs.

Elles arrivaient toutes les semaines, accompagnées d'un billet : Baisers, Sybille. De somptueuses gerbes qui rappelaient à Valérie les énormes compositions florales qu'on voyait aux enterrements des dictateurs ou des chefs de la mafia. Elle jetait toujours les protées qui semblaient vouloir la manger sur place et composait cinq ou six petits bouquets avec ce qui restait.

— Et merci encore d'être venue aux obsèques de Carl, quelle prévenance de ta part !

— Je me devais d'être là, répliqua Sybille. Je reviendrai te voir dès que possible. Il m'est difficile de m'absenter, on a tant de travail... Mais si tu as envie de parler, n'hésite pas. Appelle-moi quand tu veux. Je souhaite t'aider, tu le sais.

Dans l'entrée, les deux femmes s'embrassèrent, puis la mère de Valérie referma la porte.

— Elle est si dévouée, affirma Rosemary. C'est incroyable qu'elle vienne si souvent alors qu'elle habite Washington. Valérie, Dan Lithigate est dans la bibliothèque avec ce détective... Comment s'appelle-t-il déjà ? Je lui ai dit que tu étais occupée, mais il a répondu qu'ils attendraient. Tu veux les recevoir ? Je peux leur annoncer que tu ne te sens pas bien.

— Non, il faut que je les voie, je dois savoir ce qu'ils ont découvert.

Marchant aussi vite que possible, Valérie se dirigeait déjà vers la pièce.

Les deux hommes se levèrent lorsqu'elle entra et Lithigate la fit asseoir. Valérie coupa court aux bavardages qui marquaient toujours le début de leurs rencontres.

— Dan, cela m'inquiète un peu. Tu peux m'expliquer où vous en êtes ?

— Bien sûr. Bien sûr que tu t'inquiètes. Et autant te prévenir tout de suite que ce n'est pas bien joli. Pas réjouissant non plus, ni pour ta mère ni pour toi, pourrais-je ajouter. Une fois de plus, j'avoue que suis sidéré de la conduite de Carlton, je ne comprends pas ce qui lui a pris...

— On peut y aller ? lança Valérie d'un air nerveux.

— Oui. Bon, permets-moi tout d'abord de retracer brièvement l'historique de la situation. En septembre, Carlton a fait de mauvais investissements. Très mauvais. Il a perdu dans les quinze millions de dollars. Les trois mois suivants, il en a rassemblé treize environ. En décembre, il a acheté à son agent de change des titres au porteur pour cette somme. Et on ne va pas plus loin. Ces titres sont anonymes et aussi facilement négociables que du liquide. Il n'y en a pas trace et il n'y en aura sans doute jamais. Bien entendu, on sait que Carlton était apparemment très pressé de rentrer des Adirondacks début janvier et son attitude a très probablement un rapport avec cette affaire, mais cela demeure une supposition.

Valérie l'observait avec une vive attention ; elle ne semblait pas entendre le récit d'un drame qui la touchait personnellement.

Lithigate fit un geste vers son compagnon.

— Fred va te dire ce qu'il a appris.

Après la mort de Carlton, Lithigate avait engagé Fred Burstin. Le détective menait son enquête parallèlement à celle du Service de sécurité des transports qui enquête sur tous les accidents où il y a eu mort d'homme et met un an ou plus pour publier ses conclusions. A la suite du premier interrogatoire, le SST ne s'était plus manifesté auprès de Valérie. Elle savait qu'il avait envoyé une équipe poursuivre ses investigations sur les lieux de l'accident et recueillir les restes de l'appareil afin de les étudier. Elle savait que d'autres enquêteurs avaient examiné le journal de bord et interrogé les Tarrant, Lily et les employés chargés de l'entretien à l'aéroport de Lake Placid. Elle savait aussi que le rapport médical serait joint à leur compte rendu, l'autopsie ayant montré que Carlton ne se trouvait pas sous l'effet de la drogue ou de l'alcool et qu'il était mort à la suite d'une grave blessure à la tête.

Valérie l'avait appris le jour où elle s'était rendue en avion sanitaire aux obsèques de Carlton, qu'on enterrait dans le caveau de famille en Virginie, avant de rentrer à New York affronter la compagnie d'assurances, Fred Burstin et la police de l'Etat de New York qui cherchaient à établir si Carlton aurait pu être victime d'une machination et s'il trempait dans des affaires louches. Tous disposaient de quelques éléments d'information et lui en cachaient certains. A partir de tous les renseignements glanés et ceux découverts de son côté, Burstin avait rédigé un rapport.

– Je vais résumer la situation, commença-t-il comme Lithigate. Pour avoir une vue d'ensemble. Voilà où j'en suis : il est évident que votre mari n'a pas effectué de contrôle avant le décollage. Vous nous avez déclaré que vous aidiez les autres passagers à s'installer et que vous n'avez pas prêté attention. Toutefois, quelqu'un l'aurait sans doute remarqué s'il s'était livré à toutes ces opérations, il y en a beaucoup. Et personne ne l'a vu vérifier le niveau des réservoirs de carburant.

– Je ne crois pas, répondit Valérie devant son léger silence. Moi pas, en tout cas.

– Vous avez dit que vous aviez confiance en lui.

– Oui, c'est exact. Rien ne justifiait mes soupçons.

Burstin soupira.

– Il a perdu vingt-huit millions de dollars dont une grande partie vous appartenait, à vous et votre mère, et vous lui faisiez confiance. Bon, je poursuis. D'après vous, il ne jouait pas beaucoup et je n'ai pas trouvé trace de lui dans les casinos de Las Vegas ou Atlantic City depuis deux ans. Il aurait pu aller à l'étranger mais, toujours d'après vos déclarations, vous voyagiez ensemble généralement. Bon, poursuivons. Selon vous, il n'avait pas de société à l'étranger et, d'après ce que vous savez, il n'était pas non plus associé dans une entreprise. J'ai parcouru ses papiers personnels, ses dossiers au bureau, ses relevés de banque et de courtage ainsi que son agenda et je n'ai découvert aucune preuve de ce côté-là. J'ai interrogé sa secrétaire, ses associés, ses amis et les autres passagers du vol qui ne m'ont pas éclairé non plus. Rien n'indique qu'il ait eu des sociétés à l'étranger, rien n'indique qu'il ait été associé dans une entreprise et rien n'indique qu'il ait trempé dans des affaires louches, que ce soit ici ou à l'étranger. Rien ne démontre non plus qu'il ait eu des relations avec d'autres femmes. J'ai vérifié les hôtels, discuté avec le portier de votre immeuble à New York et avec votre gouvernante dans les Adirondacks, la procédure habituelle. J'ai fouillé son coffre, son casier au club et les lieux de l'accident, le SST m'a beaucoup aidé en cela ; j'ai également fouillé votre appartement, votre chalet et votre propriété en Virginie et je ne suis tombé sur rien, pas même les titres au porteur. Je pensais qu'il était peut-être mort avant d'en avoir fait usage et les avait cachés quelque part. Je n'ai pas eu cette chance.

« Donc, voilà où j'en suis : je suppose qu'il tentait de récupérer sur le tapis vert ses pertes de Wall Street. On n'a pas trouvé trace de son passage dans les casinos américains mais tous les autres pays – tels que l'Angleterre, l'Espagne ou l'Afrique – ont des maisons de jeu et peut-être a-t-il préféré aller là-bas. Loin de chez lui. Il a perdu encore plus et devait acquitter ses dettes de jeu. Ces gens-là ne plaisantent pas. Il ne lui restait qu'à rentrer pour se procurer rapidement cet argent : rassembler treize millions en trois mois, c'est du rapide. Dans la mesure où on n'a pas retrouvé ces titres au porteur et où personne ne s'est manifesté auprès de vous, il a sans doute réglé ces dettes avant de mourir. Je n'ai rien découvert prouvant qu'il envisageait de disparaître et, apparemment, ce n'était pas le genre de type à agir ainsi. Et la police n'a rien décelé qui puisse étayer l'hypothèse d'une machination. Naturellement le dossier reste ouvert tant que le rapport du SST n'est pas publié.

Il s'arrêta. Valérie n'avait pas bougé durant son long monologue.

– Il m'a affirmé qu'il ne s'agissait pas d'un accident, lâcha-t-elle enfin.

– J'en ai tenu compte. Le SST aussi. Dans l'immédiat, voilà où j'en suis : vous êtes la seule qui ait entendu ces propos et vous étiez en état de choc. Il était mortellement blessé et délirait sans doute. Je ne peux accorder beaucoup de foi à une déclaration faite dans ces circonstances.

– Il savait ce qu'il disait, insista Valérie, et je sais ce que j'ai entendu.

– Bon, très bien. Alors, qui est responsable ? Qui voulait sa mort ? Qui a pu trafiquer son avion pour qu'il s'écrase ? Qui le détestait au point de tuer cinq personnes sans s'en soucier, du moment qu'il avait votre mari ?

Un autre silence s'ensuivit.

– Je l'ignore, avoua Valérie d'une voix à peine audible. Puis elle regarda Burstin. Vous n'avez rien découvert, lança-t-elle d'un ton cinglant. Jusqu'à présent, vous avez uniquement exposé ce que vous n'avez pas découvert.

– Ce sont aussi des découvertes, Mrs. Sterling. Nous devons écarter toutes les hypothèses possibles. Dans le cas de votre mari, nous en avons exclu beaucoup. Et voici mes conclusions. J'estime qu'il est inutile de poursuivre l'enquête plus avant, il n'y a plus rien à apprendre. L'argent a disparu et je jurerais qu'on n'en verra plus la couleur. Quant à la mort de votre mari, c'était un tragique accident, rien de plus.

– Rien de plus, répéta froidement Valérie. C'est déjà pas mal.

– Valérie, intervint Lithigate, il faut que nous discutions de certains points. Fred va nous laisser son rapport.

Valérie prit la grande enveloppe que lui remit Burstin en partant et la contempla.

– Il n'y a rien là-dedans. Il n'a rien trouvé. Il n'a émis que des suppositions.

– Apparemment, acquiesça Lithigate. Tu ne devrais pas les écarter si facilement. Parfois, l'évidence est la réponse exacte.

Elle l'observa.

– Selon moi, il ne s'est rien passé d'évident ces mois derniers. De quoi voulais-tu parler ?

— De ta situation. Cela se présente très mal et je ne t'aiderais pas en te cachant la vérité. Nous disposons maintenant de tous les renseignements et on va affronter la réalité ensemble.

Valérie esquissa un petit sourire glacial.

— C'est maman et moi qui devons l'affronter, Dan. Vas-y.

— Quand Carlton a rassemblé les treize millions de dollars, il s'en est procuré quatre en vendant le reste de vos actions, sept en hypothéquant vos différentes propriétés et deux grâce à des prêts personnels. Les versements à effectuer sur les hypothèques et les emprunts atteignent un peu plus d'un million par an. Comme tu le sais, il avait contracté une assurance-vie de cinq cent mille dollars dont tu es l'unique bénéficiaire. Par testament, il a légué deux millions à un certain nombre de parents et d'œuvres de bienfaisance, tout le reste étant pour toi.

Rosemary, qui était restée coite depuis le début, eut un geste d'incrédulité.

— Peut-on rembourser un million de dollars par an ?

— Non, répliqua Valérie. C'est impossible, n'est-ce pas, Dan ?

— J'en ai bien peur. Vous n'avez plus d'actions et tous vos biens sont hypothéqués ou vendus. A titre de fidéicommissaire de la fortune de Carlton, vous devez... Il ne put finir sa phrase. Je suis désolé, cela m'est très difficile. Si vous vendez les Sterling Farms et l'appartement de New York, il vous restera environ un million de dollars une fois que vous aurez remboursé les hypothèques. Quand vous aurez cédé les chevaux, les tableaux et réglé les emprunts de Carlton, vous aurez presque un million de plus. Ce qui vous donnera un total de deux millions.

— Et ensuite ? s'enquit Rosemary, son visage s'éclairant.

— Carl a laissé deux millions à des œuvres et à sa famille. Je ne vois vraiment pas pourquoi, il ne la fréquentait pratiquement pas ! s'exclama Valérie.

— Mais ce n'est pas juste ! s'écria sa mère. Valérie, les circonstances ne sont plus les mêmes ! Personne n'acceptera cet argent le jour où ils vont apprendre que tu n'as rien ! Ils comprendront !...

— Je n'ai pas le choix, n'est-ce pas, Dan ? Si les fonds sont disponibles, on doit respecter les termes du testament.

Il acquiesça.

Valérie ouvrit ses mains qu'elle contempla.

— Il ne me reste donc rien.

Le silence régnait. Salaud de Carl, quel salaud de m'avoir mise dans une situation pareille !

Pourquoi m'a-t-il abandonnée ainsi ? Que vais-je devenir ?

Lithigate se retira et Rosemary s'assit auprès de Valérie qu'elle regarda, attendant des solutions à tous leurs problèmes.

— Je n'en sais rien, dit enfin Valérie, autant à elle qu'à Rosemary. Je n'en sais rien.

Ses amis savaient, eux. Ils le lui répétaient depuis qu'on avait appris que les finances de Carlton n'étaient pas brillantes.

— Tu dois te marier, déclaraient-ils. Epouse un homme riche. Tout de suite.

Ils l'affirmaient tous alors qu'on admirait tant ses talents à l'écran, ses talents de cavalière et ses talents de... Valérie devait bien reconnaître que c'était là le problème : elle ne comptait pas d'autres mérites. Experte en boutiques de luxe, voyageuse bien documentée, amie agréable, remarquable hôtesse et compagnie exquise aux réceptions, ses compétences se limitaient là. Mais personne n'est prêt à payer pour cela, songea-t-elle, hormis un mari.

Trente-trois ans, très décorative. Et pas grand-chose de plus.

La nouvelle la plus déprimante de toutes.

Si cet aspect l'abattait, le côté financier l'horrifiait. Pourtant, plus elle se rappelait les faits que Dan Lithigate avait exposés, plus ils semblaient irréels. C'était cauchemardesque, mais elle n'arrivait pas à croire que cela la concernait.

Elle dut se rendre à l'évidence quand, un à un, on vendit ses biens. On avait confié les Sterling Farms à un agent immobilier, tout le reste ayant déjà disparu. Et Valérie vivait dans l'appartement que louait sa mère sur Park Avenue, seul survivant de la débâcle. Elle ne possédait plus rien.

Valérie n'arrêtait pas de se le répéter et en parlait pendant des heures avec Rosemary : elles tentaient de comprendre ce qui leur arrivait. Elles ne s'étaient jamais inquiété des questions d'argent. Comment commencer aujourd'hui ?

— Cela ne durera pas, affirma Valérie un matin d'avril comme tous les jours.

Elles prenaient le petit déjeuner à la table donnant sur Park Avenue. Un matin beau et froid, les arbres se couvraient de feuilles et l'air semblait printanier, une atmosphère de renouveau.

— C'est sûr et certain. Peut-être Dan se trompe-t-il... les titres au porteur peuvent encore ressortir de terre... Peut-être va-t-on retrouver l'argent ou vais-je rencontrer un homme qui me plaira... Il va se produire un événement et la vie reprendra son cours. Jamais la vie ne change ainsi, complètement, tout d'un coup. On traverse des épreuves, puis tout rentre dans l'ordre.

— Bien entendu, acquiesça Rosemary qui remua son jus d'orange et en but une gorgée d'un air pensif.

— Après tout, poursuivit Valérie, personne ne peut se débarrasser d'une somme pareille aussi vite et sans laisser aucune trace. Cette histoire de Carl qui aurait perdu au jeu est ridicule. Il m'a avoué qu'il n'en avait pas le cran, il ne supportait pas l'inconnu. Non, c'est autre chose. On n'a pas cherché là où il faut, voilà tout. On va trouver une solution, il le faut.

— Bien entendu, répéta Rosemary.

Conversation que de fois répétée.

— Mais cela risque de prendre un certain temps, dit enfin Valérie. Et en attendant, j'ai l'impression que je vais devoir me trouver une espèce d'emploi.

— Moi aussi, j'imagine, répliqua Rosemary.

Un autre silence s'abattit. Elles se sentaient découragées dès qu'elles abordaient ce sujet qui leur était totalement étranger. Après avoir envisagé d'appeler leurs amis, des banquiers, présidents de grandes sociétés, directeurs d'hôpitaux, propriétaires de journaux, elles n'avaient pu s'y résoudre. A chaque fois qu'elles s'apprêtaient à décrocher le combiné, elles faisaient marche arrière : elles ne supportaient pas l'idée de demander un service alors qu'elles n'étaient pas en mesure de rendre la pareille et se sentaient un peu honteuses comme si elles portaient la responsabilité de cette catastrophe. Leurs amis aussi paraissaient mal à l'aise. Ils déploraient leur sort mais étaient un peu gênés de leur bonne fortune sans nuages comme s'ils devaient s'excuser de ne pas avoir droit à leur part de tragédie. Ce serait presque plus facile de regarder les petites annonces, se disait Valérie.

Mais lorsqu'elles ouvraient les journaux et pensaient à prendre rendez-vous pour être reçues et parler d'elles à des étrangers, tout cela semblait impossible et avilissant. De toute façon, même si elles y parvenaient, qu'avaient-elles à proposer ? Sans aucune qualification.

— Hôtesse au bureau d'informations d'un musée, suggéra Valérie. Ou bien guide. Je connais l'art.

Le visage de Rosemary s'éclaira.

— Tu serais parfaite. Moi aussi, je pourrais me lancer dans cette voie, renchérit Rosemary qui s'assombrit aussitôt. Mais apparemment, ce genre d'emploi ne court pas les rues.

— Effectivement, répondit Valérie en bâillant. Si ce n'est pas ça, ce sera autre chose, histoire de patienter. Ce n'est pas comme si je voulais faire une carrière. Elle se mit à jouer avec son crayon et ajouta : Le plus étrange, c'est qu'en dehors de cela je n'ai aucune idée, même à titre de bouche-trou. J'avais peut-être raison de vouloir nettoyer les écuries.

— Sûrement pas, rétorqua Rosemary. Tu ne devrais même pas en plaisanter ! Ses lèvres tremblaient. Quelle honte de la part de Carlton ! Qu'est-ce qui lui a pris ? Il nous aimait. Après la mort de papa, il a assuré qu'il allait s'occuper de nous. Tu te souviens ? Il a promis de s'occuper de nous ! Et pas de nous abandonner sans un sou... à mon âge... regarder les petites annonces...

Valérie resta coite. Que pouvait-elle dire ?

Ce fut cette semaine-là, alors qu'elles touchaient le fond du gouffre, qu'Edgar Wymper téléphona.

Riche héritier de riches parents dont l'immense propriété sur l'Eastern Shore dans le Maryland bordait celle des Ashbrook, Valérie le connaissait depuis toujours et le trouvait amusant, surtout à l'époque où, en seconde, il lui jurait qu'il comptait l'épouser quand ils auraient fini leurs études, projet dont il ne démordit jamais. Pourtant, ils n'avaient jamais eu l'occasion de se revoir depuis la vente du domaine. Edgar ne s'était jamais marié. Il escortait moult femmes à des mondanités dans les capitales du monde entier, envoyait des fleurs à Valérie pour son anniversaire et attendait son heure.

Le jour où il appela, il lui fallut un certain temps pour se souvenir de lui : un visage rond, un petit nez recourbé, un petit menton, de doux yeux bruns rapprochés, un sourire enjoué et un corps grassouillet vêtu des costumes les plus luxueux. Il venait de rentrer d'Europe.

— Je voudrais te voir et t'aider dans la mesure de mes moyens, déclara-t-il de sa voix veloutée. Qu'est-ce qui t'irait comme jour ?

— Je ne sors pas beaucoup en ce moment, avoua Valérie. Viens cet après-midi si tu veux.

Il arriva à quatre heures et resta jusqu'à six. Une première visite dans les règles, les deux dames l'ayant reçu un moment, puis Rosemary l'ayant laissé seul avec Valérie. Une fois que Valérie se fut habituée à sa barbe, qui masquait son petit menton et lui donnait un air presque libertin, elle le trouva égal à ses souvenirs : joyeux, bienveillant, intéressé par tout ce qui la concernait. Mais il avait l'arrogance inconsciente de ceux qui n'ont jamais eu à compter. Cette idée ne m'aurait jamais traversé l'esprit avant, se dit-elle. J'étais sans doute comme lui.

Elle portait un long peignoir en soie avec de larges rayures de différentes couleurs et ses cheveux retombaient sur ses épaules.

— Tu es merveilleusement belle, plus ravissante que jamais, déclara Edgar, le regard brillant d'admiration. Jamais je ne l'aurais cru possible. Je suis vraiment navré de ce qui est arrivé à Carl, je l'aimais bien. Cependant, je condamne ses actes. Traiter une femme ainsi ! Surtout une épouse qu'on a juré de protéger ! Il t'a mise dans une situation effroyable. Quelle conduite ignoble !

Oh, Edgar, songea Valérie. Elle se rappela qu'au lycée elle l'accusait de débiter des lapalissades en prenant l'air pontifiant de quelqu'un qui découvre la notion de gravité. Toujours le même. Amusant et impossible de le prendre au sérieux.

— C'est effroyable assurément, acquiesça-t-elle, tout aussi solennelle. Nous tentons de trouver une solution, maman et moi.

— Vous n'avez plus rien ?

— Quelques milliers de dollars sur un compte courant. Et maman a ses bijoux. Si elle les vend et qu'on est raisonnables, on pourra peut-être se débrouiller pendant un an.

— Ciel, penser que le jour viendrait où tu serais contrainte de parler ainsi ! Une femme de la plus grande beauté, du raffinement le plus parfait, du goût le plus exquis, de l'intelligence la plus subtile. Il est impossible que tu ternisses tes pensées avec des choses aussi vulgaires que l'argent et l'idée de devoir te débrouiller !

Valérie éclata de rire. Le voyant soudain plisser les yeux, elle se reprit. Elle ne se rappelait plus combien Edgar aimait dramatiser. Ils avaient joué une pièce ensemble au lycée et, de ce jour, Edgar glissait des expressions emphatiques dans ses propos quotidiens, faisait des gestes théâtraux et se pavanait comme un acteur, même sur les terrains de sport durant l'entraînement obligatoire après la classe. Personne ne se moquait de lui car, malgré son doux regard et son sourire amène, tout le monde savait qu'Edgar pouvait se montrer vindicatif et qu'il était rancunier.

— Penser aux questions financières ne me séduit pas, bien entendu, confia-t-elle, les yeux baissés. Mais apparemment, maman est incapable de s'en occuper, je suis donc bien obligée de m'en charger. Et j'apprends, Edgar ; c'est incroyable ce qu'on apprend vite.

— Ce n'est pas bien, tu ne dois pas t'encombrer l'esprit. Tu connais l'art de bien vivre. Tu n'as besoin de rien de plus.

Valérie sourit.

— Mes besoins sont légèrement différents. Elle leva les yeux sur Rosemary qui entra dans le bureau. J'ai demandé à maman de prendre le thé avec nous.

— Merveilleux! s'exclama Edgar, parfaitement sincère.

Tout dans son attitude montrait qu'il voulait s'intégrer à sa petite famille, victime d'une tragédie. Il manquait de subtilité : il s'attendait à ce que Valérie comprît, de l'instant où il avait franchi le seuil de son appartement, qu'il était là pour les sauver et les protéger à jamais, elle et sa mère.

Dès lors, il se manifesta sans arrêt. Il envoyait des fleurs tous les matins, de délicates gerbes d'orchidées, de ravissantes compositions de roses, de camélias et de tulipes ou des corbeilles d'azalées en pleine floraison. Il appelait deux ou trois fois par jour et l'emmenait au restaurant, au théâtre, au concert, dans des boîtes de nuit ou à des bals et des réceptions données par des gens qu'ils connaissaient tous deux depuis toujours.

Mode de vie aussi familier à Valérie que le papier peint de sa chambre. Elle commença donc à avoir l'impression qu'elle vivait dans le même monde. Bien entendu, Carl était mort et elle avait perdu toute sa fortune. Toutefois, lorsqu'elle se retrouvait avec Edgar, tout cela ne représentait plus rien. La réalité se résumait à ces mondanités où elle évoluait avec naturel sans un seul faux pas.

Son deuil céda à une forme de mélancolie au souvenir de leur infortune. Sa colère et sa peur se dissipèrent sous le vernis de la vie mondaine que lui faisait mener Edgar. Valérie et Edgar devinrent l'un des couples du Tout-New York : Edgar, le teint rose et la mise soignée dans son smoking, et Valérie, avec ses quinze centimètres de plus, ses robes en soie de l'année précédente, sa chevelure fauve éclatante, son regard souvent voilé, qui se taisait soudain au milieu d'une danse ou sombrait dans un certain vague à l'âme au cours d'un dîner. Ses amis remarquèrent cette nouvelle humeur songeuse. Rien d'étonnant à cela, se disaient-ils, après toutes ces épreuves. Une fois qu'elle épouserait Edgar, elle redeviendrait la pétulante, l'insouciante, la papillonnante Valérie sur laquelle ils avaient toujours pu compter pour animer leurs réceptions.

Tout le monde attendait l'annonce des fiançailles de Valérie Sterling avec Edgar Wymper. Cependant, les semaines passaient et, bientôt, arriva la mi-juin. Chacun s'apprêtait à quitter New York pour fuir la chaleur de l'été et Rosemary s'inquiétait.

– Que feras-tu s'il ne te demande pas ta main ? lança-t-elle alors qu'elles se préparaient pour la dernière fête de la saison donnée par les parents d'Edgar dans la salle de bal du Plaza.
– Il va me la demander, répliqua Valérie en enfilant sa robe. Il a l'intention de m'épouser.
– Et tu accepteras naturellement.
– Sans doute.

Assise à sa coiffeuse, Valérie observa le reflet de sa mère à côté du sien. Rosemary, d'une élégance imposante dans une toilette en dentelle noir et blanc, arrangeait ses bracelets.

– C'est Edgar ou un autre, je ne vois pas d'alternative. Et toi ?
– Mais, ma chérie, tu l'aimes bien. Tu as de l'affection pour lui, il est d'agréable compagnie et tu t'amuses bien... non ?

Valérie eut un sourire triste.

– J'ai employé les mêmes mots à propos de Kent et Carl. Je les aimais bien, j'avais de l'affection pour eux, ils étaient d'agréable compagnie et je m'amusais bien avec eux en règle générale.
– Et tu les aimais.

Valérie se passa un peigne dans les cheveux, se demanda si elle allait les attacher d'un côté avec une boucle en or, puis décida de les laisser lâches.

– Valérie, tu aimais Carl !

Leurs regards se croisèrent dans la glace. Valérie semblait sombre.

– Parfois, je le croyais. Parfois, j'imaginais que j'aurais pu l'aimer beaucoup plus si on s'en était donné les moyens. Mais le plus souvent, j'avais pitié de lui et je ne sais au juste jusqu'à quel point je confondais l'amour et la pitié. Il paraissait toujours un peu perdu. Il me donnait l'impression qu'il me fallait le materner ; la seconde suivante, il se montrait énergique et sûr de lui, je me laissais aller et tout allait bien. Non, je crois que je ne l'aimais pas vraiment. Je l'aimais bien. La plupart du temps, on était de bons amis. Je pense... j'ai un peu peur... de ne pas savoir aimer. Je n'ai pas...
– Ne dis pas une chose pareille ! Ce n'est pas vrai !
– J'espère que non, répondit calmement Valérie. Pourtant, je n'ai pas eu depuis fort longtemps le sentiment d'aimer avec cette force merveilleuse, profonde, magique dont parlent les poètes.

Elle se recoiffa.

– Et Edgar ?
– Je l'aime bien. J'ai de l'affection pour lui, il est d'agréable compagnie et on s'amuse bien. Il me sort et il aime me faire plaisir. Elle se leva et examina son reflet. Edgar vit dans un monde extraordinaire où personne n'a aucun problème de survie. De plus, il m'aime et il s'occupera de nous. L'homme idéal apparemment, non ?

Rosemary ne releva pas son ton ironique.

– Tu apprendras à l'aimer, déclara-t-elle fermement, convaincue que c'était une bonne chose, autant qu'une nécessité, que Valérie l'épouse. Peut-être n'est-il pas parfait mais il a l'air très bien pour toi.

Trois cents personnes assistèrent à la réception des Wymper au Plaza, dînèrent, dansèrent pour clore la saison avant de s'égailler aux quatre coins de la planète. De rouge vêtue, Valérie portait un fourreau de soie moulant et dos nu qui mettait en valeur ses épaules laiteuses et lui donnait un éclat qu'on aurait pu prendre pour du bonheur. La mère d'Edgar lui avait prêté des bijoux pour l'occasion, car elle savait que Valérie s'était résignée à vendre presque tous les siens. Aussi arborait-elle des boucles d'oreilles et un collier de diamant et de rubis. Tout le monde la trouva éblouissante : la vraie Valérie, enfin de retour parmi eux. A onze heures, alors que les invités finissaient leur crème brûlée et leur café, Edgar, assis à la table de ses parents, se leva et l'orchestre joua quelques accords afin de demander le silence.

— J'ai une annonce à faire, dit-il.

Valérie posa aussitôt la main sur son bras pour l'arrêter. Ils n'en avaient pas parlé. Ils devaient prendre cette décision ensemble.

Pour la première fois depuis trois mois, Edgar ne prêta pas attention à son geste.

— Pas vraiment une annonce, poursuivit-il, plutôt une requête en réalité. J'ai choisi de la présenter ici, car nos amis et nos parents sont présents et qu'on est à la fin de la saison, l'époque où on ébauche des projets d'avenir. Il plongea son regard dans celui de Valérie. Ma chère Valérie, j'ai décidé de te parler ici sans te le demander, et peut-être en seras-tu troublée, mais je te promets que je ne prendrai plus jamais de décision sans toi si c'est là ton vœu. Je pense à ces mots depuis que j'ai seize ans – de longues années, de fidèles années, comme tu le sais – et ils sont si importants qu'il leur fallait un décor à leur mesure, un décor somptueux. J'aurais pu les prononcer bien des fois depuis trois mois – je sais, comme toi, que tout le monde les attendait – mais il me semblait évident, et j'espère que tu partageras mon avis, que, pour accentuer la portée de ce moment, je devais les formuler devant témoins, pour toujours, à tout jamais.

Il se redressa et promena son regard sur les trente tables. Des murmures de gaieté et d'approbation parcoururent la salle. Exaspérée, Valérie eut envie de rire ; en colère aussi, elle vit que Rosemary l'observait. Je dois arrêter cette mascarade, se dit-elle. De nouveau, elle posa la main sur le bras d'Edgar. Puis la retira. C'était impossible : elle ne pouvait le couvrir de honte devant sa famille et ses amis. Quelle importance, après tout ? D'une façon ou d'une autre, elle l'épouserait. S'il avait envie de la demander en mariage devant trois cents personnes au Plaza, en quoi devait-elle en être affectée ?

Sonore et bien modulée, la voix d'Edgar s'éleva, encore un peu chevrotante, alors que leurs regards se croisaient à nouveau.

— Valérie, je t'aime. Je t'ai aimée, je t'ai adorée pendant plus de la moitié de ma vie. Depuis le jour où je t'ai vue, j'ai voulu m'occuper de toi. J'ai l'intention de me consacrer à ton bonheur, tes désirs seront les miens, tes plaisirs seront les miens, ton monde sera le mien. Et mon cœur sera toujours à toi. Valérie, mon amour, ma très chère Valérie, mon exquise Valérie, j'ai l'honneur de te demander ta main.

L'écho de la voix théâtrale d'Edgar retentit sur la piste de danse et franchit les portes battantes des cuisines où les serveurs, aux aguets, l'écoutaient. Dans la salle de bal, quelqu'un se mit à applaudir. D'autres l'imitèrent, les invités se levèrent. Bientôt, applaudissements, félicitations, cris de joie et bons vœux fusèrent de toutes parts.

Edgar tendit sa main vers Valérie qui la prit et se leva à son tour. Elle contempla les visages souriants qui les entouraient : son monde, son monde familier, confortable, sans surprise. Là où elle était en sécurité.

Et décorative.

Et alors ? songea-t-elle. Si j'ai parachevé cela pendant trente-trois ans, je dois continuer. C'est ce que je fais le mieux.

L'écho des applaudissements évoquait le souffle du vent qui se lève. L'espace d'une seconde, elle se rappela le souffle de la neige et du vent sur le lac au moment de l'atterrissage quand l'avion de Carlton avait glissé dans ce halo poudreux jusqu'à la forêt sur l'autre rive.

Je n'étais pas seulement décorative alors. J'ai sauvé des vies humaines, j'ai sauvé ma peau.

Brusquement, toutes les impressions de cette longue nuit lui revinrent en mémoire : le froid, la peur, la fatigue... mais aussi ce sentiment qu'on avait besoin d'elle, que les autres dépendaient d'elle, qu'elle vivait une aventure douloureuse et terrifiante, qu'elle triomphait du danger, qu'elle livrait un combat qui dépassait les envies passagères.

Je veux retrouver cela. Dès que cette idée lui traversa l'esprit, elle comprit qu'elle la portait en elle depuis le début de sa convalescence. L'idée qu'elle ne serait peut-être plus jamais consciente du tragique de ces sentiments.

Mais peut-être n'en étais-je capable qu'une seule fois. Peut-être vais-je m'effondrer à la prochaine catastrophe. Comme tout le monde s'y attend.

Ou peut-être suis-je beaucoup mieux qu'ils ne le pensent. Peut-être puis-je espérer beaucoup plus qu'on ne le croit. Beaucoup plus que je ne l'ai jamais imaginé.

Les invités se bousculaient autour d'eux. Edgar l'enlaça, la serrant contre lui pour la protéger de la foule. Il en serait toujours ainsi : il la protégerait de tous les périls. Jamais il n'agirait comme Carl, jamais il ne l'abandonnerait seule face au monde.

Elle s'appuya contre son corps robuste, sentant sa chaleur et sa force qui ne devait rien à ses séances d'entraînement au club mais seulement à sa valeur réelle. Edgar ne l'exposerait jamais au moindre danger.

Mais s'il n'y a pas de danger, comment peut-on en triompher ?

Bon, tant pis, se dit-elle. En tout cas, je ne connaîtrai plus de dangers spectaculaires comme cette nuit-là. A quoi cela sert-il de toute façon ? Ce qui compte, c'est la sécurité et le plaisir.

— Vous allez si bien ensemble! affirmait quelqu'un.

— Quel culot, une telle demande en mariage! s'exclama une jeune fille. Quel homme courageux, votre Edgar! Un vrai héros!

Valérie la regarda avec mépris. Un héros... de lui avoir demandé sa main dans une salle de bal.

— Tous mes vœux de bonheur, déclara une femme non loin d'eux. Quel gâchis, mais vous êtes retombée sur vos pieds, Valérie. Vous avez du cran.

Valérie la dévisagea. J'ai du cran d'être retombée sur mes pieds. D'être tombée sur un riche mari, vous voulez dire.

Les visages souriants se pressaient autour d'elle, les bouches se déformaient jusqu'à paraître énormes et voraces, hurlant de rire, cancanant, se réjouissant déjà des mondanités de l'automne prochain où Valérie et Edgar seraient le point de mire. Valérie s'efforça de ne pas bouger. La sécurité, se rappela-t-elle. Le plaisir.

Et si je faisais des choses que je n'aurais jamais crues possibles? Et si j'étais mieux que personne ne l'aurait imaginé?

Elle contempla ces visages affables : tous si sûrs de la connaître. Que savaient-ils? Avaient-ils jamais sauvé la vie de quelqu'un?

Tout cela ne dura que quelques secondes.

Ils pensent que je suis tout juste bonne à épouser Edgar. Qui sont-ils pour en décider? Je vais leur montrer ce dont je suis capable toute seule...

La peur la saisit. Elle ne savait absolument pas ce qu'elle pouvait faire. Rien, peut-être. Pourtant, elle se refusait à y croire : voilà ce que tout le monde supposait. Elle était capable de bien des choses. Jeune, intelligente, elle connaissait les chefs d'entreprise de grandes sociétés dans le monde entier. Elle trouverait une voie vraiment difficile et éprouverait de nouveau ce sentiment de triomphe.

Elle négligea sa peur. Je la surmonterai, se dit-elle, le jour où je découvrirai ce dont je suis capable.

Elle retira la main d'Edgar, toujours posée sur sa taille, et s'écarta de lui, un premier pas, un deuxième. Il la regarda avec une surprise qui se refléta dans l'expression de ceux qui les entouraient. Seule, elle se dressa face à eux et sa voix claire s'éleva au-dessus des bavardages des invités.

— Non, déclara-t-elle.

20

— J'ai un boulot idéal pour toi, déclara Sybille sans sourciller. Elle était soi-disant venue une journée à New York pour affaires et avait invité Valérie à prendre le thé au Carlyle. Tu peux commencer tout de suite. Il faudra que tu retournes en Virginie mais tu aimes vivre là-bas et, dans l'immédiat, tu ne peux rêver mieux.

— Tu as un poste qui m'attend ?

— En fait, oui. Sinon, j'en aurais créé un. Je m'inquiète de ton sort, Valérie. Je me sens même un peu responsable de ce qui s'est passé.

Valérie parut surprise.

— Responsable ?

— Oui, en un sens. Je suis tombée plusieurs fois sur Carlton à New York l'automne dernier. Je l'ai vu avec des gens qui m'ont semblé très curieux... minables, pas le genre de personnages qu'on l'aurait imaginé fréquenter, presque véreux... Oh, je ne devrais pas t'en parler, à quoi ça sert ? Cependant, je regrette sincèrement de m'être tue à l'époque. Peut-être aurait-on pu l'arrêter avant qu'il ne s'engage là-dedans au point de ne plus pouvoir s'en sortir.

— Qu'il ne s'engage dans quoi ? s'enquit Valérie d'un ton cassant.

Sybille haussa les épaules.

— Qu'est-ce que j'en sais ? Mais si je t'avais prévenue...

— Tu n'es pas responsable, assura Valérie d'une voix glaciale. Tu n'as pas à t'attribuer mes problèmes, Sybille, je peux les résoudre moi-même.

Sybille se figea.

Valérie soupira.

— Pardonne-moi, c'était grossier de ma part. Tu cherches à m'aider et je t'en remercie. Parle-moi du travail que tu veux me proposer. C'est incroyable que cela s'arrange ainsi : que tu aies une société de production et que j'aie présenté tous ces spots à la télévision.

Sybille se cala sur sa chaise, faisant tourner sa tasse sur sa soucoupe.

— Oui, c'est incroyable. Tu te rappelles un jour, voilà bien longtemps, tu m'as demandé si je t'offrirais un emploi ? Qui aurait pu imaginer... ? Pour l'instant, je ne peux pas t'en dire grand-chose. Je dois voir ça avec mes réalisateurs. Mais tu auras un poste, et un poste qui te convienne. Fais-moi confiance, Valérie, je sais ce qu'il te faut. Viens me voir au bureau dans deux jours et on discutera des détails.

Plongée dans l'embarras, Valérie contempla sa tasse de thé. Après avoir refusé sa main à Edgar, elle avait surmonté ses hésitations et contacté plusieurs de ses amis. Depuis quatre jours, ils lui répondaient qu'ils ne pouvaient rien lui proposer dans l'immédiat mais l'appelleraient si une occasion se présentait. Elle avait ensuite tenté de lire les petites annonces, épreuve qui s'avérait toujours aussi difficile. Avant même de poser sa candidature, elle se sentait découragée. Le bref élan de confiance qui l'avait animée à la soirée vacillait, elle ne savait que décider. Cela aurait presque suffi à la rejeter dans les bras d'Edgar. Et voilà que Sybille lui offrait un emploi sur un plateau. Elle sortit son agenda et son stylo en or de son sac.

— Ton bureau est à Fairfax ? lança-t-elle.

C'est ainsi que la semaine suivante, par un beau lundi de la fin juin, alors que les bateaux naviguaient sur le Potomac et que les cavaliers galopaient en toute liberté dans les terrains de chasse de Virginie, vêtue d'un tailleur gris clair et d'un chemisier blanc impeccable, Valérie arriva aux Sybille Morgen Productions pour prendre son service.

On lui donna un bureau, on la présenta à Gus Emery et à Al Slavin, deux réalisateurs installés près d'elle, et on lui tendit une corbeille pleine de courrier. Debout à côté de la table, elle hésitait à s'asseoir et contemplait les piles d'enveloppes, toutes adressées au révérend Lily Grace.

— Que suis-je censée en faire ? demanda-t-elle à Gus Emery.

Aussi grand qu'elle, il était d'une beauté charmante, presque efféminée, avec ses longs cils, son teint pâle et sa voix étonnamment rauque.

— Les trier. L'amour et l'adoration d'un côté, les questions de l'autre.

Valérie parut perplexe.

— Je devrais comprendre ?

— Allez-y, vous allez piger. Ça fatiguera pas votre joli petit cerveau au-delà de ses capacités.

Il s'apprêta à sortir.

— Un instant, lança Valérie d'un ton glacial. Donnez-les à quelqu'un d'autre, je ne suis. pas ici pour cela.

— Ah non ? Sans se presser, il l'inspecta de la tête aux pieds. On m'aurait trompé. Mrs. Morgen a annoncé que vous étiez la nouvelle assistante.

— Impossible. Elle m'a engagée pour passer à l'antenne, j'entends aussi rédiger mes textes. C'est ce que j'ai fait jusqu'à présent et elle le sait. Je vais lui en parler, il y a une erreur.

— Faux. Mrs. Morgen ne commet pas d'erreurs. Bon, Val, on a du boulot à...

— Mrs. Sterling.

— Faux, une fois de plus. Je vous appelle comme je veux, Val, ça m'aide à digérer. Bon, trêve de conneries. Vous avez été engagée pour Al et moi, vous dépendez de nous, vous êtes notre assistante. Voici le bureau de notre assistante, la chaise de notre assistante et le panier de courrier de notre assistante qui est à trier tous les matins pour le révérend Lily, qu'il pleuve ou qu'il vente. Il y a pas mal de mouvement ici... des gens qui arrivent et qui s'en vont. Beaucoup ne s'entendent pas avec la reine des abeilles... autrement dit, Mrs. Morgen pour vous. Al et moi, on est là depuis le début et on y reste. Autrement dit, on fait notre boulot sans que personne ne s'en mêle et on a une assistante. Autrement dit, vous. C'est assez clair ?

Valérie tourna les talons et, d'un pas décidé, se dirigea vers le bureau de Sybille.

— Il faut que je la voie, affirma-t-elle à la secrétaire, et elle poursuivit son chemin.

Sybille leva vers elle un regard dur. Voyant Valérie, son expression se radoucit.

— Je n'ai pas le temps de bavarder, Valérie, j'ai un rendez-vous...

— Je voudrais juste éclaircir un point. Gus Emery prétend que tu m'as engagée pour être son assistante.

— Son assistante et celle d'Al. Comme prévu.

— Non, absolument pas. Tu m'avais annoncé que je serais présentatrice ou interviewer et que j'écrirais mes textes.

— Je t'ai expliqué, si tu te rappelles bien – franchement, Valérie, je suis sûre d'avoir été claire –, que je te ferais passer au maximum à l'antenne mais que tu travaillerais d'abord à la production jusqu'à ce que je trouve le moyen d'employer tes talents. Ce n'est pas ce que j'ai dit ?

— Si. Sans spécifier que je serais l'assistante de qui que ce soit.

— J'ai peut-être omis de le préciser. Les titres te préoccupent-ils tant ? Je tiens à ce que tu apprennes le plus de choses possible – tu m'es très chère, Valérie –, je veux que tu joues un rôle important dans cette société. Gus et Al sont très forts dans leur domaine, ils t'en apprendront plus que n'importe qui. Cette idée te paraît tellement absurde ?

— Pour qui te prends... ?

— Pardon ?

Valérie ne bougea pas. L'écho des mots amusés, tolérants de Sybille et de ses doléances présentées d'un ton un peu enfantin résonnait dans la pièce. Elle sentit que le pouvoir avait changé de main, comme si le sol s'était incliné après un tremblement de terre. Elle en fut glacée. Je travaille pour cette femme, mon salaire dépend d'elle. A une époque, elle me suivait comme un toutou. Mais elle a beaucoup appris au cours de toutes ces années depuis la fac, toutes ces années durant lesquelles je jouais.

— Non, répliqua-t-elle avec calme. Cela ne me paraît pas absurde. Je serai à mon bureau si tu as besoin de moi.

Enfin, lentement, elle s'installa à sa table, se l'appropriant par ce geste. J'aurai un poste pour toi, avait assuré Sybille, un poste qui te convienne. Valérie ravala son amertume et s'assit, le dos droit, la tête haute, regardant alentour, essayant de se convaincre qu'elle se trouvait à sa place.

Des néons éclairaient la grande pièce basse de plafond, peinte en bleu et blanc et divisée en cubes réservés aux réalisateurs. Secrétaires et assistants ne disposaient pas de coin séparé. Une moquette recouvrait le sol. Les tables étaient récentes, le matériel des bureaux, des studios et de la salle de régie le meilleur du marché. Pourtant, tout semblait terne, comme dans n'importe quel studio. En réalité, celui-ci lui paraissait encore plus étouffant que les autres.

C'est parce que je travaille ici. Au lieu de passer en coup de vent telle une vedette pour enregistrer un spot génial de quatre-vingt-dix secondes avant d'aller retrouver mes chevaux, ma liberté et ma superbe propriété.

Elle ferma les yeux, refoulant les larmes qui la brûlaient. Trop de choses ont changé en trop peu de temps, songea-t-elle. Sans que je puisse m'y habituer.

Au lendemain de son refus, quand elle avait dû cesser de jouer les privilégiées dans son cocon doré, elle comprit toute la portée des actes de Carlton. Puis Sybille s'était présentée avec un emploi et, deux jours plus tard, Valérie retournait en Virginie. Pas dans son grand domaine de Middleburg, mais dans un modeste appartement à Fairfax composé de deux petites pièces et d'une cuisine minuscule au mobilier spartiate : des chaises aux pieds droits, un lit qui penchait d'un côté et quelques casseroles en aluminium. C'est provisoire, se disait-elle tous les matins et tous les soirs. Comme un hôtel moche. Je ne suis pas vraiment installée ici ; j'y suis momentanément, jusqu'à ce que j'aie les moyens d'avoir un appartement correct.

Quand ? se demandait-elle.

Sa mère était à l'abri pour quelque temps. Dès qu'elle aurait déniché un appartement plus petit et quitté celui de Park Avenue, elle pourrait vivre sur le compte que Carlton avait épargné et la vente de ses bijoux. Au moins jusqu'à ce que Valérie puisse l'aider.

En d'autres termes, elle devait gagner plus chez Sybille, trouver un autre emploi ou... Ou rien. C'étaient les seules solutions. De plus, après sa première expérience peu concluante, elle ne pouvait affronter l'idée de chercher un autre poste. Elle avait une espèce de sécurité : un travail, un salaire. Si ridicule que personne n'aurait dû essayer d'en vivre ; elle pensait d'ailleurs qu'elle n'y réussirait pas bien longtemps. Mais un salaire qui tombait régulièrement et un travail obtenu sans avoir à se battre : Sybille le lui avait offert sur un plateau.

Cependant, elle le détestait. Elle détestait tout de cette vie. Elle détestait devoir se réveiller à une heure précise, se préparer et prendre son petit déjeuner précipitamment, se rendre au studio dans un flot de voitures qui lui donnait l'impression d'être un quidam parmi tant d'autres et arriver aux bureaux de Sybille Morgen Productions où elle n'était toujours personne : le maillon d'une énorme machine contrôlée par quelqu'un qui ne se souciait pas de son opinion, de ses sentiments ni de ses craintes, qui se souciait uniquement de tirer le maximum d'elle. Il lui semblait ne pas avoir de vie. Même le soir ou le week-end, elle ne pouvait oublier cette illusion de liberté : dans quelques heures, elle devrait y retourner et rendre des comptes à autrui.

Qu'était devenue la joie triomphante qu'elle avait éprouvée dans les Adirondacks ? Qu'étaient devenues l'émotion et la satisfaction de savoir que des gens dépendaient d'elle ? Qu'était devenue la conviction qu'elle valait mieux qu'on ne l'imaginait ?

Elle ne risquait pas de les trouver dans ce travail. L'héroïsme n'avait pas droit de cité dans la société de Sybille. Et nulle part ailleurs, sans doute, si on y réfléchissait bien. Pourtant, il devait y avoir une autre possibilité. Une possibilité qui lui donnerait l'impression d'être de nouveau maîtresse de son existence.

En tout cas, elle ne retournerait pas vers Edgar. Elle y avait pensé, plus d'une fois, mais elle savait ce qu'il adviendrait alors : il lui pardonnerait avec magnanimité, l'épouserait avec une générosité de vainqueur qui l'exaspérait et leur relation serait condamnée à l'échec dès le début. Non, pas Edgar. Un autre homme peut-être, un homme qui croirait en ses capacités. Ou peut-être sa fortune, une partie du moins, lui reviendrait-elle. Ou... autre chose. Une chose qu'elle n'avait même pas imaginée.

Tout pouvait changer du jour au lendemain, se disait Valérie. En réalité, tout ce qui changea au cours des deux semaines suivant son retour en Virginie, c'est qu'on vendit les Sterling Farms.

Dan Lithigate lui avait annoncé, la veille du jour où elle commença à travailler pour Sybille, que quelqu'un avait fait une bonne offre. Elle ignorait le nom du futur acheteur, car les négociations se traitaient par l'intermédiaire de l'autre avocat, mais le prix était élevé et l'acquéreur semblait avoir du répondant. Valérie toucherait bientôt une forte somme de la vente qui paierait une partie des dettes de Carlton. Une semaine plus tard, l'affaire se conclut.

Je n'ai plus rien. C'est quelqu'un d'autre qui l'aura. Jamais plus je ne parcourrai ces pièces, je ne chevaucherai à travers ces champs, je ne couperai de fleurs pour le dîner dans les jardins ou les serres...

— Tout est trié ?

Gus Emery, qui se tenait à côté de son bureau, voulut récupérer le panier de courrier.

— Non, répondit-elle. Je vais m'y mettre.

Il consulta la pendule accrochée au mur derrière elle.

— Le révérend Lily les attend à onze heures.

— Vous ne m'aviez pas prévenue.

— Je vous ai donné un ordre. Ce qui signifie exécution sur-le-champ, pas à la saint-glinglin.

Valérie lui jeta un regard glacial.

— Vous avez besoin d'être grossier pour vous sentir important ici ?

Les lèvres pincées, il émit un long sifflement.

— Oh, la la, on est très courageuse ce matin, vu qu'on vient d'être engagée et qu'on risque d'être virée aussi sec. Moi, je m'occupe de savoir si je suis important et vous, vous vous occupez de votre boulot. D'accord ?

— Non. Si on doit collaborer, vous ne pourriez pas vous conduire en gentleman et nous rendre les choses plus agréables à tous les deux ?

— Gentleman ? répéta-t-il. Ça n'existe pas en affaires. Si vous aviez travaillé un seul jour de votre vie, vous le sauriez. Apportez-moi le courrier quand vous aurez fini. J'ai d'autres trucs qui vous attendent.

— Comment savez-vous que je n'ai jamais travaillé ?

— Oh, allez. Les journaux, la télé, votre attitude. Sans compter la reine des abeilles. A tout à l'heure.

— Et qu'est-ce qui vous ennuie ? Que je n'aie jamais eu à travailler ?

Il la regarda par-dessus son épaule.

— Rien ne m'ennuie hormis les gens qui n'exécutent pas les ordres. Les gens de votre espèce ne sont pas très doués pour ce genre d'exercice, il faudra apprendre. Voici la leçon du jour : je donne les ordres et vous bondissez. Il faudra apprendre ça, comme le reste. Tous les fichus autres trucs qu'on doit vous inculquer. Ce qui inclut : faire quelque chose dès que je vous le dis au lieu de rester les bras croisés à débiter ces âneries quand vous avez du boulot.

D'un pas décidé, il regagna son cube aménagé cinq mètres plus loin.

Valérie le suivit du regard. Espèce de petit ver de terre mesquin, envieux et visqueux, pesta-t-elle. Tu détestes les gens qui ont de l'argent. Tu me détestes parce que j'en ai eu, alors que tu n'en as jamais eu et que tu n'en auras sans doute jamais. De plus, Sybille m'a imposée à toi, ce qui ne te plaît pas. Dommage pour toi ! Car c'est mon boulot et personne ne me le prendra.

Elle renversa la corbeille de courrier sur son bureau, puis se mit à retirer des enveloppes les lettres qu'elle parcourut et empila en deux tas séparés.

« Très cher révérend Lily, Désormais, grâce à vous, ma vie est illuminée... », affirmait-on d'un côté et, de l'autre : « Je ne sais que faire avec mon fils qui se drogue... »

Cependant, elle ralentit le rythme, commençant à lire les mots du début à la fin. Intimes, passionnés, adorateurs même, ils s'adressaient à Lily Grace comme si elle était mère, sœur, professeur idolâtré, amie de toujours. Ils débordaient de sincérité. Valérie les lut avec surprise. La jeune femme, passagère dans l'avion de Carlton au cours de ce fatal voyage, paraissait bien banale. Même le bref sermon qu'elle avait fait à l'enterrement de Quentin Enderby, bien qu'émouvant, n'avait rien d'inoubliable. Que lui était-il arrivé ? Un jour peut-être, si j'ai le temps, j'irai l'écouter, se dit-elle.

— Apparemment, vous avez besoin d'un coup de main, lança une agréable voix au-dessus d'elle, et un long bras attrapa un monceau de lettres.

— Non, pas du tout, répondit Valérie avec colère puis, se retournant, elle découvrit les sourcils arqués et le sourire franc d'Al Salvin, l'autre réalisateur pour qui elle travaillait.

— Finissons cela, proposa-t-il en approchant une chaise.

Il avait la barbe et les cheveux d'un roux éclatant et, lorsqu'il se pencha sur sa tâche, Valérie aperçut sa calvitie naissante au sommet du crâne. Il jetait un coup d'œil rapide à chaque lettre qu'il mettait dans la bonne pile avant de passer à la suivante.

— Il ne faut pas y consacrer trop de temps ; de toute façon, au bout d'un moment, elles se ressemblent toutes.

— Il y en a toujours autant ? demanda Valérie qui les parcourait presque aussi vite que lui.

— Oui, tous les jours. On en reçoit huit ou neuf cents par semaine, parfois plus, et on les trie, une centaine par jour. Les admirateurs inconditionnels ont droit à un chaleureux remerciement, les inquiets à une réponse par écrit ou sur le petit écran.

Valérie leva les yeux.

— Comment cela ?

Il agita un doigt réprobateur.

— Vous vous êtes trahie. N'avouez jamais en public que vous ne regardez pas tous les épisodes de toutes les programmes réalisés par Sybille Morgen Productions. Sinon, vous êtes morte. Entre nous, Lily a une émission tous les mercredis soir à dix heures qui s'appelle « A la maison avec le révérend Grace » : elle s'assied au coin du feu, des lis et des bougies sur la table, et répond à une partie de son courrier. Elle lit les lettres, sans citer de nom bien sûr, donne des conseils, dispense sagesse et encouragements, sourit à la caméra avec amour et tendresse...

— Vous ne l'aimez pas.

— Au contraire. Je l'adore. Impossible de ne pas aimer Lily. Simplement, je ne souhaite pas qu'elle régisse ma vie ou dirige mon pays et je m'inquiète quand des gens tombent amoureux d'une image sur l'écran en imaginant que cela peut devenir une ligne de conduite morale ou politique.

Valérie acquiesça sans prêter grande attention à ses propos. Ce sujet ne l'intéressait guère. En d'autres circonstances, elle aurait été suffisamment intriguée pour vouloir en savoir plus sur Lily Grace, mais tant de problèmes l'occupaient qu'elle n'avait pas la force d'essayer de comprendre un jeune pasteur qui ne la concernait en rien.

— C'est fini, annonça-t-elle. On va prendre un café ?

— Je vais aller le chercher. Demandez à Gus ce qu'il attend de vous.

— Je pensais qu'on pourrait aller à la cafétéria en bas.

— J'avais compris. Les pauses ne sont pas de mise dans la maison. La machine à café est dans la cuisine. Je vous la montrerai tout à l'heure.

Valérie le considéra.

— Vous avez mis au point cette petite comédie tous les deux ou quoi ? Il joue le rôle du méchant et vous celui du gentil ? Il fait souffrir les gens et vous apaisez les susceptibilités blessées ?

Il esquissa un sourire noyé dans sa barbe rousse.

— Vous êtes intelligente. Non, ce n'est pas de la comédie, c'est un arrangement. Lui en tire plus des gens, mais moi je les convaincs de rester. Quelque temps du moins.

— Il vous est sympathique ?

— On fait équipe, répondit-il en haussant les épaules. On est habitués l'un à l'autre. Bon, allez voir ce qu'il veut. Moi, je vais chercher du café.

Ils semblaient comme les deux moitiés d'une seule et même personne, songea Valérie. Ce fut Al Salvin qui l'empêcha de sombrer dans le désespoir une bonne douzaine de fois au cours des trois semaines suivantes. Gus Emery avait un goût de la cruauté qui la laissait perplexe. Il était si brillant dans son domaine qu'il aurait pu se permettre d'être plus détendu. Ce qui n'arrivait jamais. Il menait ceux qui l'entouraient tambour battant et travaillait d'arrache-pied. Il paraissait aigri envers tout le monde. De plus, ses remarques cinglantes et son cynisme glacial donnaient à penser que l'opinion d'autrui ne lui importait pas.

Hormis celle de Sybille et de Lily. Devant Sybille, il se montrait mielleux, habile, calme et plein d'admiration, jamais déférent mais jamais dur. Avec Lily, il adoptait la prudence. On aurait dit qu'il marchait sur des œufs : il faisait attention aux termes qu'il employait, parlait d'une voix douce, prenait un air paternel pour lui communiquer ses directives ou lui sourire lorsqu'ils enregistraient un sermon ou « A la maison avec le révérend Grace ». Il avait su se rendre indispensable à Sybille Morgen Productions. Cependant, en dehors de Sybille et Lily, presque personne ne l'appréciait.

C'était Al Salvin que tout le monde aimait et il ne tarda pas à devenir le meilleur ami de Valérie au sein de la société. Dès qu'il avait un instant, il lui apprenait les subtilités de la production. Et il lui demandait souvent de venir l'aider en studio.

Tous les jours, on enregistrait le feuilleton à l'eau de rose « L'Art de l'amour » après une répétition le matin. Une émission de jeux hebdomadaire, « Le Cercle du vainqueur », se déroulait en public le lundi et une autre, « Encore plus fort », le jeudi. « A la maison avec le révérend Grace » avait lieu le mercredi matin pour être projeté le soir même. Quant au sermon de Lily, il passait en direct le dimanche matin à onze heures et était enregistré pour les rediffusions.

Al restait en régie, Valérie en studio. Dans un coin, un casque sur les oreilles, munie d'un bloc et d'un crayon, elle se tenait prête à exécuter les ordres. Ils en étaient à la dernière répétition d'un épisode de « L'Art de l'amour » qu'on mettait en boîte dans l'après-midi.

— L'écharpe de Lola est de travers, indiqua Al à Valérie qui se dirigea vers le plateau pour la redresser. Et dis-lui de fermer le troisième bouton de son chemisier. Qu'est-ce qu'elle a aujourd'hui ? Demande-lui ce qu'elle s'est enfilé au déjeuner.

Valérie sourit à Lola.

– Al aimerait que tu boutonnes ton corsage. Et il dit que tu es vraiment ravissante aujourd'hui.

– Naturellement, répliqua Lola. Comme d'habitude. Mon bouton ? s'étonna-t-elle en baissant les yeux. C'est bizarre. Ça a dû arriver tout seul.

– Valérie, reprit Al, on attend tous.

– Lola, déclara Valérie, tout le monde attend.

– Naturellement, rétorqua Lola. On m'attend toujours. Elle se rajusta et prit sa place à côté du canapé, un vase de céramique peinte à la main.

– OK, lança Al. On va l'essayer à partir de « Tu me traites comme une esclave ».

– Lola, annonça le directeur de plateau tandis que Valérie se retirait, on recommence de « Tu me traites comme une esclave ». Et cette fois-ci, vise le milieu de la cheminée.

– Sa tête est plus haute que ça, affirma Lola avec arrogance.

– Tu vises mal. Si tu vises la cheminée, tu seras plus près.

– Je vise super bien !

– Allons-y, ordonna le directeur de plateau.

– Tu me traites comme une esclave ! hurla Lola qui lança le vase avec une passion déchaînée vers la tête de Tom Halprin.

L'objet vola un mètre au-dessus de lui et s'écrasa contre une fenêtre dans un mur du décor qui se mit à trembler.

– Merde, souffla Al. Valérie, un autre vase. Regarde si elle a entaillé l'encadrement. Et vérifie que l'équipe ramasse tous les morceaux : on ne veut pas donner l'impression qu'il y a eu une tempête ici, juste une dispute d'amoureux.

– Pete, lança Valérie à un autre assistant en traversant le plateau pour examiner les dégâts, va chercher un autre vase.

– Pas moi, répliqua-t-il. Je n'ai d'ordres à recevoir que de Gus. Elle se retourna vers lui.

– Fais ce que je te dis ! Et tout de suite !

Devant son ton, il recula.

– D'accord, répondit-il, surpris de sa réaction. Aux accessoires ?

– Sur l'étagère du haut. Apportes-en deux.

– Très bien, acquiesça-t-il, et il disparut.

Valérie observa l'encadrement de la fenêtre qui n'avait pas subi de dommages. Elle s'arrêta un instant pour regarder l'équipe balayer la céramique brisée, puis regagna sa place. Elle se sentait mieux que depuis fort longtemps : elle avait donné un ordre qu'on avait suivi. L'espace d'une seconde, une merveilleuse seconde, cela lui rappela l'époque où des escadres de domestiques se tenaient prêtes à exécuter ses instructions. C'est

347

beaucoup mieux d'en donner que d'en recevoir, songea-t-elle avec une ironie désabusée. Elle se demanda si elle avait eu le même ton que Gus Emery lorsqu'il s'adressait à elle. Peut-être, et peut-être Gus, lorsqu'elle se précipitait pour lui obéir, se sentait-il aussi bien qu'elle à l'instant quand Pete s'était rué aux accessoires. On a tous envie d'avoir quelqu'un au-dessous de nous, se dit-elle, tout en voyant Lola faire la moue parce que le directeur de plateau lui répétait une fois de plus qu'elle visait toujours trop haut. Même si on a la possibilité d'avoir du pouvoir sur une seule personne, on saisit aussitôt l'occasion. Elle se demanda si les gens avaient des enfants pour cette raison. Puis si elle en aurait un jour. Et cela lui rappela qu'elle était seule, sans un sou et au service d'une tierce personne. A cette idée, elle prit conscience de la voix d'Al dans son casque qui parlait au directeur de plateau.

— Je veux que Tom se baisse même si elle vise trop haut. Si on utilise la caméra trois, on peut sans doute le truquer. Elle a déjà bousillé onze vases, elle ne fera guère mieux.

— C'est compris, acquiesça le directeur de plateau qui recommença la scène.

— Tu me traites comme une esclave! hurla Lola qui jeta le vase.

Tom Halprin esquiva l'objet qui passa soixante centimètres au-dessus de sa tête et s'écrasa contre le mur au-dessus du manteau de la cheminée. Lola s'approcha d'un pas furieux.

— Je te déteste! Je me suis donnée à toi. Je me suis installée chez toi comme tu me l'as demandé...

— Ainsi que tu me l'as demandé, corrigea Al dans le casque.

Le directeur de plateau arrêta la scène d'un geste de la main.

— Lola, c'est « ainsi que tu me l'as demandé ». C'est l'expression juste et ce qui est écrit dans le scénario.

— Je sais ce qui est écrit dans le scénario. Je l'ai changé. Personne ne parle comme ça. Elle se pinça les lèvres puis pencha la tête de côté et d'autre. « Ainsi que vous, monsieur le bêcheur, me l'avez demandé. » Qui parle comme ça? Pas moi. Je sais comment parlent les gens, ils parlent comme moi, et moi je dis les choses comme elles me viennent.

Le directeur de plateau leva les yeux vers la salle de régie.

— Qu'en penses-tu, Valérie? s'enquit Al.

Surprise, Valérie y réfléchit.

— Si elle disait « quand tu me l'as demandé », il n'y aurait plus de problèmes.

Elle entendit dans les écouteurs le gloussement d'Al qui la réconforta et lui donna l'impression d'être utile.

— Ça me plaît. On l'essaie.

Le directeur de plateau s'entretint avec Lola qui reprit là où elle s'était arrêtée.

— Je me suis installée chez toi quand tu me l'as demandé pour être là quand tu le voulais! Pour faire ce que tu voulais! Tout ce que tu voulais!

Et aujourd'hui, tu t'imagines pouvoir m'annoncer que tu as rencontré quelqu'un de mieux? Et que tu ne seras pas toujours ici? Parce que tu comptes la voir, elle aussi? Eh bien, moi, je ne serai pas là! Si tu crois que je vais attendre que ça se passe, tu es fou! Tu es...

Elle regarda autour d'elle, cherchant autre chose à lui jeter au visage. A ce moment-là, Tom Halprin traversa le plateau d'un pas décidé, l'attrapa par les épaules et l'obligea à s'asseoir sur le canapé.

D'une main, il la maintint et, de l'autre, déchira son chemisier. Elle ne portait rien en dessous. Cependant, la corpulence de Tom et l'angle de la caméra ne laissaient voir qu'un aperçu fugace de son opulente poitrine.

– Non! hurla Lola. Je ne veux pas... tu n'as pas le droit!... Elle se débattit tandis que Tom lui clouait les mains au-dessus de la tête. Arrête! rugit-elle, mais son cri se transforma en murmure.

Tom avait les lèvres sur ses seins, la main sous son corsage. La caméra glissa vers le sol, s'attardant sur les éclats de vase brisé devant la cheminée, reculant vers le divan où la main de Lola pendait mollement, ses doigts effleurant le tapis.

– Tom, chuchota-t-elle. Tout ce que tu veux...

Furieuse, Valérie se tenait dans son coin. Elle découvrait « L'Art de l'amour ». Elle ignorait qu'il s'agissait d'une émission un peu porno. De la pire espèce, fulmina-t-elle en silence : une femme adorant l'homme qui la violait. Pourquoi Sybille produisait-elle ce genre de chose?

Parce qu'il existait un public pour cela. Valérie savait que des stations couvrant trente-cinq marchés avaient déjà acheté la série qui, dans sa tranche horaire de l'après-midi, battait tous les feuilletons du réseau. Lorsque Sybille trouvait des spectateurs, elle satisfaisait leur goût. A n'importe quel prix. Elle offrait aux gens ce qu'ils voulaient ou créait une demande en proposant un programme inédit. C'est ainsi qu'elle gagnait de l'argent.

Je me demande ce qu'elle ferait pour de l'argent, songea Valérie.

Et Al Salvin, Lola, Tom et tous les acteurs, le directeur de plateau, l'équipe de l'image... sans oublier Valérie Sterling. Nous tous qui travaillons sur le porno de Sybille. On est aussi condamnables qu'elle.

Non, rectifia-t-elle, pas vraiment. C'est notre boulot et tous les emplois ont sans doute leurs mauvais côtés. Comment puis-je me permettre de juger que les gens devraient démissionner plutôt que de collaborer à une telle production? Sybille, elle, a le choix; en ce qui nous concerne, c'est plus compliqué.

On préparait la scène suivante et elle entendit la voix d'Al dans le casque.

– Valérie, tu peux rapprocher du lit la table où se trouve le téléphone? Et vérifie que le tapis n'est pas dans le chemin pour que la caméra puisse aller vers la salle de bains. Pas question de voir le cul de Tom sous la douche!

Elle suivait les instructions à la lettre bien qu'elle eût la tête ailleurs.

Elle n'avait jamais pensé aux gens qui étaient obligés de travailler, que cela leur plaise ou pas, même s'ils devaient accepter des compromis pour garder leur emploi qu'ils ne pouvaient quitter. Désormais, elle appartenait à ce monde et elle s'étonnait de constater à quel point il fallait s'adapter à toutes sortes de situations. Pourquoi personne ne se plaignait-il ? Chacun remplissait ses fonctions et personne ne paraissait malheureux.

Peut-être parce qu'ils sont bien payés. Je devrais être mieux payée, se dit Valérie à la fin de la journée, quand le calme fut revenu dans le studio et qu'une équipe montait le décor pour la répétition du lendemain. Si Sybille ne me laisse pas faire ce que je veux, je dois au moins avoir les moyens de vivre.

Cette fois-ci, elle ne se rua pas dans son bureau. Il fallait choisir le bon moment. En attendant, elle s'acquitta de ses tâches qui l'ennuyaient tant elles lui semblaient bêtes. Elle était la seule assistante qui s'occupait de tout cela, des secrétaires s'en chargeaient pour d'autres réalisateurs. Et elle n'avait jamais le temps de tout mener à bien.

— Il n'a qu'un désir : que je n'y arrive pas, confia Valérie à Al à la fin de sa troisième semaine. Uniquement parce que j'avais de l'argent autrefois.

Al secoua la tête. Assis à côté d'elle, il notait des changements d'éclairage pour « L'Heure de Grace. »

— C'est plus compliqué que ça. Son attitude est liée à Mrs. Morgen. Je crois qu'il est jaloux.

— Jaloux ?

— Elle te suit de très près, elle vient souvent voir où on en est par ici, juste en passant soi-disant; en réalité, c'est toi qu'elle observe. On a l'impression qu'elle te surveille sans arrêt, quoi que tu fasses, même quand elle est dans son bureau. Tu as dû le remarquer, tout le monde s'en est rendu compte. Selon moi, Gus a sans doute peur que tu prennes sa place ; pas en tant que réalisateur, mais que tu deviennes son interlocutrice privilégiée.

Valérie eut un petit rire.

— Dis à Gus qu'il ne risque rien. On n'est pas très intimes toutes les deux.

— Tu la connaissais avant qu'elle ne t'engage, cependant ?

— Oui. Elle n'avait pas envie d'en parler, même à Al. Elle reposa les pages d'un scénario qu'elle examinait. J'en ai assez de tout cela, un enfant de quatrième pourrait s'en charger. Il faut que je me trouve autre chose, quelque chose où je puisse m'épanouir, quelque chose qui me plaise.

— C'est le souhait de tout un chacun, répliqua Al gentiment. Laisse-nous une chance, Valérie, tu es là depuis moins d'un mois. On va te trouver un poste intéressant. Dis-moi ce qui te tenterait et j'essaierai d'arranger le coup.

Valérie sourit devant la gravité de son regard. Heureux en ménage, père d'une famille nombreuse, ce qui lui donnait un caractère rassurant, il était un bon ami.

- Merci, Al. Je crois que Sybille n'a aucune intention de me confier quoi que ce soit de très compliqué dans l'immédiat, mais si une idée me vient à l'esprit, je t'en parlerai.

Gus Emery s'approcha et fit signe à Al.

- J'ai besoin de toi dimanche pour le Lily.
- Pas de problème, répondit Al avec calme. Il y a quelque chose de spécial ?
- Non, le train-train habituel. Les gars peuvent amener le matériel à l'église dans les camions et enregistrer l'émission. Ils connaissent tout ça par cœur. Tu n'as qu'à te mettre en régie pour dispenser le prêchi-prêcha aux fidèles. Super simple.
- Et toi ? Tu es en vacances cette semaine ?
- On m'a enrôlé pour aider la reine des abeilles. Elle a acheté une propriété à Middleburg, elle veut que je déménage des trucs.
- Elle en avait déjà une. A Leesburg, non ?
- Elle en a acheté une plus grande. Les Sterling Farms. Ça a un rapport avec vous ? ajouta-t-il à l'adresse de Valérie.

Elle était comme paralysée.

- Non. Ils l'observaient tous les deux. J'ai du travail qui m'attend, déclara-t-elle dans un état second, et elle se leva.

Valérie regarda alentour, comme si elle se demandait où elle se trouvait, puis se dirigea vers sa place.

C'est quelqu'un d'autre qui l'aura. Jamais plus je ne parcourrai ces pièces, je ne chevaucherai à travers ces champs, je ne couperai de fleurs pour le dîner dans les jardins ou les serres...

Elle poursuivit son chemin, passa devant son bureau, puis devant les autres et suivit le couloir qui menait au studio. Sombre et glacial, il était vide jusqu'à ce qu'il reprît vie le lendemain matin avec le prochain enregistrement. Non, elle ne peut pas l'avoir, ni elle ni personne. C'est à moi.

Ce n'était pas simplement l'idée que quelqu'un eût acheté les Sterling Farms. Ce qui la bouleversait, c'est qu'il s'agissait de Sybille.

Pourtant, qu'est-ce que ça changeait ? Hier elle ignorait le nom de l'acheteur, aujourd'hui elle le connaissait. Quelle importance ? Une seule chose comptait : elle avait perdu sa propriété et ne pourrait plus jamais y vivre.

Ça changeait tout. Elle avait l'étrange impression que Sybille la traquait depuis des années, la suivant dans les magasins, les instituts de beauté, s'adonnant au ball-trap, au cheval, allant à la chasse – même Nick, songea-t-elle avec une terrible lucidité –, et maintenant les Sterling Farms. Au début, Valérie avait cru que Sybille voulait imiter son mode de vie. Il lui semblait désormais qu'elle souhaitait lui prendre tout ce qui lui appartenait.

Comme si elle voulait me punir. Que lui ai-je donc fait ? Je pensais l'avoir aidée. Elle est venue me trouver à New York et je...

Non, songea-t-elle brusquement. Pas New York. Avant cela. Un souvenir lui revint en mémoire.

351

Stanford.

Elle avait fait quelque chose... non, dit quelque chose qui s'était retournée contre Sybille. Une broutille, mais une broutille qui mena au renvoi de Sybille.

Voilà treize ans de cela.

Elle se mit à tourner en rond à côté du divan où Tom Halprin avait violé Lola Montalda et où se déroulait, jour après jour, un flot continu de scènes érotiques sauf les matins où on se servait du canapé dans le décor de « A la maison avec le révérend Grace ». J'ai fait une sottise ; treize ans plus tard, elle s'en souvient encore et elle veut me châtier. Si elle a attendu tout ce temps pour avoir l'occasion de...

Elle en avait presque oublié sa tristesse à l'idée de perdre les Sterling Farms. Que cherche-t-elle d'autre ? Si j'avais un mari, sans doute le voudrait-elle. Mais je n'en ai pas, je n'ai rien d'autre qu'elle puisse convoiter. Est-elle satisfaite alors ?

Elle frissonna. Elle imaginait une implacable Sybille, éternellement insatisfaite, qui la poursuivrait à tout jamais.

Quelle idée insensée ! Même si Sybille n'était plus son amie – sans doute ne l'avait-elle jamais été, d'ailleurs – et se considérait comme l'ennemie de Valérie, ce n'était pas un monstre. On pouvait lui faire entendre raison.

Bon, n'exagérons pas, se dit Valérie en esquissant un sourire. Je n'essaierai pas de la raisonner, je n'évoquerai pas le passé. Cependant, j'ai l'intention d'obtenir d'elle certaines choses et, nom d'un chien, elle va me les donner.

Je veux être beaucoup plus rétribuée pour tout ce que j'assume ici.

Et je veux avoir le genre de travail qu'elle m'a promis. Elle n'a pas encore d'émission à me proposer mais, lorsque le nouveau magazine entrera en production, elle va me le confier.

Je lui ai montré que j'étais efficace. Je ne me plains pas, je m'acquitte de tout. Maintenant, je tiens à être payée de retour.

Sûre de son bon droit, elle rebroussa chemin et arriva dans le bureau de Sybille.

— Il faut que je la voie, déclara-t-elle à la secrétaire comme trois semaines plus tôt, et elle ouvrit la porte.

Sybille s'entretenait au téléphone.

— Je vous ai dit d'organiser une réunion du conseil d'administration après-demain. Contactez Arch et Monte sur-le-champ, on doit absolument... Elle leva les yeux et déclara : Je vous rappellerai. Puis raccrocha aussitôt le combiné. Ma secrétaire est censée me prévenir quand quelqu'un souhaite me voir.

— Excuse-moi, j'aurais dû attendre, répondit Valérie en entrant. Il faut que je te parle.

— Qu'y a-t-il ?

— Sybille, je dois être augmentée.

Sybille sembla se caler dans son fauteuil.
— Pourquoi ?
— Parce que j'ai le strict minimum et que je vaux plus.
Un léger tic agita le coin de la bouche de Sybille.
— Je suis la secrétaire et l'assistante de Gus et d'Al, ce qui représente deux emplois à temps complet : je mérite donc deux salaires.
— Deux salaires, répéta Sybille.
— Il ne s'agit pas d'une requête. J'entends être payée correctement pour les efforts que je fournis. Et ce n'est pas tout. Al travaillait sur le nouveau magazine hier, je veux le présenter. Je suis ici depuis trois semaines et j'attendais cette occasion. Tu sais que je serais parfaite. Plus vite tu donneras ton accord, plus vite je pourrai m'y consacrer avec Al : c'est exactement ce qui me convient.
Sybille la considéra un moment.
— A t'entendre, tu devrais être assise à cette place.
Valérie sourit, oubliant que Sybille ne plaisantait jamais.
— Pas encore.
Sybille se rembrunit.
— J'aurais pu refuser de te recevoir, personne n'entre ici comme dans un moulin. Je commence à en avoir assez de la façon dont tu abuses de notre vieille amitié, affirma-t-elle en se levant. Nous examinons le cas des nouveaux employés au bout de six mois, puis une fois par an. Tu es au courant.
— Gus m'a informée que je n'aurais pas d'augmentation avant un an. Je n'abuse de rien... je ne m'abaisse pas à ce genre de mesquineries. Je fais ce que j'estime...
— Tu fais ce que tu veux. Comme toujours. Ça ne t'a pas menée bien loin jusqu'à présent, si je ne me trompe ? Je pensais que tu avais appris à quoi t'en tenir.
— A ramper devant autrui, rétorqua Valérie d'un ton glacial. Je ne rampe pas, Sybille, ni devant toi, ni devant personne.
Elle se tut. Je suis son employée, je suis son employée, je suis son employée, se répéta-t-elle. Elle reprit haleine.
— Je veux discuter de mon poste, de mon salaire, du magazine...
— Tu veux ! Pour qui te prends-tu pour me parler sur ce ton ! Tu es mon employée, cette société est la mienne, tu prends mon argent en échange du travail insignifiant que tu fournis. Tu t'es toujours crue supérieure à moi. Désormais, tu sais...
— Ce n'est pas vrai. Je ne me suis jamais crue supérieure à toi. J'avais plus d'...
— Arrête tes...
— Ecoute-moi ! J'avais plus d'argent que toi. Il n'est pas nécessaire d'avoir du talent pour cela, je suis née ainsi. Ce n'est pas le genre d'avantage qui me donnerait le sentiment d'être supérieure à qui que ce soit. En réalité, je t'enviais ! Tu as toujours su ce que tu voulais et comment y arri-

ver... Je t'ai d'ailleurs avoué que je t'enviais ton ambition! Puisque tu te rappelles si bien le passé, tu dois aussi te rappeler ces paroles!

— Ne me dis pas ce que je me rappelle ou pas! Tu m'as toujours regardée de haut, traitée comme la parente pauvre de province et je ne l'ai jamais supporté. Il m'a fallu longtemps...

— La seule chose vraie, c'est que tu ne le supportais pas. Et que tu me haïssais.

— Je ne t'ai jamais...

Sybille s'abstint de nier l'évidence, comme toujours dès qu'on l'accusait de quoi que ce soit. Droite comme un I sur son siège, elle contemplait un tableau juste à droite de Valérie. Elle ne parvenait pas à soutenir son regard.

— Pourquoi pas? lança-t-elle, et toute sa rancœur se déversa dans son ton rauque. Pourquoi devrais-je t'aimer? Tu n'en as jamais rien eu à foutre de moi, tu as tout fait pour que je me sente inférieure. Tu t'es affichée avec Nick devant moi et, quand il a commencé à s'intéresser à moi, tu m'as fait virer de la fac afin de l'avoir tout à toi. Quel beau résultat, hein? C'est moi qu'il a épousée, pas toi. Ensuite, tu m'as traînée dans tout New York, dans toutes tes petites boutiques de luxe, histoire d'étaler ta générosité, prenant le temps de présenter la pauvre petite Sybille à ces imbéciles avec leurs simagrées qui confectionnaient tes chaussures, tes pull-overs et ton maquillage... Tu m'as invitée chez toi à la Saint-Sylvestre pour que je ne me sente pas à ma place car j'étais la seule femme non accompagnée... Qu'as-tu jamais fait qui devrait justifier mon amitié à ton égard?

Stupéfaite de cette attaque, Valérie avait reculé d'un pas. Au fil des mots, cependant, elle plissa les yeux et regarda Sybille avec mépris.

— Je t'ai offert mon amitié, imaginant que tu l'espérais. Mais tu ne comprends absolument pas ce que cela représente. Si tu tiens vraiment à savoir ce que je pensais de toi, je vais te le dire. Je trouvais que tu étais un imposteur. Toi, toujours si douce, si innocente, si reconnaissante, si naïve et si gentille envers tout le monde... enfin, Sybille, tu te figurais qu'on y croyait? Toujours, tu...

— Tais-toi! hurla Sybille.

— Toujours à me répéter combien tu aimais Quentin, Nick et Chad, même moi, que tu avais besoin d'aide parce que tu étais impuissante et perdue dans ce grand monde cruel.

— Tais-toi! Tu n'as pas le droit...

— Pendant un moment, j'ai supposé que tu y croyais vraiment ou que tu t'en persuadais, puis j'ai changé d'avis, surtout à propos de Chad, car tu ne racontais jamais d'histoires à son sujet. Les parents ont toujours de merveilleuses anecdotes à rapporter sur leurs enfants, alors que toi jamais tu ne...

— Tu ne connais rien aux enfants, tu n'en as pas! Tu n'as rien! C'est moi qui ai tout! Tu t'imagines pouvoir me donner le sentiment que je ne suis pas quelqu'un de bien mais je vaux mieux que toi. J'ai tout!

— Vraiment ? Je me demande ce que tu as en réalité. Il y a quelque chose qui ne va pas chez toi, Sybille, quelque chose de tordu, comme si tu voyais le monde dans l'une de ces glaces déformantes de fête foraine. Je te soupçonne de m'avoir engagée...

— Salope, tu n'as pas le droit de me parler ainsi! Sybille était debout, les mains sur son bureau. Dehors! Dehors! Dehors!

— Laisse-moi finir! Tu m'as engagée pour m'humilier, n'est-ce pas? Pour me traiter de haut parce que je suis au creux de la vague. Cela te ressemble. C'est bien ce que je pensais : tu es mesquine, vindicative, tu sais haïr mais tu ne sais pas aimer...

— Espèce d'ordure! D'un doigt raide et furieux, Sybille enfonça un bouton. Venez ici! rugit-elle quand sa secrétaire répondit. Puis, lorsque celle-ci apparut dans l'embrasure, elle lança d'une voix étranglée : Cette femme quitte la société. Faites-lui un chèque, quelle que soit la somme qu'on lui doive, et assurez-vous qu'elle ne fauche rien en partant.

— Faucher! s'exclama Valérie. Tu es folle, jamais je ne te prendrais rien. Je ne veux rien de toi.

— Tu voulais du boulot. Tu voulais qu'on s'occupe de toi. Son regard glissa sur Valérie. Toutes ces petites barrières de protection s'étaient écroulées, hein ? Le mari, les comptes en banque, toute cette vie douillette... envolée en fumée. Volatilisée. Alors tu es venue mendier. Je me suis débrouillée et je t'ai trouvé un emploi, mais ça ne te suffisait pas. Qui a dit que tu ne voulais rien de moi ? Je me suis occupée de toi, je t'ai donné plus que tu ne méritais et, trois semaines plus tard, tu débarques ici en affirmant que je n'ai pas respecté ma promesse, que tu n'apprécies pas ce que tu as et que tu exiges que je t'accorde tout ce que tu veux...

— Sybille, arrête! Tu ne peux pas inventer des choses en prétendant raconter la vérité!

— Ne me traite pas de menteuse! C'est toi la menteuse. Tu ne supportes pas l'idée que tu as dû venir me supplier! Tu es menteuse, tu es déloyale, tu es trop gâtée pour assurer un travail correct et tu es une poule de bas étage... faire du plat à Al Salvin qui a une femme et quatre gosses pour qu'il me persuade de t'offrir ton précieux magazine. Personne n'a envie de te voir à la télé, personne n'a envie de te voir nulle part! Tu es une ratée, tu n'as strictement rien et personne ne veut rien avoir à foutre avec toi! Sors d'ici, lança Sybille d'une voix grinçante. Elle s'assit puis, tournant le dos à Valérie, prit un papier au hasard. Fous le camp. J'ai du travail.

Valérie sortit, trébuchant dans sa précipitation. Il fallait qu'elle s'en aille aussi loin que possible. Mieux valait affronter tout de suite ce qui l'attendait dehors plutôt que de rester une seconde de plus dans l'orbite de Sybille. Elle saisit la poignée pour tirer la porte derrière elle. Cependant, juste avant que la porte ne se referme, elle entendit la voix de Sybille, basse, exaltée, qui résonna dans la pièce.

— Tout est là. Tout. Ma vie commence enfin pour de bon.

21

— Je cherche un emploi, dit Valérie.

Elle était assise dans un fauteuil en cuir devant le bureau de Nick, la tête haute, son tailleur de lin blanc légèrement froissé après le trajet en voiture dans la chaleur moite de juillet.

— Je n'ai pas un sou. J'ai découvert, après la mort de Carl, qu'il ne restait rien et qu'on avait des dettes... C'est une longue histoire. Enfin, toujours est-il que j'ai besoin de travailler et je pensais que tu pourrais m'aider.

Elle se trouvait en face des baies vitrées, le soleil du matin illuminant son visage. Nick ne l'avait pas vue depuis un an au cours de ce fameux déjeuner à Middleburg. Une fois de plus, il fut frappé par sa beauté. Elle possédait ce genre de beauté qui donne envie de s'approcher pour amener la personne à sourire à force de câlineries, le genre de physique qui mène la plupart des gens à supposer que cela s'accompagne d'une âme noble, car ils ne peuvent imaginer que l'harmonie parfaite puisse masquer une nature mauvaise ou perverse. Aussi s'approchent-ils, pensant qu'une telle personne va, par une espèce d'osmose, leur transmettre un peu de vertu ou même de perfection.

Nick, qui la savait non dépourvue de défauts — du moins treize ans plus tôt —, se surprit malgré tout à y croire tandis qu'il la contemplait. Il lui fut encore plus difficile de se convaincre qu'elle était là : elle faisait soudain partie de sa vie alors que pendant si longtemps elle n'avait été qu'un souvenir impossible à oublier. Il se rappela ce jour à Middleburg où il l'avait jugée. Pourtant, en dépit de cela, il se sentit ému et plein d'espoir.

Les yeux de Valérie s'étaient voilés. Il sentit soudain que son silence l'inquiétait.

— Carlton est mort en janvier dernier, reprit-il. Qu'as-tu fait depuis ?

— Rien, rien d'important. Elle croisa son regard et un petit soupir exaspéré lui échappa. Je travaillais.

— Où ?

Elle redressa la tête encore plus haut.

– Dans la société de production de Sybille. Elle m'a proposé de collaborer avec deux réalisateurs et j'ai accepté, mais on ne partageait pas les mêmes idées sur mes capacités et je... suis partie.

Il acquiesça avec calme. Apparemment, Sybille l'avait renvoyée. Quelle situation absurde! Sybille la jalousait depuis toujours et voilà qu'elle tenait enfin l'occasion de l'humilier...

– Tu es restée combien de temps avec elle? s'enquit-il.

– Trois semaines, répondit-elle après un léger silence.

Il acquiesça de nouveau, toujours aussi calme.

– Et avant cela?

– Je vivais avec ma mère à New York. On essayait de lui dénicher un plus petit appartement, elle n'a pas les moyens de demeurer où elle est. Je... j'ai pensé à me remarier, j'avais d'autres ambitions cependant. Elle se pencha vers lui et ajouta : Je veux trouver quelque chose d'intéressant, Nick, quelque chose d'important. Je suis obligée de travailler, mais je ne peux pas consacrer ma vie à des bêtises qui sont à la portée d'un enfant. Il faut que je me lance dans une activité qui me plaise, une activité qui soit dans mes cordes. J'aimerais présenter un magazine, des reportages ou un journal et écrire mes textes. Tu sais que j'ai une longue expérience en la matière, j'ai continué mes interventions. J'aurais pu en faire beaucoup plus si j'avais eu le temps.

Elle s'arrêta un instant, songeant à tout le temps dont elle disposait : des heures, des jours, des années à employer comme elle l'entendait. Tout ce temps libre, rien qu'à elle. C'était une forme de richesse au même titre que sa fortune considérable et elle n'en avait jamais pris conscience.

– J'ai appris que tu réalisais certaines de tes émissions, je voudrais que tu en conçoives une autour de moi.

Amusé de son audace, Nick se cala dans son fauteuil. L'espace d'un moment, il se dit que cela cachait peut-être un certain manque d'assurance, ou même de la peur, mais un long regard le convainquit du contraire : elle était très sérieuse et toujours aussi arrogante. A la dérive, presque seule, victime des manœuvres de son mari, abandonnée sans un sou pour la maintenir à flot, elle se montrait plus que courageuse : téméraire.

– Je suis à l'aise dans ce domaine, Nick, j'en suis capable, affirmat-elle. Puis, subitement, elle ajouta avec un petit sourire triste qui lui fendit le cœur : C'est sans doute la seule chose que je sache faire.

Il réfléchit à la question. Elle serait merveilleuse à l'antenne : il en était convaincu. Il ne savait pas si elle pourrait conserver son extraordinaire présence devant la caméra pendant une demi-heure ou plus, il ne savait pas si elle aurait le talent d'écrire. Et il n'avait aucune raison de penser qu'elle prenait la vie plus au sérieux qu'autrefois, même après avoir perdu sa fortune. Ce n'est pas une carrière qu'elle recherche, se dit-il. Plus vraisemblablement, elle espère qu'un homme la sauvera, qu'on retrouvera son argent, qu'un miracle se produira et elle s'en ira.

357

Bien que persuadé de cela, il ne pouvait la renvoyer. Pas avec cette étrange sensation de bonheur en lui et ses yeux noisette qui le regardaient sans ciller en attendant sa réponse.

— Tu vis toujours à Middleburg ? demanda-t-il.

— Non, j'ai dû vendre la propriété. Elle reprit un ton calme et poursuivit : J'ai un appartement à Fairfax. Je compte déménager bientôt pour m'installer dans un endroit plus agréable mais je n'irai pas loin. Je n'ai pas l'intention de quitter la Virginie.

— Très bien. Il décrocha le combiné et s'enquit : Susan, qu'est-ce qu'on a de disponible en ce moment ? Roulant un crayon entre ses doigts sans prêter attention au léger froncement de sourcils de Valérie, il patienta. Avec Earl, répéta-t-il. Ça me paraît bien. J'ai une amie ici, Valérie Sterling, peut-être voudra-t-elle vous en parler. Je crois qu'elle serait parfaite.

Il se retourna vers Valérie.

— On a une possibilité, annonça-t-il d'un ton officiel, presque brusque. On agrandit l'équipe d'un nouveau programme baptisé « L'Agrandissement » et il nous faut une personne de plus au service de la documentation.

Valérie l'observa d'un air perplexe.

— La documentation ?

Nick acquiesça.

— On n'a rien d'autre dans l'immédiat. On aurait dit une excuse et il devint encore plus brutal. C'est bien pour commencer. Tu auras l'occasion de connaître tout le monde et tu apprendras nos méthodes. Très souvent, on apprend nous-mêmes : tout semble encore nouveau ici et on fait cinq ou six choses à la fois quand on doit se sortir de la dernière catastrophe en date. Cependant, on y arrive, on ne recommence pas les mêmes erreurs. Il parlait d'une voix chaleureuse, de plus en plus enthousiaste au fur et à mesure. On se développe si vite qu'il est difficile de rester au courant de la situation telle qu'elle se présentait huit jours plus tôt et de se rappeler qui s'occupait de quoi. C'était comme ça à Omega, tu sais... enfin, non, tu ne le sais pas, mais c'était assez approchant. Je n'ai sans doute pas découvert le moyen de lancer une société sans essayer de tout régler en même temps et je m'entoure de gens qui me ressemblent. Si bien qu'on fonce, tête baissée, puis on ralentit pour voir où on en est avant de repartir à un rythme encore plus soutenu. C'est le moment le plus grisant dans une entreprise. Cela n'a rien de comparable quand les choses se stabilisent, qu'une grande partie du travail devient routinier et sans surprise. Alors peut-être est-ce un peu chaotique ici mais on ne s'ennuie jamais. Et nos employés ne partent pas. Les cinq cadres que j'ai engagés il y a deux ans sont toujours là ainsi que tous ceux qui sont arrivés par la suite. Cela fait deux ans ce mois-ci qu'on a démarré. Tu peux nous aider à fêter ça.

Valérie esquissa un vague sourire.

— Je ne connais rien à la documentation.

— Tu apprendras très vite. Nick parlait toujours de ce ton chaleureux et optimiste. C'est Earl DeShan qui dirige le service, il te donnera tous les conseils dont tu auras besoin.

– Mais ce n'est pas ce que je...
Elle s'interrompit.

Le silence régnait. Cédant à l'affolement, Valérie se leva et traversa l'immense pièce. Elle n'y croyait pas : elle n'avait pas supposé un instant qu'il ne viendrait pas à son secours. Elle se tenait à côté d'une sculpture esquimaude représentant un ours dressé sur ses pattes de derrière qui dansait. Une pièce superbe, elle en avait vu du même style chez des collectionneurs : très rare et de grande valeur. Elle ignorait que Nick aimait la sculpture esquimaude. En réalité, elle ne savait rien de lui. A une époque, elle le croyait sans détour, si simple à comprendre. C'était le temps où il nourrissait deux passions – son travail et elle –, et où il passait sa vie devant une table défoncée du Bâtiment d'ingénierie ou dans un appartement meublé de vieux trucs au rebut avec des pots à confiture pour servir le vin.

Désormais, il trônait dans un bureau qui paraissait si dépouillé qu'elle en connaissait le prix, un bureau lambrissé d'acajou, meublé de cuir, de bois de rose et d'un ravissant tapis navajo. Le bureau d'un homme ambitieux à la réussite éclatante qui avait très bon goût et les moyens de le satisfaire. Autrefois, elle n'aurait rien pensé de plus. Aujourd'hui, ce décor lui semblait celui d'un homme qui s'était durci, un homme qui paraissait peut-être puéril dans son enthousiasme mais qui, en réalité, manquait autant d'imagination qu'elle l'avait toujours soupçonné, surtout lorsqu'on lui demandait un service inhabituel comme de lui offrir sa chance. Il m'offre une chance, se dit-elle. Dans sa panique, elle repoussa cette idée. Ce n'était pas une bonne occasion. Après avoir travaillé avec Sybille, il lui fallait une activité dont elle se sentait capable, elle avait besoin d'avoir confiance en elle.

Elle s'approcha de la cheminée où, d'un geste nerveux, elle prit et reposa un petit groupe en stéatite représentant des phoques, des macareux et un pêcheur remontant sa ligne. Le calme régnait dans la pièce. Quand elle se retourna, elle vit que Nick la regardait, attendant qu'elle se rasseye. C'était l'un des hommes les plus séduisants qu'elle eût jamais connus. Encore plus aujourd'hui qu'au temps de la fac : son visage plus marqué lui donnait un air plus intéressant, ses cheveux grisonnaient aux tempes, son sourire, bien que moins spontané qu'autrefois, éclairait plus ses traits que dans son souvenir et ses yeux, très enfoncés dans leurs orbites, semblaient plus voilés. Il portait sa chemise ouverte, mais sa veste de laine légère tombait parfaitement sur ses larges épaules et, sans même vérifier, Valérie savait que ses chaussettes étaient assorties.

Depuis l'époque où ils étaient ensemble, quand il s'affublait de vêtements minables, ne possédait qu'une cravate, arborait une tignasse en désordre et des chaussettes désassorties, il avait épousé Sybille – comment avait-il pu ? comment avait-il pu l'aimer, la désirer ? –, divorcé de Sybille, eu un fils, monté deux sociétés, s'était installé sur la Côte Est et, d'après

Chad, avait eu beaucoup de femmes. Je ne le connais pas du tout, se répéta Valérie. Tout en Nick lui rappelait des souvenirs. Pourtant, elle aurait aussi bien pu s'adresser à un étranger.

Mais ce n'est pas un étranger et je comptais sur lui. Comment peut-il me faire un coup pareil?

— Tu as eu raison de montrer à quel point je peux me tromper sur autrui, déclara-t-elle, un peu désespérée. J'étais si sûre que tu m'aiderais.

Nick parut surpris.

— En d'autres termes, que je t'offrirais ce que tu veux.

— Que tu m'offrirais un poste qui soit dans mes cordes. N'importe qui peut me proposer une place de documentaliste.

— Effectivement, mais je ne pense pas qu'on te la proposerait. Tu l'as dit toi-même, Valérie : tu n'as aucune formation en la matière.

— N'importe qui peut me proposer n'importe quoi s'il ignore mon passé et mes compétences, répliqua-t-elle d'un ton énervé. Ce qui n'est pas ton cas. Enfin, je l'imaginais, je demeurais convaincue que tu me comprendrais.

— Formulons cela autrement, rétorqua Nick, très froid. Tu es venue me voir parce que je te connais. Par conséquent, je devrais t'accorder tout ce que tu souhaites.

Valérie s'empourpra.

— C'est une façon sommaire de présenter la situation.

— Donne-moi une autre version.

— On fait appel aux amis quand on en a besoin. Je croyais que c'était cela l'amitié. Sinon, ce monde serait vraiment lugubre : tout le monde étant seul, coupé de tous...

— Tu as raison. Toutefois, tu as fait appel à moi et je t'ai proposé un emploi, je t'ai invitée à entrer dans l'équipe. Ainsi, tu ne serais plus seule. Que te faut-il de plus pour que le monde soit moins lugubre?

Valérie sourit malgré elle. Elle ne s'était pas mesurée depuis longtemps à un homme qui avait de la repartie. Elle croisa le regard de Nick. Détendu et confiant, il lui souriait. Son propre sourire s'effaça. Elle se demanda combien de mois elle mettrait avant de s'habituer à l'idée qu'elle avait perdu son statut qui lui semblait si naturel.

— Je suppose que tu te plairas ici, lança Nick avec désinvolture. Peut-être même la documentation t'intéressera-t-elle, encore que nous te trouverons sans doute autre chose d'ici quelque temps.

Valérie pencha la tête comme si elle venait d'entendre une petite sonnette d'alarme.

— Une fois que je serai installée dans la maison. Il s'agit d'un test, n'est-ce pas? Pour voir si je peux convenir et recevoir des ordres. Comme Sybille...

— Non, pas du tout, répondit aussitôt Nick. Et tu ne le penses pas sincèrement. De nouveau, il parlait presque d'un ton brusque. Je voudrais t'aider à trouver ta place, un poste sur lequel tu puisses compter, si c'est là ton vœu. Dans ce cas, je ferai tout ce qui est en mon pouvoir. Cependant, dans la mesure où tu souhaites travailler sur mon réseau, tu devras accepter les méthodes que j'estime les meilleures.

Valérie garda le silence. Elle eut honte de l'avoir comparé à Sybille. Elle l'avait dit parce qu'elle était malheureuse. Il était comme les autres : il ne la croyait pas capable de quoi que ce soit. Il l'avait toujours jugée frivole et aujourd'hui, selon lui, la seule façon de l'aider consistait à la mettre dans un coin où elle ne causerait aucun tort et ne gênerait personne. Je vais m'adresser ailleurs, songea-t-elle, j'ai des tas d'amis.

Elle ne tenait pas à aller ailleurs. Naturellement, elle pensait que les amis étaient là pour les mauvais jours, mais elle ne supportait pas de tendre la main. Il avait déjà été assez difficile d'appeler Nick pour le voir, sans parler de quémander un emploi. De plus, son attitude très professionnelle l'avait ébranlée. L'idée de recommencer lui semblait insupportable et peut-être de recommencer un certain nombre de fois sans être assurée d'obtenir ce qu'elle recherchait.

Bon, je vais rester ici. Je n'aurai plus à demander de services. Devant la cheminée, la tête haute, elle regarda Nick et sourit. Espèce d'homme d'affaires vieux jeu, inflexible et coincé – comment diable ai-je pu imaginer un jour que je t'aimais ? –, je vais te montrer de quoi je suis capable, je vais te montrer à quel point tu te trompes sur mon compte. Tu ne sais rien de moi.

– Très bien, lança-t-elle d'un ton léger. La documentation. Elle faillit trébucher sur le mot. Si mes souvenirs sont exacts, je me débrouillais très bien là-dedans à la fac, je suis sûre que tout cela va me revenir. Elle sourit de nouveau et s'approcha de son bureau. Si j'avais su ce qui m'attendait, je me serais appliquée davantage. Merci, ajouta-t-elle en lui tendant la main.

Il se leva à son tour et l'observa d'un air pénétrant.

– Je suis ravi que tu travailles avec nous.

Leurs mains se touchèrent. Valérie eut un choc en reconnaissant l'étreinte de ses longs doigts fins. Elle détourna aussitôt les yeux et tomba sur la photo de Chad.

– Je ne t'ai pas demandé de nouvelles de Chad, dit-elle en retirant sa main. Comment va-t-il ?

– Formidablement bien. Le regard de Nick s'éclaira. Voici son tout dernier chef-d'œuvre, déclara-t-il en prenant une toile appuyée contre la crédence derrière son bureau. Je cherche un endroit où l'accrocher.

Valérie examina la peinture que Nick lui montra. Un jeune garçon et un homme à bicyclette le long d'un canal, le C&O de Georgetown, un chien gambadant à leurs côtés. Au loin, une femme suivait la scène du haut d'une maison. Des taches d'ombre et de soleil mouchetaient le canal et le trottoir, alors que les deux personnages baignaient dans une lumière dorée filtrant entre les arbres. La femme à la fenêtre n'était qu'une sombre silhouette.

Une scène sereine, qui évoquait les œuvres de Pissarro, mais avec sa propre touche. Valérie en secoua la tête d'émerveillement.

— Il est extraordinaire. C'est stupéfiant qu'un jeune garçon... Quel âge a-t-il ?

— Onze ans.

Elle secoua de nouveau la tête, avec une certaine mélancolie cette fois. Onze ans. Et Nick a fait tant de choses, vécu tant de choses pendant que je laissais passer les années...

— Il m'a plu quand on s'est rencontrés à ce déjeuner l'an dernier, affirma-t-elle. Il va devenir un artiste, semble-t-il.

— Je crois, acquiesça Nick. J'espère que tu...

L'interphone sonna, sa secrétaire annonça le rendez-vous suivant. Il reposa le tableau par terre et raccompagna Valérie.

— J'espère que vous vous entendrez bien, Earl et toi, reprit-il, oubliant ce qu'il voulait dire avant d'être interrompu. J'en suis sûr. Va au service du personnel, la dernière porte à gauche, et demande Susan. Elle va s'occuper de la paperasserie pour toi et te présenter à Earl. Tu peux commencer tout de suite, n'est-ce pas ?

— Oui. Encore merci.

De nouveau, ils se serrèrent la main, une brève poignée de main. Puis elle sortit et suivit le couloir qui menait au bureau du personnel.

Repartir à zéro, songea-t-elle, s'étonnant de cette réflexion. Avec Nick.

E&N, le réseau câblé d'actualités et de variétés qu'avait créé Nick à partir de l'ancien EBN, venait de passer à vingt-quatre heures de diffusion par jour. Son public dépassait les vingt millions de foyers.

— La route est encore longue, répétait Leslie Braden. CNN en a plus de trente-cinq millions. Mais il affichait un large sourire en disant cela et tout le monde partageait la même allégresse à E&N : ils avaient presque doublé leur taux d'écoute en deux ans, et ce, avec des programmes originaux qui, selon l'avis de nombreux experts, ne les auraient jamais fait décoller.

« L'Autre Aspect des Infos » leur avait non seulement rapporté leur premier prix, mais été leur première émission qui eût enregistré deux millions de spectateurs et la première qui eût poussé les responsables de chaînes nationales à s'intéresser à eux.

L'émission primée avait débuté avec Jed Bayliss qui se présentait au Congrès.

— Mon adversaire veut réduire vos prestations sociales de quarante-six et demi pour cent! pontifia-t-il d'un ton outré.

— Vraiment ? rétorquait le présentateur. Voici ce qu'a déclaré celui-ci il y a cinq jours.

L'adversaire de Bayliss apparut sur l'écran, la date de son discours étant indiquée sous son nom.

— On ne doit pas réduire les prestations sociales, affirma-t-il catégoriquement. Quarante-six et demi pour cent des gens ne peuvent vivre sans ces allocations.

Le présentateur revint à l'antenne, l'air un peu moqueur.

— Bon, pourquoi Jed Bayliss a-t-il employé ces chiffres dans un mauvais sens ? Les a-t-il mal compris lorsqu'il les a entendus la première fois ? S'il souhaite apporter une réponse, on sera ravis de l'accueillir la semaine prochaine sur ce plateau.

Les séquences se poursuivaient, cinquante minutes de révélations menées tambour battant qui n'épargnaient personne. Politiciens, éducateurs, chefs d'entreprise, dirigeants étrangers, journalistes et militants de tout poil étaient des proies rêvées.

En un an, on contesta plus souvent les orateurs, surtout les candidats aux élections quand ils portaient des accusations, et des annonces rappelaient aux gens que l'émission passerait le dimanche à dix-neuf heures (heure de la Côte Est) avec les chiffres exacts, les faits cachés, l'histoire au complet.

Des journaux rédigeaient des articles sur « L'Autre Aspect » comme on en vint à l'appeler. Des spectateurs attendaient impatiemment le dimanche soir pour voir qui serait sur le gril ce jour-là. Ils en parlaient le lundi matin dans les bus, les trains de banlieue et au bureau. Les élèves des lycées et des universités le regardaient en classe s'ils ne l'avaient pas vu chez eux, car les établissements scolaires achetaient les bandes pour les cours de sciences politiques et de communication. Les pasteurs en parlaient dans leur sermon à propos du mensonge. Quand on présentait un discours, le public s'agitait comme s'il brûlait d'entendre l'autre aspect de la question.

— Un bon numéro, déclarait Leslie. Quel bol on a d'avoir un véritable bon numéro la première année qu'on passe à l'antenne ! Mais ce n'est qu'un début, attendez la suite !

On réalisait « L'Autre Aspect des Infos » dans les studios d'E&N. En revanche, la deuxième émission vedette, qui comptait plus d'un million de téléspectateurs, était achetée : une série sur les cirques du monde entier qui durait trois heures avec trois interruptions seulement pour la publicité.

— Notre duo de choc : les actualités et les cirques, annonça Earl De-Shan à Valérie alors qu'ils se rendaient au service de documentation en son premier jour à E&N. En dehors de cela, on a une formidable grille de programmes qui ne battent aucun record mais on a des sponsors, on fait des bénéfices. On a des films étrangers et des grands classiques américains, deux journaux du soir suivis de débats... de vrais débats, pas du genre où tous les coups sont permis. Un jour, on a dû séparer deux types qui se bagarraient. Un spectacle terrifiant : deux hommes qui se battaient à coups de poing sur les déchets toxiques, vous imaginez ? Il s'arrêta un instant. Où en étais-je ?

— Vous avez dit une grille formidable.

Il lui jeta un coup d'œil.

— Exact. On a un truc génial baptisé « En coulisses » qui montre l'envers du décor sur les films, les pièces, les comédies musicales de Broadway. Les répétitions, les essayages de costumes, la construction des décors, le maquillage des acteurs... un super-truc. Nick et Monica en sont fous – elle est vice-présidente du service des variétés et Leslie vice-président du service des infos –, ils en sont fous, on en est tous fous, nous et quelques centaines de milliers de gens intelligents. Ils devraient être un million, on n'arrive pas à comprendre pourquoi il n'y en a pas tant.

— Cette émission me plaît beaucoup, affirma Valérie. Elle l'avait souvent regardée quand Carl était en voyage et qu'elle se trouvait seule aux Sterling Farms. Je ne l'ai pas vue ces derniers mois à New York.

— C'est une dure bataille à mener. On n'a vendu que « L'Autre Aspect des Infos » à New York, on n'a pas encore trouvé de distributeur qui achète toute la grille. Il s'arrêta devant une porte ouverte et la laissa entrer. Vous voici chez vous. N'importe quel info, saleté, scandale ou banalité qu'on nous demande, on le donne avec un beau sourire. Nick a dit que vous travailleriez principalement sur « L'Agrandissement », il vous a expliqué de quoi il s'agit ?

Valérie fit signe que non. Elle regardait la pièce sans fenêtre bien éclairée et bordée de rayonnages qui débordaient de livres et de journaux alors que d'autres s'empilaient sur la moquette rouge. Des rampes de spots au plafond étaient braquées sur les étagères et quatre bureaux disposés au milieu de la salle dont trois en désordre et le dernier vide, chacun disposant d'un ordinateur. Je n'ai pas tapé sur un clavier depuis la fac, songea Valérie, je ne sais pas si j'y arriverai encore. Je n'y connais rien en informatique et pas grand-chose sur les méthodes de documentation. Ni sur les infos, les saletés ou les scandales. Avec un peu de chance, peut-être que je me débrouillerai avec les banalités.

— Votre bureau, annonça Earl en tirant la chaise pour qu'elle s'asseye.

Valérie s'installa, les mains sur les genoux.

Dressant la tête, il l'observa d'un air interrogateur.

— Vous avez un problème ?

— Je ne sais pas me servir d'un ordinateur, avoua-t-elle sans détour. Je n'ai pas tapé depuis des années. Et je ne connais pas grand-chose à la documentation ; j'en ai fait un peu à la fac, rien de plus. J'aurais sans doute pu vous mentir et essayer de jouer le jeu, mais ce n'est pas mon style. Je dois tout apprendre depuis le début. Il s'écoulera quelque temps avant que je ne sois d'un grand secours ici.

— Il n'y a pas de quoi s'inquiéter. Nick a dit que vous seriez très bien et d'habitude il ne se trompe pas. Vous ne voulez pas voir si votre bureau vous convient pour commencer ?

Valérie hésita, puis tourna la chaise qu'elle avança. Au milieu de la table se trouvait un bloc-notes où était griffonné un mot d'une grande écriture nerveuse qu'elle n'avait jamais oubliée. « Bienvenue de notre part à tous. J'espère que tu trouveras sympa de bosser avec nous. »

Valérie sourit et effleura le billet de son doigt.

— J'ai l'impression que la chaise va bien, lança Earl avec désinvolture. C'est la première condition : vous vous débrouillerez sûrement très bien. Voici les autres numéros de la joyeuse équipe, je vais vous présenter.

Toujours souriante, Valérie plia le feuillet qu'elle glissa dans sa poche tandis qu'Earl la présentait.

— Sophie Lazar et Barney Abt : Valérie Sterling. Je vais préparer du café pendant que vous faites connaissance. Ensuite, Valérie et moi, on va débuter avec des trucs d'ABC et tout le monde au boulot. Je ne plaisante pas sur l'organisation, qu'on se le dise!

— On ne risque pas de l'oublier, répliqua Sophie. Tu nous le répètes si souvent que j'en ai la nausée. Salut, lança-t-elle à Valérie. Je suis ravie que vous soyez là, on est débordés de travail et pas assez motivés, on a besoin d'une nouvelle tête. Je vais vous montrer ce qu'on appelle en riant notre bibliothèque.

— On se verra plus tard, proposa Barney Abt. Quand vous voudrez vous servir du microfiche, n'hésitez pas à me demander de l'aide. Il surprit l'expression déconcertée de Valérie. Hum, apparemment vous en aurez besoin. Je suis à votre disposition.

— Vous n'étiez pas dans la documentation ? s'enquit Sophie.

— Non.

— Ah bon. Et vous étiez dans quel secteur ?

— Les chevaux.

Il y eut un silence. Puis Sophie éclata de rire.

— Ça a l'air génial pour arriver à la télévision. Voulez-vous qu'on déjeune ensemble ? On pourra bavarder.

— D'accord, acquiesça Valérie qui la trouvait sympathique.

Grande et mince, les hanches larges, des cheveux d'ébène coupés court et des yeux noirs éclatants, elle avait une grande bouche qui remuait sans arrêt : elle mastiquait du chewing-gum, discutait, parlait dans sa barbe en travaillant, s'esclaffait ou s'exclamait en silence. Elle portait — comme tous les jours, allait s'apercevoir Valérie — un tailleur sur un chemisier de soie avec un nœud et une rangée de perles, des améthystes ou du lapis-lazuli.

— Midi et demi, ça va ? Il y a un bistrot en bas de la rue où ils me connaissent. Ils nous donneront un coin tranquille où on pourra papoter. Bon, venons-en à notre bibliothèque... car nous n'avons pas à proprement parler de système...

Sophie, Barney et Earl DeShan prirent Valérie en charge en cette première journée et durant toute sa première semaine à E&N. Sophie et Valérie allèrent déjeuner tous les jours dans ce petit restaurant où, devant une soupe et une salade, elles se racontaient leur vie.

— Mariée à dix-huit ans, divorcée à vingt ans, annonça Sophie la première fois. Pas trop traumatisant, on n'avait pas d'enfants. J'aimerais bien en avoir et, à trente ans, il est temps d'y songer sérieusement. Et toi ? Divorcée ? Des enfants ? Quel âge as-tu ?

— Mon mari est mort. J'ai trente-trois ans, pas d'enfants et je voudrais bien en avoir, moi aussi. Comment as-tu appris ton métier ?

— En faisant des travaux de bibliothécaire après les cours lorsque j'étais au lycée et par la suite. J'ai toujours eu envie d'aller en fac, puis j'ai pensé que ça n'avait pas d'importance et je me suis mariée. Je n'ai pas pris la bonne décision. J'étais très jeune et, une fois divorcée, je n'avais pas un sou, j'ai donc continué à travailler. En plus, le boulot marchait très bien. Ce n'est pas difficile quand on est fouineuse de nature et qu'on ne renonce pas trop vite. Il suffit de continuer à chercher jusqu'à rassembler toute l'histoire. Tu vas être sur « L'Agrandissement », c'est ça ?

— Oui, mais je ne sais pas de quoi il s'agit. Des pneus de voiture ? Des taches solaires ? La fin du monde ? Des querelles d'amoureux ?

Sophie riait.

— Non, rien de ce genre. Cela veut dire agrandissement comme en photo. On aura le cliché d'un événement — le lancement d'un bateau, par exemple, avec des tas de gens très importants autour —, puis on agrandira une partie de la photo pour montrer quelques personnalités, puis de nouveau pour se fixer sur une personne, un homme, mettons, qui se tient innocemment au fond. Son image deviendra de plus en plus grosse jusqu'à remplir l'écran et ce sera le sujet du jour.

— Qui est-ce ?

— Devine. Peut-être l'ingénieur qui a dévoilé le pot aux roses sur la marine en l'accusant d'avoir spéculé sur un autre navire. Ou le membre influent d'un groupe de pression de Washington qui a convaincu le Congrès de donner le contrat à une société plutôt qu'à une autre. Ou encore le type accusé de s'être rempli les poches en dépassant les coûts dans la conception et la construction du bateau.

— Intéressant. Et s'il n'est rien de tout cela ?

— On trouve quelqu'un qui réponde à ces critères. Ou on se consacre à un autre reportage. Ce ne sont pas les entourloupettes qui nous manquent ici. Cependant, notre but ne se limite pas là. Cette émission se penche sur l'aspect humain : qui a fait quoi, quand, comment, pourquoi et les conséquences personnelles qui se sont ensuivies. Toutes les semaines, on choisira trois personnes : seize minutes chacune. Et on racontera leur histoire, qu'elle soit bonne ou mauvaise, mais jamais, au grand jamais, ennuyeuse.

— Tout le monde a la sienne, remarqua Valérie d'un air pensif.

— Oui. Mais on doit trouver les affaires dramatiques qui intéressent le public. Tu es la Sterling qui a sauvé tout un groupe d'amis quand leur avion s'est écrasé ? Dans l'Etat de New York ? L'hiver dernier ?

— En janvier.

— C'était toi ?

— Oui.

— Bon sujet. On pourrait le traiter dans « L'Agrandissement ».

— Non.

— Je ne peux pas te le reprocher. Quelle surprise pourtant : quand on se lance dans la documentation — ce qui signifie aussi interviewer certaines personnes qui risquent de passer dans l'émission –, on s'aperçoit que la plupart meurent d'envie qu'on parle d'elles à la télévision. A moins que ce ne soient des escrocs. A ce moment-là, il faut vraiment aller très loin pour obtenir les faits. Lorsque je lis une histoire comme la tienne, je me demande toujours comment je me comporterais en pareil cas. J'espère que je serais capable d'avoir la même attitude que toi, mais comment le savoir ? Tu avais déjà connu ce type d'expérience ?

– Non.

– Stupéfiant, tu ne trouves pas ? On ne sait pas qui on est au fond de nous. Comment se fait-il que tu travailles ? Je n'imaginais pas que les gens qui possédaient leur avion personnel étaient obligés de gratter pour vivre.

Déconcertée, Valérie la regarda. Dans son milieu, personne n'aurait jamais posé de questions sur les revenus de quelqu'un.

– Franchement, c'est le genre de chose dont on rêve, poursuivit Sophie. Un avion personnel et tout ce qui va avec : une superbe maison, un appartement à Paris et peut-être ailleurs aussi, un yacht, voyager, être habillée par les couturiers de renom... le grand jeu, quoi ! Tu avais tout cela ?

Valérie sourit.

– Pas étonnant que tu sois bonne dans ton domaine.

Sophie rougit.

– Tu entends par là que je me mêle de ce qui ne me regarde pas. Je suis désolée.

– Non, c'est moi qui suis désolée, répliqua aussitôt Valérie. Je ne voulais pas dire cela, mais tu as l'art de poser des questions.

Elle sourit de nouveau, chaleureusement cette fois. Il était difficile de résister au charme sans détour de Sophie. Pourquoi y résister, d'ailleurs ? Sophie Lazar lui offrait son amitié à un moment où elle en avait besoin. Elle avait appelé quelques amis à Middleburg qui semblèrent aussi empruntés que ceux à qui elle s'adressa pour trouver un emploi. En un sens, elle comprenait leur gêne : ils ne savaient comment s'y prendre sans trébucher sur la barrière qui séparait leur monde protégé de son statut précaire. Leurs tentatives maladroites exaspérèrent tant Valérie qu'elle se montra presque grossière en y coupant court. Ensuite, elle s'était sentie dépouillée. Encore une chose de perdue, se dit-elle. Quel dommage que je ne puisse mettre cela sur le dos de Carl ! Il est tellement plus facile d'avoir un seul méchant plutôt que toute une bande.

Sophie l'acceptait telle qu'elle était : curieuse de connaître ses revenus, elle ne portait cependant pas de jugement et n'était pas mal à l'aise. Sophie ne recherchait que son amitié. Pour que le monde ne soit pas trop lugubre, songea Valérie avec un sourire.

– J'avais de l'argent à une époque, déclara-t-elle. Je n'en ai plus. Je te raconterai cela un jour.

– J'aimerais bien, répliqua Sophie. J'adore lire les articles sur les riches de ce monde mais j'ai rarement l'occasion de les approcher. Tu aimerais aborder certains sujets ? Ton mari, par exemple ?

— Non, pas aujourd'hui. Tu veux me parler du tien ?

— Oh, cela remonte si loin. Je préférerais te parler de mon ami qui veut m'épouser. Peut-être vaut-il mieux attendre, d'accord ? D'attendre qu'on se connaisse mieux.

— En règle générale, il est aussi difficile d'entendre des secrets avant de se sentir prêt que de les révéler.

Sophie parut perplexe.

— Ça me plaît bien. Où habites-tu ?

— A Fairfax.

— C'est joli et tout près. Moi, je suis à Falls Church. Elle finit sa soupe et se cala sur la banquette avec un grand sourire. Voilà ce que je te propose. Je vais t'apprendre tout ce que je sais en matière de documentation et on va déjeuner ensemble régulièrement. En un rien de temps, on sera de vieilles amies et on bavardera de tout. En tout cas, j'aimerais bien. Et toi ?

— Oui, affirma Valérie, moi aussi. J'en serais ravie.

Valérie travaillait à E&N depuis près de trois semaines quand, rentrant chez elle, elle découvrit sa mère sur le seuil.

— J'aurais dû appeler avant, admit Rosemary tandis que Valérie ouvrait la porte et qu'elles entraient. Mais je ne pouvais pas attendre. J'ai pris le train. Tu savais qu'il y a un train merveilleux entre New York et Washington ? Très rapide — cent vingt kilomètres à l'heure, d'après le contrôleur — et d'une propreté impeccable même si la nourriture n'est pas ce qu'elle devrait être... des petites choses sur le pouce : des sandwiches, pas de vrais repas, et on est obligé de les porter à sa place. Malgré tout, dans l'ensemble, j'ai été impressionnée. Hormis le fait qu'on soit contraint de traverser Penn Station. Quelle horreur... terrifiant ! Tu as une idée de ce spectacle ? Naturellement, on a lu des articles là-dessus mais ce n'est pas comme de voir ces gens-là, tous ces gens qui dorment là, il faut les éviter... je n'arrivais pas y croire...

— Assieds-toi, maman, proposa Valérie, coupant le flot de paroles excédées. Je vais te préparer du thé. Raconte-moi ce qui s'est passé.

— Tu vis ici ? lança Rosemary qui contempla la pièce grande comme un mouchoir de poche. C'est ici que tu vis ?

Valérie remplissait la bouilloire.

— Je ne t'entends pas.

— Je te demandais...

Rosemary ne finit pas sa phrase. Les mains sur le visage, elle se renversa sur son siège. Valérie s'installa à côté d'elle.

— Tu pensais rester quelque temps avec moi, non ?

Rosemary acquiesça. Elle jeta un coup d'œil sur le salon et la chambre de Valérie, puis sombra dans le silence. Elles restèrent ainsi un moment jusqu'à ce que la bouilloire sifflât. Puis Valérie regagna la cuisine.

— Où sont tes valises ? s'enquit-elle.

— A la gare, répondit Rosemary à voix basse.
— Tu en as beaucoup ?
Rosemary resta muette.
— Combien, maman ?
— Neuf...
— Neuf valises ? Tu es prête à affronter les quatre saisons.
— Ne sois pas sarcastique, Valérie. Je n'ai pas réfléchi. Tout était si affreux et j'avais si peur... Je ne pouvais pas me permettre de garder cet appartement, je n'en trouvais pas d'autre et je me demandais ce que j'allais devenir. Je craignais de finir sur le trottoir comme ces gens dont on parle dans les journaux ; j'en rêvais la nuit. Il ne me restait plus qu'une solution : venir ici. Je n'avais pas le choix. J'ai soixante et un ans et je ne savais pas... je ne savais pas quoi faire d'autre.

Valérie la prit par l'épaule.
— Excuse-moi.

Elle hésitait. Elle avait du mal à prononcer les mots qu'il fallait : sa mère pouvait demeurer avec elle aussi longtemps qu'elle le souhaitait.
— Le thé est prêt, annonça-t-elle enfin, et elle s'empara de sa théière anglaise blanc et doré.
— Elle vient des Sterling Farms, remarqua Rosemary en passant le doigt sur la spirale dorée qui ourlait le couvercle. Quelle jolie pièce ! Où est le reste du service ?
— Au garde-meubles. Je ne supportais pas l'idée de m'en séparer.
— Qu'as-tu vendu ?
— Une grande partie de la porcelaine, deux ménagères... j'en ai gardé une. Tous les plats de service en argent, tout le Royal Doulton, le Waterford et le Lladro, la plupart des verres en cristal.
— Et le candélabre russe ?
— Il n'allait pas dans le décor.

Rosemary jeta un autre coup d'œil sur la pièce. Et frissonna.
— Comment peux-tu vivre ici ? Comment peux-tu passer une nuit ici, sans compter... ? tu es là depuis combien de temps ?
— Un peu plus de six semaines. C'est provisoire, maman. Un endroit transitoire, une espèce de chambre d'hôtel.
— Un hôtel épouvantable. On ne descend pas dans les hôtels épouvantables.

Valérie eut un mouvement d'impatience.
— Je me souviens de l'époque où je disais cela. Inutile de me le rappeler. Elle resservit Rosemary. Tu as faim ? J'ai du poisson et de la salade pour le dîner.

Rosemary redressa la tête.
— Tu te prépares à dîner ? Tu ne sais pas !
— J'ai appris. Je vis dans une chambre d'hôtel infecte. J'ai un emploi avec un salaire nettement supérieur au premier mais qui ne suffit pas à s'offrir un cuisinier. Loin de là. Jusqu'à quand vas-tu continuer à agir

comme si rien n'avait changé, maman ? Tout a changé : rien n'est plus comme avant l'accident. J'essaie de m'y adapter et j'ai assez de mal sans que tu viennes faire comme si...

— Ne me parle pas sur ce ton! s'écria Rosemary. Tu ne veux pas de moi ici ! C'est ça, n'est-ce pas ? Tu veux que je retourne à New York et que je te fiche la paix!

— Oui, mais je ne te laisserai pas partir.

— Oui ? Tu as vraiment dit oui ?

— Tu préférerais que je mente ? Je t'explique ce que je ressens. Je pense qu'on se doit au moins cela. En un sens, j'aimerais mieux être seule. Je dois apprendre à vivre, à me juger. Je n'ai pas l'impression d'être la même personne. Je dois penser à Carl, tenter de comprendre...

— A quoi ça rime ? Tu l'as épousé et il nous a ruinées!

— Tu entends par là que j'aurais dû lui demander des références avant d'accepter. Eh bien, je ne l'ai pas fait et, aujourd'hui, j'essaie de saisir ce qui s'est passé, de m'habituer à vivre ici, à travailler sans avoir beaucoup d'amis et sans avoir un homme... Maman, tu ne comprends donc pas que ce n'est pas facile pour moi ?

Rosemary secoua la tête.

— Tu es dure et impertinente, tu plaisantes sur les références que tu aurais dû obtenir, tu veux que je retourne à New York... Je ne sais pas ce qui t'est arrivé.

— Oh si, tu le sais. Il m'est arrivé bien des choses, du jour au lendemain pratiquement. Mais tu t'apitoies trop sur ton sort pour t'en apercevoir.

— Je ne supporte pas que tu me parles sur ce ton! Je te l'ai déjà dit! Pourquoi ne puis-je pas m'apitoyer sur mon sort ? Qui va s'en soucier si ce n'est moi ? J'ai soixante et un ans et je me demande ce que je vais devenir! Les gens de mon âge, surtout les veuves, sont en droit d'espérer que leurs enfants s'occupent d'eux!

— C'est bien mon intention, répliqua Valérie avec calme.

Elle se sentait piégée par sa mauvaise humeur autant que par les exigences de Rosemary. Elle avait toujours agi à sa guise sans être responsable de personne et aujourd'hui, alors qu'elle devait s'efforcer de se construire une espèce de vie sur les ruines que lui avait laissées Carl, il fallait qu'elle recueille sa mère. Ce n'est pas juste, les filles devraient pouvoir se dire que leur mère va s'occuper d'elles.

Rosemary pleurait. Les larmes jaillissaient de ses yeux clos et coulaient sur son visage qui luisait comme si elle était dans une tempête. C'est exactement cela, songea Valérie. Elle est dans une tempête et regarde son monde qui s'effondre. Prise entre la pitié et la colère, Valérie était tendue et avait mal à la tête. Chaque jour, elle semblait avoir de moins en moins de choix.

Peu importait, elle n'avait pas d'autre solution. Elle donna un mouchoir à sa mère et la prit dans ses bras.

— Je ne veux pas que tu retournes à New York. Tu vas rester ici avec moi. On se débrouillera.

Les larmes de Rosemary se calmèrent puis se tarirent.

— Ici ?

— Où je déciderai de vivre, rétorqua Valérie d'un ton sec.

Elle poussa un soupir. Elle devait se surveiller, pourquoi rendre les choses plus difficiles à sa mère ?

— Pour l'instant, on va se préparer à dîner, ajouta-t-elle d'un ton léger. Toutes les deux. Les dames Ashbrook aux fourneaux, qui l'aurait imaginé ? Je vais t'avouer la vérité : je ne suis pas un fin cordon-bleu, plutôt une débutante. Je lis les recettes et je mélange des ingrédients en espérant obtenir un résultat qui ressemble à un plat.

Un petit rire échappa à Rosemary.

— C'est risqué, apparemment.

— Oui, mais la situation a ses bons côtés. Ce ne serait pas amusant si on connaissait la fin.

— J'aime savoir comment les histoires se terminent. Je ne vais pas voir un film si je sais qu'il finit mal et je commence toujours par lire le dernier chapitre d'un livre pour être sûre que l'aventure finit bien.

— Ah bon ? Je l'ignorais. Ça gâche le plaisir, non ? Si l'auteur conçoit le récit du début au dénouement...

— Cela m'est égal. Je ne veux consacrer mon temps qu'à des dénouements heureux.

— Je vais m'appliquer, murmura Valérie.

Le lendemain, elles se mirent en quête d'un logement plus grand. Rosemary préparait une liste d'adresses et prenait des rendez-vous pendant que Valérie était au bureau puis, le soir, elles allaient les voir les uns après les autres, les jugeant d'un regard avec l'œil critique de femmes qui avaient toujours connu ce qu'il y a de mieux. Valérie les reconsidérait ensuite en fonction de leurs revenus : son salaire et le modeste compte en banque de sa mère un peu regonflé grâce à la vente de ses bijoux.

Il leur fallut deux semaines avant de se mettre d'accord sur un endroit : ce n'était pas un appartement mais un relais de poste, vestige d'un domaine divisé en parcelles destinées à construire des pavillons. La maison serait abattue lorsqu'on vendrait ce lot. En attendant, on la leur louait un prix si bas que cela valait la peine de s'y installer, estima Valérie, même sans savoir combien de temps elles pourraient y rester. Rosemary était malheureuse car, bien que le bâtiment eût deux étages, il ne pouvait accueillir tous ses meubles. Aux yeux de Valérie, ces cinq pièces semblaient grandioses et spacieuses après avoir partagé son minuscule logis avec sa mère. De plus, étant en face d'un parc, la demeure était ensoleillée et donnait sur les arbres. Elle se trouvait à Falls Church, tout près de chez Sophie, et elles y emménagèrent peu après avoir signé. Rosemary fit venir son mobilier de New York et elles entassèrent ce qu'elles purent dans l'espace réduit. Valérie insista pour se séparer du reste.

— C'est trop bien pour le vendre! protesta Rosemary. Un jour, tu seras bien contente de l'avoir. Quand tu récupéreras ton argent ou quand tu trouveras un mari. Tu peux meubler une maison entière avec tout cela!

— On peut aussi se servir de l'argent pendant qu'on en a besoin, rétorqua Valérie avec fermeté.

Comme toujours, désormais, Rosemary céda, laissant Valérie prendre les décisions. Cependant, elle ne participerait pas à cette entreprise. Ce week-end-là, elle s'assit dans sa chambre, la porte close. Elle tremblait en entendant les pas des étrangers et leurs commentaires à mi-voix tandis qu'ils tripotaient ses biens de grand prix. Elle resta enfermée jusqu'à ce que le silence revînt. Lorsqu'elle sortit, presque tout avait disparu.

— Tu en as tiré combien? lança-t-elle à Valérie.

L'argent se trouvait en petits tas sur la table basse en acajou.

— Près de cinq mille dollars.

Rosemary en eut le souffle coupé.

— Ça en valait trente! Quarante!

Valérie acquiesça. Elle considérait les billets étalés devant elle. Dire que je dépensais cette somme-là pour une robe. Aujourd'hui, j'ai l'impression que c'est une fortune.

— Tu l'as bradé! s'écria Rosemary d'un ton accusateur.

Valérie rassembla l'argent en une pile.

— Je ne crois pas. Je suis allée à plusieurs ventes chez des particuliers et j'ai vu ce qu'ils demandaient. Je voulais que tout parte. Et ce n'est pas comme si j'avais tout vendu, maman. Enfin, regarde autour de toi.

Butée, Rosemary observait résolument les gens qui se promenaient dans le parc. Devant ce spectacle, Valérie fut prise d'un élan de tendresse comme face à un enfant triste. Le relais de poste était surchargé. Tous ces objets entassés avaient l'air un peu ridicules : ce qui semblait élégant dans Park Avenue paraissait lourd et sombre, trop prétentieux pour les petites pièces d'une maison de banlieue. Toutefois, ils étaient familiers. Ainsi, malgré tout, ce décor était plus chaleureux et beaucoup plus confortable que celui que Valérie venait de quitter. Pour la première fois depuis son retour en Virginie, elle avait l'impression d'être à sa place.

Cela avait un caractère définitif. On aurait dit que la dernière porte s'était refermée sur sa vie d'antan. Elle contempla les billets sur la table, puis une fois de plus le salon, les meubles lourds éclairés par la lumière dorée de la fin de l'après-midi et elle eut envie de fuir. Mais elle n'avait nulle part où aller. Nulle part si ce n'est devant elle, où que cela menât.

Elle fourra l'argent dans sa besace pour le déposer le lendemain matin en allant au bureau. Puis elle glissa la main dedans et en récupéra une partie.

— On va dîner dehors, annonça-t-elle à Rosemary. On va fêter notre nouvelle maison, notre habileté à avoir casé tous ces biens et notre nouvelle vie à Falls Church, lança-t-elle en prenant Rosemary par l'épaule. Désormais, c'est chez nous ici. Elle savait qu'elle s'adressait à elle autant qu'à sa mère. On va apprendre à connaître Falls Church aussi bien que New York. On ira à Washington pour sortir et on va se faire des tas d'amis. On sera très heureuses ici.

Rosemary soupira. Valérie ne releva pas cette expression dubitative. Plus tard, ce soir-là, cela lui revint en mémoire. Pour la première fois depuis des années, elle était couchée dans le lit à baldaquin où elle avait dormi depuis son enfance et, regardant le ciel de lit en dentelle, elle se revit jeune fille, chez elle avec ses parents, alors que tout coulait tout seul quelles que soient ses envies. Elle se rappela les garçons qui la poursuivaient au lycée, ceux qu'elle avait ignorés et ceux dont elle avait rêvé. Elle se rappela les soirées qu'elle et ses amies donnaient, ces soirées au cours desquelles elles avaient découvert l'art d'embrasser, la main d'un garçon sous leur jupe, le plaisir de danser en se frottant l'un contre l'autre.

Elle s'agitait dans son lit, brûlant de désir. Carl lui manquait. Il était un bon amant et ils avaient passé de bons moments ensemble, bien plus qu'avec Edgar qui n'était que drame sans aucune sensualité. Elle ferma les yeux et imagina les mains de Carl sur ses seins alors que sa langue jouait sur la pointe. Elle gémit, ses jambes s'écartant lorsqu'elle le sentit se pencher vers elle, une main encore posée sur sa poitrine, ses lèvres s'attardant sur sa peau tiède, sa taille, son ventre...

– Nick, soupira Valérie.

Elle ouvrit aussitôt les yeux. Ses jambes se refermèrent et elle fixa le baldaquin au-dessus d'elle. De quelle main, de quelle bouche avait-elle rêvé ? Pas celles de Nick, non, pas après tout ce temps. C'était un lapsus, rien de plus. Elle ne l'avait même pas vu, si ce n'est de loin, depuis leur entrevue cinq semaines plus tôt. Très souvent, il partait en voyage et sinon il était débordé, lui confia Sophie : il signait des accords avec des distributeurs pour diffuser E&N sur l'ensemble du territoire et en Europe. E&N connaissait un regain d'activité et cet aspect représentait l'une des facettes, lui expliqua Sophie, cela risquait de durer des semaines ou des mois. Pendant ce temps, Valérie apprenait son métier de documentaliste : une position assez modeste qui ne justifiait pas qu'elle eût des contacts avec le président de la société. Et, du train où ça allait, il s'écoulerait peut-être six mois avant qu'elle ne le revoie.

C'était un lapsus. Sans doute pensait-elle à son travail ; voilà pourquoi son nom, et non celui de Carl, lui était venu.

Il faut que je fasse quelque chose, se dit-elle. Il ne suffisait pas de déplacer des meubles, disposer des livres sur les rayonnages et ranger des services de table : il lui fallait plus.

– Comme une adolescente débordant d'énergie, murmura-t-elle avec une ironie désabusée. Je dois trouver le moyen de la dépenser.

Elle se glissa hors de son lit et s'approcha du secrétaire ancien dans le coin de la pièce : celui où elle avait fait ses devoirs, écrit ses lettres d'amour et rédigé des poèmes quand elle était jeune. Allumant la lampe en porcelaine, elle contempla les piles de vêtements qu'elle devait encore pendre dans le placard, l'armoire et répartir dans les tiroirs de la commode. Cela m'occupera bien deux heures, songea-t-elle, et, nue dans la nuit chaude, elle se mit au travail.

— L'un de ces enquêteurs est venu, annonça Rosemary lorsque Valérie rentra du bureau quelques jours après leur installation. Je me demande ce qu'ils te veulent encore, voilà neuf mois qu'a eu lieu l'accident. Je lui ai précisé que tu serais là à cinq heures et demie.

Valérie alla dans la cuisine mettre la bouilloire sur le feu. Elle revint un instant plus tard.

— Tu n'as pas fait la vaisselle du petit déjeuner.

Rosemary regardait un magazine.

— Je n'ai pas eu le temps.

— Tu n'as que cela. Tu étais là toute la journée.

— Je n'ai pas eu le temps! J'y ai pensé mais la journée a passé sans que je m'en rende compte. Je m'en occuperai demain.

— Tu as dit la même chose hier et avant-hier.

Rosemary reposa brutalement le magazine.

— Il faut que je m'habitue à l'idée! Tu devrais comprendre, Valérie, ce n'est pas facile de changer à mon âge. J'ai soixante et un ans et je n'ai jamais fait la vaisselle. Cela ne m'est même jamais venu à l'esprit.

— Tu ne parlais jamais de ton âge non plus avant d'en user comme d'une excuse.

Valérie entendit son ton amer et, furieuse contre elle, se retira dans la cuisine. Elle se sentait si lasse. Elle était restée toute la journée devant un ordinateur et des microfiches à lire les petits caractères des articles consacrés à une série de meurtres demeurés mystérieux qui s'étaient produits les cinq dernières années. Elle avait mal dans le dos et dans la nuque, les yeux fatigués, et s'ennuyait à mourir. Au début, les affaires lui semblèrent fascinantes, mais elle dut en lire des dizaines de versions, la plupart redonnant la même information reproduite dans tous les grands journaux et magazines. Puis, à partir de l'ensemble de ces documents, elle choisissait les points les plus importants qu'elle tapait sur son ordinateur – avec deux doigts seulement bien qu'elle apprît toute seule avec un manuel – et rédigeait un mémo destiné à Leslie Braden qui risquait de s'en servir dans un reportage pour « L'Agrandissement ». Naturellement, il pouvait aussi décider que le sujet ne l'intéressait pas en fin de compte. Elle aurait alors travaillé pour rien. Découragée et énervée, elle se servit un peu de thé. Elle regarda la théière puis en servit une autre tasse pour sa mère. Elle l'apportait au salon quand la sonnette retentit. Rosemary alla ouvrir la porte.

— Bob Hayes, du Service de sécurité des transports, se présenta l'enquêteur en serrant la main de Valérie. On a reçu notre rapport définitif et j'ai préféré vous l'apporter plutôt que de vous l'envoyer.

— Définitif? Oubliant son travail pour penser à Carl, Valérie s'assit. Vous avez du neuf?

— J'aurais bien aimé. On a rassemblé tout ce qu'on a, affirma-t-il en prenant dans sa serviette une enveloppe qu'il lui tendit. Voici ce qu'il en est sorti. Si vous voulez savoir en gros ce qu'elle contient...

— Oui, acquiesça Valérie.

— L'accident a été causé par l'eau qui se trouvait dans les deux réservoirs auxiliaires et la négligence du pilote qui n'a pas effectué toutes les mesures de contrôle avant le décollage. Sinon, il s'en serait aperçu, il est impensable qu'il ne s'en soit pas rendu compte. Apparemment, il n'a pas procédé à toutes les opérations. Il n'a pas suivi non plus les procédures de vol habituel : il semble qu'il soit passé en même temps aux deux réservoirs auxiliaires.

— C'est tout ?

— Oui.

— Dans cet énorme dossier ?

— Il renferme beaucoup de données : les interrogatoires, les tests, les analyses, l'ensemble de l'enquête. Et voici notre conclusion.

— Elle ne résout rien ! Carl a dit qu'il était impossible d'avoir de l'eau dans les deux réservoirs, il a dit que ce n'était jamais arrivé.

— On l'a bien compris. Cela se produit rarement, en effet, mais c'est ce qu'on a découvert. Sans doute à cause de la condensation.

— Carl a déclaré qu'on l'avait fait exprès. Je l'ai précisé à la police ainsi qu'à votre enquêteur.

— Ces déclarations sont dans le rapport. Toutefois, on ne peut soutenir cette hypothèse sans preuve. Et on n'en a aucune. Une seule chose est sûre : il y avait de l'eau dans les deux réservoirs et le pilote n'a pas effectué un contrôle complet avant le décollage.

Valérie se leva et le regarda avec calme.

— On présente la situation ainsi dans le rapport ?

Il acquiesça.

— On prétend que c'était de la faute de Carlton et que personne d'autre n'y était impliqué ?

— En s'appuyant sur les preuves dont on dispose, on ne peut pas tirer d'autre conclusion.

— Mais il a parlé d'une femme. Il a ajouté qu'il aurait dû se douter qu'elle était capable de faire... quelque chose.

— On l'a inclus dans le dossier. Toutefois, il arrive que des gens disent « elle » en parlant de leur avion ou de leur bateau et on n'a trouvé aucune preuve de l'existence d'une femme. Les mécaniciens de l'aéroport de Lake Placid n'ont vu personne et les employés du terminal non plus. Ces accusations... ont été lancées à un moment où vous étiez sans doute en état de choc ; peut-être avez-vous mal entendu. Et votre mari a reconnu qu'il avait perdu le contrôle. Il s'en est excusé auprès de vous. De plus, tous les passagers ont déclaré qu'il délirait. Vous aussi, d'ailleurs.

— J'ai déclaré qu'il était fiévreux et fébrile. J'espère que mes propos n'ont pas été déformés.

— Je ne pense pas. Je regrette, Mrs. Sterling. Nous aurions aimé répondre à toutes vos questions, ce n'est pas toujours possible, hélas.

— Moi aussi, je le regrette, répliqua sèchement Valérie, et elle le laissa partir sans le raccompagner.

Rosemary lui jeta un coup d'œil et se réfugia à la cuisine. Aussitôt, Valérie entendit couler l'eau et des assiettes qui s'entrechoquaient. Je me demande combien elle va en casser, songea-t-elle.

Pas beaucoup. Maman tient à la porcelaine. A sa grande déception, elle va découvrir qu'elle fait très bien la vaisselle.

Elle considéra le rapport qu'elle tenait à la main. Je n'en sais pas plus qu'il y a neuf mois. Je pensais que tous ces enquêteurs s'en chargeraient à ma place et ils se sont contentés d'accuser Carlton. C'est trop facile, il est mort.

Pourquoi ne pas agir de même ? Il m'a anéantie. Pourquoi devrais-je le défendre ?

Parce que je l'ai cru quand il a soutenu que quelqu'un avait touché à l'avion. Et si c'est vrai — s'il y a l'ombre d'une chance que ce soit vrai —, cette personne a assassiné Carl et a failli nous tuer aussi. Je veux découvrir son identité. Pas par simple curiosité, par soif de justice.

Elle considéra de nouveau le dossier. Que pouvait-elle faire de plus que des équipes d'enquête officielles ? Mystère. Cependant, si une femme avait joué un rôle dans cette affaire, elle tenait à le savoir. Jusqu'à présent, elle n'avait pas voulu poursuivre les recherches : cela soulevait trop d'hypothèses épouvantables. Désormais, elle devait ouvrir les yeux. Carl entretenait une liaison, elle en était sûre. Pourquoi ne pas supposer qu'il s'agissait de la femme qu'il avait accusée ? Sans compter la question de l'argent. Personne ne l'avait retrouvé mais peut-être n'avait-on pas cherché au bon endroit. Et ces personnages troubles que Sybille prétendait avoir vus en compagnie de Carlton à New York, peut-être étaient-ils au courant et peut-être cela avait-il un rapport avec l'accident. Il faut que je parle à Sybille, se dit-elle. Je devrais pouvoir y arriver. Maintenant que je ne travaille plus pour elle, on peut avoir des rapports courtois si on ne s'attarde pas.

— Valérie ? lança Rosemary. Où range-t-on le pot à lait ?

— Je vais te montrer, répondit Valérie.

Elle débordait soudain d'énergie. Elle avait tant à faire. Dès qu'elle pourrait avoir un peu de temps libre ou s'octroyer quelques heures le week-end, elle mènerait son enquête. Elle ne se reposerait plus sur les autres, elle s'en occuperait elle-même. Et, cette fois-ci, elle obtiendrait les réponses qu'elle attendait. Elle ne s'arrêterait pas tant qu'elle ne les aurait pas.

22

Postée à la porte latérale de la Cathédrale de la Joie, Sybille observait le flot des fidèles qui fuyaient le crachin de novembre pour s'engouffrer au chaud. L'orgue se mêlait aux voix des mille personnes. Sybille consulta sa montre, imaginant, à la minute près, ce que faisait Lily dans sa petite suite aménagée derrière l'autel. D'abord, elle se tiendrait sagement debout, tandis que sa femme de chambre lui passerait par la tête l'une de ses robes longues de soie et de dentelle blanches qu'elle avait achetées avec l'aide du conseiller personnel de Sybille chez Saks Fifth Avenue, la lui boutonnerait dans le dos, puis s'agenouillerait pour lui enfiler ses chaussures assorties à talons plats. Elle s'installerait ensuite à sa coiffeuse alors que le maquilleur que Sybille avait engagé lui attacherait une immense bavette et la préparerait. L'idée ne plaisait toujours pas à Lily mais, le jour où elle vit qu'elle avait l'air malade à l'image sans maquillage, elle finit par accepter bien qu'à contrecœur. Sa femme de chambre brosserait ses longs cheveux qui retomberaient sur ses épaules tel un voile soyeux brillant sous les projecteurs, pendant que Lily relirait les notes de son sermon du matin, répétant les expressions pour être sûre que c'était bien ce que voulait Sybille, expressions qu'elle prononçait comme le lui avait appris son professeur de diction. A dix heures moins une, elle quitterait la suite, suivrait le couloir qui menait à une lourde porte sur le côté de l'autel et resterait là jusqu'à ce qu'on lui annonçât que tout le monde avait pris place. L'enregistrement de « L'Heure de Grace » avait commencé cinq minutes plus tôt pour les rediffusions dans tout le pays.

A dix heures précises, alors que l'orgue s'élevait en un crescendo, la lourde porte s'ouvrait sur Lily qui apparaissait, petite et fragile dans ce cadre de chêne massif. Les fidèles assis aux premiers rangs la découvraient, tendant le cou pour profiter du spectacle, ce qui éveillait la curiosité de ceux des rangées suivantes, certains se mettant sur la pointe des pieds pour mieux voir, quand Lily, l'air recueilli, montait lentement les marches de marbre de l'autel, puis vers la chaire gravée de gracieux lis qui se dressaient comme pour l'étreindre alors que, tête baissée, les yeux clos en prière, elle attendait que tout le monde se rasseye et que la musique s'estompe peu à peu.

Cachée du public comme de la caméra, Sybille approuvait tandis que le programme suivait son cours à la seconde près. Sa meilleure réalisation : du drame pur, au premier degré, sans que rien ne puisse distraire l'attention du public fixée sur Lily Grace. Le genre de chose qui marche le mieux partout, surtout sur le petit écran. C'était l'une des raisons qui faisaient de cette émission une mine d'or.

— Quel ange! déclara Floyd Bassington qui rejoignit Sybille. Je n'ai jamais vu personne s'acquitter d'une façon plus sublime de l'œuvre de Dieu.

Mon œuvre, se dit Sybille. Elle leva les yeux vers la voûte imposante de sa cathédrale, les vitraux éclairés par-derrière donnant l'impression que le soleil brillait en permanence sur Lily Grace. Elle regarda la jeune fille dont les gestes étudiés s'adressaient aux caméras et à l'assemblée alors que les mille têtes se penchaient vers sa douce voix haut perchée. Puis elle contempla la ville de Graceville dans son dos qui émergeait de la riche terre de Virginie. Ma ville, exulta-t-elle. Ma ville.

L'espace d'un instant, elle se sentit satisfaite. Tout cela existait grâce à elle. Elle tirait toutes les ficelles en coulisses. A une époque, elle voulait que tout le monde remarque sa présence. Aujourd'hui, elle souhaitait passer inaperçue aux yeux de tous, qu'ils ignorent qui avait du pouvoir sur eux, comment on les manipulait. Personne ne le savait. Pourtant, tout ici – surtout ce qui ne se voyait pas – existait grâce à elle et personne d'autre. Tout était sien.

— Arch et Monte sont là, annonça Bassington.

Il lui tripotait le bras. Sybille s'écarta.

— Ne les faisons pas attendre, répliqua-t-elle.

Prenant les devants, elle traversa la pelouse piétinée qui s'étendait derrière le temple pour rejoindre une maison blanche à deux étages au large perron. La demeure se trouvait là lorsque le conseil avait acheté le terrain avec les treize millions de dollars de Carlton et, plutôt que de l'abattre, ils en firent le siège de la fondation de L'Heure de Grace. Bassington avait transformé le salon en un luxueux bureau de superbe bois noir et de daim clouté. Les secrétaires, les employés et les comptables, qui représentaient douze personnes en tout, occupaient les autres pièces. Les travaux de rénovation s'étaient terminés en septembre et on centralisait désormais à Graceville les opérations qui se déroulaient entre Fairfax et Culpeper.

Sybille trouva les autres qui les attendaient dans le bureau de Bassington. Monte James, trésorier de la fondation et président de la Banque de crédit et d'épargne James. Grand et voûté, des poches sous les yeux, un nez épaté, des lèvres charnues, il avait un gros ventre sectionné par une ceinture de cow-boy. Qu'il soit en jean ou en smoking, il portait des bottes de cow-boy en cuir frappé à hauts talons. Il était plus grand qu'Arch Warman, vice-président et secrétaire de L'Heure de Grace et président de la société Promoteurs et Entrepreneurs Warman, bien que celui-ci fût plus gros : en forme d'œuf de ses épaules tombantes à ses hanches épaisses, de petites mains et de petits pieds, il avait des yeux pétillants derrière ses lunettes carrées à monture noire et les tempes grisonnantes malgré ses cheveux teints en noir, car il pensait que cela lui donnait un caractère respectable. Ils étaient assis sur un canapé en daim devant une bouteille de whisky, une carafe d'eau, une assiette de beignets et une thermos de café préparées sur la table basse.

— Ah, passons au petit déjeuner, dit Bassington avec satisfaction. Sybille ?

— Un café. Elle posa sa serviette à côté des beignets mais ne l'ouvrit pas. Commence, lança-t-elle à Bassington.

Il lui offrit une tasse de café.

— Jim et Tammy Bakker. Pour les journaux, c'est Byzance grâce à eux. Pourquoi n'étouffe-t-on pas cette fichue affaire ? Généralement, ce genre de scandale se tasse. Alors que là il grossit de jour en jour.

— La cupidité, le sexe et l'argent, déclara Arch Warman. Pourquoi le sujet devrait-il se tarir ? Tout le monde a envie d'entendre parler de ça.

— Eh bien, on n'a pas envie d'entendre parler de nous en tout cas, remarqua Monte James. J'ai réfléchi à la question, on n'est pas assez accrocheurs pour la presse : pas de cupidité et pas de sexe; des affaires honnêtes, rien d'autre.

— Honnêtes, répéta Warman en riant.

Bassington examinait ses ongles.

— Vous vous êtes montrés prudents, assura Sybille. Je ne vois rien qui remonte jusqu'à vous, même si les chaînes de télé lâchaient leur meute.

— On devrait peut-être se séparer de quelques à-côtés malgré tout, suggéra Warman d'un air pensif. Si l'une de ces bêcheuses de journalistes se renseigne sur notre compte et découvre qu'on se déplace en avion et qu'on a de belles voitures comme la Porsche de Monte, ma BMW et la Mercedes de Floyd, elle risque d'en venir à se demander en quoi le conseil d'une fondation religieuse a besoin de ce train de vie et où on trouve le fric pour se l'offrir.

— Vous ne vous séparez de rien, affirma Sybille. Ce sont des dépenses justifiées. On enquête sur l'ensemble des émissions religieuses ?

— Tôt ou tard, ça arrivera sûrement, répondit Warman. La plupart sont une pâture de choix. Mais tout va bien. Vous avez raison, Syb : on a été très forts. Très prudents, très malins, d'une discrétion absolue. On ne laisse pas de trace comme les Bakker.

— Ne jouez pas les prétentieux, riposta-t-elle. Lily déteste la suffisance.

Un silence pesant s'abattit sur la pièce. Comme toujours, quand Sybille glissait ainsi le nom de Lily, histoire de leur rappeler que sans Lily il n'y aurait rien et que sans Sybille il n'y aurait pas de Lily.

— Monte, lança Sybille, et elle éprouva ce bref instant de plaisir qu'elle ressentait à chaque fois qu'elle les sommait d'un ton cassant et qu'ils se précipitaient comme des chiens.

— Cette année, les donations vont dépasser les soixante-quinze millions, annonça aussitôt Monte.

Se calant sur le canapé, sans consulter ses notes, il donna lecture des comptes de l'année qui allait s'achever. Sur le montant total, Monte, Warman et Bassington paieraient le jet de la fondation, leurs voitures et leurs déplacements. Ils empocheraient dix pour cent sur les sommes en espèces reçues dans le courrier qu'ils se partageraient avec Sybille, celle-ci prenant la plus grosse part. Ils règleraient les budgets gonflés de Sybille Morgen Productions pour la réalisation du service de Lily Grace le dimanche matin et de « A la maison avec le révérend Grace » du mercredi soir. Et ils couvriraient les frais administratifs normaux de la fondation : frais postaux, matériel, fourniture, entretien des bureaux, salaires des employés.

— Graceville, poursuivit d'un air affable Monte qui passa les chiffres en revue.

Il faudrait cent cinquante millions de dollars pour assurer la phase initiale de la construction. En faisant appel à des emprunts, ils parviendraient à achever les travaux en deux ans. Ceci grâce à la collaboration de la Banque de crédit et d'épargne James qui accordait des prêts à la fondation en fonction de ses besoins, prêts accordés à treize pour cent d'intérêts alors que la plupart s'élevaient à onze dans ce domaine. Les deux pour cent supplémentaires étaient répartis entre Monte, Warman, Bassington et Sybille qui en prenait la plus grosse part.

Un bref silence suivit l'exposé de Monte.

— Arch, dit Sybille.

Les yeux noirs d'Arch Warman brillèrent.

— L'entreprise de bâtiment Marrach est parfaitement dans les délais. Les boutiques, restaurants et le reste seront finis comme prévu début juin. Ils ouvriront en même temps que la première aile de l'hôtel fin juillet. Les équipements de loisirs se présentent bien ; ils seront prêts entre juillet et la fin de l'année. Les pavillons viendront en dernier lieu ; on lancera cette tranche une fois que l'hôtel sera terminé, donc pas avant un an, mais on va les vendre sur plan en présentant une maison modèle. Pour l'instant, je ne prévois aucun dépassement, tout suit le budget initial.

Il les regarda d'un air radieux. Il était inutile de préciser les prix demandés à la fondation par l'entreprise de bâtiment Marrach entièrement détenue par Arch Warman et créée uniquement pour édifier Graceville. Tous ses prix, main d'œuvre et matériaux, étaient majorés de vingt pour cent par rapport à ceux de ses concurrents et les bénéfices supplémentaires revenaient à Monte, Warman, Bassington et Sybille qui prenait la plus grosse part.

— Floyd, dit Sybille.

Bassington posa son beignet et consulta ses notes.

— Une réunion au complet du conseil d'administration de la fondation aura lieu jeudi. Je compte proposer Lars Olssen comme nouvel administrateur. Pasteur, il enseigne le catéchisme à l'école de filles Fletcher. Marié, quatre enfants, une excellente réputation. Exactement ce qu'il nous faut.

— On va être sept, remarqua Warman. Quatre en plus de nous trois. Je trouve ça trop.

— C'est la limite maximum, répondit Bassington. Mais cela m'ennuierait beaucoup de renoncer à Olssen, il est si respectable...

Monte se rembrunit.

— Ça fait trop de l'autre côté. Syb, si vous étiez au conseil, j'en serais soulagé.

— Non, répliqua-t-elle, contractée soudain : elle n'appréciait pas les surprises. Je n'ai pas l'intention d'être sur le devant de la scène.

— D'après moi, ce serait une bonne idée, insista Monte. Je me sentirais nettement mieux si on était tous sur le même plan, en première ligne.

— En première ligne, répéta Warman en riant.

— S'agit-il de l'ensemble de votre rapport ? demanda Sybille à Bassington.

— J'ai soulevé une question, observa Monte d'un ton sec. Je veux que vous soyez membre du conseil. Toute cette fondation est votre enfant, vous l'aviez conçue de A à Z sur le papier avant qu'on intervienne et vous avez fait du beau boulot. Nous l'apprécions à sa juste valeur, mais cette époque remonte assez loin et il est grand temps d'envisager quelques modifications.

Sybille regarda Bassington.

— Pourquoi ? lança ce dernier à Monte. Tout va très bien. Pourquoi bouleverser les choses ? Sybille est une personne modeste, elle aime rester en coulisses. Je l'admire en cela, je ne voudrais pas qu'elle soit autrement. Et il est hors de question que je vote pour la contraindre à changer d'attitude.

— Je ne suis pas si convaincu de sa modestie, rétorqua Warman. Le problème n'est pas là cependant. Le problème, c'est l'argent. Sybille prend plus que nous sur chaque dollar et ça me met mal à l'aise.

Bassington jeta un coup d'œil vers Sybille, puis remua la tête en fixant Warman.

— Vous gagnez plus d'argent que jamais avec l'entreprise de bâtiment Marrach. Vous devriez en être reconnaissants. Moi, Dieu sait si je le suis ! Jamais je n'avais imaginé devenir milliardaire. Ce n'est pas le cas des hommes de Dieu, d'habitude. Pourquoi faut-il que vous vous montriez cupides brusquement ?

— Ce n'est pas Arch que je traiterais de cupide, déclara Monte d'un ton catégorique.

— Oh, quelle honte ! s'écria Bassington. C'est honteux de votre part. Sybille nous amène Lily, elle l'éduque et lui apprend tout, elle gagne sa confiance pour qu'elle joue son rôle comme prévu et rapporte soixante-

381

quinze millions de dollars cette année. Et voilà que vous vous moquez de Sybille. Ce n'est pas chrétien de votre part. Ni malin. Lily apprécie Sybille, vous l'avez oublié?

Il y eut un long silence : chacun se rappelait que Sybille détenait le pouvoir tant qu'elle tenait Lily.

— On en parlera une autre fois, marmonna Warman. Je n'ai pas dit qu'il fallait en décider aujourd'hui.

— A la prochaine réunion, renchérit Monte, rouge de colère. Ou à la suivante.

Un autre silence. Sybille respira, si furieuse qu'elle ne pouvait encore parler. Elle avait pris deux hommes d'affaires de rien du tout et un pasteur sur la touche qui étaient devenus milliardaires grâce à elle et ils s'imaginaient lui imposer leur volonté. Elle pouvait s'en débarrasser quand elle voulait, elle n'avait pas besoin d'eux.

Ce n'était pas vrai, pas dans l'immédiat en tout cas. Elle avait besoin de l'entreprise de bâtiment de Warman, besoin de la banque de Monte et besoin des services de Bassington. L'idée de devoir le reconnaître l'ulcérait, surtout lorsqu'elle pensait à son corps qui s'agitait sur le sien, ses mains pétrissant ses seins et ses fesses comme s'il faisait du pain, mais il lui servait de public relation et l'aidait à garder Arch et Monte dans le droit chemin.

Il va rester quelque temps, décida-t-elle, ils vont tous rester quelque temps. Ensuite, ils partiront. Graceville est à moi. S'ils croient pouvoir m'en prendre la moindre parcelle, ils vont découvrir qu'ils se trompent fort.

Elle se tourna vers Bassington.

— Vous avez autre chose ?

— Eh bien, répondit-il en feuilletant ses papiers, j'ai réfléchi au cas de Jim et Tammy Bakker, aux accusations que portent Jerry Falwell et certains autres. Quelle triste époque, tous ces hommes de Dieu qu'on montre du doigt, qui ternissent notre vocation ! Cela m'empêche de dormir tant je suis abattu et désespéré...

— Venez-en au fait, grogna Monte.

— J'y arrive. Le problème se pose en ces termes : si on n'étouffe pas cette affaire au plus vite, je crains que les gens ne s'inquiètent au sujet de toutes les émissions religieuses — pas à propos de Lily spécialement, mais en général, à l'idée que des manigances se trament — et ils risquent de garder leur argent, quelque temps du moins. J'ai songé que...

— Ces enfoirés de petits salopards cupides ! explosa Monte qui reporta sa colère sur les Bakker. Ils ne pouvaient pas se contenter de prêcher, il fallait qu'ils essaient d'obtenir le moindre putain de dollar... Ils nous mettent en danger !

— Cupides, répéta Warman en riant.

— J'ai songé, poursuivit Bassington, que Lily pourrait insister sur la question lorsqu'elle en appelle à leur générosité : peut-être pourrait-elle déclarer qu'on ne sera pas en mesure d'ouvrir Graceville à temps à cause de dépassements, de l'inflation, n'importe quoi, tant que les membres de la communauté n'enverront pas quelques dollars de plus par semaine.

— Ce n'est pas une mauvaise idée, dut reconnaître Warman. Entretenir la culpabilité des fidèles s'ils laissent tomber Lily.

— Je suis d'accord, mais je voudrais qu'elle évoque aussi le sujet le mercredi soir. Je l'ai déjà demandé, renchérit Monte.

— Lily s'y refuse, intervint Bassington. Elle n'aime pas réclamer de l'argent d'une façon générale et elle s'y résout uniquement parce que Sybille l'a convaincue de l'importance de l'enjeu. Le mercredi, quand elle répond à son courrier et joue un peu un rôle de conseiller, elle n'y consentira pas.

— Parlez-lui, lança Monte à Sybille. Ça pourrait rapporter vingt pour cent de plus.

— Je le sais, acquiesça Sybille, glaciale. Lily n'ignore pas que c'est là mon vœu. Et elle le fera, elle finira par accepter. Il est des choses, ajouta-t-elle d'un ton plein de sousentendus, qu'on ne peut imposer.

— Bon, dit Bassington au milieu du silence, y a-t-il un autre point ? Sybille remit à chacun d'entre eux une feuille de papier.

— Voici un projet que j'ai l'intention de présenter au conseil jeudi.

— Une demande d'adhésion, s'étonna Warman en parcourant le document. Une adhésion à vie au club de Graceville ? Intéressant...

— Très intéressant ! s'exclama Bassington qui lui fit écho. Une adhésion pour cinq mille dollars donnant aux membres droit à un séjour annuel de cinq jours à l'hôtel Grace durant toute leur existence. Quelle merveilleuse idée, quel geste d'amour et d'humanisme, quelle bénédiction pour les gens qui ne peuvent s'offrir d'agréables vacances !

Monte esquissa un sourire.

— Une bénédiction, répéta-t-il. On est là pour ça : pour distribuer des bénédictions. Le chiffre me plaît, affirma-t-il à Sybille. Même si vous êtes sans doute trop optimiste en espérant cinquante mille adhésions.

— Je ne pense pas que ce soit optimiste et vous non plus, rétorqua-t-elle sèchement.

— Il faudra y réfléchir. Cinquante mille à cinq mille dollars par tête de pipe... ça fait deux cent cinquante millions... coquette somme. Vous avez envisagé une formule pour les familles ?

— Non. C'est au conseil et à votre comité des finances d'en décider.

Il acquiesça.

— J'essaierai de trouver une solution pour la réunion de jeudi.

— Débrouillez-vous pour l'avoir d'ici là.

Il changea d'expression et lui jeta un regard malveillant.

— Oui, maman, je me débrouillerai.

— Bien, lança Bassington d'un ton allègre, et si on se resservait du café et des beignets. Ensuite, on parlera de Lars Olssen. Je serais très heureux de le proposer jeudi prochain.

Arch et Monte échangèrent un regard, se disant qu'il valait mieux se taire pour l'instant. Ils devraient se voir en tête à tête. La cupidité de Sybille devenait insupportable – même Bassington semblait s'en inquiéter –, mais il fallait l'accepter tant qu'ils n'auraient pas trouvé moyen de lui prendre Lily. Ils se doutaient que ce n'était pas pour demain; en attendant, ils feraient ce qu'ils pourraient.

Le sermon de Lily était terminé quand ils regagnèrent le temple. Ils entendirent le chœur entonner l'hymne final et les fidèles le reprendre, tandis qu'ils se dirigeaient en file vers les grandes portes à deux battants où Lily attendait pour serrer la main de chacun et s'entretenir un instant avec le plus grand nombre. Cette cérémonie durait une heure tous les dimanches et Lily s'en acquittait toujours avec sérieux : elle gardait son sourire et son enthousiasme jusqu'à ce que le dernier s'en aille et n'oubliait jamais de rester face à la caméra, même une fois qu'on ne tournait plus et que les techniciens remballaient le matériel. C'était un excellent exercice, lui répétait souvent Sybille, de se rappeler sans arrêt la présence de la caméra et de faire comme si elle était là quand elle avait disparu. Ainsi, cela lui deviendrait automatique de jouer pour l'image même si elle pensait à autre chose.

Au début, Lily avait soulevé des objections.

– Je ne veux pas « jouer » pour l'image, Sybille. Ce sont les gens qui m'intéressent, pas les caméras.

– Bien sûr, c'est pour ça que nos taux d'écoute sont si hauts. Cependant, tu dois toujours en avoir conscience. Cela t'est indispensable, Lily, sinon comment pourrais-tu toucher des millions de gens qui ont besoin de toi mais ne peuvent venir t'écouter à la cathédrale ?

– Ah bon, acquiesça Lily.

Souvent, lorsqu'elle était seule, elle ne se souvenait pas pourquoi le conseil de Sybille lui avait paru aussi sensé et indiscutable. Pourtant, sur le moment, elle ne trouvait jamais de réponse.

Sybille se posta au coin de l'église et regarda Lily saluer les derniers fidèles. Le crachin s'était arrêté et personne ne semblait pressé. Arch et Monte avaient rejoint leur voiture, Bassington rôdait dans les parages en attendant que Sybille vienne déjeuner avec lui. En réalité, il nourrissait d'autres espoirs : il souhaitait rentrer avec elle aux Morgen Farms – les anciennes Sterling Farms rebaptisées et redécorées –, passer l'après-midi au lit mais elle l'en dissuaderait. Ses obligations l'accaparaient assez sans feindre de jouir dans les bras de Floyd Bassington. Il devenait insupportable, se dit-elle, puis elle se rappela qu'elle avait encore besoin de lui. Bon, encore quelques mois de doigté. Ce n'était pas difficile mais exaspérant et cela prenait du temps.

Elle se dirigea vers Lily pour lui annoncer qu'elle la retrouverait à la voiture afin de la ramener à Culpeper où elle vivait dans une petite maison que Sybille lui avait achetée quelques mois plus tôt. Les derniers fidèles parlaient à Lily, deux femmes qui tournaient le dos à Sybille. L'une était grande, les cheveux noirs coupés court, l'autre avait une épaisse chevelure fauve mi-longue. Lily bavardait avec elles, l'air passionné : la fatigue de son sermon semblait s'être évanouie. Comme si elle les connaissait, songea Sybille. C'est alors que l'une d'elles se détourna et elle découvrit Valérie.

Sybille se figea sur place. Elle n'en croyait pas ses yeux. Elle l'avait effacée de sa vie. Après lui avoir tout pris, elle l'avait reléguée au fond de son esprit et n'y pensait même plus depuis qu'elle l'avait virée en juillet, voilà quatre mois. Enfin, elle y pensait bien de temps en temps. Impossible de faire autrement : elle vivait dans l'ancienne propriété de Carlton et Valérie, dans les pièces repeintes et remeublées de son ancien domaine, gardait ses chevaux dans ses anciennes écuries, profitait de ses anciens jardins. Tout ce qui constituait le patrimoine de Valérie lui appartenait désormais. Valérie était réduite à rien. Aussi Sybille songeait-elle à Valérie parfois, surtout parce qu'elle attendait toujours ce sentiment d'assouvissement qu'elle avait espéré éprouver après avoir vaincu sa rivale. Or, il n'en était rien ; une profonde insatisfaction et une colère dévorante la guidaient toujours, comme si elle n'avait pas gagné la partie. Pourtant, tous les jours, elle se répétait qu'elle avait ce qu'elle voulait et qu'elle serait bientôt complètement comblée.

Et voilà qu'elle se trouvait là : Valérie Sterling très détendue devant la cathédrale de Sybille dans un pull-over à col roulé et un tailleur pantalon en tweed qui lui donnait l'air d'être tout à fait à sa place dans ce coin de Virginie et qui parlait à Lily comme si elles étaient de vieilles amies. Sybille se dirigea vers le groupe d'un pas décidé.

— Sybille ! s'écria Lily. Valérie est venue m'entendre prêcher ! C'est merveilleux, tu ne trouves pas ?

— Oui, acquiesça Sybille qui regarda l'autre femme.

— Sophie Lazar, se présenta celle-ci en lui tendant la main. Je travaille avec Valérie. Quand elle m'a appris qu'elle connaissait le révérend Lily, je lui ai dit que je voulais absolument la rencontrer.

— Pourquoi ? s'enquit Sybille.

— Je l'ai vue à la télévision. J'aime ses propos. Je commence tout juste à étudier le sujet, je ne suis donc pas très calée mais je suis sûre que le révérend Grace est différent des autres pasteurs.

— Elle est différente de tout le monde, répliqua Sybille avec froideur. Pourquoi vous intéressez-vous aux prédicateurs ?

— Pour voir à quoi ils ressemblent et si je dois les écouter. Je recherche toujours le plus d'aide possible.

— On pourra en discuter un jour si vous voulez, suggéra Lily. Je suis le mercredi à Fairfax où j'enregistre mon programme du soir. On pourrait bavarder en tête à tête.

— J'en serais ravie, répondit Sophie.

— Où travaillez-vous ? demanda Sybille.

— A E&N. Il s'agit d'un réseau câblé...

— Je le connais. Impossible, Sybille s'adressa à Valérie. Tu es aussi là-bas.

— Oui. Lily a proposé de nous faire faire le tour de Graceville. Tu veux nous accompagner ? J'aimerais te parler de quelque chose.

385

— Oh oui, Sybille, viens, je t'en prie, l'exhorta Lily. Tu en sais beaucoup plus que moi sur cette ville.

— C'est vous qui vous en occupez ? l'interrogea Sophie.

— Non. Je n'ai strictement rien à y voir. Cette affaire est dirigée par un conseil d'administration qui me charge de réaliser les émissions de Lily. Je ne suis pas aussi informée que Lily l'imagine, mais je peux vous dire ce que je sais. Elle tourna le dos à l'église où l'attendait Bassington. J'ai quelques instants.

— Je suis si contente, tout est beaucoup plus agréable quand tu es là ! s'exclama Lily avec entrain alors qu'elles s'engageaient dans la large allée. Tout cela, ce sera des jardins, commença-t-elle en montrant les terrains à gauche et à droite. Des massifs, des arbres, un lac. Si vous voyiez les plans, ils sont si beaux. L'allée se séparait, menant d'un côté au parking et de l'autre à la ville. Et juste en face, c'est la grand-rue, indiqua Lily.

Elles s'arrêtèrent un moment pour regarder les travaux, puis marchèrent au milieu d'un chemin de terre qui deviendrait l'artère principale. De part et d'autre se dressaient les carcasses d'acier et de bois, ébauches de longs bâtiments bas. Devant elles, une imposante structure qui, une fois finie, serait le plus haut édifice de la cité, encore plus haut que la cathédrale.

— C'est l'hôtel, annonça Lily qui appréciait son rôle de guide. La grand-rue y mène directement, sauf qu'elle se sépare au milieu pour suivre la place du village. Des deux côtés de la rue et tout autour de la place, il y aura des magasins et des restaurants, deux cinémas, des salles de jeux, des aires avec des bancs, des fontaines et des jardins, bien sûr...

— Quel genre de salles de jeux ? s'enquit Sophie.

— Oh... des bowlings, des lotos et des jeux vidéo... deux seulement...

— Des jeux vidéo ? répéta Sophie. Cette ville n'est pas censée être un endroit de recueillement ? Une espèce de retraite ?

Lily rougit.

— Le révérend Bassington estimait qu'il était important de répondre aux besoins temporels des gens autant qu'à leurs besoins spirituels, car il nous faut rivaliser avec les attractions du monde extérieur. Moi, je n'en sais rien. Enfin, cela ne me plaît pas. J'ai l'impression que ce n'est pas bien : quand les gens ont des problèmes sérieux et des questions troublantes, on devrait se concentrer là-dessus au lieu de les encourager à dépenser leur argent durement gagné dans ces jeux idiots mais... je ne sais pas. Le révérend Bassington connaît le monde beaucoup mieux que moi, c'est un homme très bon et il est toujours si logique...

— Qui est-ce ?

— Le président de la fondation. Son bureau est installé là. Lily fit un geste dans cette direction et Sophie contempla la maison blanche impeccable avec son grand porche. Le terrain de golf sera derrière, poursuivit Lily. Il y aura aussi un golf miniature et un immense lac pour se baigner, faire du bateau et pratiquer tous les sports nautiques. Là, le fer à cheval jouxtant l'aire de pique-nique. Ici, les écuries et de l'autre côté du golf, tout du long, des pavillons à vendre.

— Très ambitieux, remarqua Sophie. Je suis fort impressionnée. Il y en aura combien?

— Je n'en sais rien. Je crois que le chiffre n'est pas encore fixé.

— Et dans l'hôtel, combien de chambres?

— Aucune idée.

— Cinq cents, déclara Sybille.

— C'est une vraie ville! s'exclama Sophie. Que coûte un projet pareil?

— Je l'ignore, répondit Lily. Cela dépend des dons que les fidèles veulent nous envoyer. On ne peut pas construire si on n'en a pas les moyens. Sybille est au courant des prévisions.

L'air interrogateur, Sophie se tourna vers Sybille.

— Deux cent cinquante millions pour la phase initiale, confia Sybille. Je te l'avais dit, Lily; tu n'aimes pas penser aux questions d'argent, voilà tout.

— C'est vrai, je préfère penser aux gens.

Sophie forma le chiffre avec ses lèvres.

— On ne récolte pas ce genre de somme en faisant la quête.

— Oh si, vous seriez surprise, répliqua Lily. Moi, toujours. Mais les oboles proviennent en majeure partie des personnes qui m'écrivent. Il y a tant de bonté dans le cœur des hommes. Je l'ai toujours su. Malgré tout, en avoir la preuve tous les jours... me fait un drôle d'effet. Je suis contente, un peu effrayée aussi.

Elle surprit le regard d'avertissement de Sybille : elle parlait de sujets trop intimes. Et elle se tut.

— J'ai donné quelque chose aujourd'hui, reprit brusquement Sophie, un peu gênée. Après votre sermon, quand vous avez parlé de vos rêves pour Graceville... Je ne donne jamais rien. D'habitude, ce genre de discours me laisse froide.

Lily sourit.

— C'était le bon moment et la bonne cause. Merci.

Elle suivit la grand-rue avec Sophie tout en bavardant. Valérie et Sybille restèrent en retrait.

— Tu voulais me parler? lança Sybille.

— Oui, à propos d'une phrase que tu as prononcée il y a quelques mois, après la mort de Carl. Tu m'as confié l'avoir vu à New York avec des types qui avaient l'air véreux, pas le style de personnes qu'il devait fréquenter. J'aimerais les retrouver. J'espérais que tu pourrais m'en raconter un peu plus là-dessus.

— Je ne souviens pas avoir dit cela.

Valérie s'arrêta.

— Tu ne t'en souviens pas?

— Je suis bien tombée sur Carl deux ou trois fois à New York mais... des mecs véreux? Franchement, Valérie, on croirait que tu as lu trop de mauvais polars.

— Ou que tu les as imaginés, répliqua Valérie d'un ton égal.

Sybille tourna la tête d'un mouvement brusque.

— Qu'entends-tu par là ?

— Que tu inventes des histoires comme elles te viennent. Ou tu l'as inventée la première fois ou tu brodes en ce moment. Tu m'as déclaré que...

— Ne me traite pas de menteuse ! Tu l'as déjà fait et je t'ai avertie que... Sybille parut vouloir s'éloigner puis s'approcha de Valérie. Je ne t'ai jamais affirmé avoir vu Carl avec qui que ce soit, que ce soit des types véreux ou non, que ce soit à New York ou ailleurs. Pourquoi es-tu venue ici aujourd'hui ?

Surprise, Valérie répondit :

— J'ai accompagné Sophie. Elle souhaitait rencontrer Lily.

— Je ne te crois pas. Tu es venue parce que tu as quelque chose en tête.

— Sybille, tout le monde ne complote pas comme toi. Je suis venue parce que mon amie me l'a proposé.

Je ne voulais pas venir mais je ne t'en soufflerai mot, songea Valérie. En réalité, l'idée la terrifiait, elle ne désirait pas retrouver les forêts et les champs clos qu'elle aimait en sachant qu'elle n'était que de passage. Et cela ne s'avérait pas plus facile qu'elle ne l'imaginait. Tout dans ce paysage lui rappelait ce qu'elle avait perdu. Je ne voulais pas venir et je n'ai pas envie de partir, mais je ne t'en soufflerai mot.

— De plus, j'ai effectivement quelque chose en tête, affirma-t-elle, un peu par malice car Sybille semblait préoccupée de toute évidence. Je voulais te parler depuis... deux mois.

— Depuis... quoi ? Que s'est-il passé ? Sybille l'observa. Dis-le-moi, tu sais que ça m'intéresse.

Elles avaient repris leur chemin et se rapprochaient de Lily et Sophie qui étaient arrivées au bout de la rue et se trouvaient devant l'hôtel.

— Depuis que le Service de sécurité des transports m'a remis son rapport, poursuivit Valérie.

Elle ne souhaitait guère aborder le sujet dans l'immédiat. Cependant, dans la mesure où elle avait commencé, mieux valait en finir, puis récupérer Sophie et partir.

— Il y avait de l'eau dans les réservoirs de carburant et Carl n'a pas effectué toutes les opérations de contrôle avant le décollage. C'est tout ce qu'ils ont découvert. Et j'essaie d'en apprendre plus.

— C'est tout ce qu'ils ont découvert ? Rien d'autre ? Valérie acquiesçant, Sybille ajouta : Alors, pourquoi joues-tu les détectives ?

— Parce que je ne crois pas à leurs explications. Trop de questions sont restées en suspens. Voilà pourquoi je voulais te parler.

— Quelle idée de se lancer dans une aventure pareille ! Pourquoi ne pas laisser tomber ? Tu as une explication. Pourquoi ne t'en contentes-tu pas ?

— Parce que Carl pensait qu'on avait trafiqué l'appareil.

— Trafiqué ? Comment pouvait-il... comment le sais-tu ?
— Il me l'a confié avant de mourir.
— Il pensait que quelqu'un avait mis de l'eau dans les réservoirs pour qu'il s'écrase ? Les enquêteurs sont au courant ?
— Je le leur ai dit. Ils n'ont pas eu l'air de prendre la chose au sérieux.
— Dans ce cas, tu ne devrais pas non plus y accorder trop de crédit.
— Cela me regarde, Sybille. Et j'ai décidé d'y ajouter foi.
— Je ne comprends pas pourquoi. Tu as tant d'autres sujets de préoccupation maintenant que tu travailles sous les ordres de Nick, non ?

Son venin s'était glissé dans sa réflexion. Laisse tomber, s'intima Valérie. Je ne peux pas discuter avec elle. Elle contempla derrière Sybille la terre rase où étaient passés les bulldozers et les arbres déracinés qu'on avait entassés sur le côté avant de les évacuer.

— Quelle honte d'avoir dû supprimer tant d'arbres !

Sybille lui jeta un coup d'œil furieux. Comment se permettait-elle de critiquer ? Elle respira un grand coup et reprit d'un ton doucereux.

— La verdure et la campagne doivent te manquer maintenant que tu vis à Fairfax. C'est une banlieue si ordinaire. Tu ne veux pas venir aux Morgen Farms un jour ? Je serais ravie de te prêter un cheval. On t'en trouvera sûrement un qui te plaira et tu pourrais monter aussi longtemps que...

Elle se tut devant le regard noir de Valérie.

— Quel que soit le genre de Fairfax, ce n'est pas aussi ordinaire que ton esprit, riposta Valérie avec mépris.

Sur ce, elle s'éloigna à grands pas, plantant Sybille au milieu de la rue.

— Valérie, je parlais de l'hôtel à Sophie, expliqua Lily alors qu'elle les rejoignait. Ce sera fabuleux, il y aura même une salle de bal...

— Et quatre salles de conférences, précisa Sybille qui arriva à son tour et sourit à Valérie, ravie d'avoir touché une corde sensible. Plus cinquante villas dotées de deux chambres chacune derrière le bâtiment principal.

— Je ne suis pas allée jusque-là, déclara Lily. On aura des jardins, un autre lac, plus petit, et des tas d'arbres. C'est si triste d'en avoir enlevé autant mais les nouveaux vont pousser, ce ne sera pas long. J'aime la façon dont l'hôtel et la cathédrale se font vis-à-vis, pas vous ? Le révérend Bassington dit qu'on offrira à nos hôtes un bon matelas à un bout de la grand-rue et une bonne religion à l'autre bout.

Sophie s'esclaffa, puis elle s'aperçut que Lily ne plaisantait pas. Elle lança un coup d'œil vers Valérie et, surprenant son expression, l'observa plus attentivement.

— Tu veux qu'on s'en aille ?
— Oui, répondit Valérie. Si tu en as vu assez.
— On pourrait déjeuner ensemble ! s'exclama Lily. Je ferais quelque chose chez moi. J'ai une nouvelle maison merveilleuse à Culpeper, ajouta-

t-elle avec enthousiasme. Sybille souhaitait que je reste avec elle – elle est si généreuse –, mais je lui ai expliqué que je devais être seule et, quand elle a compris que je parlais sérieusement, elle m'a aidée à l'acheter. Je vous en prie, venez déjeuner. J'aimerais vous la montrer, je serais ravie de vous recevoir.

— Pas aujourd'hui, intervint Sybille. Tu t'adresses à deux groupes cette semaine, il faut que tu te prépares.

— Oh, Sybille, pour une fois...

— Je crains que non. Tu sais combien tu travailles sur chacune de tes interventions.

— Oui, acquiesça Lily à voix basse.

— Un autre jour, proposa Valérie en prenant sur elle. Elle était si impatiente de partir qu'elle tenait à peine en place. On t'appellera pour prendre date.

— Oh oui, je vous en prie, répliqua Lily, son visage s'éclairant. J'ai été si heureuse de vous voir. Je n'ai presque personne à qui parler en dehors de Sybille. Je suis si occupée...

Elles s'apprêtaient à rebrousser chemin. Valérie était partie devant, Sybille traînait derrière.

— Vous n'avez pas d'amis ? demanda Sophie à Lily. Pas de petit ami ?

— Eh bien... oui, bien sûr, j'ai des amis. Tout le monde en a. Mais je ne sors pas avec des garçons.

— Ah bon ? Jamais ?

— Non. Je ne peux pas. Rudy m'a dit – c'est un homme avec qui je travaillais autrefois, un pasteur lui aussi –, il m'a dit que je devais être vierge pour servir d'exemple de pureté et de perfection. Et pour prêcher avec une espèce de spiritualité que je n'aurais pas si j'étais... une femme, ajouta-t-elle dans un murmure. Il m'a assuré que si j'étais vierge les gens ne pourraient jamais me considérer comme une rivale et qu'ils m'aimeraient. De plus, un jour Dieu m'a élue alors que j'aurais pu mourir et tout cela signifie la même chose, vous ne croyez pas ? La main de Dieu m'a sauvée et seule la main de Dieu doit me toucher.

Sophie écoutait le rythme de mélopée qu'avait pris la voix de Lily au fil de ses propos et elle frissonna.

— Sans doute, chuchota-t-elle, songeant qu'il fallait dire un mot, puis elles regagnèrent le temple en silence et se séparèrent.

Alors qu'elle se dirigeait vers le parking en compagnie de Valérie, Sophie secoua la tête.

— C'est incroyable, déclara-t-elle, puis elle regarda Valérie. Tu vas bien ?

— Oui. J'ai l'air en colère ?

Sophie s'étrangla de rire.

— Ce n'est pas le mot qui convient. On a l'impression que tu vas écraser quelqu'un sous ta semelle. Sybille, je suppose. Que s'est-il passé ?

— Elle m'a invitée à venir faire du cheval, à emprunter l'un de ses chevaux.

— Dans ta propriété?
— Ce n'est plus la mienne.
— Oui, mais elle l'a été et cela ne remonte pas si loin... Comment a-t-elle pu...
— Ne parlons pas d'elle, Sophie. Que voulais-tu dire? Qu'est-ce qui est incroyable?
— Oh... Lily. Quand elle est en chaire, sur ce mausolée de marbre qu'on appelle un autel, j'ai le sentiment d'avoir besoin d'elle, d'être inquiète – ce qui est vrai parfois – et qu'elle peut m'aider, car elle semble comprendre beaucoup de choses et avoir de bonnes idées. L'instant suivant, elle dit un mot qui me donne l'impression qu'elle a besoin de moi et que je suis la mère, ou du moins la grande sœur, qui doit s'occuper d'elle parce qu'elle est si jeune et un peu éthérée. Et soudain on croirait qu'elle est perdue ou dans une espèce de transe. Elle n'a ni ami ni famille et elle s'est lancée là-dedans parce qu'elle n'a rien d'autre. Elle a l'air si innocent. Si vulnérable. Enfin... tu comprends?
— Oui, acquiesça Valérie. Peut-être cela explique-t-il pourquoi elle attire tant de fidèles. Je pensais que les prédicateurs qui avaient le plus de succès étaient des hommes car ils représentent Jésus en quelque sorte et que c'est là ce que les gens recherchent. Cependant, Lily donne aux gens l'envie de l'aider tout en croyant qu'elle les aide. C'est très particulier, presque... comme un couple, ajouta-t-elle. Un rapport qui marche dans les deux sens, personne n'étant passif, chacun prenant et donnant en même temps. Quel pouvoir extraordinaire! Je me demande si elle en est consciente. Je trouve honteux qu'elle dépende de Sybille à ce point. Tu as découvert ce que tu voulais?
— Pas grand-chose. Il faudrait mettre son nez dans les comptes pour voir ce qui se passe. Sybille est une sorcière, n'est-ce pas?
— Sans doute, acquiesça Valérie d'un air songeur.
— Elle était sûrement curieuse de savoir ce que je cherchais. Je me demande comment elle aurait réagi si je lui avais annoncé que je faisais des recherches en vue d'un magazine spécial consacré aux émissions religieuses.
— Elle aurait sans doute emmené Lily et se serait éclipsée. Elle n'aime pas qu'on l'interroge sur ses activités. D'après toi, Leslie a vraiment l'intention de réaliser ce magazine?
— Qui sait? On mène des enquêtes approfondies sur chaque sujet qu'il décide de traiter. Pourquoi? Tu voudrais travailler dessus?
— Eventuellement. Mais je souhaiterais rédiger les textes et assurer le reportage une fois qu'on aura effectué les recherches toutes les deux. On formerait une bonne équipe, tu ne crois pas?
— Formidable! Leslie t'a proposé de monter en grade?
— Pas encore.
— Quelle chance! s'exclama Sophie alors qu'elles montaient dans la voiture et quittaient le parking. J'ignorais qu'il nous fallait un nouveau rédacteur et reporter.

— Leslie aussi.

Sophie s'esclaffa.

— Tu vas le lui apprendre! Excellente nouvelle. Tu me diras ce que je peux faire pour toi.

— Il est un peu tôt pour lui en parler, répliqua Valérie. Après le nouvel an, quand j'aurai six mois de présence dans la maison, je pourrai peut-être me lancer. Et te demander ta collaboration le cas échéant.

Elle apprenait la patience. Elle apprenait des tas de choses, mais avant tout la patience. En réalité, elle commençait à apprécier la vie qu'elle se forgeait. L'amitié de Sophie l'y aidait ainsi que le relais de poste qui commençait à avoir l'air charmant et confortable. Ce qui l'aidait plus que tout, cependant, c'était son travail. Et ce, à cause de la découverte la plus formidable de toutes : la joie d'employer ses capacités intellectuelles.

Elle utilisait désormais la bibliothèque et le matériel de documentation avec autant de talent et de facilité qu'elle mettait autrefois à arranger les fleurs coupées dans sa serre. La plupart du temps, elle travaillait sur un ordinateur avec un modem qui lui permettait de rappeler sur son écran des articles d'encyclopédies, de journaux, de magazines et de centaines de livres de référence sans jamais quitter son bureau. Elle rassemblait des documents et rédigeait des comptes rendus qui dépassaient largement le simple résumé qu'on lui demandait. Lorsqu'elle estimait qu'un sujet n'était pas dans l'esprit de « L'Agrandissement », elle concoctait un rapport bref et négatif. En revanche, quand elle en trouvait un qui l'intéressait, elle ébauchait un descriptif complet du programme à réaliser selon elle, qui comprenait la liste des gens à interviewer, les lieux à voir, les correspondants d'E&N à employer et le thème principal du reportage.

Elle rédigea des dizaines de rapports qu'elle transmit à Earl qui les remit à Leslie, celui-ci en discutant une bonne partie avec Nick. Toutefois, Valérie ne participait pas à leurs débats. Elle ne savait donc pas quel sort on réservait à ses propositions.

— Ils pourraient au moins te dire s'ils les jettent ou pas, affirmait Sophie. Ce n'est pas leur genre d'être mal élevés.

— Peut-être craignent-ils que j'en écrive de plus longs s'ils me remercient ou plus un seul s'ils me critiquent, répondait Valérie avec un sourire.

— Mais ça doit t'intéresser de savoir ce que devient un projet auquel tu as consacré des heures et des heures, insistait Sophie.

Valérie opinait. Cela comptait beaucoup pour elle. Néanmoins, les écrire comptait encore plus à ses yeux, car elle était folle de joie de découvrir ses capacités. Elle n'arrivait pas à croire qu'elle tirait tant de plaisir à faire son travail et à le faire bien.

Elle ne pouvait en parler à Rosemary qui avait trouvé des amies dans le quartier et passait ses journées en leur compagnie à se rappeler le temps de sa splendeur. Elle ne pouvait en parler aux hommes avec qui elle sortait, des hommes que lui avaient présentés Sophie ou d'autres collègues. Même avec ceux qu'elle appréciait au point de les voir une deuxième ou une troisième fois, elle ne se sentait pas assez proche d'eux pour leur confier ses sentiments.

J'aimerais en parler à Nick, songea-t-elle un jour de décembre. Lui, il comprendrait, il a toujours ressenti cela. Je ne m'en étais jamais rendu compte jusqu'à présent.

Mais l'occasion ne se présentait pas, car leurs rapports se limitaient à des civilités d'usage lorsqu'ils se croisaient dans les couloirs d'E&N. Tout le monde savait que Nick voyageait plus que jamais et, quand il était là, il restait surtout dans son bureau entouré de ses cadres.

Ceux qui avaient connu les débuts de la maison à l'époque où il venait d'acheter le réseau, aussitôt rebaptisé E&N, expliquèrent à Valérie combien les choses paraissaient différentes dans ce temps-là.

– Il était fantastique, raconta Earl à Valérie.

A deux jours de Noël, les quatre membres du service de documentation d'E&N dînaient autour d'une grande table ronde dressée pour cinq à La Bergerie, dans la vieille ville d'Alexandria. C'était là l'idée d'Earl d'un repas de Noël entre collègues et, comme tous les ans, il devenait nostalgique.

– On se défonçait pour lui, comme jamais, et on était contents qu'il nous donne cette chance. Le week-end, Chad nous servait de coursier et on formait comme une famille. Un dimanche, ma femme a fini par venir en disant qu'elle ne pouvait lutter contre Nick et qu'elle préférait être des nôtres. Il y a de cela deux ans, deux ans et demi. Pourtant, ça semble très loin.

– Ou très près, répliqua Barney Abt. Je n'ai jamais vu passer le temps aussi vite.

– Et on ne s'est jamais autant amusés, renchérit Sophie. Joyeux Noël, ajouta-t-elle, regardant Nick qui arrivait et prenait la dernière place. On parlait des débuts d'E&N.

– Sinon, ce ne serait pas Noël, observa Nick en souriant. Il leva son verre de vin qui l'attendait. Joyeuses fêtes et tous mes vœux de sérénité, de bonne santé et de prospérité pour cette nouvelle année.

Ils évoquèrent un événement survenu à la création de la société. Valérie les observa. Détendus, plaisantant, ils étaient bien ensemble et avaient des rapports amicaux.

Au moment de l'entrée, ils parlèrent de télévision.

– Soixante-dix pour cent du marché, affirma Earl. Telle est mon estimation sur le nombre de foyers câblés – soit soixante-quinze millions, si je ne me trompe ? – dans les cinq ans à venir. Ce n'est pas assez, les gars. On doit pouvoir se développer et toucher quatre-vingt-dix, quatre-vingt-quinze pour cent du marché.

– Si on atteint les jeunes, c'est possible, assura Nick. S'ils font installer le câble dans leur nouvelle maison aussi automatiquement que l'eau, le gaz et le téléphone, on arrivera à ce chiffre ou au-delà.

– Il suffit de leur offrir ce qu'ils veulent, poursuivit Barney. Vieux principe dans le monde du spectacle.

Sophie se tourna vers Nick.

— On leur donne ce que recherchent les hommes, déclara-t-elle.

Nick pouffa de rire.

— On n'est pas d'accord là-dessus, Sophie et moi, expliqua-t-il à Valérie. L'année dernière, on a modifié notre grille pour attirer plus de téléspectateurs masculins, car les annonceurs les préfèrent aux femmes. On a ajouté trois documentaires historiques, un magazine spécial sur les armes ainsi qu'un autre sur la chasse. Il lui adressa un large sourire. Tous ces hobbies typiquement machos.

— C'est du sexisme, trancha Sophie. J'aurais la même impression si vous faisiez plus de défilés de mode et d'émissions sur l'art du tricot ou du bigoudi.

— Je le comprends, répliqua Nick. Toutefois, on n'a violé aucun principe moral. Si les femmes voulaient regarder les documentaires sur les combats navals, elles le pourraient. Elles ont d'ailleurs suivi celui sur quatre siècles d'esclavage, il y a eu presque autant d'hommes que de femmes. Tu ne penses pas sincèrement qu'on rabaisse le niveau, dis-moi ?

— Non. Mais je n'aime pas les a priori.

— Le problème, c'est que ça n'en est pas. C'est la réalité. On a un public différent en fonction des programmes. Le truc consiste à attirer une palette variée sans tomber dans les critères les plus bas chez chacun d'eux. Et je ne crois pas qu'on ait péché par là. Notre taux d'écoute masculin est monté, on a gagné quarante annonceurs et ce avec des émissions dont on est fiers.

— Je le sais, acquiesça Sophie. Je tenais à faire cette remarque, rien de plus.

— C'est vraiment le sexe des téléspectateurs qui détermine les annonceurs ? demanda Valérie. Elle avait gardé si longtemps le silence que les autres parurent surpris lorsqu'elle intervint. J'imaginais que c'était l'âge, le revenu et la formation qui entraient en ligne de compte.

— Tu as raison, répondit Nick. Mais ils apprécient aussi les hommes.

— Ils ont un pouvoir d'achat plus fort, observa Earl avec sagacité. Les femmes achètent de la lessive, de la cire et des cahets d'aspirine, on en voit rarement acheter des voitures, des tondeuses à gazon ou des assurances.

Valérie croisa le regard de Sophie et elles se mirent à rire.

— Enfin... ça arrive parmi les femmes seules... ajouta Earl qui fut sauvé par l'arrivée du serveur apportant les plats de résistance.

Pendant le dîner, la conversation alla de la politique régionale aux élections présidentielles qui auraient lieu l'année suivante, la violence dans le Midwest, les tarifs des compagnies aériennes, le scandale de Jim et Tammy Bakker et l'éventuel magazine spécial qui serait consacré aux émissions religieuses si le service de documentation trouvait un autre angle pour traiter le sujet. Sophie regarda Valérie, pensant qu'elle allait dire un mot sur Lily et Graceville, mais Valérie se tint coite. Elle demeura muette jusqu'à la fin du repas, appréciant le climat amical et se sentant des leurs.

— Je raccompagne quelqu'un ? proposa Earl en repoussant sa chaise alors qu'il finissait son troisième café.

Suivant son exemple, les autres se levèrent à leur tour.

— Valérie, dit Nick, tu veux bien rester une minute ?

— Bien sûr, répliqua-t-elle, et elle se rassit.

Nick salua le groupe puis reprit sa place. Ils étaient installés l'un en face de l'autre, les verres, les tasses et les miettes traînant sur la table. Nick fit signe au garçon et commanda un autre cognac.

— Valérie ?

— Oui, merci.

Un silence s'ensuivit. Nick se cala sur son siège, loin de la table, ses longues jambes croisées. Il tripota sa serviette. Valérie se tenait droite, sa robe de laine rouge à manches longues et à col montant donnait à son visage un éclat rosé à la lueur vacillante des bougies. Ses boucles d'oreilles, du verre remplaçant les diamants qu'elle avait vendus, accrochaient la lumière et envoyaient de petites étincelles vers Nick qui trouvait incroyable de penser qu'à chaque fois qu'il la voyait elle lui paraissait plus belle que jamais. Scientifiquement parlant, cela relevait de l'impossible, à moins de croire au principe du développement à l'infini, sa mémoire lui jouait donc des tours. Pourtant, il aurait juré que ses souvenirs d'elle ne s'étaient jamais estompés.

Ce soir, il se trouvait en face d'elle et il lui semblait qu'ils étaient seuls. Pas seulement. On aurait cru qu'ils n'avaient été séparés que quelque temps. Il se surprit à se pencher vers elle, avide de questions à poser, d'histoires à raconter.

Le fait qu'elle travaillât avec lui compliquait la situation. L'espace d'une seconde, il se dit qu'il aurait préféré que ce ne soit pas le cas... cependant, ils n'auraient pas été là, ensemble. Puis il sentit qu'il était trop tôt pour penser à partager des émotions comme autrefois ou pour essayer de retrouver cette complicité. Il y avait entre eux trop d'années, trop d'expériences différentes. En un sens, il fallait d'abord comprendre ce qui les séparait avant de découvrir ou redécouvrir autre chose.

Les sourcils légèrement levés, Valérie le regardait. Nick prit le cognac devant lui et en but une gorgée.

— Leslie désirait t'annoncer la nouvelle, commença-t-il, mais il a dû partir cet après-midi et il ne rentrera pas avant le début janvier. Je lui ai donc proposé de m'en charger. On voulait que tu le saches le plus tôt possible.

Les yeux posés sur lui, son verre ballon dans le creux de sa main, elle attendit la suite.

— On a prêté attention aux rapports que tu as rédigés. Leslie a tout gardé et on en étudie certains en vue de programmes éventuels. On aurait dû t'en parler, je regrette qu'on ne l'ait pas fait. On est débordés, tu l'as sans doute remarqué. Toujours est-il que j'aime — ou plus exactement qu'on aime tous les deux — ton travail, tes idées et la façon dont tu les présentes. Tout ce que tu nous a transmis était réfléchi, brillant et plein d'imagination. Parfois, tu voles un peu trop haut. On ne peut réaliser tel ou tel sujet pour des questions d'ordre légal ou financier. On en discutera d'une manière plus précise quand on organisera une réunion tous ensemble, pour que tu comprennes où se situent nos limites.

Il se redressa et croisa de nouveau les jambes, comme si son discours au ton officiel le mettait mal à l'aise. C'était vrai mais il ne savait comment s'y prendre autrement. Le poids du passé et leurs relations d'aujourd'hui le bloquaient. Elle était si différente, songea-t-il de nouveau comme lorsqu'il avait lu ses comptes rendus au cours des derniers mois avec une surprise grandissante. Elle avait tant changé, de façon si imprévisible.

— On envisage des modifications sur « L'Agrandissement », poursuivit-il. Les taux d'écoute sont bons. Cependant, on escompte beaucoup mieux. En l'occurrence, souligna-t-il avec un large sourire, on souhaite encourager le potentiel de public féminin. On voudrait ajouter le portrait d'une personnalité, comme le fait si bien *People Magazine*. Une figure du monde de la politique, du spectacle, des affaires, des sports... l'important, c'est qu'elle soit fascinante pour une raison ou une autre. On n'a pas encore de titre ni de présentation définis. Tous ces problèmes seront résolus avec toi, espérons-nous. On aimerait que tu t'en charges.

— En assurer le reportage, tu entends ?

— T'occuper de tout. Le projet, la documentation, la rédaction, le reportage. Tu auras à présenter tes sujets au comité de lecture auquel j'assiste parfois et nos avocats liront tes textes. En dehors de cela, tu as carte blanche. Tu peux faire appel au service de documentation, mais ce sera sans doute inutile. Du moins au début, tu dois pouvoir te débrouiller seule.

Valérie se rembrunit.

— Tu ne me donnes pas d'équipe ?

— Tu auras l'un des réalisateurs de « L'Agrandissement ».

— Cela ne suffit pas. Pour seize minutes par semaine...

— Excuse-moi, je n'ai pas précisé ce point. Il s'agit de quatre minutes. Dans l'immédiat, on ne peut rien tirer de plus...

— Quatre minutes ? Sur une heure entière, tu me proposes quatre minutes ?

— On a essayé de libérer plus de temps, on n'y est pas arrivés. Si tu te défends bien, on évaluera l'impact de ton reportage par rapport aux trois autres, puis on verra si on souhaite inverser l'équilibre.

— On pourrait le faire tout de suite. Disons dix minutes. Ce ne sera toujours pas suffisant, mais je pourrais au moins traiter le sujet un peu plus en profondeur.

— Valérie, la décision est prise. Pour commencer, on ne confie pas un créneau de seize minutes à quelqu'un qui n'a aucune expérience de rédacteur ni de reporter. Et on veut que l'heure soit structurée ainsi. On en reparlera dans quelques mois, une fois que tu nous auras montré ce dont tu es capable dans la tranche qui t'est accordée.

— Vous avez tranché la question sans moi, déclara-t-elle avec froideur.

Nick répondit sur le même ton.

— On est en train de concevoir le portrait d'une personnalité pour « L'Agrandissement », pas les débuts d'une star hollywoodienne. Et on l'assurera, que ce soit toi ou quelqu'un d'autre qui s'en charge.

Un silence s'ensuivit. Valérie parcourut la salle des yeux, regarda les gens qui bavardaient tranquillement. Personne n'avait l'air fâché ni impatient. Ils semblaient tous contents. Oh, arrête, se dit-elle, tu t'apitoies sur ton sort. C'est sa société. C'est lui qui établit les règles. Comment se fait-il que tu ne l'aies toujours pas compris ? Pourquoi ne pas accepter ses quatre minutes minables pour lui montrer ce que tu peux en tirer et l'obliger à reconnaître qu'il s'est trompé, que tu mérites un créneau complet.

— Il s'agit bien de quatre minutes ? s'enquit-elle.

— Pas tout à fait. J'aurais bien aimé.

Il remarqua son changement de ton. Elle ne piquait pas sa crise, Dieu merci. Manifestement, elle était toujours aussi arrogante. Il avait malgré tout envie de voir ce qu'elle pourrait prouver sur « L'Agrandissement », du moment qu'elle se maîtrisait.

— Tu devras rédiger une présentation et une conclusion, ce qui réduira ton reportage. C'est à toi de choisir le temps imparti à cela.

— Cinq secondes chacune, répliqua-t-elle aussitôt, et ils se mirent à rire.

— Si tu peux faire une introduction en cinq secondes, il faudra nous l'apprendre, reprit Nick. Donc, tu acceptes si j'ai bien compris.

— Oui.

Elle se sentait mieux et commençait à comprendre qu'elle aurait pu perdre cette occasion. Ils m'ont offert cela au bout de cinq mois seulement. La plupart des gens donneraient n'importe quoi pour une chance pareille. Pourquoi penser toujours qu'on me doit plus qu'on ne m'accorde ?

— Merci, Nick. Je regrette d'avoir mis si longtemps à le dire. Je comptais te demander de me confier une émission. Quand on te le propose, c'est beaucoup plus agréable.

Il sourit.

— Tu n'avais pas à demander. Tout ce que tu as écrit nous a montré que tu en étais capable. Tu l'as mérité.

— Merci.

Je l'ai mérité, songea-t-elle. Ces mots insignifiants semblaient aussi doux à entendre que de la poésie. Je l'ai mérité. Il n'était pas question de service, d'attention particulière. Elle l'avait mérité.

Nick contourna la table et s'assit à ses côtés. Il leva son verre.

— Bienvenue dans l'équipe de « L'Agrandissement, » murmura-t-il à voix basse, rien que pour elle. Je suis impatient de travailler avec toi.

23

Elle devenait chaque jour plus impatiente d'aller au bureau. Tandis qu'elle la regardait se ruer sous la douche, s'habiller en toute hâte, avaler son petit déjeuner et partir le plus tôt possible, Rosemary se sentait agitée.

– Je ne te comprends pas, on croirait que cela te plaît de travailler. Elle observa sa fille. Ce n'est pas normal. Tu ne devrais pas avoir l'air aussi content pour un poste. S'il s'agissait d'un homme, ce serait différent, mais un emploi... je m'inquiète pour toi.

Valérie rit et l'embrassa.

– Je t'ai tout expliqué. J'ai quelque chose de nouveau, quelque chose qui est à moi, j'ai la possibilité de montrer mes compétences et je m'amuse follement. Peut-être devrais-tu chercher une activité du même genre.

– Un emploi ? Valérie, tu plaisantes. Que pourrais-je faire ? Tu es en train de me dire que je suis un poids pour toi ? Je le sais bien, cela me préoccupe aussi. Je n'imaginais tout de même pas que c'était au point de me suggérer... Tu n'as pas eu d'augmentation quand ils t'ont confié cette émission ?

– Si. Et tu n'es pas un poids. Et je ne te demande pas de faire quoi que ce soit.

Elle enfila sa veste de tailleur, s'empara de sa serviette et se faufila dans le salon surchargé, repoussant d'un geste nerveux une petite table que Rosemary avait tenu à mettre dans l'un des rares coins vides de la pièce.

– Mais je pense que tu pourrais t'essayer dans certains domaines et que tu y prendrais plaisir.

– Non, répliqua Rosemary d'un ton catégorique. J'ai soixante et un ans, je sais quelles sont mes compétences et mes aspirations et je n'ai pas l'intention de repartir à zéro comme une gamine qui se ferait engager chez McDonald's.

– Oh, maman ! s'exclama Valérie en riant. Je ne crois pas que tu réussirais chez McDonald's. Je songeais à une galerie d'art ou à un musée.

Tu te rappelles quand on envisageait que je me lance là-dedans ? Tu t'y connais autant que moi en la matière.

— Non.

— Enfin, presque. De plus, tu as du goût, de l'élégance, du charme et un merveilleux contact humain. Tu serais parfaite dans une galerie.

— Etre vendeuse, autrement dit.

Valérie ferma les yeux un instant.

— Quelque chose dans ce genre-là. Il n'y a pas de mal à cela mais si le terme te contrarie, disons expert en œuvres d'art. L'expression me paraît assez prestigieuse. A ce soir, ajouta-t-elle en ouvrant la porte.

— Valérie, ne sois pas fâchée. Tu ne comprends pas combien cette situation est difficile pour moi. Si tu insistes, j'y réfléchirai.

— Je n'insiste pas. C'était une suggestion, répondit-elle, s'apprêtant à partir.

— Tu rentreras dîner ? s'enquit Rosemary.

— Oui.

— Tu n'as pas de sortie prévue ce soir ?

— Non.

— Valérie, ce n'est pas bien de vivre comme un ermite. Tu devrais sortir et t'amuser. Tu es jeune, tu as besoin de quelqu'un qui s'occupe de toi. Moi, j'en suis incapable, Dieu sait.

— Je n'ai besoin de personne, assura Valérie. Je me débrouille très bien toute seule. Et j'ai un nouvel emploi avec un avenir fabuleux.

— Le travail, laissa échapper Rosemary.

— A ce soir, lança Valérie qui referma la porte derrière elle d'une main décidée.

Valérie contourna la maison jusqu'à sa voiture, puis suivit l'allée qui menait à l'avenue située entre le relais de poste et le parc. Le ton plaintif de Rosemary la tourmentait.

Je ne sais pas quoi faire, se dit Valérie. Je ne peux pas lui rendre ce qu'elle n'a plus. Elle alluma la radio et finit par tomber sur une sonate de Beethoven, « Le Printemps », puis elle songea au renouveau, à de nouveaux départs, à son programme... et elle se sentit mieux. Rosemary trouverait une solution, il le fallait. Valérie avait quatre minutes auxquelles penser, quatre minutes dont disposer à sa guise.

Elle avait baptisé le sujet « Gardez l'œil sur... » et travaillait dessus depuis deux mois, depuis le 1er janvier. Ayant plus d'idées qu'elle ne pourrait jamais en réaliser, elle fit un choix et soumit dix propositions, pour commencer, au comité de lecture. Elle entama des recherches sur celles qui furent retenues puis passa à la rédaction des textes. Autrefois, elle rédigeait des annonces de quatre-vingt-dix secondes ou de deux minutes pour des choses officielles. Aujourd'hui, elle devait apprendre à présenter l'interview d'une personnalité et son contexte dans la limite de son créneau. Elle écrivait et jetait la feuille à la corbeille puis s'y remettait, demandant du secours à des collègues, lisant des manuels sur la question, étudiant les reportages courts à la télévision. Enfin, début mars, elle fut prête à enregistrer son émission pour la première dans « L'Agrandissement » du dimanche soir.

Elle n'avait jamais été nerveuse sous les projecteurs de la télévision. Cet après-midi, elle l'était. Les mots de Leslie résonnaient dans son esprit : « Il y a des gens là devant leur petit écran qui se servent de leur télécommande comme d'un fusil automatique et ils vont t'abattre en trois secondes si tu ne les accroches pas. » Elle ne s'en était jamais souciée. Pour la première fois, elle portait la responsabilité du programme. Alors qu'elle croisait les jambes, s'installait sous son meilleur angle et s'adressait avec enthousiasme à la gueule noire de l'objectif, elle tenta de cacher son émotion. Celle-ci perça cependant dans sa voix qui tremblait.

— Tu veux refaire la présentation ? proposa le réalisateur.

— Oui, répondit-elle. Merci.

Elle avait toujours mis un point d'honneur à ne jamais rien recommencer. C'est la dernière fois, se jura-t-elle, puis ils reprirent.

Le reportage de Valérie passait après le troisième sujet de « L'Agrandissement » présenté par l'un des journalistes de l'équipe. En studio, le directeur de plateau lisait l'introduction de ce dernier pour que Valérie enchaîne.

— Tels sont nos reportages de la semaine, annonçait-il. Et voici Valérie Sterling qui nous conseille de garder l'œil sur quelqu'un qui risque de défrayer la chronique dans l'avenir.

— Gardez l'œil sur... Salvatore Scutigera, dit Valérie.

Debout devant une fenêtre, elle se tenait de trois quarts de façon à regarder la caméra. On apercevait les gratte-ciel de Manhattan avec l'Hudson et le pont George Washington au fond.

— Il risque de faire partie du gouvernement sans que vous l'ayez élu.

Vêtue d'une robe bleu ciel, elle portait un collier et des boucles d'oreilles en argent. Sous l'effet du maquillage, ses yeux noisette semblaient encore plus grands, ses lèvres plus charnues. Ses cheveux fauves étaient coiffés en de longues vagues qui découvraient ses boucles lorsqu'elle bougeait et ses ongles laqués de rose corail. Tout en parlant, elle se pencha un peu en avant pour donner un ton plus intime à ses propos.

— Petit, maigre et nerveux, poursuivit-elle, il a près de quatre-vingts ans ou peut-être plus et...

— Attends, intervint le réalisateur de la salle de régie. Valérie, enlève ton collier.

Elle comprit aussitôt. J'aurais dû y penser, j'aurais dû y penser ! Elle retira le bijou qu'elle laissa tomber par terre derrière le siège.

— On recommence, lança le réalisateur.

L'enregistrement se déroula ensuite sans problème. A la fin, Valérie avait retrouvé son calme. Sa nervosité la reprit une heure plus tard lorsque Nick fit son entrée. Valérie et le monteur avaient terminé leur travail, mettant bout à bout ses interventions en studio et des extraits de son interview de Scutigera, et ils visionnaient la bande. Nick les salua d'un signe puis s'assit dans un coin.

Sentant sa présence juste dans son dos, Valérie se regarda à l'image.

— Gardez l'œil sur... Salvatore Scutigera. Il risque de faire partie du gouvernement sans que vous l'ayez élu.

« Petit, maigre et nerveux, il a près de quatre-vingts ans ou peut-être plus et s'apprête allègrement à fêter son prochain anniversaire. Une véritable bombe pour qui cette planète est un bureau. Il a un siège à New York et un autre à Rome où il va assez peu. Sur la porte, le panneau indique : « Voyages associés » et c'est là son travail. Il organise des voyages dans le monde entier. Récemment toutefois, notre correspondant au Moyen-Orient nous a informés qu'il avait peut-être une autre vie cachée et servait d'agent à différents gouvernements, mettant sur pied des réunions politiques et économiques que certain ou certains, au pluriel, voulaient garder secrètes.

« Il s'appelle Salvatore Scutigera.

— Non, non, affirma Scutigera qui apparut à l'écran, aussi ratatiné qu'une olive du Midi. Installé dans un fauteuil en face de Valérie dans son bureau de New York, il déployait ses mains comme pour montrer qu'elles étaient vides. Je suis un homme simple, j'aime voyager et j'aime faire le bonheur d'autrui. Il m'arrive de rendre service à un ami. Mais... de là à prétendre que je suis un agent ! Non, absolument pas.

Valérie revint à l'image, assise cette fois-ci dans un fauteuil bleu marine près de la fenêtre.

— Sal Scutigera est né à Rome en 1912. Ses parents ont émigré en Amérique juste avant la Première Guerre mondiale et il a été élevé à New York. Dès l'âge de huit ans, il a commencé à gagner de l'argent en vendant de vieilles nippes et des meubles au rebut.

— En réalité, ce n'étaient pas vraiment des laissés-pour-compte, expliqua Scutigera à Valérie. Plutôt des choses empruntées, disons. Piquées. Volées. On était jeunes et impatients : on prenait le plus court chemin. Autre époque, autres mœurs.

Devant la fenêtre, Valérie poursuivait.

— En terminale, il se découvrit un talent d'organisateur et commença à s'occuper de ses voisins lorsqu'ils voulaient partir en voyage. Très vite, il se fit remarquer par des professionnels.

— C'était des agents de voyages, disons, exposa Scutigera à Valérie. Ils envoyaient des gens dans différents endroits. Cela se passait dans les années vingt et trente. Parfois, ils les expédiaient dans d'autres villes, d'autres fois au fond de la rivière emballés dans leur sac de ciment. Moi, je n'ai jamais fait ça. Je leur ai précisé que ça ne me plaisait pas : j'étais délicat de nature. Je mettais simplement les types au vert quand on les avait assez vus. On était jeunes et impatients. Autre époque, autres carrières.

Dans son fauteuil, Valérie reprenait :

— L'entreprise des Voyages associés a été créée en 1952 par trois amis datant des temps épiques de ces fameux « agents de voyages ». Sal Scutigera a racheté leurs parts en 1970, devenant ainsi l'unique actionnaire de la société : patron de ses nombreuses succursales et de son personnel international, ami ou connaissance des dirigeants du monde de la politique et des affaires au moins dans les cinquante et un pays où ses bureaux élaborent des voyages, expert dans l'art de l'organisation : cette tâche délicate qui rapproche ce qui est éloigné, tiré par les cheveux, invraisemblable. Selon notre correspondant au Moyen-Orient, l'un de ces mélanges étonnants serait à l'origine d'une réunion arrangée dernièrement par Sal Scutigera au Maroc, regroupant des personnalités politiques américaines et de quatre pays du Moyen-Orient.

— Non, déclara Scutigera en agitant le doigt vers Valérie. Vous m'êtes sympathique, ma petite demoiselle, vous êtes sincère, agréable à regarder et pleine d'enthousiasme mais vous arrivez trop vite aux conclusions et vous vous imaginez que je vais vous suivre sur cette voie.

— Vous n'avez joué aucun rôle dans cette affaire ? s'enquit Valérie avec douceur.

— Un très modeste rôle. Il leur fallait des chambres d'hôtel ainsi qu'une salle de réunion et ils tenaient à garder le secret là-dessus. C'est mon travail : je suis un professionnel du voyage et je n'ai pas la langue pendue. De plus, j'aime faire le bonheur d'autrui. C'est ça, mon vrai boulot : je rends les gens heureux.

Toujours devant la fenêtre, Valérie s'adressait aux téléspectateurs.

— Salvatore Scutigera est-il un simple agent de voyages ? Ou un ambassadeur itinérant qui monnaye ses compétences, manœuvrant dans l'ombre afin de satisfaire les vœux de gouvernements qui ne souhaitent pas que leurs sujets soient au courant de leurs activités ? Gardez l'œil sur lui.

Elle se tourna vers l'autre caméra.

— Ici, Valérie Sterling. La semaine prochaine, je garderai l'œil sur... Stanley Jewell. En attendant de vous revoir et de la part de toute l'équipe de « L'Agrandissement », je vous dis merci et bonsoir.

Le silence régnait dans la petite salle de montage. Nick et Valérie se levèrent en même temps.

— Beau boulot, déclara-t-il. Tes textes et ton montage me plaisent. Et tu es merveilleuse à l'image. Cela n'a pas changé. Tu l'as interviewé pendant combien de temps pour obtenir ça ?

— Six heures.

Elle irradiait, encore excitée à la suite de son intervention et découvrant, pour la toute première fois, son travail sur le papier devenu réalité. Sans compter les compliments de Nick.

— Presque sept en vérité. Il avait tendance à radoter.

— Mais tu l'as mis en confiance.

— Je le trouvais sympathique, assura Valérie. Cependant, quelque chose cloche dans cette histoire. Je crois ce qu'il m'a dit mais je pense que tout cela était un mensonge... ou une déformation des faits car on ne traitait pas le cœur du sujet.

— C'est une question de flair ? Ou tu as remarqué un détail quelconque dans son bureau ?

— Non, c'est une question de flair. Il n'y avait rien à remarquer d'après ce que j'ai vu. Tout était si impeccable qu'on avait dû faire le ménage juste avant que je n'arrive. A mon avis, on n'aurait même pas découvert une empreinte.

Il jeta un coup d'œil vers elle.

— Selon toi, on devrait lui consacrer un peu plus de temps d'antenne dans « L'Agrandissement » ?

— Peut-être, oui.

— J'en parlerai à Leslie. Autre chose pour lui ?

— Précise-lui qu'en italien, « Scutigera » signifie « mille-pattes ». Et parfois « araignée ».

Nick fit un large sourire.

— Je le lui dirai. Merci.

Ils quittèrent la pénombre de la salle de montage pour le couloir brillamment éclairé, s'apprêtant à prendre deux directions opposées, Nick vers son bureau et Valérie vers le sien. Nick n'avait pas envie de la quitter. Il aimait leur complicité et en redemandait. Il se rappela qu'il en était déjà ainsi du temps de la fac ; c'était l'une des choses qu'il avait le plus regrettées à la suite de leur séparation.

Sous la violente lumière du corridor, Valérie lui sourit.

— J'ai apprécié la réaction que tu as eue quand je t'ai parlé d'empreintes. C'est agréable d'être comprise au quart de tour.

Il se souvint aussi de ce trait de caractère : elle exprimait ses sentiments sans détour. Il n'y avait pas songé depuis longtemps.

— Oui, c'est agréable, dit-il. On pourrait en discuter un jour.

— Oui, acquiesça-t-elle tranquillement. Merci d'être venu.

Elle se dirigea vers la loge pour se changer.

— Valérie, lança Nick. Elle se retourna vers lui. Qui est Stanley Jewell ?

Elle sourit de nouveau.

— Un dompteur de chez Barnum et Bailey. Il faudra que tu regardes mon émission la semaine prochaine si tu veux en savoir plus.

— J'essaierai de me libérer plus tôt, j'aimerais assister à l'enregistrement, répliqua-t-il.

Et, à compter de ce jour, il tint parole tous les jeudis. Cette première semaine, après le reportage de Valérie sur Scutigera, ils ne se virent pas une seule fois. Nick partit pour un bref voyage d'affaires et Valérie était plongée dans ses recherches sur la vie de Stanley Jewell qui avait abandonné le cirque pour devenir responsable des collectes de fonds en faveur du parti républicain.

Mais d'abord, le lendemain de son émission, Leslie vint la trouver. Elle avait quitté le service de documentation pour l'immense salle qui abritait trente producteurs, réalisateurs, rédacteurs et reporters et elle était assise là, dos à la pièce, passant des coups de fil, quand il s'approcha et s'installa sur la chaise à côté de son bureau.

— Beau boulot sur Scutigera, déclara-t-il. Il y a juste quelques petits problèmes.

Elle raccrocha le combiné.

— Nick a dit que c'était bien.

— Il a raison. Ce qui n'empêche pas les petits problèmes. Premièrement, le collier.

— Je sais, répliqua Valérie. Je suis désolée. Je sais que l'argent accroche trop la lumière, je me demande pourquoi je n'y ai pas pensé. Je suis navrée.

Il lui tendit le bijou.

— Tu l'avais laissé par terre. Deuxièmement, à un moment, tu nous as montré ton incrédulité. Certains reporters sont spécialistes de ce genre de choses, surtout dans « Soixante Minutes ». Ici, ce n'est pas le style de la maison. Troisièmement, tu n'as pas surveillé ton débit qui était trop rapide, pas tout le temps, par instants seulement. Quatrièmement, tu n'as pas enchaîné sur sa dernière déclaration. Lorsqu'il a reconnu leur avoir procuré des chambres d'hôtel, peut-être aurais-tu dû relever cette remarque et insister sur ce fait. Cinquièmement, j'aurais aimé voir deux, trois photos de lui quand il était gosse et des vues de son quartier le cas échéant. Sixièmement...

— Ça va durer longtemps ? lança Valérie d'un ton glacial.

Leslie se cala sur son siège et croisa les jambes.

— Aussi longtemps que tu voudras. Je peux finir en cinq minutes... ou en une heure si je dois expliquer pourquoi je fais mon boulot.

Le silence régnait à son bureau au milieu des discussions qui les entouraient. Valérie voulut répondre qu'on ne lui avait pas donné assez de temps, qu'on ne pouvait pas réaliser correctement une émission en quatre minutes. Mais c'était plus qu'on ne consacrait à la majeure partie des sujets d'actualités dans les magazines du réseau, aussi long que la plupart des interviews dans les programmes du même genre sur les chaînes concurrentes. Naturellement, ce n'étaient pas des reportages traités en profondeur, le sien non plus : une simple présentation des personnalités qui risquaient de défrayer la chronique dans l'avenir.

— Je regrette, dit-elle d'un ton sec. J'ai commis des erreurs, j'en étais consciente ; je savais même lesquelles. J'apprends encore mon métier.

— Bien sûr, acquiesça Leslie avec un large sourire. On s'y attendait d'ailleurs. Alors, comment s'y prend-on maintenant ?

Valérie imagina Nick et Leslie dans un bureau, les pieds sur la table, en train de parler de ses impairs devant un café. Comment se permettent-ils de me juger ? Elle se rappela alors qu'elle avait réclamé seize minutes, pas quatre. Elle s'était mise dans cette situation toute seule.

— Tu m'expliques mes autres erreurs et je les corrigerai, répliqua-t-elle avec légèreté. La prochaine fois que Nick me fera des compliments, j'aimerais penser qu'il est sincère.

— Il l'était. Tu étais bien. Et tu seras encore mieux. Il ne reste qu'un dernier problème : tu ne nous as donné aucune raison de croire que ce type allait devenir plus important. On a ce petit détail sur lui qui est intéressant, mais dans quoi risque-t-il de se lancer qui devrait nous inciter à réfléchir, si ce n'est d'autres activités du même genre ? Peut-être est-ce suffisant... dans ce cas, pourquoi ? Pourquoi devrait-on se pencher sur lui en dehors du fait qu'il a des relations avec des gros bonnets et rend quelques services ? Tu me suis ?

— Oui. C'est sans doute ta remarque la plus essentielle. Merci.

— Je t'en prie. Il se tut un instant. On est là pour t'aider.

Elle acquiesça d'un air distrait. Elle prenait des notes, remarqua Leslie : elle dressait la liste de ses erreurs.

Elle garda ce papier sous ses yeux toute la semaine alors qu'elle préparait son émission suivante. Tout d'abord, elle passa des dizaines de coups de téléphone : à Jewell pour prendre rendez-vous, puis à des gens dont elle trouva le nom dans des articles qui lui étaient consacrés pour leur demander des renseignements et leur opinion sur la question. Quand elle sut ce qu'elle voulait lui demander, elle se rendit à New York où il se trouvait de passage huit jours et passa une journée en sa compagnie dans sa chambre d'hôtel avec son réalisateur et deux cameramen. Le lendemain, elle disposait de diapositives reproduites d'après les photos qu'il lui avait confiées : des photos de lui, du cirque, de son nouveau bureau et de certains endroits qu'elle avait réclamés. Parallèlement, elle rédigeait son texte et, une fois la première version terminée, elle passa la journée avec un monteur dans l'une des salles d'E&N pour mettre bout à bout des extraits de l'interview qui, selon elle, donneraient à son public l'image la meilleure et la plus complète de Jewell dans son contexte d'autrefois et d'aujourd'hui.

Chaque semaine suivait ce schéma. A la fin, Nick faisait son entrée dans le studio ou en régie, au moment où Valérie accrochait son micro et vérifiait le niveau sonore, et il restait dans un coin à suivre l'enregistrement. Ensuite, ils bavardaient quelques instants devant la porte dans le corridor brillamment éclairé. Au fil du temps, leurs conversations se prolongèrent. Elles tournaient toujours autour de « L'Agrandissement » ou de l'émission de Valérie. Parfois cependant, elles déviaient naturellement vers des sujets plus personnels : une pièce qu'avaient vue Nick et Chad, un livre que lisait Valérie, un article de journal qui avait plu à Nick, la déclaration d'un membre du Congrès qu'ils trouvaient amusante. Quelquefois le couloir était désert et leurs voix se mêlaient dans le silence jusqu'à ce que passe quelqu'un qui les saluait. C'était dans ces moments-là, alors qu'on les interrompait, que se créait l'intimité. Ils ne s'en rendaient pas compte. Ils discutaient et riaient ensemble encore une minute ou deux, il arrivait que leurs mains s'effleurent par hasard puis ils se quittaient et partaient dans des directions opposées.

On aurait dit qu'ils refaisaient connaissance, avançant avec plus de prudence que la première fois. Valérie se surprenait à penser à Nick dans la journée et beaucoup plus souvent le soir quand elle était chez elle avec Rosemary à lire ou à passer d'une chaîne à l'autre pour voir ce que faisait la concurrence. Elle pensait à lui surtout au lit dans sa petite chambre bourrée des meubles de son enfance tandis qu'elle combattait les élans de son corps qui ne se manifestaient que dans ces moments-là, lorsque son travail ou une conversation avec des amis ou des collègues n'absorbait pas son attention.

Elle se demandait si elle trouvait Nick séduisant parce qu'il était riche, qu'elle tentait de retrouver sa jeunesse, qu'elle recherchait la présence d'un homme ou si elle était réellement attirée par lui pour les mêmes raisons que la première fois.

Pour le savoir, il faudrait que je le côtoie, songeait-elle. Et selon toute apparence, l'occasion ne risque pas de se présenter si je ne la provoque pas.

Pourquoi pas, après tout? Je l'ai envoyé promener il y a longtemps. Peut-être est-ce à moi de lui proposer de revenir.

A condition que je le veuille vraiment. Ce ne serait pas bien de lui courir après pour décider que je n'en veux pas en fin de compte. De plus, si j'agis ainsi, je vais être au chômage. Oh, la barbe, se dit-elle, exaspérée. Elle se redressa, alluma la lumière et prit son livre. Peut-être cela l'aiderait-elle à dormir si elle se plongeait dans les problèmes des autres. Ce n'était sûrement pas en ressassant les siens qu'elle y arriverait.

A l'époque, elle prenait des tas de décisions toutes les semaines concernant son programme et était incapable d'en prendre une seule sur sa vie. Elle n'essayait plus de convaincre Rosemary de trouver une occupation car cela créait des tensions entre elles et Valérie se sentait coupable. Elle ne parvenait pas à s'intéresser aux hommes qu'elle rencontrait et ne sortait donc pas si ce n'est pour aller au concert ou au cinéma avec Rosemary. Elle s'acheta quelques tenues pour présenter son émission, mais cela ne l'amusait plus de courir les magasins et elle continua à porter sa garde-robe de New York et de Middleburg qui remontait à plus de deux ans. Heureusement qu'elle avait son travail, se répétait-elle; désormais, c'était la seule chose qui lui apportait des satisfactions.

Puis, soudain, elle se rendit en Italie et tout changea dans sa vie.

Bien sûr, elle avait très souvent eu la chance d'y aller dans une autre vie. Mais là, c'était différent. Cette fois-ci, elle se trouvait avec Nick.

La situation se présenta autrement tout d'abord. Elle savait qu'il partait en Italie courant juin. Il le lui annonça fin mai au moment où il quittait le studio avec elle à la fin d'un enregistrement. C'était la première fois qu'il l'informait de ses déplacements alors qu'à sa connaissance il faisait deux ou trois voyages par mois, peut-être plus.

– Je vais rater deux de tes émissions, déclara-t-il. Je le regrette.

– Moi aussi, répondit Valérie. Je m'étais habituée à l'idée de ta présence, là derrière les projecteurs. Je me demande ce que ça changera quand tu ne seras pas là.

– Tu es sûre que ça changera quelque chose?

Elle acquiesça.
— Je pense que le regard d'autrui influence tous nos actes.
Il parut surpris.
— Tu crois que les gens jouent toujours pour un public ?
Valérie songea à Sybille.
— Certains jouent toujours la comédie, répliqua-t-elle d'un air songeur, quels que soient ceux qui les entourent. Non, ce que je voulais dire, c'est qu'on se conduit différemment en fonction de la personne qui nous observe et de l'attitude qu'elle attend de notre part, selon nous. Notre façon de parler, de sourire, le choix des termes, des idées, les gestes qui accompagnent nos paroles... et sans doute bien d'autres choses. On est tous des caméléons.
— Pourtant, tu n'es pas certaine que je sois là, tu ne me vois pas caché dans mon coin ou en régie. Et si je m'en allais au milieu de ton émission ?
— Je me dirais que tu as un problème crucial à régler car seule cette raison te pousserait à agir ainsi : tu es trop poli.
Il pouffa de rire.
— Cela ne répond pas à ma question.
— Ce ne serait pas grave si tu t'en allais. Ce qui compte, c'est que je croie que tu regardes. C'est pour cela que certaines personnes ne supportent pas d'être seules. Elles ne savent pas comment se comporter sans penser qu'on les observe.
Nick la considéra. Il songea à Sybille.
— Intéressante, cette idée, affirma-t-il. Il me tarde de voir tes bandes quand je rentrerai.
— Il me tarde de les voir dès que je les ai finies, répliqua-t-elle, et ils éclatèrent de rire.
Nick partit pour l'Italie la première semaine de juin. Il n'y était jamais allé. Dans l'avion, il leva à plusieurs reprises les yeux de son livre pour scruter dans la pénombre de la cabine les autres passagers qui lisaient, dormaient ou jouaient aux cartes en se disant qu'il aurait aimé pouvoir partager ses découvertes avec quelqu'un. Il voulait emmener Chad mais, la semaine précédente, alors que l'année scolaire se terminait, un camarade de classe l'avait invité dans la villa du Vermont de ses parents où ils allaient nager, monter à cheval et se promener dans les bois.
— J'ai envie de faire les deux, lança Chad un soir à table. Pourquoi tout arrive-t-il toujours en même temps ? Ce n'est pas juste, la vie.
— Sans doute pas, acquiesça Nick avec sérieux. Tu sais, pour moi aussi c'est dur car je souhaiterais que tu fasses les deux.
— Alors, pourquoi ne peut-on pas aller en Italie en juillet ?
— Parce que j'ai des rendez-vous dans trois villes différentes que je ne peux pas reporter. Je voudrais bien. J'en ai d'autres dans le courant de l'année. Que dirais-tu de Londres en septembre ?
— J'ai cours, répondit Chad d'un air lugubre. Du train où vont les choses, je ne vivrai pas assez longtemps pour faire le centième de ce que je veux.

Nick eut un petit rire.

— Dans la mesure où tu viens juste d'avoir douze ans, je crois que tu as le temps d'en faire beaucoup plus. D'après toi, comment je me sens à mon âge canonique?

Chad le considéra.

— Vieux, j'imagine. Tu ne sors plus aussi souvent et tu ne parles plus de te marier. Je vais devenir adulte sans avoir eu de mère. Ils sombrèrent dans le silence, pensant tous les deux à la mère qu'avait Chad. J'entends par là une mère qui soit là. Qui me dise de ranger ma chambre, à quelle heure rentrer et ce que je peux faire.

— Je te le dis, moi, répondit Nick avec calme. Ainsi qu'Elena. Et Manuel.

— Oui. Chad se mit à construire une pyramide de petits pois au milieu de son assiette. Ne t'inquiète pas, papa, déclara-t-il enfin en le regardant avec un sourire espiègle. Je ne veux pas que tu te précipites, tu as sans doute commis une terrible erreur. Donne-toi onze ans de plus, histoire d'être bien sûr de toi.

Nick éclata de rire.

— Merci beaucoup. Je vais peut-être suivre ta suggestion.

— C'est ce que je craignais.

— Ou peut-être pas. Nick contempla son fils. Tu te souviens de Valérie Sterling? On avait déjeuné avec elle...

— A Middleburg. Le jour où on est allés voir le temple. Bien sûr que je m'en souviens, elle était formidable.

— Elle travaille à E&N, poursuivit Nick.

— Ah bon? De toute façon, elle est mariée.

— Son mari est mort.

Le visage de Chad s'éclaira.

— Génial! Enfin... je veux dire, quel dommage mais... je n'ai aucun souvenir de lui... il n'avait pas l'air spécial... Non pas que ce soit une qualité... Il s'arrêta pour mettre de l'ordre dans ses pensées. C'est pour ça qu'elle travaille pour toi? Parce qu'il est mort?

— Entre autres, oui.

— Alors, tu la sors ou quoi?

— Pas encore. J'y ai pensé.

— Ben... tu pourrais attendre encore onze ans.

— Je ne crois pas que je vais attendre si longtemps.

Elena apporta le dessert et Nick changea de sujet. Il en fut soulagé car il s'aperçut qu'il aimait parler de Valérie mais que la franchise et la logique implacable de son fils le mettaient mal à l'aise.

Pourtant, il aurait aimé avoir Chad avec lui. A chaque fois qu'ils étaient partis ensemble, cela avait été des voyages de rêve pour Nick que de voir des villes et des gens à travers le regard innocent et généreux de Chad. Même des endroits qu'il connaissait bien lui semblaient nouveaux lorsque Chad était auprès de lui. Désormais, je l'emmènerai, se dit Nick. Je m'arrangerai pour déplacer mes rendez-vous. Sinon, il risque de ne pas faire le centième de ce qu'il veut.

La chambre de Nick à l'hôtel Hassler, situé en haut des escaliers de la place d'Espagne à Rome, donnait sur des toits de tuile rouge et les dômes de dizaines d'églises disséminées parmi les cyprès, les pins et les platanes.

J'ai envie de tout voir, s'émerveilla-t-il. Et il sourit. Exactement comme mon fils.

Cependant, il passa l'après-midi ainsi que la journée du lendemain en réunions, réglant les derniers détails qui menèrent enfin à la signature du contrat permettant à E&N de monter une agence de presse italienne qui serait reliée par satellite, disposerait d'un studio et aurait des bureaux abritant un reporter, un cameraman, un technicien et une secrétaire-comptable.

Une fois les accords signés, il était quatre heures. Il se trouvait à Rome, fou de joie de ce résultat et avait envie de fêter l'événement. Or, ses projets se limitaient à dîner avec ses associés italiens. Quelle déception, songea-t-il avec regret. De retour à l'hôtel, il décrocha le combiné et appela Chad. Mais c'était le matin dans le Vermont et Chad venait de partir à cheval avec son ami. Nick appela donc son bureau.

— *Buon giorno*, lança Leslie. Ça a marché ?

— Comme prévu, on a obtenu tout ce qu'on voulait, répondit Nick. Pas mal, ton accent, tu te débrouillerais très bien ici.

— Tu as eu droit à mon vocabulaire complet en italien. Tu as eu le temps d'en profiter ?

— Je suis en voyage d'affaires au cas où tu l'aurais oublié. Quelles sont les nouvelles ?

— Que veux-tu qu'il se passe en deux jours ? Voyons. Monica a une idée pour une série de dramatiques. Moi, je trouve le projet risqué mais je crois que ça te plaira. Elle est en train de le rédiger. A propos, tu devrais peut-être t'occuper d'une question pendant que tu es là-bas. Tu te souviens du petit type de Valérie ? Celui sur lequel on effectue des recherches ?

— Scutigera. Vous avez du nouveau sur lui ?

— Pas grand-chose. Tu te rappelles, les journaux se sont emparés de l'affaire après son émission sans plus de succès que Valérie. Ça lui a fait de la publicité de toute façon. Toujours est-il qu'on a découvert qu'il avait affrété un yacht pour un groupe au large des Canaries. Va savoir ! Officiellement, il s'agissait d'un cocktail et c'était peut-être vrai. Ce salaud est aussi hermétique qu'une boîte. Ou bien il n'a rien à se reprocher. On aimerait tout de même l'interroger là-dessus et sur d'autres sujets. Le problème, c'est qu'il n'est peut-être pas dans le coin. On a appelé pour une deuxième interview, on nous a répondu qu'il était malade et rentré mourir chez lui.

— Très malade ? Il se portait comme un charme il y a trois mois quand Valérie l'a rencontré.

— On ne m'a pas fait de confidences.

Nick réfléchit un instant.

— Mais si on obtient des informations, on pourrait présenter un numéro sans lui.

— Oui, sauf que ça n'intéresse personne. Ecoute, voilà où j'en suis. Il est rentré chez lui pour mourir. D'après toi, un type qui s'appelle Salvatore Scutigera, il est d'où ?

Nick eut un large sourire.

— Quelque part dans les parages, sans doute. Où est-il ?

— A Sienne. Une petite ville pas très loin de...

— De Florence.

— Qui n'est pas très loin de Rome, si je ne me trompe.

— A quatre heures. J'ai un train express. Je pourrais y aller demain matin... Non, je vais à Paris demain après-midi.

— Tu peux reporter ton rendez-vous ?

— Non. Il est vraiment mourant ?

— Personne ne m'a donné le jour et l'heure. Tu pourrais aller le voir après Paris ?

— Non, mais après Munich. Dans cinq jours. Je trouverai un reporter et... Il s'arrêta aussitôt, se rappelant ses erreurs du temps d'Omega. Occupe-t'en, Leslie. On a un bureau à Rome maintenant, adresse-toi à eux. Si tu peux avoir un journaliste et un cameraman qui m'attendent à Florence dans cinq jours, on se rendrait à Sienne ensemble pour essayer de tirer quelque chose de Scutigera. Ce sera peut-être notre dernière chance. Et envoie-moi les questions que tu as à lui poser.

Il commençait à être excité. Pourquoi finissait-il toujours derrière un bureau alors que c'était toujours plus amusant d'être sur le terrain ?

— Que peut-on faire d'autre pour toi ? s'enquit Leslie.

— Il nous faut son adresse, répondit Nick.

— Excellente idée. Je dirai à Valérie de s'en occuper. Elle a rencontré ses employés quand elle est allée le voir, ils la lui donneront. Elle pourrait aussi avoir son numéro de téléphone. D'ailleurs, elle pourrait l'appeler pour fixer un rendez-vous. Elle lui était sympathique.

— Parfait. A moins qu'il ne vaille mieux le prendre par surprise. Demande-lui ce qu'elle en pense ; elle le connaît, nous pas.

— Je vais lui en parler tout de suite, assura Leslie, et, dès qu'il eut raccroché, il se rendit dans la salle de presse où il trouva Valérie à son bureau qui rédigeait un nouveau texte. Je peux t'interrompre ? Je viens d'avoir Nick au téléphone.

Elle leva les yeux.

— Ils ont signé l'accord ?

— C'est réglé. Nick obtient ce qu'il veut généralement. Ecoute, on a besoin de ton aide. On voudrait avoir une interview de Scutigera pendant qu'il est encore frétillant. Je vais engager un reporter et un cameraman à Rome et Nick les accompagnera à Sienne quand il en aura fini à Paris et à Munich. D'après toi, on devrait le prendre par surprise ou appeler d'abord ? Dans ce cas, tu pourrais t'en occuper ? Il a confiance en toi, non ?

— Une seconde.

Valérie contempla les baies vitrées au fond de la pièce. Des nuages sombres couraient dans le ciel, il avait plu toute la journée. Et Nick lui manquait. Elle s'étonnait de découvrir à quel point il lui manquait. Jusqu'à présent, elle n'avait pas senti combien sa présence comptait pour elle, l'idée de le savoir près d'elle pendant qu'elle tentait de se décider à son égard.

Sa décision était prise.

– Je devrais être sur place, déclara-t-elle à Leslie. C'est absurde de choisir un reporter italien qui n'a jamais rencontré Sal alors que je le connais. Il est difficile de l'approcher, pourquoi repartir à zéro? Il me connaît, il a confiance en moi, il ne sera sans doute pas surpris de me voir revenir. Son ton se fit plus pressant. Leslie, je veux m'en occuper. Je n'ai aucune raison d'ouvrir la voie à quelqu'un d'autre en passant un coup de fil. Si j'en suis capable, c'est moi qui devrais couvrir l'interview.

Leslie avait un sourire jusqu'aux oreilles.

– Une vraie journaliste qui défend son sujet à cent pour cent. J'aime ça. Mais Nick a tout organisé, Val. Je ne peux pas lui annoncer que je t'envoie là-bas.

– Je m'en chargerai alors.

Elle comprit soudain qu'elle y tenait énormément. Que Nick soit là ou pas. Avec une clarté déconcertante, elle voyait le chemin qu'elle avait parcouru depuis l'époque où elle envisageait d'épouser Edgar. Elle allait traverser l'océan pour être auprès de Nick quelque temps, loin du bureau. Toutefois, son ardeur de journaliste la motivait tout autant et c'était un sentiment formidable.

– Je vais l'appeler. Je le retrouverai à Sienne ... jeudi, ajouta-t-elle en consultant son agenda. Non, c'est impossible. J'enregistre mon émission ce jour-là. Il faudra que ce soit vendredi. Il comprendra. Elle regarda Leslie. Je suis désolée, je brûle les étapes, n'est-ce pas? Il n'y a pas de problème, Leslie? Je peux y aller?

Il hésita, mais pas longtemps. Il savait qu'elle avait raison.

– Oui. A condition que tu emmènes ton équipe image et ton réalisateur. Autant faire les choses bien. Et c'est moi qui appellerai Nick. Ce changement de programme doit venir de moi.

– Ça vient de toi, répliqua Valérie.

– C'est moi qui dois passer ce coup de fil, affirma-t-il.

A regret, elle opina.

– J'aimerais lui parler des dispositions à prendre une fois que tu auras terminé.

– Très bien, acquiesça-t-il. Je te dirai quand on sera prêts.

Il se rendit dans son bureau. Les yeux rivés sur les gros nuages derrière les vitres zébrées de pluie, Valérie resta figée sur sa chaise. Il ferait beau en Italie, se dit-elle. Il ferait chaud et merveilleusement beau en Italie.

24

Le soleil brillait à Florence. A l'hôtel Mona Lisa, Valérie ouvrit grands les fenêtres et les volets de sa chambre qui donnait sur le jardin puis défit ses bagages et rangea ses vêtements dans l'armoire ancienne. Elle n'avait pas demandé où était descendu Nick. Sachant qu'E&N réglerait la note, elle s'occupa de la réservation et prit un endroit qu'elle ne connaissait pas : beaucoup moins cher que ce qu'elle aurait choisi dans sa vie d'antan mais au-dessus de ses moyens d'aujourd'hui.

Cinq siècles plus tôt, le Mona Lisa avait été le palais d'un prince Médicis et il en gardait le charme. C'était un petit établissement très privé, ni luxueux ni grandiose. Cependant, aux yeux de Valérie qui prenait ses premières vacances depuis la mort de Carlton voilà un an et demi, il semblait l'un des plus beaux endroits qui soient au monde.

Dès qu'elle se fut installée, elle téléphona chez Salvatore Scutigera.

— Non, non, il est très malade, répondit sa fille, Rosanna, d'un ton qui n'avait rien d'amical. Il refuse de parler à qui que ce soit si ce n'est à moi, et encore. Il lit et contemple son jardin, c'est tout.

— Il faut que je le revoie, insista Valérie. Je suis venue en Italie uniquement pour cela.

— A quel sujet ?

— Certaines parties de son histoire qu'on n'a pas eu le temps d'aborder, tant de choses sont restées en suspens.

— Elles le resteront. Vous ne comprenez pas : il n'ouvre pas la bouche. Et quand ça lui arrive, il ne s'exprime qu'en italien. Comme s'il ne se rappelait plus qu'il avait été américain la majeure partie de son existence.

— Avec moi, il acceptera peut-être de se confier. On était devenus amis, assura Valérie en italien.

— Non, je suis désolée, c'est impossible.

— Rosanna, dit Valérie d'un ton pressant. Elle tenta de trouver les mots justes. Peut-être votre père aimerait-il enregistrer l'histoire de sa vie pour la postérité. S'il ne le désire pas, je ne m'imposerai pas, naturellement, mais s'il le souhaite ? On doit lui donner cette chance. Il a tant fait pour les grands de ce monde qui eux seront immortalisés par le grand et le petit écran. Pourquoi pas Sal ? Voulez-vous le lui proposer ?

Un silence s'ensuivit.

— Il s'est toujours cru plus malin que tous les soi-disant grands de ce monde, répliqua enfin Rosanna.

Valérie resta coite, ce n'était pas le moment d'insister.

— J'y assisterai aussi ? s'enquit Rosanna. Pour lui éviter les questions pièges, ajouta-t-elle aussitôt.

Valérie sourit. Cela n'avait rien à voir avec la volonté de protéger son père. Rosanna rêvait de passer à la télévision.

— Bien sûr, acquiesça Valérie.

— Bon, dans ce cas. Je crois que je peux le lui demander. Je ne sais pas quelle sera sa réponse évidemment, mais... si jamais il acceptait, pourriez-vous venir à... dix heures après-demain ?

— Oui, ce serait parfait.

— Et que dois-je faire s'il refuse d'avoir une caméra ici ? lança Rosanna, soudain inquiète. Il n'aime pas les caméras.

— Dites-lui qu'on annulera l'interview, assura Valérie, pensant qu'elle ne risquait rien : Rosanna était de son côté. Dites-lui que je n'ai pas encore trouvé le moyen de réaliser une interview pour la télévision sans caméra.

Rosanna rit de sa réflexion.

— Je le lui transmettrai, ça va lui plaire. Alors, à après-demain...

Valérie reposa le combiné et se mit à tourbillonner dans sa petite chambre. Elle tenait son affaire. Si elle ne se trompait pas et découvrait un autre visage de Scutigera, elle préparerait un reportage de seize minutes sur lui qui séduirait tout le monde et lui permettrait de passer des créneaux de quatre minutes au statut officiel de reporter à part entière sur « L'Agrandissement ».

Ce ne fut pas ce qu'elle raconta à Nick ce soir-là lorsqu'il l'appela de sa chambre à l'hôtel Excelsior. Elle lui annonça juste que le rendez-vous était pris et que son équipe arriverait le lendemain.

— Ça a été rapide, observa-t-il. Tu avais raison, personne ne devait s'en charger à ta place. Tu as déjà dîné ?

— Non. Mais j'ai réservé au cas où tu arriverais à l'heure.

— J'ai réservé aussi. On joue à pile ou face ?

— Tu m'as dit que tu n'étais jamais venu ici.

— Effectivement. J'espère que tu vas me montrer un peu la ville. J'ai téléphoné de Munich, un ami m'a recommandé Sabatini.

Valérie oublia l'Enoteca Pinchiorri, ils iraient un autre soir.

— Excellent choix, répondit-elle. A quelle heure ?

— Huit heures. Ça va ? Cela te laisse cinquante minutes.

— Parfait. On se retrouve là-bas. Tu sais où c'est ? Via Panzini.

— Je trouverai.

Portant un tailleur de soie et des chaussures à talons plats, elle se rendit chez Sabatini à travers les rues bondées. Nick l'attendait dans l'entrée. Il arborait un costume sombre et une cravate bordeaux. Son côté cérémonieux la laissa un instant décontenancée. Au bureau, il avait des chemises ouvertes, parfois une veste sport et elle se demanda si, ce soir, il se cachait derrière cette façade comme il le lui avait déjà semblé plusieurs fois. Au moment où leurs mains s'effleurèrent, elle revint sur son opinion, trouvant bien agréable qu'il se soit mis en frais pour elle.

Et soudain, le désir l'envahit. La tête lui tournait, elle s'inquiéta à l'idée que son regard la trahissait, que Nick le sentait dans sa poignée de main. Elle s'écarta, se tournant avec soulagement vers le maître d'hôtel qui les conduisit à une table au fond de la grande salle. Valérie s'installa sur la banquette, dos à un jardin luxuriant qui courait sur toute la longueur du restaurant avec des arbres en espalier, des buissons et des plantes suspendues derrière une baie vitrée. Nick prit place en face d'elle.

— C'est très réussi, dit-il en contemplant la verdure.

Elle acquiesça.

— Je venais en Italie au moins une fois par an autrefois. On y prend goût et il est difficile de ne pas revenir.

Nick l'observa, cherchant la trace d'un regret sur son visage.

— Cela doit te manquer.

Elle comprit qu'il ne faisait pas seulement allusion à l'Italie.

— Oui, je crois que je le regretterai toujours. Mais j'ai l'impression que c'est un rêve maintenant. Je ne sais plus à quel point j'enjolive les bons moments ni si j'ai l'art d'oublier ceux qui n'étaient guère amusants. Elle sourit. On procède à des coupes dans nos souvenirs comme moi dans mes textes.

— Et on s'y accroche, ajouta Nick.

Il s'adressa au sommelier pour commander le vin, laissant Valérie se demander à quels souvenirs il s'était accroché au fil du temps.

— Je n'ai jamais compris que tu aies épousé Sybille, déclara-t-elle lorsqu'il se retourna.

Il hocha lentement la tête.

— J'en suis convaincu.

Elle se garda de riposter. Elle ne s'attendait pas à ce qu'il la remette à sa place.

— Ni pourquoi tu t'es installé à Washington au bout de tout ce temps, poursuivit-elle d'un ton égal.

— C'était le moment, je me sentais prêt à quitter la Californie.

Il paraissait détendu maintenant, il voulait bien aborder ce sujet. Il choisissait son chemin, s'efforçant de ne pas évoquer le passé.

— J'ai fait ce dont je rêvais et pendant quelques années, j'ai eu tout ce que je voulais — enfin, presque tout — puis les choses ont commencé à changer. Il en va sans doute toujours ainsi des rêves : ils évoluent de l'instant où on s'en rapproche car cela signifie qu'on peut les réaliser et ils perdent de leur attrait.

– Ce sont des buts, alors, murmura Valérie, plus des rêves.
Il sourit.
– Oui. Exactement. Et les buts, ça veut dire les programmes, la routine, l'argent et d'autres gens avec leurs rêves ou leurs buts... Il regarda le sommelier les servir puis leva son verre et attendit que Valérie l'imite. Aux rêves.
Leurs verres s'effleurèrent.
– Mais tu n'as jamais rêvé d'avoir un réseau de télévision, reprit Valérie.
– Non, c'était de la curiosité. Et l'occasion s'est présentée au bon moment. Je cherchais à changer de secteur.
– Tu voulais du nouveau, lança-t-elle avec un léger sourire, et ils se rappelèrent tous deux l'époque lointaine où il le lui reprochait.
Ils restèrent silencieux. Valérie se détourna pour admirer le jardin derrière elle. Elle était mal à l'aise. La vérité, c'est qu'elle ne parvenait pas à définir leurs rapports.
Plongé dans la carte, Nick ne paraissait nullement gêné.
– Tu as des préférences? s'enquit-il.
– J'aime le *prosciutto con melone* pour commencer, répondit-elle en prenant sa carte. Et si le chef est toujours le même, il réussissait le veau à merveille.
Le serveur arriva et Valérie commanda en italien. Elle se demanda pourquoi elle agissait ainsi et comprit aussitôt : il avait beau être son patron, en Italie c'était lui le touriste et elle qui connaissait les usages.
– J'ai commandé pour nous deux, annonça-t-elle lorsque le garçon se retira. J'espère que cela ne te dérange pas.
Il l'observait d'un air amusé.
– Pas du tout, merci. Tu as l'intention d'interviewer Scutigera en italien?
– Si je suis obligée. J'espère qu'il acceptera de parler anglais. Sinon, je ferai une traduction simultanée sur la bande, on ne veut pas de sous-titres.
– Non. Apparemment, tu es convaincue que nous tenons une affaire.
– Oui, si nous arrivons à l'obtenir.
Il acquiesça et le silence retomba. Valérie se répéta le mot « nous » tel qu'ils l'avaient employé. A chaque fois, elle en était un peu émue. Il s'adressait à elle comme si elle comptait déjà parmi l'équipe de « L'Agrandissement ».
Nick la regardait, songeur.
– Tu travaillais du temps où tu étais mariée? demanda-t-il.
– Non, répondit-elle. Elle fut surprise, il ne lui avait jamais posé de question sur sa vie de couple. Je faisais du bénévolat, ajouta-t-elle, et les interventions à la télévision comme toujours.
– A une époque, tu aurais appelé cela du travail.
– C'en est, répliqua-t-elle avec une certaine rudesse. Des tas

d'endroits – les hôpitaux, les musées et bien d'autres – ne marcheraient pas sans bénévoles. Ils triment dur, parfois quarante heures par semaine ou plus, et on ne reconnaît guère leurs mérites, sans parler de gratitude.

– Je ne prenais pas la chose à la légère, assura-t-il avec douceur.

– Ah bon ? Alors pourquoi estimer que ce n'est pas vraiment du travail ?

– Parce que tu l'as dit. Tu m'as répondu que ne tu travaillais pas du temps où tu étais mariée puis tu as ajouté que tu faisais du bénévolat.

Un rire lui échappa.

– Tu as raison. Je n'aurais pas dû. Elle le contempla d'un air pensif. La différence tient au salaire : le pouvoir qui est derrière. Quelqu'un a le pouvoir de le payer et l'employé a la faiblesse d'en avoir besoin. Quand la notion d'argent n'existe pas dans une relation, on est à égalité. Dès lors on ne considère pas cela comme un emploi.

– Disons plutôt un effort en commun. Ou de l'amitié.

– Ou un rapport de couple.

Il sourit.

– C'est toujours l'espoir, non ? Il n'y a pas que l'argent qui compte cependant. Et l'autorité, alors ? Les professeurs ont du pouvoir sur leurs élèves, les généraux sur les caporaux...

– Tu as raison, mais le principe est le même : il s'agit du pouvoir qu'on peut accorder ou prendre à celui qui est en position de demande et donc de faiblesse. Lorsque je fais du bénévolat, je suis l'égale de tout le monde car ils n'ont rien à me prendre. Je n'aurais aucune crainte de perdre mon poste si par hasard je mécontentais quelqu'un.

– Tu pourrais le perdre si tu étais incompétente ?

Elle réfléchit un instant.

– Sans doute. Très probablement toutefois, je ne serais pas renvoyée. On me confierait une autre tâche.

– A cause de ce que tu représentes ?

– Parce que les organisations à but non lucratif recherchent toujours désespérément de l'aide.

Ils se mirent à rire. L'entrée était arrivée et Nick goûta le jambon cru. Il parut surpris et en dégusta une autre bouchée.

– Merveilleux. On n'a rien de comparable en Amérique.

– Non, ce qu'on appelle *prosciutto* chez nous n'est pas bon. J'attends toujours d'être en Italie pour en manger.

– Et si tu n'as pas souvent l'occasion d'aller en Italie...

– Je mange autre chose. Tu ne trouves pas que cela vaut la peine de patienter pour avoir ce qu'il y a de meilleur ?

– Certaines personnes ne vont jamais en Italie.

– Alors, elles n'en mangeront pas. Elles peuvent avoir du jambon américain ; il est très bien. Il n'y a aucune raison de céder aux compromis.

– Tu n'as fait aucun compromis depuis la mort de ton mari ?

– Bien sûr que si, mais uniquement quand je n'avais pas le choix.

– Quoi par exemple ?
– Mon premier appartement. La maison où je vis. Je peux employer la même somme et acheter un genre de jambon presque aussi bon que celui-ci alors que je ne peux pas prendre l'argent consacré au loyer et trouver une autre propriété qui ressemble de près ou de loin à ma ferme de Middleburg.

Il acquiesça.

– En dehors de cela, tu as fait des compromis sur quoi ?

– Sur rien. Je n'achète pas de vêtements parce que je n'ai pas les moyens de m'offrir ceux auxquels je suis habituée et que j'en ai assez pour un bon moment. Ils ne sont pas à la mode – et c'est là le compromis, j'imagine –, mais ils sont tels que je l'entends.

Le regard sombre, il acquiesça de nouveau.

– Cette conversation serait incompréhensible pour quelqu'un qui aurait toujours été pauvre.

Elle l'observa, le sourcil froncé.

– Tu me trouves insensible.

– Je pense que tu ne comprends pas ce que cela représente de ne pas avoir d'argent. Tu as l'air de croire que ce qui t'est arrivé n'est pas vraiment réel. Peut-être as-tu l'impression que le passé ressemble à un rêve, mais, rêve ou pas, tu espères le retrouver, même si tu ne sais pas comment. Si tu devais y mettre une date, tu dirais sans doute avant que tes toilettes ne soient usées.

Valérie avait le visage empourpré.

– Je ne me rappelle pas t'avoir jamais connu grossier. Je devais être bien naïve à cette époque pour te trouver admirable.

– Je l'ai bien mérité, reconnut Nick avec brusquerie. Excuse-moi.

Devant l'éclat de son regard, son port de tête hautain, il eut soudain envie d'elle et dut admettre qu'il la désirait depuis l'instant où ils s'étaient installés. Cela avait ajouté à la tension du repas et il se demanda si Valérie partageait ce sentiment. La pièce se perdit dans le flou. Il ne voyait plus que la bouche de Valérie, il ne sentait plus que son corps, aussi proches que si elle s'était offerte à lui hier.

Mais il n'était pas prêt à avouer, ni à elle ni à lui, qu'il voulait la retrouver.

– Excuse-moi, répéta-t-il, sa voix tremblant à peine. Généralement, je me conduis mieux que cela. Il me semble que j'ai des problèmes parce que j'ai l'impression que nous ne sommes pas seuls.

Valérie parut surprise.

Nick fit un signe vers la table voisine.

– Nick et Valérie, quatorze ans plus tôt, dînant en tentant de combler ce qui les séparait.

– Ils ne sont pas là, affirma Valérie. Ils sont en nous, nous sommes toujours les mêmes.

– Je ne crois pas. Je sais à quel point j'ai changé et je vois...

– Tu n'as pas changé du tout.

– ... que toi aussi. Je pense être différent et, si tu veux, on en parlera un jour. J'étais contrarié il y a un instant, car je supposais que tu étais la même. Je me trompais. Je t'ai vue travailler, tu es métamorphosée.

Elle secoua la tête.

– D'après moi, les gens n'évoluent guère. On l'espère toujours pour savoir à quoi s'en tenir. Cependant, je doute qu'on puisse devenir quelqu'un d'autre. Elle paraissait plongée dans ses pensées. Ce qui peut arriver, surtout à la suite d'un choc, c'est de découvrir en nous des ressources insoupçonnées. Ce que je suis aujourd'hui a toujours existé, mais les gens ne s'en rendaient pas compte.

– Ou bien tu ne t'en servais pas.

– Ou bien je ne m'en servais pas, répéta-t-elle d'un ton égal. Merci de me le rappeler.

Ils se défièrent du regard alors que le serveur apportait les plats et les resservait de vin avant de s'éclipser.

– Me croiras-tu si je te dis que je suis très heureux d'être ici avec toi ? lança-t-il.

– Oui, répondit Valérie. Moi aussi, je suis ravie.

Ils éclatèrent de rire. Le climat se détendit et ils bavardèrent tranquillement jusqu'à la fin du repas.

– J'ai deux jours à Florence, annonça Nick au moment du café.

Il se faisait tard, il ne restait plus qu'eux dans la salle de restaurant. Nick remarqua alors que la pièce, bien que ravissante, était beaucoup trop éclairée. Elle n'incitait pas à s'y attarder.

– J'aimerais organiser mon programme avec toi. Pas ici toutefois. On pourrait aller dans un endroit plus agréable ?

– Tu ne veux pas qu'on se balade, tout simplement ? Florence n'est pas très animée la nuit, mais c'est merveilleux de s'y promener.

Nick abandonna son idée d'un coin intime avec une lumière tamisée où prendre un verre en devisant.

– Bonne idée, répliqua-t-il.

Lorsqu'il rentra enfin à l'Excelsior, il ne savait pas combien de kilomètres ils avaient parcourus. Suivant Valérie dans ce dédale de ruelles et de places, il s'était laissé guider, heureux de marcher à ses côtés, leurs pas au même rythme, leurs mains s'effleurant parfois. Il n'avait jamais été aussi attiré par elle alors qu'en réalité il se demandait ce qu'ils allaient découvrir ensemble. Et il sentait qu'elle éprouvait le même sentiment.

Ils débouchèrent d'une venelle sur la Piazza della Signoria dont une partie excavée montrait des fondations datant de l'Empire romain qu'on venait de mettre au jour. On avait construit un toit au-dessus des fouilles illuminées par des projecteurs. Nick et Valérie regardaient à travers le grillage les marches en pierre et les pièces communicantes qui formaient un ensemble d'appartements, certains étant encore bourrés de décombres tandis que d'autres étaient impeccables et leur contenu répertorié.

— Je me demande ce qu'on laissera derrière nous, murmura Nick. Pas la télévision, j'espère. En tout cas, pas celle qui sévit actuellement. Il se tourna vers Valérie et sourit. C'est tout à la fois un rêve et un but : faire de la télévision quelque chose dont on serait fiers à l'idée que les futures générations le découvrent.

— Tu vas y arriver. Tu as déjà commencé.

— On va y arriver, corrigea-t-il. On a déjà commencé.

Elle en fut heureuse. Se détournant des fouilles, ils contemplèrent le palais des Offices de l'autre côté de la place.

— On reviendra demain, dit Valérie. C'est trop beau, on ne doit pas manquer cela. Santa Croce aussi et la Piazza della Republica... ainsi que le musée des Offices et le palais Pitti bien sûr... En deux jours, on ne peut avoir qu'un aperçu, il faut compter au moins une semaine. Et encore, ce serait toujours une vue de l'esprit.

— Deux jours, déclara Nick avec fermeté. Tu me donnes un aperçu et je reviendrai quand je pourrai accorder à Florence le temps qu'elle mérite.

Ils longèrent l'Arno qu'ils traversèrent au Ponte Vecchio. Nick trouvait que la ville ressemblait au décor fabuleux d'un conte d'autrefois.

— Il faudra qu'on revienne, murmura-t-il. Je voudrais y rester beaucoup plus qu'une semaine.

Ils retraversèrent le fleuve par le pont Vespucci et finirent par arriver à l'Excelsior. Ils souhaitaient tous les deux que Valérie monte dans la chambre de Nick, mais ni l'un ni l'autre n'en parla.

— Je vais te raccompagner à... à quel hôtel ? s'enquit-il.

— Le Mona Lisa.

Les grilles de fer étant fermées, Valérie sonna et le veilleur de nuit la fit entrer.

— Bonne nuit, dit-elle en tendant la main. Merci. Ça a été une merveilleuse soirée.

Nick garda sa main dans la sienne. Puis il l'enlaça et leurs corps se rapprochèrent, s'abandonnant, se collant l'un à l'autre. Ils restèrent en silence dans le grand hall, la cheminée et les canapés sur la gauche, le réceptionniste à son bureau sur la droite. La tête baissée, il s'appliquait sur un registre. Se demandant sans doute pourquoi on ne monte pas, songea Valérie qui eut envie de rire. Elle leva la main et effleura le visage de Nick.

— Bonne nuit, répéta-t-elle.

Elle tremblait de désir et, passant d'un pas précipité devant l'employé, elle se dirigea vers l'escalier de pierre et se rua au premier.

Nick évita le regard du réceptionniste. Il me prend pour un imbécile. Un Américain qui ne connaît rien à l'amour. Pourtant, alors qu'il revenait par l'étroit Borgo Pinto désert à cette heure, il se dit qu'il en était mieux ainsi. Le temps ne pressait pas. Ils avaient tant de questions à régler mais, quelle que soit la voie qu'ils trouveraient ensemble, ils sauraient ce qu'ils voulaient et s'y tiendraient.

Il était heureux. Il ne se rappelait plus quand il avait éprouvé ce sentiment pour la dernière fois. Il accéléra le pas, il se sentait puissant et immortel. Comme un gamin amoureux, songea-t-il, et il comprit qu'il devait aussi réfléchir à ce problème. Pas ce soir toutefois. Lorsqu'il regagna sa chambre, il était presque trois heures du matin.

Quand il se réveilla, il pensa à appeler Valérie. Avant même d'ouvrir les yeux, il tendit la main vers le combiné.

Elle répondit aussitôt.

— J'organisais notre journée. Tu as encore envie de marcher ?

— Comme tu voudras pourvu que je commence par un petit déjeuner.

— Pourquoi ne pas le prendre ici ? On le sert à la salle à manger et je suis sûre qu'ils accueilleront mon invité. On se retrouve en bas dans une heure.

Ce fut le début d'une journée que Nick n'oublia jamais : grisante, exaltante, épuisante. Au déjeuner, devant un plat de pâtes à la crème dans une petite *trattoria* près du palais Pitti, il se demanda si la vie avec Valérie ressemblerait à cela. Bien sûr, se dit-il. A Stanford, il le sentait déjà. A l'époque, il aimait chez elle par-dessus tout cette joie contagieuse devant tout ce qu'offrait l'existence et son ardeur à le rechercher. Provoquer l'événement...

Nick savait qu'il avait toujours eu cette soif lui aussi, même si sa volonté de réussir l'avait trop souvent cachée et que Valérie appréciait cela en lui comme lui en elle. Tandis qu'ils visitaient Florence au cours de cette longue journée, ils partagèrent cette émotion : le sentiment que tout était source d'étonnement et de plaisir et qu'ils avaient une chance folle de pouvoir en profiter.

La plupart du temps, ils gardèrent le silence. Le cœur de Florence n'est que souvenirs. Nick et Valérie, qui cherchaient le chemin menant des souvenirs au présent, s'abandonnèrent à l'enchantement du passé de la ville. Ce faisant, ils prirent conscience de la présence de l'autre. Malgré toutes les splendeurs de la Renaissance, le bonheur qu'ils éprouvèrent à les admirer ensemble fut la chose la plus belle.

Ils ne restèrent pas toujours muets. Entre deux palais ou deux églises, alors qu'ils se promenaient sous le chaud soleil pâle et le ciel sans nuages, ils bavardèrent et rirent avec la liberté de deux amis en vacances.

Ils dînèrent à neuf heures. Même Valérie n'aurait pu faire un pas de plus.

— Tu m'as beaucoup impressionnée, reconnut Valérie lorsqu'ils s'installèrent dans la cour de l'Enoteca Pinchiorri. La plupart des gens ne pourraient pas marcher autant.

— La plupart des gens ne t'ont pas pour guide. Ça a été une journée très particulière. On a gardé une babiole à voir si jamais je reviens ?

— Aujourd'hui, ce n'était qu'un avant-goût. Un véritable festin t'attend.

— Alors, je m'arrangerai pour revenir. Si tu m'accompagnes.

— J'en serais ravie.

Il sourit, comprenant à quel point sa franchise et sa simplicité comptaient pour lui désormais.

— Parle-moi de tes autres séjours ici, proposa-t-il.

Et, durant tout le repas, elle retraça ses virées en Europe, la première entreprise à l'âge de huit ans. Elle finit son récit par son dernier voyage en Suisse avec Carlton pour aller voir des amis.

— Ce n'était que deux mois avant sa mort, ajouta-t-elle en fronçant les sourcils. Je n'y ai jamais pensé. Je me demande s'il avait un compte là-bas, je me demande si l'argent est là-bas.

— Tu ne m'en as jamais soufflé mot, répliqua Nick. Je n'ai appris qu'une partie de l'histoire par les journaux. J'aimerais en savoir plus.

— Je te la raconterai un jour. Pas ce soir, si tu veux bien. Je me sens si loin de tout ce monde. Quand on est à l'étranger, cela fait toujours cet effet-là, en tout cas pour moi. Parfois, je ne parviens même pas à me représenter toutes les choses du quotidien et cette impression donne au lieu où je suis, quel qu'il soit, un côté romantique. Il est beaucoup plus amusant de rêver à la poésie des terres inconnues qu'à la réalité de tous les jours.

— C'est comme le passé, affirma Nick avec un sourire.

Elle se cala sur sa chaise en soupirant. Leurs tasses de café et leurs petits verres de *grappa* étaient vides. Le serveur venait de débarrasser la fin du dessert qu'ils avaient partagé. Sous la brise, les fleurs de la cour oscillaient et la flamme des bougies tremblait.

— J'aimerais faire un tour après le dîner, mais c'est impossible.

— On aurait dû y penser plus tôt, répliqua-t-il en pouffant.

Ils gardèrent le silence. Au même moment, ils levèrent les yeux et leurs regards se croisèrent.

— J'aimerais que tu restes avec moi ce soir, dit Nick tranquillement. Je t'accompagnerais bien à ton hôtel mais je crois que je n'aurais pas le courage d'affronter le veilleur de nuit une seconde fois.

Valérie éclata de rire.

— D'après moi, il était surtout désolé pour nous, répondit-elle, puis elle ajouta : J'espérais que tu me le proposerais.

Ils se levèrent en même temps et, comme la veille à son hôtel, s'unirent sous les lumières vacillantes du jardin. Toute cette longue journée les menait à cet instant où leurs lèvres s'effleurèrent, à peine tout d'abord, puis avec une force grandissante qui les obligea à retenir leur souffle.

— Arrête, dit Valérie. J'aurai déjà assez de mal comme ça à aller jusqu'à l'Excelsior.

— On va prendre un taxi, affirma Nick. Il doit bien y en avoir dans le coin.

— Bien sûr.

— On ne le croirait pas quand on t'a pour guide. On en appelle un ?

— Le maître d'hôtel va s'en charger.

— Tout de suite. Déjà, la nuit sera trop courte.

Ils sourirent et gardèrent en eux cette joie en se rendant à l'Excelsior.

La chambre de Nick donnait sur l'Arno : elle était spacieuse, mais Valérie ne le remarqua pas. Ils s'enlacèrent dès que la porte se referma sur eux.

— J'y ai pensé aujourd'hui, murmura-t-elle, sa bouche collée à celle de Nick, entre deux tableaux.

— Ceux de quel musée ?

— Tous.

Ses mains parcoururent son corps alors qu'ils s'embrassaient, la serrant contre lui, redécouvrant la ligne de son dos, la courbe de ses hanches étroites, la rondeur de ses seins qui se dressaient sous son chemisier de soie. Un étincelle crépita entre le tissu et les doigts de Nick, ce qui lui arracha un rire qui mit fin à leur baiser.

— Tu es électrisante...

— Je l'espère, répliqua Valérie. Néanmoins, je préférerais...

Elle déboutonna rapidement son corsage que Nick fit glisser sur ses épaules. Elle sentait ses mains chaudes et fermes sur sa peau, les mains d'un homme qui se sert d'outils au jardin ou dans la maison, et, sous la pression habile de ses doigts qui la déshabillèrent jusqu'à ce qu'elle soit nue, ses caresses se prolongèrent comme un souvenir lointain. Elle gardait leur marque partout où elles l'avaient touchée : ses caresses l'enveloppaient.

En même temps, avec autant d'assurance, elle lui avait retiré ses vêtements et ils s'étreignirent en silence dans la pénombre de la pièce. Une seule lampe dessinait un cercle dorée sur la moquette à motifs et le bord du lit. Nick entraîna Valérie avec lui : ils s'approchèrent de la lumière et s'allongèrent sur la courtepointe soyeuse. Elle l'amena au-dessus d'elle, se cambrant tandis qu'il l'écrasait de son poids.

— Oh, que j'aime cela ! murmura-t-elle. Te rencontrer à mi-chemin...

Puis, tout aussi naturellement qu'ils avaient partagé les émerveillements de cette journée, il la pénétra, épousant le rythme de son corps. S'appuyant sur les bras, il se souleva et la contempla en souriant.

— Je m'en souviens, je me rappelle tes yeux posés sur moi et moi en toi.

— Je me rappelle que tu avais dû t'habituer à parler en faisant l'amour, rétorqua-t-elle en riant. Je m'en souviens, chuchota-t-elle. Oh oui, je m'en souviens, oh que oui...

Valérie l'attira de nouveau contre elle pour qu'il pesât de tout son poids et tenta de l'amener plus loin en elle, tenta de le sentir tout entier en elle avec un tel désir qu'il lui semblait qu'elle ne pourrait l'assouvir. Ils remuèrent ensemble, leurs bouches, douces et chaudes, plaquées, leurs langues mêlées, leurs corps réapprenant le langage d'autrefois : s'infléchir et s'étreindre, se séparer et se réunir jusqu'à ne faire plus qu'un.

Dans les bras de Nick, Valérie sentit qu'elle commençait à s'assoupir et se redressa.

— Je ne veux pas m'endormir, déclara-t-elle, et elle se mit à lui butiner

le cou. Lentement, ses lèvres descendirent vers les boucles sombres de son poitrail. C'est si merveilleux, ajouta-t-elle, chuchotant ces mots contre sa taille ferme. Mieux qu'avec n'importe qui.
 – Ce n'est sans doute pas vrai, murmura-t-il.
Elle leva la tête.
 – Ce n'est sans doute pas vrai ? répéta-t-elle en l'imitant. Combien de femmes ont-elles été aussi extraordinaires ? Combien de femmes te rappellerais-tu pendant quatorze ans ?
 – Je ne m'en souviens pas, riposta-t-il avec un large sourire. Cela arrive, avec l'âge, on oublie.
 – Pas les choses exceptionnelles. Pour moi, ça n'a jamais été aussi bien avec personne.
 – Ce n'est pas la peine, assura Nick. Je n'ai pas besoin de l'entendre.
 – Je ne le dis pas pour te faire plaisir. Cela me fait plaisir de le dire, de penser que c'est vrai. Je ne mens pas, Nick.
 – Oui, j'adore ce trait de caractère chez toi.
Dans la lumière dorée, leurs regards s'affrontèrent, sombres, presque noirs. Valérie effleura alors de ses lèvres la peau chaude de Nick, sentant ses muscles trembler alors que sa bouche suivait la douceur de son ventre tendu. Elle pencha la tête pour le regarder et contempla son air absorbé tandis qu'elle le caressait. Puis elle le prit dans sa bouche. Ses seins écrasés contre ses hanches, ses mains sous lui, elle avait l'impression de se fondre en lui.
 – Valérie.
Elle le lâcha et l'observa.
 – J'avais envie...
 – Je sais. On a le temps. Viens ici.
 – Oui. Elle s'allongea sur lui, sa bouche sur la sienne. Ça n'a jamais été aussi bien avec personne parce que mon esprit ne vagabonde pas quand je suis avec toi. Je ne pense qu'à toi, je ne vois que toi...
Nick avait les doigts emmêlés dans ses cheveux brillants. Il la serra dans ses bras et ils s'embrassèrent. Il voulut lui déclarer qu'il l'aimait, mais quelque chose l'en empêcha et, sa joie devant s'exprimer, il lui chuchota ces mots.
 – Tu as raison. Personne d'autre. Tu es superbe...
 – Tu n'es pas obligé de le dire. Le rire résonna en cascade dans sa voix et il comprit que sa joie était aussi grande que la sienne. Même sans cela, c'est merveilleux.
 – ... parce que je sais toujours que c'est toi. Parce que ton corps ne peut être celui d'une autre, à cause de notre communion, de ta voix qui sonne tel un baiser... jamais je ne me demande qui tu es, jamais je n'oublie ton nom.
Choquée, Valérie s'écarta.
 – Ça t'est vraiment arrivé ? Ce doit être horrible. Je préférerais renoncer au plaisir. Pourquoi ? Tu le sais ?

— Aujourd'hui, oui ; à l'époque, non. Il prit son visage entre ses mains. Je ne comprenais pas que tu étais en moi. Je ne comprenais pas que plus je recherchais l'amour, plus tu remplissais ma tête et mon cœur, et que je ne pouvais même pas prétendre être satisfait auprès d'une autre. Je croyais avoir chassé le passé, mais il était si acharné qu'il l'a toujours emporté sur moi.

Valérie eut un petit rire.

— Quelle habileté de sa part ! Ce n'est pas facile de l'emporter sur toi... Elle se pencha vers lui et entrouvrit ses lèvres. Jamais je ne veux oublier le passé, je veux qu'il fasse de nouveau partie de nous.

— Cette nuit... et toutes les nuits, répliqua Nick qui la dégagea pour l'allonger sur le dos.

Il prit son sein dans sa bouche, sa langue butinant la pointe ; s'abandonnant, Valérie resta immobile. Un déferlement, dans un flux et un reflux, envahissait la pièce comme quand on entend l'océan dans un coquillage. Et la lumière dorée de la lampe se répandait sur eux et dans la chambre tel un lever de soleil.

Les lèvres de Nick suivirent les courbes ivoire de sa peau soyeuse et se glissèrent entre ses jambes. Les doigts dans ses cheveux noirs, Valérie prononçait son nom. Nick mit ses mains sous elle, l'étreignant, la dévorant, jusqu'à ce qu'elle crie et se cambre. Puis il s'allongea sur elle et, la prenant dans ses bras, se coula en elle. Soudés, ils restèrent un moment immobiles, attendant que leurs corps s'éveillent ensemble. Et ce fut ce qu'ils découvrirent et redécouvrirent ce soir-là, comme ils l'avaient appris en marchant d'un même pas ce jour-là. Valérie le dit beaucoup plus tard quand une vraie aurore commença à éclairer la pièce. Allongés sur le côté, ils s'embrassaient, endormis mais remuant à un rythme aussi régulier que leurs cœurs.

— On n'a même pas besoin d'y penser, murmura-t-elle, on est en parfaite harmonie.

Salvatore Scutigera était rentré au pays dans un appartement aménagé dans un palais gothique de Sienne. Entre les murs de pierre s'ouvrait une cour où poussaient un bouquet d'oliviers et une profusion désordonnée de rosiers. Drapé dans un peignoir, une couverture sur les genoux, Scutigera était assis au milieu de ce décor dans une chaise roulante sous le chaud soleil du matin. L'air sévère, Rosanna se tenait à côté de lui, la main sur son épaule.

— Ils doivent rester là où ils sont et ne pas approcher, déclara-t-elle quand le cameraman et le réalisateur entrèrent à la suite de Valérie et Nick. Et vous allez vous installer ici, j'ai fait sortir une chaise. Je ne savais pas que vous seriez deux.

Elle jeta un coup d'œil vers eux tout en donnant ses ordres. Les yeux plissés, elle lança un regard plus dur et Valérie devina que Rosanna avait reconnu chez elle l'éclat du plaisir qui demeure après une nuit comme celle qu'elle venait de passer avec Nick, un éclat qui ne s'efface pas parce qu'il est l'heure de se mettre au travail.

— Je vous présente Nicholas Fielding, le président d'E&N, annonça-t-elle à Rosanna et Scutigera. Il était à Rome pour affaires et a demandé à assister à l'interview.

— J'espère que vous me le permettrez, dit Nick en serrant la main de Rosanna. Il se baissa vers Scutigera et lui tendit la main. Votre première interview m'a impressionné, je suis heureux que vous nous en accordiez une autre.

— C'était un numéro, pouffa Scutigera. J'ai raconté quelques jolies histoires.

— Des histoires vraies cependant, riposta Valérie, stupéfaite.

— Vraies. Bien sûr qu'elles étaient vraies. Mais ça ne s'arrêtait pas là. Il eut une quinte de toux qui se finit en un long sifflement. J'en ai choisi quelques-unes qui vous plairaient.

— Lesquelles allez-vous choisir aujourd'hui ? s'enquit Valérie d'un ton léger.

Un domestique apporta une autre chaise. Une fois que Valérie fut assise, Nick s'installa un peu en retrait. Le cadreur avait commencé à tourner dès qu'on lui avait dit où se mettre. Après avoir accroché un micro sur le peignoir de Scutigera et sur le col du tailleur de Valérie, le réalisateur resta à côté de la caméra. Accroupi dans un coin, l'ingénieur du son avait branché son magnétophone. Des abeilles volaient avec indolence parmi les roses, un chat s'étira sur un banc en pierre au soleil. Scutigera tendit la main et Rosanna y posa un verre. Puis il se mit à parler.

Pendant une demi-heure, il parla pratiquement de tout sans rien dire. Nick observait Valérie qui l'assaillait de questions, tentant de le sonder, le cerner, insinuant des choses, laissant le silence se prolonger, puis essayait à brûle-pourpoint de l'attaquer sous un autre angle. Elle passa même soudain à un italien au débit rapide qui alluma une lueur dans le regard de Scutigera. Intelligente, vive, elle dominait son sujet : une remarquable journaliste. Nick était plein d'admiration mais il sentait aussi sa frustration car Scutigera s'avérait plus malin qu'elle et ne révélait rien.

A la fin, Rosanna les arrêta d'un geste.

— Je vous avais promis une demi-heure. Eteignez la caméra.

Valérie savait quand elle était battue. Sans hésiter, elle se pencha vers Scutigera et lui serra la main.

— J'espère que vous irez mieux très bientôt.

— Je serai dans la tombe très bientôt. Il leva vers elle son visage ratatiné alors qu'elle s'apprêtait à prendre congé. Vous m'êtes sympathique, ma petite demoiselle. Si je me confiais à quelqu'un, ce serait à vous. Il regarda au fond de la cour, vit le cameraman qui rangeait son matériel et se retourna vers Valérie. Vous vous imaginiez que j'allais vous raconter des tas de secrets parce que je suis mourant. Mais j'ai de la famille de par le monde qui dirige les affaires, qui s'occupe de leurs propres familles. Je ne

voudrais pas tout gâcher en vous débitant des sornettes. On ne fonctionne pas ainsi.
Valérie était droite comme la justice.
— Que gâcheriez-vous ?
— Allons, ma petite demoiselle, vous êtes trop maligne pour poser des questions stupides. Pourquoi êtes-vous ici si vous ne connaissez pas la réponse à cela ?
— Je ne sais rien, répliqua Valérie d'un ton froid. J'émets des suppositions.
Scutigera eut un large sourire.
— Les suppositions ne sont pas dangereuses. C'est quand vous avez des faits, vous les journalistes, qu'on devient nerveux. Au revoir, ma petite demoiselle. J'espère que vous irez mieux très bientôt.
Sur cette dernière pique, Valérie se retourna sans un mot et quitta les lieux.
— Je n'aurais pas dû lui montrer à quel point j'étais furieuse, confia-t-elle à Nick lorsqu'il la rattrapa devant la porte du palais. Mais franchement, il m'a énervée. En disant qu'il espérait que j'irais mieux très bientôt ! Elle se plongea dans la fraîcheur de la rue à l'ombre des édifices. Les deux voitures qu'elle avait louées étaient à moitié garées sur le trottoir pour laisser le passage et elle se dirigea vers la première. Devant la portière, elle s'adressa à Nick.
— Ça t'ennuie si je conduis ?
— Bien sûr que non, répondit-il. Je pourrai admirer le paysage.
Le cadreur, le réalisateur et le technicien sortirent à leur tour.
— Val, annonça l'ingénieur du son, le magnéto tournait.
Elle fit volte-face.
— Une fois qu'on a éteint la caméra ?
Il acquiesça.
— Excellente nouvelle, déclara-t-elle. Je pourrai avoir une copie de la bande quand on rentrera ?
— Naturellement.
— Merci. On y va ? lança-t-elle à Nick.
— Oui. On a un avion à prendre.
Plongés dans leurs pensées, ils roulèrent en silence.
— Nick, dit Valérie alors qu'ils approchaient de Florence, j'aimerais poursuivre cette affaire.
— Quelle affaire ?
— Scutigera.
— De quelle affaire parles-tu ?
— Celle à laquelle il a fait allusion. Il y a une histoire, quelque chose qu'il ne souhaite pas révéler. Tu l'as bien entendu.
— Je l'ai entendu faire quelques allusions. Mais je l'ai aussi vu jouer avec toi pendant une demi-heure. C'était peut-être sa dernière plaisanterie.
— Je n'y crois pas, assura-t-elle. D'après moi, il cherchait à m'expli-

quer que je ne me trompais pas. Je veux savoir de quoi il parlait, ce qu'il cachait. Je veux découvrir le reste de l'histoire.

— Tu n'as rien sur quoi t'appuyer.

— Pas encore. Je n'y ai pas encore travaillé.

— Le service de documentation s'est penché sur la question.

— Cela me tient plus à cœur. Nick, c'est mon sujet, je souhaite le finir, ajouta-t-elle après un silence.

Il contempla son profil.

— Tu as envie de le présenter dans « L'Agrandissement ».

— Bien sûr.

— Et de devenir reporter à part entière.

— Bien sûr.

— Il y a d'autres sujets. Même si celui-ci tombe à l'eau, on ne t'empêchera pas de monter en grade.

— J'ai un début là-dessus.

— Tu n'as rien du tout. On ne perd pas son temps sur des affaires qui ne se présentent pas bien.

— Elle se présente très bien.

— Depuis quand? Ça fait quatre mois que tu t'en occupes et tu n'as rien de nouveau.

— Je n'ai pas pu y consacrer beaucoup de temps.

— Tu lui as consacré assez de temps et de réflexion pour savoir qu'il vaut mieux s'arrêter là. On a plus de sujets qu'il n'en faut, on ne travaille pas dans le vide.

— Tu es en train de me dire que je ne peux pas continuer, c'est ça?

— Non, jamais je ne me le permettrais; ces décisions sont du ressort de Leslie.

— Mais tu le lui conseilleras.

— Je ne lui dicte pas ses paroles, répliqua Nick avec froideur. Essaie donc de comprendre : Leslie doit répartir le temps et les compétences de ses collaborateurs.

— Cela m'est égal, je veux finir cette affaire!

— Tu veux! répéta Nick avec mépris. C'est la seule chose qui compte, n'est-ce pas? Tu n'en as pas assez de répéter cela? J'aurais dû te croire quand tu m'as affirmé que tu étais toujours la même. Je n'arrive pas à comprendre comment j'ai pu me tromper à ce point.

— Si je me souviens bien, riposta Valérie d'un ton glacial, tu me reprochais entre autres de manquer d'ambition. Maintenant que je souhaite me lancer sur une affaire qui pourrait s'avérer importante, tu me traites comme une gamine qui réclame un jouet. Je n'ai aucune chance de te contenter, n'est-ce pas? Tu es tellement convaincu que je suis une incapable.

— C'est ridicule et tu le sais.

Valérie ne répondit pas. Le visage fermé, elle se concentra sur la route.

Leur silence se prolongea tout l'après-midi. Ils firent leurs bagages chacun à leur hôtel, puis se retrouvèrent lorsqu'on les emmena à l'aéroport de Pise dans la limousine que Nick avait louée. Toujours muets, ils embarquèrent dans l'avion et s'installèrent aux places voisines réservées par la secrétaire de Nick.

Valérie regardait un magazine. Elle sentait la présence de Nick avec la même force que la veille mais elle ne parvenait pas à prononcer un mot. La déception la minait. Pour la première fois depuis des années, elle savait exactement ce qu'elle voulait et croyait pouvoir l'obtenir. Et dans la cour de Scutigera, elle avait senti que cela lui échappait. Sans réfléchir, elle s'y accrochait. Et Nick n'avait rien compris ; il s'était conduit en patron, toujours aussi intransigeant, borné et catégorique dans ses jugements. Merde, fulminait-elle, comment en est-on arrivé là ?

— *Buonasera*, dit le steward. Madame désire-t-elle un cocktail ?

Valérie commanda du vin puis regarda par le hublot.

Nick prit un verre et ouvrit un livre. Les mots se brouillaient. Après l'extraordinaire intimité de la veille, il lui paraissait incroyable qu'ils aient pu se trahir ainsi. Valérie s'était montrée puérile et lui très dur. Qu'avaient-ils donc appris au cours de ces trente-six heures ?

Il se rappela les paroles de Valérie : « On n'a même pas besoin d'y penser, on est en parfaite harmonie. »

On a appris qu'on n'est pas en parfaite harmonie. Et peut-être ne le sera-t-on jamais. Peut-être y a-t-il quelque chose en nous qui nous en empêche...

Enfin, ce n'était qu'une dispute.

Mais elles se répétaient apparemment, songea-t-il. Il semble qu'on n'arrive pas à s'accepter tel qu'on est. On essaie sans arrêt de changer l'autre. Pourtant, j'adorais ce qu'elle était hier et la nuit dernière. Je n'aurais rien voulu y changer.

Ce n'est qu'une dispute. On pourrait la surmonter si on le voulait.

Le steward posa leurs boissons entre eux sur la tablette de l'accoudoir. Nick sirota le sien et croisa le regard de Valérie lorsqu'elle se détourna du hublot pour prendre son verre de vin.

— Tu devrais assister à la réunion de « L'Agrandissement » cette semaine pour choisir les sujets que tu aimerais traiter, suggéra-t-il avec désinvolture comme s'ils poursuivaient une conversation. Chaque reporter travaille sur deux ou trois affaires à la fois.

— Je ne suis pas reporter sur cette émission.

— Leslie pense que tu pourrais l'être. On a parlé d'ajouter quelqu'un à l'équipe. La décision dépend de lui naturellement et du réalisateur, mais si cela te tente, tu devrais te mettre sur les rangs.

Valérie contempla son verre d'un air pensif.

— Merci, dit-elle avec calme. Quel genre de projets ont-ils en tête ?

— Plus qu'on ne pourra en traiter.

Nick se détendit. Sans doute souhaitait-elle faire la paix autant que lui. Dans ce cas, ils vivraient cela ensemble comme ils avaient vécu tant de moments à Florence. Ils prendraient soin d'éviter de parler de Scutigera et discuteraient de l'autre travail dont elle pourrait se charger au sein d'E&N : une autre chose en commun. Il se sentit ragaillardi soudain. Peut-être que tout irait bien en fin de compte.

— Lesquels ? s'enquit-elle de nouveau, et elle s'aperçut qu'il s'était replongé dans ses pensées.

Il commença à parler des idées que l'équipe de « L'Agrandissement » classait toutes les semaines dans un gros dossier qu'on confiait au service de documentation pour juger de leur portée. Ils en discutèrent devant un dîner arrosé d'une bouteille de vin.

— J'aimerais m'occuper de certaines de ces questions, déclara Valérie alors que le steward leur resservait du café. Et j'en ai une autre qui m'intéresse tout spécialement. Je voudrais consacrer une émission à Lily Grace.

— Lily, répéta Nick d'un air songeur. Pourrais-tu trouver un élément nouveau sur elle que tous les réalisateurs du pays ne clament déjà à propos des évangélisateurs du petit écran ?

— Je pense qu'elle est peut-être différente. Elle me fascine car, à première vue, elle n'entre dans aucune catégorie. En réalité, je ne sais rien d'elle mais, d'après moi, elle ne participerait pas sciemment à une supercherie ou une escroquerie quelconque. Elle a quelque chose de plus et j'aimerais découvrir ce que c'est.

— Tu l'as déjà rencontrée ?

— Deux fois. Elle est extraordinairement jeune, sincère et... pure. Peut-être pourrait-on aborder avec elle une autre perspective sur les émissions religieuses qu'on n'a pas évoquée à travers les autres parce que tout le monde s'est surtout penché sur le problème de la corruption.

— Mais où se situerait l'affaire ?

Nick s'attendait à ce qu'elle soit de nouveau sur la défensive comme ce matin quand il l'avait provoquée sur Scutigera.

— Je l'ignore, reconnut Valérie, et cette fois-ci elle n'eut qu'un petit rire triste. J'apprends tout juste à concevoir une affaire dans son ensemble et non à me contenter d'une idée de génie. Je suis allée à Graceville voici quelque temps et il s'agit d'un énorme projet. En fait, on a l'impression qu'il est illimité tant que les gens continuent à envoyer de l'argent, des sommes énormes de toute évidence. Je voudrais en découvrir plus là-dessus, surtout sur l'utilisation des dons, et je suis sûre que Lily n'a rien à voir avec les Bakker, c'est forcément différent.

— Selon toi, elle n'a pas sciemment participé à ce qui s'est passé. Tu penses qu'on se sert d'elle ?

Valérie y réfléchit.

— Je ne sais pas. Elle ne semble pas très influençable. Mais si elle est...

— Ce serait Sybille qui tirerait les ficelles, poursuivit-il devant son hésitation. En ce cas, Sybille serait liée à Graceville.

— Elle prétend que non.
— Il y a souvent un gouffre entre la vérité et les propos de Sybille. Si elle est dans le coup, cette affaire pourrait largement dépasser le cadre de la religion. Sybille ne s'est jamais beaucoup souciée de l'âme de son prochain.
— Alors que Lily s'en préoccupe.
— Sans doute. Tu es sûre de vouloir traiter ce sujet ? Sybille ne t'aidera en rien, elle te considérera comme une ennemie.
— Uniquement si elle se sert de Graceville à ses fins et je n'ai aucune preuve ni aucune raison de le croire. C'est Lily qui m'intéresse. A mes yeux, elle est presque le symbole de ce qu'est la télévision ou de son meilleur côté, ajouta-t-elle en souriant. Je ne sais que penser d'elle pour le moment. Mais je suis convaincue que cela pourrait faire une émission formidable.
— Et si jamais Lily devait en souffrir ?
Valérie secoua la tête.
— Tu es dans le domaine des hypothèses. Je te l'ai expliqué : d'après moi, elle n'est pas corrompue.
— Cela ne répond pas à ma question.
Valérie hésita un instant.
— Si j'avais assez d'éléments pour estimer qu'on traite une émission de poids, je poursuivrais mon enquête.
— Et si tu découvrais que Sybille est corrompue ? Si elle se sert de Graceville à ses fins, comme tu l'as dit ?
Elle le regarda sans ciller.
— Si c'était important, j'irais jusqu'au bout. Pas pour nuire à Sybille — ce qui serait honteux —, mais parce que j'accomplirais une mission essentielle. Quoi qu'il en soit, je pense que Sybille s'intéresse surtout à Lily. Selon moi, elle aime avoir quelqu'un de jeune et d'impressionnable qui dépende d'elle. Elle marqua de nouveau une certaine hésitation. Nick, je ne sais pas où mènera cette affaire mais j'aimerais l'approfondir. Elle correspond exactement aux gros titres de ces temps derniers et Lily est incroyable. Je ne suis pas la seule qui soit fascinée par elle, tous les gens qui la rencontrent le sont.
— Cela me paraît une excellente idée. On va en parler à Leslie.
Nick lui prit la main avec simplicité. Il avait retrouvé sa tranquillité après cette conversation. Au début, Valérie resta froide puis elle glissa ses doigts entre les siens et le bonheur l'envahit. Il y avait encore trop de tension entre eux, ils étaient toujours prêts à s'accrocher pour défendre leurs positions sur des conflits d'ordre mineur. Il se demandait comment ils allaient résoudre ce problème et même s'ils y parviendraient. Pour l'instant, tout allait bien. Et s'ils arrivaient à trouver le moyen de partager les choses importantes de leur vie...
— A propos, dit-il. Si Leslie approuve le projet et que tu fais des recherches approfondies sur Lily Grace et Graceville, j'aimerais travailler avec toi là-dessus.

Troisième partie

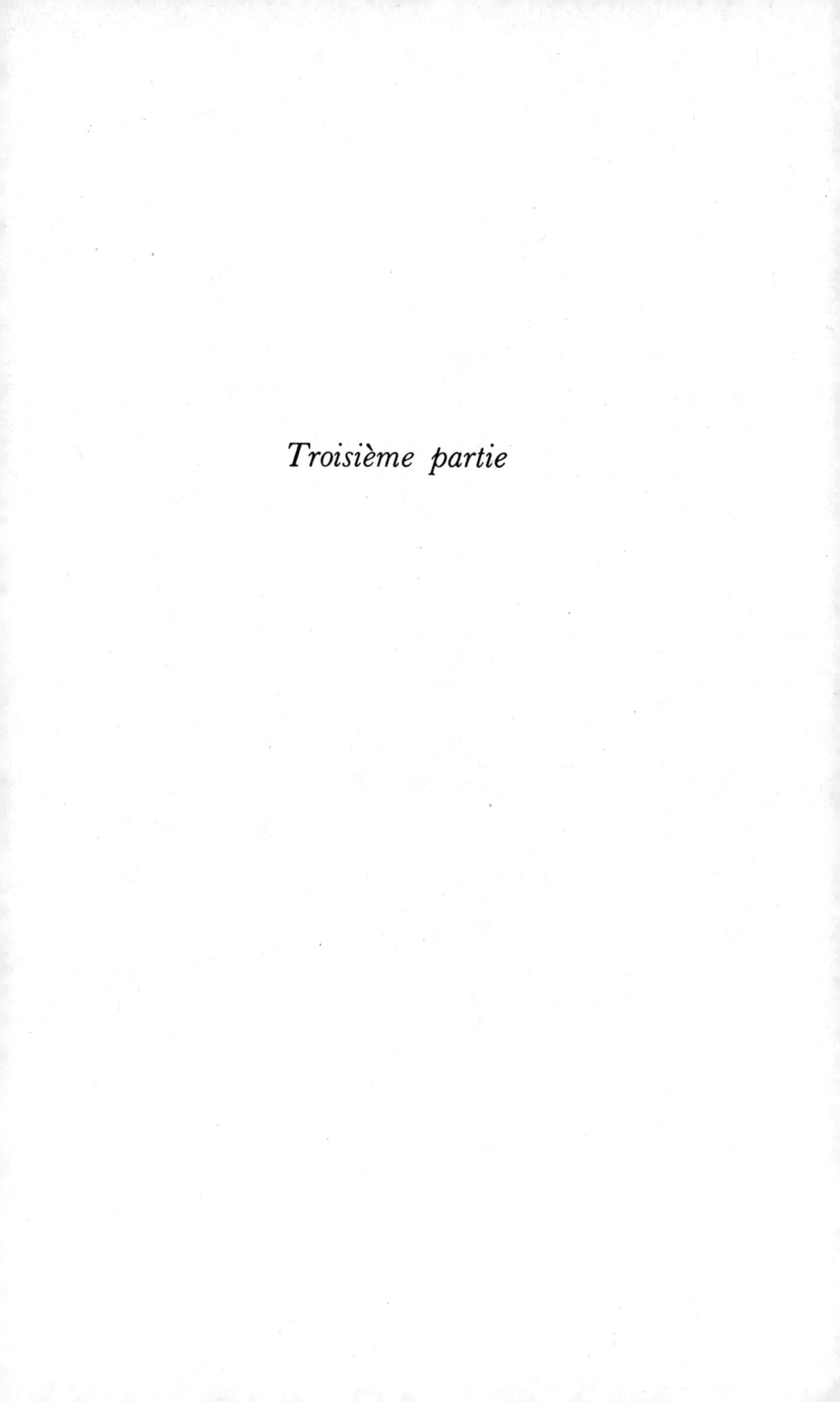

25

L'inauguration de l'hôtel Grace était prévue pour juillet et les ouvriers faisaient l'impossible pour finir à temps quand Sophie et Valérie revinrent à Graceville.

– Entreprise de Bâtiment Marrach, lut Sophie sur la première remorque devant laquelle elles passèrent. Je me demande à qui ça appartient. Elle en vit d'autres de la même société dans la grand-rue. C'est une mine d'or de bâtir une ville entière. Il a tiré le gros lot ce Mr. Marrach.

Valérie nota le nom sur son carnet. Elles poursuivirent ensuite leur chemin jusqu'à l'hôtel. Personne ne leur prêta attention alors qu'elles traversaient le hall, s'attardaient dans la salle à manger, puis montaient l'escalier menant à la mezzanine où on peignait les bureaux et les salles de conférences.

– Que suis-je censée chercher ? s'enquit Sophie.

– Je ne sais pas.

Valérie observa les ouvriers et la vue : des bouquets d'arbres et des champs verdoyants. Tout paraissait tranquille et normal. Elle se sentit un peu idiote d'imaginer des trafics invraisemblables.

– Je pensais juste qu'on devait revoir les lieux avant de commencer l'enquête sur le fonctionnement de toute cette affaire.

Elles s'apprêtèrent à rebrousser chemin.

– Je croyais avoir entendu Nick dire qu'il voulait travailler là-dessus, remarqua Sophie.

– Il s'en occupera sûrement s'il trouve le temps.

– Ecoute, voilà une semaine, depuis le jour de ton retour, que j'attends une histoire de *pasta* et de passion et je n'ai eu droit qu'à un récit de voyage sur les églises, les musées et les palais de Sienne.

Valérie lui jeta un coup d'œil.

– Pourquoi imaginais-tu autre chose ?

– Parce que vous préparez le terrain depuis des mois. Tous ces moments d'intimité dans les couloirs à vous pencher l'un vers l'autre comme des arbres près de tomber... D'ordinaire, les têtes pensantes d'E&N remarquent ce genre d'attitude.

Valérie eut un petit rire.

— On n'avait pas l'air d'arbres près de tomber.

— Plutôt de deux personnes qui ont du mal à se séparer ? Toujours est-il que, lorsque tu es partie en Italie, on supposait qu'il allait se passer des événements intéressants.

— Effectivement, murmura Valérie. Ça a été merveilleux. On a eu un jour et une nuit extraordinaires.

— Et ensuite ?

Elles étaient arrivées à la voiture de Valérie qui garda le silence jusqu'au moment où elle démarra.

— On ne voit pas les choses de la même façon. On se dispute, puis on rit, on est divinement bien tous les deux et aussitôt on recommence à s'accrocher. On est restés ensemble quarante-huit heures et cela ressemblait aux montagnes russes. La moitié du temps, il ne m'a pas plu du tout et, l'autre moitié, je me disais que j'étais peut-être amoureuse de lui. Je ne devinais jamais ce que j'allais éprouver l'instant suivant.

— Pourquoi, d'après toi ? Nick est un type formidable. Il me faisait rêver à une époque. Si on s'était retrouvés ensemble, je me serais efforcée de fermer les yeux sur ce qui ne m'allait pas.

— Oh, tu n'en sais rien, répliqua Valérie d'un ton un peu énervé. Elle conduisait avec calme, ralentissant pour laisser passer les impatients. On aurait cru qu'on essayait de marquer des points, de se prouver que notre façon d'agir est la bonne, et il en a toujours été ainsi. J'ai connu Nick il y a longtemps, à la fac. A l'époque déjà, nos opinions divergeaient et on a l'impression d'en être restés au même stade, de se disputer pour les mêmes raisons. J'aimerais qu'on efface nos souvenirs et qu'on ne pense qu'au présent. Ce serait peut-être pareil de toute façon. On est si têtus tous les deux...

— Têtus mais vous ne vous ennuyez jamais.

Valérie sourit.

— Si on s'ennuyait un peu, ça pourrait être un soulagement dans l'immédiat.

— Tu n'en crois pas un mot. L'ennui tue tout : l'amitié, les rapports de couple, le boulot, les vacances, les hobbies... jusqu'aux guerres : quand les généraux commencent à se morfondre, ils signent des traités. Si vous faites des étincelles ensemble, vous devriez être contents. Moi, j'en aurais bien besoin avec Joe : tout est si réglé qu'on a l'impression d'être mariés. Je ne comprends pas ce qui te tracasse : vous ne vous ennuyez pas et vous vous faites toujours de l'effet.

— Ce sont les seules solutions ? demanda Valérie en souriant de nouveau.

— Je ne sais pas. Mais s'il n'y en a pas d'autre et que tu doives en choisir une ? Tu n'opterais pas pour la première ? Tu t'imagines si tu n'en avais rien à fiche et que cela ne change pratiquement rien à ta vie si vous vous sépariez ?

Valérie songea à Carlton. A sa mort, son existence fut bouleversée parce qu'elle avait perdu sa fortune, non parce qu'il n'était plus là. Cruelle révélation.

Elle acquiesça, plus pour elle que pour Sophie.

— Il faudra que j'y réfléchisse.

Sophie était déjà passée à un autre sujet.

— Vous formez un couple superbe tous les deux, tu en es consciente ? Vous êtes beaux et on croirait que vous dansez quand vous êtes ensemble. Ça doit aller rudement bien entre deux personnes pour dégager cela, c'est ton moi profond qui parle dans ce cas. Si tu n'en tiens pas compte, tu risques de gâcher ta vie.

Valérie se mit à rire.

— Tu es une vraie romantique, Sophie. Tout paraît si simple, il doit y avoir un hic quelque part, mais j'étudierai la question. Bon, passons à Graceville et à Lily. Certaines des recherches que tu as menées sur les Bakker et les autres peuvent-elles nous servir ?

— Je ne sais pas encore. Tout en revient à l'argent et de deux choses l'une : ou ils jouent avec les dollars ou ils ne jouent pas. Je vais commencer par le début, autrement dit l'acquisition du terrain pour construire le temple et la ville : qui l'a acheté, combien, d'où provenaient les fonds ? Ensuite, je fouillerai dans le passé de Lily et son mode de vie actuel. Idem pour les membres du conseil d'administration de la fondation de L'Heure de Grace. J'ai eu leurs noms hier par l'un de mes listages spécialisés dans ce domaine.

Elles parlèrent des journaux, des magazines et des émissions télévisées qui leur permettraient d'obtenir des renseignements sur les membres du conseil et l'aspect officiel de leurs affaires. Ils y étaient tenus pour une très faible part. Valérie s'étonnait toujours de voir tout ce qui pouvait demeurer secret aux yeux de la loi dans une société qu'elle croyait ouverte.

Lorsqu'elles revinrent à E&N, elles se rendirent au service de documentation où Valérie approcha une chaise du bureau de Sophie. Elles restèrent là durant deux jours, Sophie menant son enquête tandis que Valérie appelait les agents immobiliers de la région de Culpeper et la sous-préfecture pour vérifier si on avait enregistré la vente du terrain.

— Que dis-tu de cela ? lança enfin Sophie. Elles mangeaient des sandwiches et Sophie parcourait un article sur l'écran de son ordinateur. Floyd Bassington, président du conseil de L'Heure de Grace. Pasteur à Chicago — une paroisse importante —, jusqu'au jour où un certain Olaf Massy l'a trouvé au lit avec sa femme, Evaline. Elle chantait dans le chœur. Non, mieux que cela : elle en était le chef. Olaf est parti en croisade pour révéler le vrai visage de ce saint et a découvert que non seulement Bassington passait dans des tas de lits — ai-je précisé qu'il était marié et père d'une famille nombreuse ? —, mais qu'en plus il détournait des fonds depuis des années, un peu par-ci, un peu par-là. Il avait environ deux cent mille dollars sur son compte. Pas mal le curriculum vitae du président de Lily, non ?

— Il est allé en prison ? s'enquit Valérie.

Sophie poursuivit sa lecture et fit signe que non.

— Il a rendu l'argent et sa robe à l'Eglise. Sa femme a demandé le divorce. Il s'est installé en Virginie et a rencontré la grâce.

Leurs regards se croisèrent et elles sourirent.

— J'aimerais avoir une photocopie de cet article, reprit Valérie.

— Bien sûr, acquiesça Sophie. Bon, passons aux autres. Rien de malhonnête, je le crains. Vice-président : Arch Warman, président de la société Promoteurs et Entrepreneurs Warman. Trésorier : Monte James, président de la Banque de crédit et d'épargne James. Ils sont tous sur la rive gauche de la côte : ils ont leur siège à Baltimore.

— James, répéta Valérie qui écrivit son nom à la suite de celui de Warman. Sophie, peut-on savoir qui a couvert l'emprunt sur le terrain de Graceville ?

— Peut-être. Généralement, c'est impossible. Je vais vérifier. Tu as découvert qui l'avait acheté ?

— Oui, une histoire très curieuse. On l'a vendu deux fois. Tout d'abord, l'ensemble étant morcelé en petites parcelles, les fermiers ont cédé leurs terres à une entreprise de Panama baptisée la société d'exploitation Beauregard.

— La quoi ?

— Oui, c'est un nom étrange. Beauregard l'a acheté treize millions de dollars — je l'ai appris par l'agent qui s'est occupé de la vente —, mais ne l'a gardé que trois mois. Ensuite, on l'a revendu, sans intermédiaire ce coup-ci, à la fondation de L'Heure de Grace. Et, d'après l'agent immobilier, le bruit a couru que la fondation l'avait acquis pour la bagatelle de trente millions de dollars.

— Trente millions ?

— Ce n'est qu'une rumeur et ce doit être faux. Personne ne verserait une somme pareille pour un terrain qui n'en valait que treize trois mois plus tôt.

— Je ne sais pas. Que connaissent-ils aux affaires, les conseils religieux ?

— Celui-ci a pour trésorier un banquier, pour vice-président un entrepreneur du bâtiment et pour président un pasteur escroc.

Sophie acquiesça.

— Ce n'est pas classique dans le genre.

Valérie griffonnait d'un air distrait sur son bloc-notes.

— Quel est le numéro de la Banque de crédit et d'épargne James à Baltimore ? s'enquit-elle à brûle-pourpoint.

Sophie le trouva et le lui donna.

— Que cherches-tu ?

— Peut-être ont-ils couvert l'emprunt. Dans ce cas, on aurait le prix exact de la transaction.

— Pas forcément. De toute façon, même si c'est vrai, ils ne te le diront pas.

— Le service des emprunts, je vous prie, demanda Valérie au téléphone et, quand un responsable répondit, elle poursuivit : Bonjour, Valérie Sterling à l'appareil. Je prépare un reportage télévisé sur les relations entre les organismes de crédit et les associations à but non lucratif, surtout dans les régions rurales. Un sourire espiègle aux lèvres, elle croisa le regard de Sophie qui l'observait, médusée. Je crois comprendre que vous avez assuré le financement sur l'achat d'un terrain aux environs de Culpeper en Virginie pour la fondation de L'Heure de Grace. Pourriez-vous me donner des précisions là-dessus ?

— C'était une affaire courante, déclara son interlocuteur. Cela ne tombait pas dans la catégorie des bonnes œuvres ni rien de ce genre. Le terrain leur servait de nantissement, il est très bien situé. On n'a pris aucun risque particulier.

— Et quant au prix du terrain ? lança Valérie.

— On ne transmet pas ce type de renseignement.

Valérie coupa court à la conversation et se remit à griffonner.

— Le trésorier du conseil a fourni l'emprunt, murmura-t-elle. Et alors ? Ce n'est pas illégal. Elle contempla ses gribouillis. Sophie, regarde !

Sophie tendit le cou pour lire ce que Valérie avait écrit.

— Arch, le vice-président. Et Warman. Ce qui donne ?

— Marrach. Les quatre dernières lettres sont une anagramme de Arch.

Sophie s'empara du bloc.

— Et les trois premières sont dans Warman. Elles échangèrent un regard. Ce n'est pas une coïncidence, affirma Sophie.

— Mais pourquoi ? s'interrogea Valérie. A moins de vouloir créer une société uniquement pour édifier Graceville. Je ne vois pas pourquoi, ça en a tout l'air cependant. Donc le trésorier fournit les fonds, le vice-président se charge de la construction et Bassington fait... quelque chose. Une grande famille, en somme ! Intéressant mais pas illégal.

Sophie rassembla les papiers sur son bureau.

— Bon, mettons de côté Arch et Monte pour le moment et réféchissons à...

— Attends. Valérie l'observa en fronçant les sourcils. Qu'est-ce que tu as dit ?

— J'ai dit mettons de côté Arch et Monte...

— Qui est Monte ?

— James. Je ne te l'ai pas précisé ?

— Peut-être, je n'ai sans doute pas prêté attention. Arch et Monte. Sophie, j'ai déjà entendu ça quelque part. Sur le moment, j'ai trouvé que ces deux noms sonnaient comme un numéro de duettistes de music-hall, je me rappelle.

— Effectivement. Ça ne vient pas de moi en tout cas.

437

Valérie contempla sans les voir les rayonnages bourrés de journaux, de magazines et de comptes-rendus annuels empilés en un équilibre précaire.

— Cela se passait dans un bureau, murmura-t-elle. J'étais debout, quelqu'un était assis à une table et disait quelque chose... au téléphone. Oui, elle s'entretenait au téléphone... et parlait d'une réunion.

Elle s'efforça de retrouver ses souvenirs puis recomposa la scène, toute la scène : une bribe de ce jour qu'elle n'oublierait jamais... le jour où Sybille l'avait renvoyée. Elle était entrée dans son bureau comme un ouragan pour exiger un autre poste et Sybille se trouvait en communication. « Je vous ai dit d'organiser une réunion du conseil d'administration après-demain. Contactez Arch et Monte sur-le-champ, on doit absolument... » Elle avait raccroché à l'instant où Valérie était entrée.

Sybille réclamait une réunion avec Arch et Monte ? Pourtant, en novembre dernier à Graceville, elle avait déclaré qu'elle réalisait uniquement l'émission de Lily pour la fondation.

Valérie se rappela les paroles de Nick : « Il y a souvent un gouffre entre la vérité et les propos de Sybille. » Il avait aussi émis l'hypothèse que Sybille risquait d'être impliquée si on décelait quelque trace de corruption dans cette affaire.

— Que se passe-t-il ? s'enquit Sophie.

Valérie le lui expliqua.

— Rien n'est illégal là-dedans, conclut-elle. Bien qu'il soit étrange qu'elle ait convoqué le conseil sans en être membre. Je ne sais pas ce qu'il faut en penser mais je crois que je devrais en toucher un mot à Nick.

Il était à New York. Dès qu'il rentra, Valérie alla le trouver dans son bureau et lui annonça leurs récentes découvertes. Ils se revoyaient pour la première fois depuis leur voyage en Italie. Ils n'avaient donc pas eu le temps de deviner quelle serait leur attitude. Le cadre donnait une apparence officielle à leurs rapports plus gauches qu'autrefois et Nick écouta Valérie avec attention, reconnaissant qu'il y avait apparemment plus matière à réfléchir qu'ils ne l'imaginaient de prime abord. Durant cette discussion, il attendit l'opportunité de lui confier ce qui occupait ses pensées pendant tout son séjour à New York. L'occasion se présenta aussitôt qu'elle eut fini. Il l'invita le lendemain soir.

— Chad sera là, ajouta-t-il avec la brusquerie qui perlait dans sa voix lorsqu'il était nerveux. Pas pour le dîner, mais avant. Donc, si tu pouvais venir de bonne heure, vers cinq heures disons, on serait ravis.

— Qui sera aux fourneaux ? s'enquit Valérie. Chad ou toi ?

— Elena, répondit-il. Je n'ai guère cuisiné ces temps derniers. Mais je m'y mettrai si tu viens.

— Merci, répliqua-t-elle tranquillement. Avec grand plaisir.

Il faisait beaucoup plus frais à Georgetown qu'en ville le lendemain après-midi, un samedi humide et chaud, lorsque Valérie arriva chez Nick.

Plus vaste qu'elle ne le croyait, la maison dégageait une ambiance de confiance sereine liée au temps et à la richesse qui lui donna un pincement au cœur : tout en ce lieu lui rappelait ce qu'elle avait perdu et ce souvenir était encore trop proche pour qu'elle eût oublié tous les luxes, les petits plaisirs, les conforts secrets de cette vie protégée. Elle n'imaginait pas Nick dans un tel décor.

Chad ouvrit la porte avant qu'elle ne sonnât et Valérie, qui s'apprêtait à le saluer, s'arrêta dans son geste. Elle avait gardé l'image de Nick du temps de la fac et il lui semblait qu'il se tenait devant elle. Chad était beaucoup plus jeune naturellement. Douze, treize ans ? Il lui semblait cependant que ses souvenirs devenaient réalité : presque aussi grand que Nick, il avait les mêmes yeux, la même tignasse, la même bouche extraordinaire. Le teint plus mat et les pommettes plus saillantes. Mais le reste était égal au jeune Nick, beau, inexpérimenté et passionné qu'elle avait aimé durant six mois magiques.

– Salut, lança Chad en lui tendant la main. Ravi de vous revoir.

Malgré sa poigne ferme et son regard franc, Valérie se sentit observée avec plus de curiosité que nécessaire.

– C'est bien agréable d'être ici, dit-elle.

Puis elle suivit Chad dans la maison fraîche grâce à l'air conditionné. Tout était comme elle le supposait, la noblesse d'une autre époque : de hauts plafonds ornés de moulures raffinées, des pièces bien proportionnées, un superbe piano et des meubles disposés sur de magnifiques tapis orientaux.

– Papa est à la cuisine, déclara Chad, qui ajouta sur le ton de la confidence : ce qui est très bizarre car il ne s'est pas mis aux fourneaux depuis qu'on s'est installés ici. Je pensais qu'il avait oublié son art, mais ça sent bon. Je crois qu'on est sauvés.

Valérie sourit en entendant l'amour perler dans sa voix qui se voulait aussi critique et très judicieuse. Elle souriait toujours quand Chad la conduisit dans la cuisine. Nick la regarda approcher, sa beauté irradiant dans la pièce ensoleillée, et vint à sa rencontre. Il eut l'impression que son corps s'inclinait vers elle comme pour l'étreindre.

– Bonjour, Nick, lança Valérie.

Elle portait une jupe paysanne et un chemisier blanc ras du cou. Ses cheveux, noués d'un ruban, dégageaient son ravissant visage sans artifice comme dans une peinture Renaissance.

– Bienvenue.

Les mains sur ses épaules, il l'embrassa délicatement sur la joue. Valérie sentit qu'elle se penchait vers lui et songea aux propos de Sophie – ... « comme des arbres près de tomber ». Puis elle se redressa. Elle regarda alentour, cherchant quelque chose à dire.

– Quelle cuisine extraordinaire ! s'exclama-t-elle.

Nick l'avait fait remodeler : une véritable merveille de technologie.

– A une époque, je rêvais d'une cuisine pareille, avoua Nick, mais c'est le domaine d'Elena en réalité. Elle a participé à la conception. J'ai presque fini. J'ai chargé Chad de te recevoir pendant que je termine. Il y a à boire au jardin si la chaleur ne t'effraie pas. A toi de choisir.

— J'aimerais voir le jardin.

— Venez, proposa Chad. Je vais tout vous raconter. J'aide Manuel à l'entretien.

— Qui est Manuel? demanda Valérie.

— Le mari d'Elena. Et Elena est la cuisinière. Elle fait office de tout. Elle s'occupe de la cuisine, du ménage, des courses, de la couture... comme une mère, quoi, sauf qu'elle ne l'est pas. Enfin, pas la mienne. Celle d'Angelina, sa fille qui a huit ans. Voici le jardin.

Il ouvrit la porte et Valérie se retrouva dans une féerie de couleurs. Un haut mur de brique entourait une terrasse en pierre ombragée garnie de meubles confortables et d'un barbecue intégré qu'encadraient un jardin de rocaille et une cascade qui dévalait des petits rochers jusqu'à un bassin d'eau claire au milieu des cerisiers, des pommiers nains et des pins bonsaïs. Chad lui débita le nom des fleurs et des buissons.

— Pas mal, non? lança-t-il en contemplant l'ensemble. Qu'en pensez-vous?

— Extraordinaire! répondit Valérie. Le plus beau jardin que j'aie jamais vu. S'agenouillant auprès d'un bosquet surélevé de rosiers en fleur, elle en effleura un avec une grande délicatesse. J'adore les roses. J'en avais beaucoup autrefois. Ce sont les fleurs qui me manquent le plus, déclara-t-elle, puis elle se redressa. Vous êtes des experts, Manuel et toi.

— C'est lui qui s'occupe de l'organisation, avoua Chad avec franchise. Moi, je creuse surtout. Excellent exercice pour mes poignets : je joue de la batterie. Vous avez sûrement vu beaucoup de jardins.

— Oui et celui-ci est le plus beau. Tu joues dans un orchestre?

— Oui.

— Tu travailles à la maison?

— Bien sûr, dans ma chambre. Ça ne dérange pas papa. Simplement, je ne dois pas le faire quand il rapporte des dossiers à la maison. Parfois, on joue ensemble même. Il est drôlement bon en jazz.

Valérie s'arrêta un instant : l'idée d'imaginer Nick devant une batterie l'amusait.

— Tu as envie de te lancer dans la musique lorsque tu auras fini tes études?

Chad fit signe que non.

— Je serai sans doute un savant. Mais c'est amusant pour le moment et plus j'aurai d'activités, plus ce sera facile d'entrer à l'université.

Valérie parut stupéfaite.

— Quel âge as-tu?

— J'ai eu douze ans en mars dernier.

— Tu n'es pas encore au lycée et tu t'inquiètes déjà d'entrer à l'université?

— Ce n'est pas que je m'inquiète. Disons que j'y pense. Pas souvent, mais comme beaucoup de mes amis ont des grands frères ou des grandes sœurs qui y pensent, nous aussi on y songe et on en parle un peu, comme eux. Papa m'asticote sans arrêt à ce sujet. Il prétend que je ne devrais pas encore m'en préoccuper. Pas plus que du boulot. D'après lui, je ne devrais pas m'en soucier, c'est trop loin, comme la fac. Il dit que la fac et le boulot, c'est pareil : il faut s'y préparer, mais il y a un temps pour tout et quand on est en cinquième, c'est trop tôt.

— Cela me paraît très bien, affirma Valérie.

Il était si sérieux, trop sérieux pour son âge. Vif aussi et d'agréable compagnie.

— La dernière fois qu'on s'est vus, au déjeuner ce jour-là, tu m'as dit que tu aimais bien l'école. Ça te plaît toujours ?

— Oui, beaucoup. Même si on nous donne plein de devoirs, c'est formidable. Cet été aussi, c'est super. Je suis les cours d'art au Corcoran : ils font de la sculpture, de la photo, de la peinture et tout.

— J'ai vu l'une de tes œuvres. Les cyclistes le long du canal C&O. J'ai trouvé cela extraordinaire.

— Ah bon ? Papa aussi mais il n'est pas objectif. Vous savez, les pères...

Valérie éclata de rire.

— Eh bien, moi je suis objective et je trouve cela extraordinaire. Tu suis les cours de peinture au collège ?

— Pas en ce moment, j'ai plein d'autres trucs qui m'occupent. Mon problème, c'est que j'aime tout. Mon professeur affirme que je devrais être... plus sélectif. Alors que papa prétend que je dois faire ce qui me plaît pour découvrir ce que je réussis le mieux. Alors, voilà. Et si j'ai de bonnes notes, je peux m'adonner à tout le reste en plus.

— Je suis sûre que tu as d'excellentes notes.

— Oui, je n'ai pratiquement que des 18.

— Moi, je n'avais pas de bons résultats au lycée, répliqua Valérie d'un air songeur. J'étais trop dispersée.

— Vous voulez dire que vous glandouilliez ?

— Un peu tout.

— Impossible ! s'exclama Chad avec admiration. Et comment êtes-vous entrée à l'université ?

— Mystère. En réalité, j'ai été très étonnée. Peut-être parce que j'aimais toutes ces matières facultatives comme toi et que j'ai écrit un mémoire important en présentant ma candidature. C'est ce qui a compté le plus, je crois. En fac, j'ai eu de très bonnes notes. J'avais dû grandir un peu entre-temps.

— Le mémoire ? C'est ce qui compte le plus ?

— Je ne sais pas. Ça doit aider malgré tout.

— Vous accepterez de lire le mien quand je l'écrirai ? Et de me donner votre avis ?

441

— J'en serai ravie. Mais sans doute ton père voudra-t-il s'en charger.
— Je le lui demanderai aussi. Mais je me disais que si deux personnes le lisent et que vous pensez à des choses qui ne lui viennent pas à l'esprit... une femme peut avoir une optique différente, avoir d'autres idées...

Valérie acquiesça avec sérieux.

— Tu as probablement raison. C'est un projet très lointain, cependant, non ?

— Dans quelques années, répondit Chad, qui ajouta avec naturel : D'ici là, vous serez sûrement souvent ici.

Valérie leva les sourcils. A ce moment-là, Nick vint les rejoindre.

— Tu ne voulais rien boire ? lança-t-il à Valérie.

— Oh, j'ai oublié, avoua Chad. Excusez-moi. Vous voulez un verre ? Il y a du vin, du thé glacé, des boissons non alcoolisées et le reste : gin, bourbon, vodka, whisky, campari... On a tout ce qu'il faut, une vraie gargote !

— Un thé glacé, répondit Valérie. Je crois que ce sera parfait.

— S'il fait trop chaud, on peut rentrer, proposa Nick.

— Non, ça va. J'ai juste envie d'un thé glacé.

Chad s'approcha du bar construit sur la terrasse contre le mur en brique de la maison tandis que Valérie et Nick s'asseyaient dans les fauteuils garnis de coussins.

— Chad t'a parlé du jardin ?

— Oui. Il est extraordinaire. J'en ai un tout petit là où j'habite, mais celui-ci est superbe.

— Où habitez-vous ? s'enquit Chad.

— Dans un relais de poste à Falls Church.

— Un relais de poste ? C'est comme un garage, non ?

— Plus ou moins.

Elle prit le verre qu'il lui offrit puis ils s'installèrent tranquillement tous les trois autour de la table en verre à l'ombre d'un érable et une légère brise se leva alors que le soleil déclinait dans le ciel. Valérie se sentait bien et très heureuse.

— Ça a été construit pour les diligences – les chevaux étaient aux écuries – et il y avait un logement au premier pour les domestiques. Maintenant, c'est une maison de deux étages, minuscule mais très jolie.

— Et vous y vivez seule ?

— Non, avec ma mère.

Chad la dévisagea. Valérie comprit qu'il la trouvait un peu trop grande pour cela.

— Elle est malade ou très âgée ?

Valérie sourit.

— Non, elle se porte bien. Elle a eu quelques problèmes et a perdu sa fortune. Elle est donc venue s'installer auprès de moi.

— Et que fait-elle ?

— Chad, coupa Nick.

— Excusez-moi, balbutia-t-il, le visage en feu. Je ne voulais pas me mêler de ce qui ne me regarde pas.

— Ce n'est pas grave. Je ne te répondrais pas si je n'en avais pas envie, répliqua gentiment Valérie. Ma mère ne fait pas grand-chose. Peut-être va-t-elle se chercher une occupation très bientôt, elle a l'air de s'ennuyer beaucoup depuis quelque temps. Il y a un mois, elle s'est mise à ranger de fond en comble des dossiers qui remontent à des années. Je lui ai dit que ce serait moins fatigant et plus amusant de travailler dans une galerie d'art.

— Et qu'a-t-elle répondu ?

— Que j'avais sans doute raison, mais c'est difficile de chercher un emploi quand on ne sait comment s'y prendre.

— Ça a dû être très dur, remarqua Nick en observant Valérie. Et encore plus dur de réussir dans un premier emploi. Ce n'est pas à la portée de n'importe qui.

— Un deuxième emploi, corrigea Valérie avec un léger sourire. On m'a virée la première fois.

Elle se rappela qu'elle ne le lui avait jamais confié.

— Virée ? répéta Chad. Pourquoi ?

— J'ai oublié que j'étais une employée et je n'ai pas suivi toutes les règles. Je peux avoir un autre thé ?

Chad bondit aussitôt et les resservit.

— Vous aussi, vous avez perdu votre fortune ? demanda-t-il par-dessus son épaule.

— Chad, intervint de nouveau Nick.

— Excusez-moi, dit Chad d'une voix forte.

— Oui, répliqua Valérie, j'ai tout perdu. C'est la raison pour laquelle je vis dans un relais de poste et que je travaille pour ton père. Et je vais t'avouer une chose, Chad. Ça a été terrible et ça l'est toujours parce que je ne peux plus profiter de la plupart des plaisirs que j'aimais et que j'ai perdu ma propriété. Là où tu m'avais rencontrée, tu te souviens ? Pourtant aujourd'hui, avec toutes mes activités, mon travail, mes nouveaux amis, je suis très heureuse.

— Ah ! Il posa son verre et celui de Nick devant eux. Alors, vous...

— Non, ce n'est pas juste ! s'exclama Valérie. Je voudrais en savoir beaucoup plus sur toi. Que fais-tu en dehors du jardinage, de la peinture et de la batterie ?

Chad se lança dans une description de son collège, ses copains, ses haltères, ses lectures et ses promenades à bicyclette.

— Papa me laisse circuler partout dans Georgetown. Je m'y retrouve très bien. Ce sera quand même mieux lorsque j'aurai une voiture.

— Pourquoi ?

— Oh... il pleut et parfois il neige. C'est pas drôle parfois. J'aimerais bien savoir conduire. Papa va m'apprendre.

— Vous n'apprenez pas à l'école ?

— Si, mais ils sont idiots. Ils emploient surtout le simulateur, on ne monte pratiquement jamais dans une voiture. Il y a quand même ce truc qui n'est pas trop mal : le frère de mon copain l'a fait...

— Chad, intervint soudain Nick, à quelle heure dois-tu être prêt à partir ?

— Oh non, grogna Chad. J'avais oublié. Je ne peux pas appeler pour prévenir que je ne suis pas libre ?

— Non, tu le sais bien. Tu n'y es pas allé depuis près de deux mois, il faut que tu y ailles. Tu dois être devant la porte à... à quelle heure ?

— Six heures et demie. J'ai encore le temps.

— Il est six heures et tu n'es pas habillé.

— J'en ai pour cinq minutes. Je ne peux pas finir mon histoire au moins ?

Nick regarda le visage lumineux de son fils et songea aux instants qui venaient de s'écouler : il s'était montré plus ouvert envers Valérie qu'à l'égard de sa mère, d'après ce qu'il en savait.

— Bien sûr, acquiesça-t-il. Mais ne t'éternise pas.

Chad termina son anecdote. Cependant, il avait perdu son enthousiasme.

— Je crois qu'il faut que j'aille m'habiller, annonça-t-il à regret. Oh, attends, d'abord, je voudrais offrir un cadeau à Valérie. Vous ne serez peut-être plus là quand je rentrerai, ajouta-t-il à l'adresse de Valérie. Enfin, sûrement que si, je ne serai pas absent longtemps mais je préfère le faire tout de suite, d'accord. Ne t'inquiète pas, papa, il y en a pour une minute. Il se dirigea vers une cabane à outils cachée derrière un arbuste et prit des cisailles. Vous avez dit que vous aimiez les roses et que vous voudriez en avoir encore.

— Oui, répliqua Valérie qui eut envie de pleurer.

Chad s'agenouilla devant le massif de rosiers que Valérie avait admiré et, cherchant les plus belles, les examina tour à tour. Valérie et Nick échangèrent un regard, puis il posa sa main sur la sienne.

— Merci, murmura-t-il. Tu lui as parlé comme un adulte. Il adore cela. Moi aussi.

— Il est merveilleux, souffla-t-elle. Tu dois en être si fier. Un petit bruit attira son attention. C'est un...

— Très fier, reconnut Nick.

Lui aussi avait entendu la sonnette mais il ne s'en soucia pas : il pensait à la main de Valérie sous la sienne, il respirait son parfum, il brûlait de l'embrasser.

Elena, qui était dans la buanderie, l'entendit aussi et alla répondre.

— Bonsoir, Mrs. Enderby. Chad est au jardin.

— Il doit m'attendre devant la porte, rétorqua Sybille.

Sybille et Chad s'étaient mis d'accord sur ce point. Elle ne supportait pas d'entrer dans cette maison car elle savait qu'en général Nick s'arrangeait pour ne pas être là.

– Vous avez dix minutes d'avance, remarqua Elena. Et ils ont un invité. Chad a dû laisser passer le temps sans s'en apercevoir.
– Il a oublié plutôt.

Sybille traversa le vestibule pour se rendre dans la cuisine, puis dans la petite salle à manger. Arrivée à la porte du fond, elle regarda par la fenêtre et se figea sur place. Sur la terrasse, mouchetée d'ombre et de lumière sous le feuillage de l'érable, Nick était assis de dos. Et Valérie... Valérie se trouvait à côté de lui !

Dans la pénombre de la pièce, Sybille vit Nick retirer sa main de celle de Valérie alors que Chad revenait vers eux. Elle vit Nick se rapprocher de Valérie, elle vit son fils s'avancer vers eux et déposer dans les mains de Valérie cinq superbes roses ivoire. Elle vit Nick sourire et Valérie embrasser Chad sur la joue en lui caressant les cheveux. Elle vit Nick reposer sa main sur celle de Valérie au moment où Chad jetait ses bras à son cou et l'embrassait.

Sybille resta là à les observer tous les trois ensemble, puis elle se retourna et passa devant Elena en la bousculant sans ménagement. Courant presque, elle déboucha dans l'entrée et se retrouva dans la rue où l'attendait sa limousine. Elle s'assit sur la banquette arrière, la respiration haletante. Et, tandis que le chauffeur s'engageait dans N Street et quittait Georgetown, au fond de Sybille, si profondément qu'elle n'en était pas encore consciente, quelque chose se brisa.

Installée au salon devant trois classeurs entassés dans un coin, Rosemary sentait le parfum des cinq superbes roses à l'autre bout de la pièce. Quand Valérie était rentrée, très tard, elle les avait mises dans l'un des vases en baccarat de sa mère avant d'aller se coucher. Le lendemain matin, Rosemary aborda aussitôt le sujet.

– Elles sont ravissantes, déclara-t-elle lorsque Valérie descendit pour le petit déjeuner. A quelle heure es-tu rentrée ?
– Vers trois heures.

Valérie ne prit pas de café : il faisait déjà trop chaud. Pieds nus, vêtue d'un short et d'un T-shirt, elle mit des glaçons dans un verre de jus d'orange et rejoignit Rosemary. Il n'y avait pas l'air conditionné dans la maison.

– Tu ne m'as rien dit de lui, remarqua Rosemary.
– Je sais. Tu te rappelles Nick Fielding ? s'enquit-elle après un silence.
– Non. Qui est-ce ?
– Un type que j'ai connu à la fac. Je t'avais parlé de lui et tu l'avais rencontré quand tu étais venue à Stanford avec papa.
– Je ne m'en souviens pas. Cela remonte à quatorze ans. Comment pourrais-je m'en souvenir ?

Valérie sourit.

– Peu importe, moi je ne l'avais pas oublié.

— Il doit avoir réussi s'il vit à Georgetown, poursuivit Rosemary.

Assise sur un tabouret bas à côté des meubles de rangement et entourée d'un tas de papiers, elle attendait que Valérie lui indiquât ce qu'elle devait garder et ce qu'elle devait jeter. Elle s'était attelée à cette tâche depuis une semaine comme s'il semblait soudain urgent de classer le tout. Et ça l'était, Valérie s'en rendait compte. Cela occupait Rosemary, cela représentait une activité dont on pouvait mesurer la portée, presque un travail.

— Il est très riche? s'enquit Rosemary.

Valérie, qui se tenait auprès d'elle, feuilletait d'un air rêveur des dossiers posés au bout de la table.

— Oui, très, répondit-elle. Il a bâti sa fortune tout seul, il est parti de rien.

— C'est impressionnant. Et célibataire, je suppose.

— Divorcé, précisa Valérie. Il a un merveilleux fils de douze ans qu'il a élevé lui-même. Ils sont si proches, si amis. J'adore les voir ensemble, être avec eux, faire partie de la petite famille qu'ils forment tous les deux.

— Tu es amoureuse de lui.

Les mains de Valérie se figèrent sur la pile de documents et, par la fenêtre ouverte, elle contempla le parc de l'autre côté de la rue.

— Parfois, affirma-t-elle enfin.

— Qu'est-ce que cela veut dire?

— Sans doute que je n'en suis pas sûre. Dès que je pense à Nick, je commence à m'inquiéter du lendemain, de la semaine suivante, du mois prochain... je m'inquiète de savoir à quel point on sera différents. J'aime sa compagnie, j'étais très heureuse avec Chad et lui. Cependant, je crains toujours de commettre une erreur ou qu'il n'en fasse une et qu'on n'arrive pas à s'en sortir. J'ai l'impression qu'on est si... fragiles. Comme si on devait marcher sur la pointe des pieds et parler à voix basse pour ne pas rompre le charme.

— Je ne comprends pas, répliqua Rosemary. Si tu l'aimes et qu'il t'aime... Il t'aime, lui?

— Oui, je crois. Mais il est prudent aussi. Il a déjà été marié une fois et moi deux fois. On doit avancer à petits pas et prendre des précautions, non? Ce n'est pas dans mes habitudes, bien sûr, ajouta-t-elle en esquissant un sourire. Autrefois, je me précipitais, tête baissée, en pensant que je pourrais régler tous les problèmes qui se présenteraient. Je n'ai jamais eu peur de rien.

— Tu n'as pas peur, tu as un courage exceptionnel. Tu en es consciente après l'attitude que tu as eue lorsque l'avion de Carl s'est écrasé.

— C'est arrivé une fois, une seule fois dans ma vie, murmura Valérie, le jour où je me suis surpassée comme je ne l'aurais jamais imaginé. Je n'ai guère eu la preuve que j'étais capable de recommencer.

— Tu as fait tant de choses depuis! Tu travailles, tu t'occupes de moi... Franchement, Valérie, il faut que tu croies en toi. En toi et en Nick. Je serais tentée de penser que vous en avez appris assez tous les deux pour savoir ce que vous voulez, vous en rendre compte quand l'occasion se présente et chercher à la saisir.

— Cela paraît si simple. Peut-être un jour surmontera-t-on nos peurs...

— C'est ce que je viens de dire : tu ne devrais avoir peur de rien! Tu as déjà connu le pire : tu as perdu toute ta fortune. De quoi peux-tu avoir peur maintenant ?

Un petit rire échappa à Valérie. Elle embrassa Rosemary sur la joue.

— De l'échec, répondit-elle avec calme. Et de la souffrance. J'ai l'impression que c'est ce que je redoute le plus.

Rosemary hésita un instant.

— Donc tu as envie de l'aimer. Et qu'il t'aime.

Valérie soupira.

— Oui, reconnut-elle. Elle se détourna, voulant changer de sujet, et s'assit sur une chaise à coté de sa mère. Elle s'empara d'une pile de papiers. Ça vient d'où ?

— Du meuble en chêne.

— Celui de Carl. Il était dans son bureau à Middleburg. On doit sans doute tout garder, du moins quelque temps. Si jamais un jour on retrouvait... Elle prit un tas puis un autre. Apparemment, il ne jetait jamais rien. Ces reçus remontent à dix ans, je ne le connaissais même pas à l'époque. Elle les parcourut. Tiens, ça c'est l'année dernière... des réparations à la ferme... des factures de chauffage du chalet des Adirondacks... les frais d'entretien sur l'avion... le carburant... tous ces voyages qu'on a faits là-bas, je ne pensais pas qu'il y en avait tant. Elle reposa les documents, l'air pensif. Son visage s'assombrit soudain. C'est bizarre.

— Quoi donc?

— Je croyais avoir vu... Elle feuilleta de nouveau la pile et s'arrêta à la moitié. Des factures de carburant de l'aéroport de Lake Placid qui datent d'avril, mai, juin, le printemps précédent l'accident, puis plus tard dans l'année, en octobre et novembre. C'est impossible, on n'y est pas allés à cette période. Elle les parcourut de nouveau. Avril, murmura-t-elle. Mai, juin... même si j'ai oublié un séjour, je ne les aurais pas tous oubliés. On n'a pas fait ces voyages.

— Il y est sans doute allé seul, remarqua Rosemary.

— Non. Il se rendait uniquement à New York tout seul. Il avait eu beaucoup de déplacements pour affaires cette année-là... Elle contempla les papiers dans sa main, puis Rosemary. Je n'ai pas pu être aveugle à ce point !

— Tu veux dire qu'il mentait quand il affirmait qu'il partait à New York ?

— Il ne mentait pas. Il prétendait qu'il partait à New York et je supposais qu'il parlait de la ville, pas de l'Etat.

— Pourquoi serait-il allé à Lake Placid ? Ce n'est pas un endroit où rester seul. Oh... il n'était pas seul, ajouta-t-elle en regardant Valérie.
— J'en suis sûre et certaine.
— Tu sais de qui il s'agissait ?
— Non. J'étais convaincue qu'il avait quelqu'un. Il le niait et je n'ai pas insisté. Je pensais qu'on trouverait une solution, ou qu'on ne la trouverait pas, et qu'une autre femme ne pouvait être la cause de tout. Son existence montrait seulement que ça n'allait pas très bien entre nous. Aujourd'hui cependant, j'aimerais savoir.
— Pourquoi ? Un an et demi a passé. Pourquoi te tracasser avec cela ? Oublie-le.

Valérie glissa les factures de carburant dans une enveloppe.
— Je ne peux pas. J'y pense très souvent. Je n'ai pas pu y faire grand-chose, mais c'est là, toujours présent, dans un coin de ma tête. Trop d'éléments m'échappent.
— A quel sujet ?
— Tout. La liaison de Carl... ou ses liaisons. Je ne sais pas combien il en a eu. Ce qu'il a fait de notre argent, ce que signifiaient les paroles qu'il a prononcées avant de mourir. Cela n'a sans doute pas de rapport mais ça me préoccupe aussi. Il y a trop de mystères. Même si je ne peux les résoudre tous, je voudrais au moins essayer d'en percer certains. Elle s'approcha du téléphone. Je vais à Lake Placid. Si Carl y est allé avec quelqu'un, Mae sera au courant.
— Mae ? Ah oui, la gouvernante. Le détective lui a déjà parlé.
— Bien sûr. De toute évidence, elle ne lui a pas dit que Carl s'est rendu là-bas sans moi au printemps et en automne. Il faut aussi que je l'interroge là-dessus.

Elle appela la compagnie aérienne pour réserver une place, puis Sophie pour lui annoncer qu'elle ne serait pas au bureau le lendemain et enfin chez Nick où elle laissa un message à Elena.
— Je serai de retour mardi. J'ai des affaires à régler.

Et, tôt le lundi matin, elle partit à Lake Placid.

Mae Williamson était toujours en ville dans la maison où elle vivait depuis toujours. Après l'avoir jointe pour être sûre qu'elle se trouvait là, Valérie loua une voiture et se rendit chez elle.
— Quel bonheur de vous voir ! s'écria Mae en étreignant Valérie. Grande et maigre, elle avait un long nez, un regard pénétrant et un sourire chaleureux qu'elle réservait à ceux qui parvenaient à la séduire. Vous pouvez pas savoir à quel point vous m'avez manqué, j'ai pleuré sur votre sort quand Mr. Sterling est mort, pauvre Mrs. Sterling, je me suis dit, la voilà toute seule. Assise sur la balancelle sous la véranda, elle lui désigna la place à côté d'elle. On va déjeuner dans une minute. J'ai préparé une bricole quand vous avez appelé. Avant tout, racontez-moi ce que vous faites et comment vous allez.
— Je serai ravie de manger un peu, mentit Valérie, sentant qu'elle ne

pouvait refuser ce plaisir à Mae. Ensuite, il faudra que je parte, je travaille maintenant.

— Vous ? Seigneur, on a appris que vous aviez perdu votre argent, on savait pas comment mais on l'a appris et je me suis dit : ça va aller mal pour Mrs. Sterling, je m'en doutais.

— Pas si mal, je me débrouille, assura Valérie. Mae, je cherche à découvrir certaines choses sur Mr. Sterling. Cela remonte à un certain temps. Cependant, vous avez toujours eu une mémoire extraordinaire et j'en serais heureuse si vous pouviez m'aider.

Mae la contempla d'un regard mélancolique.

— J'ai plus aussi bonne mémoire, elle se défile comme une chèvre, il me manque des morceaux entiers. Je vais quand même vous expliquer ce dont je me souviens si vous tenez vraiment à le savoir.

Valérie sourit.

— On dirait une mise en garde. Mae, il est venu ici avec des femmes, n'est-ce pas ?

— Une femme. Oui.

— Vous ne l'avez pas rapporté au détective.

— Pourquoi je lui aurais raconté ça ? J'aurais fait passer Mr. Sterling pour un salaud et vous pour une imbécile. Ça changeait rien pour lui : il furetait, histoire de trouver ce qu'il pouvait, et il en avait rien à fiche que vous l'appreniez par lui ou par la rumeur publique. Moi, ça m'était pas égal, je me disais que, si vous aviez besoin d'être au courant un jour, je vous en parlerais et que, venant de moi, ce serait pas si difficile. J'ai pas de secrets pour vous.

— Qui est-ce, Mae ?

— Ça, aucune idée, j'ai jamais su son nom. Au début, je croyais que c'était vous. Mr. Sterling m'avait demandé de pas passer quand il venait.... il disait toujours « je », jamais « nous ». Donc, j'y allais pas, j'attendais qu'il parte et tout ce que je voyais, c'est qu'il y avait eu quelqu'un. Je pouvais pas m'imaginer que c'était pas vous puisque votre peignoir traînait... Valérie tressaillit et Mae mit la main devant sa bouche. Oh, quelle bécasse je suis, je vous fais de la peine.

— Non, ne vous inquiétez pas. Je tiens à tout savoir, ce serait absurde d'en découvrir la moitié.

— Bon, voilà. Jamais personne a arraché une dent à moitié en décidant de s'en tenir là. Elle se servait de vos peignoirs, les deux, et je découvrais un peu de votre poudre renversée sur la coiffeuse ou un de vos rouges à lèvres qui était pas rangé, ce genre de détails. Au début, j'ai pas prêté attention. Ensuite, j'ai commencé à penser qu'il y avait quelque chose de louche : vous m'appeliez jamais comme d'habitude. Alors, la fois d'après, quand il a annoncé qu'il arrivait, je me trouvais là quand ils ont débarqué comme si j'avais pas fini mon ménage et j'ai joué les éberluées quand ils sont entrés. J'étais pas aussi étonnée que lui, je vous prie de le croire, mais quand j'ai vu que c'était pas vous, là je suis restée bouche bée, je jouais plus du coup. Je me suis débrouillée pour la revoir deux, trois fois, mais je ne savais toujours pas son nom. Attendez, qu'est-ce que j'ai qui va pas, voilà que j'oublie le plus important. Vous la connaissez. C'est aussi pour ça que j'ai rien dit au détective, je voulais pas que vous appreniez que votre mari batifolait avec une de vos amies. Peut-être pas une grande amie, mais elle était quand même votre invitée parce que vous l'avez reçue, elle et la petite blonde qui faisait le pasteur, ce dernier week-end, juste avant la mort de Mr. Sterling.

26

Au début, seule Lily remarqua un changement chez Sybille. Elle paraissait distraite, incapable de se concentrer sur quoi que ce soit et toujours en colère. Lily aurait pu lui en parler, lui proposer de prendre quelques jours de congé, peut-être même de partir en vacances. Elle n'en fit rien car, à ce moment-là, elle aussi était troublée : Lily était tombée amoureuse.

Trois mois plus tôt, le jour de son vingt-troisième anniversaire, Gus Emery l'avait emmenée déjeuner. Si surprise de l'invitation, elle alla aussitôt voir Sybille pour lui demander son avis.

– Il espère sans doute une augmentation, affirma Sybille. Vas-y et essaie de comprendre ce qu'il cherche. Gus n'agit jamais sans raison.

Par la suite, lorsque Gus l'invita, Lily n'en toucha pas mot à Sybille. Elle avait toujours aimé sa voix douce et ses manières raffinées, la façon dont il semblait se surveiller pour lui être agréable. Parfois, s'efforçant à une attitude paternelle, il lui rappelait Rudy Dominus. Et elle appréciait son physique : beau, presque mignon, le teint pâle, de longs cils et une bouche qui articulait bien chacun des mots qu'il prononçait. Il avait un ton dur mais toujours en demi-teinte avec elle.

Lily sentait que personne ne l'aimait autant qu'elle ; même Valérie ne s'entendait pas avec lui à l'époque où elle travaillait là et cela la laissait perplexe. Toutefois, Lily s'interrogeait souvent sur le comportement d'autrui. Il lui arrivait d'y penser le soir dans son lit : elle ne savait pas grand-chose des gens. Alors, comment leur donner des conseils ? Et s'il en était ainsi envers les autres, elle ne devait pas se connaître très bien non plus. Elle n'avait donc pas à leur dicter leur conduite.

Lorsqu'elle doutait d'elle ainsi, c'était terrible. Mais passager. Sybille lui répétait sans arrêt qu'elle comptait beaucoup pour les autres. Le révérend Bassington la prenait par l'épaule – ce qui lui déplaisait même s'il le faisait par tendresse – et louait ses dons miraculeux à déchiffrer les mystères du cœur humain. De plus, à la fin de chaque sermon, ses fidèles lui effleuraient la main, lui disant tout leur amour. Lily oubliait alors ces moments difficiles et croyait qu'elle était exceptionnelle.

Elle ne s'inquiéta donc pas du manque de popularité de Gus. Au début, ils avaient simplement des rapports de travail qu'elle appréciait car il se montrait serviable et plein d'admiration. Par la suite, il rechercha sa présence. C'était troublant de voir qu'il devinait où elle se trouvait et y arrivait le premier ou surgissait quelques minutes plus tard à ses côtés, l'accaparant, l'aidant, la complimentant. Souvent, il la conseillait sur certains détails, lui suggérant par exemple d'employer plus souvent le nom des gens quand elle répondait à leurs lettres dans « A la maison avec le révérend Grace » pour leur donner l'impression de s'adresser directement à eux.

Gus connaissait bien le monde et n'avait apparemment besoin de personne. Cela intriguait Lily : comment pouvait-on se débrouiller seul ? Elle le lui demanda la première fois qu'ils allèrent dîner dans une petite ville près de Culpeper.

— On peut apprendre à n'avoir besoin de personne, affirma-t-il. C'est difficile mais, une fois qu'on y parvient, personne ne peut plus vous faire de mal, plus jamais.

— Qui vous a fait du mal à ce point ? s'enquit Lily. Que vous est-il arrivé ?

— Vous n'avez pas envie d'entendre mon histoire.

— Bien sûr que si! Je vous aime bien et je voudrais tout savoir de vous.

Ces mots le touchèrent, Lily s'en aperçut... ou était-ce un sentiment de satisfaction qui avait un instant éclairé son visage ? Elle ne pouvait le dire. Elle le connaissait si peu. Pas plus lui que ses semblables. Evidemment qu'il est content, songea-t-elle. Il est content que je m'intéresse à lui.

— Un jour peut-être, je vous raconterai mon passé, reprit-il. Ce sera court, j'ai presque tout oublié.

— Ce n'est pas vrai, répliqua Lily avec douceur.

— Si. Ce soir, en tout cas.

Sybille lui posa des questions et Lily lui rapporta tous leurs propos : ils avaient parlé de Graceville, de son émission, de la pluie et du beau temps.

— Je crois qu'il souhaitait avoir un peu de compagnie, déclara Lily. Il ne cherchait rien du tout.

Lorsque Sybille lui demanda si Gus avait réitéré son invitation à déjeuner, Lily répondit que non, ce qui était vrai car, à ce moment-là, Gus l'emmenait dîner. Ils sortaient une fois par semaine, toujours le mercredi quand Sybille assistait à des réunions. Elle en avait si souvent ces temps derniers qu'elle prêtait beaucoup moins attention à Lily. Gus supposait que cela était peut-être lié au scandale grandissant de Jim et Tammy Bakker. Dans le domaine de l'évangélisation sur le petit écran, tout le monde se penchait sur cette affaire, s'efforçant de se préparer à d'autres révélations,

452

tout le monde sauf Lily qui, sereine, croyait n'avoir aucun rapport avec tout cela et n'éprouvait que pitié et chagrin pour ceux qui trempaient là-dedans.

Gus lui racontait son passé, quelques anecdotes à la fois. Toujours tristes, parfois tragiques. Par moments, Lily avait l'horrible impression qu'il les inventait, ne sachant pourquoi elle pensait cela. Peut-être à cause du calme qu'il manifestait ou du fait que les larmes ne lui montaient jamais aux yeux et qu'il s'arrêtait pour voir ses réactions. Tout cela pouvait aussi bien s'expliquer par sa soi-disant dureté. Lily soupçonnait qu'il était beaucoup plus sensible qu'il ne l'avouait, sûre qu'il jouait la comédie en prétendant n'avoir besoin de personne. Aussi repoussa-t-elle ses doutes : elle voulait croire à l'honnêteté de ses intentions à son égard et s'en convainquit. Elle s'imaginait le connaître mieux qu'il ne se connaissait lui-même.

Pour la première fois, elle se liait d'amitié avec un homme qui n'avait pas l'âge d'être son père ou son grand-père. Elle en était enfiévrée et attendait avec impatience ses soirées du mercredi, le souffle un peu court, ce qui lui donnait une impression étrange jusqu'au moment où Gus arrivait et là, elle se sentait merveilleusement bien.

Ses sentiments la grisaient : elle avait un ami. Sybille empêchait les gens de l'approcher, les hommes comme les femmes. Sybille disait qu'elle devait garder son énergie pour ses fidèles. Sybille disait qu'elle ne pouvait prendre des risques avec des étrangers qui abuseraient de sa bonté et de sa générosité, sujet qu'elles n'avaient plus abordé depuis des années. Lily n'y avait guère réfléchi jusqu'au jour où Sophie, l'amie de Valérie, l'interrogea sur la question. Quelques mois plus tard, Gus l'invita à déjeuner et ils devinrent amis.

Cependant, même Lily sentait que cela dépassait le stade de l'amitié. Un dimanche soir, Gus lui envoya un gardénia accompagné d'un billet déclarant qu'il n'avait jamais entendu un sermon aussi beau que celui de ce matin-là. En respirant le parfum enivrant de la fleur, aucune pensée d'ordre religieux ne lui vint. Elle songea aux mains de Gus, près des siennes sur la table, à la façon dont ses douces lèvres prononçaient son nom. La semaine suivante, il lui envoya deux gardénias et Lily dut les mettre dehors car l'odeur l'incommodait légèrement. Toute la nuit malgré tout, elle se représenta ces fleurs d'un blanc éclatant dans leur lit de papier de soie vert, imagina que Gus les accrochait à sa robe avant son prochain sermon, ses mains se posant sur elle, et se trouva mal.

Elle se rappela, des années plus tôt, les filles en pension qui parlaient de leurs émois, mais elle n'avait jamais eu de petit ami et ne connaissait rien de tout cela. Pourtant, elle comprenait la situation et croyait savoir ce qui lui arrivait : son corps avait pris le dessus et, complètement dissocié de son esprit, éprouvait des émotions à l'égard de Gus. Sa tête lui disait qu'il n'était qu'un ami. Son corps semblait trouver qu'il représentait peut-être autre chose aussi. Aussitôt, la honte l'envahit et, même dans la solitude de sa salle de bains, elle rougissait.

Pendant une semaine, elle évita Gus et ne répondit pas au téléphone. Il lui manquait et elle était très malheureuse. Elle éclatait en larmes sans raison et ne mangeait plus. Il faut que j'en parle à Sybille, c'est affreux. Je ne dois pas être ainsi, ce n'est pas bien. Mais Sybille ne vint pas au temple le dimanche matin. Le lendemain, Lily se rendit à son bureau et la trouva changée. Personne ne parut le remarquer. Etant si proche d'elle, Lily sentit sa colère à peine franchi le seuil. En réalité, Lily crut qu'elle avait découvert ses rendez-vous secrets tant elle paraissait furieuse. Elle comprit vite qu'il n'en était rien : un événement extérieur la perturbait tant que Sybille ne s'apercevait pour ainsi dire pas de sa présence.

Lily resta devant la porte de Sybille, seule et hésitante, presque effrayée. Il fallait qu'elle aille dans son bureau lire son courrier, préparer l'enregistrement de son émission du mercredi « A la maison avec le révérend Grace », son prochain sermon du dimanche et son entretien de la semaine suivante au Rotary Club d'Arlington, mais elle ne pouvait se concentrer sur rien de tout cela. Elle voulait que quelqu'un lui dictât sa conduite.

Elle demeura dans le couloir. A peine une minute plus tard, Gus passa par là. Et elle comprit qu'elle l'attendait. Il jeta un coup d'œil vers la porte close de Sybille.

— Vous parliez de moi toutes les deux ?

— Non, répondit-elle, stupéfaite. Pourquoi crois-tu qu'on parlait de toi ?

Son expression s'adoucit.

— Je me disais qu'elle n'apprécierait peut-être pas qu'on soit amis. Il l'observa plus attentivement et demanda : Ça va ? Tu as envie de bavarder ?

— Oui, avoua Lily, très envie.

Il la prit par la main, la tenant d'une poigne ferme alors qu'elle tentait de s'écarter puis finissait par se détendre.

— On va aller quelque part. Tu veux que je t'emmène faire un tour ? Dans les montagnes ?

— Oh oui, formidable.

Lily sentit la chaleur de son étreinte. Je t'aime, songea-t-elle malgré elle. Elle aurait aimé qu'il l'enlaçât, qu'il la serrât dans ses bras, qu'il la protégeât, comme Sybille du temps où elles vivaient ensemble au Watergate. Je t'aime, songea-t-elle de nouveau, et elle frissonna. A vingt-trois ans, elle n'avait dit cela qu'à trois personnes : Rudy Dominus, Quentin Enderby et Sybille.

En route, Gus parla de lui, mais Lily était plus distraite que d'ordinaire. Tandis qu'ils gravissaient le Skyline Drive vers le sommet, il sombra dans le silence. A un moment, il s'arrêta et ils allèrent se promener. Il faisait frais dans la forêt, les sumacs, les érables et d'autres arbres aux noms inconnus formaient une voûte au-dessus d'eux. Lily avait l'impression d'être libre.

— C'est merveilleux ! s'écria-t-elle.

Gus s'arracha un sourire. Il détestait les bois et la marche à pied, il détestait la montagne. Il aimait les restaurants, les chambres de motel, les studios de télévision et l'intérieur des voitures de luxe. S'il n'avait pas pensé qu'elle était mûre, jamais il n'aurait approché de ces satanées Blue Ridge Mountains.

— Oui, formidable, acquiesça-t-il. Un jour, tu as évoqué la montagne dans l'un de tes sermons.

— Tu t'en souviens! Merci de me le dire, Gus, j'adore que les gens se rappellent mes paroles.

Ils poursuivirent leur chemin. Gus contempla avec dégoût la poussière sur ses chaussures. Lily cueillit une fleurette qu'elle tint délicatement pour ne pas abîmer les pétales. Une légère brise soulevait des mèches de ses cheveux et, humant le parfum des feuilles et du sol humide, elle leva le visage vers le ciel.

— Il y a tant de beautés en ce monde, déclara-t-elle, puis elle regarda Gus avec un sourire timide. Tu éprouves la même chose, je le sais. C'est si important à mes yeux. Parfois, j'ai l'impression que rien d'autre ne compte. J'ignore tant de choses — l'étendue de mon ignorance et l'idée de me tromper à cause de cela m'effraie — mais si je peux être avec quelqu'un qui tienne à moi et partage mes sentiments, j'ai moins peur. J'en ai grand besoin. C'est dur quelquefois d'éprouver le besoin d'être avec quelqu'un qui comprenne mes sentiments et les partage.

Gus respira profondément.

— Lily! s'écria-t-il.

Saisissant ses mains, il tomba à ses genoux dans le chemin. Il portait un beau pantalon. Tant pis! Ce genre de geste la toucherait.

— La beauté en ce monde, c'est toi, voilà ce dont j'ai besoin. J'ai besoin des mêmes choses que toi. J'ai besoin que tu rendes le monde beau et vivable pour moi.

Lily sentait confusément que ces mots n'étaient pas de la poésie. Peu importait. Elle avait eu raison : il était sincère et sensible, il la comprenait, il ne craignait pas de lui avouer qu'il avait besoin d'elle.

— Tu as mon amitié, murmura-t-elle d'une voix tremblante. Tu es mon seul ami. Quand tu le voudras, je serai là pour toi.

Cette étrange expression de satisfaction passa un instant sur son visage qu'il lui cacha, posant le front sur la poitrine de Lily. Elle eut à peine le temps de s'en rendre compte que, soudain, il fut encore plus près d'elle, son corps se pressant contre le sien, ses bras enserrant sa taille. Elle sentait son souffle à travers son chemisier en lin, son souffle chaud sur ses seins.

— Je t'aime, dit-il, parlant d'une voix étouffée mais assez claire pour que Lily ne puisse douter de ses paroles. Ma chérie... Il rejeta la tête en arrière afin de l'observer une seconde puis reprit sa position. Petite fille... mon chou...

Ses seins étaient lourds, la pointe dure, elle sentait une brûlure entre ses cuisses. L'idée que quelqu'un s'en aperçût l'horrifiait, son corps l'horrifiait. Son cœur battait la chamade et elle ferma les yeux. Des taches confuses de lumière éblouissante déferlaient et dansaient dans le noir.

Et Lily s'enfuit.

Elle courut comme une folle, tentant de dépasser ses forces, mais elle ne pratiquait aucun sport et dut ralentir le pas puis s'arrêter. Haletante, elle s'appuya contre un arbre. Et se mit à pleurer. Gus la découvrit ainsi, la tête renversée contre le tronc, le visage souillé de larmes.

– Je t'en prie, lança-t-il. Je ne voulais pas... Enfin, bien sûr que je t'aime – tu dois le croire –, mais je ne voulais pas te faire pleurer. J'ai oublié que je n'avais aucun droit de te dire cela. C'est sans doute à cause de la forêt, de la montagne... j'adore ce paysage, tu t'en es rendu compte tout de suite et ce décor m'a poussé à prononcer des mots que je n'aurais pas dû proférer. Et puis, il y a toute cette beauté. Tu sais quel effet cela me fait. Et j'ai oublié que je ne devrais même pas te parler, encore moins te toucher. Tu m'es tellement supérieure, je n'ai aucun droit...

– Si! s'exclama Lily, la gorge serrée. Tu as le droit de dire tout ce que tu veux. Je ne te suis pas supérieure, qu'est-ce que tu racontes? Nous sommes deux êtres qui... avons de l'affection... l'un pour l'autre... Elle se mit à pousser des petits gémissements. On peut retourner à la voiture?

– Bien sûr. C'est un peu loin, tu veux?...

Il lui tendit la main. Après un instant d'hésitation, Lily la prit et, main dans la main, ils traversèrent la forêt. Comme Hansel et Gretel, songea-t-elle. Elle émit un gloussement nerveux qu'elle s'efforça de réfréner puis, marchant tranquillement aux côtés de Gus, regagna l'embranchement où il avait laissé l'auto.

– Je te raccompagne? proposa-t-il.

– Oui, s'il te plaît.

Ils reprirent le même chemin jusqu'à Culpeper. L'air sombre, il gardait le silence. Lily pensait qu'il était furieux et elle avait aussi peur de sa colère que d'elle-même. Que cherchait-elle là-haut dans la montagne? Ses bras qui l'enlaçaient, oui, mais aussi ses lèvres sur les siennes, son corps écrasant le sien. Elle voulait qu'il lui fasse l'amour.

La virginale Lilith Grace, que Dieu avait élue pour survivre, pour être exceptionnelle et dispenser le bien, désirait qu'un homme lui fasse l'amour.

Elle ne devait pas être très exceptionnelle si elle briguait le plaisir comme n'importe qui. Si Dieu avait connu sa vraie nature, jamais Il ne l'aurait aidée à se sortir indemne de ce terrible accident d'avion.

Rudy lui disait de rester vierge. Sybille lui disait qu'elle était élue pour accomplir de grandes choses : prêcher, diriger une immense congrégation, réaliser Graceville.

Dans la voiture de Gus, Lily se remit à pleurer. Si elle était comme tout le monde, qu'allait-elle faire de sa vie? Elle ne savait rien faire si ce n'est prêcher.

— Tout va bien, affirma-t-il avec colère. On va oublier cet incident.
Et de nouveau, la peur l'envahit. Ma chérie... petite fille... mon chou... Elle mourrait si Gus ne lui disait plus ces mots. Troublée, perdue, elle se recroquevilla dans son coin. Elle aurait voulu que Sybille soit là. Mais elle ne pouvait rien lui raconter, comment oser ? Elle ne pouvait se confier à personne.
— Lily, lança Gus d'une voix rauque lorsqu'il se gara devant chez elle, la mine très sombre. Je ne t'appellerai pas pendant quelque temps, d'accord ? On va réfléchir. Je t'aime, je te respecte totalement, je veux que tu sois heureuse et que tu prêches parce les gens ont besoin de toi. La prenant par le menton, il redressa son visage souillé de larmes. Les yeux écarquillés, l'air impuissant, elle le regarda. On va trouver une solution. Pense à la montagne, pense à toute cette beauté. Je te verrai mercredi. D'accord ?
Au bout d'un moment, Lily acquiesça.
— Merci, murmura-t-elle, et elle se sauva.
Cependant, ce mercredi-là, elle ne se rendit pas au studio. Pour la première fois depuis qu'elle officiait, elle téléphona à la réceptionniste, l'informant qu'elle était malade et ne pouvait enregistrer son émission « A la maison avec le révérend Grace ». Gus programma une rediffusion précédée d'une annonce expliquant que le révérend Grace avait dû aller aider une église en difficulté et qu'elle serait de retour la semaine suivante. Cela inquiéta Sybille : elle dut en oublier la rage qui la tenaillait depuis le jour où elle était passée chercher Chad pour dîner. Le jeudi matin, elle téléphona à Lily.
— Qu'est-ce qui ne va pas ? Tu as vu un médecin ?
— Non, chuchota Sybille. Je ne me sens pas bien, c'est tout. J'ai mal partout. Je suis désolée, Sybille, j'aurais dû venir mais j'en étais incapable. Je suis désolée de te décevoir.
— Tu as déçu quelques millions de gens. Tu as des responsabilités envers eux, Lily.
— Je sais. Mais... je me sens si mal, j'ai la migraine et j'ai l'impression que je vais vomir si je me lève. J'ai envie de dormir tout le temps.
— Je t'envoie un médecin. Le docteur...
— Non ! Je ne veux pas de médecin ! Sybille, je t'en prie, laisse-moi tranquille !
La tête de Sybille virevolta comme si elle venait de recevoir une gifle.
— A qui crois-tu parler ?
— Excuse-moi, excuse-moi, balbutia Lily en reniflant. Je ne voulais pas... j'ai simplement envie d'être seule. Ça va aller, j'ai juste besoin de dormir. Je ne veux pas qu'on m'embête. Enfin, je...
Elle éclata en sanglots.
Sybille agrippa le combiné. Trop c'était trop, elle avait trop de soucis. Le scandale des Bakker s'amplifiait au lieu de s'aplanir, les journalistes restaient à l'affût, hurlant comme des loups devant la porte de tous les évangélistes, Floyd Bassington lui tapait sur les nerfs et elle ne pouvait pas encore se débarrasser de lui. Pourtant, tout ces problèmes s'effaçaient

devant l'énormité de la scène qu'elle avait surprise sur la terrasse de Nick, cette scène marquée au fer rouge dans sa tête. Telle une blessure qui faisait de tous ses actes une souffrance. Et voilà que Lily s'y mettait. Qu'est-ce qui n'allait pas, nom d'un chien ! Pourquoi fallait-il qu'elle choisisse justement cette semaine pour lui compliquer encore plus l'existence ? Le silence s'éternisa.

— Tu as écrit ton sermon de dimanche ? demanda-t-elle enfin.
— Non. Je ne... je ne sais pas si je serai là.
— Tu y seras ! hurla Sybille qui se leva d'un bond. Tu seras là même si je dois te traîner par les cheveux pour y arriver ! Tu as un travail à assumer et je te jure que tu vas le faire. Tu as compris ou faut-il que je te le répète ?

Lily raccrocha.

Sybille contempla l'écouteur puis le jeta par terre. Il entraîna le combiné dans sa chute et le terrible bruit résonna dans la pièce. Personne ne vint, ni son assistante ni sa secrétaire. Elles étaient habituées à entendre ce genre de fracas.

Sybille récupéra le poste en tirant sur le fil, vérifia qu'il marchait toujours et appela Gus à son bureau. Lorsqu'il entra, elle se tenait debout derrière son bureau.

— Qu'est-ce qui se passe avec Lily ?

Il parut surpris.

— Je croyais que tu étais au courant. Elle a téléphoné hier en disant qu'elle était malade et ne pouvait enregistrer l'émission.

Elle s'assit et lui désigna une chaise où il s'installa.

— Elle ne m'a pas appelée, moi. Que donnait son sermon dimanche dernier ?
— Formidable. Comme d'habitude. Je me suis demandé où tu étais.
— Un imprévu. Je savais que tu pouvais te débrouiller. Tu lui as parlé depuis ?

Gus eut l'air encore plus étonné.

— Je pensais que tu l'avais eue.
— Je te dispense de tes commentaires, contente-toi de répondre à ma question.
— Bien. Oui. Euh, non, je ne lui ai pas... pas parlé.

Les yeux plissés, Sybille l'observa.

— Ce qui signifie ?
— Euh, rien.

La colère bouillait en elle.

— Merde à la fin, tu tournes autour du pot, tu meurs d'envie de me dire quelque chose. Qu'est-ce que c'est, nom d'un chien ? Il se mordillait un ongle. J'attends !

Il haussa les épaules.

— Si tu tiens à le savoir... je l'ai vue de temps en temps. Des dîners en tête à tête, des promenades dans les bois... enfin, des trucs romantiques. Elle m'aime bien. Au point qu'elle en est tombée malade.

— Espèce de salaud.

Il haussa de nouveau les épaules.

— Elle se sentait seule, tu comprends ? Ce n'est qu'une enfant, Syb, elle ne connaît rien de rien.

— Espèce de salaud.

— Je t'en prie, je lui tenais compagnie, rien de plus. Il fallait bien que quelqu'un s'en charge.

— Tu l'as sautée ?

— Tu plaisantes ? Elle est retournée parce qu'elle en a envie mais elle trouve que ce serait mal, un péché, un danger ou je ne sais quoi. On n'a rien fait. Je lui ai pris la main.

— Vous avez parlé de moi ?

— Un peu. Bien sûr. On a parlé d'un tas de choses.

Sybille les imagina qui parlaient d'elle, se moquaient d'elle, complotaient contre elle. Pas étonnant que Lily lui ait répondu avec insolence... et lui ait raccroché au nez ! Elle pensait qu'elle pouvait se passer de Sybille. Elle avait un homme.

Et Valérie avait Nick. Valérie avait Chad. Valérie avait tout.

Elle crut qu'elle allait exploser. Trop, c'était trop. Pourquoi est-ce qu'ils ne lui fichaient pas la paix, tous autant qu'ils étaient, pour qu'elle puisse régenter les choses à sa guise comme avant ?

Lily va partir. Elle va partir, elle va te quitter si tu n'agis pas. Cet espèce de con, qui croit pouvoir l'avoir avec sa queue après tout le temps que j'ai consacré à la faire devenir ce qu'elle est, va me la prendre.

Elle saisit le carafon sur la table, se servit un verre d'eau, en renversant quelques gouttes, et finit par maîtriser sa main qui tremblait. Puis elle but à petites gorgées, laissant Gus poireauter tandis qu'elle tentait de trouver une solution. Sans doute avait-il raison : Lily s'était rendue malade parce qu'elle le désirait et que l'idée la terrorisait. Cette crise se doublait d'un autre problème qui échappait à Gus car il était trop imbu de lui-même. La vraie raison de son désarroi, c'est qu'elle aimait Sybille plus que quiconque et ne supportait pas de lui cacher quoi que ce soit. Gus l'avait poussée à avoir un secret et cela l'avait mise dans cet état.

Eh bien, il fallait que Gus la bouleverse encore plus. Car, plus il la rendrait malade, plus vite elle reviendrait vers Sybille. Vers qui d'autre pouvait-elle se tourner ? Certains s'imaginaient peut-être que Lily faisait le premier pas vers la liberté, mais Sybille savait à quoi s'en tenir. Lily cherchait un motif pour rentrer au bercail. A Sybille de le provoquer. Il fallait ramener Lily dans ses bras.

— Je crois que tu devrais la revoir, annonça-t-elle à Gus d'un ton doucereux. Tu as parfaitement raison : elle se sentait seule et je ne me suis pas assez occupée d'elle. De toute façon, il est temps qu'elle ait un homme. Elle est trop innocente pour répondre à la moitié des questions qu'on lui pose dans son courrier.

Gus la dévisagea.

— Tu plaisantes.
— Je ne plaisante jamais quand je parle de Lily. Va chez elle. Convaincs-la de t'ouvrir sa porte. Elle aura peut-être l'air contrarié mais ça ne durera pas, si tu te débrouilles bien. Je connais Lily mieux qu'elle ne se connaît elle-même : elle aime céder à plus fort qu'elle. Tu vas bien t'amuser. Ensuite, tu reviendras me voir et, si tu l'as mérité, j'aurai une récompense pour toi.

Il avait les yeux rivés sur elle.
— Quel genre ?
— Je pensais à la position de directeur de la station KQYO-TV à Los Angeles.
— Ça marcherait comment cette histoire ? s'enquit-il, l'air renfrogné. Pourquoi m'engageraient-ils ?
— C'est moi qui t'engagerais. Je l'ai achetée voilà quelques mois.

Un sourire se dessina sur ses lèvres. Il se leva et joua des épaules pour se détendre.
— Si tu me donnes ma journée, je pourrais aller à la campagne. C'est assez romantique du côté de Culpeper. Très beau ce coin-là, tu sais.

Lily était sur une chaise longue dans le patio aménagé derrière sa maison quand Gus arriva. En ce milieu de l'après-midi, des vagues de chaleur aux reflets miroitants déferlaient sur elle : Lily avait l'impression de fondre au soleil. Lorsqu'il se dressa au-dessus d'elle, projetant une ombre sur son visage, troublée, elle ouvrit les yeux, croyant qu'un nuage passait. Elle ne distinguait pas sa figure, juste sa silhouette. Cependant, elle le reconnut aussitôt.
— Tu avais promis que tu ne m'appellerais pas, lança-t-elle, sachant que cela paraissait idiot.
— Je ne t'ai pas appelée, répondit-il en s'agenouillant à ses côtés. Ne sois pas fâchée contre moi. Il fallait que je te voie pour te dire combien je regrette. Cela m'a rendu fou que tu pleures dans ma voiture. Je n'arrêtais pas d'y penser et ça m'empêchait de dormir.

Sans un mot, Lily ferma les yeux. Elle avait le souffle court et si chaud au soleil qu'elle se sentit sur le point de s'évanouir.
— Lily, parle-moi, la supplia Gus. Ne me traite pas ainsi. Sinon, je croirai que tu ne m'aimes pas. Je tiens à ton amitié. Après une pause, il reprit : J'imaginais que je n'avais besoin de personne, mais tu m'as fait changer d'avis. J'ai besoin de toi, Lily, j'ai besoin de ton affection, besoin de t'offrir la mienne. Je veux être gentil avec toi car je pense que personne ne t'aime autant que moi. Les gens t'expriment leur amour dans leurs lettres et à l'église mais ils ne s'inquiètent pas de toi, de savoir si tu es bien habillée, si tu manges bien, si tu as quelqu'un qui te tient chaud la nuit...
— Non ! Ouvrant les yeux, son regard plongea dans le sien. Je t'en prie, arrête ! Je ne peux pas bavarder avec toi !
— Ce n'est pas grave, ne dis rien, c'est moi qui parlerai.

— Non, je suis si perturbée...

Elle voulut se redresser. Gus se pencha soudain vers elle et l'embrassa. Sa bouche était douce comme une fleur et elle fut si surprise qu'elle resta allongée. Même lorsqu'il se fit plus empressé, elle ne bougea pas car ses lèvres closes étaient aussi tendres que dans ses rêves quand, agitée et se retournant dans son lit, elle s'efforçait de ne pas penser à lui. Ils demeurèrent un long moment ainsi, puis Gus leva la tête et, malgré la chaleur, Lily eut froid.

— Tu es si belle, murmura Gus. Belle, merveilleuse et adorable... comme un ange...

Lily tendit les bras. Elle n'avait pas voulu faire ce geste mais il lui était venu et Gus s'approcha de Lily qui l'enlaça. Il glissa la main sous sa tête et l'embrassa. Cette fois-ci, il entrouvrit ses lèvres et, très lentement, sa langue prit possession de sa bouche.

Lily se crispa. Mais Gus la maintenait et sa langue était douce, pas écœurante comme elle l'avait toujours imaginé. Et, tandis qu'elle se détendait sous le rythme hypnotisant de ses baisers, la main de Gus effleura son sein par hasard, y revint avec une certaine hésitation et s'y posa. Il le saisit entre ses doigts, resserra son étreinte, puis le caressa, titillant la pointe qui durcissait et se dressait, le pétrissant entre ses doigts. Puis il passa à l'autre sein.

Malgré son chemisier en coton, elle avait l'impression d'être nue. La main de Gus la brûlait, elle était en feu. Elle serra les cuisses, tentant de réfréner le feu qui brûlait entre ses jambes. Elle était tout ouverte, offerte.

Sous sa nuque, la main de Gus se fit plus ferme et, délaissant sa poitrine, son autre main suivit la ligne de son corps, un peu plus vite, se glissant sur sa jupe puis dessous. Il la souleva, découvrant ses jambes sous le soleil chaud, tandis que ses doigts remontaient entre ses cuisses bien serrées jusqu'à parvenir au point sensible, douloureux et, sans attendre, s'y engouffraient.

Lily ouvrit brusquement les yeux.

— Non! s'écria-t-elle, la bouche collée à celle de Gus.

Il lui semblait sentir en elle une baguette de fer qui remuait, la blessait.

— Non, arrête, je ne...

Elle tordit la tête pour se libérer mais, l'immobilisant, il se fit plus insistant. Elle se cambra et se débattit tel un cheval voulant jeter son cavalier à bas.

— Arrête!

Le mot n'était qu'un cri étouffé sous la pression de sa bouche.

— Laisse-moi!

A ce moment-là, il aurait pu se retenir s'il ne s'était rappelé les paroles de Sybille : « Elle aime céder à plus fort qu'elle. » Aussi ne lâcha-t-il pas prise. Elle va céder d'une seconde à l'autre. Elle en avait très envie, c'est ce qu'entendait Sybille.

— Tout va bien, marmonna-t-il. Tout va bien... tout va bien... tout va bien...

Il défit son pantalon qu'il baissa tout en coinçant Lily, la bouche plaquée sur la sienne. Elle se démenait toujours et ses caresses devinrent plus agressives. Pourquoi ne comprenait-elle pas qu'il était plus fort qu'elle ?

Lui mordant la lèvre, Lily sentit le goût de son sang.

— Laisse-moi !

— Salope !... explosa-t-il, et il la prit par le cou pour qu'elle ne bougeât pas.

La tête lui tournait. En silence, avec acharnement, elle se battit. Tout aussi silencieux, Gus la maintint allongée. Et, durant ce bref instant où il attendit qu'elle s'abandonnât, il perdit l'occasion de pouvoir s'arrêter. Fou devant son corps fluet qui se tordait et se cambrait, la chaleur qui tombait sur lui, sa chemise trempée de sueur et ses fesses nues, il monta sur elle, lui écarta les jambes et enfonça son sexe gonflé tout au fond d'elle.

Dans le calme de cet après-midi d'été, Lily hurla.

27

Sybille dormait quand la sonnette retentit et carillonna à plusieurs reprises avant qu'elle ne l'entendît. Seule dans la maison en l'absence du majordome et de la gouvernante partis en vacances, elle resta au lit, se disant qu'elle ne répondrait pas. C'était sans doute Bassington. Il lui avait déjà fait le coup d'arriver à minuit pour un câlin à la sauvette sous prétexte qu'il ne pouvait dormir. Qu'il continue! Elle ne supportait pas de penser à lui.

Mais la sonnette tintait toujours, un grelot désespéré qui lui tapait sur les nerfs. Elle finit par enfiler un peignoir et descendre. Puis regarda par les rideaux de la bibliothèque pour voir qui était là.

Lily. Drapée dans un long imperméable. Par une belle nuit chaude de juillet.

— Entre, l'invita Sybille qui ouvrit grande la porte.

D'un pas raide, Lily pénétra dans le vestibule comme en état de transe. Elle avait les yeux rougis et gonflés, les lèvres à vif.

— Que s'est-il passé? s'écria Sybille. Lily! Que s'est-il passé?

— Gus, murmura Lily qui éclata en larmes.

— Gus? Gus Emery? Il t'a violée?

Lily hocha la tête, une fois. Et s'effondra par terre.

— Oh, je t'en prie! s'exclama Sybille.

Pourquoi fallait-il que les gens n'agissent pas comme prévu? Lily devait céder avec ardeur. Gus devait éveiller sa passion, non la tabasser et la violenter. Une simple opération de séduction qui aurait ramené Lily dans les bras de Sybille pour y trouver réconfort et conseil, surtout quand Gus l'abandonnerait et partirait à Los Angeles. Rien à voir avec un viol sordide déchaînant des émotions que Sybille n'était pas prête à affronter, à commencer par les larmes et les évanouissements. On aurait cru qu'elles évoluaient dans un film muet des années vingt.

— Lily, dit Sybille qui s'agenouilla à ses côtés. Je ne peux pas te porter, il faut que tu marches.

Très vite, Lily remua et ouvrit les yeux.
— Comment ?
Sybille l'aida à se lever et conduisit Lily qui, passive, trébucha jusqu'au salon plongé dans l'obscurité.
— Donne-moi ton manteau, proposa-t-elle.
Lily refusa d'un signe. Sybille haussa les épaules et s'installa sur l'un des sofas. Puis elle fit le tour de la pièce et alluma toutes les lampes.
— Il y a trop de lumière, murmura Lily.
Sybille en éteignit la moitié et s'assit sur le bras du canapé.
— Que s'est-il passé ?
— Il... Lily ne pouvait prononcer le mot. Il m'a prise de force. Je me suis battue, je t'assure, Sybille... Mais je n'étais pas assez forte. Le pire... Elle détourna la tête. Le pire, c'est que juste avant... et l'autre jour aussi... j'avais envie qu'il me fasse l'amour. Je ne le voulais pas quand il a commencé... quand il a mis sa main... quand j'ai compris... Elle claquait des dents ; elle les serra un instant et étreignit ses mains sur ses genoux. Peu importe, ça n'a pas d'importance. Ce qui compte, c'est que je voulais qu'il me fasse l'amour.
— Mais tu ne l'as pas fait, répliqua Sybille.
Lily secoua la tête.
— Il ne m'a même pas embrassée. Pas à ce moment-là.
— Alors pourquoi cela t'inquiète-t-il ?
Lily voulut parler et resta muette. Elle regarda Sybille comme si elle découvrait une étrangère.
— Tu ne comprends pas.
— J'essaie... Sybille ravala ses paroles désagréables. J'aimerais comprendre, affirma-t-elle d'un ton apaisant. Lily, je désire t'aider. Tu as eu raison de venir, ta place est ici. Tu vas rester ce soir. Tu resteras aussi longtemps que tu le souhaites. Tu n'as plus à te tourmenter. Je vais m'occuper de toi.

Sous la voix douce de Sybille, Lily commença à se calmer.
— Je peux avoir une tasse de thé ? demanda-t-elle.
— Bien sûr. Viens dans la cuisine. On va s'installer là et tu m'expliqueras ce que tu penses. Tu peux me le dire, Lily, tu peux tout me dire. Je comprendrai. Je te donnerai tout ce qu'il te faut, tu n'as besoin de personne d'autre. Tu n'en as jamais eu besoin. Tu n'as besoin que de moi.
— Oui, acquiesça Lily.

Elle avait tellement sommeil. Et mal partout. Bien qu'elle se fût lavée et relavée, qu'elle eût pris un bain si chaud qu'elle était devenue rouge comme une écrevisse, qu'elle eût mis un onguent sur sa chair à vif, elle sentait toujours une atroce brûlure entre ses cuisses, tel un cri. Elle avait l'impression de sentir encore le liquide blanchâtre qu'il avait laissé en elle et le filet de sang. Elle se sentait sale et anonyme comme un article qu'un employé aurait arraché à son emballage avant de le jeter sur une étagère au vu et au su de tout le monde.

— Raconte-moi ce qui s'est passé, l'enjoignit Sybille. Assises l'une en face de l'autre à une longue table, elles attendaient que l'eau bouille. Il est venu chez toi ?

Lily ferma les yeux.

— Je ne peux pas... pas pour le moment.

— Raconte-moi, insista Sybille, puis elle se pencha vers Lily d'un air tendu. Je veux tout savoir.

— Non ! Excuse-moi, Sybille, je ne peux pas. Pas ce soir. J'ai juste envie d'aller dormir.

— Tu ne veux pas ton thé ?

— Si, d'accord. Je pourrai aller me coucher ensuite ?

— Bien sûr. Tu peux faire ce que tu veux. Tu n'as aucune obligation jusqu'à dimanche matin. On te trouvera un ancien sermon, personne ne s'en apercevra...

— Dimanche ? Sybille, je n'arriverai pas à prêcher dimanche. Tu ne peux pas me le demander.

La bouche de Sybille se crispa, son regard était impassible. Elle avait assez de soucis sans que Lily piquât sa crise. La bouilloire siffla, elle se leva d'un bond et s'approcha de la cuisinière.

— On n'en parlera pas ce soir. Elle apporta un thé à Lily. Combien de temps est-il resté ?

Lily contempla les volutes de fumée qui s'échappaient de la tasse.

— Il est parti tout de suite après...

— Quelle heure était-il ?

— Je ne sais pas. Le soleil brillait.

— Cet après-midi ? Et tu as attendu minuit pour venir me voir ? Tu es sûre qu'il est parti aussitôt ? Il n'est pas resté plutôt jusqu'à ce que tu t'habitues à lui, jusqu'à ce que tu apprennes à l'apprécier, puis tu es venue me trouver parce qu'il t'avait quittée ?

Lily laissa tomber la tasse qui se brisa en petits morceaux. Le thé fumant se renversa sur la table et sur ses genoux, salissant son imperméable. Elle ne le remarqua pas. Elle tremblait. Elle se mit à tambouriner du poing sur le bois, frappant de plus en plus fort ; sa main glissait sur le thé répandu, les éclats de porcelaine rebondissaient sous ses coups.

— Tu n'as pas le droit de dire ça, tu n'as pas le droit, pas le droit ! Tu as promis de t'occuper de moi, tu as affirmé que tu comprendrais, que je n'avais besoin que de toi. Elle cogna la table avec acharnement, incapable de s'arrêter. Tu m'as menti !

— Je ne mens jamais ! A grandes enjambées, Sybille traversa la pièce. Elle était gauche, ne parvenant apparemment pas à se maîtriser. Ne te conduis pas comme une enfant ! Tiens-toi bien ! Je ne peux pas discuter avec toi si tu es hystérique !

— Tu crois que ça m'a plu ! Comment peux-tu imaginer cela ? Tu ne sais rien de moi !

— Je sais tout de toi ! Peut-être que ça ne t'a pas plu. Qu'est-ce que ça change ? Quand tu te seras calmée, tu oublieras. C'est étonnant de voir tout ce qu'on arrive à oublier quand on le veut. Ensuite, tu pourras te concentrer sur ton travail. Si tu ne t'en étais pas écartée, tu n'en serais pas là. Elle s'approcha de Lily et posa les mains sur ses épaules. Ecoute-moi, reprit-elle avec circonspection. Je me suis engagée à m'occuper de toi et je ne mentais pas. Regarde, je l'ai fait pendant tant d'années, tu as été heureuse et tu as rendu d'autres gens heureux. Tout s'est passé comme prévu. Tu ne veux pas gâcher cela, n'est-ce pas ? C'était bien pour toi, Lily, tu en es consciente. Et tout ira bien de nouveau, je te le promets, mais uniquement si tu restes auprès de moi. Tu dois renoncer à cette idée de goûter les plaisirs de la chair, t'amuser dans ton coin et revenir ensuite vers moi pour...

— Ne dis pas cela !

Lily bondit de sa chaise et courut autour de la table, laissant ce rempart entre elles. Elle portait toujours son imperméable, noué autour de sa taille fine. Elle paraissait petite et perdue dedans, son cou fragile et son visage blême surgissant du large col, ses yeux écarquillés et craintifs.

— Je ne goûte rien, je ne m'amuse pas, je ne comprends même pas le sens de ces termes. Je voulais être aimée. Je croyais que tu m'aimais, mais c'est faux... Tu sais qui je crois entendre ? Lui ! Quand il était à genoux, qu'il me tenait la main et parlait... Oh, mon Dieu, mon Dieu... Elle suffoqua comme si elle étouffait. Quelle horreur ! Je déteste cela et je te hais !

— Tais-toi ! Tu ne me hais pas, c'est impossible, tu n'as que moi au monde. Tu as subi un choc, un choc grave, n'exagère pas malgré tout. Tu oublieras en un rien de temps. Ce genre de chose ne laisse même pas de cicatrices. Tu as l'impression que tu ne seras plus jamais la même, ce n'est pas vrai. Rien n'est important au point de laisser des traces, Lily. On est trop dures pour cela, toi et moi. On redeviendra comme avant, tu vas suivre mes consignes à la lettre, tu ne furèteras plus comme une gamine et non un prédicateur qui a des millions de...

Poussant un profond gémissement, Lily se retourna, ouvrit la porte derrière elle et s'enfuit.

— Merde ! explosa Sybille qui lui courut après. Lily, reviens ici ! Dans le rectangle de lumière qui filtrait de la cuisine, elle scrutait les ténèbres. Reviens, j'ai dit ! Tu ne peux pas partir, où iras-tu ? Tu n'as que moi ! Immobile, elle tendit l'oreille. On n'entendait que le bruissement des feuilles dans la brise. Lily, je t'ordonne de rentrer !

Elle resta là, haletant, son ombre s'étirant tel un long doigt pointé vers Lily.

Cachée à l'abri d'un bouquet de lilas, Lily eut un mouvement de recul. « Tu n'as que moi. » C'était vrai. Elle n'avait nulle part où aller. Elle pouvait monter dans sa petite voiture, un cadeau de Sybille pour son anniversaire, et conduire pendant des heures sans trouver une seule personne qui tînt à elle. Des millions de gens la regardaient toutes les semaines, des milliers venaient l'écouter à la Cathédrale de la Joie mais, à leurs yeux, elle était un pasteur, lointain, pur, tout de blanc vêtu, qui avait réponse à leurs questions. Ils ne voudraient pas découvrir quelle triste créature souillée s'était révélée être Lily Grace. Ils ne voudraient pas la réconforter et l'aimer. Ils attendaient juste qu'elle fît cela pour eux.

Elle refoula ses larmes qui continuaient à couler, un flot apparemment sans fin. Et se demanda pourquoi il n'était encore pas tari, un puits à sec, vide.

Vide. « Tu n'as que moi. » L'ombre de Sybille se dressait vers elle.

— Je t'ai donné un ordre, nom d'un chien! hurla la voix dans le noir. Rentre à la maison! Après un silence, la voix, tendue, reprit plus bas : Tu as besoin d'une bonne nuit de sommeil, ensuite tu te sentiras mieux. Rentre, je vais te mettre au lit. Un autre silence. Puis : Rentre!

Lily frissonna. Je ne peux pas y retourner, je vais mourir. Pas à pas, elle s'éloigna, dessinant un large cercle autour de l'allée centrale. Elle ouvrit la portière de sa voiture avec précaution et s'installa. Aussitôt, ses yeux se fermèrent. Si seulement elle pouvait dormir un peu...

— Réponds-moi! Où es-tu?

Ses yeux s'ouvrirent brusquement. Elle avait laissé la clé sur le contact. Dans la pénombre, elle la palpa et la tourna tout en claquant la porte. L'auto bondit et dérapa au moment où elle braqua pour suivre la courbe de l'allée. Je trouverai un endroit où aller. Quelque part...

Ses larmes l'empêchaient de voir et elle ralentit jusqu'à s'arrêter presque. Elle regarda les deux faisceaux de ses phares qui convergeaient dans la nuit noire, lui montrant la route. Mais ils ne mènent à personne, à rien, songea-t-elle. Je n'ai aucun avenir. Je ne suis qu'un être ordinaire. Je ne suis pas vierge, je ne suis pas pure, je ne suis pas exceptionnelle et je n'ai nulle part où aller.

Si, je suis exceptionnelle. Sybille l'a toujours dit. Elle disait que j'étais élue.

Mais... Sybille. Je ne peux être sûre de rien venant d'elle. Plus maintenant. Et je ne me rappelle pas comment je suis sortie de l'avion. Je me rappelle m'en être éloignée, rien d'autre. Et si je n'étais vraiment pas exceptionnelle, vraiment pas différente des autres... Et si je me trompais aussi sur l'accident?

Elle sut alors ce qu'elle devait faire. Elle appuya sur la pédale et, suivant la direction des phares, accéléra. Elle devait découvrir ce qui s'était passé lors de l'accident. Il fallait qu'elle parle à Valérie.

— Je te raconterai tout ce que je peux, affirma Valérie, mais pas ce soir. Tu as les yeux qui se ferment et je dormais. Ça attendra demain.

— Je n'ai pas besoin de dormir, répliqua avec obstination Lily, assise au bord d'une chaise. J'ai besoin de savoir...

— Viens, dit gentiment Valérie. Il est deux heures du matin et on va aller se coucher.

Lily se laissa faire.

— Où?

— Dans mon lit. Il y a largement la place pour deux.

— Bon, acquiesça Lily.

Elle suivit Valérie dans l'étroit escalier et jusqu'à sa chambre où celle-ci l'aida à enlever son imperméable, puis le pantalon et la blouse ample qu'elle portait dessous. Elle se glissa dans le lit encore chaud et se recroquevilla pour se faire toute petite. Sentant la présence de Valérie à l'autre bout, elle se mit à frissonner. Elle ne savait pas pourquoi, elle n'avait pas froid. Pourtant, elle tremblait de tous ses membres.

— Lily, murmura Valérie qui se rapprocha et la prit par l'épaule, puis l'attira contre elle et la berça. Tout va bien, Lily, tout va bien, assura-t-elle d'une voix apaisante, telle une caresse réconfortante. N'aie pas peur, Lily, tu ne risques rien ici, on va s'occuper de toi.

Lily se serra contre Valérie, se blottissant dans ses bras et s'abandonnant à la chaleur de leurs corps si proches, comme une mère et un enfant. Elle s'arrêta vite de trembler.

— Je t'aime, Valérie, chuchota-t-elle. Et elle s'endormit.

Lorsqu'elle se réveilla, la pièce était inondée de lumière et le lit vide.

— Valérie? appela Lily qui éleva aussitôt la voix. Valérie?

— Je suis en bas, répondit Valérie. Le petit déjeuner t'attend. Il y a des serviettes propres dans la salle de bains.

Lily prit sa douche, enfila son pantalon et son chemisier trop grand, puis descendit.

— Bonjour, lança Valérie. Je te présente ma mère, Rosemary Ashbrook. Lily Grace.

Elles étaient à table.

— Bonjour, dit Rosemary. Vous voulez des toasts? Du café?

— Oui, merci, répliqua Lily.

Gênée à l'idée de s'être conduite comme un bébé, elle évita le regard de Valérie.

— Je vais au bureau plus tard, annonça Valérie comme si rien ne s'était passé. Si tu as envie de parler, c'est le moment.

Lily mangea un morceau de pain, puis un autre. Elle mourait de faim brusquement.

— Je suis désolée de t'avoir réveillée hier soir. Elle avait la bouche pleine et attendit d'avoir avalé sa dernière bouchée. Je ne savais pas où aller. Elle étala de la confiture sur une autre tranche. Il s'est passé quelque chose, quelque chose d'affreux. Je suis allé demander du secours à quelqu'un et ça a été horrible aussi. Il fallait bien que je frappe à une porte. Alors, je suis venue ici.

Valérie hocha la tête comme si son histoire lui paraissait claire.

— Tu ne veux pas nous expliquer ce qui est arrivé?

Et Lily raconta tout. Elle pensait ne jamais pouvoir en parler. Pourtant, dans cette pièce encombrée et ensoleillée, avec le souvenir de Valérie qui l'avait serrée tout au long des dernières heures de la nuit, Valérie qui se trouvait à ses côtés maintenant, si belle, si attentive, Lily eut l'impression d'être rentrée à la maison. Elle n'était plus empruntée, elle se sentait en confiance et se mit à parler. Et elle ne put s'arrêter. Elle continua à manger et à boire alors que les mots sortaient, un à un, retraçant les événements jusqu'au dernier cri de Sybille lancé de l'autre bout du jardin tandis que Lily se sauvait dans la nuit, le long trajet dans la campagne déserte et toutes les petites villes à la recherche d'une pharmacie ou d'une station d'essence pour consulter un annuaire et trouver l'adresse de Valérie, puis cette errance enfin à travers les rues de Falls Church jusqu'au moment où elle découvrit le relais de poste et, le doigt sur la sonnette, s'appuya contre la porte.

Lorsqu'elle eut fini, Rosemary avait les larmes aux yeux.

— Pauvre enfant. Pourquoi ne l'avez-vous pas dénoncé à la police ? Vous auriez dû l'appeler tout de suite. Plus vous attendez, plus c'est difficile.

— Non ! s'écria Lily qui secoua la tête avec véhémence. Je ne peux le raconter à personne d'autre. Pas à des étrangers ! J'ai tellement honte... je suis si sale, ils vont me regarder et...

Elle recommença à frissonner.

— Mais comment pourront-ils punir... ?

— Maman, seule Lily doit en décider, affirma calmement Valérie qui posa sa main sur celle de Lily. Quel cauchemar ! C'est affreux que tu aies dû subir cela et qu'il te faille désormais apprendre à l'accepter. On fera ce qu'on pourra pour t'aider mais, au bout du compte, personne ne peut résoudre ce problème à ta place : il faudra que tu l'affrontes toi-même.

Les yeux écarquillés, Lily la regarda. Sybille lui avait toujours assuré qu'elle s'occuperait de tout. J'ai vingt-trois ans, se dit Lily. Je ne peux pas éternellement me blottir dans la maison ou le lit de quelqu'un.

— Ecoute, poursuivit Valérie. J'aimerais que tu essaies de ne pas avoir honte. Tu as traversé une épreuve terrible mais tu es toujours la même personne. Tu n'es pas sale, Lily. C'est lui qui l'est. Tu es toujours aussi bonne, honnête et affectueuse. On en discutera quand tu voudras. Ou de tout autre sujet. Je suis à ta disposition.

Lily l'observait toujours, l'air un peu ahuri. Valérie perçut dans son regard une lueur de vénération.

— Tu voulais me demander quelque chose hier soir, reprit-elle. Quoi donc ?

— Ah oui. C'était à propos de l'accident lorsque Carlton est mort. Il faut que je sache ce qui m'est arrivé. Je sais que je me suis éloignée et que je n'ai pas été blessée, que je n'ai rien eu, pas une égratignure, mais je ne me rappelle rien. Comment suis-je sortie de l'avion ?

— Tu n'es pas sortie toute seule, répliqua Valérie. On t'a extirpée de la carlingue, Alex et moi.

— C'est impossible. Je me suis éloignée et j'ai dû m'évanouir ensuite puisque je me suis réveillée un peu à l'écart. L'appareil était en flammes et je me suis sauvée. Je vous ai cherchés sans vous trouver puis j'ai regardé autour de la carcasse, pas trop près, je suis restée dans la forêt car le feu dégageait une chaleur insupportable... je me rappelle, c'était très bizarre : j'avais les pieds gelés et le visage en feu. Autour de l'appareil, la fournaise formait des vagues miroitantes et la neige fondait. Puis j'ai vu Carlton, allongé, et j'étais avec lui quand vous êtes revenus. Mais j'ai marché sans arrêt. Je suis sortie de l'avion et j'ai marché jusqu'au moment où je vous ai découverts et je n'avais rien, pas une seule blessure.

Valérie regarda par la fenêtre, se remémorant la scène telle que Lily la décrivait.

— Tu as dû tourner autour de la carlingue pendant qu'on te cherchait. En revanche, tu n'as pas quitté l'appareil lorsqu'on s'est écrasés. Tu étais inconsciente et on t'a dégagée la première parce que tu bloquais la porte et qu'on ne pouvait pas évacuer les autres.

Lily la dévisagea.

— J'étais inconsciente ?

— Lily, tu as déclaré ne pas te souvenir d'être descendue de l'avion.

— Non, mais je sais que je l'ai fait. Pas toute seule, avec la grâce de Dieu. Il m'a épargnée alors que tous les autres ont été blessés et que Carlton est mort. Et Il m'a donné le pouvoir de quitter l'appareil. Sybille affirmait que les choses s'étaient passées ainsi. Elle m'en parlait toujours avant que je ne commence un sermon, surtout quand je suis devenue si nerveuse. Elle disait que je ne devais jamais douter d'être élue pour mener une mission spéciale et qu'elle m'y aiderait... Sa phrase se perdit. Cependant, je ne sais plus que croire de Sybille. Elle baissa la tête puis regarda Valérie. J'étais inconsciente dans l'avion ? Tu en es sûre ?

— Certaine, assura gentiment Valérie. On t'a dégagée, Alex et moi, on t'a emmenée un peu plus loin et on est revenus s'occuper des autres.

Un silence s'ensuivit. Lily se mordit la lèvre.

— Donc, je suis comme tout le monde, je ne suis pas exceptionnelle, je ne suis pas élue. Tout ce que je pensais... je me suis trompée sur tout. Tous ces gens qui croyaient en moi, qui me faisaient confiance... Je n'ai aucun droit de leur dire quoi que ce soit, je ne suis que mensonge.

— Tu les aimes, ce n'est pas un mensonge cela, répliqua Valérie avec calme.

Lily l'observa.

— Non, mais...

— Ne sois pas trop dure avec toi. Il se peut que tu ne sois pas exceptionnelle. J'en doute, cependant. Tout le monde a quelque chose de spécial et ce que tu as est sans doute très particulier. Peut-être découvriras-tu que tu es extraordinaire, peut-être pas. Attends un peu avant de porter un jugement. Ne te condamne pas, Lily. Il est difficile de s'en sortir et d'avoir de nouveau une bonne opinion de soi ensuite.

Lily la regardait, perplexe. Elle entendait depuis toujours Sybille lui répéter qu'elle était merveilleuse. Comme Rudy, comme Quentin. Personne ne lui avait jamais conseillé de se juger elle-même... pour découvrir le cas échéant qu'elle n'avait rien d'extraordinaire.

— Je n'en sais rien, avoua-t-elle d'un air impuissant. Si tu as raison à propos de l'accident... enfin, c'est sûr, tu te rappelles bien ce que tu as fait ce jour-là. Tu m'as sauvé la vie. Et moi qui pensais depuis tout ce temps... Sybille est au courant ? s'enquit-elle soudain.

– Aucune idée, répondit Valérie. Peut-être le lui ai-je dit quand elle est venue me voir à l'hôpital, je ne m'en souviens pas.

– J'en suis convaincue, répliqua Lily d'une voix très jeune et très dure. Je crois qu'elle découvre tout et en use à sa guise.

Il y eut un autre silence. Rosemary commença à débarrasser la table. Valérie se demandait ce que Lily connaissait des finances de Graceville, de Sybille et Carl. Elle avait gardé l'histoire de leur liaison pour elle, cherchant comment l'employer. Il paraissait inutile d'affronter Sybille : elles n'auraient rien à se dire. A moins que Sybille ne sût ce que Carl avait fait de son argent, peut-être lui en avait-il parlé. C'était sans doute une bonne raison pour aller la voir, mais l'idée la rebutait tant qu'elle remettait toujours le projet.

Carl et Sybille, cela lui semblait encore si difficile à comprendre. Elle voulait vraiment en apprendre plus sur eux. Lily, songea-t-elle. Elle pouvait interroger Lily de façon détournée. Et lui poser des questions sur Graceville. Deux histoires parfaitement distinctes. Cependant, il était possible que Lily sache quelque chose sur Carl et sûrement des tas de choses sur Graceville. Non, pas question de l'entreprendre sur ce sujet dans l'immédiat. Lily avait trop de problèmes personnels à régler pour l'instant.

– Valérie, murmura soudain Lily. Ça t'ennuierait si... ça irait si... Elle contempla ses mains jointes, puis leva les yeux et regarda Valérie d'un air un peu désespéré. Je pourrais m'installer avec vous, juste pour quelque temps, jusqu'à ce que je comprenne le sort qui m'attend ?

Cet après-midi-là, laissant Lily en compagnie de Rosemary, Valérie alla à E&N et se rendit aussitôt dans le bureau de Nick. Ils ne s'étaient pour ainsi dire pas vus depuis une semaine. Nick l'avait appelée plusieurs fois, tard dans la soirée à l'heure où Chad était au lit, et ils avaient bavardé. Avec maladresse toutefois. Nick se prenait pour un étudiant qui téléphonait à sa petite amie, impression pas désagréable mais curieuse. Et Valérie se sentait comme une gamine sans expérience. Elle trouvait que ses assiduités avaient atteint leur limite si elle ne voulait pas tomber dans le ridicule et elle était lasse des hauts et des bas qu'ils traversaient sans cesse. Elle aurait aimé qu'ils se rencontrent cette année, tout aurait certainement été formidable entre eux sans images ni espoirs à surmonter.

On est très bien ensemble, songea-t-elle. Parfois au moins. Cependant, elle se demandait si le miracle du samedi précédent se répéterait souvent, une relation sans dispute, sans tension, sans souvenir : une longue soirée qui ressemblait fort à une soirée d'amoureux.

Le vendredi, oubliant les conflits qui les opposaient, elle alla parler de Lily à Nick.

– Elle est très vulnérable, tant de choses l'ont blessée. Elle va vivre avec moi quelque temps et j'ai l'intention de la questionner sur Graceville. Je pensais que tu voudrais être là.

— Effectivement, merci, répliqua-t-il. De toute façon, je suis curieux de la connaître. Je l'ai regardée deux, trois fois. Elle a un don extraordinaire de croire en elle et en autrui.

— Elle ne croit plus en elle, plus maintenant en tout cas. Mais tu devrais la voir. Viens dîner ce soir. Avec Chad. Ce sera très simple. Je ne tiens pas à ce que Lily imagine que c'est un coup monté. Cela me gêne de l'interroger alors qu'elle est mon invitée et qu'elle a des ennuis.

— La marque d'une vraie journaliste, lança Nick, amusé. Ne jamais laisser passer une occasion.

— Tu veux dire que je me sers d'elle.

— Non, que tu profites de sa présence chez toi. Si elle a envie de parler de Graceville, je ne vois pas où est le problème. Sauf qu'elle risque d'en souffrir. Je t'ai déjà posé cette question, tu te rappelles : que feras-tu si on découvre des choses sur Graceville qui peuvent la blesser ?

— Je ne sais pas. Il faudra que je comprenne ses sentiments là-dessus. Elle est en train de se détacher de Sybille, peut-être se détache-t-elle aussi de la cathédrale et de la ville. Elle prétend qu'elle ne montera pas en chaire dimanche.

— Ce n'est pas ce que je t'ai demandé, remarqua Nick. Qu'elle soit toujours impliquée dans cette affaire ou pas, ce qu'on apprendra peut lui être cruel.

Valérie acquiesça d'un signe.

— Ça a tout l'air d'une histoire qui finit mal, quelle qu'en soit l'issue. Et je dois te poser la même question à propos de Chad.

Nick prit un crayon qu'il roula entre ses doigts.

— Oui, j'y ai songé. Si tout accuse Sybille, ça risque d'être très dur. Il abandonna le crayon sur la table. Pour l'instant, on ignore où mènera cette affaire. Attendons de savoir ce qui est vrai ou ce qui ne l'est pas avant d'affronter les problèmes moraux, d'accord ? Il se leva et ajouta : J'ai une réunion qui m'attend. Je serai ravi de venir dîner et Chad aussi. A quelle heure ?

— Sept heures et demie.

— Très bien. Quel genre de vin veux-tu ?

Leurs regards se croisèrent et les souvenirs surgirent. « Apparemment, le vin c'est ton point faible. Le seul que j'aie découvert... jusqu'à présent », s'entendait encore dire Valérie.

— J'ai lu quelques livres sur le sujet, précisa Nick avec un sourire. Toi aussi, de toute évidence, si tu te lances dans la cuisine!

Valérie se mit à rire.

— Tu ne peux pas juger tant que tu ne l'as pas goûtée. Mais je crois qu'on peut se faire confiance. Du vin blanc, s'il te plaît. Je suis impatiente d'être à ce soir.

Elle présentait toujours ses programmes de quatre minutes pour « L'Agrandissement », menait des recherches approfondies sur Graceville en vue d'un magazine complet et commençait à étudier un autre sujet avec le concours du service de documentation. On avait relégué Scutigera dans les tiroirs. Personne n'en parlait plus, tout le monde voulait qu'on étouffât l'affaire sans lui causer de désagrément. Malgré tout, Valérie ne digérait pas son échec : son idée, ses interviews, son texte... et rien à en tirer. Ce sera autre chose avec Graceville, se répétait-elle. Je vais créer l'événement avec Graceville. Et Lily.

Lily. Graceville. Sybille. Quel mélange! Tandis qu'elle travaillait dans son bureau après sa conversation avec Nick, elle se demanda une fois de plus quels étaient les rapports de Sybille avec le conseil de la fondation de L'Heure de Grace : comment pouvait-elle convoquer une réunion quand, d'après ses affirmations, elle s'occupait juste des deux émissions de Lily pour le conseil?

Même pas, pas vraiment, songea Valérie. Sybille ne participe pas en personne aux programmes que réalise sa société. C'est Al Salvin et Gus Emery qui s'en chargent.

Elle décrocha le combiné et appela Sybille Morgen Productions. Elle n'avait pas oublié le numéro de téléphone. Lorsqu'elle demanda Al Salvin, la standardiste lui apprit qu'il ne travaillait plus là.

— Il est à CNN à Atlanta, lui annonça-t-elle.

Valérie le trouva là.

— Salut, Valérie, lança-t-il, ravi de t'entendre. Tout va bien? Que puis-je faire pour toi?

— Je pensais que tu pourrais me donner des renseignements sur la réalisation des émissions de Lily.

— A ta disposition. Comment va-t-elle? Elle passe ici, elle a l'air en forme.

— Oui, acquiesça Valérie. Al, Sybille a-t-elle un rapport quelconque avec Graceville?

— Pas à ma connaissance. Etant donné la façon dont elle arnaque le conseil sur les coûts de production, ça m'étonnerait qu'il veuille d'elle.

— Comment cela?

— Elle lui facture trois fois le prix. On n'a jamais rien dit – ça ne nous regardait pas – mais ça ne me plaisait pas du tout. C'est un sale truc quand on a affaire à un conseil religieux.

— Quel était le bénéfice généralement?

— Ça ne marchait pas ainsi. La fondation était le seul client qui nous engageait pour réaliser ses émissions. En dehors de cela, on faisait nos pilotes qu'on vendait pour des séries de treize semaines ou autre chose.

A la fin de la conversation, Valérie rédigea une note pour en parler à Nick. Il n'y a rien d'illégal, remarqua-t-elle, comme si souvent depuis le début de ses recherches. Sybille peut demander ce qu'elle veut à la fondation et si elle a la bêtise de payer... Elle reprit son travail mais eut du mal à se concentrer et finit par rentrer une heure plus tôt pour s'occuper du dîner.

Elle avait appris à préparer des mets simples et Nick à acheter des vins raffinés. Au dessert, ils levèrent leurs verres.

— Aux progrès, lança Nick. Le dîner était délicieux.

— Et accompagné d'un vin exquis, répliqua Valérie en effleurant son verre.

Lily remarqua la façon dont ils se regardèrent longuement, la façon dont ils se penchèrent l'un vers l'autre sans s'en rendre compte, et détourna la tête. Elle ne connaîtrait jamais cela. Personne ne l'aimerait jamais comme Nick aimait Valérie.

Chad surprit sa moue un peu triste et voulut lui dire un mot pour lui remonter le moral. Il la trouvait très jolie, pas aussi impressionnante que Valérie et elle n'avait pas son sourire ni ce talent de vous faire croire que vous étiez la personne la plus importante au monde, mais jolie et charmante sauf qu'elle n'ouvrait pas la bouche. Ses habits semblaient trop amples, peut-être était-ce la raison de sa tristesse. Il chercha un sujet et choisit de parler du repas.

— La truite vous a plu ? s'enquit-il.

Lily se tourna vers lui. Il était si beau et si gentil, presque autant que son père. On aurait cru un dîner de famille : Rosemary jouait le rôle de la grand-mère, Nick et Valérie des parents, Chad et elle des enfants. Ils se montraient tous si gentils avec elle. Valérie lui avait donné des vêtements, Rosemary un peigne et une brosse et Nick lui avait offert un livre. Comme une famille, songea-t-elle de nouveau. Cette pensée paraissait si rassurante qu'elle se sentait triste à l'idée que ce ne soit pas vrai.

— La truite, répéta Chad.

— Oui, dit-elle. Elle m'a beaucoup plu. Surtout les amandes dessus.

— Ça s'appelle de la truite aux amandes, répliqua Chad d'un ton judicieux. C'est l'un de mes plats préférés.

— De la truite aux amandes, je ne le savais pas. Quels sont tes autres plats préférés ?

— Deux cents autres. J'adore manger. Je vous ai vue à la télévision, vous travaillez pour ma mère.

— Ta mère ? J'ignore qui elle est mais c'est impossible, je ne travaille pour personne. Uniquement pour Dieu. Elle se mordit la lèvre et ajouta : Je n'en suis même plus certaine.

— Bien sûr que vous travaillez pour elle. Elle me l'a dit. Sybille Enderby.

Lily l'observa puis se tourna vers Nick qui bavardait avec Rosemary et Valérie. C'était impossible. Elle commença à entr'apercevoir qu'il existait des relations complexes qui lui échappaient complètement. Je n'ai aucune expérience du monde, songea-t-elle.

— Sybille réalisait mes émissions, expliqua-t-elle à Chad. J'ai toujours cru qu'on œuvrait ensemble pour un but plus élevé.

— Comment ça, réalisait ? demanda Chad. C'est fini ?

— Il me semble. Lily s'efforça de sourire. Je sais que ça a l'air idiot. Il s'est produit tant de choses que je suis un peu troublée. Je ne veux plus que Sybille s'en occupe, mais j'ai des tas de décisions à prendre.

— A quel sujet ?

— A propos de...

Lily regarda alentour, espérant que quelqu'un la sauverait de la curiosité de Chad. Valérie s'en aperçut et la mêla à la conversation. Ils bavardèrent tous les cinq un bon moment tandis que la longue journée d'été tirait à sa fin. Dans la lumière crépusculaire, Rosemary alluma des bougies. Lily se surprit à les contempler d'un regard hypnotisé. Sa tête s'affaissa.

— Excusez-moi, dit-elle enfin, je tombe de sommeil.

— Oh, on n'a pas préparé la canapé, répliqua Rosemary. De toute façon, vous ne pourriez pas dormir avec nous qui causons.

— Dors dans mon lit, proposa Valérie. Je te réveillerai quand on aura fini. Ne t'inquiète pas, ajouta-t-elle, voyant Lily hésiter. Vas-y, va dormir.

Lily acquiesça d'un air ensommeillé et monta dans la chambre. Rosemary rassembla les verres à eau.

— Je vais vous aider, annonça Chad qui se leva d'un bond. Il empila les assiettes à dessert et la suivit à la cuisine.

Valérie se tourna vers Nick.

— Il agit toujours ainsi ?

— Le moins souvent possible. On en a discuté dans la voiture.

Elle sourit.

— Merci. Maman s'occupe de la maison pour nous deux, mais je crois qu'elle était découragée à l'idée de recevoir. Elle sera ravie d'avoir de l'aide. Et de la compagnie.

Ils restèrent assis en silence, proches, sans se toucher cependant. Nick partagea entre eux la fin de la bouteille.

— J'ai découvert quelque chose cet après-midi, annonça-t-elle à voix basse pour qu'on ne l'entendît pas de la cuisine. Sybille triple les prix quand elle facture la réalisation des émissions de Lily à la fondation.

— Ça fait beaucoup, même pour Sybille, répliqua Nick. J'ai du mal à croire que le conseil paie la note. Il a dû avoir d'autres offres.

— Ce n'est pas sûr. Si Sybille est vraiment liée à ses membres, peut-être souhaitent-ils lui faire une fleur.

— Contre quoi ? Il n'y a rien de très créatif dans ces deux programmes. Que pourrait-elle leur offrir d'autre ?

— Aucune idée.

— Ils ne peuvent pas être aussi idiots, insista Nick. Trente millions pour le terrain, trois fois le coût de production... La seule explication plausible, c'est...

— Qu'une partie de l'argent leur revient, déclara Valérie avec calme. Aux membres du conseil, pas à la fondation.

Ils échangèrent un regard.

— Comme faisaient soi-disant les Bakker, poursuivit Nick. Ils recevaient l'argent des oboles sur lequel ils se servaient au passage.

475

— Mais on n'en est pas là. Tout ce qu'on sait pour l'instant, c'est qu'ils ont tendance à surpayer. D'après Sophie, ils sont idiots tout simplement.

— Bon, essayons de récapituler. Tu veux me donner de quoi écrire ?

Valérie lui apporta un bloc et il prit un crayon dans la poche intérieure de sa veste.

— Tu as entendu Sybille convoquer une réunion du conseil de la fondation, elle a mentionné le nom de deux des membres. L'un d'eux dirige la banque qui finance Graceville selon toute apparence. L'autre une entreprise de bâtiment qui construit sans doute la ville, entreprise créée, semble-t-il, dans ce but. On a découvert la date du registre de commerce qui colle et ils ont l'air de se donner la main dans cette aventure. Donc, à l'évidence, les fonds passent par une société. On ne saura probablement jamais ce que Marrach demande à la fondation, mais si on se fie aux coûts de production exigés par Sybille, le prix de la construction doit être aussi gonflé qu'une baudruche. Graceville va coûter une fortune.

— Je n'arrive pas à dormir, dit Lily qui se tenait au pied de l'escalier, clignant les yeux, les joues en feu. Elle portait un peignoir de Valérie trop long pour elle, les manches lui masquaient presque les mains. Je peux rester avec vous ?

Valérie et Nick échangèrent un coup d'œil.

— Oh, murmura Lily d'un air interdit. Excusez-moi. J'aurais dû y penser... vous préférez être seuls naturellement... vous ne voulez pas de moi. Je suis désolée, balbutia-t-elle, et elle s'apprêta à remonter.

— Bien sûr que tu peux rester avec nous, affirma aussitôt Valérie qui s'approcha de Lily et la prit par l'épaule. Ce n'est pas qu'on ne veuille pas de toi. On craignait que tu ne sois contrariée si tu apprenais qu'on parlait de Graceville.

Lily soupira.

— Je le sais. Je vous ai entendu dire que ça allait coûter une fortune. Vous pensez qu'il y a quelque chose de bizarre dans cette affaire.

— C'est possible, reconnut Nick. On n'est pas encore bien informés.

— Pourtant, répliqua Lily qui se tourna vers Valérie, tu dois être très au fait. Tu étais là dès le début du projet. Je croyais que vous étiez venues pour cela ce jour-là, Sophie et toi... pour découvrir la ville puisque tu participais à la réalisation.

— J'y participais ? Lily, je n'ai jamais rien eu à voir là-dedans.

— Bien sûr que si, insista Lily. Enfin, peut-être pas directement mais c'était aussi ton argent, non ? Graceville n'aurait jamais vu le jour – rien n'existerait – si Carlton n'avait pas été là. Il nous a donné les fonds pour acheter le terrain.

Un silence s'abattit sur la table. Valérie contempla Lily.

— Tu étais au courant, avança Lily d'un ton hésitant.

Nick saisit la main de Valérie afin qu'elle s'y accrochât et glissa ses doigts entre les siens. Elle poussa un soupir, un long soupir vibrant. Treize millions de dollars pour le terrain. Et treize de plus que Carlton avait rassemblés en hypothéquant tous leurs biens puis... dépensés. Aujourd'hui, elle savait comment.

— Je ne comprends pas, reprit Lily. Pourquoi Carlton te l'aurait-il caché ? C'était un geste si extraordinaire, le genre de choses qu'on fait ensemble.

Valérie regarda Nick.

— Je ne te l'ai pas encore dit. Carl et Sybille entretenaient une liaison.

— Oh non ! s'exclama Lily.

Nick posa un doigt sur ses lèvres.

— On ne voudrait pas que Chad entende tout cela.

— Non, bien sûr que non. Comment ont-ils pu ?...

— Elle l'a convaincu d'investir dans Graceville, expliqua Nick à Valérie. Mais il n'avait pas l'argent, n'est-ce pas ? Il venait de perdre une fortune à la Bourse.

Valérie acquiesça d'un signe.

— Près de quinze millions de dollars. On n'en a rien su jusqu'à sa mort. Carl ne m'en parlait jamais quand ça allait mal. Il lui arrivait de me le confier une fois qu'il s'en était sorti, qu'il avait récupéré ses billes. Généralement, il faisait comme si tout allait bien et je pensais que c'était vrai. Je n'ai jamais soupçonné à quel point ça pouvait aller mal.

— Récupéré ses billes, répéta Nick.

Les yeux rivés sur lui, Valérie entendit ses propres mots : « Quand il s'en est sorti... quand il a récupéré ses billes... »

— Sybille, lâcha-t-elle.

Nick resserra son étreinte.

— Si elle lui a dit qu'il pourrait récupérer son argent perdu à la Bourse en investissant...

— Dans le terrain, acheva Valérie qui comprit aussitôt. Désormais, c'était un puzzle : une affaire moins personnelle et donc plus facile à élucider. Ils l'achetaient avec ses treize millions de dollars et le revendaient trente...

— Ce qui lui permettait de gagner... la somme exacte, on l'ignore car on ne sait pas combien de personnes avaient droit à une part du gâteau. Mettons qu'il ait touché vingt-cinq millions ou quelque chose comme ça — qu'il ait doublé sa mise — enfin, qu'il ait ramassé suffisamment pour compenser la majeure partie de ses pertes, rembourser ses emprunts et honorer ses hypothèques. Tu n'en aurais rien su et il essayait de récupérer le reste — un, deux millions, peu importe — à la Bourse.

— Mais Carl ne l'a pas acheté, fit observer Valérie. Et Sybille non plus. C'est la société d'exploitation Beauregard qui s'est portée acquéreur.

— Oui, en effet. Une compagnie panaméenne qui n'a donc pas à révéler le nom de ses actionnaires et il est impossible de vérifier. Toutefois, si tu devais émettre des hypothèses sur l'identité des actionnaires, que dirais-tu ?

— Sybille ?

— Ou la fondation, poursuivit Nick. Dirigée par ces membres du conseil qui reviennent sans arrêt sur le tapis. Sûrement l'un ou l'autre.

— C'est absurde, intervint Lily. Les deux mains sous le menton, l'air sombre, elle avait suivi leurs propos. Vous prétendez que le conseil a acheté le terrain puis se l'est racheté. Quelle idée ridicule. S'il appartenait déjà à Sybille ou à la fondation, pourquoi prendraient-ils trente millions de dollars sur les fonds – l'argent que les gens envoient, quelques dollars à la fois, parce qu'ils croient en notre action! – pourquoi emploieraient-ils ces dons pour acheter un terrain qui leur appartient déjà?

— Pour réaliser un bénéfice, lui expliqua Valérie sans marquer d'impatience. C'est apparemment la seule raison qui justifie l'édification de Graceville.

— Ce n'est pas vrai! s'écria Lily qui souffrait le martyre. C'est horrible de dire ça!

— Oui, reconnut aussitôt Valérie. Et on n'en est pas sûrs. On se base surtout sur des hypothèses et je suis peut-être allée trop loin. On n'est sûrs de rien, répéta-t-elle en regardant Nick. On n'a aucune preuve. Uniquement un tas de conjectures.

Nick retraçait la suite des événements par écrit.

— Oui, acquiesça-t-il d'un air distrait. Tant qu'on ne nous éclairera pas ou qu'on ne nous laissera pas consulter les livres de comptes de la fondation, on n'aura rien. On pourrait s'adresser aux membres du conseil, les interviewer pour « L'Agrandissement ». L'un d'eux risque de nous apporter des réponses. On devrait commencer le plus vite possible. Cette semaine.

Valérie hocha la tête.

— Malgré tout..., commença-t-elle, puis elle hésita. Ils vont tous être sur le qui-vive ensuite.

— On ne peut pas faire autrement. Ils vont bien finir par en avoir vent. On restera dans le vague quand ils nous demanderont ce qu'on cherche. Tu sais ce qui nous manque? Des dates. Quand la société d'exploitation Beauregard a-t-elle acheté le terrain et quand l'a-t-on vendu à la fondation?

— Quand Beauregard l'a-t-elle acquis, je l'ignore. La fondation l'a acheté trois mois plus tard.

— Oui, mais à quelle époque se situent tous ces événements? Tu le sais?

— Non. Sophie est peut-être au courant.

— Tu peux l'appeler? Si on essaie de recomposer le puzzle, autant avoir tous les renseignements.

— Il est onze heures, murmura Valérie. Elle ne se couche jamais avant minuit.

Sophie décrocha dès la première sonnerie.

— Bien sûr que je suis encore debout, assura-t-elle à Valérie. J'ai apporté du travail à la maison, je suis à mon bureau. Que voulais-tu?

Valérie le lui expliqua.

— Je ne peux pas te répondre comme ça mais j'ai ce dossier ici. Je vais vérifier. Elle revint aussitôt. J'ai trouvé. Vendu à la société de développement Beauregard le 2 décembre et l'affaire s'est conclue le 5 janvier.

Valérie en eut le cœur glacé. Le 5 janvier. Le jour de la mort de Carlton.

Elle se plongea dans ses souvenirs. Elle se rappelait tous les détails de l'accident aussi clairement qu'au lendemain du drame. Carl avait passé la nuit dans son bureau, elle l'avait entendu ouvrir et fermer ses tiroirs. Il était entré dans la chambre à sept heures, une chemise à la main. « Je rentre. Tout de suite. J'ai des choses à régler, je ne peux plus les remettre. »

Trois jours plus tôt que prévu.

— ... Tu es toujours là ? s'enquit Sophie.

— Oui, répondit Valérie. Que disais-tu ?

— Je t'ai donné l'autre date que tu m'a demandée. La fondation a acheté le terrain à Beauregard le 8 avril. C'est tout ce que tu voulais ?

— Oui, merci. Après avoir raccroché, Valérie se tourna vers Nick. Beauregard a acheté le terrain le 2 décembre et l'affaire s'est conclue le 5 janvier.

— Le jour de l'accident! s'écria Lily.

— Carl était pressé de partir, expliqua Valérie à Nick. Il avait des affaires à régler, prétendait-il.

— Il estimait devoir être présent ou voulait tout arrêter.

— Je crois qu'il voulait tout arrêter, répliqua Valérie. Il paraissait très inquiet et si pressé qu'il n'a même pas effectué tous les contrôles avant de décoller.

— Il était revenu sur sa décision. Il craignait de perdre l'argent et de ne jamais le récupérer...

— Ou bien l'affaire ne semblait pas nette et il préférait se retirer...

— Ou encore ne voulait-il pas être lié à Sybille à tout jamais.

Une fois de plus leurs regards se croisèrent.

— On ne le saura sans doute jamais, reprit Nick. Mais c'était sûrement pour l'une ou l'autre de ces raisons. Peut-être toutes.

Toujours plongée dans ses souvenirs, Valérie revoyait la scène. Toute cette journée défilait comme un film en accéléré et les paroles de Carl lui revenaient. Elle avait la nausée. Elle répéta à Nick les propos de Carl.

— Il a dit « elle » ? s'enquit Nick.

— Les enquêteurs pensaient qu'il parlait de son avion. Et s'il avait fait allusion à une femme...

— Ne dis pas cela, gémit Lily. Les mains sur les oreilles, elle ferma les yeux.

— Elle était là, apprit Valérie à Nick. Lily et elle étaient avec nous la veille du retour.

Ils se regardèrent un long moment. La veille de la signature. La veille

479

du jour où Sybille se servit des treize millions de dollars de Carlton pour acheter le terrain de Graceville. La veille du jour où Carlton décida de rentrer précipitamment. La veille du jour où l'avion s'écrasa.

— Personne ne ferait une chose pareille! s'exclama Lily d'une voix tremblante. C'était une question et une supplique, plus qu'une certitude. Personne ne provoquerait un accident! Avec cinq passagers... cinq personnes qui auraient pu y trouver la mort! On ne peut pas imaginer une chose pareille! Non... pas Sybille... personne!

— On ne sait pas ce qui s'est passé, reconnut Nick d'un air sombre, mais on doit le découvrir.

Valérie traçait des lignes sur le bloc avec le crayon de Nick.

— Même si elle avait joué un rôle là-dedans, elle ne l'aurait pas fait elle-même, tu ne crois pas?

— Sans doute pas. Dans ce cas, elle aurait engagé quelqu'un. Non, elle n'aurait pas pris ce risque.

— Son pilote, dit Valérie. Elle était venue avec l'avion de la fondation.

Nick posa la main sur la sienne pour arrêter ses gribouillis nerveux.

— Il faut qu'on lui parle. C'est la seule solution. On doit découvrir ce qui s'est passé cette nuit-là.

28

— Priez pour le révérend Lily! clamait Floyd Bassington, sa voix déferlant dans la Cathédrale de la Joie et les caméras de télévision où, après des milliers de kilomètres, elle parvenait aux fidèles. Elle est malade et repose sur une couche étroite, désespérée de ne pas être ici avec vous. Elle reviendra dès qu'elle pourra. Elle sait combien vous avez besoin d'elle, combien il vous tarde de la retrouver. Elle sera de retour très bientôt. En ce moment, elle nous regarde : entendez notre appel, révérend Lily! On attend votre retour avec impatience! Nous vous adressons nos prières et vous transmettons notre affection!

Pour Floyd Bassington, c'était le plus beau jour de sa vie. Jamais il n'avait prêché dans un décor aussi grandiose, devant tant de têtes inclinées tel un champ de fleurs fanées et tous ces millions de spectateurs invisibles pendus à ses lèvres, là-bas au pays de la télévision. Il n'avait jamais eu l'occasion de passer à l'antenne. C'était une première. Il gonfla la poitrine, se dressa sur la pointe des pieds et regarda vers le ciel. Je lève les yeux vers les caméras, songea-t-il, tout émoustillé.

— Mais on a un ennemi, hurla-t-il, reprenant avant que son public ne s'agitât et changeât de chaîne. Une marée de visages se leva vers lui : le champ de fleurs se transforma en un paradis de lunes pâles aux yeux médusés rivés sur Floyd Bassington. Un ennemi qui veut détruire notre révérend bien aimé! Un ennemi qui conspire pour la jeter en pâture aux athées et aux faiseurs de cancans rapaces! Un ennemi qui intrigue pour mettre son frêle corps en pièces sous les baïonnettes des mensonges et des insinuations malveillantes!

— Merde, il a perdu la boule, lança Arch Warman à Monte James et Sybille. Ils se trouvaient dans l'appartement de Lily derrière la chaire et regardaient Bassington à la télévision. Faites-le baisser d'un ton. Faites-lui un signe ou quelque chose. Personne ne va prendre ces conneries au sérieux.

— Bien sûr que si, répliqua Sybille d'un air absent. Debout, elle s'apprêtait à quitter la pièce. Ce ne sont pas ses mots qui comptent, c'est le rythme et le volume de sa voix. Je reviens dans un instant.

— Vous repartez ? s'exclama Monte James. Mais qu'est-ce qui se passe, à la fin ? C'est important, nom d'un chien, il faut que vous écoutiez ce qu'il raconte.

Sans répondre, Sybille s'éclipsa. Elle ne pouvait le leur avouer ; pourtant, elle était folle d'inquiétude au sujet de Lily. Lily avait disparu. Sybille avait appelé tous les hôtels et les motels, tous les hôpitaux, tous les membres du personnel et ceux du conseil de la fondation. Personne ne savait rien de Lily. Partie, envolée, disparue. Les mots résonnaient dans sa tête. Elle ne dormait plus. Elle ne mangeait plus. Elle avait contacté d'autres pasteurs, d'autres évangélistes des médias et même retrouvé la trace de Rudy Dominus, déformant les faits pour qu'on ne devinât pas son angoisse.

Partie, envolée, disparue. Je ne suis rien sans elle, songea Sybille qui repoussa aussitôt cette idée. Elle se rendit à la cabine située à l'autre bout du couloir et appela son répondeur automatique.

— Sybille, je suis chez une amie. La voix de Lily, haut perchée et tremblante, lui parvint. Je vais rester ici quelque temps. Je ne veux pas te parler. Je ne peux pas prêcher. Ne t'inquiète pas pour moi. Je vais bien.

Sybille entendit le bruit du téléphone qu'on raccrochait. Elle resta figée sur place, le combiné à la main, les jambes flageolantes. « Je suis chez une amie. » Lily n'avait pas d'amis. A qui s'était-elle accrochée ? Qui lui faisait du bourrage de crâne, qui la montait contre Sybille, qui la lui volait ?

— Sybille, lança Arch Warman d'un ton pressant. On voudrait que vous écoutiez ça.

Pour la première fois, elle ne le remit pas à sa place. En silence, elle le suivit jusqu'à la suite de Lily.

— La télévision ! Cette technologie bénie qui amène le révérend Lily à des millions d'êtres assoiffés de l'entendre, on la déforme, cette technologie bénie, pour faire le mal, pour la mettre en lambeaux et supprimer cette église ! Bassington respira à fond et poussa un long gémissement dans le micro. E&N. Un réseau de télévision câblé baptisé E&N a décidé de s'acharner à mort sur le révérend Lily. Il ne leur suffit pas à ces maniaques des médias de s'être attaqués à Jim et Tammy Bakker — pauvres pêcheurs qui méritent notre compassion ! — et de les avoir supprimés d'un de leurs coups de balai moralisateurs. Grisés par la victoire, ils poursuivent d'autres victimes ! Ils s'attaquent à la plus pure parmi toutes, la féminité dans ce qu'elle a de plus virginal, de plus tendre, et ils ont envoyé les voyou à leur solde mettre leur nez dans les affaires de la fondation de L'Heure de Grace ! Tels des rats au museau frémissant, ils ont envahi les lieux, campé devant les portes et jusque dans les bureaux des hommes dévoués qui ont permis d'édifier cette sainte cathédrale et la cité de Graceville.

— Il ne devrait pas s'attarder autant là-dessus, remarqua Monte

James. Pourquoi faire de la publicité gratuite à ces salauds ? Il ne devrait même pas citer le nom du réseau.

— Comment pourrait-on les attaquer alors ? rétorqua Sybille avec colère.

Elle était en colère contre tout et contre tous. « Je suis chez une amie, je suis chez une amie. » Elle en voulait à la terre entière et ces deux-là tenaient le pompon. Quels idiots d'avoir laissé Lily partir ! Comment s'était-elle retrouvée avec des imbéciles pareils sur le dos ?

— Vous n'avez pas oublié qu'on a organisé la riposte, vous êtes quand même capables de vous rappeler ce qu'on a mis sur pied hier, ajouta-t-elle.

— C'est vous qui avez décidé, nous, on a suivi, grommela-t-il. Bon, enfin... Il n'empêche que Floyd ne devrait pas dire qu'on nous pose des questions. Il devrait poursuivre !

— Aussi va-t-on leur apprendre de quel bois on se chauffe ! clama Bassington. Nous allons manifester main dans la main devant leurs portes ! Nous allons envahir leurs bureaux ! Nous allons submerger leurs tables de millions de lettres et de télégrammes ! Nous allons avertir leurs annonceurs de nos protestations ! Nous allons faire fermer cet odieux réseau d'E&N !

« Manifestons ! rugit-il. Manifestons main dans la main ! Les placeurs vont passer parmi vous pour vous donner l'adresse des studios et des bureaux d'E&N qui apparaît maintenant sur vos écrans. Allez-y ! Sus à E&N ! Formez un cordon devant chez eux ! Allongez-vous en travers de leur porte pour que personne ne puisse entrer et prendre part à leurs mauvaises actions ! Ecrivez-leur ! Envoyez-leur des télégrammes ! Dites-leur de laisser notre révérend Lily en paix. Sinon, on les fera fermer définitivement ! Dites à leurs annonceurs qu'on n'achètera jamais leurs produits tant qu'ils ne retireront pas leur soutien à ces suppôts de Satan ! Dites-leur...

Il dut reprendre son souffle. L'émotion lui tournait la tête et il ne se rappelait plus ce qu'il voulait raconter. Dites-leur... Dites-leur quoi ? Les projecteurs chauffaient atrocement. Sa chemise était en sueur. Il transpirait de partout, même des pieds. Il fit un geste pressant vers l'organiste et le chœur qui se tenaient derrière lui. Aussitôt la musique s'éleva, cachant le trouble de Bassington comme la marée montante et entraînant la congrégation vers la gloire de Dieu.

Le lendemain, la campagne contre E&N commença.

Les manifestants arrivèrent de bonne heure le lundi matin, trois groupes de dix défilant autour de l'immeuble d'E&N. Toutes les heures, d'autres les remplaçaient.

— Trop bien organisé et pas assez enthousiaste, remarqua Nick qui se tenait devant la fenêtre de son bureau en compagnie de Leslie et Valérie. Ils sont sans doute payés pour ça. On dirait une mise en scène signée Sybille. Elle doit penser que la situation est grave.

— C'est peut-être le conseil qui a monté cela, répliqua Leslie. Qu'as-tu raconté à ces types ? demanda-t-il à Valérie. Tu as dû leur foutre une trouille bleue.

— Je n'ai parlé qu'aux trois membres qui ne font pas partie du comité directeur et le ton était très modéré. Je leur ai juste posé quelques questions, je n'ai porté aucune accusation et, d'après ce que je sais, ça s'est aussi passé très calmement avec Earl. Il a discuté avec James, Warman et Bassington. Sans aucun résultat.

— Mais quelque chose les a effrayés, déclara Nick. Peut-être simplement le fait de les avoir interrogés. Jusqu'à présent, ils avaient sans doute l'impression d'être à l'abri des scandales qui se déchaînent autour d'eux à cause de Lily. Qui imaginerait qu'elle puisse être mêlée à une affaire illégale ?

— Pas moi, répondit Leslie. Val, tu as tiré des renseignements intéressants de ceux à qui tu t'es adressée ?

— Rien. Selon moi, ils ne savent pas ce qui se passe... si tant est qu'il se passe quoi que ce soit. L'un d'eux, un professeur de théologie, Lars Olssen, est si bien... je pensais que Sybille l'avait inventé pour le rôle.

— Tu veux dire que c'est un bon acteur ?

— Non, un homme bien. Il croit en la bonté. Non pas qu'il prétende qu'il n'existe pas beaucoup d'horreurs ici-bas mais il est convaincu qu'on peut les écarter et transformer le mauvais en bon si les hommes de cœur s'en préoccupent et prennent des mesures. S'il se trame des choses étranges à Graceville, il n'est pas au courant.

— Pourtant, tu sais que certains d'entre eux doivent s'en mettre plein les poches.

— Je serais prêt à le parier, affirma Nick. Sauf si j'avais des preuves à fournir. On a entrouvert des portes et échafaudé de brillantes hypothèses. Que peut-on en faire ? Pas question de présenter des insinuations à l'antenne.

— Tu n'as donc pas d'émission.

— Pas pour l'instant. Et je ne vois rien venir.

— Merde. Leslie jeta un coup d'œil vers Valérie. Sale affaire.

Elle regardait les piquets de manifestants en bas. De l'autre côté de la rue, des badauds les observaient. On devrait filmer la scène, songea-t-elle, au cas où on aurait un reportage sur Graceville. Ils avaient déjà sur le sujet des kilomètres de pellicule prêts à monter : des séquences de Lily officiant, des plans de Graceville, de la cathédrale, des permis de construire pour chacun des édifices délivrés à l'entreprise de bâtiment Marrach, des vues du chef d'équipe d'Arch Warman qui venait régulièrement rendre visite à la société Promoteurs et Entrepreneurs Warman, les villas de Bassington dans les îles Caïmans et le nord du Minnesota, la Porsche de fonction de Monte James, ses maisons à Aspen et Beverly Hills sans oublier le jet de la fondation de L'Heure de Grace.

Mais tout cela ne représentait sans doute que la pointe d'un iceberg bien plus gros. Et ce n'était pas suffisant pour présenter un reportage complet dans « L'Agrandissement ». Impossible de prétendre le contraire, Nick et Valérie avaient examiné et réexaminé la question. Elle n'avait

pensé qu'à cela tout le week-end : son idée, son émission... et rien au bout du compte.
— Deux de suite, lança-t-elle à Leslie. C'est un record : rater deux sujets avant même d'avoir officiellement commencé ?
— Sale affaire, répéta-t-il. J'aimerais pouvoir faire quelque chose.
— Et moi donc ! Bien sûr, si on pouvait jeter un coup d'œil sur les livres de comptes de la fondation, ceux de l'entreprise Marrach ou encore découvrir l'identité des actionnaires de la société d'exploitation Beauregard...
— Chaque chose en son temps. Pourquoi ne se débarrasse-t-on pas de cette bande d'énergumènes ? déclara Leslie en se tournant vers la fenêtre. On ne pas dire qu'ils rehaussent notre image. Si on leur annonce qu'on n'a pas d'émission, ils vont s'en aller.
— Non, répliqua Nick. Pourquoi leur avouer qu'on n'a rien ? Ça ne me dérange pas et cette publicité risque de rafraîchir la mémoire de quelqu'un ou même de réveiller certaines consciences. On en tirera peut-être matière à réaliser un reportage finalement.
— Nous voilà deux à prendre nos désirs pour des réalités, lança Valérie, et ils sourirent au même moment.

Leslie, qui les observa d'un regard approbateur, se sentit retiré des voitures et heureux de l'être. Avec une envie soudaine de donner un coup de pouce à cette histoire d'amour.

— Vous ne voulez pas venir dîner à la maison ce week-end ? proposa-t-il avec désinvolture. Ça me ferait plaisir qu'on passe une soirée tous les quatre.
— A moi aussi, répliqua Valérie qui avait toujours le sourire aux lèvres.
— Vendredi, suggéra Nick. On est pris samedi.
— Je vais en parler à ma femme, répondit Leslie qui regagna son bureau.
— On est pris samedi ? s'enquit Valérie.
— Si tu es libre. Le pilote de Sybille sera rentré de vacances d'ici là. Tu es d'accord ?
— Oui, merci. J'aimerais que ce soit déjà fini.
— Peut-être ne découvrira-t-on rien du tout.
— Dans ce cas, il faudra chercher ailleurs, répliqua Valérie qui s'efforça de garder un ton léger. Carl détestait les romans et les films policiers. Jamais je n'aurais imaginé qu'il m'aurait laissée au milieu de tout ça.

Elle jeta de nouveau un coup d'œil sur les manifestants. Quelqu'un photographiait les différents groupes et les badauds de l'autre côté de la rue. Des journalistes, songea Valérie. Et bientôt arriveront les caméras de la télévision.

— Il faut que je retourne travailler, dit-elle. Je n'ai pas commencé mon reportage de cette semaine.
— Vendredi soir, ajouta Nick tandis qu'elle s'apprêtait à partir, après le dîner chez Leslie, tu viendras à la maison ?

— Oui, j'aimerais beaucoup. Une heure ou deux.

Il l'observa un long moment puis l'enlaça.

— Ecoute. Tu le sais déjà, mais je vais te le répéter. Chad te trouve formidable. Il parle de toi sans arrêt, il est impatient de te voir, il te réserve quelques anecdotes. Exactement comme son père. Rien ne lui ferait plus plaisir que de te découvrir au petit déjeuner. Exactement comme son père.

— Dans un premier temps peut-être. Puis il risquera de s'inquiéter si notre histoire n'a pas de suite. Ce serait encore plus dur pour lui de ne pas comprendre sans oser poser de questions.

— Chad ne se gêne jamais pour poser des questions. Sa curiosité est insatiable et nous dépasse tous. Il n'hésitera pas.

— Et que lui répondra-t-on ?

Nick réfléchit une seconde.

— Je dirai que, pour deux personnes qui réapprennent à se connaître alors que tout a changé dans leur vie pratiquement, on avance très vite, on est très bien ensemble et que, pour l'instant, on n'en sait pas plus. Ensuite, c'est toi qu'il interrogera.

Valérie sourit.

— J'aime tes paroles mais je continue à penser qu'il ne vaut mieux pas que je rencontre Chad au petit déjeuner. En tout cas, tant que je n'ai pas de réponse à lui donner. Elle posa la main sur sa joue et l'embrassa avec tendresse. Bon, maintenant je retourne travailler.

Le lendemain, mardi, les premiers flocons de ce qui allait devenir une avalanche de centaines de milliers de lettres et de télégrammes arrivèrent à E&N et d'autres manifestants, moins disciplinés et beaucoup plus démonstratifs, se joignirent aux premiers. A midi, on en dénombrait trois à quatre cents qui scandaient des slogans, chantaient et défilaient avec des panneaux proclamant : SAUVEZ NOTRE ANGE ! et PROTÉGEZ NOTRE RÉVÉREND LILY !

— D'après eux, de quoi doit-on la protéger ? demanda Leslie en lisant les banderoles du bureau de Nick.

— Bassington s'est montré assez vague là-dessus, répliqua Nick. J'ai enregistré son sermon que l'ai regardé deux, trois fois et je ne trouve toujours rien dans ses assertions, hormis que Lily est en danger. A cause de nous.

— Regarde ça, dit Leslie.

Nick s'approcha à son tour. Il y avait d'autres panneaux : E&N = MAUVAIS ET NOCIF, FERMER CE RÉSEAU DES SUPPÔTS DE SATAN, COUPER LEURS CÂBLES, POURQUOI FAIRFAX ABRITE-T-IL LE DIABLE ?

— Merde, protesta Leslie. Ils veulent que les autorités nous foutent à la porte.

— Ça risque de leur arriver avant nous, remarqua Nick. La police est là.

Au début, les agents se bornèrent à contenir les manifestants pour ne pas couper la circulation. Dans le milieu de l'après-midi, certains étaient allongés sur le trottoir devant les portes d'entrée de l'immeuble. Les directeurs d'autres sociétés commencèrent à s'énerver. Sur ce, les forces de l'ordre repoussèrent les perturbateurs. On entendit des cris et des sanglots, des hommes et des femmes s'agenouillèrent au milieu de la chaussée, bloquant le trafic.

– J'ai deux cameramen sur le coup, annonça Leslie à Nick. L'un qui tourne sur le toit, l'autre par la fenêtre de mon bureau. Tu n'as rien contre ?

– Rien du tout. Même si on ne s'en sert jamais, ce sera pour les archives. Je te remercie d'y avoir pensé.

Nick retourna à son ordinateur sur lequel il tapait une déclaration.

– Ce n'est pas toi qui vas la lire, n'est-ce pas ? s'enquit Leslie.

– Si, pourquoi ?

– A leurs yeux, tu es le diable.

– Je ne compte pas m'adresser à eux, c'est pour le journal de six heures. J'en aurai des copies à distribuer demain quand ils reviendront.

– Ils n'y manqueront pas. D'après toi, que diraient-ils s'ils savaient qu'on n'a pas d'émission ?

– Ils essaieraient sans doute de nous faire fermer pour supercherie. Nick imprima les deux feuillets qu'il tendit aussitôt à Leslie. Qu'en penses-tu ?

Il lut le texte.

– Je trouve ça bien. N'y change rien.

On enregistra le document pour le journal de six heures. Nick s'installa à la place qu'occupait Valérie pour son reportage de « L'Agrandissement ». Par la vitre derrière le fauteuil défilait une bande de la manifestation.

– Ici, Nicholas Fielding, président d'E&N, commença Nick en regardant la caméra et en lisant le texte sur le prompteur.

Raide et gauche, il aurait aimé pouvoir confier cette tâche à quelqu'un d'autre. Impossible. Cette entreprise était la sienne, il devait parler en son nom.

– Aujourd'hui, des manifestants ont menacé avec violence de faire fermer ce réseau si nous poursuivions notre enquête sur une église et son pasteur qui a une audience nationale sur le petit écran. Je ne suis pas ici pour critiquer les perturbateurs ni ceux qui nous envoient des lettres et des télégrammes tenant les mêmes propos. J'estime quant à moi que ce serait bien pis si on ne s'exprimait pas, si le silence s'abattait sur notre pays parce que personne ne se sentirait motivé au point de défiler dans les rues pour tenter de changer des choses.

« Il n'est pas bien non plus de céder automatiquement à la pression des opposants. Je vais les écouter, je vais réfléchir à leurs demandes. D'un point de vue pratique cependant, je ne peux y consentir que si mes convictions sont les leurs. Car, si j'accédais à leurs revendications, il n'y a aucune raison que, demain, je n'en accepte d'autres, peut-être contradictoires, parce qu'un autre groupe de manifestants, présentant d'autres demandes, aura surgi. Et, le troisième jour, je risque de nouveau de changer d'avis pour répondre aux exigences d'autres encore. Si je n'avais pas de convictions profondes, je virerais au gré du vent en fonction de celui qui crierait le plus fort, rien ne se ferait et personne ne serait satisfait.

« Toutefois, ce n'est pas la principale raison pour laquelle je ne peux céder. Non, c'est une question de passion. Les manifestants ont la leur, j'ai la mienne. En réalité, j'en ai plusieurs.

« La passion de rechercher la vérité car les mensonges, les fuites et les programmes secrets nuisent à la démocratie. Et les seuls gens, que vous les appréciiez ou pas, qui ont pour mission de révéler ces mensonges, ces fuites et ces programmes secrets sont les journalistes.

« La passion de recueillir les informations, d'écouter tous les protagonistes et de progresser dans le chemin de la vérité.

« La passion qui dicte de faire confiance à son jugement, d'être prêt à défendre ses positions et d'inviter les autres à partager son point de vue non par la force mais par la raison.

« Ce sont ces passions qui guident E&N. Si on s'y tient, on arrivera à les faire vivre. Si on faiblit, on compte sur vous pour nous rappeler à l'ordre. Nous comptons vraiment sur vous. Merci.

Il resta en place, regardant la caméra d'un air sombre jusqu'à la fin de l'enregistrement.

— Bravo, approuva tranquillement Valérie.

Se protégeant les yeux de la main, il se retourna et la découvrit à ses côtés.

— J'ignorais que tu étais là.

— Je craignais que, le sachant, tu ne sois nerveux.

— Ça ne m'a pas empêché de l'être. Tu as trouvé ça bien ?

— Parfait.

Il lui en fut reconnaissant. En cet instant, c'était elle la professionnelle et lui le bleu.

— Il vaut mieux que je visionne la bande avant de donner le feu vert, déclara-t-il. Viens avec moi. J'aimerais que tu sois là.

Ils la regardèrent en silence, tentant de juger de l'impact.

— Je ne pense pas que ça va influencer beaucoup de manifestants, lança enfin Nick. En revanche, certains téléspectateurs risquent de réfléchir et d'approuver.

— Je m'intéresse davantage aux réactions du conseil de la fondation, répliqua Valérie. Vont-ils croire que tu t'adresses à eux ? Surtout Olssen, ajouta-t-elle d'un air songeur. J'ai l'impression qu'il est du genre imprévisible.

Nick sourit.

— Il suit nos infos, d'après toi ?

— Oui, tu as raison, peut-être pas. Bon, je vais m'assurer qu'il regarde ce journal, qu'ils le regardent tous. Si tu veux bien m'excuser, Nick, j'ai des coups de fil à passer.

A six heures et demie ce soir-là, trente minutes après avoir entendu la déclaration de Nick à la télévision, Lars Olssen l'appela à son bureau. Nick était encore là. Il avait suivi les actualités avec Valérie et ils comptaient aller dîner ensemble.

— J'ai admiré vos paroles, déclara Olssen. Ses mots paraissaient mesurés, sa voix sonore, une voix qui captait l'attention. Je n'étais au courant de rien. Naturellement, je sais qui a provoqué ces événements : Floyd Bassington les a fomentés dans son sermon de dimanche. Je ne pense pas qu'il en soit l'instigateur. Il a peu d'imagination et il est très proche de deux autres membres du conseil beaucoup plus agressifs que lui.

— James et Warman, répliqua Nick. Apparemment, il y a scission entre vous.

Olssen garda le silence.

— Cela risque de n'affecter en rien vos décisions bien entendu, affirma Nick à dessein. Si vous êtes tous d'accord sur la façon de diriger la fondation et de gérer Graceville, il n'y a pas de problème.

Olssen soupira.

— Deux journalistes de votre réseau nous ont interviewés, Valérie Sterling et Earl DeShan. Avec votre permission, je suppose.

— Oui, acquiesça Nick.

— Je me suis entretenu avec Valérie Sterling. Ses questions étaient bien choisies et déconcertantes. Elles m'ont poussé à observer d'un œil plus aiguisé une organisation à laquelle j'ai peut-être accordé trop peu d'attention. Lily Grace, jeune femme charmante et de talent, nous a fermé les yeux à tous. On lui fait confiance et on a donc fait confiance au reste. Mais les questions de Miss Sterling et aujourd'hui cette manifestation... Pourquoi déclencher une telle action si ce n'est par peur ? En bref, ma confiance est ébranlée. Je suis très inquiet bien que sans raison réelle.

Nick avait branché l'amplificateur pour que Valérie en profitât aussi. Il griffonna sur une feuille de papier : les finances.

— Il y a une façon de répondre à la plupart de nos interrogations, confia Nick à Olssen. On pourrait consulter les livres de comptes de la fondation.

Olssen soupira de nouveau.

— Pour découvrir où va l'argent. Je ne peux pas prendre les dossiers si c'est là ce que vous entendiez.

— Mais peut-être pourriez-vous aider un comptable qui voudrait les regarder.

Un silence s'ensuivit.

— Peut-être, répondit Olssen. Ils sont dans les bureaux de Graceville, je crois.

— J'ai le nom d'un comptable, poursuivit Nick d'un ton modéré pour cacher son émotion grandissante. Il connaît bien ce domaine, il a participé à l'examen des livres des Bakker à PTL. Peut-être aimeriez-vous l'appeler et voir avec lui.

Olssen se sentait écœuré. La voix de Nick et ses paroles pondérées lui étaient sympathiques. De plus, son intervention à la télévision suscitait son admiration. Sa déclaration n'était pas incendiaire : il n'avait attaqué ni cité personne.

Mais de là à fureter dans les bureaux de la fondation et à lâcher un comptable qui mettrait son nez partout à la recherche de documents compromettants... Cette idée le rendait malade. Il avait rejoint L'Heure de Grace pour apporter amour et réconfort, pour aider des millions de gens dans le besoin, beaucoup plus qu'il n'en aurait jamais touché quand il prêchait en chaire, beaucoup plus qu'à travers son enseignement. Il cherchait à faire le bien, pas à jouer les espions.

Mais sa confiance était ébranlée.

— Donnez-moi le nom de ce comptable, déclara-t-il.

Le lendemain soir, après le départ du personnel, le révérend Lars Olssen et Alvin Speer, expert-comptable, saluèrent le gardien à l'entrée de la petite maison située dans le domaine de Graceville.

— Bonsoir, révérend, lança l'employé. Si vous avez besoin de quoi que ce soit, dites-le-moi.

Olssen hocha la tête d'un air songeur. Le gardien avait manifestement l'habitude de voir venir des membres du conseil le soir. Pour quoi faire ? se demanda-t-il.

Il introduisit Speer dans les bureaux.

— Je ne connais rien aux ordinateurs et rien aux livres de comptes. Je ne vous serai guère utile.

— Ce n'est pas grave, répliqua Speer. Je vais juste jeter un coup d'œil.

Olssen s'assit dans un coin. Il avait apporté un livre, songeant tout d'abord à prendre la Bible, mais cela semblait exagéré : rien ne justifiait encore de se mettre à prier. Aussi choisit-il un roman et tenta-t-il de se concentrer sur sa lecture.

Trois soirs de suite, jusqu'à une heure avancée, il lut son ouvrage pendant qu'Alvin Speer poursuivait ses investigations. Le vendredi soir, juste avant minuit, Olssen finit son livre. Les mains croisées sur les genoux, il contempla Speer penché sur les documents.

— Bon, annonça Speer qui releva la tête deux heures plus tard et se tourna vers Olssen, dans un premier temps, ça me suffit. Il y a tout ce qu'il faut ici. Je peux faire un rapport par écrit ou de vive voix.

— De vive voix dans l'immédiat, je vous prie, répondit Olssen. Et par écrit le plus rapidement possible.

— Bon, commençons par le commencement... A propos, j'ai effectué quelques recherches dans la journée au cas où vous vous demanderiez d'où je sors certains renseignements. Bon, commençons par le commencement. Des chèques arrivent de partout, des petits et des gros. Les noms, les adresses et les sommes sont consignés sur l'ordinateur et les chèques envoyés à la banque.

— La Banque de crédit et d'épargne James, dit Olssen.

— Non, un établissement de Culpeper. Tous les noms et toutes les rentrées sont répertoriés sur ces listages. Le problème, c'est que le total journalier ne correspond pas aux chiffres. Il vit l'air interdit d'Olssen. Quelqu'un a programmé l'ordinateur pour modifier les montants à la fin de chaque document. On additionne les chèques reçus tous les jours et on obtient un total supérieur à celui qui apparaît.

— Supérieur, répéta Olssen.

— Selon moi, ils déposent les chèques sur deux comptes différents, l'un au nom de la fondation, l'autre sur un compte personnel. L'argent versé sur celui-ci revient à celui qui mène la danse. C'est un vieux truc, des tas de gens font ça, pas seulement les religieux. Donc, quand ils piquent du fric sur ce qui rentre, ils doivent s'assurer que le total indiqué sur le listage est égal aux versements effectués sur le compte de la fondation. Au cas où le fisc ou quelqu'un viendrait vérifier. Vous avez compris ? Vous vous rappelez que la fondation encaisse près d'un million et demi de dollars toutes les semaines. Ce qui représente cinq à dix mille dons par jour. Qui va additionner ça à la main ? La plupart des gens se contentent de regarder les totaux. Mais, j'ai débarqué là-dedans et j'ai additionné tous les chiffres un par un. Vous me suivez ?

— Combien ? s'enquit Olssen.

— Combien ils empochent ? Dans les dix pour cent, j'imagine.

Olssen ferma les yeux. L'année précédente, la fondation avait reçu soixante-quinze millions de dollars en dons et cotisations. Là-dessus, quelqu'un avait barboté sept millions et demi. Qui ? Combien étaient-ils ?

— Evidemment, ce n'est que le début, poursuivit Speer. Vous voulez savoir le reste ?

Olssen ouvrit les yeux.

— Je veux tout savoir.

— Bon, commençons par le commencement. Les coûts de construction de Graceville. J'ai passé quelques coups de fil, à des types que je connais dans le bâtiment à Rockville et à deux, trois autres. Il s'avère que vous payez l'entreprise Marrach environ vingt pour cent de plus que la norme, et ce sur toute la ligne : la main-d'œuvre et les matériaux. Passons à votre emprunt. Il vous revient à deux pour cent de plus que dans n'importe quelle banque. Quant aux coûts de production de vos programmes télévisés... ils représentent à peu près le triple de ce que dépense mon ami Nick Fielding lorsqu'il réalise ce genre d'émission. C'est à peu près tout. Ah oui, les salaires sont normaux, élevés sans être exorbitants. En revanche, vous avez des frais pour les membres de votre conseil qui en étonneraient plus d'un : des voitures, des voyages, des maisons, ce genre de choses. Je vois qu'on a vendu l'avion de fonction il y a quinze jours... vous savez pourquoi on s'en est séparé ?

— Je l'ignorais.

— Ils commencent peut-être à faire le ménage. Un peu tard apparemment.

Un silence s'ensuivit.

— Vous voulez attendre mes conclusions ? s'enquit Speer. Elles seront dans mon rapport.

— Je vous en prie. Dites-moi tout.

— Bon. Vous prenez dix pour cent sur les dons, vous payez des budgets de construction gonflés, un emprunt très cher, vous triplez les coûts de production, sans compter la gratte au profit des membres de votre conseil, ce qui reste pour les frais de construction normaux et les frais de gestion des programmes télévisés représente en gros cinquante-six pour cent des rentrées.

— Cinquante-six pour cent !

— Passons à l'autre aspect de la question, d'après ce que je vois : au cours des deux ans nécessaires à l'édification de Graceville, on détournera environ soixante-cinq millions au profit de l'entreprise de bâtiment Marrach, la Banque de crédit et d'épargne James, les Productions Sybille Morgen et je ne sais qui.

Olssen le dévisagea, muet.

— Cela étant, je n'ai aucune preuve démontrant que tout ceci est illégal, poursuivit Speer, en dehors des dix pour cent de fraude sur les dons. Quelqu'un pourrait peut-être fournir des explications intéressantes sur le sujet. Quant à moi, j'ai des doutes. Il y a tellement de scandales dans ce domaine qu'on étale au grand jour en ce moment – c'est dans l'air, non ? – que ça ne me dit rien qui vaille. Ça pue le dessous-de-table depuis le début. Plusieurs problèmes se posent donc. Il faut en informer le fisc. Pour commencer, cette bande pas très catholique perdra aussitôt ses avantages fiscaux si la situation se présente comme je l'imagine. Mais ça, ce n'est rien. La grande question est de savoir s'il s'agit de fraude : fraude vis-à-vis de la fondation et du gouvernement. En ce cas, cela relève de la loi.

Olssen avait les yeux rivés sur lui. Dire que j'ai consacré ma vie à aider les gens dans le besoin, toute ma vie, songea-t-il. Et voilà que je découvre que j'ai servi de couverture à des escrocs, des voleurs, des fraudeurs, et tout cela au nom du Seigneur !

Speer était perplexe.

— Vous n'allez pas me demander de garder le silence là-dessus, mon révérend. C'est impossible. Enfin, si je trouve des preuves...

— Je ne vous le demanderai pas. Ça irait à l'encontre de tout...

Il ne finit pas sa phrase. Graceville en soi allait à l'encontre de tout ce en quoi il croyait, ce qu'il enseignait, ce pour quoi il œuvrait. Et il avait permis qu'on se servît de lui. Il avait fermé les yeux, il s'était montré indolent, suffisant, négligent...

— Bon, ben, je vais y aller, reprit Speer. Vous aussi, vous devriez partir, mon révérend. Il est affreusement tard.

— Oui.

Olssen s'extirpa de son fauteuil. Il était fatigué mais il savait qu'il ne dormirait pas cette nuit. Il devait réfléchir à tout ce qu'il venait d'apprendre. Réfléchir à l'avenir. Se faire pardonner ses péchés de paresse et d'orgueil. Il fallait en informer Lily. Informer les autres membres du conseil – si tant est qu'il pût distinguer avec certitude les coupables des innocents – qu'on ne tarderait pas à rendre public le rapport de Speer. Informer Nick Fielding. La voix de la raison, qui avait mené à ces révélations, était la sienne. Sans la déclaration de Nick, Olssen n'aurait sans doute jamais soulevé le voile de Graceville pour découvrir le monde infernal qui grouillait dessous.

Nick Fielding, se rappela Olssen, préparait une émission sur Graceville. Il fallait absolument le tenir au courant.

Tôt le samedi matin, alors que seuls les joggers couraient dans les rues désertes, Nick reçut un coup de téléphone puis en passa un. Il appela Valérie qui venait de se réveiller et lui annonça que, en fin de compte, elle aurait un reportage sur Graceville.

Une heure plus tard, Floyd Bassington démissionna du comité directeur de la fondation.

29

Lily entendit le téléphone sonner quand Nick appela. Elle était réveillée depuis l'aube. La brise qui soufflait sur Georgetown n'arrivait pas jusqu'à Falls Church et Lily avait passé la nuit à s'agiter sur le divan du salon et à arpenter la pièce dans l'espoir d'oublier la chaleur qui l'accablait. Cependant, à quatre heures du matin, debout devant la fenêtre, les yeux rivés sur les sumacs immobiles dans la lumière pâle du petit jour, elle comprit que ce n'était pas seulement la chaleur qui l'empêchait de dormir. Mais ce qui l'attendait. Aujourd'hui, elle allait trahir Sybille.

En un sens, elle l'avait déjà trahie. Elle avait joint le bureau de la fondation et extorqué à la secrétaire l'adresse de Bob Targus, le pilote qui travaillait pour L'Heure de Grace jusqu'à ce qu'on vendît le jet deux semaines plus tôt. Elle était prête à mentir – mentir pour la première fois – si on lui posait des questions. On ne lui demanda rien. Cela ne voulait pas dire pour autant qu'elle était quelqu'un de bien qui ne mentait pas, simplement qu'elle avait de la chance.

Il m'arrive quelque chose, songea Lily. Elle ne savait plus qui elle était ni que faire de sa vie. Elle n'était sûre que d'une chose : elle aimait Valérie plus que tout au monde. Elle avait toujours eu tant d'affection à donner et n'avait jamais trouvé quelqu'un à qui l'offrir de manière à être heureuse. Rudy Dominus était sorti de son existence, Quentin Enderby était mort et Sybille... rien de ce qui concernait Sybille ne semblait plus juste. Sans parler de... elle ne pouvait pas prononcer son nom. Elle ne le prononcerait jamais. Il était mauvais, il avait rendu les gestes de l'amour répugnants, détestables, et elle ne pouvait penser à lui sans trembler de dégoût.

Pourtant, elle passait la majeure partie de son temps à méditer sur cette aventure. Il avait deviné qu'elle s'inquiétait à l'idée d'être un symbole aux yeux des gens au lieu d'exister pour elle. Lily ne s'en rendait pas compte, même si elle commençait à s'interroger là-dessus. Sinon, pourquoi se serait-elle jetée sur le premier homme qui l'avait traitée comme une vraie femme ? Je voulais être une personne à part entière et je ne savais comment m'y prendre. Je me demande comment je vais apprendre cela.

Valérie pouvait le lui apprendre. C'était Valérie que Lily aimait, Valérie qui l'avait rendue heureuse. Et aujourd'hui Valérie avait besoin de son aide. C'était pour cette raison que Lily avait obtenu l'adresse de Bob Targus et qu'elle l'accompagnerait cet après-midi : parce que Bob la connaissait, qu'elle lui était sympathique et qu'il serait sans doute plus franc avec elle qu'avec Nick ou Valérie.

Elle croyait bien agir. Pourtant, lorsqu'elle salua Bob Targus ce jour-là, elle se sentit soudain coupable en voyant son large sourire, car elle ne pouvait se montrer honnête à son égard.

— Révérend Lily ! s'exclama-t-il en prenant ses mains dans les siennes. Je pensais qu'il me faudrait aller à votre église pour vous revoir ! Je savais pas que vous veniez avec des gens, ajouta-t-il lorsqu'il découvrit Nick et Valérie.

— Ce sont mes amis, répliqua Lily. Valérie Sterling et Nick Fielding.

Targus serra la main de Nick puis celle de Valérie.

— Je vous proposerais bien d'entrer, mais c'est un vrai foutoir. On rentre de vacances et on va déménager. Je travaille pour Nabisco maintenant, incroyable, hein ? Je suis passé de Dieu aux biscuits salés, comme dit ma femme. Ça me fait rire ! Alors, si vous y voyez pas d'inconvénient, on peut se mettre ici...

Lily remarqua sa nervosité et la culpabilité la reprit.

— Quel joli jardin déclara-t-elle alors qu'il rapprochait des fauteuils à l'ombre d'un marronnier.

Elle lui posa des questions sur son nouvel emploi, la ville où il comptait s'installer avec sa femme et la maison qu'ils avaient achetée. Lily s'efforçait de le mettre à l'aise pour le faire parler et elle se sentait encore plus gênée. Elle était bien obligée. Mieux elle s'en sortirait, plus vite ils trouveraient ce qu'ils cherchaient et ils pourraient rentrer.

— Vous avez juste accompagné Lily ici pour me voir, demanda brusquement Targus à Nick, ou il y a une autre raison ?

— On voudrait vous demander quelque chose, répondit Nick. Lily a proposé de venir avec nous pour faire les présentations dans la mesure où vous êtes amis.

— Il s'agit donc d'un sujet que j'ai pas envie d'aborder. Targus plissa les yeux alors que son regard passait de Nick à Valérie puis à Lily. Vous êtes au courant ? dit-il à Lily.

— Oui, ce n'est qu'une simple question. On ne sait rien, on voudrait juste découvrir... Elle hésita avant de poursuivre. Ce n'est pas une affaire agréable, mais il faut qu'on comprenne...

Elle se tourna vers Valérie qui soutint son regard, l'encourageant sans rien lui imposer. Si Lily ne pouvait assumer cette mission, Valérie ou Nick s'en chargerait à sa place.

Je le leur dois, songea Lily. Si des événements condamnables ont eu lieu, j'y étais mêlée. J'ai toujours cru pouvoir rester à l'écart des vilaines choses ; d'autres s'en occupaient pendant que je prêchais en chaire, au-dessus de tout. Oh, quelle horreur ! gémit-elle en silence. C'est tellement mieux de ne pas être impliquée !

Si Valérie avait eu ce sentiment quand Lily avait sonné à sa porte au milieu de la nuit, elle ne l'aurait pas invitée à entrer, elle ne lui aurait pas offert un lit, elle ne l'aurait pas écoutée, elle ne l'aurait pas accueillie.

Lily se passa la main sur le front. Même à l'ombre, il faisait lourd. Malgré la robe bain de soleil de Valérie qu'elle portait, la chaleur l'indisposait. Encore un petit effort, s'intima-t-elle, et on va rentrer. Lorsqu'elle s'adressa à Targus, son regard était franc.

— On voudrait vous interroger sur un voyage que vous avez fait à Lake Placid. Vous m'avez emmenée là-bas avec Sybille il y a un an et demi, en janvier. Sybille est revenue le lendemain. Je suis restée et je suis rentrée le surlendemain.

— Dans cet avion qui s'est écrasé, répliqua Targus, le visage impassible.

— Oui, et Carlton Sterling, le pilote, est mort. C'était le mari de Valérie.

Targus tourna la tête.

— Je suis vraiment désolé de l'apprendre.

Il avala sa salive, les muscles de sa mâchoire et de son cou tendus.

— Les enquêteurs ont découvert de l'eau dans les réservoirs de carburant, poursuivit Lily. Les deux réservoirs. On se demandait — vous étiez là, une partie du temps du moins, en attendant de nous ramener —, on se demandait si vous auriez vu quelqu'un à l'aéroport qui aurait pu trafiquer l'avion.

— Pourquoi ? Le mot lui échappa comme un boulet. Pourquoi ferait-on ça ? Quelqu'un... quelqu'un voulait-il sa mort ?

Lily tressaillit et ferma les yeux.

— Merde, je suis désolé, mon révérend... Oh, flûte, je voulais pas jurer... zut, j'aurais pas dû dire... oh, merde... Empêtré dans son langage quotidien qu'il ne pouvait employer devant Lily, il finit par s'exclamer : Excusez-moi ! J'arrive même pas à parler correctement ! Je regrette, révérend Lily, je voulais pas jurer en votre présence... je suis nerveux à l'idée du déménagement et de commencer un nouveau boulot. Et il fait si chaud, nom de Dieu ! Excusez-moi !

— Nous ne savons pas si quelqu'un voulait sa mort, expliqua Nick avec calme. Après le drame, cependant, alors qu'il était blessé, il a déclaré catégoriquement qu'il ne s'agissait pas d'un accident. Il semblait sûr que c'était l'œuvre de quelqu'un. L'œuvre d'une femme.

— Qui ?

— On pensait que vous seriez peut-être au courant.

— Non. Non, monsieur. Je connais rien de tout ça. Je fais mon boulot, j'emmène les gens là où ils veulent. C'est tout.

— Vous êtes attentif, affirma avec douceur Lily qui paraissait déterminée. Vous êtes un excellent pilote, toujours conscient de ce qui se passe autour de vous, que vous soyez en vol ou au sol. Rien ne vous échappe, Bob.

— Non, désolé.

— Ceci est très important pour moi, intervint Valérie qui parlait si bas que Targus dut se pencher vers elle pour l'entendre. Depuis tout ce temps, je n'ai jamais compris pourquoi notre avion s'était écrasé. Si j'apprenais que mon mari a commis une erreur et qu'il s'agissait vraiment d'un accident, je me sentirais mieux. Je ne veux rien savoir de spécial, rien que les faits.

— Il y a toujours une part de mystère quand on vole, répliqua Targus.

— Dans quelle mesure ? s'enquit Valérie.

— Une faible mesure mais certaines choses demeurent inexplicables. Pour ce qui est du vol de votre mari, j'en ai aucune idée.

— Oh, Bob, soupira Lily, vous ne dites pas la vérité.

— Je regrette, révérend Lily.

— De me mentir ?

Il ne répondit pas.

— Je ne crois pas avoir jamais demandé aux gens plus qu'ils ne pouvaient me donner, poursuivit Lily.

Elle parlait d'un ton posé. Cependant, sa voix avait pris le rythme et l'intensité qu'elle adoptait en chaire. Assise droite comme un I dans le fauteuil de jardin, elle paraissait plus âgée et plus grande.

— Je demande uniquement aux gens de répondre à ce qui est en eux. C'est ce que je vous demande, mon cher Bob. Vous êtes un homme qui a l'extraordinaire talent de piloter un bel avion autour du monde, mais vous avez bien d'autres ressources en vous. Vous êtes un père de famille affectueux, un homme bon, intelligent, attentif. Et intègre. Vous n'approuvez pas les mauvaises actions. Vous ne laisseriez pas le mal triompher si vous en étiez témoin. Vous essaieriez de le défier et de le vaincre. Vous vous intéressez à votre prochain. Vous l'aimez.

Targus secouait la tête, tristement bien qu'avec obstination.

— Je suis pas si bien que ça. Comme tout un chacun, révérend Lily. Vous avez toujours une excellente opinion d'autrui, vous prenez les gens pour des saints, mais ils en sont pas. Ils sont petits, égoïstes, et tout ce qui leur importe, c'est de sauver leur peau...

— Que s'est-il passé à l'aéroport de Lake Placid ? insista Lily. Dites-le-nous. Qu'avez-vous vu ?

— C'est affreusement dur, révérend Lily, quand on vous prend pour quelqu'un de bien. C'est lourd à porter, ça vous... ça vous pèse...

— Je crois en vous, affirma Lily. Voulez-vous nous expliquer ce que vous avez vu ?

Il l'observa un moment, le visage en sueur, l'air lugubre.

— Elle m'a demandé de trouver une idée pour l'empêcher de partir, déclara-t-il, et il paraissait soulagé d'avouer enfin ce qu'il avait tu si longtemps. Pour qu'il puisse pas rentrer tout de suite. Il y avait une réunion et elle craignait qu'il essaie de bloquer une affaire à laquelle elle tenait ou je sais pas quoi. Et elle m'a dit de trafiquer son avion pour qu'il arrive pas à décoller. Il était pas question de le tuer, vous devez me croire, mon révérend. Mon Dieu, jamais je pourrais faire une chose pareille, jamais. Elle non plus. Elle voulait juste qu'il reste coincé là un moment. Alors, j'ai pensé que le plus simple c'était de... euh... de mettre de l'eau dans les réservoirs.

Dans un arbre au-dessus d'eux, un cardinal émit un long trille. Valérie s'enfonça les ongles dans la peau, elle avait l'impression qu'elle allait s'évanouir. Elle a assassiné Carl. Elle a assassiné Carl. Elle a assassiné Carl...

Nick avait la main sur la sienne qu'elle retourna d'un geste automatique, la lui abandonnant. Il la serra si fort qu'il lui fit mal et elle se reprit sous le choc. Une rage profonde l'envahit. Elle se redressa, les yeux posés sur Targus.

Lily, si pâle qu'on aurait dit un spectre, le regardait aussi.

— Oui, susurra-t-elle dans un murmure.

— Il se serait imaginé qu'il y avait une fuite, rien de grave, poursuivit Targus d'un ton monotone. Normalement, ce serait très grave d'avoir autant d'eau. Il faudrait vider les réservoirs, qu'un mécanicien vérifie tout, refaire le plein... ça prendrait presque toute la journée. C'était tout ce qu'elle voulait.

Personne ne souffla mot.

— Bon Dieu, comment je pouvais deviner que ce connard effectuerait pas ses contrôles avant de décoller ? Excusez-moi, mon révérend... excusez-moi, Mrs. Sterling... mais il aurait pas dû avoir d'accident ! Y avait aucune raison ! Quand je l'ai appris, j'ai d'abord cru que l'appareil avait autre chose qui n'allait pas. Sacrée coïncidence, mais c'était sûr parce qu'y avait aucune raison qu'il se soit écrasé à cause de l'eau. Il s'en serait aperçu. Enfin, c'est ce que je me suis dit jusqu'à ce que j'aie connaissance du rapport complet. Et là, merde... sous prétexte qu'il était idiot, il fallait que je me prenne pour un assassin ? Il se cacha la tête dans les mains. Je regrette, souffla-t-il d'une voix étouffée, puis il leva les yeux vers Valérie. Je vous le jure, je le regrette sincèrement. Sur le coup, ça m'a presque rendu fou cette histoire. Je pouvais en parler à personne... qu'est-ce que je serais allé raconter ? Ce type est mort à cause d'un truc que j'ai fait sans le vouloir ?... Pourtant, ça me rendait fou d'y penser. Je pouvais pas parler à âme qui vive. Je pouvais pas lui parler, à elle. A la voir, on était jamais allés là-bas. On peut pas lui dire grand-chose. Elle s'occupe de ses trucs et elle vit dans son monde où elle peut faire comme si tout marchait à sa guise. Elle m'a donné une fortune pour ce petit boulot, elle aurait pu se la garder. Jamais j'aurais parlé et elle le savait. De toute façon, c'était pas un drame... enfin, je l'ai pas tué. Quand on y réfléchit bien, il s'est tué parce qu'il a pas procédé à ses opérations de contrôle avant de décoller. Qu'est-ce qui va se passer maintenant ? lança-t-il.

Sybille se trouvait dans son bureau aux Morgen Farms lorsque Valérie et Nick arrivèrent. Ils avaient laissé Lily à Falls Church avant de se rendre à Middleburg.

– Elle est sûrement chez elle, dit Nick en chemin. Je comprendrai si tu préfères ne pas la voir là-bas.

Valérie contemplait le paysage. A une époque, cela semblait un paradis serein loin du bruit de ce monde. Aujourd'hui, cette beauté renfermait quelque chose d'inquiétant car ce décor abritait Sybille et ses complots.

– Je préfère ne pas entrer, mais il m'est impossible de ne pas y aller...

Sa voix tremblait toujours. Elle était si en colère et si bouleversée devant l'énormité de ce qu'avait fait Sybille, ce qu'elle avait tenté de faire, ce qu'elle avait voulu faire, qu'elle ne parvenait pas à se calmer.

– Tu n'es pas obligée, assura Nick.

Lui aussi était dans tous ses états, même si Valérie traversait une épreuve bien plus cruelle. Il s'arrêta dans l'herbe au bord de la route et se gara.

– Il est sans doute trop tôt...

Elle secoua la tête.

– Elle a assassiné Carl. Elle l'a tué. Je n'arrête pas de me le répéter, j'essaie désespérément de comprendre, mais cela semble si inimaginable, si monstrueux... Nick, c'est absurde! On ne se transforme pas un beau matin en criminel pour résoudre ses problèmes!

– Pas tes amis, pas les miens. Presque personne, Dieu merci. Pour beaucoup trop, hélas, cela paraît une solution. Je n'avais jamais rangé Sybille dans cette catégorie. Quelle horreur! On la connaissait tous les deux – j'ai sans doute été aussi proche d'elle que possible – et on n'a jamais imaginé ni l'un ni l'autre... Il respira à fond. Valérie, en fin de compte, je crois que ce serait mieux si tu venais avec moi.

– Oui, je sais. Je ne vois pas comment l'éviter. Si tant est que j'arrive un jour à l'accepter... Comment peut-on accepter une chose pareille? Elle a assassiné Carl. Valérie ferma les yeux un instant. Oui, je vais venir avec toi. Ce n'est pas le moment de jouer les jeunes filles sensibles.

Nick se tourna vers elle et lui prit les mains.

– Apparemment, ce n'est le moment de rien. Trop d'infamies nous entourent. Mais, avant d'aller plus loin, je tiens à te dire combien je t'aime. Je me suis montré trop prudent ces dernières semaines. J'aurais dû me déclarer tout de suite, même si je ne te l'ai pas caché en réalité. Ma chérie, je t'aime, je t'aime depuis toujours. Au cours de toutes ces années, quoi que j'aie fait ou tenté de faire de ma vie, tu étais avec moi et, lorsque je t'ai retrouvée, j'ai compris à quel point tu m'avais manqué, à quel point je voulais ranimer tout cela. Je crois qu'on est parvenus plus loin – je pense que nous avons découvert beaucoup mieux – et je n'ai qu'un souhait : avoir l'occasion d'en profiter. Il est tant de bonheurs que je désirerais que nous partagions... notre vie tout d'abord. Cela paraît horrible de commencer avec les aveux de Targus. Hélas, on est en plein drame et je craignais que la situation n'empire, qu'on ne soit obligés d'attendre une éternité avant de trouver le bon moment. Je suis d'une affreuse maladresse, pardonne-moi.

Valérie se pencha vers lui et l'embrassa. L'espace d'un instant, elle réussit à repousser la colère et le dégoût qu'elle éprouvait à l'égard de Sybille, quelques minutes de paix et de beauté pour eux deux. On retrouvera cela, songea-t-elle. Demain. Après-demain. Ou quand ce sera fini.

— Le moment est parfaitement choisi. Quoi qu'il arrive, nos difficultés appartiennent au passé.

C'était vrai. Ils se sentaient si proches. Ils avaient dépassé toutes les chamailleries puériles et les mouvements d'humeur qui l'amenaient à penser que ça ne marcherait jamais entre eux.

— Je t'aime, murmura-t-elle, ses lèvres contre les siennes. J'aime Chad, je t'aime et j'aime penser à tout ce qu'on fera ensemble, tous les trois, tous les deux, s'amuser, travailler ensemble... Oh ! Oh, mon Dieu !

— Qu'y a-t-il ? s'exclama-t-il, l'éloignant de lui. Que se passe-t-il ?

— Nick, on ne peut pas réaliser un reportage sur Graceville, pas moi, pas ton réseau. On ne peut pas révéler la vérité sur Sybille, pas nous.

— A cause de Chad.

— Oui, bien sûr. Pourquoi n'y avons-nous pas songé ? On était si pris par nos recherches, dans l'espoir de trouver le moyen d'y arriver. Non, c'est hors de question. D'autres s'en chargeront, on n'a pas le pouvoir de les en empêcher mais pas nous, c'est impossible.

— Tu as raison, acquiesça Nick avec calme.

Valérie l'observa attentivement.

— Tu es soulagé. Nick, pourquoi n'avoir rien dit ? Tu y pensais et tu ne m'en as pas soufflé mot.

— C'est toi qui as trouvé cette affaire. Comment te persuader d'y renoncer ?

Ils échangèrent un long regard, puis Valérie sourit.

— C'est peut-être ça mon vrai boulot à E&N : manquer réaliser des reportages dans « L'Agrandissement ». Des tas de gens produisent et montent des films pour la télévision. Combien gagnent leur croûte en manquant les réaliser ?

— Merci, répliqua Nick. Je ne supportais pas l'idée de te le demander.

— Je n'aurais pas pu. Comment vivre avec Chad si je commençais ainsi ?

Nick l'attira de nouveau contre lui ; cette fois, elle resta en retrait.

— Depuis combien de temps y penses-tu ?

— Depuis cet après-midi seulement. Jusqu'alors, je croyais qu'on parviendrait à réaliser un bon film sans l'y mêler. Elle ne fait même pas partie du conseil. On pouvait assurer un reportage sur le conseil, la construction de Graceville, les découvertes d'Al Speer, et concentrer le sujet sur Lily dont tout le monde s'est servi. On pouvait montrer tout cela sans jamais parler de Sybille.

— Et tu as changé d'avis quand on a vu Targus. Parce que cela représentait trop de révélations à déverser sur Chad d'un coup.

— Exactement. Il découvrira la vérité sur Graceville – tu as raison, on n'a pas le pouvoir d'empêcher cela – et il apprendra qu'on a trafiqué l'avion car il faut en informer la police. Mais il n'a pas à savoir que c'étaient son père et la femme qui va devenir sa première mère au vrai sens du terme qui ont révélé ce scandale. Qu'on mentionne ou pas le nom de Sybille, elle est si impliquée dans cette affaire que tous les journalistes vont remonter tout de suite jusqu'à elle et on aura l'impression de leur avoir montré la voie. Je regrette, Valérie, j'aimerais que ce soit possible. Je l'ai déjà dit, n'est-ce pas ?

— J'espère que tu n'auras pas à le répéter, répliqua-t-elle avec un petit sourire. Ne t'inquiète pas, Nick, c'est fini, c'est oublié. Je trouverai un autre sujet. J'aurais dû en trouver un de toute façon une fois celui-là bouclé.

Il serra Valérie contre lui, si reconnaissant qu'il se demanda comment il avait vécu sans elle depuis tout ce temps. Enlacés, ils s'embrassèrent, à cheval sur le changement de vitesse et la boîte à gants qui se dressaient entre eux.

— On est trop vieux pour faire ça dans les voitures ! s'exclama Valérie en riant. Il nous faut une moquette, une moquette moelleuse, un lit...

— Ils nous attendent, répliqua Nick. Une maison nous attend, une vie nous attend... Ils échangèrent un baiser, un petit baiser, car il leur avait rappelé qu'autre chose les attendait tout d'abord. Finissons-en avec cette histoire, déclara Nick.

Valérie se cala sur le siège et il démarra, en route vers les Morgen Farms.

— Mrs. Enderby travaille, annonça le majordome. Vous pouvez patienter dans le jardin d'hiver, mais cela risque de durer des heures. Je vous suggère de prendre rendez-vous pour un autre jour.

Nick écrivit quelques mots sur une carte de visite professionnelle.

— Je crois qu'elle devrait voir ce billet. Nous allons rester ici.

Le domestique hésita, puis saisit la carte et s'éclipsa.

Quelques instants plus tard, Sybille apparut dans le vestibule.

— Quelle surprise ! lança-t-elle d'un ton anodin. Ses yeux bleu pâle notèrent leur présence à tous deux d'un air impassible. Bon, où allons-nous discuter ? Choisis, Valérie. Tu connais le chemin.

— C'est ta maison, rétorqua Valérie. On ira où tu veux.

Mise en échec, Sybille s'éloigna sans se retourner. Nick et Valérie la suivirent jusqu'à la bibliothèque plongée dans la pénombre derrière les rideaux tirés et rafraîchie par l'air conditionné à en être glacée. Sybille choisit une bergère sombre à côté d'un paravent chinois. Elle portait un chemisier blanc sur un pantalon de lin foncé et regarda Valérie comme une photographie en noir et blanc figée dans le temps.

Nick s'installa sur une causeuse en velours. Valérie s'apprêtait à venir auprès de lui quand elle changea d'avis et s'assit en face de lui sur un canapé assorti. Il y avait une table basse entre eux et le fauteuil de Sybille se trouvait au bout. Valérie remarqua soudain qu'ils occupaient la même place, des années auparavant, dans un restaurant chinois de Palo Alto. Ils s'étaient porté un toast, un toast à leur avenir dans dix ans. Jamais on n'aurait imaginé cette situation, se dit Valérie. Nous trois... étrangers, amants, amis, ennemis. Et à partir de cela, nous allons construire notre vie, Nick et moi.

Le majordome apparut dans l'embrasure.

— Madame désire-t-elle quelques rafraîchissements ?
— Non.

Sybille ne quittait pas Nick des yeux, comme s'ils étaient seuls, sans souffler mot.

— On est allés voir Bob Targus cet après-midi, commença Nick, pour lui demander...

— C'est un mensonge, riposta-t-elle. Il a déménagé.

— Pas encore. Il préparait ses caisses. On est allés lui demander s'il savait quoi que ce soit sur l'accident survenu à l'avion de Carlton Sterling.

Un bref silence s'ensuivit.

— Bien sûr que non. Pourquoi serait-il au courant ?

— Parce qu'il était présent. Et il nous a expliqué ce qu'il avait fait à l'appareil avant de te ramener à Washington.

— C'est un jeu ? s'enquit Sybille. Je ne comprends absolument pas de quoi tu parles. Targus était un employé sur qui on ne pouvait pas compter, indigne de confiance et malhonnête. Il a inventé des histoires que personne n'a avalées. S'il t'a raconté avoir fabriqué je ne sais quoi là-bas, tu serais idiot de le croire. De toute façon, cet accident remonte à un an et demi. On a procédé à une enquête et le dossier est clos. Si tu es venu pour me dire cela, j'ai du travail qui m'attend.

— Targus a longtemps été à ton service. J'imagine que tu te serais débarrassé de lui s'il n'était pas sérieux. On est venus te dire qu'il a avoué avoir mis de l'eau dans les réservoirs de l'avion. Il a déclaré que tu voulais retarder Carlton, non pas le tuer mais l'empêcher de rentrer aussitôt à Washington. D'après Targus, tu lui as donné ordre de faire en sorte que l'appareil nécessite des révisions qui dureraient au moins quelques heures. C'est Targus qui a pensé à cette solution. Et Carlton est mort.

— Espèce de salaud, tu prétends que je l'ai tué. La voix de Sybille était si froide qu'elle en paraissait presque mécanique. Tu prétends que j'ai donné ordre à Targus de... je ne sais quoi... et que je suis donc coupable. C'est ça que tu dis ? Tu m'accuses d'avoir assassiné un imbécile qui n'était même pas capable d'effectuer ses contrôles avant de décoller. Tu es fou. Quoi qu'ait pu te raconter ce menteur, je n'ai rien à voir avec l'accident de Carlton. Pourquoi, d'ailleurs ? Je n'en avais rien à fiche de lui.

— Tu entretenais une liaison avec lui, intervint calmement Valérie.

— Si on peut appeler ça une liaison, répliqua avec mépris Sybille qui parcourut la pièce des yeux sans croiser le regard de Valérie. Il était idiot, ennuyeux et nul au lit. Tu n'es pas exigeante, Valérie. Tu te contenterais de n'importe quoi, ajouta-t-elle après un bref coup d'œil vers Nick.

Nick et Valérie l'observèrent en silence. Sybille soutint le regard de Nick.

— Cela remonte très loin et je le connaissais à peine. Je n'en avais rien à fiche de savoir ce qu'il faisait ni quand. Je voulais juste qu'il ne soit pas en travers de mon chemin.

Nick hocha la tête.

— C'est ce qu'a déclaré Targus.

Sa bouche se pinça.

— Tu ne peux pas m'intimider, Nick, je te connais trop bien. Elle était raide sur son siège, le visage de marbre. Tu cherches à me détruire. Tu ne supportes pas que Chad me préfère à toi, tu as tenté de nous séparer depuis toujours. Et aujourd'hui, tu veux me ruiner parce que j'ai réussi. Tu essaies d'anéantir Graceville. Tu envoies cette femme poser aux membres de mon conseil des questions qu'elle n'a aucun droit de formuler dans l'espoir qu'ils me tournent le dos. Tu es fou de le croire, ils m'admirent, ils me respectent et ils ont besoin de moi. Cette histoire ne te mènera nulle part, je suis plus forte que toi. Quelles que soient tes tentatives contre moi, tu échoueras parce que je suis trop forte, que j'en ai trop vu. Je suis invulnérable.

Nick se pencha vers elle.

— Sybille, écoute-moi. On aurait dû aller à la police avec la déclaration de Targus mais on ne pouvait pas, pas encore. On doit penser à Chad, on souhaite le protéger dans la mesure du possible et on doit réfléchir à la façon de lui annoncer tous ces événements. Et peut-être avons-nous mal compris, peut-être Targus ne disait-il pas la vérité. Si tu as une autre explication sur le sujet, on aimerait l'entendre. Ainsi que sur l'argent que Carlton t'a donné. On a découvert à ce propos...

— Qui est ce « nous » ? lança Sybille en regardant Nick droit dans les yeux. C'est à toi que je parle, c'est toi que j'écoute, je ne m'adresse à aucun « nous ». Si tu continues à parler de « nous », il te faudra te retirer.

— Tu vas devoir m'écouter, quels que soient les mots que j'emploie. Je ne suis pas seul dans cette affaire. Valérie et moi avons mené les recherches sur Graceville ensemble, tu le sais, et je l'aide à découvrir ce qu'elle peut sur la mort de son mari. On croyait avoir deux problèmes distincts à régler : d'un côté, l'avion de Carlton et, de l'autre, les finances de la fondation de L'Heure de Grace. Mais les deux sont liés et, apparemment, ce n'est qu'une seule et même question. On est venus ici pour te donner l'occasion de nous convaincre qu'on se trompe. On a des renseignements sur les sommes détournées des dons versés à la fondation, on a...

— Tu n'as rien ! riposta-t-elle sans réfléchir. Tu me parles de la police... à moi ! Ta femme ! Tu parles d'aller voir les flics ! Avec quoi, je te le demande ? Quelques bruits, quelques insinuations que tu as réussi à récolter, qui ressemblent aux ragots sur ces imbéciles de Bakker, et tu t'imagines tenir le scoop du siècle... tu serais un caïd, hein, si tu me possédais! J'étais ta femme! Je suis la mère de ton fils! Mais tu serais prêt à me sacrifier pour obtenir des téléspectateurs qui réclament encore et toujours plus de cochonneries! Espèce de salaud, tu ferais n'importe quoi...

— On n'assure pas le reportage, dit d'un ton égal Valérie qui s'efforçait de ne pas frissonner dans cette pièce glaciale. L'affaire va s'ébruiter – ça ne peut plus demeurer secret –, mais ce ne sera pas nous qui l'annoncerons à la télévision. Tu dois savoir, cependant, que quelqu'un d'autre va s'en charger.

Sybille regardait fixement Nick.

— Non, personne. Elle avala ses mots afin que sa voix ne la trahît pas. Pour qui se prend-elle à jouer les grands seigneurs au lieu de débiter des mensonges à mon sujet sur le petit écran? Elle n'a rien d'un grand seigneur, elle n'a rien du tout! Vous ne savez rien de moi. Carl m'a rendue folle à force de me supplier d'accepter son argent, me supplier de l'épouser et de le libérer de cette salope écervelée qu'il avait pour femme, mais je ne le supportais pas. Il m'emmerdait à mourir. Tu es un imbécile, Nick, de te lier à elle : elle gâche la vie de tous les hommes qu'elle approche.

Valérie se leva, furieuse, glacée. Elle n'aspirait qu'à une chose : sortir d'ici, se retrouver dehors, au soleil. Pendant un moment, elle avait gardé son calme grâce à la présence de Nick, mais c'était trop.

— Tu l'as tué. Tu as pris son argent, notre argent, et tu l'as tué afin de le garder. Rien ne te suffit jamais, Sybille, rien ne t'a jamais suffi et tu ferais n'importe quoi pour obtenir plus. Ça ne te suffisait pas d'avoir assassiné Carl, tu voles les gens qui envoient des dons à Lily. Tu l'as manipulée, tu as abusé de sa bonté et de son innocence car tu pouvais compter là-dessus. Tu savais qu'elle t'aimait, tu savais qu'elle n'écouterait personne qui dirait du mal de toi. Encore aujourd'hui, elle n'arrive pas à croire ce qu'a avoué Targus...

— Qu'est-ce que tu racontes? Elle n'est au courant de rien! Elle m'a appelée, elle m'appelle toujours pour me dire où elle est. Elle est malade, elle est chez une amie...

— Elle est chez moi. Lily était avec nous cet après-midi quand on a parlé avec...

— C'est un mensonge! Sybille bondit de son fauteuil et se rua vers le fond de la pièce pour fuir Valérie. Jamais elle ne serait allée chez toi, je le sais bien! Tu essaies de me blesser. Tu n'as jamais fait que ça, essayer de me laisser croire que je n'étais rien à côté de toi. Tu t'imagines pouvoir me ressembler et me prendre tout ce qui est à moi! Je t'ai vu, chez Nick, lécher les bottes de Chad. Tu veux mon fils, tu veux mon mari, tu veux Lily! Tu ne supportes pas que je sois mieux que toi. Tu voudrais que je sois pauvre et désarmée, comme lorsqu'on s'est connues... Reviens ici, nom d'un chien! Tu ne partiras pas comme ça!

Valérie se tenait devant la porte. Elle tremblait en entendant les horreurs nourries par la rage de Sybille, le venin accumulé et entretenu durant tout ce temps. Elle avait l'impression que ce poison s'enroulait autour d'elle comme une énorme plante mortelle, annihilant la beauté de l'existence : Nick, Chad, son travail, ses amis. Je ne le lui permettrai pas. Elle ne détruira pas ce qui est merveilleux en ce monde et ne nous entraînera pas dans son flot de colère et de mort.

— Je vais te dire ceci, car j'espère ne plus jamais te revoir, commença-t-elle. Voilà bien longtemps, je pensais qu'on pourrait être amies. Je n'ai jamais rien voulu d'autre de toi. Tu ne l'as jamais cru, mais c'est la vérité. Nick, Chad et Lily font partie de ma vie parce nous nous aimons, non pas à cause d'une conspiration visant à te blesser. Tu auras du mal à l'admettre, pourtant on ne pense même pas à toi quand on est ensemble. Tu préfères sûrement imaginer que tu es omniprésente parmi nous. Si tu apprenais un jour à aimer quelqu'un, Sybille, tu ne vivrais pas seule ici dans cette fichue glacière et Graceville ne s'effondrerait pas devant toi. Tu ne sais pas ce qu'est l'amour, l'amitié ou l'affection. Tu ne sais pas ce qu'est l'honnêteté ou la gentillesse. Tu es incapable de dire la vérité. Tu te sers des gens puis tu les jettes au panier. Tu as assassiné mon mari et, si cela ne tenait qu'à moi, tu pourrais aller au diable.

Elle ouvrit la porte.

— Je t'attends dehors, lança-t-elle à Nick, et elle disparut.

Sybille ouvrit la bouche, aucun son n'en sortit. Suffoquant, elle s'appuya sur un fauteuil. La tête lui tournait et elle voyait flou. Elle agrippa le bord du siège pour éviter de tomber. C'est insupportable. Tout le monde est ligué contre moi. Il faut qu'on me protège!

Nick était debout et elle grimaça, tentant de le voir net.

— Toi aussi, tu t'enfuis? Ces accusations insensées... Tu prétendais vouloir entendre ma version... et tu te sauves.

— Tu ne m'as pas expliqué ta version.

— Pour quoi faire? Je ne te dois rien. Je t'ai donné le meilleur de moi-même et ça n'a pas suffi. Tu m'as quittée pour elle, malgré tout. Je n'ai pas à te parler, tu t'en servirais contre moi. Tu es prêt à tout, c'est évident. Tu as fouiné, tu t'es acharné et tu n'as toujours pas ta précieuse émission. Tu ne connais rien de nos finances et tu n'en sauras jamais rien! Tu as des conneries que tu tiens d'un pilote renvoyé pour avoir menti et ça n'a aucun rapport avec Graceville. « De l'eau dans les réservoirs! » s'exclama-t-elle en minaudant. Personne ne sait ce que ça veut dire et personne n'en a rien à foutre! Ce qui intéresse les gens, c'est le cul et le fric, voilà ce que tu cherchais à Graceville. Mais tu n'as rien trouvé, hein? Tu n'as rien trouvé qui ait un lien avec autre chose. Tu en es à la case départ. Pourquoi ne pas laisser tomber? Et laisser tomber cette salope. On pourrait encore retourner ensemble. Et on travaillerait aussi ensemble. Je te ferai nommer au conseil de la fondation et on passerait les sermons de Lily sur ton réseau deux ou trois fois par semaine, si tu veux. Tu n'imagines pas à quel point ça rapporte. Et tu pourrais... on pourrait prendre soin l'un de l'autre. Chad en serait heureux, tu le sais bien. C'est si simple, ça a toujours été si simple. On a fait quelques détours en chemin, voilà tout. Nick, écoute-moi !

— Valérie t'a dit qu'on n'avait pas l'intention d'assurer ce reportage. Nick parlait lentement d'une voix pleine de tristesse, de tristesse à l'égard de Chad et de Sybille aussi. Cela ne signifie pas pour autant qu'on n'a pas découvert des tas d'informations qu'on se doit de communiquer. Et c'est bel et bien lié, tout passe par Carlton. Il a investi treize millions de dollars dans Graceville à l'époque où il entretenait une liaison avec toi. Voilà pour le côté cul de cette affaire. Quant à l'argent, toute cette histoire pue le fric. Vous avez détourné d'énormes sommes sur les fonds rassemblés pour Graceville, de la gratte à tous les niveaux : sur l'achat du terrain, les coûts de construction, les donations, les adhésions...

— Tu n'en sais rien !

— ... plus de quarante pour cent te reviennent ainsi qu'à tes associés. Carlton rentrait d'urgence afin d'assister à la transaction définitive sur l'achat du terrain – peut-être pour la bloquer, on ne peut en être sûrs – quand son avion s'est écrasé après avoir été trafiqué sur tes ordres. Voilà les rapprochements qu'on a faits.

— Des bruits ! Des mensonges ! Tu n'as aucune preuve !

— On a demandé à un comptable de parcourir tes livres de comptes. Je suppose que...

— Tu mens. Il est impossible de...

— Si, c'est vrai. Je pense que tu auras des nouvelles du fisc un de ces jours. Et Bob Targus vient chez Valérie ce soir enregistrer sa déclaration pour nous. Si tu as quoi que ce soit à dire – si on nous a menti et qu'on l'ignore –, explique-le-moi. Ne te contente pas d'accuser Bob d'être un menteur, raconte-moi comment les choses se sont passées. Tu dois te défendre ou apporter ta collaboration à l'enquête. Sinon, personne ne pourra t'aider.

— Espèce de salaud. Tu veux m'obliger à ramper. Je préférerais perdre tout ce que j'ai.

Nick l'observa. Elle ressemblait à une sombre statue. Seuls ses yeux bleu pâle étincelaient dans la pénombre.

— C'est ton choix, répliqua-t-il. Il se rendit soudain compte qu'il mourait de froid bien qu'il eût rabattu ses manches de chemise à un moment. Si tu changes d'avis, tu peux m'appeler. Je serai chez Valérie ou chez moi.

— Fous le camp d'ici !

Elle le regarda partir, refermer la porte derrière lui. Et demeura à sa place, appuyée sur le fauteuil, pantelante.

« Je serai chez Valérie ou chez moi. »

Elle prit un serre-livres en marbre qu'elle jeta à l'autre bout de la pièce et qui s'écrasa contre les portes vitrées de son râtelier d'armes. Sur la moquette sombre, les éclats brillaient dans la faible lumière qui filtrait par les rideaux tirés. Lorsque le bruit s'évanouit, on n'entendait plus dans la pièce que le souffle d'air frais et la respiration haletante de Sybille.

Personne ne vint. Elle avait trop souvent répété aux domestiques de la laisser tranquille. Il lui suffisait de penser qu'elle n'était pas seule dans la maison, elle ne voulait pas les sentir trop près. Elle resta immobile jusqu'à ce qu'elle reprenne son souffle. A un moment, le majordome lui demanda si elle dînerait là.

– Non, répondit Sybille.

Il jeta un coup d'œil sur le meuble brisé, arrangea un rideau qui laissait passer un rai de lumière et s'éclipsa. Elle ne bougea toujours pas.

Nick mentait quand il affirmait que l'affaire n'éclaterait pas à la télévision. Elle le savait. Il mentait aussi au sujet du comptable : aucun étranger ne pouvait franchir les dispositifs de sécurité. Elle n'imaginait pas que Nick fût un menteur pareil. Même si ses informations étaient fausses ou insignifiantes, il comptait les monter en épingle. Sybille avait toujours agi ainsi, n'importe qui aurait eu cette attitude. Elle ne pouvait rien y faire, elle n'avait qu'à attendre l'orage et se battre.

Rien que des fabulations et des conjectures. La fondation y survivrait. Malgré tout, on devait opérer quelques changements. Il fallait nommer Lars Olssen président, son intégrité leur permettrait de surmonter cette épreuve. Floyd se retirerait discrètement, il obéissait toujours à ses ordres. Il avait téléphoné ce matin pendant qu'elle travaillait, d'après les dires du majordome. Elle le rappellerait demain pour lui annoncer qu'il devait démissionner.

Le vrai danger était ailleurs cependant.

Elle se laissa tomber à terre et se recroquevilla, les bras serrés autour de la poitrine. Elle savait où se situait la véritable menace.

Bob Targus. Elle l'avait employé durant des années, lui avait offert des primes, lui avait accordé sa confiance en lui confiant des missions délicates... et voilà que ce salaud faible et déloyal représentait un risque. Après s'être tu pendant des mois, il allait tout d'un coup raconter à quelqu'un...

Elle devait l'arrêter, l'empêcher d'enregistrer sa déclaration. S'il n'existait aucune preuve, si on opposait sa parole à la sienne – un pilote de rien du tout contre Sybille Enderby –, qui le croirait ? Il était foutu d'avance, mort.

Mort.

Bien sûr. Que faire d'autre ? Comment être certaine qu'il n'irait pas raconter des bêtises à quelqu'un d'autre ? Elle n'avait pas les moyens d'empêcher Nick d'agir à sa guise avec Graceville, mais elle pouvait empêcher Targus de parler.

Elle se redressa avec raideur et, évitant les morceaux de verre, s'approcha du râtelier d'armes. Puis ouvrit la porte fracassée et s'empara d'un fusil. Elle n'avait pas pratiqué le tir ni le ball-trap depuis un moment mais n'avait pas d'inquiétude : elle ne manquait jamais sa cible. *La chasse me manque malgré tout*, songea-t-elle, appréciant sa plaisanterie. *Il est temps que je m'y remette.*

« Bob Targus vient chez Valérie ce soir enregistrer sa déclaration pour nous. » Quelle bêtise de lui annoncer cela ; on aurait pu penser que Nick était plus malin. Ils avaient tout de même été mariés, ils avaient vécu ensemble, avaient élevé un enfant tous les deux... N'apprenait-il donc jamais ?

Moi, j'apprends, se dit Sybille. C'est ainsi que je m'en sors.

Elle prit une poignée de balles et s'éclipsa par la porte menant au garage. Elle choisit la première voiture : un bolide rutilant, une Testarossa, l'un de ses premiers achats quand elle s'était enrichie grâce à la fondation. Alors qu'elle sortait en marche arrière, elle s'aperçut qu'elle ne savait pas où habitait Valérie. Cette salope, fulmina-t-elle. Pourquoi ne m'a-t-il pas donné son adresse pendant qu'il y était ? Abandonnant l'arme dans l'auto, elle retourna dans la bibliothèque où elle consulta l'annuaire.

Elle trouva le nom et l'adresse de Valérie. Falls Church : très chic pour qui a soi-disant perdu toute sa fortune. Elle avait sûrement de l'argent de côté dont Carl ignorait l'existence. Quelle malhonnêteté ! Elle regagna la voiture et se rendit à Falls Church.

« Targus vient ce soir. » Que signifiait ce soir ? Il était huit heures et demie, le soleil déclinait mais il faisait toujours une chaleur épouvantable. Elle roula à vive allure puis s'arrêta en découvrant le relais de poste : une petite maison entourée de terrains non construits. En face s'étendait un parc planté de sumacs et de marronniers. Un frisson de joie parcourut Sybille devant ce spectacle : un décor sur commande.

Elle aperçut la voiture de Nick rangée au bout du cercle de lumière projeté par la lampe au-dessus de la porte. Pas trop brillant mais suffisamment, jubila Sybille. Juste bien. Et il n'y avait pas d'autre auto dans les parages. Aucune trace de Targus. Elle était arrivée à temps.

Elle se gara le plus loin possible du réverbère et, tenant le fusil contre elle, se dirigea vers un bouquet de sumacs. Ce n'était pas aussi bien qu'elle le croyait : le vent soufflait fort et les rameaux qui s'agitaient l'empêchaient de voir. Ça ne durera pas, se rassura-t-elle, le vent va tomber. Elle posa son arme au pied d'un tronc d'arbre et resta sans bouger, attendant Targus.

A un moment, elle vit du mouvement par une fenêtre : quelqu'un traversait la pièce. Elle imagina Nick se déplacer dans la maison, se percher sur le bras d'un fauteuil, croquer une pomme, ouvrir un journal. Sans pouvoir se réfréner, elle se le figura au lit avec Valérie. Insupportable. Peut-être vais-je le tuer lui aussi. Lui et elle. Ils le méritent.

Une auto s'arrêta. Elle se crispa. C'était un voisin. Il prit un sac de charbon de bois dans son coffre et rentra chez lui. Quelques instants plus tard, l'odeur âcre de l'alcool à brûler et celle du charbon se propagèrent jusqu'à sa cachette. Elle se représenta une famille qui préparait un barbecue. Elle n'avait pas faim du tout.

Passa une femme tenant un chien en laisse, puis un enfant sur son tricycle suivi de son père. Des jeunes arpentèrent la rue en pouffant de rire. Ils feraient mieux de ne pas rester en travers de mon chemin, se dit Sybille avec colère. Une autre voiture arriva et se gara à côté de celle de Nick. Elle vit Targus en sortir.

Sybille leva son arme, visant son large dos au moment où il claqua la portière et remonta l'allée. Le vent était toujours fort et les rameaux ondulaient devant elle. Irritée, elle les repoussa avec son fusil. Il sonnait, c'était presque fichu. La porte s'ouvrit. Elle pointa de nouveau son arme sur son dos. Les branches s'agitaient. Elle n'y pouvait rien et fit feu.

Elle entendit un cri au moment où Targus tomba et vit qu'il tentait de se relever. Furieuse d'avoir manqué sa cible – à cause de ce satané vent –, elle tira une deuxième fois. A cet instant, un instant fugace, Lily s'était précipitée au secours de Targus et la deuxième balle de Sybille la toucha.

– Lily! hurla Sybille.

Nick et Valérie traînèrent les deux corps dans la maison et refermèrent la porte. Sybille resta figée sur place une seconde. Puis s'enfuit.

30

Le jour se levait quand Nick arriva chez lui avec Valérie et Rosemary qu'il conduisit dans l'appartement du troisième étage, portant le petit sac qu'elle avait préparé avant de partir. Après le drame, tremblant sans pouvoir s'arrêter, elle répétait qu'elle ne parviendrait pas à dormir dans cette maison cette nuit, qu'elle devait aller ailleurs. Nick répliqua : C'est très simple. Valérie et elle viendraient chez lui et y resteraient le temps qu'elles voudraient.

Il installa Rosemary, s'assura qu'il ne lui manquait rien et redescendit dans sa chambre. Valérie l'attendait au lit et, lorsqu'il la rejoignit, ils s'enlacèrent en silence. Ils avaient besoin de trouver le réconfort et la certitude de savoir qu'ils étaient ensemble et qu'ils le seraient toujours. Ils dormirent ainsi, dans les bras l'un de l'autre, jusqu'au moment où ils se réveillèrent tous les deux une heure plus tard.

— On devrait appeler l'hôpital, suggéra Valérie.

Nick s'apprêtait déjà à décrocher le combiné. Il composa le numéro des urgences.

— Lily Grace, demanda-t-il. On l'a opérée il y a deux heures. Nous voudrions avoir de ses nouvelles. Nick Fielding à l'appareil. Il serra Valérie contre lui. Non, je ne suis pas de la famille, elle n'en a pas. Mais elle vit avec nous, nous sommes responsables d'elle.

— Oui, effectivement, je m'en souviens, répondit l'infirmière. Etat stationnaire, Mr. Fielding. On n'en saura pas plus avant un moment. Si vous voulez rappeler dans deux, trois heures...

— Merci, répliqua Nick. On sera à l'hôpital d'ici là.

Il se coucha sur le côté, entraînant Valérie avec lui, ses jambes entre les siennes, ses seins contre sa poitrine, ses douces lèvres ouvertes sous les siennes.

— Je t'aime, murmura-t-il, la couvrant de petits baisers. Je rêvais de me réveiller auprès de toi et qu'on se marie. Je te l'ai dit hier ?

Elle sourit.

— Je pensais que ça allait de soi. Sans doute parce que c'est mon vœu aussi.

Ils s'unirent dans un même élan, le désir effaçant un instant le souvenir de la nuit précédente. Valérie dégagea ses jambes et enserra celles de Nick puis, avec naturel comme s'ils poursuivaient leur conversation, il la pénétra, doucement, profondément, la prenant alors qu'elle s'offrait à lui. Enlacés, ils se sourirent d'un air sombre et gai à la fois, porteur d'une promesse : ils s'apporteraient toujours cela, l'amour et le bonheur pour les soutenir même en pleine tragédie, le réconfort et l'intimité pour les aider dans les moments dramatiques.

Ils restèrent presque immobiles, leurs corps évoluant à un rythme imperceptible qui les mena à l'orgasme le plus fort qu'on puisse connaître en bougeant si peu. Ils s'embrassèrent de nouveau et demeurèrent ainsi dans la maison calme. La maison, se dit Valérie. N'importe où pourvu qu'on soit ensemble. Elle sourit intérieurement, songeant à la passion du plaisir qui guidait son existence autrefois, songeant que cela avait bien changé. Elle n'avait vécu qu'à moitié, sans jamais découvrir toutes ses possibilités : elle pouvait travailler et bien travailler, elle pouvait aimer et bien aimer, elle pouvait se donner et bien se donner. Je devrais en parler à Lily, elle comprendrait. Tous ses sermons traitaient de ce sujet : croire en soi, le potentiel qu'on porte en soi, la faculté d'être mieux qu'on ne l'imagine, mieux que les autres ne le supposent...

Elle remua, se rappelant Lily et tous les problèmes que Nick et elle avaient à régler.

— Je t'aime, murmura-t-elle, sa bouche sur son cœur, et je voudrais qu'on puisse rester ici toute la journée, mais il faut qu'on se lève.

— Un de ces jours, on restera au lit aussi longtemps qu'on le souhaitera et on aura une cohorte de domestiques qui nous offriront à boire et à manger, qui nous mettront de la musique douce dans la pièce voisine.

— Et qui prendront tous nos appels, ajouta Valérie en riant. Ton imagination me séduit.

— J'en ai à revendre. Dans l'immédiat, toutefois, nous devons nous occuper de Chad, de Lily. Et de Bob.

— On devrait lui apporter quelque chose, répliqua Valérie qui se redressa à regret. Des livres ? Des gourmandises ? Des magazines ? Qu'en penses-tu ?

— Tout cela sans doute. Je ne vois pas ce qui pourrait lui faire plaisir pour l'instant. Et toi ?

— Non. Il n'a pas grand-chose à espérer. C'est si affreux. Si difficile à comprendre et si horrible... Elle resta debout un moment, les images lui revenant en mémoire, puis secoua la tête. Je n'en ai pas pour longtemps.

Et elle alla prendre une douche, laissant Nick à ses souvenirs de la veille.

Il n'avait rien oublié de la nuit dernière. Les policiers avaient quadrillé tout le quartier. Le temps qu'ils arrivent, trois minutes après le coup de téléphone de Nick, il était trop tard pour bloquer l'accès du parc ou des rues avoisinantes, mais ils patrouillèrent dans tous les alentours pendant que trois agents fouillaient la maison de Valérie. Nick s'interposa.

— On sera à l'hôpital, il faut qu'on soit tenus au courant du sort de Lily. Vous nous trouverez là-bas.

Sur ce, Nick, Rosemary et Valérie suivirent l'ambulance qui emmenait Lily et Targus.

On venait d'hospitaliser deux autres malades et Nick eut l'impression qu'il régnait un désordre indescriptible au service des urgences. Infirmières et médecins réussirent malgré tout à en venir à bout. On conduisit Targus, qui n'était pas dans un état critique avec sa balle dans l'épaule, dans une chambre. Et Lily en salle d'opération.

Valérie, Nick et Rosemary attendirent dans un coin aménagé en retrait du couloir garni de sièges rembourrés de mousse, de lampadaires en acier et de casiers bourrés de revues. Les magazines étaient en morceaux, la couverture plus ou moins arrachée, les annonces et les recettes déchirées, les mots croisés à moitié remplis. Rosemary hésita puis en prit deux et s'assit dans un fauteuil.

— Je ne peux pas faire autrement, expliqua-t-elle presque en s'excusant. Je ne supporte pas de penser à Lily ni à tout ce drame. C'est impossible. Plus jamais...

Elle ne finit pas sa phrase et, durant les heures qui suivirent, passa son temps à lire ou à somnoler.

Nick et Valérie s'installèrent sur un divan étroit, se tenant la main.

— La police va arriver, déclara Valérie. On doit lui dire qu'on a reconnu la voix de Sybille, n'est-ce pas ?

Il acquiesça d'un signe.

— Il n'y a pas moyen de l'éviter. On parlera à Chad avant que la presse ne s'empare de l'affaire. Bon Dieu, que peut-on lui raconter ? C'est trop...

— Tu es sûr que c'était sa voix, Nick ? Il m'a bien semblé mais...

— Je l'ai déjà entendue crier, répliqua sèchement Nick. De plus, elle avait une raison de vouloir empêcher Bob de nous voir. J'aurais dû y songer. Il s'agita sur son siège puis se leva. Je vais la rappeler.

Dans la cabine voisine, il composa le numéro de Sybille et écouta la sonnerie.

— Ça ne répond pas, annonça-t-il. Il s'assit à côté de Valérie et reprit sa main. Elle n'est pas encore rentrée de sa tournée de chasse à Falls Church.

Ils gardèrent le silence, plongés dans leurs pensées.

— Je me demande ce que va devenir Lily, s'interrogea Valérie. Elle va devoir apprendre à vivre seule. Je crois que cela ne lui est jamais arrivé.

— Elle a plus à apprendre que Chad.

Valérie réfléchit un instant.

— Je n'en suis pas convaincue. Lily sait beaucoup plus de choses qu'elle ne le prétend. Ou peut-être ne s'en rend-elle même pas compte. Un jour, Sophie a dit qu'elle avait l'air d'être en transe. J'ai l'impression qu'elle a vécu ainsi. Il faut qu'elle se réveille, désormais. Tu imagines quelles seront ses possibilités alors ? Elle a un tel don pour émouvoir les gens, je me demande ce qu'elle en fera.

— Tu joueras sans doute un rôle dans son évolution, quelle qu'elle soit. Elle t'adore. Peux-tu imaginer qu'elle n'ait pas besoin de toi ? Ma pauvre chérie, il faudra t'occuper de Chad et de Lily avant même qu'on ait des enfants.

Valérie sourit.

— On va régler ce problème.

— On devrait faire vite. Je n'ai pas envie d'attendre. Et toi ?

— Non, on ne peut pas! J'ai trente-quatre ans et j'ai envie d'avoir des enfants depuis longtemps.

— A une époque, tu hésitais.

— A une époque, j'étais très jeune et je ne comprenais pas ce que représenterait à mes yeux d'avoir une famille avec toi.

Ils échangèrent un doux baiser, la passion semblait déplacée en ces lieux. Puis la police arriva.

Elle avait une question, une seule : qui pouvait avoir une raison de tirer sur Bob Targus et le révérend Lily ? D'après les déclarations de Nick et Valérie, le meurtrier s'était d'abord attaqué à Targus qui se trouvait seul au moment où la balle l'avait touché. Cependant, dès que le révérend Grace était apparu, on l'avait abattue à son tour. Donc, qui leur en voulait à tous deux ?

— Nous avons des témoins, annonça l'un des agents. On a crié dans le parc, des jeunes l'ont entendu. Vous aussi sans doute. Quelque chose comme « Lee », d'après eux. Assez proche de « Lily » pour qu'on se trompe. Ils ont regardé par là et ils ont vu une femme avec un objet qui ressemblait à un fusil monter dans une voiture. Une voiture italienne. Une Testarossa. Il ne doit y en avoir que cinq ou six dans toute la région, mais on peut leur faire confiance : ils savent à quoi ça ressemble. On va sans doute remonter la piste, ce n'est pas compliqué. Vous connaissez quelqu'un qui ait une Testarossa ?

— Oui. Nick sentit Valérie resserrer son étreinte. Elle s'appelle Sybille Enderby.

— Enderby ? Vous l'avez entendue crier ?

— Oui. On a reconnu sa voix.

— Qui est-ce ?

Nick se sentit impuissant soudain. Qui était-elle ? Une productrice et réalisatrice. Une ex-épouse. Une espèce de mère. Peut-être le pouvoir qui se cachait derrière Graceville. Une femme dominée par la jalousie. Une femme en colère.

— Elle réalise « L'Heure de Grace » pour la télévision. Bob Targus pilotait l'avion de fonction de la fondation jusqu'à ce qu'on vende l'appareil voilà quelques semaines. Il venait chez Mrs. Sterling parler du rôle éventuel qu'avait joué Sybille – enfin, Mrs. Enderby – dans un accident d'avion survenu il y a un an et demi.

Le policier parut perplexe.

– Je ne vois pas le lien. Entre le révérend Grace et un accident d'avion ?

– On n'a toujours pas élucidé le problème, répondit Nick. On ignore encore de nombreux points. On ne peut rien vous dire sur Sybille Enderby dont on ne soit sûrs.

– Pourquoi ? Personne ne se gêne pour ça. Donnez-nous vos hypothèses.

– Non. Demandez-les-lui.

– Comptez sur nous, ne vous inquiétez pas pour ça. Vous savez où elle habite ?

– Aux Morgen Farms à Middleburg.

Après leur départ, Valérie et Nick restèrent l'un à côté de l'autre pendant que Rosemary feuilletait des magazines en parlant de Sybille, se rappelant l'époque où sa mère lui faisait ses robes. Sybille, qui n'était qu'une enfant, toujours assise dans les parages, silencieuse et attentive, jouait avec des morceaux de tissu et écoutait tout, absorbée, observatrice, sans un sourire, comme si elle gravait tout dans sa mémoire. Quand Rosemary lui offrait les vêtements dont Valérie ne voulait plus, elle les prenait sans un mot de remerciement, se contentant de la regarder de ses étranges yeux pâles jusqu'à ce que sa mère la rappelât à l'ordre. Elle la remerciait alors d'un mot comme si cela lui coûtait.

– Elle me donnait le frisson, murmura Rosemary. Ou peut-être que je l'imagine à cause de ce que je sais d'elle aujourd'hui ?

Au bout de trois heures, le médecin les rejoignit. On avait emmené Lily en réanimation. Elle avait bien supporté l'opération. Elle était jeune, forte. Et chanceuse.

– Vous devriez rentrer chez vous, conseilla le médecin. Je ne peux rien vous dire de plus et vous ne pouvez pas la voir pour l'instant. Demain peut-être. Appelez-nous dans la matinée.

Nick regagna donc Georgetown dans la lumière blafarde, fantomatique. On rentre à la maison, songea Valérie.

Nick avait vécu le cauchemar de cette nuit sans réfléchir. Maintenant qu'il patientait au lit pendant que Valérie prenait sa douche, il voyait les choses plus clairement. A l'hôpital, il était trop bouleversé par les événements pour penser aux détails. Sa voiture, se dit-il. Une Testarossa. Elle adorait les signes extérieurs de richesse. Elle n'avait sans doute jamais pensé que c'était comme de brandir un drapeau rouge.

– Papa ? Tu es réveillé ?

La voix de Chad, porteuse d'une énergie matinale, lui parvint à travers la porte close.

– Tout juste.

Nick enfila un peignoir et ouvrit la porte. Chad regarda le lit défait derrière lui, puis le pantalon et le chemisier à rayures de Valérie sur la chaise. Il se tourna vers Nick.

— Je ne vous ai pas entendus rentrer.

— On est rentrés très tard. Il s'est passé quelque chose la nuit dernière dont on voudrait te parler. On descend prendre le petit déjeuner dans un quart d'heure. J'aimerais que tu nous attendes.

— Bien sûr. Apparemment, ce n'est pas une bonne nouvelle.

— On en discutera dans un instant.

— Cela ne concerne pas Valérie et toi, n'est-ce pas ? Ça va, vous deux, hein ?

— Il n'y a pas de problème. Tout va très bien. On t'en parlera aussi.

Chad jeta un autre coup d'œil vers le lit.

— Je crois que j'ai déjà compris, lança-t-il avec un large sourire. C'est formidable. A tout de suite.

Nick le vit descendre les marches quatre à quatre, si plein de vie et d'impatience à l'idée de cette nouvelle journée qui l'attendait que même la perspective d'une mauvaise nouvelle ne le freinait pas. Nick en eut un coup au cœur. Que vais-je lui dire ?

— Tu peux m'aider, annonça-t-il à Valérie lorsqu'elle émergea de la salle de bains, une serviette enrubannée autour de la tête. Que tu es belle, comment penser à autre chose ?

— Tu penses à ton fils, répliqua-t-elle avec le sourire. Tu suis l'ordre de tes priorités. En quoi puis-je t'être utile ?

— Pour parler à Chad. Il la regarda sortir ses vêtements de sa valise. J'aimerais qu'on le fasse ensemble.

Valérie s'arrêta dans son geste puis esquissa un signe de refus.

— Je ne crois pas que tu le souhaites vraiment. J'ai l'impression que tu préférerais être seul. Je ne peux servir à rien, Nick. Je ne peux pas dicter à Chad ses sentiments à l'égard de sa mère et je ne peux pas te conseiller dans la façon de t'y prendre. Tout ce que je dirais serait hors de propos.

— Tu n'es jamais déplacée. Mais tu as raison : c'est une affaire entre lui et moi. Il la serra contre lui puis la libéra. Je vais prendre une douche en vitesse et descendre. Tu veux m'attendre ici ?

— Je vais monter voir comment va maman. On vous rejoindra plus tard.

Nick entra donc seul dans la cuisine dix minutes plus tard. Le visage de Chad s'assombrit aussitôt.

— Où est Valérie ?

— Elle arrive dans un instant. Bonjour, Elena, lança Nick.

Elena finissait de préparer les jus d'orange et lui tendit un verre. Il s'assit à côté de Chad sur une confortable banquette devant la table en érable de la petite salle à manger.

— Sa mère a dormi ici cette nuit, au troisième. Valérie voulait rester un moment avec elle et l'accompagner pour qu'elle ne soit pas mal à l'aise.

— Sa mère ? Que fait-elle là ?

— Il s'est produit quelque chose chez elles hier soir. J'y étais.

D'un air distrait, il considéra Elena qui posa une assiette de crêpes et une thermos de café devant lui avant de resservir Chad.

— Je serai à l'office, annonça-t-elle, si vous avez besoin de moi.

— Alors, de quoi s'agit-il ? s'enquit Chad, la bouche pleine.

— De Graceville, répondit Nick. Il vit Chad se crisper, s'arrêter de manger puis reprendre son repas en mâchant bien. Nick sentait qu'il l'écoutait. Tu as vu tous les reportages sur les émissions religieuses à la télévision, tu es au courant. On a des preuves comme quoi la fondation qui dirige Graceville est sans doute coupable du même genre de fraude et d'autres délits. On ignore...

— Cela concerne aussi maman ?

— On n'en est pas sûrs. On le suppose.

— Elle ne fait pas des trucs dans le style de Tammy Bakker comme ce qu'on a montré à la télé... elle avait cette niche incroyable avec l'air conditionné et son placard était aussi grand que ma chambre, peut-être même plus grand, avec cette espèce d'énorme lustre... Maman n'a pas de bazar pareil.

— J'en suis convaincu. Je ne sais pas où passe son argent, Chad. Cependant, il semble bien que Sybille et d'autres personnes soient impliquées dans une opération visant à récupérer pour leur propre usage une partie des fonds destinés à Graceville et la fondation qui gère cette affaire. On n'en sait pas plus pour l'instant. Mais nombre de gens vont enquêter là-dessus et, plus ils découvriront d'éléments, plus la télévision et les journaux vont en parler. Tu connais la musique. Personne ne peut se cacher dans ces cas-là. Ni Sybille ni toi. Tu dois imaginer que la situation va être dure.

Chad piqua avec sa fourchette le dernier morceau qu'il trempa soigneusement dans le sirop en formant un dessin.

— C'est ça qui s'est passé hier soir ? Tu as appris tous ces trucs ?

— Non. Il y a eu autre chose.

— Tu comptes manger tes crêpes ?

Nick sourit et glissa son assiette vers Chad.

— Je n'ai pas très faim. Il vaut mieux qu'elles remplissent un petit coin de ton estomac insatiable. Chad, cette histoire remonte très loin. A une époque, voilà un an et demi, Sybille voulait empêcher quelqu'un d'assister à une réunion qui se tenait à Washington. Cet homme s'apprêtait à rentrer et elle a demandé à un type d'ajouter de l'eau dans les réservoirs de carburant de son avion. Elle n'avait pas l'intention de le mettre en danger, juste de le retarder. Il aurait dû procéder à une révision sur l'appareil pour voir s'il y avait un problème grave, puis vider les réservoirs et les remplir de nouveau. Tout cela aurait pris du temps. Le drame, c'est qu'il n'a pas bien effectué ses opérations de contrôle avant de partir et qu'il n'a donc pas découvert l'anomalie. Peu après avoir décollé, son avion s'est écrasé et il est mort.

Chad enfournait des crêpes dans sa bouche.

– Ouais, dit-il.

Nick observa son fils qui s'obstinait à manger. Il le regarda, sentit son chagrin derrière cet entêtement et refoula ses larmes.

– L'homme qui est mort était le mari de Valérie, Carlton Sterling. Hier, Bob Targus, le type qui a mis de l'eau dans les réservoirs, a enfin décidé d'avouer son acte et il venait chez Valérie le lui confier. Sybille l'a appris. Et elle voulait l'arrêter comme elle avait voulu arrêter Carlton.

Chad avait fini ses crêpes. La tête baissée, immobile, il contemplait son assiette vide.

– Ouais, dit-il.

– C'est horrible de parler de cela, Chad. Cependant, tu dois être au courant. Si je ne te l'explique pas, un étranger s'en chargera et ce serait le pire de tout. J'aimerais te faire comprendre toute cette histoire, mais de nombreux points m'échappent. On va devoir s'y appliquer ensemble. Tu m'écoutes ?

Chad gardait la tête baissée.

– Ouais.

– Il est arrivé quelque chose à Sybille l'an passé. Elle n'a jamais été une personne particulièrement gentille, tu le sais. Toutefois, elle parvenait à se maîtriser et se débrouiller dans n'importe quelle situation avec toutes sortes de gens. L'année dernière, elle a changé, semble-t-il, comme si elle suivait une pente dangereuse, comme si elle souffrait d'une maladie qu'elle ne pouvait dominer. Quand elle a voulu arrêter Carlton, elle a juste essayé de le retarder. Quand elle a voulu arrêter Bob Targus, elle a essayé de le tuer avec un fusil.

– Ce n'est pas vrai ! Chad lança un regard furieux à son père. Jamais elle ne... jamais elle ne tenterait de... non, jamais ! Et tu le sais, toi aussi ! Je suis sûr qu'elle n'a rien fait de tout ça ! On raconte des mensonges sur elle, elle me l'a dit. Elle m'a dit qu'on est jaloux d'elle et qu'on raconte des mensonges. Elle m'a tout expliqué.

– Moi non plus, je ne voulais pas le croire, poursuivit Nick. Et j'aurais préféré ne pas t'en parler. Hélas, il n'arrive jamais rien à Sybille qu'on puisse garder secret. Elle a toujours souhaité créer l'événement et, aujourd'hui, elle a créé un événement qui va si loin et touche tant de gens, je crains que tous les médias ne s'en emparent. Je ne peux rien contre cela. Tout ce que je peux faire, c'est t'aider à t'en tirer.

Chad secoua la tête d'un air buté.

– Pas la peine. Ce ne sont que des mensonges de toute façon.

– Non. Chad, écoute-moi. Nick le prit par l'épaule, mais Chad se dégagea avec rage. On aura assez de mal comme ça à s'en sortir sans jouer la comédie. Sybille a passé sa vie à jouer la comédie et il n'est pas question de l'imiter ; ça ne marche jamais. Elle a cherché à vivre comme si le monde était une immense toile qu'elle modifiait sans arrêt en chemin, masquant certains éléments, en ajoutant d'autres, déplaçant les personnages et les scènes d'un endroit à un autre, puis repeignant par-dessus pour que le tableau ait l'air d'avoir toujours été ainsi. On ne vivra pas de cette façon. Les enfants vivent de cette manière comme les adultes qui ne grandissent jamais. Cette attitude mène à la colère, parfois à la tragédie, car il arrive toujours un moment où on ne peut plus recouvrir la dernière couche afin de donner à son existence l'aspect voulu et, quand cela se produit, on essaie de reporter la faute sur quelqu'un qu'on a envie de punir et de blesser parce qu'on n'est pas heureux et que quelqu'un doit payer pour ce drame. Toi et moi, nous allons vivre dans le monde tel qu'il est, Chad. On peut changer certaines choses, en ignorer d'autres, mais on doit en accepter la plupart le mieux possible. Apparemment, Sybille ne l'a jamais appris.

— Si elle est si atroce, pourquoi l'as-tu épousée ? hurla Chad.

Nick hésita. Ils en avaient déjà discuté. Il savait que les enfants oublient les histoires quand ils sont trop petits pour les digérer et les intégrer à leur existence. A chaque fois qu'ils en parleraient, Chad se rappellerait un peu plus jusqu'au jour où il se souviendrait de tout et finirait peut-être par y trouver son compte.

— J'étais jeune et elle était différente à l'époque, répondit-il enfin, puis il se demanda combien de millions d'hommes et de femmes prononçaient ces mots las pour tenter de justifier un mauvais ménage. Elle nourrissait une farouche volonté de réussir, de surmonter la pauvreté qu'elle avait connue, de devenir célèbre et influente. J'admirais ces qualités car je lui ressemblais beaucoup et je me figurais qu'on pourrait se comprendre. Je l'imaginais courageuse, forte et affectueuse, mais je supposais aussi qu'elle éprouvait le besoin d'être protégée. Elle avait besoin qu'on s'occupe d'elle pour ne pas se sentir seule en ce monde ; personne ne prenait soin d'elle, tu sais. Elle prétend que j'ai joué ce rôle et, dans la mesure où j'ai voulu le croire, c'est la vérité. Je voulais me sentir indispensable et j'ai confondu la pitié et l'admiration avec l'amour. Ensuite, tu es né et j'ai découvert tout ce que j'espérais : tu avais besoin de moi et je t'aimais tant que je pensais pouvoir être heureux uniquement grâce à toi.

Chad regarda son père.

— Elle s'est mal conduite à ce moment-là ? C'est pour ça que tu l'as quittée ?

Nick prit la thermos de café qu'Elena avait laissée et se servit.

— On n'avait pas grand-chose en commun, beaucoup moins que je ne l'imaginais quand on s'est mariés. Et on n'était pas d'accord sur bien des points.

— Des méchancetés ! murmura Chad presque en gémissant. Ses yeux se remplirent de larmes qui coulèrent sur ses joues. Elle est méchante !

Nick prit son fils par l'épaule. Cette fois, Chad se rapprocha de lui.

— Je t'ai expliqué que c'était comme une maladie, tu te rappelles ? Sybille est un être en colère, Chad. Apparemment, tout et tous l'exaspèrent. Quelle que soit sa réussite, quelle que soit sa fortune, elle ne peut être ni satisfaite ni sereine. Je prenais la passion qui la dominait pour une soif de réussir, puis j'ai pris cela pour de la jalousie. Je me trompais : c'est de la rage. Cela nous arrive à tous de nous fâcher, certaines choses doivent susciter notre courroux tels l'injustice, la cruauté et les préjugés, et on fulmine quand on est blessé ou déçu. Cependant, la plupart d'entre nous maîtrisent leur irritation pour qu'elle ne l'emporte pas sur nous. On la met à sa juste place dans notre vie. Sybille n'y parvient pas. Elle est toujours si en colère, on dirait comme un produit toxique qui la ronge de l'intérieur et, lorsque la douleur provoquée par sa fureur devient insupportable à contenir, elle explose. C'est sans doute ce qui s'est passé hier soir. D'après moi, elle ne pouvait se retenir d'agir ainsi.

— Et elle ne m'aime pas, elle ne m'a jamais aimé, balbutia Chad entre ses larmes comme s'il n'avait pas entendu les propos de Nick.

Nick savait qu'il n'en était rien, qu'il s'en souviendrait, au moins en partie, qu'il y réfléchirait plus au calme. Et peut-être aurait-il une autre opinion sur sa mère à cause de cela.

Chad suffoqua et hoqueta.

— Quand on va dîner, je lui réserve des histoires de l'école, de la télé ou d'un livre, je les lui raconte... et ça ne lui plaît pas! Elle écoute et tout mais elle ne rit pas ou elle se met à débiter une autre anecdote tout de suite, comme les types au collège. Comme toi aussi. Elle est juste... là, tu sais? Sauf qu'elle n'est pas réellement... là. Je veux dire... oh, tu comprends. Je déteste ça et je... la ... déteste... Pas vraiment... sauf que j'en ai l'impression... puis je rentre à la maison et ça n'a pas l'air si terrible. J'imagine que ce ne sera pas pareil la prochaine fois... et que j'aimerais bien la revoir...

Il sanglotait, se frottant les yeux et le nez du revers de la main. Nick lui tendit une serviette et le serra contre lui tandis qu'il pleurait. Il ne pouvait rien faire de plus. Le reste, Chad devrait le régler lui-même.

— Je la déteste! hurla Chad. Je ne la verrai plus jamais! Elle est méchante. Elle peut bien aller en prison et rester toute seule, toute seule pour toujours, je m'en fous! Je la hais!

Nick sentait que les larmes lui brûlaient les yeux. La douleur de son fils le déchirait.

— C'est un jugement bien définitif, déclara-t-il. Pourquoi ne pas attendre un peu avant de décider? Peut-être changeras-tu d'avis. Si elle était vraiment malade, tu ne la haïrais pas, n'est-ce pas?

— Euh... je ne sais pas... Qu'est-ce que ça veut dire de toute façon? Elle n'est pas malade.

— Je n'en serais pas si sûr à ta place. Quelqu'un qui se tapit dans le noir pour abattre un homme dans le dos me paraît bien malade.

— Dans le dos?

— Elle était de l'autre côté de la rue et il sonnait à la porte. Il lui tournait donc le dos.

Un long silence s'ensuivit tandis que Chad se débattait avec ses pensées.

— Je ne sais pas, répéta-t-il.

– Pense à ce que je t'ai expliqué tout à l'heure au sujet de la colère.
– Ouais, mais même si tu es fou de rage contre un type, tu ne vas pas lui tirer dessus!
– Toi pas, moi pas et la plupart des gens non plus, heureusement. C'est pourquoi j'ai l'impression que ce geste est celui d'un malade. D'habitude, on grandit, on maîtrise nos emportements et on ne fait plus semblant de pouvoir peindre un nouvel univers quand ça va mal. Tu l'as appris, Chad. Tu commences à vivre en ce monde comme une grande personne.
– Je ne suis pas une grande personne, pas encore! protesta-t-il.
– Non, mais tu es en train de le devenir. Tu apprends beaucoup de choses de grande personne et tu es confronté à beaucoup de faits terriblement difficiles. Je suis très fier de toi, mon pote. Et je t'aime beaucoup.
Un silence.
– Ouais, dit Chad. Des larmes coulaient en silence sur ses joues. Ouais. Moi aussi, je t'aime, papa. Plus que tout.
Il se glissa soudain sur la banquette où il s'étendit de tout son long, la tête sur les genoux de Nick. Celui-ci caressa les cheveux de son fils. Il faut que je lui parle de Lily aussi, songea-t-il. Pas tout de suite. Bientôt, mais pas encore. Ils restèrent ainsi jusqu'à l'apparition de Valérie.
Elle jeta un coup d'œil vers Nick puis regarda alentour.
– Chad n'est pas là? Je croyais que vous discutiez.
Chad se redressa d'un bond.
– Je suis là!
Nick croisa le regard de Valérie. Pour leur bien à tous, il fut très heureux en cet instant que Sybille ne pût surprendre la joie qui se peignit aussitôt sur le visage de son fils lorsqu'il découvrit Valérie.

Lily disposait d'une chambre privée au dernier étage de l'hôpital et elle aimait s'asseoir devant la fenêtre qui donnait sur la ville. Les infirmières lui avaient indiqué les différents bâtiments et les vues, tout particulièrement Falls Church, où George Washington faisait partie de l'assemblée paroissiale, et la fontaine de la Foi dédiée à quatre ecclésiastiques qui s'étaient sacrifiés au début de la Seconde Guerre mondiale pour sauver quatre soldats. Je ne mérite pas de compter parmi les membres d'une paroisse, se disait Lily. Je n'ai jamais rien sacrifié. Je n'ai même jamais connu la solitude sans quelqu'un qui s'occupe de tout pour moi.
Sybille avait été arrêtée puis libérée sous caution. Comme Bob Targus, qui était sorti de l'hôpital et faisait de la rééducation pour son épaule, mais qui risquait d'être condamné et incarcéré. Il avait confié à Lily qu'il ne pensait pas aller en prison, pas pour longtemps en tout cas, car il voulait témoigner contre Sybille au procès. Cependant, il avait perdu son nouvel emploi et, selon toute apparence, personne ne l'engagerait après cela. Il était si déprimé à l'idée de ne plus voler que la punition semblait bien assez sévère, estimait Lily.
Lily aussi allait rentrer, elle se rétablissait rapidement.

— Jeune et résistante, avait annoncé le médecin ce matin comme tous les jours. Et drôlement chanceuse. Si cette balle vous avait atteinte deux centimètres plus haut, elle vous aurait touchée au cœur.

Ainsi, une fois de plus, j'ai eu de la chance, se répétait Lily. Je ne suis pas exceptionnelle, je n'ai pas été sauvée pour accomplir de grandes choses. Je suis chanceuse, tout simplement.

Mais que vais-je faire maintenant ? Il me faut croire en quelque chose, construire ma vie autour de quelque chose qui me passionne. Et je ne sais pas... je ne sais pas ce que ce sera. Que vais-je faire ? Où irai-je quand ils me renverront ?

— Vous allez rester avec moi, affirma Rosemary ce soir-là lorsqu'elle vint la voir. J'étais très heureuse de vous avoir auprès de moi. J'aime me donner l'impression d'être utile et Valérie est devenue si indépendante depuis l'accident. Je me sentais parfaitement inutile. J'envisage de travailler, le croirez-vous ? J'ai discuté avec des galeries d'art et l'une d'elles risque de faire appel à moi. En attendant, vous resterez avec moi.

— Il n'y a pas de place, répliqua Lily. Vous êtes très gentille, mais je n'ai jamais pensé m'implanter.

— Il y aura toute la place. Selon moi, Valérie ne sera plus là très souvent. J'aimerais vraiment vous avoir, Lily. Seule dans cette petite maison, elle va me sembler gigantesque.

Tous les soirs, les actualités présentaient un reportage sur l'enquête de plus en plus approfondie consacrée à Graceville et à la fondation de L'Heure de Grace. Au début de la semaine, on s'était longuement étendu sur la tentative d'assassinat contre Lily Grace : des journalistes se postaient devant les sumacs du parc ou à côté de la porte de Valérie, trouvaient différentes versions pour répéter le peu d'informations dont ils disposaient, demandaient leur impression aux voisins sur ce drame et montraient des clichés de la luxueuse voiture italienne de Sybille, la Testarossa, qu'ils avaient photographiée en soudoyant l'un des jardiniers de son domaine. A la fin de la semaine, on ne consacrait plus que quelques mots à Lily dans les commentaires sur Graceville et la fondation : elle se remettait de ses blessures, disaient les journalistes, mais refusait toute interview et personne ne savait quand elle reprendrait son office.

Puis, le dimanche, huit jours après le drame, alors qu'elle avait passé des heures à réfléchir et à prier, Lily prit une décision. Et, étant une enfant de la communication à grande échelle, elle n'hésita pas : elle convoqua une conférence de presse et annonça qu'elle avait une déclaration à faire.

Elle n'en parla qu'aux infirmières qui lui permirent d'utiliser leur salon pour l'occasion. Et, ce soir-là, lorsque Nick et Valérie vinrent la voir avec Chad, elle leur demanda de regarder le journal de sept heures avec elle.

— On aimerait mieux bavarder avec toi tout simplement, répliqua Valérie. On t'a apporté des livres, des fruits et un jeu basé sur les mots... tu peux y jouer seule ou avec quelqu'un... poursuivit-elle en vidant un sac à provisions.

521

— Je t'en prie, Valérie, insista Lily, je tiens à voir les infos.

— Ils ne veulent pas à cause de moi, expliqua Chad. C'est dur d'entendre les gens parler de votre mère tous les soirs. Alors, ils n'allument pas le poste. Je regarde les actualités de onze heures dans ma chambre.

Nick parut surpris.

— Tu les regardes seul.

— Ouais. Je préférerais être avec toi ou Valérie, mais tu t'inquiètes toujours trop de moi.

Nick pouffa de rire.

— Désormais, on suivra le journal ensemble. De toute façon, tu devrais dormir à cette heure-là.

Lily prit la télécommande.

— Je peux allumer?

— Bien sûr, répondit Chad d'un air important.

Cependant, Valérie remarqua qu'il avait les poings serrés. Elle vint s'asseoir sur le bras de son fauteuil et le prit par l'épaule.

Lily commença par NBC qui consacrait sa une à l'Union soviétique. Nerveuse, elle passa sur CBS qui traitait le même sujet ainsi qu'ABC. Elle passa d'une chaîne à l'autre jusqu'au moment où elle entendit un présentateur annoncer :

— ... poursuit son enquête sur les finances de la fondation de L'Heure de Grace. Deux autres membres du conseil, Arch Warman et Monte James, ont démissionné hier, trois jours après que le révérend Lars Olssen l'eut réclamé. Ce soir, toutefois, c'est le révérend Lily Grace qui occupe toute notre attention. Le révérend Lily, comme on l'appelle, a été victime d'une fusillade la semaine dernière dans des circonstances étranges liées à l'argent investi à Graceville. Elle a tenu aujourd'hui à l'hôpital une conférence de presse et sa déclaration est si extraordinaire qu'on va la diffuser dans son intégralité.

Valérie et Nick échangèrent un coup d'œil.

Lily apparut à l'écran, pâle et fragile, dans un grand fauteuil d'osier, vêtue d'une robe de soie bleue que Valérie lui avait achetée.

— A vous tous, étrangers, amis et fidèles, commença-t-elle de sa voix haut perchée connue de millions de téléspectateurs, je suis venue vous dire que je quitte mes fonctions. Je ne peux être le genre de pasteur que j'ai toujours rêvé d'être tant que je n'en saurai pas plus sur moi et sur le monde et, pour l'instant, je ne comprends pas grand-chose.

« Les gens qui m'accordaient leur confiance pour que je leur apporte secours et réconfort, tous les gens qui font confiance à leurs pasteurs, leurs prêtres et leurs rabbins, méritent honnêteté, sérieux et amour. Il est vraiment affreux d'abuser d'eux.

« Certes, il existe des manipulateurs et des profiteurs dans tous les domaines. Cependant, je ne pensais pas qu'il y en avait à Graceville. Il semble qu'il en soit ainsi et on m'apprend qu'ils se servent de l'argent que vous m'envoyez, une grande partie en tout cas, pour leurs propres plaisirs au lieu d'aider leur prochain. Je l'ignorais. Ce n'est pas une excuse car j'aurais dû être au courant. Je connaissais les responsables qui travaillaient à la fondation de L'Heure de Grace et à la réalisation de mes deux émissions de télévision. Je les connaissais très bien. Je croyais aimer l'un d'eux, je me fiais à elle et je l'admirais. Mais je ne l'ai pas observée, ou du moins pas assez bien. Je n'ai pas exigé d'être informée. J'étais naïve, inexpérimentée et stupide, pas le genre de personne qui devrait apporter conseil et réconfort.

« Dans mes sermons, je demandais toujours aux gens de regarder en eux pour découvrir la bonté qui est présente. J'ai toujours affirmé qu'ils pouvaient être mieux qu'ils ne l'imaginaient ou que ne l'imaginaient les autres. C'est à moi que j'aurais dû m'adresser!

« Je vous en prie, pardonnez-moi de ne pas être meilleure. Je vous en prie, n'oubliez pas qu'il existe beaucoup de bons pasteurs et beaucoup de bonnes organisations religieuses pour secourir ceux qui en ont besoin. Il ne faut pas qu'ils soient emportés dans la tempête qu'une poignée de cyniques et d'égoïstes ont soulevée.

« Le problème majeur des ministères, surtout à la télévision, c'est qu'ils représentent un endroit idéal où abriter les mauvaises gens. Trop d'entre eux prétendent vous rendre heureux et vous apporter la paix. En d'autres termes, ils affirment qu'ils vont s'occuper de vous. Vous avez donc l'impression d'être lié à eux et, lorsqu'on se sent dépendant et impuissant, il est facile d'abuser de vous.

« Vous ne devez pas avoir ce sentiment! Ne laissez personne soutenir que vous êtes ainsi! Découvrez en vous la bonté et la force, appuyez-vous dessus et prenez votre vie en main! Et si vous avez besoin d'appui, recherchez ceux qui vous aideront à croire que vous pouvez être avisé, bon et formidable.

« Il est temps de vous dire au revoir. Vous allez me manquer : vos lettres, votre amour me manqueront. Je penserai à vous, je prierai pour vous et peut-être... peut-être un jour... serai-je capable de revenir vers vous.

Sur l'écran, les yeux de Lily brillaient de larmes et elle arborait un petit sourire au moment où son image s'effaça pour céder la place au présentateur.

— C'était le révérend Lily Grace, qui s'est retirée aujourd'hui, tandis que se poursuivent les investigations sur la fondation de L'Heure de Grace. Les enquêteurs l'interrogeront dès qu'elle sortira de l'hôpital, probablement la semaine prochaine.

Lily éteignit le poste et sa tête retomba sur l'oreiller.

— C'était bien ? s'enquit-elle.

— Oui, répondit Nick. Très émouvant.

Lily se tourna vers Valérie.

— Tu restes muette. Qu'est-ce qui n'allait pas ?

— Rien. Tu as dit des choses qui devaient être dites.

— Mais il y a une chose qui ne t'a pas plu, insista Lily.

— Oui, qui m'a un peu contrariée. Tu étais plus mielleuse que je ne l'aurais imaginé, plus... professionnelle. Surtout dans la mesure où cela te bouleverse sincèrement, je suppose.

Les lèvres de Lily tremblèrent.

— Je sais. Je n'y peux rien. Sybille a engagé tous ces professeurs et j'ai suivi tous ces cours pour apprendre quand respirer, quand marquer un temps, quand sourire, quand baisser la voix, quand paraître éloquente... Et je suis devenue si experte : j'ai l'impression d'appuyer sur un bouton, ou que Sybille s'en charge, les mots sortent sans que je les entende pratiquement. Tu es si fine, Valérie, tu t'en es aperçue. D'après toi, tout le monde l'a remarqué ? Je veux oublier tout ce que Sybille m'a enseigné, je veux être moi-même de nouveau... si je parviens à comprendre ce que cela signifie. J'aimerais aller à l'université, fréquenter enfin des gens de mon âge, découvrir le monde et penser au sens de l'existence. Mais je ne veux pas qu'on me prenne pour quelqu'un de... fabriqué. J'étais si mauvaise ? Je souhaitais tant qu'on me croie !

— Ils te croiront parce qu'ils le désirent, répliqua Nick. Tu étais remarquable et la plupart des gens ne sont pas aussi subtils que Valérie. De toute façon, c'étaient les mots qui comptaient et on a admiré tes paroles. Tu ne devrais pas t'inquiéter.

— Papa, je peux te parler un instant ? demanda Chad. Il se tenait près de la porte, dansant d'un pied sur l'autre. Quand Nick s'approcha de lui, il lui chuchota : Tu crois que maman l'a vu ?

— Sans doute. Tu ne m'as pas dit qu'elle regardait les actualités des trois chaînes en même temps ?

— Ouais, mais peut-être pas en ce moment.

— Plus que jamais, je suppose. Qu'as-tu en tête, mon pote ?

— Je pensais que je pourrais... enfin, je ne suis pas très bien à l'idée qu'elle a entendu Lily raconter tout ça. Elle doit être seule. Elle n'a pas d'amis et je me disais qu'elle se sentirait peut-être mal à cause des propos de Lily : elle l'aimait autrefois et lui faisait confiance. Tu vois. Alors, je me disais que... comme elle n'a pas personne...

— Tu as envie de lui parler.

— Euh... ouais. Elle n'a personne pour lui assurer qu'il... qu'il sera là.

Nick serra son fils contre lui puis lui ébouriffa les cheveux.

— Tu ne veux pas appeler. Tu voudrais que je t'accompagne à Middleburg, c'est ça ?

— Ouais. Chad leva les yeux vers lui et ajouta : Merci, papa.

— Je n'irai pas avec toi.

— Non, elle serait folle de rage si tu entrais. Tu peux m'attendre dans la voiture ? Je n'en ai pas pour longtemps. On n'a jamais eu grand-chose à se raconter, tu sais.

— Je sais. Nick s'approcha de Valérie qui était assise dans un fauteuil au chevet de Lily. Chad aimerait que je l'accompagne à Middleburg. On en a au moins pour deux heures.

– Je vais rester avec Lily, répliqua aussitôt Valérie. Allez-y, je serai là quand vous reviendrez.

Nick l'embrassa.

– Merci, ma chérie.

Puis Nick et Chad partirent pour se rendre aux Morgen Farms.

Toutes les lumières scintillaient. La maison avait un air de fête.

– Elle donne une soirée, lança Chad d'un ton hésitant.

– Je ne pense pas, répondit Nick, il n'y a pas de voitures.

– Pourtant...

– Sans doute préfère-t-elle ne pas rester dans le noir.

– Ah.

Nick se gara à quelque distance.

– Vas-y. Et prends ton temps. Je ne suis pas pressé.

– D'accord. Chad ouvrit la porte mais ne bougea pas. Tu crois qu'elle sera contente de me voir ?

– Je l'ignore, répliqua Nick. Peut-être sera-t-elle contente sans savoir comment le montrer. Peut-être aura-t-elle honte de ses actes et lui sera-t-il difficile d'admettre que tu es au courant de tout. Tu ne dois pas t'attendre à ce qu'elle soit plus accueillante que d'habitude.

– Ouais. C'est ce que j'imaginais plus ou moins. D'accord.

Chad s'arracha à son siège sans se laisser le temps de réfléchir davantage et se rua dans l'allée garnie de lampions jusqu'à la porte. Le carillon lui sembla tinter très fort lorsqu'il sonna.

– Entrez, dit le majordome. Votre mère est dans la salle de télévision.

– Merci.

Chad passa devant lui en courant et monta dans la pièce contiguë à la chambre de Sybille qui abritait autrefois la garde-robe de Valérie et où étaient installés aujourd'hui quatre postes de télévision, deux énormes fauteuils en cuir et une table basse bourrée de livres. Sur une petite table à côté de Sybille se trouvaient une bouteille de cognac et un verre ballon.

– Salut, lança Chad qui resta sur le pas de la porte jusqu'à ce que Sybille se détournât des quatre postes qui beuglaient, chacun étant branché sur une chaîne différente.

Elle se rembrunit.

– Que fais-tu là ?

– Je pensais que tu aurais envie de compagnie. Je peux entrer ?

– De compagnie, répéta-t-elle. Pourquoi ?

– Je, euh, j'ai vu... je regardais... je peux entrer ?

Elle haussa les épaules, Chad prit son geste pour une permission. Il s'assit dans l'un des immenses fauteuils et s'efforça de ne pas s'enfoncer en glissant sur le cuir lisse. Le majordome apporta sur un plateau un verre, des boissons non alcoolisées et une assiette de gâteaux secs qu'il posa sur la table basse à côté de Chad, puis s'éclipsa aussi silencieusement qu'il était venu. Chad s'avança au bord du siège et se servit un ginger-ale. Il prit des glaçons dans le seau de Sybille et deux biscuits.

— Merci, murmura-t-il.

Sybille fixait les écrans, son regard passant de l'un à l'autre. Chad grignotait nerveusement les gâteaux en essayant de ramasser les miettes qui tombaient sur ses genoux.

— Tu regardais quoi ? s'enquit enfin Sybille.

Elle contemplait toujours les images mais appuya sur un bouton qui coupa le son.

— Lily. A la télévision. Je pensais que tu te sentirais mal si tu la voyais parce qu'elle a déclaré...

— Je sais ce qu'elle a dit. Pourquoi es-tu venu ?

— Je viens de te l'expliquer. Je pensais que tu te sentirais mal.

— Et d'après toi, que peux-tu y faire ?

— Je voulais juste...

Chad était au supplice. Il aurait aimé être ailleurs, n'importe où ailleurs. Il ne supportait pas le port de tête altier de sa mère car elle semblait si malheureuse. Il en avait peur aussi car elle semblait farouche et inapprochable.

— Juste te dire que j'étais là ! laissa-t-il échapper. Je déteste être seul quand il arrive un drame, je supposais que tu ne le supporterais pas non plus et je ne voulais pas... je ne voulais pas que tu sois toute seule !

La bouche de Sybille remua.

— C'est très gentil.

Aime-moi, la supplia Chad en silence. Aime-moi, je t'en prie, un tout petit peu.

Elle resta immobile, les yeux rivés sur les écrans.

— Tu vas devenir un grand garçon. Tu seras aussi grand que ton père.

— Ouais. Ou plus grand même, d'après lui.

Il avait les épaules voûtées. Sans doute en est-elle incapable, songea-t-il. Peut-être ne lui a-t-on jamais appris à aimer. Sauf que... je ne savais pas qu'on devait apprendre cela.

— Elle a menti, déclara Sybille d'un ton catégorique. Ils racontent tous des mensonges sur moi. Tu te souviens, je te l'ai déjà expliqué ? Chad garda le silence. Tu t'en souviens ?

— Ouais, répliqua-t-il.

— Je l'ai sortie de rien. J'ai fait d'elle l'un des pasteurs les plus célèbres de ce pays. Et j'ai pris une petite partie de l'argent qu'on recevait pour Graceville, c'était mon dû. Je lui ai tout dit. Elle affirmait que je pouvais agir à ma guise, en prendre plus même si j'en avais besoin, parce que je le méritais. Elle était consciente de ce qu'elle me devait. On se comprenait. Quelqu'un l'a kidnappée et intoxiquée de mensonges. Elle a déclaré qu'elle croyait m'aimer ! Elle l'a déclaré à la télévision !

— Ouais, acquiesça Chad. Je voulais juste que tu saches... que je suis là. Je ne pense pas qu'on l'ait intoxiquée, mais si tu as envie de parler, d'aller dîner ou d'autre chose, tu peux m'appeler et on ira quelque part. Je

526

peux t'écouter si tu es d'humeur à bavarder. Parce que tu n'es pas... euh... pas seule. Quand tu voudras. D'accord ?

Sybille semblait suivre une course automobile qui se déroulait sur l'un des écrans.

— On n'a jamais eu grand-chose à se raconter.

— Non. Enfin... sans doute pas. Mais on pourrait... apprendre, disons.

— Je serai en prison, lâcha-t-elle au bout d'un moment. J'ai perdu tout ce pour quoi j'ai travaillé ma vie durant, tu le savais ? Je ne comprends pas ce qui s'est passé, tout avait si bien commencé et puis... ça s'est effondré. Et je vais aller en prison. Tu me détesteras quand je serai là-bas.

— Tu pourrais... tu pourrais me regarder ?

Lentement, Sybille tourna la tête.

Ils s'observèrent dans un long silence. Sa mère paraissait petite dans cet immense fauteuil, remarqua Chad, comme si elle s'était ratatinée. Elle n'était pas aussi bien coiffée que d'habitude et portait un peignoir en éponge. Il ne l'avait jamais vue ainsi, elle arborait toujours des toilettes garnies de fourrures, de boutons dorés ou d'autres parures. Elle avait l'air seul, se dit-il, avec ces postes de télévision pour toute compagnie.

Chad en fut bouleversé. Il en souffrait et il lui fallut une minute pour comprendre qu'il éprouvait de la pitié. Il avait la gorge serrée, envie de vomir. Il se leva d'un bond et s'approcha de Sybille. D'un geste instinctif, il posa la main sur ses cheveux comme si elle était une enfant.

— Je ne te détesterai pas, non, jamais. Tu es ma mère et je m'occuperai de toi. Enfin, je ferai ce que je pourrai. Je viendrai te voir, je t'appellerai, je t'enverrai des livres, des fleurs, d'autres trucs et... tout ce que tu veux. J'aimerais juste... j'aimerais juste...

Elle le regarda, elle dut lever les yeux pour cela. Elle le dévisagea de ses yeux bleu pâle et peut-être voulut-elle lui déclarer qu'elle l'aimait, peut-être pas. Chad ne le sut jamais car, même s'il l'espérait depuis toujours, elle ne le lui avait jamais dit.

— Je te téléphonerai, d'accord ? proposa-t-il enfin d'une voix étranglée. Mettons, tous les jours, si tu veux.

— Si tu veux, répliqua Sybille.

— Mais tu en as envie ?

— Pourquoi pas ? Tu pourras me parler du monde quand je serai en prison.

— Tu n'iras peut-être pas.

Elle resta muette. Elle ne pouvait prononcer ces mots devant son fils : tentative de meurtre.

— Bon, lança Chad. Je crois que je vais y aller.

Elle acquiesça et se retourna vers les postes de télévision. Elle ne lui avait pas demandé comment il était arrivé jusque-là.

— Je t'appellerai.

— Très bien. Elle marqua un temps avant d'ajouter : Merci d'être venu. Puis, après une minute d'effort : Ça m'a fait plaisir.

Chad rayonnait. Elle était vraiment heureuse de le voir. Elle avait vraiment besoin de lui. Il embrassa Sybille sur les deux joues.

— Je te téléphonerai demain.

Il prit un autre gâteau dans l'assiette, sortit en courant et dévala l'escalier. Le majordome l'attendait à la porte pour le saluer. Au moment où il lui ouvrit, Chad entendit le bruit de quatre postes de télévision qu'on rebranchait.

A leur retour, Lily dormait. Ils s'étaient arrêtés en chemin pour acheter un hamburger à Chad et, lorsqu'ils entrèrent dans la chambre, Valérie lisait dans son fauteuil. Elle leva les yeux et découvrit l'air endormi de Chad.

— C'est bien ce que tu as fait, déclara-t-elle en s'approchant de lui. Je suis si fière de toi.

Chad la serra dans ses bras et enfouit sa tête au creux de son cou.

— Ce n'était pas drôle.

— J'en suis sûre. Mais ce n'est pas amusant non plus de laisser tomber les gens qui ont des problèmes. Tu n'as pas très bonne opinion de toi dans ce cas-là. Elle l'éloigna un peu, son visage entre ses mains. Je t'aime, Chad. Je suis follement heureuse de savoir que tu m'acceptes au sein de ta famille.

— Ouais. Moi aussi, je t'aime, Valérie. Je t'aime, je t'aime, je t'aime.

Dans un élan d'énergie, Chad redonna réalité à ce sentiment après le trouble qu'il avait éprouvé auprès de Sybille. Ce doit être facile d'aimer, pas difficile, se dit-il. Cependant, il était trop fatigué pour poursuivre.

— On reste ici ? lança-t-il à Nick. Je crois que j'irais bien me coucher.

— On s'en va tout de suite, répondit Nick.

Au moment où ils s'apprêtaient à partir, ils virent que Lily était réveillée.

— Ta visite s'est bien passée ? demanda-t-elle à Chad. Ça a dû être dur.

— Ouais, enfin ça a été. Je vous en parlerai un jour si vous voulez.

— Je voudrais bien. A moitié assise dans son lit, vêtue de la robe bleue qu'elle portait à l'antenne, Lily regarda Nick et Valérie qui se tenaient enlacés. J'aimerais pouvoir vous marier. Ce serait extraordinaire, non ? Hélas, je ne peux pas, pas après tous ces événements. Dans quelques années, peut-être... mais vous n'avez pas envie d'attendre si longtemps.

— Non, répliqua Nick avec sympathie. On a déjà patienté quatorze ans. On n'attendra pas un jour de plus, si ça dépend de moi.

— Tu peux nous donner ta bénédiction, en revanche, suggéra Valérie qui se tourna vers Nick.

Il lui sourit.

— Oui. Ce serait merveilleux. Après tant d'orages, on aimerait beaucoup commencer par tes prières.

Lily irradiait. Elle se redressa et tendit les bras. Toujours enlacés, Valérie et Nick mirent leurs mains dans les siennes.

– Que Dieu vous bénisse et vous préserve, murmura Lily.

Elle parlait d'un ton ferme et confiant, le ton d'une femme qui avait commencé à trouver sa voie.

– Que le Seigneur vous inonde de Sa lumière...

« Et vous apporte la paix.

Dans la même collection

Alison McLeay
PAR VENTS ET MARÉES

Sur le sable de la crique aux Corbeaux, la petite Rachel ôte ses souliers et court jusqu'à la mer. Elle a six ans et rêve déjà d'Adam Gaunt, le mystérieux naufragé de la plage, oubliant ainsi l'acharnement avec lequel sa mère la persécute.

La famille de Rachel s'est installée à Terre-Neuve pour y faire fortune. Mais au XIXe siècle, dans ce pays rude et sauvage, qui a besoin de Joseph Dean, un horloger de génie? Plus sa mère est avide et aigrie, plus Rachel affirme son indépendance et sa force de caractère. Cet affrontement entre la mère et la fille conduira Rachel en exil, à Liverpool, où sa tante Grace aura pour mission de la mater. C'était compter sans Adam Gaunt. Où que le vent la pousse, Rachel sera toujours Rachel l'indomptable.

Ce livre est imprimé sur du papier contenant plus de 50% de papier recyclé dont 5% de fibres recyclées.

Achevé d'imprimer au Canada — Imprimerie Gagné Ltée Louiseville

Dépôt légal : janvier 1991

Couverture : Photo Ku Khanh / Vloo.